世界文学史

Shiji Wenxue Shi

张德明 著

图书在版编目（CIP）数据

世界文学史／张德明著. —北京：北京大学出版社，2018.10
（博雅大学堂·世界文学）
ISBN 978-7-301-29875-6

Ⅰ.①世… Ⅱ.①张… Ⅲ.①世界文学—文学史 Ⅳ.①I109

中国版本图书馆 CIP 数据核字（2018）第 206379 号

书　　　名	世界文学史 SHIJIE WENXUESHI
著作责任者	张德明　著
责任编辑	张雅秋
标准书号	ISBN 978-7-301-29875-6
出版发行	北京大学出版社
地　　　址	北京市海淀区成府路 205 号　100871
网　　　址	http://www.pup.cn　新浪微博：@北京大学出版社
电子信箱	编辑部 wsz@pup.cn　总编室 zpup@pup.cn
电　　　话	邮购部 010-62752015　发行部 010-62750672 编辑部 010-62757065
印　刷　者	河北博文科技印务有限公司
经　销　者	新华书店
	965 毫米×1300 毫米　16 开本　27.25 印张　386 千字 2018 年 10 月第 1 版　2025 年 1 月第 4 次印刷
定　　　价	89.00 元

未经许可，不得以任何方式复制或抄袭本书之部分或全部内容。
版权所有，侵权必究
举报电话：010-62752024　电子目标箱：fd@pup.cn
图书如有印装质量问题，请与出版部联系，电话：010-62756370

目 录

前 言

第一编 古代文学

第一章 古巴比伦文学 ……………………………………………… 3
  一 神话与仪式 …………………………………………………… 3
  二 《吉尔伽美什》：追寻永生 ………………………………… 5

第二章 古埃及文学 ………………………………………………… 7
  一 死亡与复活 …………………………………………………… 8
  二 《亡灵书》：反抗死亡 ……………………………………… 9

第三章 古希伯来文学 ……………………………………………… 11
  一 圣书与民族英雄 ……………………………………………… 12
  二 赞美诗、哀歌与情歌 ………………………………………… 13
  三 信仰与理性 …………………………………………………… 16

第四章 古印度文学 ………………………………………………… 18
  一 泛神论与颂神诗 ……………………………………………… 18
  二 两大史诗：瑜伽与"达摩" ………………………………… 20
  三 个人抒情诗与诗剧 …………………………………………… 23

第五章 古希腊文学 ………………………………………………… 26
  一 神话与命运观 ………………………………………………… 26
  二 荷马史诗：战争与冒险 ……………………………………… 27
  三 抒情诗 ………………………………………………………… 30
  四 悲剧与喜剧 …………………………………………………… 32
  五 新喜剧与田园诗 ……………………………………………… 36

第六章 古罗马文学 ………………………………………………… 38
  一 哲理诗人与爱情诗人 ………………………………………… 38

二　文人史诗与神话故事诗 ……………………………………… 40

第二编　中古文学

第一章　中古欧洲文学 ……………………………………………… 47
　　一　英雄、骑士、圣徒与市民 ………………………………… 48
　　二　爱与信仰的力量 …………………………………………… 55
第二章　中古阿拉伯文学 …………………………………………… 61
　　一　悬诗与对驳诗 ……………………………………………… 61
　　二　《一千零一夜》：故事与讲述 ……………………………… 62
第三章　中古波斯文学 ……………………………………………… 65
　　一　抒情诗与叙事诗 …………………………………………… 65
　　二　教诲性故事诗 ……………………………………………… 70
　　三　苏菲派诗人 ………………………………………………… 71
第四章　中古日本和其他亚洲国家文学 …………………………… 75
　　一　"万首和歌之集" …………………………………………… 75
　　二　"物语"与"幽情" ………………………………………… 77
　　三　能剧与俳句 ………………………………………………… 81

第三编　近代文学

第一章　文艺复兴与宗教改革时期 ………………………………… 85
　　一　意大利：抒情的自我与放纵的性 ………………………… 90
　　二　法国：狂欢、渎神与理性的自我 ………………………… 94
　　三　西班牙：骑士道德与人文主义 …………………………… 97
　　四　英国：宫廷诗歌与市民戏剧 ……………………………… 101
第二章　巴洛克与古典主义时期 …………………………………… 114
　　一　巴洛克文学：夸饰与玄学 ………………………………… 114
　　二　英国：清教徒革命与文学 ………………………………… 115
　　三　法国：绝对君权与古典主义 ……………………………… 117

第三章	启蒙运动时期	126
一	法国：启蒙与百科全书	128
二	英国：近代小说的兴起	131
三	德国：从狂飙突进到魏玛古典主义	136

第四章	浪漫主义时期	148
一	德国：从浪漫主义到民族主义	151
二	英国：自然的歌手与激进的流亡诗人	156
三	法国：浪漫主义与政治自由	169
四	其他欧洲国家：民族主义与民主主义	176
五	美国：新大陆的声音	180

第五章	现实主义与自然主义	186
一	法国：个人奋斗与风俗史写作	188
二	英国：工业革命、小资温情与女性写作	202
三	俄罗斯：从"谁之罪"到"怎么办"	214
四	美国：冒险与野性	234
五	北欧：童话世界与妇女独立宣言	242

第六章	世纪末的西方文学	251
一	法国：世纪末的情绪体验	251
二	英国：唯美主义、命运观与帝国作家	256
三	德国和奥地利：非理性哲学和心理学	263

第七章	世纪之交的东方文学	266
一	日本：文学近代化之路	266
二	印度：东方诗歌的魅力	271

第四编　现当代文学

第一章	现实主义文学的深化	279
一	德语国家：人性、狼性与战争	279
二	英国：血性意识、原始主义与反乌托邦	284
三	法国：反战与人道理想	291

四　美国：自然主义与迷惘的一代 …………………………… 294
　　五　俄罗斯：从社会主义现实主义到解冻文学 ……………… 301
第二章　现代主义文学的兴起 ……………………………………… 310
　　一　后期象征主义：神话的复活与重构 ……………………… 311
　　二　未来主义：速度与动力之美 ……………………………… 321
　　三　表现主义："挤压"与变形的艺术 ……………………… 323
　　四　意识流小说：时间与叙事 ………………………………… 329
　　五　达达主义与超现实主义：心理自动性 …………………… 341
第三章　从现代主义到后现代主义 ………………………………… 345
　　一　存在主义文学：荒诞与自由选择 ………………………… 345
　　二　荒诞派戏剧：异化与等待 ………………………………… 350
　　三　黑色幽默：变态的喜剧 …………………………………… 354
　　四　美国诗歌：垮掉派、放射诗与自白派 …………………… 358
　　五　新小说与元小说：写物主义与文本自述 ………………… 363
第四章　拉美文学的爆炸 …………………………………………… 370
　　一　智利：南美大陆的理想与史诗 …………………………… 371
　　二　阿根廷：镜子、迷宫与花园 ……………………………… 375
　　三　哥伦比亚：魔幻现实主义 ………………………………… 377
　　四　墨西哥：史前文化、西班牙传统与现代主义 …………… 382
第五章　亚非文学的复兴 …………………………………………… 385
　　一　印度：民族主义文学与农村生活史诗 …………………… 385
　　二　日本：从无产阶级文学到新感觉派 ……………………… 387
　　三　阿拉伯地区：旅美派与现代派 …………………………… 391
　　四　非洲各国："黑人性"文学 ……………………………… 393
第六章　流亡作家与移民文学 ……………………………………… 398
　　一　苏联与东欧流亡作家：无根的写作 ……………………… 399
　　二　犹太移民作家：民族融合与精神独立 …………………… 408
　　三　澳洲与加拿大：文学的创世与招魂术 …………………… 411
　　四　后殖民作家群：后帝国秩序的创造物/创造者 ………… 414

前　　言

　　我们已经进入全球化时代。近现代以来的人类社会，经历了马克思所说的"由历史到世界历史的转变"。随着资本、商品、信息和服务的全球流通，如今我们面对的不再是一个民族、一个国家的文明成果，而是全人类的文化遗产和文明成果。这就需要我们以更宽广的胸襟、更开阔的视野和更丰富敏锐的鉴赏力，采取"拿来主义"的态度，去继承、丰富和发展属于全人类的文明遗产。

　　世界文学是人类文明遗产的有机组成部分，它源远流长，丰富多样，记录了人类认识世界和表述自我的艰难曲折的心路历程。从公元前3000年左右在西亚的两河流域形成人类第一部英雄史诗《吉尔伽美什》至今，世界文学已经走过了五千多个年头，为我们展开了一个魅力无穷的人类意志、欲望、情感和想象的世界。

　　从总体上说，世界文学可以分成东方（亚非）文学和西方（欧美）文学两大板块。但这只是某些文学史家为了叙述的方便而人为作出的划分。实际上，人类各民族创造的文学如同历史一样，向来是互相交织、互相贯通的。我们不妨将世界文学史看作是由一双看不见的手指挥的交响乐。在这场雄浑的交响乐演奏的过程中，有时候某些乐器或声部特别响亮，占据了主导地位，另外一些声部则处在伴奏的低音区；而过些时候，情况则反了过来。大体说来，在古代和中古，奠基于农业文明的东方文学扮演了演奏主旋律的角色，而到了近代，率先进入工业文明的西方则以其铜管乐般的响亮声部盖倒了别的乐器。进入20世纪之后，随着东西方之间文化交流的日益频繁，多元文化价值观的互相交融，世界文学更像一个大型的爵士乐队，各个声部、各种乐器各领风骚尽情演奏，"众声喧哗"似乎已经成为听众和演奏者的一致共识和自觉追求。那双看不见的手似乎悄悄地退出了指挥席。

　　为了在有限的篇幅内尽可能描绘出一幅完整而清晰的世界文学发

展路线，本书遵循历史和逻辑并重的原则，以现代性的建构为中心，将世界文学的发展分为四个部分，用音乐术语来表述也可称之为四个乐章。第一和第二乐章（古代文学和中古文学）描述的大致是前现代时期的文学。在这个时期，神话、巫术及各种各样的信仰形式主宰着人类的精神世界，文学被包孕在巨大的原始文化团块中，其主要表现形式是神话、史诗、悲剧、喜剧等，关注的中心是人的命运、复活、来世或永生等观念，具有强烈的宗教和神秘主义色彩。人性在与神性的冲突中挣扎着表现自己。在这个阶段，东方文学占据了世界文学舞台的中心。

第三部分（近代文学）演奏的是现代性建构时期的交响乐章。大致年代起讫于14世纪末至19世纪末。这是世界历史也是世界文学史上最重要的一个阶段。在世界各民族中，是欧洲人最早走出中世纪，摆脱了神话巫术思维和非理性的宗教束缚，以理性为唯一主宰。他们创造的500年近代文明，塑造了西方现代社会的面貌，至今仍在影响着这个世界。这个时期文学积极参与了现代性启蒙话语的建构，强调的是人的解放、理性与启蒙、个人奋斗等主题，在形式上主要表现为个人抒情诗、长篇小说和市民戏剧的繁荣，它们的各种变体包括成长小说、书信体小说、哲理小说、正剧、社会问题剧等。这些新兴的文学形式或以亲切的口气、私密化的情感见长；或以记录个人隐私生活的叙事模式，投合新兴的中产阶级的欲望和趣味；或以通俗易懂的文字解释深刻的启蒙哲学；或以发人深省的问题激发观众的理性思考……在建构启蒙话语、塑造现代性主体人格中发挥了重要作用。这个时期，西方在政治、经济和军事上主宰了世界，西方文学也占据了世界文学舞台中心。而近代东方大部分地区沦为欧洲列强殖民地。政治上的从属地位意味着话语权的失落，东方的声音被西方遮蔽了。要想在世界舞台上发出自己的声音，似乎只有两条路可走——要么自己积极主动地完成传统社会和文学表述模式的现代性转型；要么通过西方强势语言说出本土的感觉、情绪和理想。近代亚洲的两个主要国家，日本和印度分别走了这两条道路。

第四乐章（现当代文学）描述的是20世纪世界文学概貌，这个世纪也是西方社会经历现代性危机、西方文学面临表述危机的时期。两次世界大战的爆发、奥斯威辛集中营和原子弹的发明彻底改变了世界图景，促使西方作家反思现代性危机和人类文明的出路。20世纪，现实主义文学继续向纵深发展，但开始出现分化和泛化趋势。它既被用来批判衰落中的资本主义，反对和揭露邪恶的帝国主义战争，也被用来歌颂世界大同的人道主义理想。与此同时，现代主义和后现代主义作为一种对现代性的审美批判成为20世纪最重要的文学潮流。它们或以回归原始主义、重构现代神话的方式呼唤人类的灵魂和良知；或以荒诞的形式、调侃的态度对现代性展开反讽式批判；或是采取不介入的态度从审美层面上解构现代性启蒙话语的宏大叙事；还有一些小说家试图通过各种叙述实验，克服意识到的表述危机。在西方中心经历危机的同时，原先处在边缘的前欧洲殖民地在政治上纷纷独立，在收回被帝国主义剥夺的话语权和自我阐释权的同时，恢复了创造活力，在世界文学的交响乐中发出了自己的声音。1980年代之后，随着冷战的结束和全球化进程的加速，一批具有双重或多重文化身份的流亡作家和后殖民作家逐渐登上世界文学舞台中心。他们的创作穿越了国家、民族、语言和文化界限，代表了多元文化的整合趋势，预示了世界文学发展的新的可能性前景。

以上四个乐章随时间的推移逐渐展开和呈示，而横断面上丰富的和声与低音则依靠每个部分中的章节来烘托。章和节的标题，大致概括了各章节的主题和知识点。不过，要提醒读者的是，任何概括都是权宜之计，目的只是为了方便记忆。正如雅克·巴尔赞所说，任何对时代的命名，如理性、信仰、科学、绝对主义、民主、焦虑、通讯等，永远是命名不当，因为它以偏概全；一切历史标签都是绰号，如清教徒、哥特式、理性主义、浪漫主义、象征主义、表现主义、现代主义等，都有虚假不实的成分。但更为准确地命名会白费力气。我们不妨把章节、时期的划分和命名看作建筑工人搭建的脚手架，搭建的目的是为了拆除。重要的不在于脚手架本身，而在于它后面的建筑物。

要进入真正的建筑物，我们关注的焦点就不应该是抽象的发展线索和拗口的名词概念，而是具体的人物、事件和作品本身。正如赫兹利特提醒我们的那样，实际生活是"混杂的"，是一些表面上看来互不相干的事件和倾向的混合，每天都是各种各样的横断面。从这些杂七杂八的印象中，需要在重要的事件之间建立某种连接，再加上背景，从而使叙述更加明了。出于这一点考虑，本书在叙述上有意打破了以往文学史的叙述套路，即时代背景、文学概况、重点作家作品分析的"三段论"，而是注重世界文学发展过程本身，重点探讨具体作家作品在建构或解构现代性、形成人类普世价值、阐发人类共同理想方面所起到的作用。尽量用事实说话，有选择性地编排事实、描述事件的发生过程（从一个时代的变迁、一个作家的成长到一个文学流派的形成），让读者了解更多的与文学相关的历史、社会和文化信息，以便更全面地理解和把握世界文学，形成全球意识，这也是本书追求的目标之一。

任何时候、任何情况下，事实或事件引起我们兴趣和关注是因为有人的参与。如前所述，每个民族、每个时代的文学作品，都是人的意志、情感、欲望和梦想的文字表述，脱离具体作家的创作活动及其成果的文学史，就像蒸馏水，虽然洁净无菌，却没有营养价值，更不能培养人的灵性。从这个意义上说，文学史也是一种研究灵魂的历史。出于这一点考虑，本书尽可能在有限的篇幅中多引用作品原文片断，试图让读者与作品达成"亲密接触"，先形成初步的直观性印象，进而激发起阅读相关原著的兴趣。不过，本书精选的文本片断本身也有欣赏价值，连缀起来可以看作一部文学名篇名段选编。

以一人之力来编写一部历时五千年的世界文学史，似乎有不自量力之嫌，并且不可避免地带有某种主观性。但目前市面上见到的一些多人合作的文学史看似客观，实际上却是由许多个"主观"拼凑起来的。它们更多具有后现代的拼贴性，不具有前现代的有机性。从这个角度出发，笔者觉得，与其拼凑起一个貌合神离的写作班子，拼贴出一部"众声喧哗"（另一种意义上的）的文学史，不如按照自己的想法，从某个角度切入，写一部通俗而不媚俗，深入浅出而不是浅入深出的文学史，或许能给读者带来更多启发。当然，这并不意味着本书拒绝吸收前辈和同辈学人的研究成果和学术观点。恰恰相反，本书正是一次隐秘的精神和智力大协作的产物。这二十多年来，笔者在从事世界文学教学和研究工作中，无数次地从别人的思想中，从阅读中，从学术会议上，从师长的教导、同学的激励、学生的课堂提问，以及朋友和陌生人的谈话中获得过许多灵感和信息。要一一列举提供这一切巨大恩惠的人们，可能需要一本电话号码簿那样长的篇幅。这里，笔者只能对他们深深地道一声"谢谢了！"

第一编　古代文学

永生、复活与命运

　　人类精神的太阳从东方升起。文明的曙光首先出现在河系发达、土壤肥沃、便于耕作和易于生存的亚洲大陆。大约5000年前,在幼发拉底河、底格里斯河、尼罗河、印度河、黄河和长江流域产生了人类最早的文化。差不多与此同时,苏美尔人发明了楔形文字,埃及人和中国人发明了形态各异的象形文字,腓尼基人也在埃及文字基础上制定了拼音字母系统,从而为后世文学的形成和发展奠定了基础。

第一章 古巴比伦文学

公元前3500年，在亚洲西部被希腊人称为"美索不达米亚"（意为"两河之间的地方"，即底格里斯河和幼发拉底河流域）的南部住着苏美尔人。他们建立起世界最早的城邦国家，发展起繁荣的城市文明。1500年后，来自叙利亚草原、属于闪族部落的阿摩利人征服了苏美尔人，并以巴比伦为中心建立了巴比伦王国。此后，一位名叫汉谟拉比的强有力的国王统一了两河流域，使这个王国达到鼎盛时期。他制订的《汉谟拉比法典》被认为是人类有史以来第一部完备的法典。汉谟拉比死后，巴比伦王国渐趋衰落，公元前539年被波斯占领。

从文物遗存来看，苏美尔人无疑是古代东方一个非常聪明、优秀的族群。他们发明了人类最早的图画文字符号，并利用当地随手可得的芦苇杆作笔，淤泥作书写板，把文字书写（不如说刻印）在柔软潮湿的泥板上，然后在太阳下晒干，烧制成坚硬的泥板保存下来。这些书写在泥板上的文字由于其横断面上粗下细、形似楔子而被称为楔形文字。楔形文字很难辨认，直到近代才译读成功，使我们有可能了解原来世界上最古老的文学作品不是在西方，而是在东方。

巴比伦人继承并融合了苏美尔人的文学传统，创造了丰富的神话、史诗、故事、歌谣和寓言等作品。以泥板文书的形式保存下来的巴比伦文学经亚述人的传播，对希伯来文学、波斯文学和阿拉伯文学都产生了重要影响，并辗转影响了欧洲文学。

一 神话与仪式

《咏世界创造》是一个在古代西亚地区流传很广的关于世界起源的神话。考古学家们认为，该神话文本形成于公元前1000年左右，但从内容和风格上分析，神话故事实际发生的时间可能要早得多。记载在7块泥板上的这部创世神话以作品开头的几个字"埃努玛·艾立什"为名,描写众神之王马尔都克和女神梯阿马特之间的斗争。按照这个神话,世界是在男神和女神的斗争中诞生的。梯阿马特原来是伟大的女神,大地母亲,生育出了最早的众神。但后来变得非常邪恶,企图毁灭所有的孩子。这时,男神马尔都克挺身而出,与梯阿马特展开了斗争。他把梯阿马特的身体撕为两半,一半做天,另一半做地,同时造出了星宿和人类。马尔都克还刺破了梯阿马特的眼睛,使底格里斯河和幼发拉底河向前流动,然后把她的躯体变成了山脉,让底格里斯河的各条支流从她的乳房中流出。这样,马尔都克就在旧秩序的废墟上建立了新秩序。在他统治下,混沌中产生了秩序,死亡中诞生了生命,大自然一年一度复活更新。于是,马尔都克就成了巴比伦城和整个巴比伦的保护神,巴比伦人为他建立起雄伟的神庙,对他顶礼膜拜。历史学家认为,马尔都克的胜利实际上代表了男权统治的胜利,与人类社会从母权制迈向父权制的历史进程一致。

　　按照某些神话学家的观点,神话和仪式在远古时代是紧密相关的。神话不过是仪式的一种文字纪录,后来仪式消亡了,而神话文本却保存了下来。《咏世界创造》也是如此。在古代巴比伦,每年秋季开始时,都有为期十天的新年节日,在此期间人们要庄严地背诵《咏世界创造》,并用象征性的戏剧表演其中的内容。首先是扮演混沌力量的人们在巴比伦的大街小巷上行走,然后,扮演马尔都克的人们从监狱中逃出来加入这个行列,象征着秩序之神反对梯阿马特及其恶魔。经过一场模拟的战斗,马尔都克打败了梯阿马特和那些反叛的力量。于是巴比伦人抬着马尔都克的神像穿过大街小巷狂欢游行,欢呼宇宙重建秩序、生命复活更新,并祈祷来年的丰收、繁荣和好运。古巴比伦人也许还认为,这个仪式能对底格里斯河和幼发拉底河产生魔力。每年春天这两条河流的泛滥会淹没两岸的村庄。人们希望用咒语和仪式表演来保护自己,抵挡那可怕的春洪。

　　另一则著名神话《伊什妲尔赴冥府》讲述生命女神伊什妲尔赴冥府拯救丈夫、植物之神坦姆兹的故事。神话中讲到,当这一对司爱情与繁殖的神祇身陷冥界之后,阳间万物凋零,一片衰败景象。诸神害怕生灵灭绝后无人献祭,只好指令冥神将这一对神祇放还阳间,于是世界又恢复了生机和活力,大地上一年一度的草木荣枯、四季轮回也就因此而来。这种以人格化的神的活动表现自然界演变的神话建立在"万物有灵论"基础上,在世界各民族神话(如古希腊的帕尔塞福涅神话、北欧的伊童神话等)中都有类似表现,表明了人类原始思维的同构性。

二 《吉尔伽美什》:追寻永生

巴比伦文学的最高成就是长达3000行的英雄史诗《吉尔伽美什》,这是目前所知的世界文学中最古老的英雄叙事诗,也被认为是世界上第一部史诗。据考证,至少在古希腊的荷马写作或编纂他的《伊利亚特》和《奥德赛》之前1300年,即巴比伦第一王朝时期(约公元前18世纪),《吉尔伽美什》的最初文本已经用楔形文字刻写在泥板上了。而史诗的基本内容则包括了公元前3000年苏美尔人创造的神话传说。

记载着史诗的这12块泥板可分为两大部分。第一部分(第1—8块泥板)主要写吉尔伽美什对外在的武功的追求。根据史诗的叙述,吉尔伽美什是乌鲁克城的王,一个半神半人。他有着强健的体魄、过人的精力和暴虐的性格。由于他的统治过于残酷,人们祷告天神阿卢卢来灭掉他。天神造出一个体魄、力气非凡的恩启都来与吉尔伽美什抗衡,决斗的结果是胜负未分,两人结为好友。然后,他们一起出发去征讨一位名叫芬巴巴的杉妖。初战失利,恩启都受伤。吉尔伽美什求助于太阳神舍马什,在神的佑助下杀死杉妖,并救出了被杉妖软禁的大女神伊什妲尔。吉尔伽美什的英姿使女神一见钟情,她要求英雄做她的丈夫,但遭到拒绝。羞怒的伊什妲尔图谋报复,她要挟父亲天神为她造了一只天牛降灾人间。但天牛被吉尔伽美什和恩启都合力杀死。绝望的女神对他们发出诅咒。众神会议决定,杀死天牛的英雄中必死一个。此后,恩启都一病不起,12天后死去。吉尔伽美什悲痛不已。

史诗从此进入第二部分(第9—11块泥板)。风格从喜转悲,由高昂变低沉,从英雄业绩的颂歌转变为英雄末路的挽歌。挚友的死亡使吉尔伽美什感到,自己也逃脱不了同样的命运。于是他开始从追求外在的武功转向内心的探求,试图解开生与死的奥秘。他历尽艰辛找到了人类的始祖乌特那庇什提牟。后者向他讲述了天神发洪水毁灭人类,自己受到特赦,并造了一只大船幸免于难的故事,结论是人之必死由神决定,但海底有棵生命之草可使人长生不老。吉尔伽美什入水取得生命草,却又在返城途中不慎被蛇叼走,失望而归。史诗的最后部分(第12块泥板,有学者认为是后人所加)是吉尔伽美什与恩启都的对话。恩启都的灵魂从阴间地洞中逃出,向吉尔伽美什描述了地下世界的阴惨景象,哀求吉尔伽美什不要违抗"世界的命运"。

从黑格尔到海德格尔,近现代西方哲学家一致认为,从根本上说,死亡意识与自我意识是紧密联系在一起的。正是对无法避免的"终有一死"的恐惧,才使人意识到"我是他事物无法取代的一种存在",从而形成了最初的自我意识。《吉尔伽美什》正是通过主人公对死的恐惧和对永生的追寻,显示了人类自我意识的朦胧觉醒。从文学角度看,史诗中的"英雄历险""洪水神话""圣爱"等原型—母题,影响了包括荷马史诗、圣经神话、《贝奥武甫》《天方夜谭》等在内的一大批世界文学经典的创作。《圣经》中的洪水神话和诺亚方舟的故事原型无疑来自于《吉尔伽美什》;恩启都在神妓的色相引诱下,由女性魅力开启了智慧,摆脱了愚昧状态的情节,与《圣经》中关于亚当在夏娃引诱下吞食智慧之果的故事有着异曲同工之妙。吉尔伽美什对人类的死亡之谜的执着探索也为后世作家的精神历险提供了最初的范例。它表明,人类对自身之谜和未知世界的探索,自古以来就是文学表现的永恒主题。在后世的欧洲文学经典文本中,从但丁的《神曲》、莎士比亚的《哈姆雷特》直到乔伊斯的《尤利西斯》,我们仿佛都能听到《吉尔伽美什》第10块泥板中那凄美的歌声:

> 吉尔伽美什哟,你要流浪到哪里?
> 你所探求的生命将无处寻觅。
> 自从诸神把人创造,
> 就把死给人派定无疑,
> 生命就在人们自己的手里!

(赵乐甡 译)

第二章　古埃及文学

由古巴比伦，我们转到古埃及。像其他古代东方文明古国一样，古代埃及也属于大河民族、水利社会。文化地理学家认为，埃及是尼罗河的馈赠。没有尼罗河，就没有埃及，没有金字塔，也就不会有灿烂的古埃及文化。尼罗河一年一度的定期泛滥，带来了肥沃的土壤，形成了两岸富饶的农业文明。对水的分配关系到全体埃及人的生存问题，因此需要一个高度集权的中央政府对之实行严格管理，并建立起系统的堤防灌溉工程。对水位的定期测量，促进了古埃及数学、天文学和几何学的发展。对尼罗河的崇拜也带来了古埃及人灵魂不灭的观念和与此相对应的神话系统。每年6月17日(据说是尼罗河第一次涨水的日子)埃及人都要在尼罗河畔举行盛大的仪式，吟诵著名的《尼罗河颂》，祈求尼罗河神给他们带来生命和再生：

万岁，尼罗河！你在这大地上出现，平安的到来，给埃及以生命，

人类颂扬他，群神也颂扬！恐惧的都感到敬畏，他的儿子成了一切的主人，教导着埃及的全境！

(季羡林 译)

对古埃及人来说，除了尼罗河神之外，最重要的神祇无疑是太阳神拉和冥王奥西利斯。拉是开天辟地的神，据说他是与一个产生于混沌之际的黏液神努同时诞生的。他在努的体内孕育成形，然后以一个蛋形的花苞状升出水面。此后，他便成了天、地、人类以及动植物的创造者。在他升出水面之前，他说："我的名字在破晓时叫刻普拉，白昼时叫喇，傍晚时叫吞。"当他成形之后，他说："我把眼睛睁开，大地立刻光明；我把眼睛闭上，黑夜苍临大地。我给人类送来洪水与火灾。"

一 死亡与复活

奥西里斯是死亡与复活之神,大自然一年一度伟大变化的化身。古埃及人每年都要以悲哀和欢乐相交替的心情纪念这位大神。据说奥西里斯在世上称王治国时,曾开化了野蛮状态的埃及人,给他们法律,教他们播种小麦、葡萄,并使他们学会了榨酒和供奉诸神。由于他给人类带来了福祉,人们一致把他当作神来欢呼和崇拜。但他的弟弟塞特设计将他骗进银柜谋杀了他,又将银柜扔进了尼罗河。奥西里斯的妹妹,也是他的妻子伊希思历尽千辛万苦找到了银柜。但塞特又想法把银柜里的尸体剁成14块,四处抛散。后来伊希思和她的妹妹终于搜全了尸块,哀哭了一阵。她们的眼泪造成了尼罗河的泛滥。太阳神喇派豹头神阿奴比斯把奥西里斯破碎的身体拼拢,用麻布包好,举行了入殓仪式。伊希思用自己的翅膀扇着坟墓冷湿的泥土,终于使奥西里斯复活了,此后他就在阴间做了死人的国王。

古埃及人把奥西里斯的复活看作他们自己在坟墓以外永生的保证。他们相信人死后灵魂还在阴间游荡,只要死者的亲人把尸体保存好,像诸神保管奥西里斯的身体那样,每个人都有可能在另一世界永生。从这个观念中产生了著名的木乃伊制作、金字塔建造和《亡灵书》。富贵者用香料对尸体作防腐处理,以防止受潮、腐烂或被虫蛀。法老预先为自己建造了巨大的金字塔,以便死后将木乃伊放入其中,等待再生日子的来临。每一个虔诚的埃及人都希望自己的肉身死去后,亡灵能进入奥西里斯的灵魂之国。但这是一条异常艰险的道路,亡灵必须经过图阿特(太阳西沉后夜间经过的地方)的12个国家,沿途经受种种磨难,才能到达真理的殿堂(公平殿),接受奥西里斯的审判。埃及人相信,冥王高坐在殿堂正中,他面前放着一架天平。天平一端放着象征公平的羽毛,另一端放着死者的心脏。两侧有42位陪审官轮流发问,这些问题基本上属于亡灵生前的善恶行为,最后决定亡灵的命运,或判其升天国,或判其喂鳄鱼之类的怪兽。为了帮助亡灵通过这种种磨难和审问,法老的祭司和神职人员给亡灵写了一本下界的旅行指南,记载种种相关知识,包括对神的颂歌、对神鬼的各种应答、护身咒语等,供其应用。由此产生了世界上最古老的文学作品之一《亡灵书》。

二 《亡灵书》:反抗死亡

埃及学学者相信,《亡灵书》中的许多内容早在公元前3700年左右即被广泛应用,直到公元1世纪仍享有很高的声誉。它们不断地被缩写,转抄,再转抄,前后历经5000年之久。虔诚的埃及人,无论法老还是农夫,王后还是女佣,都是读着这本书长大的。他们在学校里阅读,在临死时参阅,他们相信幸福和永生来自于那些赞歌、祷文和咒语。对他们来说,这本书不是枯燥的教材,而是通向奥西里斯王国,通向永生的最美好的向导。古埃及人用象形文字将它抄写在纸草卷上,或镌刻在金字塔内壁上供死者(一般是法老之类的大人物)阅读。穷人没有能力购置《亡灵书》,只好托人抄一些片断或要点带给死者,以应付冥路上的磨难和冥王的审判。

需要说明的是,《亡灵书》(又名《死者之书》和《白昼通行书》)这个名称是19世纪的埃及学学者在金字塔内发现了许多抄有祭文的纸草卷后赋予的,实际上,这些经文、颂诗和咒语并不写于同一时代,其风格和特征也千差万别。现藏于大英博物馆中的《亡灵书》善本《阿尼的纸草》据信成书于公元前1450—前1400年间,是一位名叫阿尼的王室抄录员用黑色墨水抄写在纸草上的,书法精美并附有彩色插图。

从文学角度来看,《亡灵书》是一部巨大的宗教性诗歌总集,内容驳杂,种类繁多,汇集了大量的经文、颂神诗、歌谣和咒语等,反映了古埃及人的宗教信仰和价值观。如《阿吞太阳神颂诗》表现了对太阳神的无限崇拜。诗篇赞美太阳神为埃及两地带来光明,把大地照得一片金光,并从努圣水中创造了人类始祖,让所有的大地、岛屿和城镇充满生机。《献给奥西里斯的赞美诗》把奥西里斯说成是"王中之王,主中之主",祈祷者希望"以神灵的名义航向图阿特河,像柏努鸟那样飞向阿比多斯河,不再有什么事情能阻止我,进入图阿特之门"。

无疑,对死亡的否定和反抗是《亡灵书》反复出现的主题。考古学家们发现,"死亡"这个词在金字塔经文中从未出现过,除非是用在否定的意义上或用在敌人身上。《亡灵书》一遍又一遍强调的是这种不屈不挠的信念:死人活着。古埃及人相信永生是存在的,而心脏则是人的生命本质所在和灵魂的载体,只要保护好心脏,灵魂返回时就能找到它曾经生活于其中的"老家"。在一首题为《他保卫了他的心,抵抗破坏者》的颂诗中,一个已经通过冥王审判的亡灵,确信现在再也没有人能把心脏从自己身边带走。他相信自己是"幼小的植物和花朵的基本""永远开花的灌木花丛",能够像奥西里斯那样获得复活和永生。另一首题为《牢记本名,勿昧前因》的颂诗则要求死者牢记自己的本名,认识到人的名字与自我认同之间的关系:

> 在巨屋中,在火屋中,
> 在清点年岁的暗夜里,
> 在清算岁月的暗夜里,
> 但愿还我我的本名!
> 当东方天阶上的神圣
> 赐我静坐在他身旁,
> 当诸神一一自报大名,
> 愿我也记起我的本名!

(飞白 译)

凡此种种都体现了古埃及人的生命意识和自我意识的觉醒。

第三章　古希伯来文学

凭借一部圣书,讲述其中的故事和预言,吟唱其中的诗篇和哀歌,一个流浪的民族聚集在一起,顽强地生存下来,这无疑是人类历史上最伟大的奇迹。这个奇迹的创造者就是希伯来民族。这个民族注定要历尽磨难,在世界文化舞台上扮演一个重要角色。

希伯来人的祖先原先住在阿拉伯沙漠上,公元前2000年前后,离开故乡进入西亚的肥沃平原,游牧于幼发拉底河流域。因此,希伯来人的含义就是"从河那边来的人",一说为"流浪者",这个称呼来自迦南人。而犹太—希伯来的全部历史从根本上说也就是一部集体流浪或流散的历史。

公元前20世纪中叶,这个游牧民族入侵了巴勒斯坦。当时居住在那里的是迦南人。希伯来人征服了迦南人,并与之融合,定居下来。以后,他们又遭到了来自海上的强敌非利士人的进攻。在与非利士人的战斗中产生了不少英雄人物,如大卫、参孙等。大约800年之后,希伯来人开始建国,先后在南方和北方建立了犹太和以色列两个部落联盟。又过了100年左右,以扫罗为第一任国王的以色列王国形成。差不多与此同时,犹太部落的首领大卫也建立了独立的王国。后来,大卫又建立了统一的以色列—犹太国家。在大卫和他的儿子所罗门统治期间,国家出现了经济、文化的繁荣局面,为希伯来文学的产生奠定了基础。他们这时已经信奉耶和华为国家的保护神。

公元前925年,所罗门国王去世。统一的以色列—犹太国家重新分裂为南北两半。公元前8世纪到公元前6世纪之间,以色列王国和犹太王国先后分别被亚述帝国和巴比伦所灭,首都耶路撒冷被摧毁。五万多犹太人被虏到巴比伦。这就是历史上有名的"巴比伦之囚"。此后,这个地区又多次遭受外来人入侵,迫使大多数犹太人离乡背井,流落分散到世界各地。希伯来人这种曲折的、多灾多难的历史,在《旧约》中得到了反映。

一　圣书与民族英雄

《旧约》是犹太教的经典,收录了古代希伯来人的种种文献。为什么叫做"约"?"约"就是契约,但《旧约》不是世俗的契约,而是神圣的契约,是耶和华上帝和犹太人订立的约法。据《旧约》记载,上帝与犹太人曾订过三次约。第一次是上帝与诺亚订的约。上帝见人类罪孽深重,就决心用洪水毁灭之并重新创造。但他看到诺亚是个义人,就叫他预先做一只方舟。洪水来的时候诺亚一家进了方舟,并把各种各样的动物,公的母的各一对,放入方舟中,逃过劫难。直到鸽子衔来橄榄枝,天空出现彩虹,他们知道洪水退了,就出了方舟。虹是上帝和诺亚约定的标志。第二次是上帝与犹太部落首领亚伯拉罕订的约,标志是犹太人实行割礼,上帝则宣布犹太人为他所选定的子民。第三次是上帝与摩西在西奈山上订的约,制定"十诫",要犹太人尊奉他为唯一的神,他也答应不伤害犹太人等,并立以约柜。后来人们为了把这三个"约"区别于后起的基督教中耶稣和他的十二门徒订的"约",于是称前者为《旧约》,后者为《新约》,两书合为一本称作《新旧约全书》,是为《圣经》。

《旧约》共39卷,其形成年代不一,吸收了一些从近东国家收集来的神话、传说、赞歌和谚语。这些文学作品有的非常古老,很可能是希伯来人通过口耳相传的方式从别处带到"迦南福地"的。其中的《摩西五经》大约写于公元前900年,被认为是《旧约》中最古老的经卷。最晚的《但以理书》则是约公元前165年才写就的。整个《旧约》直到公元后一个世纪才固定为目前我们看到的文本形式。

《摩西五经》中的第一部《创世记》既可以看作希伯来人对人类起源和万物由来作出的宗教性解释,也可以看作一部杰出的文学作品。它以简洁生动的叙事技巧,从天地的形成、万物的创造和人类的起源讲起,讲到人类始祖亚当与夏娃的堕落,引出洪水神话和诺亚方舟的传说,一直讲到以色列祖先的族谱世系。《创世记》连同《出埃及记》《约书亚记》《撒母耳记》和另外几卷叙述性的经书,构成了一部散文写就的史诗,记叙了耶和华的特选子民多灾多难的历史,同时描写和歌颂了本部落的英雄人物，其中最著名的是摩西、大卫和参孙。

摩西的神秘出身，以及他带领以色列人出埃及、过红海、穿越西奈沙漠、制订"摩西十诫"，最终抵达约旦河东的经历，展现了一个集先知、宗教领袖、军事首领、立法者、演说家和诗人于一身的远古部族英雄的崇高形象。在后世西方文学中，"出埃及"成为民族独立和社会解放的原型象征。

大卫是以色列的少年英雄。在战斗危急关头挺身而出，敢于同非利士人的巨人欧利亚作战，用牧羊用的抛石器抛出石头将其打倒，割下首级。参孙是以色列人的士师，由于出生时耶和华赐予他三根头发而战无不胜。后来被敌人用计割去头发而失去力量，成了非利士人的俘虏，被剜去双眼，投入监牢。最后他在非利士人举行庆典时推倒支撑圣殿的双柱，与敌人同归于尽。这两个故事影响很大，在西方广为流传。后世不少西方作家、艺术家以此为题材创作作品。16世纪意大利著名画家和雕塑家米开朗基罗用一块7米高的整块大理石雕刻了大卫像，表达了文艺复兴时代生气勃勃的精神。17世纪英国诗人弥尔顿因参加清教徒革命失败而被复辟政府关在牢中，双目失明的他在狱中以参孙故事为原型创作了长诗《力士参孙》，表达了誓与敌人斗争到底的顽强精神。

二 赞美诗、哀歌与情歌

一般认为，代表《旧约》最高文学成就的是诗歌。像许多古代民族一样，希伯来人喜欢用质朴的民歌来表现他们世俗的生活和劳作，更喜欢用富于韵律和节奏的抒情诗来赞美上帝耶和华，这些抒情诗构成了《旧约》中最大的诗歌集《诗篇》。《诗篇》共收录150篇诗歌，其中的作品大多注有作者姓名、写作背景和配乐说明，可见当时是可以吟唱的。由于《诗篇》中有半数以上的作品注明是大卫所作，故通常被称为"大卫的诗"。这些作品中既有表现个人感情的，也有表现忧国忧民情绪的，很大一部分是祷告上帝、赞美神恩的祷诗。学者们普遍认为，在《圣经》所有诗意浓郁的经卷中，《诗篇》对西方文化与基督教崇拜仪式的影响是最大的。

《耶利米哀歌》是《旧约》中最动人的篇章之一，它是希伯来民族的一曲绝唱，也是希伯来诗歌发展到顶峰的标志。在某种意义上，我们可以把《耶利米哀歌》的作者耶利米与中国的屈原相比。两位先知型的诗人都处在国家民族危亡关头，他们的直言进谏或预言呼告都未能引起统治者或国人的重视。他们的命运也有惊人的相似之处：屈原遭到贬斥和流放，最后自沉汨罗江；耶利米则被统治者关进地牢，直到国家灭亡，圣城耶路撒冷被毁。不仅如此，甚至在艺术手法上，《离骚》和《耶利米哀歌》也有某些相似之处。《耶利米哀歌》的节奏用了著名的"气纳体"，即每一诗句中间有间歇或停顿，顿前三个音步，顿后两个音步，仿佛人在哭泣吞声时无法一口气说完一个完整的句子，只能说半句停顿一下再说下半句。通过这种有意压抑情感的表现方式，反而使情感的抒发变得更加有力。翻译家朱维基用骚体翻译《耶利米哀歌》，在句子中间插入一个表示语气的"兮"字，较为贴切地传达了原诗的音韵节奏效果。如第一歌哀叹圣城耶路撒冷劫后的惨象：

> 峥嵘繁华之城兮，今何凄楚！
> 列国之佼佼者兮，萎如寡妇，
> 诸城中之帝后兮，降为奴仆。
>
> 彼痛哭于中夜兮，涕泪纵横，
> 亲友中不见人兮，向彼慰问。
> 知心亦怀鬼胎兮，视若敌人。
>
> 犹大遭受放逐兮，苦役酸辛，
> 窜居异国流浪兮，举目无亲，
> 迫害者乘人危兮，狭路相寻。
> ……

（朱维基 译）

此外，《耶利米哀歌》还运用了"贯顶法"，即将全诗的22小节，按照希伯来字母表中22个字母的顺序排列，每小节首句依次用一个字母，即以第一个字母"阿雷弗"为全诗第一节的首字母，"贝斯"为第二节的首字母，依此类似，最后一个字母"刀"作为最后一节的头字母。通过这种方式，将全诗融贯成一个整体。

与《耶利米哀歌》凄惨、悲切的抒情风格相比，《雅歌》以其意象的美丽、词句的优雅和感情的细腻而著称。《雅歌》相传为所罗门所作，故被名为"所罗门的歌"，又称为"歌中之歌"。但一些学者认为它最初可能是婚礼庆典中演唱的。据考，古代西亚某些地区的新婚庆典要连续举行7天或14天。在这期间，新婚夫妇会把自己打扮成国王和王后，亲友们则簇拥着他们载歌载舞。另有一些学者根据《雅歌》的内容认为它更多受到了希腊晚期牧歌的影响，因为在该诗产生的时代，西亚一带已经受到希腊化文化的影响。据此，人们推测出《雅歌》的情节，认为它讲述了所罗门王和一位书拉密牧羊女子从邂逅、求爱、定情到举行婚礼的全过程。爱情故事发生的地点是黎巴嫩的山林，诗中出现的许多自然景物和动物意象，体现了鲜明的游牧民族特色。如男主人公赞美女主人公时唱道：

> 我的佳偶，你甚美丽，你甚美丽。你的眼在帕子内好像鸽子眼。你的头发如同山羊群，卧在基列山旁。
>
> 你的牙齿如新剪毛的一群母羊，洗净上来，个个都是双生，没有一只丧掉子的。
>
> 你的唇好像一条朱红线，你的嘴也秀美。你的面颊在帕子内，如同一块红石榴。
>
> 你的颈项好像大卫收藏军器的高台，其上悬挂一千盾牌，都是勇士的藤牌。
>
> 你的两乳好像百合花中吃草的一对小鹿，就是母鹿双生的。
>
> 我要往没药山和乳香的冈去，直等到天起凉风，日影飞去的时候回来。

（孙小平 译）

此外，诗中也出现了细腻的女性心理描写，展示了一个处在热恋中的少女思念情人时如梦非梦的似水柔情。

三 信仰与理性

《约伯记》是《旧约》中一部修辞华丽的哲学诗篇,具有一个宏伟的戏剧性结构。全诗探讨的中心是信仰问题。约伯是个义人,家庭美满,子女众多,家产丰厚,奴仆成群。然而却被上帝选中作为试探人的信仰能否持久的"试验品"。上帝让魔鬼出面一次又一次地毁掉约伯所有的一切,先让他的仆人被杀,再用天火将他的牛羊烧死,接着又让狂风刮倒他的屋子,他的子女全被压死。但这一切都没能使约伯放弃对上帝的信仰。最后,考验落在约伯本人身上。上帝让魔鬼使他全身从头到脚长满毒疮。但约伯坐在地上用瓦片刮自己的身体,还是一如既往地保持着对耶和华的信仰。戏剧的高潮是约伯和他的三个朋友争辩,企图解释好人受苦的原因。他的朋友从传统的"神正论"出发,怀疑约伯肯定犯下了罪孽才会遭此天谴。约伯则拒不承认,相信自己无罪。最后,风云骤变,旋风中传来耶和华的声音,肯定约伯是义人,并说他在极端的苦难中,怀疑并责难上帝是当然的。

尽管《约伯记》最后给出了一个美好的结局:上帝让约伯加倍地获得了他失去的一切,但整个诗剧并没有对好人为何受难这个关键问题做出解答,它似乎试图传达出某种神秘的观念,即任何寻求人类受难原因的企图都是徒劳无功的,因为上帝的意志是神秘的,是人的理性所无法把握的。

一位中国学者指出,《约伯记》的伟大不在于它的结论,而在它的过程,是惶惑、疑问、不解,因而不断探索的过程。这种精神体现在大量的问句上。而这种由不解而怨而求解的精神是一切伟大作品所共有的——《俄狄浦斯王》、屈原的《天问》、但丁的《神曲》、莎士比亚的《哈姆雷特》和弥尔顿的作品。

在希伯来人眼中,《旧约》不是一部文学作品,而是神赐的文字。从文学的角度来看,我们可以说《旧约》是希伯来文学总集,它集中了希伯来文学的精华和主要成就,运用了包括抒情、比拟、象征、比喻等在内的常见的文学手法,对后世西方文学产生了广泛而深远的影响。20世纪西方最负盛名的加拿大文学批评家诺斯洛普·弗莱把《圣经》称为"伟大的代码"。因为他发现,这部圣书从头到尾都是用比喻或象征的语言来表述,这些比喻、象征和寓言前后呼应,暗中联结为一个丰富完整的密码系统,不仅为《旧约》和《新约》提供了双重蕴含的叙述模式,而且给后世西方文学奠定了构思、想象和表述的原型基础。文学史家们一致认为,整个西方文学的发展,其源头可追溯到以希伯来和希腊为核心的"两希"文学传统。可以毫不夸张地说,不了解《圣经》,就无法读懂以但丁的《神曲》、莎士比亚的戏剧、弥尔顿的史诗、歌德的《浮士德》、托尔斯泰的《复活》、陀思妥耶夫斯基的《罪与罚》、卡夫卡的《审判》等为代表的西方文学正典。

第四章　古印度文学

从西亚的肥沃平原,我们进入南亚的崇山峻岭。从地理上看,印度的地形天然为高原所阻隔,它的北方和西北有片巨大的高原,著名的喜马拉雅山背靠着青藏高原;东向东南向,延为许多大山脉,南部则有德干高原。四面皆山的环境形成印度特有的高原文化。从气候上看,印度在北纬30度以南,地近热带,或可称为亚热带气候。全年分六个季节——夏、雨、秋、寒、冬、春。按照某些文化地理学家的观点,高原—亚热带气候似乎与宗教有着某种天然联系。在漫长的历史发展过程中,印度人创造了包括婆罗门教、佛教、耆那教和印度教在内的多种宗教。印度教亦称"新婆罗门教",是在吸收了上述其他几种教义和民间信仰的基础上演化而成,因而成为印度人中信徒最多的宗教。

一　泛神论与颂神诗

印度教信奉的神数以万计,是一种典型的多神教。在较早的系统中,天神因陀罗是主神。后来大梵天、毗湿努和湿婆逐渐占据了更重要的地位,成为三大主神。大梵天司创造,他有四脸四臂,能够眼观四面八方,并能在各处活动。毗湿努司保存,其标记为一个象征神力的转轮,一根象征权力的权杖和一枚代表水、生育和财富的法螺,据说他有十种化身,包括鱼、龟、野猪、人、狮子、罗摩和佛陀等。湿婆有四条手臂,三只眼睛,他通过令人恐怖的舞蹈,既毁灭又创造,使宇宙保持着平衡。

《吠陀》是婆罗门教的经典,也是印度最古老的文献,它的成书年代约在公元前1500—公元前1000年之间。据说最初是雅利安人带来的,后来由婆罗门教祭司编订,奉为经典,通过口耳相传的方式流传下来,直到19世纪才印成书籍。《吠陀》是梵文 veda 一词的音译,意为知识总汇,也可以说是古代印度的百科全书,它与神话、宗教、巫术的关系非常密切。《吠陀》包括《梨俱吠陀》《阿达婆吠陀》《娑摩吠陀》和《夜柔吠陀》等四部,文学价值以前两部为最高。

《梨俱吠陀》是一部颂神诗,被印度教奉为圣典,一字一音不可更易。整个诗篇基本上是采用颂诗形式向诸神表示赞美、恳求或劝说。诗篇的作者信奉的是"泛神论",认为神存在于万物之中。他们仿佛用儿童的目光看待大自然,以质朴的语言和鲜明的色彩,描绘各种自然现象,直率地表达惊奇、赞叹、敬畏等宗教感情。在吠陀诗人眼中,夜是一位女神,她用许多眼睛观察各处;黎明是一位经母亲打扮的永远年轻美丽的少女,又像衣着漂亮的舞女;暴风雨是哞哞鸣叫的公牛、赐予植物生命的种子;而太阳则公正无私地"洞察一切":

> 在洞察一切的太阳面前,
> 繁星似窃贼,悄然逃散。
> 太阳从朝霞怀中起身
> 像卷起皮子那样卷起黑暗。

(金克木 译)

成书较晚的《阿达婆吠陀》主要收录了巫术用的咒语。初民把语言看得非常神秘,认为它有魔力,不用实际接触,就能远距离交流思想感情。从万物有灵论出发,他们相信可以以语言(咒语)为工具,在人与自然和其他非人的物体之间建立起交感。《阿达婆吠陀》中的咒语种类繁多,有用于求雨、治病的,驱除毒蛇猛兽、恶鬼仇敌的,求得长寿富贵、家庭和睦的,甚至还有用于求爱的,叫相思咒。

> 像藤萝环抱大树,
> 把大树抱得紧紧;
> 要你照样紧抱我,
> 要你爱我,永不离分。

> 像老鹰向天上飞起,
> 两翅膀对大地扑腾;

> 我照样扑住你的心，
> 要你爱我，永不离分。
>
> 像太阳环着天和地，
> 迅速绕着走不停；
> 我也环绕你的心
> 要你爱我，永不离分。
> ……

（金克木 译）

现代读者往往会用诸如"比兴"或"比喻"之类术语解释上述咒语诗运用的手法，实际上它是巫术思维的产物。念咒者真诚地希望并相信，仅仅运用语言的魔力就可以控制对方的情感，达到自己的目的。

二　两大史诗：瑜伽与"达摩"

古代印度人不但善于抒情，也喜欢用诗的形式讲述长篇故事。《摩诃婆罗多》是印度最伟大的英雄史诗。全诗长达10万颂（颂是一种印度诗体，一颂2行，每行16个音），相当于荷马两大史诗总和的8倍，被认为是目前已知的古代世界文学中上最长的史诗。据考证，史诗的主要部分大约产生于公元前4世纪，直到公元4世纪才最终形成。史诗的作者相传是毗耶娑（广博仙人），生平不详。但从史诗包罗万象的内容和驳杂不一的风格来看，它显然是集体创作的结晶，毗耶娑可能是史诗的一位主要作者或编纂者。

《摩诃婆罗多》书名原文意为"伟大的婆罗多族的故事"，讲述的是印度古代婆罗多族中的两大王族——般度族和俱卢族为争夺王位继承权而展开的内战。以坚战为首的般度族五兄弟是合法的王位继承者，但他们一而再、再而三地受到以难敌为首的俱卢族的阴谋陷害，被迫流放森林。13年后流放期满，般度族五兄弟回来索要其应得的国土时，遭到俱卢族的拒绝。于是双方展开了一场血战。像许多古代史诗一样，天上的诸神也卷入了人间的战争。在牧牛神黑天的支持下，代表公正、谦恭、仁慈的般度族五兄弟最终获得了胜利,打败了企图霸占王位的贪婪、傲慢、残忍的俱卢族。

史诗包括了大量的神话、传说、寓言以及哲学和道德说教,其中最重要的部分是说教诗《薄加梵歌》。这是主人公和毗湿奴大神之间的哲学对话,它颂扬德与善,主张非暴力,旨在探索、内省人的灵与肉的和谐。《薄加梵歌》开篇第一章讲到,当般度族和俱卢族两支大军在俱卢之野摆开阵势准备交战时,般度族的第三子阿周那不禁对即将被屠杀的父老兄弟产生了忧伤和悲悯之情:

> 哎!我们竟然横下心来,
> 去招致不容宽恕的罪过,
> 诛戮自己的宗室家人
> 却是为了王权和享乐。
>
> 即使是持国的儿子们
> 用利刃杀我于战场,
> 我也决不挥戈抗争,
> 如此倒觉得坦然舒畅。

(张保胜 译)

《薄加梵歌》赞颂得最多的是瑜伽态。Yoga 一词来自梵文,意为"相应"或"契合至真之道",其真谛是净思:

> 靠瑜伽阻止狂奔的心意
> 狂奔之心才能被降服,
> 唯有通过静观自我
> 才能在自我中得到满足。
> 如果自我达到了瑜伽态,
> 处处等观而无丝毫差别,
> 他便会在一切中见到自我,
> 也会在自我中见到一切。

(张保胜 译)

《薄伽梵歌》对后世的影响远远超过了史诗本身。据说每一个印度教徒,不管他是否读过这部圣诗,其思想和行动无不受到它的熏陶和影响。现代印度的国父圣雄甘地主张以非暴力反抗英国殖民者,其思想来源也可追溯到《薄伽梵歌》。

另一部梵文英雄史诗《罗摩衍那》(意为"罗摩的漫游"或"罗摩的生平")篇幅要短得多,只有 2 万 4 千颂,约为《摩诃婆罗多》的四分之一,相传为跋弥(蚁垤)所作。史诗通过讲述男主人公罗摩与其妻子悉多的悲欢离合故事,宣扬了印度教"达摩"(Dharma,正法)的观念。"达摩"意为万事万物之内在的本质规定性。宇宙中每事每物都各有其"达摩",才形成世界秩序。人间也是如此。每个社会成员都必须按照其出生时的地位身份,尽到自己的职责,坚守自己的"达摩"。这种观念有点类似于古代中国的"君君臣臣父父子子"。不过印度的观念中,除了伦理性之外,更强调其宗教性的方面。按照印度教的说法,一旦"达摩"被破坏,世界就会陷入混乱,这时毗湿奴神为了恢复宇宙秩序,就会化身下凡,惩恶扬善,重建"达摩"。

在这部史诗中,我们看到,已被立为太子的罗摩为了不使父亲十车王背上食言的恶名,甘愿放弃王位,与妻子一同流放到森林中。被迫继承王位的异母弟弟则不肯即位,始终在空缺的王位上供奉着其兄的鞋子。罗摩在森林中拒绝了魔王之妹的求爱,引起魔王的报复。魔王劫走罗摩的妻子,逼其就范,遭到严词拒绝。罗摩在神猴哈奴曼的帮助下夺回了妻子,却对她的贞操产生了怀疑。悉多无畏地投入烈火,证明自己的清白,最后回到大地母亲的怀抱中。最后,罗摩兄弟一一抛弃凡体,升入天国。这里,兄弟之间互爱互让,夫妻之间忠于爱情,各尽其责,都体现了"达摩"的精神。史诗特别加以颂扬的是罗摩,他经受了种种痛苦和磨难,依然坚持了自己的"达摩"。在属于晚出部分的史诗篇章(第 1 和第 7 篇)中,罗摩被说成是印度教徒崇拜的大神之一毗湿奴的化身。

《罗摩衍那》的叙事结构表现了某种颇具后现代色彩的"文本自述"。史诗末篇写到,罗摩的两个儿子栖身森林,不知生父是谁。一个苦行僧教他们读书识字。奇怪的是那位老师就是史诗的作者跋弥;而他们读的书就是《罗摩衍那》。罗摩宰马设宴;跋弥带了门徒前来。他们用琵琶伴奏,演唱了《罗摩衍那》。罗摩听了故事,认了自己的儿子,然后酬谢了诗人……于是,史诗的结尾与开头融为一体,成为一个如蛇般自噬其尾的圆圈,将读者带进一个文本自我指涉的迷宫。

三　个人抒情诗与诗剧

4—5世纪之间,印度出现了一位杰出的诗人、戏剧家迦梨陀娑(约350—472)。据说他年轻时曾在迦梨女神的庙宇中祈祷女神赐予智慧,结果如愿以偿,为纪念女神而起此名,意为"迦梨女神的奴仆"。迦梨陀娑一生共写了30部作品,包括史诗、抒情诗和戏剧,其中最著名的是抒情长诗《云使》和诗剧《沙恭达罗》。

《云使》意为"云的使者",是一首优美的抒情长诗。全诗写一位名叫药叉的小神因失职而被流放到南方的罗摩山,远离自己北方的家乡;在六月雨季来临的时候,印度洋温暖的季风会携带着大朵大朵的雨云,自南向北掠过南亚次大陆;于是,聪明的药叉把自己对妻子的思念托付给一片雨云,让飘移的云朵代他诉说衷肠。全诗分两个部分。《前云》部分主要告诉云朵应走的道路;通过药叉之口,描绘了南亚次大地的风光,山山水水都饱和着诗人的感情:

> 云啊!现在听我告诉你应走的路程,
> 然后再倾听我所托带的悦耳的音讯;
> 旅途疲倦时你就在山峰顶上歇歇脚,
> 消瘦时便把江河中的清水来饮一饮。
> ……
> 前面蚁蛭峰头出现了一道彩虹,
> 仿佛是种种珠光宝气交相辉映;
> 你的黑色身躯将由它得到无穷美丽,
> 像牧童装的毗湿奴戴上闪光的孔雀翎。
>
> 不懂挤眉弄眼而眼光充满爱意的农妇

> 凝神望你,因为庄稼要靠你收成;
> 请升上玛罗高原的刚耕过的芬芳田野,
> 稍转向西,再以轻快的步伐向北前进。
> ……
>
> (金克木 译)

《后云》部分写云朵来到药叉的家乡阿罗迦城的情景。诗歌渲染了阿罗迦城的壮丽以及生活在那里的女子的美丽和多情,然后引出自己妻子的美丽的形象,想象她一定因为思念自己而面容憔悴,嘱咐雨云"用你的水滴所冰过的凉风把她唤醒,还有新鲜的茉莉花苞来使她精神焕发",然后用雷声做语言转述自己要对她说的喁喁情话。

《云使》的语言风格既华美又自然,全诗用了"缓进调"的格律,每节四行17个音节,用长而缓慢的节奏,表现乌云满含水分、雷声电光的气氛。《云使》取得的艺术成就引起后人竞相模仿,出现了《风使》《鹦鹉使》《蜜蜂使》《天鹅使》《月使》《杜鹃使》和《孔雀使》等,形成印度文学史上的"信使体"诗体。

迦梨陀娑最负盛名的作品是七幕诗剧《沙恭达罗》(又名《孔雀女》),其情节取自《摩诃婆罗多》和《莲花往世书》,但经过诗人"点铁成金"式的再创作后焕发出新的光彩。全剧通过国王豆扇陀和净修女沙恭达罗的爱情纠葛歌颂了忠贞不渝的爱情。豆扇陀在一次狩猎中走进了净修林,与修院主人的女儿沙恭达罗不期而遇,一见钟情。俩人用干闼婆方式(自由恋爱)结为夫妻。国王送给少女一个戒指作为信物后离去。之后,沙恭达罗因日夜思念国王而不小心得罪了一位仙人,仙人诅咒她将为国王所忘。在沙恭达罗女友的央求下,仙人减轻了诅咒,允许国王在看见他自己送给沙恭达罗的信物时恢复对她的记忆。但结果,因怀孕而前去寻找国王的沙恭达罗在路上失落了戒指,她在指认国王时因无法提供信物而被国王赶出了王宫。她走投无路,痛不欲生,被母亲天女弥诺迦救到天上。多年以后,国王从一位渔夫手中得到戒指恢复了记忆,来到天上与沙恭达罗和他们的儿子团圆。

诗剧给人留下深刻印象的不光是它生动曲折的情节,更在于它采取了将现实情节和神话情节相结合的表现方式。这既有利于展示现实生活,又便于寄托作家的理想。剧本安排了三个不同的场景,分别表现不同的人物性格特征和境界。代表自然界的净修林,孕育了沙恭达罗单纯和质朴的性格;代表社会界的宫廷,促使豆扇陀犯下"始乱终弃"的罪行;而摆脱了自然界和社会界束缚的仙界,则体现了作家的愿望和理想。男女主人公只有在这里才能共庆团圆,获得人世间不可能实现的幸福。

《沙恭达罗》还具有浓郁的抒情性,善于通过拟人化的景物描写剧情、烘托人物性格。第四幕讲到沙恭达罗准备离开净修林前去寻找国王时,草木鸟兽都向少女表达了恋恋不舍的惜别之情,净修林中弥漫着浓郁的离情别绪:

> 小鹿吐出了满嘴的达梨薄草,孔雀不再舞蹈,
> 蔓藤甩掉褪了色的叶子,仿佛是把自己的肢体甩掉。
> ……
> 那野鸭不理藏在荷花丛里叫唤的牡鸭,
> 它只注视着你(沙恭达罗),藕从嘴里掉在地下。
>
> (季羡林 译)

《沙恭达罗》于18世纪被译介到西欧,据说对德国作家歌德颇有影响,其时他正在创作诗剧《浮士德》,看了这部作品后赞不绝口,写了几首诗加以赞美。其中一首写道:"倘若要用一言说尽——春华秋实,大地天国,心醉神迷,惬意满足,那我就说:沙恭达罗!"

第五章　古希腊文学

与西亚、北非的大河文明和古代印度的高原文明相比,希腊半岛以地少山多、海岸曲折、岛屿密布为其地理环境特色。海洋主宰了它的气候,也在一定程度上影响了它的历史和文化。在明亮的南欧阳光、蔚蓝的地中海水抚慰下成长起来的希腊民族,对色彩、形象、音韵和节奏有着敏锐的感受力和精细的分辨力。希腊语音调柔和、悦耳动听,是天然的诗的语言。像所有古代民族一样,希腊人很早就发出了诗性的声音,但由于没有文字记录,其文学创作一直停留在口耳相传的草创阶段。直到荷马时代,他们从地中海东岸的腓尼基人那里学会了字母拼写,才避免了被湮灭的命运,进入了有文字记载的历史。

一　神话与命运观

古希腊神话是古希腊文学的母体,也是后世文学取之不尽、用之不竭的艺术宝库。与我们前面讲到的巴比伦、埃及和印度神话不同的一点是,希腊神话首先以其神谱的完备系统著称于世。尽管希腊神谱的形成经历了一个漫长的过程,吸收和融合了埃及和小亚细亚、近东地区的部分神话,但是当赫西俄德(约公元前700年)写作他的《神谱》时,以宙斯为主神的十二大神系统已经基本形成。诸神居住在奥林波斯山上,各司其职,井然有序地管辖着天上、海上、地上和冥界的各种生灵。

希腊神话是神的故事和英雄传说的总汇。神的故事包括开天辟地、神的诞生、神的家族、神的活动、人类的起源等等,英雄则被说成是神和人结合所生的后代。

人神同形同性、神人交混是希腊神话最突出的特征。希腊的诸神没有三头六臂,面目也不狰狞。更重要的是,他们与人一样,也有七情六欲,也会撒谎,吹牛,嫉妒,也会犯错误。众神之王宙斯经常按下云头,溜下奥林波斯山,与他看中的人间女子幽会,生下一些半神半人的私生子。而他的嫉妒心重的妻子赫拉则总是关注着宙斯的一举一动,并想方设法迫害那些与其丈夫有过交往的女子,甚至连她们的孩子也不放过。当然,多情的宙斯也总能找到办法使自己的幼小后代免遭灾难,或把他们缝进自己的身体保护起来,或使他们升上天空成为某个星座。神与人的唯一区别在于,神是不死的,而人则是"必死之物"。这种鲜明的人本主义倾向说明希腊人是"健康的儿童",他们把自己注重现世享乐的精神投射到了自己创造的诸神身上。但这也遭到后来某些哲学家的反对。雅典的哲学家柏拉图(前427—前347)就主张把诗人赶出他的"理想国",让哲学家来当王,因为诗人描写了诸神的种种弱点,使人失去对神的信仰。

命运观念是希腊神话的关键,反映了处在蒙昧时期的初民面对时时肆虐的狂暴的大自然和变幻莫测的人间纠葛而产生的恐惧。命运三女神中的克洛托不动感情地纺着生命之线;拉克西斯使生命之线通过各种命运的波折;阿特洛波斯(意为"不可避免的")则无情地剪断生命之线,从而终结某个"必死之物"的生命。命运观念在后来的悲剧中将得到进一步的探讨和阐发。

二 荷马史诗:战争与冒险

公元前9—前8世纪之间出现的荷马史诗,始终是希腊人的骄傲,以至有7个城市争夺荷马出生地的光荣。但史诗本身的内容实际上奠基于数百年来历代民间歌手的创作积累。史诗中不断重复出现的短语、诗句和程式化套语(如"当黎明那玫瑰色的手指刚刚呈现"等),鲜明通俗,固定易记,形成了史诗既博大精深,又不脱程式规范的民间创作特色。尽管如此,作为史诗编定者之一,荷马的非凡天才在世界文学史上依然是首屈一指的。这位双目失明的爱奥尼亚流浪诗人以其驾驭宏伟结构的高超艺术能力,将民间流传的有关特洛伊战争的传说、歌谣、史诗片断融汇为两部格调严肃、表达完美、脉络井然的英雄史诗。一位评论家指出,荷马史诗像大海一样有力,它一会儿如怒涛汹涌,一会儿又如潺潺细流。家园与冒险,战争与和平,离家与返家,胜利的进攻和痛苦的焦虑,冒险生活的这种"起"与"伏",构成了两大史诗的内在节奏。

《伊利亚特》(意为"伊利昂之歌")全篇15693行,用集中、收缩和概括的手法,将长达十年之久的特洛伊战争浓缩于50天中,通过希腊联军主将阿基琉斯的两次愤怒串连起整篇史诗,其高超的叙事艺术令后人叹为观止。史诗把读者引进一个充满激情、暴力和血腥的世界,展现了一系列栩栩如生的英雄形象。

按照荷马的观点,英雄或壮士是神的后裔,天之骄子,凡人中的宠儿。英雄们具备凡人所羡慕的一切,是阿开亚人中的俊杰。他们出身高贵,人人都有显赫的门第,可资夸耀的家族,坐霸一方,王统天下。他们相貌俊美,仪表堂堂,鹤立鸡群于芸芸众生之中。英雄世界的价值观的中心内容是荣誉、声誉、面子。他们把个人的荣誉和尊严看作比生命更重要,因而是更为可贵的东西。损害壮士的荣誉和尊严,夺走本应属于他的所有,意味着莫大的刺激和冒犯。维护自己的荣誉和尊严亦即维护自己的人格、家族的名誉和人际关系的公正。

《伊利亚特》触及的一个最根本的问题是人生的有限和在这一有限的人生中人对生命和存在价值的索取。阿基琉斯出生时,神谕曾说他将有两种命运,或过和平生活而幸福长寿,或上战场博取荣誉而夭亡。阿基琉斯毅然选择了后者。与英勇、鲁莽而忠于友谊的希腊联军主将相比,特洛伊方面的英雄赫克托耳则更富于责任心和悲剧色彩。他在明知特洛伊要打败仗的情况下,告别了妻子和幼小的儿子,勇敢地踏上了与阿基琉斯决战的不归路。

《伊利亚特》以其豪迈、强烈和悲壮的风格著称,《奥德赛》(意为"奥德修斯的故事")则更为优美、轻柔、委婉,带有某种喜剧色彩。全篇24卷12110行,讲述了希腊联军将领奥德修斯在特洛伊战争结束后归家的艰难历程。由于海神波塞冬的一再阻挠,他不得不在海上漂流了整整十年,历经种种艰难困苦。期间,他一方面要率领他手下的船员与独眼巨人、塞壬之类的妖魔鬼怪作斗争,一方面又要想方设法让他们不因贪图一时的舒适(如在食莲人国)而忘记回归家园这件大事。诗学大师亚里士多德(前384—前322)曾给《奥德赛》的内容作过高度的概括:一个人离家多年,被波塞冬暗中紧盯不放,变得孤苦伶仃。此外,家中的境况亦十分不妙:求婚人正挥霍他的家产,并试图谋害他的儿男。他在历经艰辛后回到家乡,使一些人认出他来,然后发起进攻,他消灭了敌人,保全了自己。

  史诗用生动的细节充分展现了这个足智多谋的希腊英雄的性格特征。史诗第19卷讲到,奥德修斯在历尽艰险终于抵达家乡伊萨卡的时候,为了考验分别多年的妻子佩涅洛帕是否对他忠诚,乔装打扮成一个乞丐,在自己家门口行乞,被佩涅洛帕收留。老女仆按照好心的女主人的吩咐给这位外乡人洗脚。在所有的古老故事中,这通常是向疲惫的流浪者表示好客的第一道礼节。老女仆打了凉水,兑上热水。奥德修斯坐在火炉旁,立即把身子转向暗处,因为他倏然想起,老女仆抓住他的脚,会立即认出他小腿上的伤疤(那是他小时候打猎时留下的),从而暴露身份。果然,老女仆给他洗脚,立即发现了那伤疤——

> 老女仆伸开双手,手掌抓着那伤疤,
> 她细心触摸认出了它,松开了那只脚。
> 那只脚掉进盆里,铜盆发出声响,
> 水盆倾斜,洗脚水立即涌流地面。
> 老女仆悲喜交集于心灵,两只眼睛
> 充盈泪水,心头充满热切的话语。
> 她抚摸奥德修斯的下颌,对他这样说:
> "原来你就是奥德修斯,亲爱的孩子。
> ……"

(王焕生 译)

  她还来不及兴奋地喊出声来,足智多谋的奥德修斯便轻轻捂住她的喉咙,对她又哄又吓,不让她出声,以免坏了自己的大计。直到他与儿子特勒玛科斯合作,用计将外来的求婚者统统杀死后,分别20年的夫妻才最终相认,互叙离情别苦。

  在后世西方文学中,奥德修斯(拉丁文名为"尤利西斯")的冒险、流浪和回归家园成为人类永恒命运的原型性象征,激发了许多诗人和小说家的创作灵感,其中最著名的是 20 世纪爱尔兰作家詹姆斯·乔伊斯创作的长篇意识流小说《尤利西斯》。

荷马史诗用的是长短短格六音步诗体,风格庄重、缓慢,适于在大庭广众吟诵。随着时代的发展,自我意识在社团的母体内逐渐孕育成熟,新的时代要求一种更轻快、简洁,更宜于表现个人感情的诗体和格律。于是,个人抒情诗应运而生。

三 抒情诗

在希腊语中,抒情诗一词的原意是"琴歌",即用七弦琴伴唱的诗歌。传说公元前 7—前 6 世纪初生活在雷斯博斯岛上的诗人兼音乐家泰尔潘得罗斯是琴歌的创始人。他从吕底亚人那里引进四弦琴,加了三根弦,制成七弦琴,自己作词作曲,自己弹唱。琴歌进一步发展,形成了两种不同的体裁:独唱体与合唱体。希腊民族两个最伟大的分支伊奥尼亚人和多利安人分别将其中之一发展到登峰造极的地步,并给后世以深刻的影响。

独唱体琴歌在伊奥尼亚群岛上繁荣发展,尤以雷斯博斯岛为盛。当时这个岛屿是希腊的文化中心之一,许多名门贵族都组织了类似现代文艺沙龙的小团体,或称"缪斯之家"。这些团体大多由女子主持。其中以蒂利尼城的贵族女子萨福(公元前 610—前 580?)主持的一个崇拜爱神阿芙洛狄忒的小团体最为著名。参加这个团体的是一批能歌善舞、多才多艺的未婚女子。她们在萨福的带领和指导下学习弹琴、崇拜仪式,安排白昼和月夜的庆典之舞,吟唱萨福创作的饱含激情的情歌和婚礼歌。与此同时,克里特少女则随着曲调:

> 以纤足环绕神圣的祭坛舞蹈,
> 敬畏地踏着遍地茂盛的花草。

(飞白 译)

尽管萨福创作的诗歌大多已散佚,但从留存下来的残篇断简中,现代读者依然还能感受到这位世界文学史上最早、最伟大的女诗人如火般热烈、大胆的情感辐射力。

> 我觉得,谁能坐在你的面前,
> 幸福真不亚于任何神仙,
> 他静静地听着你的软语呢喃,
> 声音那么甜,
>
> 啊,你的笑容真叫人爱煞。
> 每次我看见你,只消一刹那,
> 心房就在胸口狂跳不已,
> 我说不出话。
>
> 我舌头好像断了,奇异的火
> 突然在我皮肉里流动、烧灼,
> 我因炫目而失明,一片嗡嗡
> 充塞了耳朵。
>
> 冷汗淋漓,把我的全身浇湿,
> 我颤抖着,苍白得赛过草叶,
> 只觉得我似乎马上就要死去,
> 马上要昏厥
>
> 但……我能忍受一切。

(飞白 译)

现代读者很少能接触到希腊的合唱诗,它起初用于宗教仪式,后来则用于奥林匹克竞技会庆典仪式,代表城邦和人民发言。因此,它的中心在斯巴达。斯巴达人是多利安人中最主要的一支,他们果敢、强悍、好战,崇尚集体主义荣誉,认为娱乐诸神的最好方式莫过于展示娇艳俊美的肉体,表现健康和力量都发展到家的肉体。因此,他们把举办各种各样的竞技、田径运动会看作整个城邦的大事。最伟大的合唱体诗人是品达(一译品达罗斯,公元前518—前438),被誉为民族诗人。他在继承传统合唱歌的基础上,又加以革新创造,突出了其中的神话宗教成分和贵族气派,把合唱歌写得神采飞扬、富丽堂皇。

四 悲剧与喜剧

如果说古希腊史诗是宫廷文学,表达的是氏族首领的怀旧意识;抒情诗是精英文学,表达的是贵族圈内的生活情趣;那么,悲剧则是公民文学,表达的是城邦公民的思想情感和政治意识。悲剧起源于乡村酒神祭典。据希腊神话,酒神是宙斯之子,名叫狄奥尼索斯,他既是酒神也是植物神。传说他走遍了希腊、叙利亚、亚细亚,直至印度,然后回到欧洲,一路上传授葡萄酿酒技术,显示奇迹。他能使葡萄酒、牛奶和蜂蜜如泉水一般从地下涌出。一开始崇拜酒神的都是妇女,她们头戴常春藤冠,身披兽皮,手持酒神杖,吵吵闹闹、疯疯癫癫地游行。这种狂欢活动后来发展为正规的酒神祭典。祭典的参加者身披山羊皮,化装成羊人萨提洛斯模样,环绕酒神的祭坛合唱赞美歌,所以这种酒神颂歌又叫"山羊之歌"。后来酒神颂由单纯的歌咏演变为歌与诗的对话,即有一个人出来即兴说一些诗句来回答歌队提出的问题,于是出现了戏剧的雏形。

公元前7世纪酒神祭传入城市,经过约两个世纪的流行,随着希腊城邦民主制的成熟,酒神祭发展成为悲剧,形成了固定的表演程式。希腊人为悲剧的表演建造了类似现代足球场那样巨大的圆形剧场(一般可容纳15000人左右)。城邦中的各派政治力量借悲剧演出宣传自己的政治观点,有些政治人物(如伯里克利)还通过发放观剧津贴的方式来吸引民众。剧场成为政治讲坛,诗人成为民众的教师,观看悲剧演出成为每个城邦公民应受的教育和应尽的义务。古希腊人高度自觉的政治意识和民主精神正是在剧场这个巨大的公共空间中培育成熟的。

按照亚里士多德在《诗学》中的说法,"悲剧是对于一个严肃、完整、有一定长度的行动的摹仿",其目的是"借引起怜悯与恐惧"来使情感得到"卡塔西斯"(意为净化、宣泄或陶冶)。每个剧本的演出都由开场、进场曲、戏剧场面和合唱歌、退场等四个部分组成。戏剧表演和合唱队(歌队)的歌唱是悲剧的两个基本成分。歌队不是可有可无的装饰物,而是悲剧的一个有机组成部分,它被安排在观众与舞台之间,起到了解释剧情,渲染气氛的作用。歌队既可代表观众表示感想,向台上的演员提问,又可代表悲剧诗人发表政治见解和哲学思想;有时预先渲染某种新的气氛,暗示将有恐怖事件发生;有时甚至可以参与剧中的活动。从现代观点来看,歌队实际上起到了拓展公共空间,调节观众情绪,净化或宣泄观众情感等多重作用。

公元前5—前4世纪,雅典出现了三大悲剧家,他们分别代表了悲剧艺术发展的三个阶段。埃斯库罗斯是悲剧的创始者,被称为"悲剧之父"。在他之前,悲剧只用一个演员,这个演员可以轮流扮演几个人物,也可以和歌队长对话。埃斯库罗斯首先增加了第二个演员。有了两个演员,才能有正式的对话,表现戏剧冲突和人物性格。后来索福克勒斯又引进了第三个演员,使人物关系进一步复杂化,古希腊悲剧从此有了完善的表演形式,此后再无重大变化。

埃斯库罗斯(公元前约525—前456)生活在雅典城邦民主制的早期。他痛恨专制,提倡民主精神,被称为"有强烈倾向的诗人"。他的作品大都采用传统悲剧的"三联剧"形式,即三个剧相对独立,在情节、人物上又是连贯的,其题材来源于古希腊神话。埃斯库罗斯最著名的悲剧是属于《普罗米修斯》三部曲中的《被缚的普罗米修斯》。在这个剧本中,诗人刻画了一个"哲学日历上最高的圣者和殉道者"形象。普罗米修斯热爱人类,从天上盗得火种送给人类,却受到仇视人类的宙斯的憎恨。宙斯将他钉在高加索悬崖上,每天让一只大鹫飞来啄食他的肝脏,日复一日,其苦无比。但他仍不屈服。

命运是埃斯库罗斯探索的一个中心。在他看来,普罗米修斯为了自己的理想而遭受如此大的痛苦,这是他命中注定的。命运不但支配着人的一切,也支配着普罗米修斯这样的神,甚至连宙斯也无法逃避命运。在晚期创作的《俄瑞斯忒斯》三部曲中,他进一步探讨了命运问题。国王阿伽门农在远征特洛伊之前,为祈求船队顺风开航,竟将自己的女儿伊菲革尼亚杀死送上神的祭坛,从而埋下妻子克吕墨泰斯特拉为女儿报仇的伏笔。十年后阿伽门农得胜回家,被克吕墨泰斯特拉与其情夫埃癸斯托斯两人合谋杀死。之后,阿伽门农的儿子俄瑞斯忒斯奉太阳神阿波罗之命杀死母亲,因犯下弑母罪而被复仇女神追杀。这里,阿伽门农家族内部一连串冤冤相报的仇杀事件体现了命运的神秘力量。三部曲的结局是俄瑞斯忒斯在疯狂中逃往雅典城,在战神法庭受审,最后被庭长雅典娜赦免。法律裁判代替了血腥仇杀,表明希腊社会开始由野蛮进入文明。

索福克勒斯(公元前约496—前406)在其代表作《俄狄浦斯王》中也对不可知的命运展开了探讨。不过,他更强调的是人的意志与命运的冲突。忒拜城国王夫妇生下一个婴儿,阿波罗神谕说这孩子长大后会弑父娶母。于是父母便命人将他丢弃到了山上。后来他被邻国一对没有孩子的国王夫妇所收养。这位名叫俄狄浦斯的孩子长大成人后,从旁人口中得知自己会犯下弑父娶母的罪行,于是从收养他的父母家中逃了出来。半路上与一位老人夺路而失手将老人打死。他没想到,这老人就是他的生身父亲,忒拜城的老国王拉奥斯。然后他来到忒拜城。城门口有一头狮身人面兽,用谜语拦住过路人,凡是猜不出谜语的都一一被它吞噬。这谜语是:什么东西早上用四条腿走路,中午用两条腿走路,晚上用三条腿走路?聪明的俄狄浦斯一下子给出了谜底说,这就是人。怪兽跳崖自尽。由于俄狄浦斯为这个城市除去了一大祸害,国民一致拥护他当他们的国王,并让他与寡居的王后结为夫妻。于是神的预言完全应验了。多年后,国内瘟疫流行,预言家说是因为国内有一位弑父娶母的罪人尚未得到惩罚,故有此血光之灾。俄狄浦斯追查原因,最终发现这罪人竟是自己。真相大白后,王后羞愧难当,上吊自杀。俄狄浦斯刺瞎自己的双眼,带着他与母亲生下的两个女儿隐居森林。

我们看到,在该剧中,俄狄浦斯竭力逃避杀父娶母的命运,却反而一次又一次落入命运的圈套。埃斯库罗斯曾把命运看作具体的人格化的神,认为命运支配人的一切,也支配神。在索福克勒斯心目中,命运不是具体的神物,而是一种超乎人类的抽象观念,命运虽不可抗拒,其正义性和合理性却是可以怀疑的。俄狄浦斯弑父是出于无意,娶母是出于无知。因此,他是无罪的,不应受到命运如此这般的捉弄。

三大悲剧家中的最后一位是欧里庇得斯(公元前约484—前406),他醉心于探索哲学和宗教,是一位敢于对奥林波斯诸神提出疑问、具有反叛精神的悲剧诗人,被称为"舞台上的哲学家"。欧里庇得斯也是最早写妇女心理、分析妇女强烈情欲的一位悲剧诗人。他的代表作《美狄亚》一直被认为是古希腊悲剧中最为动人的剧作之一。美狄亚是黑海东岸科尔喀斯的一位公主。她聪明、多情,同时也多少具有外族女子的强悍个性。在爱欲的支配下,美狄亚曾不惜背叛自己的亲人,帮助希腊人伊阿宋取到了金羊毛,与他结了婚。但后来丈夫另有新欢,抛弃了她和孩子。被嫉妒和羞愧折磨的美狄亚设计在丈夫的再婚之夜谋杀了新娘,又残忍地杀死了自己和丈夫生的两个孩子,然后在神的帮助下,乘坐龙车逃到天上。

在这出悲剧中,欧里庇得斯着力表现的是美狄亚作为弃妇的恨和慈母的爱的心理冲突,这种剧烈的内心矛盾在第五场的独白中达到高潮。当孩子们进屋,她看到他们明亮的眼睛,一时心就软了,打算取消预定的复仇计划。她自言自语:

> 哎呀呀!我的心呀,快不要这样跳!可怜的人呀,你放了孩子,饶了他们吧!即使他们不能同你一块儿过活,但是他们毕竟还活在世上,这也好宽慰你啊!——不,凭下界的报仇神们起誓,这一定不行,我不能让我的仇人侮辱我的孩儿!无论如何,他们非死不可!既然要死,我生了他们,就可以把他们杀死。命运既然这样注定了,便无法逃避。
>
> (罗念生 译)

像前面两位悲剧诗人一样,这里,欧里庇得斯也提到了命运。不过,在他心目中,命运既不是某个具体的神祇,也不是某种抽象的观念,而是人自身的行为。在该剧中,正是伊阿宋自己始乱终弃的行为造成了他和他的孩子的悲惨命运。剧作家的同情显然是在女主人公一边。

由庄重、严肃、带有某种恐怖意味的悲剧转到轻松、明快、欢乐的喜剧,犹如走出阴霾密布的森林,踏上阳光灿烂的平原。古希腊的喜剧和悲剧一样，源出酒神祭典。按照亚里士多德的说法，悲剧是从酒神颂的临时口占中发展出来的，喜剧则是从低级表演的临时口占中发展出来的。所谓"低级表演"即"法洛斯歌"，意为"崇拜阳物的歌"，游行的人们抬着阳物模拟像"法洛斯"，载歌载舞，互相嘲弄、喧闹、戏谑，有时语言甚至达到猥亵的程度，实际上，这种表演属于古老的生殖神崇拜仪式。喜剧对题材的选择比悲剧更自由，不一定完全取自神话，可以以现实为题材，剧中可以含沙射影，讽刺政治名人，发表对时局的看法等。

阿里斯托芬（约公元前445—前385）是古希腊最著名的喜剧家，被誉为"喜剧之父"。他的思想比较保守，拥护贵族政权，主张和平，反对战争，尤其讨厌那些以民主为名煽动战争的政治家。其喜剧手法的特点在于把现实生活中的某些负面现象夸大到可笑、荒诞的程度，进行调侃和嘲讽。在《阿卡奈人》《骑士》《蛙》等剧中，他歌颂和平生活，讽刺战争狂人的丑态。《鸟》是现传的阿里斯托芬作品中唯一一部以神话为题材的喜剧，富有幻想色彩。两个年老的雅典人，厌倦了城市生活，离开雅典，去找一个逍遥自在的地方。后来在戴胜鸟的帮助下，召唤众鸟，建立起一个名叫"云中鹁鸪国"的鸟类王国。鸟国是鸟类用自己的劳动建立起来的国家，那里没有贫富不均，没有剥削、敲诈、欺骗，没有法律，也没有道德规范，唯一的法律是习惯法。一切生活按照自然的方式进行。显然，这个理想国是族长制自然经济农村生活的理想化，其根据是阿提卡农村的氏族公社。全剧人物众多，情节热闹，众鸟出入林间，五彩缤纷，引人入胜。

五　新喜剧与田园诗

公元前4世纪末，雅典被马其顿征服，完全失去了自由。随着形势的变化，一般民众对政治已不感兴趣。观剧津贴的取消，也使得穷苦公民失去了看戏机会；多数观众是有闲阶级的人。由此，关心政治和时局的旧喜剧衰落，出现了新喜剧。新喜剧不谈政治，不讽刺个人，一般以普通的世态人情为题材，涉及日常生活中的家庭矛盾、爱情纠葛等，反映了希腊戏剧精神开始从天上转到地面。米南德（公元前342—前292）是新喜剧的主要代表。其作品以性格描写取胜，诗体明白如话，接近散文，代表作有《恨世者》等，对后世罗马作家颇有影响。

田园诗（牧歌）是希腊化时代的产物，它为闲暇中的贵族提供了一幅由草地、羊群、牧羊少年或少女组成的理想化的田园生活图景。忒奥克里托斯（约公元前305？—前250？）是希腊田园诗之父。他的田园诗代表了文明的城市人对乡村的眷恋和对传说中的黄金时代的向往；同时也给后世西方诗歌提供了一种新的诗体。罗马诗人维吉尔、贺拉斯，近代法国的龙萨、英国的斯宾塞、弥尔顿等诗人都从忒奥克里斯托的田园诗中汲取过灵感和营养。

公元前1世纪，繁荣已久的希腊古典文明走到了尽头。继北方的马其顿之后，西方的罗马和东方的土耳其相继入侵希腊。人民饱受战争和流离之苦。文化在异族的压迫下奄奄一息，文学则正如后来英国浪漫主义诗人拜伦所叹息的：

> 开俄斯歌手，忒俄斯诗人，
> 　　英雄的竖琴，恋人的琵琶，
> 在你的境内默默无闻，
> 　　诗人的故土悄然喑哑——
> 他们在西方却名声远扬，
> 　　远过你祖先的乐岛仙乡。

（查良铮 译）

第六章 古罗马文学

据荷马史诗,特洛伊城被希腊人用木马计攻陷时,特洛伊英雄伊涅阿斯在神的佑助下幸免于难,背着老父亲逃出被毁的城市,漂洋过海,一直逃到意大利。传说罗马人的始祖就是伊涅阿斯。此后,大约在公元前753年,一对由母狼哺养大的孪生兄弟罗慕洛和瑞穆斯回到帕拉蒂诺山建立罗马城。600年以后,罗马征服了希腊,使之成为帝国的一个行省。人们常说,罗马的军队征服了希腊,而希腊的学问最终征服了罗马。罗马人以文化上的宽容大气出名,善于吸收外族文化为自己所用。而罗马人居住的意大利半岛的自然条件,与同处地中海的希腊非常相似,具有吸收希腊文化的得天独厚的条件。直到公元前1世纪中叶,在罗马引进的外族文学中,希腊范本一直占了压倒的优势。罗马文学史上的第一部拉丁文诗是一位名叫李维乌斯的希腊奴隶翻译的荷马史诗《奥德赛》。他后来被公认为拉丁文学之父。顺便说一下,拉丁文学和罗马文学是两个不同的概念,罗马文学指的是从公元前约753年罗马城建立,到公元456年西罗马帝国灭亡这漫长的1200年间产生的文学。而拉丁文学的概念则要宽泛得多,它指的是用拉丁文写的文学,一直延伸到近代欧洲。正是通过罗马—拉丁文学的纽带,古希腊文学和近代欧洲文学才连接起来。

一 哲理诗人与爱情诗人

早期罗马文学(约公元前3世纪—前2世纪)的成就主要集中在诗歌和戏剧上。卢克莱修(公元前约95—前55)是一位哲理诗人。他的哲理诗《物性论》把科学、哲学和文学熔为一炉,宣传并发展了由古希腊哲学家留刻普斯创始、德谟克利特完成的原子论观点,即认为宇宙万物皆由物质构成,物质可分,但不是无限可分;分到最后必有最小的不可再分的基本粒子(卢克莱修称之为"原子""物质种子"或"初始粒子");灵魂和精神也是物质现象,由微细原子组成,"死"不过是这种原子的分解离散等。全诗用古希腊的六音步诗律写成,风格是典型的罗马式的:雄浑、古朴而又清晰、明快。卢克莱修的思想在17世纪、18世纪的欧洲受到不少唯物论者和无神论者的喜爱。

卡图卢斯(公元前84—约前54)是一位大胆的爱情诗人,写下不少精妙绝伦的情诗,这些诗大都是献给他的情人蕾丝比亚(真名克洛狄亚)的。收入他诗集中的第5首或许是卡图卢斯流传下来的最著名的诗歌之一:

> 生活吧,我的蕾丝比亚,爱吧,
> 那些古板的指责一文不值,
> 太阳一次次沉没又复升起,
> 而我们短促的光明一旦熄灭,
> 就将沉入永恒的漫漫长夜!
> 给我一千个吻吧,再给一百,
> 然后再添上一千,再添一百,
> 然后再接着一千,再接一百。
> 让我们把它凑个千千万万,
> 就连我们自己也算不清楚,
> 免得胸怀狭窄的奸邪之徒
> 知道了吻的数目而心生嫉妒。

(飞白 译)

普劳图斯(生年不详,卒于公元前184年)是一位幽默的喜剧作家。他的剧作继承了希腊晚期的新喜剧风格,其笔下的主人公大多为浪荡的年轻人、吝啬的老父亲、偷养的情夫或妓女,以及聪明伶俐的仆人。他的剧本《一坛金子》《孪生兄弟》中的情节和人物后来被法国的莫里哀等喜剧大师借用或模仿。

泰伦斯(一译泰伦提乌斯,公元前195—前159)是另一位著名的喜剧作家，他的喜剧主要根据米南德等人的剧本改编而来，因而更加接近希腊原剧风格，剧情严肃，语言讲究，不好插科打诨，不开粗鲁的玩笑。最有代表性的剧作是《婆母》，该剧通过一连串的误会而闹出许多矛盾，剧中人物用心善良，互谅互让，最后误会消除，矛盾解决。全剧基本没有滑稽笑谑成分，个别场景略带幽默，成为后世欧洲感伤喜剧的雏形。

二　文人史诗与神话故事诗

公元前31年，在长期内战以后，一位名叫屋大维的皇帝打败了所有的政敌，独揽大权，获得"奥古斯都"的称号，开创了横跨欧、亚、非大陆，南达尼罗河，北至莱茵河，经丝绸之路与东方的汉帝国遥遥相对的罗马帝国。在这位雄才大略的皇帝的统治下，罗马享受了整整一个世纪的和平与繁荣，文学也在他的庇护和赞助下得到了长足发展。在罗马文学史上，公元前最后一个世纪和公元后最初一个世纪被称为"黄金时代"，其文学成就主要体现在三大诗人上。

维吉尔（拉丁文名普布留斯·维吉留斯·马洛，英译名简化为维吉尔，公元前70—前19）是古罗马的诗圣。他在当时就已经确立了文学地位，后世更是成为但丁、弥尔顿、丁尼生等许多欧洲大诗人敬仰、崇拜和模仿的对象。英国维多利亚时代桂冠诗人丁尼生盛赞维吉尔：

>曼图阿诗人，我向你敬礼，
>我从最初的日子起就爱你，
>你唱了古往今来人的嘴唇
>所能铸造的最庄严的韵律。

（飞白 译）

维吉尔出生于意大利北部曼图阿地区的一个农民家庭，在田园景色中长大，对农民和农村生活怀有深厚的感情。他早年模仿希腊晚期田园诗人忒奥克里托斯的模式和框架，写了一部《牧歌》，获得成功。后来进入由罗马皇帝屋大维的助手迈刻纳斯庇护的罗马最优秀的作家和文人圈子。在迈刻纳斯的建议下,他又模仿古希腊诗人赫西俄德《工作与时日》的框架,写了一部《农事诗》,以配合屋大维崇古复礼、整饬罗马风气的政策。诗篇将田园礼赞和罗马理想和谐结合在一起,是一部难得的有诗意和魅力的教谕诗。

维吉尔最伟大的作品是《埃涅阿斯纪》,被誉为拉丁文学的伟大丰碑。诗人花了整整十年工夫写作这部史诗,直到生命的终点尚未最终完成对手稿的修改。他自己说过,"我用嘴唇舔我的诗句有如母鹿舔她的崽仔"。史诗的题材来自荷马史诗中关于埃涅阿斯在神的佑助下逃出被毁灭的特洛伊,远渡重洋来到意大利建国的传说。诗人写作的初衷是为了将恺撒—屋大维家族与埃涅阿斯族谱联系起来,神化他生活于其中的奥古斯都时代,为皇帝歌功颂德。但诗人的心灵和手笔使他大大超出了歌功颂德的框架,成为一部既体现罗马荣光,又悲悯人间牺牲和苦难的伟大史诗。

《埃涅阿斯纪》全书12000行,12卷,按其内容可分为两部分:前6卷仿《奥德赛》,讲述埃涅阿斯的漂泊流浪;后6卷仿《伊利亚特》,写埃涅阿斯与图尔萨斯的战争。史诗尽管取法于荷马史诗,但从第一行"我歌唱刀兵与人——此人被命运流放"起,就充满着忠于使命与悲天悯人的沉重,表现了一种与希腊民族判然有别的罗马精神。我们还记得,荷马笔下的希腊英雄性格自然、率性而为、感情用事,而维吉尔史诗中的罗马英雄则意识到历史的责任,信心坚定,尽忠守职,敢于为民族大业而放弃个人享受,牺牲个人感情。史诗最动人的部分,是埃涅阿斯与迦太基女王狄朵的爱情故事。在他海难余生一无所有之时,狄朵收留了他,俩人坠入爱河。但最终埃涅阿斯听从神的召唤,率特洛伊船队离开,悲愤的狄朵拔剑自尽。这一情节形成史诗的高潮。

> 她说着,脸埋在床褥里,"我死得好冤啊,
> 但我还是要死,"她说,"我甘心走进阴间。
> 让那无情的达达尼亚人的眼睛在海上
> 汲取这火光,把我死讯的凶兆随身带去!"
> 正当她说着,她的侍从们看到女王

>伏剑自尽,鲜血冒着泡沫,沿着剑
>喷溅在她手上。一阵惊呼冲上宫顶;
>霎时间,混乱可怕的传闻震动了全城。
>
>(飞白 译)

史诗中另一重要的情节是:埃涅阿斯在女先知西比尔的引导下游历了地狱各界,然后进入冥府中的乐土。因此后来但丁写《神曲》,就以《埃涅阿斯纪》为蓝本,请维吉尔作他游历地狱和净界的向导。

以其诗体文艺论著《诗艺》出名的贺拉斯(公元前65—前8),首先是一位多才多艺的抒情诗大师。他生于意大利南部,从小学习希腊经典作品,18岁时到雅典深造,深得希腊诗歌之真髓。他把丰富多彩的希腊诗体移植到罗马,在保持其优美韵律的同时,扩大了抒情诗的题材范围。贺拉斯也属于迈刻纳斯庇护的罗马文人圈子。但他虽然有时也为皇帝效劳,却保持了自己的个性,避免直接歌功颂德,而是隐居在迈刻纳斯送给他的庄园里,竭力避开生活风暴,潜心于诗歌艺术、享用美酒佳酿。他将伊壁鸠鲁的 carpe diem(及时行乐)和斯多葛派的 virtus(美德)结合在了一起,同时也倡导和实践 aurea mediocritas(中庸之道)。公元前23年出版的《歌集》3卷,被公认为他的代表作,在当时和后世都产生了重要和深远的影响。《歌集》内容广泛,诗体形式多样,包括爱情诗、饮酒诗、离情诗、爱国诗、神话诗、感时诗等。他满怀自信地在诗中写道:

>我建成一座纪念碑,比青铜耐久
>比帝王的金字塔更崇高巍峨。
>
>(飞白 译)

三大诗人中最年轻的一位是奥维德(公元前43—17)。他一生围绕爱情主题写诗,留下两部传授情爱之道的诗体教科书《爱的艺术》和《爱的治疗》,讽刺了奥古斯都时代后期日益衰败的道德风尚,但也肯定了现世的情爱之乐,这一点被后来的文艺复兴时期的许多诗人,包括彼特拉克、薄伽丘、乔叟、龙萨、莎士比亚等所继承并发扬光大。在另一部神话故事诗《变形记》中,他根据希腊神话讲述了一系列神变形为植物、动物的故事。用丰富的想象力把古老、零散而简单的故事讲得栩栩如生,是奥维德的才华所在。比如,在讲述太阳神阿波罗追逐仙女达芙妮的故事中,诗人以自己的生花妙笔突出表现了被追逐的少女变形为桂树的那一瞬间情形。

> ……
> 他的呼吸吹拂着她飘在颈后的头发。
> 她被全速奔逃弄得精疲力竭,吓得
> 脸色发白,望着佩纽斯的河水喊道:
> "父亲,救救我!如果你的河水能显灵,
> 就把我毁容,变形,免得我姿色招人!"
> 祷词既出,一阵沉重的麻木便控制了
> 她的肢体,柔嫩的酥胸箍上了一层树皮,
> 头发长成了树叶,手臂长成了树枝,
> 刚才还迅捷的脚扎下了呆滞的根,
> 而头变成了树顶。只有她的美依然留存。
>
> (飞白 译)

奥维德因得罪屋大维皇帝而被流放到黑海边,他的死标志着一个时代的结束。帝国晚期虽然有过白银时代,但与黄金时代的繁荣已不可同日而语。在一个衰落的文化中,最能发挥才能的主要是讽刺家。尤维纳尔(一译尤维纳利斯,约55—127/140年)就是这样一位讽刺诗人。他给后世留下了大约3000行辛辣加辛酸的讽刺诗,认为人唯一能够祈望的就是健全身体中的健全心灵。他的讽刺作品成为拜伦等近代诗人模仿的榜样,文学术语"尤维纳尔式讽刺"即由此而来。另外值得一提的还有悲剧作家塞内加(公元前4—65),他的作品对莎士比亚早期悲剧产生过影响。

拉丁语的散文写作也形成了自己的独特风格。西塞罗(公元前106—前43)被誉为最伟大的罗马演说家,曾以他的雄辩挫败过一起贵

族政变阴谋。他也向国民阐释希腊哲学,写过《论友谊》《论老年》等著作。西塞罗对拉丁语本身也作出过重大贡献,他对词汇的锻造使得拉丁语在此后的1300多年时间里一直是一种灵活而精妙的语文工具。

罗马大将尤利乌斯·恺撒(公元前100—前44),关于自己军事业绩的《高卢战记》和《内战记》是简洁而富于戏剧性的散文作品。历史学家塔西陀(约55—?)写的《编年史》,像司马迁的《史记》那样,既是历史文献,同时也是重要的文学作品。

在后两位散文作家的著作中,已经提到了那些居住在罗马腹地以外、尚处在原始军事—氏族部落阶段的北欧"蛮族人",这些人注定要在公元5世纪成为罗马帝国和罗马文学的"终结者"。

第二编　中古文学

神性与人性

从公元5世纪开始,世界上主要的民族、国家和地区相继进入中世纪。中世纪从社会形态上看是封建社会,从意识形态上看则是宗教化时代。远古时代的多神教神话和巫术思维到中古时代上升为更加抽象的宗教观念。无论在东方还是在西方,信仰的力量主宰了一切。在欧洲的教堂和修道院内,基督徒们默念着《圣经》,忏悔着自己的罪恶,渴望死后进入永恒的天国。在中东的阿拉伯沙漠中,穆斯林们诵读着《古兰经》,虔诚地做着祷告,恐惧地想象着地狱中熊熊的烈火;苏菲派神秘主义者在苦行中洗涤着自己的身心,渴望与真主安拉合而为一。在中亚的波斯,琐罗亚斯德教(拜火教)教徒们念诵着《阿维斯陀》,祈求光明之神阿胡达·玛兹达驱走黑暗之神安格拉·纽曼;在远东的印度和东南亚,印度教徒和佛教徒们默念着《薄加梵歌》或《佛经》,等待着灵魂的转世或涅槃。

中古时代也是一个战乱频仍、民族矛盾激烈、宗教冲突残酷的时代。5世纪北欧民族大迁徙阻断了西方古典文明的进程;7世纪伊斯兰教的兴起与扩张形成新月与十字架分庭抗礼的局面。11世纪末,罗马教皇组织了第一次十字军东征,以保卫基督教国家的圣城耶路撒冷不受穆斯林侵犯。此后几个世纪持续的干旱迫使中亚草原的游牧部落寻找更适宜居住的生存空间,蒙古汗国的铁蹄长驱直入欧亚大陆腹地,到达多瑙河流域。东方与西方、游牧部落与农耕民族,不同的信仰、价值观和生活方式在血与火的碰撞中,相互交流、传播和影响着。

文化的交流有时也采取了更加自觉与温和的形式。自汉代以来,从长安出发,经西域、波斯到罗马帝国的丝绸之路一直延续着中西文化交流的命脉。7—9世纪,日本先后派出十三四批"遣唐使"(包括外交使节、留学生和留学僧)来到大唐王朝,促进了中国与日本及东亚各国的文化交流。以儒学和汉字为中心的汉文化辐射到中国周边的一些东南亚国家。印度文化通过印度教和佛教影响了斯里兰卡、缅甸、泰国、柬埔寨、印度尼西亚和其他东南亚国家。阿拉伯—伊斯兰文化吸收了波斯、印度、中国、希腊、罗马、犹太教和基督教文化,从阿拉伯半岛向西亚、中亚、东南亚和北非等地区传播。

中古时代世界各国的文学正是在这交织着光明与黑暗、战争与和平、苦难与希望、神圣与世俗的时代里开放出绚烂的精神之花。

第一章　中古欧洲文学

公元476年,蛮族日耳曼武士奥多亚塞废黜了西罗马帝国末代皇帝。尽管奥多亚塞在意大利称帝17年后即被来自东哥特的另一位蛮族国王推翻,但无论如何,这是一个历史性的开端。它标志着以希腊和罗马为代表的欧洲古典文明的结束,绵延一千年的中世纪历史的开始。

什么是蛮族？原来希腊人和罗马人一向把自己看作文明人,把不属于地中海文明的民族,尤其是居住在莱茵河以北的北欧民族称为"野蛮人"。在罗马著名的历史学家塔西陀笔下,蛮族的特征是有着"一双凶猛的蓝眼睛,红头发,宽大的骨架,只适合于突然发挥"。罗马大将恺撒在他著名的《高卢战记》中也描述过这些蛮族,说"他们的整个生活都为狩猎和研讨军事技术所占据,从小时候起,他们就置身于艰难困苦之中"。在所有记载下来的有关蛮族人的特征中,最引人注目的是他们强调活动,表现出一种强烈的种族好动性。

从4世纪开始,以日耳曼民族为主体,包括维京人、东西哥特人、盎格鲁人、撒克逊人、斯拉夫人等在内的北欧民族由北向南、分东西两路进行了民族大迁徙。他们从骚扰罗马帝国的边界开始,进而渡过莱茵河,在罗马帝国的领地上建立起自己的据点。最后,灭掉了这个帝国,在它的废墟上建立起一个个"蛮族王国",近代以来欧洲各主要民族就是从这些王国中发源而来。

蛮族入侵给西方文明带来了双重后果。一方面,它摧毁了希腊—罗马建立的古典文明,使西方文化传统发生了某种程度的断裂。另一方面,蛮族的入侵也给西方文明注入了一股新鲜血液,带来了新的活力。希腊人爱智慧,日耳曼人爱行动;古典艺术强调和谐,日耳曼人向往怪诞。正是在日耳曼精神与古典文明血与火的交战中,在希腊—罗马的废墟上建立起了一种新的社会形态和文化模式,这就是封建制度及封建文化。

但光是蛮族封建王国不足以构成欧洲中世纪文化版图的全部,还有一种超越一切的精神力量统治了整个西方世界,这就是基督教。

1世纪,基督教从犹太教中生发出来,开始在罗马下层社会流传。当时罗马帝国对它的态度是严厉制裁。传说耶稣就是被罗马总督彼拉多送上十字架的。但到了4世纪,罗马皇帝改变策略,改制裁为利用,将基督教定为国教。5—8世纪,基督教与封建王国合流,日耳曼封建主逐渐接受了基督教,把它作为封建统治的精神支柱,罗马教廷和教皇国也最终形成。至此,基督教取得了"万流归宗"的地位,垄断了中世纪文化的一切领域。拉丁语成为西方世界通用的国际语言。教皇成为整个西方世界的精神领袖,也成为所有西方人精神上的"父亲"(拉丁文教皇"Po-po"一词的原意即为"父亲")。

基督教的统治改变了西方古典文明的价值取向。高耸入云的哥特式教堂尖顶将信徒们的目光从地面引向天国;人的原始欲望被禁锢在有着严格戒律的修道院内;来世主义、禁欲主义代替了希腊的人本主义、现世主义和罗马帝国晚期盛行的享乐主义;求知欲与爱欲、权欲一起被归入必须用理性和信仰加以扼制的三大原欲;人的视野和创造力受到了极大的限制、压抑。

文艺复兴以来,不少历史学家曾将基督教统治下的欧洲中世纪称为"黑暗世纪"。但是更后来的一些西方学者宁可采取更为客观和宽容的态度来看待那个时代。教堂保存了许多古典文学和学术著作的羊皮纸手抄本,使之避免了兵火之灾;许多神职人员长期从事拉丁文的翻译工作,实际上延续了古典文化的命脉;教会创建的神学院后来演变为欧洲的第一批大学,它们积累了知识和学术,对后来的文艺复兴做出了贡献。更为重要的是,古典文明的智慧、日耳曼的行动和基督教的神性三位一体,为日后西方文明的现代性进程奠定了坚实的基础。欧洲中世纪的文学正是在这丰富复杂的背景下生长起来,结出了丰硕的成果。

一 英雄、骑士、圣徒与市民

英雄史诗是中世纪欧洲最早出现的文学类型之一。其中一些文本在北欧民族大迁徙之前就已产生,后来被带入欧洲腹地;另外一些则是在大迁徙过程中产生并进一步得到丰富和完善的。早期的英雄史诗保存了原始质朴的神话传说因素,主要叙述在与北欧神秘的大自然斗争过程中产生的部落英雄,被称为异教的史诗。后期的英雄史诗则明显受到基督教的影响,歌颂那些在与异民族争夺生存空间的战争中产生的、具有封建伦理观念和忠君思想的民族英雄。但是,无论是早期的还是晚期的日耳曼英雄史诗,其所表现的都是一种不可征服的行动主义。日耳曼民族的神和英雄如果不从事冒险活动,不行动,不计划,不组织某些宏伟的事业,不抵抗各种各样的力量,那他们就不是他们自己了。

成书于7—8世纪之间的《贝奥武甫》是盎格鲁—撒克逊征服者从欧洲西北部给英伦三岛带来的最著名也最完整的一部英雄史诗。史诗共3128行,分两部分。上篇《鹿厅》讲武士贝奥武甫率14勇士与魔怪格兰道尔搏斗并将其杀死的故事;下篇《屠龙》讲已当国王50年的贝奥武甫,为拯救国家和人民,不顾年事已高再次出战,与毒龙搏斗,最后因受伤过重而献出生命。史诗将贝奥武甫塑造为勇猛的武士和理想的君主的双重角色,体现了处在氏族社会后期的盎格鲁—撒克逊人对于领导他们战胜为害人类的神秘自然力的部族英雄的崇敬和爱戴。全诗采用古日耳曼语的头韵体(类似汉语诗中的双声,即用声母而不是用韵母押韵)写成。单调粗粝的诗律恰到好处地传达出了古英语时代盎格鲁—撒克逊人的尚武精神和阳刚之气。以下这段有关格兰道尔巢穴的描述,表现了盎格鲁—撒克逊人心目中神秘而可怕的北欧大自然的景象:

> 他们居住在神秘的处所,狼的老巢,
> 那里是招风的绝域,险恶的沼泽地,
> 山涧溪流在雾霭中向下奔泻,
> 进入地下,形成一股洪流。
> 论路程那里并不遥远,
> 不久即见一个小湖出现眼前;
> 湖边长着经霜的灌木、树丛,
> 扎根坚固而朝水面延伸。

每到夜晚,湖上就冒出火光,
那景象真让人胆战心惊。
芸芸众生中没有任何智者,
能将黑湖深处的奥秘探明。
任何野兽或长角的雄鹿,即使被猎狗追赶,
跑进这片灌木,也会远远逃走,
也不愿投入湖中寻求庇护。
这里的确不是一个好处所!
湖中浊浪翻腾,黑雾直升云端,
天空变得朦胧阴沉,
整个世界为之恸哭失声!

(陈才宇 译)

  与《贝奥武甫》这部建筑在神话传说和想象基础上的英雄史诗相比,法国的《罗兰之歌》、西班牙的《熙德之歌》、俄罗斯的《伊戈尔王子远征记》、德国的《尼贝龙根之歌》等相对晚出,成书时间均在11世纪初到12世纪末之间,具有一定的历史根据。

  《罗兰之歌》叙述了8世纪法兰西国王从西班牙班师回国,在伏隆斯山谷遭遇法兰克部落的巴斯克人伏击、全军覆灭的故事。不过,史诗对历史作了修改。故事的情节围绕着维护基督教信仰和建立武功等方面展开。诗中的敌人成了信奉异教的萨拉森人,而早已死去的查理大帝则成了信仰基督教的卫士。史诗尤其突出了骑士罗兰拼死断后,保卫国王,最后战死沙场的故事,塑造了一个忠于封建君主、恪尽职守的骑士英雄:

罗兰感到死神来临,从头降到了心;
他跑到松树下,躺在绿草上,
……
他把头朝向异教徒的国土,
这样做,是想让查理大帝
和所有法兰西人都说:

他死了,高贵的伯爵战死沙场。
罗兰伯爵躺在松树底下,
他把脸转向西班牙。
他回想起件件往事:
回想起他所征服过的地方,
回想起法兰西和他的族人,
回想起查理王,养育他的恩主……
忍不住潸然泪下轻轻哀叹。

(胡小跃 译)

《罗兰之歌》也体现了基督教精神对异教英雄史诗的影响。罗兰临死前忏悔罪恶,请求上帝宽恕,把自己的手套献给上帝,圣加伯列用手接了过去。上帝派出二品天使将他的灵魂接上了天庭。

《尼贝龙根之歌》被歌德称为德国的《伊利亚特》。这部英雄叙事诗的素材由两个传说融合而成。第一部取材于尼德兰王子西格弗里的英雄传说。西格弗里屠杀恶龙,取得尼贝龙根宝物,并帮助勃艮第王娶冰岛女王为妻。但后来被勃艮第王杀死,宝物被劫。第二部取材于匈奴人灭亡勃艮第的史实。讲述西格弗里的妻子克琳希德为复仇而嫁给匈奴王,借助后者之手为其丈夫复仇,自己也死于战乱之中。有学者认为《尼贝龙根之歌》的气氛与希腊悲剧有相似之处,只是它的人物不为命运摆布。19世纪德国诗人海涅盛赞《尼贝龙根之歌》是"具有巨大的强力的作品……其中使用的语言,是一种像石头的语言,那些诗句就像是押韵的方石块。从石缝里随处迸发出像血滴的红花,或者垂下像碧泪一样的长长的常春藤"。

埃达是北欧古代"挪斯"(意即"北方")神话诗、教谕诗、英雄诗和若干其他杂诗的总称。现存最好的"王家抄本"共收埃达诗34篇。这些诗内容广泛,有神话传说故事,有古代英雄传奇,有古代智慧结晶的教谕诗,有关于奥秘知识问答对白的《全智书》;更有气吞山河、雄伟壮丽,具有史诗性质的《女先知书》。萨迦是冰岛文学中散文形式的历史英雄传奇,其中有一部讲述了5世纪哥特人与匈奴人的高卢之战。芬兰的民族史诗《卡勒瓦拉》(意译为《英雄国》)虽然直到19世纪才由一位医生搜集整理成书,但其歌咏的历史事件明显属于中世纪,涉及伐木垦荒、播种耕耘、造船航海、锻造铁器、酿酒烹调、男女婚姻等社会日常生活。

中世纪的第二种文学类型是骑士文学,盛行于11—13世纪。骑士文学虽然是西欧封建骑士制度的伴生物,但在精神气质上与北欧的英雄史诗一脉相承。中世纪欧洲实行的是类似我国西周时代的分封制,所谓"普天之下,莫非王土;率土之滨,莫非王臣"。国王是全部土地的拥有者,他将国土层层分封给下面的诸侯,形成金字塔形的社会结构。封建领主("封臣")们为了保卫自己的土地不受侵犯,并提防不时来袭的异教徒,在自己的领地上建造了坚固的城堡,豢养了一批下层封建主作为骑士,于是,骑士制度应运而生。骑士制度催生出一种建立在个人忠诚和家族主义基础上的日耳曼骑士道德,取代了建筑在公共的法律和秩序基础上的罗马精神。

11世纪,由于信奉伊斯兰教的阿拉伯人、突厥人加强了对东罗马帝国首都拜占庭的侵扰,欧洲基督徒前往东方的朝圣活动被阻断了。1095年,罗马教皇乌尔班二世发表诏书,号召西方的基督教徒们集结起来,举行十字军东征,以捍卫基督教的东部边界和圣城耶路撒冷。在此后几个世纪的7次十字军东征中,由骑士、修士和教士组成的骑士团担任了保护前往东方的病弱朝圣者的使命,在形成骑士制度上起到了重要作用;以忠君、护教和行侠为核心的骑士道德和骑士精神也得到了发扬光大。

骑士文学以描写骑士爱情和冒险故事、宣扬和美化骑士精神为基本内容,分为抒情的和叙事的两种。骑士抒情诗又叫普罗旺斯抒情诗(因其中心在法国的普罗旺斯而得名),中心主题是骑士对贵妇人的爱和崇拜(大多是"婚外情"),具有明显的反封建等级和反禁欲主义色彩。其中以《破晓歌》最为著名,写骑士与贵妇人黄昏幽会、黎明分别时依依惜别的情形。

骑士叙事诗又称骑士传奇(音译为"罗曼司"),中心在法国北部。主要内容是写骑士对贵妇人的爱,以及骑士为了获得荣誉和爱情而进行的一系列冒险活动,包括除妖驱魔、降龙伏虎、护教行侠等故事,带有很大的虚构性。

骑士叙事诗根据其题材来源可分为古代、不列颠和拜占庭三个系统。其中以不列颠系统发展得最充分、最典型,作品数量也最多。最著名的有亚瑟王和他的圆桌骑士的故事。传说古代不列颠国王亚瑟王的大厅里放着一张巨大的圆桌,设有100个座位,凡是建有赫赫战功的骑士均可占有其中一席,但总有一个位置空在那儿,是留给那个找到圣杯的骑士的。圣杯据说是盛过耶稣鲜血的杯子,一说是耶稣吃最后的晚餐时用过的杯子,代表了真理、道路和生命。骑士们将找到这个杯子、从而坐上亚瑟王圆桌上的那个空位,视为平生最大的荣耀。但只有最勇武、最忠诚并保持了自己童贞的骑士才能得到这个圣杯。为此,骑士必须长途跋涉,经受种种考验和包括性爱在内的诱惑。《高文爵士和绿衣骑士》是不列颠系统中用中古英语写的最著名的韵文骑士传奇之一。

有关圣杯的传说在中世纪欧洲非常流行,许多诗人都以此为本写了诗歌和传奇,或将它改编为诗体骑士小说。另一个比较流行的骑士传奇是《特里斯坦和伊瑟》。传说康沃尔国王马克派自己的侄子,年轻的骑士特里斯坦去爱尔兰,代自己向爱尔兰公主伊瑟求婚。结果特里斯坦和伊瑟无意中误饮爱情药酒而双双坠入爱河,背叛了马克王。后来他俩不得不分手,特里斯坦娶了另一女子为妻,但他始终爱着伊瑟,直至受伤临终之际还派人送信给伊瑟。他的妻子从中作梗,说伊瑟欺骗了他。等伊瑟赶到他身旁时,特里斯坦已死去,伊瑟痛不欲生,死在他的身旁。该传奇后来这被德国音乐家瓦格纳改编为一部同名歌剧。

教会文学是中世纪欧洲出现的重要的文学类型之一,一般用来统称那些采用通俗易懂的文学形式宣传基督教义的文本,包括圣徒行传、圣经故事、祷告文、赞美诗、宗教叙事诗和宗教剧等。尽管教会文学一向被认为文学价值不高,但它采用的寓意、象征和梦幻等手法,对当时及后世的作家都产生了深刻影响。忏悔录是教会文学的主要形式之一,其创始者是圣·奥古斯丁(354—430)。他早年生活放荡,后来受圣灵感召,成为一名虔诚的基督徒;在北非沙漠中隐修苦行14年,成为基督教圣者,写下《忏悔录》一书。此书在西方影响极大,后来法国的卢梭、俄国的托尔斯泰等都以"忏悔录"为名写自传。

中世纪欧洲最晚出现、但并非最不重要的一种文学类型是城市文学。中世纪后期,随着商业的繁荣和经济的发达,欧洲出现了以手工业和商业为中心的城市。一些城市中富裕的市民通过赎买的方式向封建领主买来了自治权,于是汪洋大海般的封建土地上矗立起一些具有早期资本主义因素的城市,如意大利的佛罗伦萨、威尼斯、米兰等。随着城市生活的繁荣和市民阶层力量的壮大,一种反映市民生活和理想的文学应运而生。城市文学在民间文学的基础上发展而来,直接取材于现实生活,揭露封建主和僧侣的暴虐、愚昧和虚伪,赞颂市民的才智。作品语言生动鲜明,风格朴素,主要运用讽刺手法,体裁则有韵文故事、抒情诗和市民戏剧等。

城市文学中最受欢迎的是动物寓言故事。寓言故事的传统一直可以追溯到古埃及。这些故事中经常有一只既是英雄又是恶棍的狡猾狐狸。中世纪的法国民间文人把有关这只狐狸的故事编成讽刺性传奇或罗曼司《列那狐传奇》。这只名叫列那的狐狸一方面捉弄狮子、骆驼、熊、狼等代表国王、僧侣、领主和贵族的猛兽,一方面又欺压鸡、兔、狗等下层小动物,可以看作市民自身的写照或化身。另一部广为流行的讽喻性叙事长诗是《玫瑰传奇》,叙述一位青年追求以玫瑰为化身的情人的过程。此诗最大的特点是将抽象的概念如富裕、危险、耻辱、青春等加以形象化、拟人化和具体化。

14世纪后,从教堂宗教剧的基础上发展出了市民戏剧,包括道德剧、傻子剧和笑剧。这些剧本往往在集市或狂欢节期间演出,作品以宣传基督教教义,进行道德说教为主,其中也掺杂了市民喜爱的笑料和讽刺。以莎士比亚、莫里哀为代表的近代欧洲戏剧吸收了这种民间戏剧的养料。此外,中世纪欧洲民间的谣曲也非常发达,最有名的是流传于英国民间的罗宾汉谣曲,讲述绿林好汉罗宾汉劫富济贫的故事。

中世纪晚期,法国出现了一位放荡不羁的市民诗人,给沉闷的诗坛增加了若干亮色。弗朗索瓦·维庸(1431—1463?)是个孤儿,后来有一位姓维庸的教士收养了他,并资助他上学,直到获得巴黎大学文学系的硕士学位。然而生性狂野的他不断惹是生非,闯下大祸,两度被判绞刑,又两度减为流放。坎坷的生涯、与死神擦肩而过的体验给他带来诗的灵感。他在狱中构思他的《遗言集》,将忧郁的抒情、辛辣的讽刺、玩世不恭的人生态度与深刻的犯罪感结合在一起。《绞刑架上之歌》是他的名作,仿佛是诗人对自己命运的一个预言。36岁以后,他的名字就从史册中消失了。

弟兄们,我们死后你们还活着,
因为我们分担了你们的税捐。
如果你们怜悯我们,
上帝也会怜悯你们。
五个、六个——你们眼看着我们在这里被捆绑,
把我们撑饱的肉体吊起,
我们的内脏腐烂,透过皮肤渗到衬衫上,

而我们的骨头也烂成了泥浆。
不要嘲笑我们的遭遇:
祈祷上帝救你们和我们的灵魂!
……

雨水把我们淋得湿透,淋得赤条条,
烈日又把我们的背灼得黝黑。
喜鹊和乌鸦啄去我们的眼珠,
揪掉我们的胡子和头发。
我们的身体得不到一丝安宁:
绞索东南西北向四面晃荡,
一会儿这边,一会儿那边,迎风荡漾——
在法国,屠刀还远不如鸟嘴多哩!
不要加入我们的行列:
祈祷上帝救你们和我们的灵魂!
……

(黄绮静 译)

二 爱与信仰的力量

欧洲中世纪最伟大的诗人是意大利民族文学的奠基人但丁·阿利

吉耶里(1265—1321)。

　　但丁出生于佛罗伦萨一个没落贵族的家庭,从小潜心攻读诗文,好学不倦,曾拜著名学者拉蒂尼为师,学习拉丁文和古典文学;并与当时意大利"温柔的新体"派诗人交往甚密。不过,他最崇拜的还是古罗马诗人维吉尔,后者被他视为自己的精神导师。

　　讲到但丁,不能不首先讲到他的颇为独特的爱情经历。哈罗德·布鲁姆说过,把失落的爱加以理想化几乎是一种普遍的人类行为。人们多年铭记不忘的往往是一种失去的可能性。这一点在但丁身上体现得最为明显。据说但丁九岁的时候,随父亲去拜访一位名门贵族,邂逅一位名叫贝亚特丽齐(这个名字含有"祝福"的意思)的美丽少女,心中油然萌发出一种异样的情感,认为是"天福降临"。尽管但丁后来听从父命,不得不与另一女子结婚,但终其一生,他心中保持着对贝亚特丽齐的秘密的恋情,并将它发展为一种柏拉图式的精神恋爱。后来贝亚特丽齐去世,但丁用"温柔的新体"写下31首抒情诗,以散文将其连缀为一部诗集,起名为《新生》,纪念她给自己带来的新的生命和创作灵感。在他心目中,贝亚特丽齐已超凡脱俗,成为天使般的人物、真善美的化身、天国的象征。

> 我的恋人如此娴雅如此端庄,
> 当她向人行礼的时刻,
> 总使人因舌头发颤而沉默,
> 双眼也不敢正对她的目光。
>
> 她走过,在一片赞美的中央,
> 但她全身却透着谦逊温和,
> 她似乎不是凡女,而来自天国,
> 只为显示神迹才降临世上。
>
> 她的可爱,使人眼睛一眨不眨,
> 一股甜蜜通过眼睛流进心里,

> 你绝不能体会，若不曾尝过它：
> 从她樱唇间，似乎在微微散发
> 一种饱含爱情的柔和的灵气，
> 它听着你的心扉命令说："叹息吧！"

（飞白 译）

在《新生》结束时但丁还写道："如果上帝假我以笔，但愿我为她写出从未有任何人为女子写过的作品。"在晚年的作品《神曲》中，他实现了自己的诺言。

爱情并不是但丁生活的全部。从很年轻的时候开始，但丁就积极参与佛罗伦萨的政治活动。中世纪的意大利政治混乱，党争激烈，全国分裂成一个个城邦，每个城邦有郡主，城邦之间、世俗的政权和教权之间、市民阶级和封建君权之间的矛盾错综复杂。佛罗伦萨是意大利最早建立共和政权的城市之一，早在1250年就出现了第一部民众宪法。但丁站在新兴资产阶级立场上，始终主张维护佛罗伦萨的共和政权，反对教皇干涉世俗政权，因此而得罪了教皇，被政敌判了流放。

自奥维德以来，流亡似乎成了诗人命运的象征。从1302年开始直到生命的终点，但丁流亡了将近二十年。他从意大利的一个城邦流亡到另一个城邦，投靠不同的郡主，在他们的庇护下，从事写作和学术研究。这种寄人篱下的生活，但丁后来在《神曲》里用两句诗来形容："登别人的楼梯多么艰难，吃别人家的面包多么辛酸。"但流放也成就了一位大诗人。正是在流放中，但丁完成了《论俗语》《论帝制》《飨宴》和《神曲》等重要作品。

《神曲》是但丁用诗体写成的中世纪百科全书，也可视为一部探索个人和民族精神出路的宏伟史诗，其内容博大精深，意象繁富复杂，涉及欧洲中世纪社会生活、文化生活、精神生活的各个领域，包含了历史、哲学、政治学、神学等多学科的知识和一系列宗教、文化、艺术和文学典故。

《神曲》一开头就采用了中世纪文学惯用的象征、寓意和梦幻手法：

> 在我们生命的中途，

>我发现自己已迷失方向，
>向一座幽暗的森林走入。
>要说明森林是多么阴僻荒凉，
>该是多么困难的一件事，
>一想起它，我心里就又发慌！
>难受的程度，与死亡相差无几；
>但为叙述我在那儿见到的福星，
>我要说一说看到的其他事儿。

（钱鸿嘉 译）

这里，"迷失方向"的诗人既象征中世纪欧洲人的生存状态，也代表徘徊在十字路口、不知何去何从的意大利民族。"幽暗的森林"象征佛罗伦萨和意大利混乱的政治环境。接着，森林中跳出三头猛兽——豹、狮、狼，分别象征淫邪、野心和贪欲。就在这危急关头，古罗马诗人维吉尔出现，将但丁引出幽暗的森林。于是，两位诗人在晨星的指引下，渡过冥河，开始了地狱、炼狱之旅。

在但丁的象征代码中，地狱是绝望之境，是现实的苦难，也是意大利社会的艺术象征。一个个灵魂在漏斗状的九层地狱中挣扎：好色者在狂风中飘浮，三头魔咬噬着贪食者，挥霍浪费者、贪得无厌者在受难，生前易怒者在恨湖里奔走，叛徒在冰湖中受冻，邪教徒、犯有罪行者、诱奸者、恶意中伤者、邪说传播者等都受到严厉的惩罚。而被诗人打入地狱最底层的是当时还在世的教皇卜尼法斯八世，他头朝下脚朝天在硫磺火中受着煎熬，双脚不停颤抖着。现实中失败的诗人在诗歌中获得了象征的胜利，提前对他的敌人实行了末日审判。

与漏斗状的地狱相反，炼狱建立在山上，体现了一种超拔的思想，类似佛教的"从善如登"观念。但丁以"濛濛晓雾初开，皓皓旭日方升"的诗句给堕落的灵魂带去希望，尽管希望的实现也要经过苦难的历程。犯下七大罪恶的灵魂在这里都受到惩罚：傲慢者身受重压，不能抬头；妒忌者被铁丝网锁眼，不能睁视；善怒者受到烟熏，怠惰者终日奔走不停，贪婪浪费者伏地哀泣，口腹之徒忍饥耐渴，好色之徒在烈火中洗涤身心。

"神曲"一词意大利文的原意为"神圣的喜剧",预示着将会有一个圆满的结局,这就是作为理想之境、幸福之境和光明之境的天堂。按照但丁的想法,维吉尔象征的是知识和理性,他虽然能带领人们走出地狱和炼狱,但要进入至善至美的天堂,仅仅依靠理性是不够的,还必须有信仰的指引。于是,但丁利用自己作为诗人的话语权,将早年的恋人纳入基督教的信仰体系中。在晨星的辉映下,贝亚特丽齐翩然出现在天堂门口,迎候诗人。在这位天使般的女子的指引下,诗人一步步登上光辉灿烂的九重天,看到了守正不阿者、虔诚的教士、立功立德者、苦行派先驱、十字军骑士、殉道者、正直的国王、潜心修道者、基督和天使。最后灵光一闪,三位一体呈现,诗人的梦幻之旅结束。

不难看出,《神曲》整个套用了中世纪基督教神学体系框架,具有浓厚的宗教梦幻色彩,但这并没有影响到全诗工整与协调的结构,反而加强了它。一位西方评论家说:"《神曲》全篇以诗的形式向我们展开,其所蕴含着的伟大的诗性想象力,既清澄、凝聚而又确凿。简洁正确是但丁想象力的本质。他不仅能创造鲜明的印象,更不断地创作出足以传达其真正意义的最适切的鲜明映象。即使在普通译本中,我们也能感受到,但丁还是一位伟大的画家。同样,我们也能意识到全篇强劲、完整而又均衡的构造,并由此断定,但丁也是一个伟大的建筑师。"

但丁设计并构造的这座伟大的诗性教堂建筑在数字象征基础上。数字象征是中世纪文学艺术的普遍特征。在基督徒心目中,"1"象征了上帝的统一性、一体性。"2"体现了宇宙万物的二元性:物质与精神;行动与沉思、教会与政权、《旧约》与《新约》。"3"既是三位一体的圣父、圣灵、圣子,又象征了权力、智慧、爱情,忠诚、希望、博爱。"4"同时代表了四季、四体液、四大元素、四个方向。"7"(4+3)是创世纪的天数、一周的天数、七种美德和七种罪恶、七大行星。"9"是天使的唱诗班、地狱的圈层。最后,"10"(9+1)是圆满的象征。在《神曲》中,数字象征得到了最完美的体现。全诗分为《地狱篇》《炼狱篇》《天堂篇》3部,每部33歌,加上"序曲"共100歌,象征三位一体和圆满的思想。全诗14233行采用三连韵衔接为一个整体,就是每三行为一诗节,隔行押韵,连环相押,形成aba、bcb、cdc形式,仿佛哥特式教堂的拱形结构,层层递进,向上发展,最后形成通向彼岸世界的穹顶。

但丁被说成是"中世纪的最后一位诗人,同时又是新时代的最初一位诗人",因为他的作品反映了中世纪神学世界观与近代人文主义因素的矛盾。无疑,但丁思想中有不少因素属于中世纪范畴。他相信基督教神学,主张"惩恶扬善",将作品中的人物按其生前善恶,分别放入地狱、炼狱和天堂的不同层级;相信星宿是无所不在的宇宙原则或生命倾向,决定了人的本性。世界似乎就笼罩在代表美丽的爱情的金星、代表理性之光的绚丽的太阳和代表沉思的土星的缓慢而深刻的移动标志之下。但是,新时代的人文主义因素在《神曲》中也随处可见。但丁宣扬理性和知识;揭露和谴责教皇的罪恶;主张政教分离、国家统一等等。在《地狱篇》中,但丁再现了保罗和弗兰采丝嘉为礼法所不容的爱情,这对受难的灵魂在永恒的狂风驱赶下飘忽不定,永远不得安生。但丁请他们驻足,讲述生前的故事。这段描写感人至深,冲破了禁欲主义的束缚:

> 爱,不许任何受到爱的人不爱,
> 这样强烈地使我喜欢他,以致,
> 像你看到的,就是现在他也不离开我,
> 爱使我们同归于尽……

(朱维基 译)

从建构西方现代性的角度来看,但丁还有一个独一无二的功绩。他首先打破了欧洲中世纪拉丁文的一统天下,大胆运用了当时被认为是俗语的托斯坎尼亚方言写作《神曲》。维柯在论及但丁时曾说过:"……也许仅仅是托斯坎尼亚俗语就足以让他与荷马齐名。"这绝非溢美之词。近代意大利民族语言就是在这种方言的基础上建立起来的。在但丁的启发下,欧洲各国诗人和作家纷纷仿效,通过俗语写作建构起本民族的标准语言,从而为近代民族国家的创建奠定了基础。

第二章　中古阿拉伯文学

阿拉伯一词,原意为"荒漠"或"不毛之地"。浩瀚的沙漠、贫瘠的自然条件铸造了阿拉伯民族粗犷、豪放、刚猛的整体文化人格。7世纪,一位赶骆驼的穷人穆罕默德(570—632)在他40岁那年据称奉天使加百列之命当了先知,成为阿拉伯人的首领,创立了伊斯兰(阿拉伯语意为"归附")教。伊斯兰教信仰安拉,把安拉当做唯一的真神,认为除独一无二的安拉外别无主宰。伊斯兰教的信徒称为穆斯林,意为"信仰安拉并服从先知的人"。穆罕默德通过传教和征战,逐渐统一了阿拉伯半岛,成为阿拉伯最初的统一国家的创立者。

穆罕默德死后,他的历代继承者称为"哈里发",意为"安拉使者的继承者"。第三代哈里发奥斯曼令人收集穆罕默德所得启示的口授和书写的经文,又组织文士把经文编纂订正为一部伊斯兰的圣经——《古兰经》。"古兰"一词系阿拉伯文"Quran"的音译,意为"诵读"。《古兰经》编订后不到一百年,阿拉伯人便征服了整个近东,8世纪初占领西班牙,进而挺进到印度河,直逼中国边境。8世纪中叶形成了一个横跨亚、非、欧三大洲的阿拉伯帝国。到了阿拔斯王朝时期(750—1258),阿拉伯帝国境内出现了经济、文化全面繁荣的局面。13世纪中叶,蒙古人入侵阿拉伯,阿拔斯王朝灭亡。

一　悬诗与对驳诗

伊斯兰教创立前,阿拉伯蒙昧时期(约公元5世纪下半叶到7世纪初)最著名的诗歌是悬诗。悬诗是传世的"格西特"诗的精华。"格西特"是一种抒写同类主题的诗体,具有固定的格律与结构,一般长20到100行,通篇有贯穿始终的尾韵。内容或描写风景,或歌颂英雄,或夸耀自己的高贵豪侠,或赞美部落生活的多姿多彩。当时各部落的诗人惯于在一年一度的欧卡兹集市上举行赛诗会。评选出来的优秀作品用金水写在细亚麻布上，挂在克尔白神庙的墙上，故名为"悬诗"；又称为"描金诗"或"项圈诗"，因其珍贵如同挂在美人脖子上的珍珠项链而得名。悬诗写得最好的诗人是乌姆鲁勒·盖斯（约497—545），他被誉为阿拉伯诗歌传统的创造者，开"荒原野营"题材写作的先河，对后世影响很大。他的许多诗句成为世代传诵的名句。如："疾速有力的骆驼负载着我，轻松地穿过飓风劲吹尘埃的沙漠。"

对驳诗是早期阿拉伯诗歌的另一种形式。一位诗人吟一首诗，自我夸耀，并讽刺攻击对方。对方必须马上即席和诗，内容与之相对，格律、韵脚也必须与前者相同，有点像我国西南一些少数民族中的对歌。此外，还有艳情诗、贞情诗等。

二 《一千零一夜》：故事与讲述

中古时代的阿拉伯地区，由口头创作发展起来的民间故事取得了突出成就，《一千零一夜》（旧译《天方夜谭》）是其中最优秀的代表。这部流传于8世纪的民间故事集共包括大小故事二百六十多个。据书中记述，这些故事是这样来的：古代中国和印度之间的海岛上，有一个萨桑国。国王山鲁亚尔发现王后和嫔妃在自己外出时日夜歌舞、吃喝玩乐，就将她们一一处死，并从此讨厌妇女，存心报复，宣布以后每夜娶一少女，次日天亮杀死再另娶。百姓十分恐惧，纷纷带着女儿逃走，城中十室九空。宰相的女儿山鲁佐德为了拯救天下妇女，主动要求进宫，嫁给国王，她唯一的条件是将其妹妹带进宫中，因她每晚要听姐姐讲故事。国王也喜欢听故事，就答应了。进宫当天晚上，山鲁佐德开始讲《商人和魔鬼的故事》。故事讲到最精彩的时刻，天亮了。国王为听故事结局，就破例暂不杀她。第二天，旧故事讲完，新故事开始，讲到精彩处，天又亮了，于是又挨过一日。如是日复一日，夜复一夜，一直讲了一千零一夜。国王终于被山鲁佐德所感动，宣布不再杀她，正式娶她为皇后，并命传令官记下她在一千零一夜中讲的故事。《一千零一夜》就由此而来。

一个普通的女子，通过叙述来阻滞死神，延续自己的生命，进而使自己不朽,这个故事对于那些企图凭借写作来博取死后声名的文人来说有着永久的魔力。当然,这个虚构的大故事是为后来要讲的小故事提供了一个叙事框架。实际上,《一千零一夜》中的故事并非一人所讲,而是在8—16世纪的漫长岁月中,由阿拉伯及其附近地区的人民集体创作的。后来又有人在民间故事的基础上,辑录整理,加工提炼而逐渐形成目前我们所看到的样子。据后人考证,书中故事大致来自三方面:核心故事波斯故事集《赫佐尔·艾夫萨乃》最初可能来源于印度,后由波斯文转译成阿拉伯文,并加进一些阿拉伯故事;第二部分源于以巴格达为中心,在伊拉克编写的民间故事;第三部分源自以开罗为中心的埃及的民间故事。

《一千零一夜》被认为是中古阿拉伯社会生活的百科全书,反映了当时尖锐的社会矛盾和丰富的世态人情。《国王山鲁佐德及其兄弟的故事》批判了最高统治者哈里发,讽喻和揭露了统治阶级的残暴和罪恶。《渔翁的故事》《阿里巴巴和四十大盗》等歌颂了劳动人民的优秀品德、智慧和斗争精神。《巴士拉银匠哈桑的故事》《阿拉丁神灯的故事》等反映了人民美好的生活理想。航海故事如《辛巴达航海旅行的故事》则表现了当时阿拉伯新兴商人为追求财富而冒险远航的故事。辛巴达7次航海,每次都九死一生,时而被飓风打翻船只,漂落荒岛;时而被巨人抓获,险些丧命;时而被巨鹰攫上高空,又抛下深谷,时而被野蛮人抓住,险些被吃掉……但他还是一次又一次地扬帆出海,最后一次甚至还远航到了中国海岸。尽管这位阿拉伯商人出海远航的主要动机是追逐财富,但对现状的永不满足,对未知世界永远的好奇心,无疑也是其深层的推动力。这种永不停息探索冒险的精神,完全可与荷马史诗中的奥德修斯相媲美,在某种程度上甚至可以说是有过之而无不及。

浪漫主义的表现和丰富的想象力是《一千零一夜》最显著的特征。它把神话幻想世界与现实世界相互交织在一起,形成扑朔迷离的氛围。阿拉丁神灯的熠熠火光不知引发了多少西方读者的想象;"芝麻开门"的声音也一直激发着人们探索未知世界的好奇心。

从叙事结构艺术上来看,《一千零一夜》用了大故事套中故事、中故事套小故事的框架式结构。每个故事既相对独立又紧密相联,上下衔接,前后呼应,形成有机整体。整部书犹如阿拉伯魔术箱,箱中有箱,盒中有盒,套中有套。《驼背的故事》中,裁缝匠的故事套青年的故事,青年的故事套理发匠的故事,继而理发匠又讲了他本人和五个兄弟的故事。整部书又如万花筒,稍一翻动,便形成一片新景观,进入一个新天地,令人百读不厌,回味无穷。辛巴达乘坐的船刚靠上一座海岛,突然岛活动起来,沉入海底,原来这是一条大鱼;船员看见一幢巍峨的白色建筑,刚想要攀登上去,忽然发现那是一枚大鸟蛋……

《一千零一夜》以阿拉伯日常的语言写成,还运用了不少方言土语,尤其是伊拉克、埃及和叙利亚的方言土语,通俗流畅、生动活泼、有声有色,充分体现了民间口头创作的特点。此外它还采用了诗文并茂的表现手法。叙事写景以白话文为主,又辅以故事人物的吟诗和吟歌,以进一步突出主题思想。

《一千零一夜》通过十字军战争流传到欧洲,对西方的戏剧、音乐、绘画都产生了影响。许多西方作家在取材、艺术表现手法等方面直接或间接地吸取了某些精华。近代英国乔叟的《坎特伯雷故事集》、意大利薄伽丘的《十日谈》、西班牙塞万提斯的《堂吉诃德》等都采用了框架式结构。戏剧大师莎士比亚的喜剧《终成眷属》中"戒指认亲""进宫治病"的故事显然来源于《一千零一夜》,普希金的童话诗《渔夫和金鱼的故事》,使人联想到《渔翁的故事》;1982年诺贝尔文学奖得主、哥伦比亚作家马尔克斯的魔幻现实主义代表作《百年孤独》中出现的"飞毯""会飞的床单""神灯"等也明显来自于《一千零一夜》。当代埃及戏剧家陶菲格·哈基姆的剧本《阿里巴巴》《山鲁佐德》更是直接取材于它。

第三章 中古波斯文学

中亚文明古国波斯(即今伊朗)位于欧亚非三大洲交界地带,自古以来就是东西方的交通枢纽,也是欧亚非三大文明的汇合地。著名的"丝绸之路"就是东起中国,中经波斯,西达罗马帝国的。

3世纪,波斯侯阿尔达一世统一波斯,建立萨珊王朝,到5世纪发展为亚洲西部的大帝国,曾与罗马帝国发生过多年战争。7世纪阿拉伯人入侵,萨珊王朝倾覆。直至一个半世纪后才脱离阿拉伯的控制,创立封建的萨曼王朝。

波斯素有"诗国"之称,在世界文学史上占有重要地位,产生于10—15世纪期间的诗歌成就尤为辉煌。中古波斯文学主要是指以达里波斯语创作的文学,其地理范围包括伊朗高原通用波斯语的中亚细亚各国,及今天的阿富汗、阿塞拜疆、塔吉克斯坦和印度北部等国家和地区。

一 抒情诗与叙事诗

鲁达基(858—941)是波斯第一位古典文学大师,也是波斯及所有用波斯语的民族的古典诗歌的奠基人,被尊称为"波斯诗歌之父""诗人中的亚当""诗歌的北极星"。鲁达基生活在波斯萨曼王朝时期,8岁谙熟《古兰经》,从小会唱许多民歌,还会编词弹唱,因诗名甚大被召入宫廷。宫廷生活使他一度脱离人民,写了一些歌功颂德的诗歌。但诗人毕竟来自下层。在目睹宫廷内幕后,变歌颂为劝谏,因此失宠而被逐出,还受了酷刑,被剜去双眼。晚年在故乡塔吉克斯坦度过几年悲惨生活后死去。

鲁达基一生创作异常丰富,据考写过130多万行诗句,但留存至今只有1千多首两行诗。他的诗歌有明显的民族倾向,体现古波斯琐罗亚斯德教思想。他运用了各种诗歌形式,并予以完善和定型,开创了中古波斯诗歌之路。据说波斯诗歌中有名的四行诗体"鲁拜"(一译"柔巴依")就是由他创始的。这种诗体后来在海亚姆那里得到进一步的完善和发展。

鲁达基去世前后,另一位波斯大诗人菲尔多西(约934—1021)在霍腊散图诞生。菲尔多西出生于破落的名门世家,从小受过良好教育,通晓阿拉伯语和中古波斯—巴列维语,阅读了不少古籍文献,搜集了许多民间传说和英雄故事。他生活的时代是波斯历史上民族矛盾十分尖锐的时代。公元7世纪阿拉伯人灭了萨珊王朝,把波斯帝国变成哈里发国家的行省。当时波斯人民深感亡国的哀痛,被推翻的萨珊王朝后代也想借人民的爱国热情来恢复他们失去的统治地位,热心提倡恢复古代传统,搜集过去的英雄故事,鼓励文人用波斯语写作。正是在这种民族主义和爱国主义氛围影响下,菲尔多西把毕生的精力都耗费在了创作史诗《列王纪》(一译《王书》)上,自称"我要写这部尽人皆知的皇家诗篇,就是要在世界上留下一个纪念"。

这部历时35年写就的巨型文人史诗共计6万联(12万行),结构宏伟,内容丰富,可视为一部东方的荷马史诗。它从波斯远古神话传说写起,一直写到萨珊王朝的末代国王,时间跨度长达4600多年,涉及波斯25代王朝和50位帝王的故事和传说。全书主要包括三大部分。第一部分是神话传说,其中以铁匠卡维与异族暴君作斗争的传说最为著名。卡维被暴君逼得忍无可忍,扯下围裙挂在杆子上作旗帜,号召人民起来反抗,最后取得了胜利。后来,围裙就成了波斯国旗。

第二部分是全诗的核心,讲述了鲁斯塔姆的英雄业绩。鲁斯塔姆集忠勇、骄傲和自尊于一身,在反对异族侵略中建立了功勋,成为两千年来波斯民间文学中最受尊敬的英雄、家喻户晓的勇士。

第三部分是历史故事,叙述阿拉伯人入侵前萨珊王朝期间28位帝王的故事。

《列王纪》是沦于异族统治下波斯人民爱国主义热情的集中体现,它歌颂民族英雄,谴责暴君统治,向往国泰民安的盛世,主张国家独立统一。整部史诗充满了强烈的民族独立思想和反抗异族压迫的爱国精神。同时,它还被看作波斯社会生活的百科全书。从艺术上看,它把历史事件、神话传说和现实矛盾结合起来,形象生动感人,语言通俗优美,标志着达里波斯语创作的第一高峰。

莪默·海亚姆(1048？—1122)是继菲尔多亚之后的又一位大诗人。但长期以来他以哲学家、数学家和天文学家著称,其文学成就一直无人知晓。直到19世纪下半叶英国维多利亚诗人菲茨杰拉德发现了这位东方诗人,选译了他创作的101首"鲁拜"体诗,冠以《鲁拜集》之名出版后,这位东方的大诗人才为世界所知。

海亚姆出生在霍腊散省,从小受到良好的教育。26岁被引入塞尔柱苏丹列克沙赫的宫廷,致力于科学研究。苏丹去世后,他的生活陷入困境,还受到宗教反对势力的迫害。晚年曾到麦加朝圣。后来死于自己的故乡内沙布尔。

海亚姆在文学上的主要成就是创造了数百首鲁拜体抒情诗。"鲁拜"(Rubai)的原意是四行诗,又被称为"塔兰涅"(Taraneh),意思是"断章"或"绝句"。每首四行,大多是一、二、四行押韵,形式上与我国唐代盛行的绝句非常相似。学者们还没考证出鲁拜体和中国的绝句之间的亲缘关系。一种可能的解释是绝句通过丝绸之路从中国传入波斯,形成鲁拜体,因为鲁拜体出现的时间大致相当于中国的唐朝,此时绝句已经非常成熟。但相反的交流路线也不是没有可能。

菲氏选译的101首鲁拜体诗,每首都独立成章,通篇又自成体系,从中可以梳理出诗人流动的情思、连贯的意象和富有哲学意味的思想探索轨迹。作为一名科学家,诗人既关注宇宙的形成、人的起源等问题,更关注人生的真谛和死后的归宿。他并不盲目相信伊斯兰教的现成答案,而是通过自己的作品对宗教神学表示了公然怀疑,对人生之谜进行了痛苦的探索。

《鲁拜集》中的诗篇富于浪漫主义的激情,想象丰富,语言铿锵有力,抒情和哲理常常有机地结合在一起。像李白"斗酒诗百篇"一样,酒也是海亚姆诗歌中反复出现的意象、不断歌咏的主题。郭沫若曾说,在海亚姆的《鲁拜集》中,可以"看出我国李太白的面目来"。

绿荫树下展诗章,
美酒一壶面包香,

> 且共卿卿同吟诵——,
> 瞬间荒野变天堂。

(张德明 译)

诗人由对酒的歌颂,进而歌颂盛酒的陶罐。人死之后,肉身化为泥土,泥土又被人用来制作陶罐。饮酒者的唇触到陶罐时,是否会想到它曾经是另一个生命?

> 我向陶樽俯下身,
> 欲询奥秘问其唇;
> 口唇相对喃喃语:
> 畅饮生时死后泯。
>
> 陶罐答言虽隐然,
> 生时畅饮想当年。
> 今吻罐口无知觉,
> 多少热吻曾缠绵!

(张德明 译)

这里,诗篇既向禁欲主义提出了大胆挑战,又对生命本质进行了深层思考。理性的思考和非理性的迷惘交织在一起,给人以神秘的美感。与莎士比亚笔下的哈姆雷特在坟场上面对一个骷髅头盖骨展开的哲思有异曲同工之妙。

土,是海亚姆诗中另一意味深长的意象。关于土的生命、土的价值、土的质地、土的传说、土的位置以及土的抱怨,都给读者以深刻的启示和遐想。

> ……我记起曾在路上遇见
> 陶匠在捣黏土一团;
> 黏土在用湮灭没了的语言抱怨:
> "轻点吧,兄弟,求你轻点!"

岂不闻自古有故事流传，
世世代代一直传到今天，
说是造物主当年造人
用的就是这样的混泥一团？

(飞白 译)

内扎米(1141—1209)原名伊里亚斯，出生于现阿塞拜疆。自幼受过良好的教育，曾在故乡的伊斯兰经院攻读文学，精通阿拉伯语和波斯语等多种语言，对哲学、自然科学尤其是天文学都有深入研究，此外，他还谙熟古希腊神话和基督教典故。内扎米给后世留下的最有名的作品是被称为《五卷书》的五部叙事长诗，分别为《秘宝之库》《霍斯陆与西琳》《蕾莉与马杰农》《七美人》和《亚历山大故事》，其中以《蕾莉与马杰农》艺术成就最高。全诗长8千联(16000行)，讲述了一段类似中国的"梁祝"的故事。马杰农原名盖斯，在学堂与一女同学蕾莉相爱。但他们的爱情违反了传统的道德观念，受到时人反对。蕾莉被其家人接回家。两人相思成疾。盖斯精神失常，成为疯子（马杰农在阿拉伯语中意即"疯人"）。最后这对年轻人含恨死去。《蕾莉与马杰农》充分体现了内扎米丰富的想象力和高度的语言技巧。诗人在写到马杰农去看望已被遣送回家的心上人蕾莉时，运用了对称的联句和大量的排比句来塑造人物、渲染气氛，创造了强烈的艺术效果。

……
蕾莉像一轮明月，清辉泻地，
马杰农似一棵嫩草，在月光下摇曳。
蕾莉好似枝头的一朵鲜花，
马杰农悲伤得珠泪遍洒。
她哪是蕾莉，她就是一位天仙，
他哪是马杰农，他就是一团火焰。
蕾莉是未经秋霜摧残的茉莉，
马杰农是遭秋风扫荡的草地。

蕾莉秀丽得胜过晴朗的黎明,
马杰农是黎明前熄灭的孤灯。
蕾莉肩披长发秀美飘逸,
马杰农双耳戴环忠心不移。
蕾莉有如一杯晨酒,安慰心灵,
马杰农似教徒听道,无限虔诚。
……

(张鸿年 译)

全诗犹如诗人自己所说,"每联诗句都似串串珍珠放射光辉,没有败笔,全篇充满艺术的韵味"。

二 教诲性故事诗

13世纪波斯出现了一位大诗人萨迪(1203—1292)。他出生于设拉子,在蒙古人入侵中亚后远离故土,作为"达尔维什"(游方僧)漫游各地,到过亚非各国广大地区,还到过中国新疆,一生几乎都在漂泊中度过。直到1256年旭列兀王朝建立后才回故乡定居,从事诗歌创作。

萨迪保存下来的作品中,最著名的是两部教诲性故事诗集《果园》和《蔷薇园》。据说《果园》写出后,萨迪名声大振,国王邀请他进宫做宫廷诗人,但被他婉言谢绝。他写了一首诗说:"自食其力,静坐养神,胜过金律玉带,公务在身!"

据诗人自述,《蔷薇园》的写作因一位朋友而起。一天,萨迪的一位朋友前来拜访,两人一起散步。时值阳春,园中蔷薇盛开。朋友摘了许多鲜花想带回去。萨迪说,这园中的蔷薇都是要凋谢的,即使是蔷薇园中的花也不能久存,圣人说"凡属不能长久的东西,你不要珍爱它"。为此,他准备写一本《蔷薇园》,相信"它的绿叶不会被秋风的手夺去,它和新春的欢乐不会被时序的循环变为岁暮的残景"。

《蔷薇园》采用散文和诗歌交替的形式写成,散文用来交代写作背景和讲一些小故事,故事中间穿插哲理性或格言式的短诗,点明故事要义或作者主旨。全书共8个部分,包括"记帝王言行""记僧侣言行""论知足常乐""论寡言""论青春与爱情""论老年昏愦""论教育的功效""论交往之道"等。可以看作萨迪长期流浪、观察人情世故和社会现象后的智慧结晶。

《记帝王言行》卷一通过一个国王与宰相的谈话,提出了"天下得失在于民心的向背"的见解,表达了诗人自己的政治理想。对豪绅恶霸、贪婪的商人和骗人的僧侣的讽刺在《蔷薇园》也随处可见。一则故事中讲到,有个星相家白天出外去骗人,回家后发现自己的老婆和别的男人睡在一起,就破口大骂;有人讽刺他说:"你不知道家里的光景,怎知道天上的情形?"弄得这位星相家哑口无言。

《蔷薇园》中更多的是一些发人深省的警句、短语,多方面触及时事,总结实际生活中的经验,阐发深刻的哲理。如:

与其抱手而立伺候权贵,不如动手操劳搅拌泥灰。

勤劳远比黄金可贵。

圣徒的乞求是为了得到神圣的时间,不是为了使生命变得舒适悠闲。

良善者的美名将万古流芳;名声败坏者,虽然活着却犹如死人。

(水建馥 译)

《蔷薇园》既是萨迪一生思想、智慧和经验的总结,也是一幅中世纪波斯社会生活的风俗画。这部书问世后,几个世纪内传遍中亚、西亚各国。在17世纪又成为最早被欧洲人翻译成西方文字的东方名著之一。

三 苏菲派诗人

苏菲神秘主义是伊斯兰教的一个教派,最初产生于阿拉伯地区,后来在波斯得以发扬光大,11—15世纪成为主导波斯—伊朗社会的思想。"苏菲"一词来自苏夫(surf),意为羊毛,因该教派信徒通常穿粗毛编织的简陋衣服而被称为"苏菲",意为"穿羊毛的人"。苏菲主义强调通过一定的修行(或外在的苦行修道,或内在的沉思冥想),洗涤自身的心性,

修炼成纯洁的"完人",在"寂灭"中与真主合一,从而获得永存。其主要经文依据是《古兰经》:

> 你们要像他创造你们的时候那样返本归源。(7:29)
> 洗涤身心者,只为自己而洗涤。真主是唯一的归宿。(35:18)
> 他们确信自己必定见主,必定归主。(2:46)

穆拉维(西方称作鲁米,1207—1273)是13世纪波斯著名的苏菲派诗人。他出生于现阿富汗境内,少年时代曾到处流浪,后来遇见著名的苏菲主义者塔布赫里,受其思想影响,致力于苏菲奥义的探索和宣传。他从1260年开始创作哲理抒情诗《玛斯纳斯》,写了整整十年,才得以完成。全诗共6卷,26000联句,内容博大精深,被称誉为"波斯语的《古兰经》"。

《玛斯纳斯》开篇通过一支芦笛的自述,讲述了返本归源对于人的重要性。

> 请听这芦笛讲述些什么,
> 它在把别恨和离愁诉说;
> 自从人们把我断离苇丛,
> 男男女女诉怨于我笛孔;
> 我渴求因离别而碎裂的胸,
> 好让我倾诉相思的苦痛;
> 人一旦远离自己的故土,
> 会日夜寻觅着自己的归宿。

(穆宏燕 译)

玛斯纳斯原是一种诗体的名称,每两行为一联句,每一联句上下联押韵,联句与联句之间换韵。这种诗体一般用来叙事,也可译为叙事诗。自穆拉维用该词作书名后,它就成了专有名词。穆拉维的作品不仅对后来的伊朗文学,而且对印度、土耳其、阿拉伯文学都有一定的影响。此书传到欧洲后,受到许多哲学家的重视。黑格尔曾从自己的绝对精神出发,论述穆拉维的思想,认为苏菲主义"从自己的特殊存在中解放出来,把自己沉没到永恒的绝对里"。20世纪欧美一些国家还掀起过"鲁米热"。

14世纪波斯诗人哈菲兹(1320—1389),也是一位苏菲神秘主义者。与鲁米不同的是,哈菲兹表现的是苏菲派的叛逆精神,肯定现世生活,主张及时行乐。他诗歌的中心主题是对醇酒美人的热情歌颂,在表面的玩世不恭背后隐含着对个性解放的追求和对正统教义的冲击。哈菲兹在波斯—伊朗文学史上被誉为加宰尔大师。"加宰尔"自阿拉伯的克希得体发展而来,其题材主要是歌颂醇酒美人。形式上每首一般包含7—12个对偶句,最后一个对偶句要点明主题,同时还要用进诗人自己的名字。哈菲兹丰富了这种诗体,把它发展为一种抒发自己的自由思想,表达自己世界观的诗体。

> 如果你从花园里摘一枚果,那又如何?
> 如果我试图照明而用灯火,那又如何?
>
> 主啊,如果我在情火之中熊熊燃烧,
> 让我在翠柏荫下稍歇一刻,那又如何?
>
> 啊,那吉祥的红宝石作为努力的报酬,
> 但求有一次与我唇的印章相合,那又如何?
>
> 我的理智已神不守舍,如果酒是如此醉人,
> 真不知我的信仰会遇上什么?那又如何?
>
> 尽管市人热心追求的是王公贵人的爱,
> 可我只对美人的爱如饥似渴,那又如何?
>
> 我为追逐醇酒美人用去我宝贵的生命,
> 却不知这会带给我什么后果,那又如何?

连官府也知道我如此多情而未加指责,
　就算哈菲兹自知我是这样的我,那又如何?

(飞白 译)

　　恩格斯曾赞赏道:"读放荡不羁的老哈菲兹的音调十分优美的原作,是令人十分快意的。"德国大诗人歌德更是对哈菲兹崇拜得五体投地:"哈菲兹呵,除非丧失了理智,我才会把你相提并论,你是一艘鼓满风帆劈波斩浪的大船,而我不过是在海浪中上下颠簸的小舟。"

第四章 中古日本和其他亚洲国家文学

处在汉文化辐射下的日本最初没有自己独立的文字,从公元4世纪以来一直使用汉字和汉文作为书写记录工具。7世纪中叶,日本皇室和一部分要求改革的贵族发动政变,拥立孝德天皇。次年,孝德天皇颁布革新诏令,史称"大化革新",从此形成了以天皇为首的中央集权制国家,向封建社会过渡。"大化革新"以后,日本先后派出十三四批"遣唐使",一次人数最多达数百人,到当时处在盛唐时代的中国学习和交流,并利用汉字创造了日文的"片假名"(正体)与"平假名"(草体),对促进日本文学的发展起到了积极作用。此后,用片假名和平假名书写的日本文学作品逐渐增多并流行,取代了最初用汉文写的典籍文本。从12世纪开始,日本天皇的权力被武士阶级篡夺,天皇实际上成了傀儡,掌权者是幕府—贵族。幕府豢养了大批武士,一直统治了近700年,直到19世纪中叶"明治维新"以后,天皇重新执掌政权,日本才结束中世纪,走上西方式近代化道路。

一 "万首和歌之集"

日本最早出现的文学作品是诗歌总集《万叶集》,意为"万代之集"或"万首和歌之集",其在日本文学史上的地位类似《诗经》在中国文学史上的地位。《万叶集》收录了从4世纪到8世纪中叶的长短和歌约4500首。"和歌"是日本诗歌的一种体裁,指日本古代除汉诗(用汉文写作的诗歌)以外的日本诗歌,即用五音句和七音句交错组成的韵文,这种格调称为"五七调",类似中国五言、七言诗的句式,分长歌和短歌两种。短歌音律数有限,共31个音节,以5、7、5、7、7的方式排列;长歌以同样方式排列,其中5、7……可多次反复,长短不限。

《万叶集》一半以上的作者是无名氏,署名的作者有500多人,包括了全国各地各种身份的人,有天皇、贵族、僧侣、官吏、农民、渔民、士兵、乞丐、歌伎和行吟诗人等。编者相传是大伴家持(?—785)。但他可能只是众多编者中的一位。诗集大约在 760 年左右即已编成,后来又有人作了加工修订。

《万叶集》中的和歌绝大部分为抒情诗,按题材可分为"相闻""挽歌"和"杂歌"三类。"相闻",典出曹植《与吴季重书》一诗中"往来数相闻"一句,意为情感上的互相闻问,大多为男女之间的情歌,也有兄弟、朋友、长幼之间的酬唱之作。

> 妹与紫草鲜,安能不艳羡?
> 知是他人妻,犹能如此恋。
> ——天武天皇
> (赵乐甡 译)

> 山风吹竹叶,乱发杂然声。
> 吾已别吾妹,专心念妹情。
> ——柿本人麻吕
> (赵乐甡 译)

"挽歌"主要是为悼念死者所作,也有临终之作和后人追忆的作品。其内容有为皇室歌功颂德的,有哀叹贫病失意者流离死亡的,也有悼念家人亲友的。天武天皇之子大津皇子因谋反而被杀,临死前留下一首和歌:

> 磐余池水,
> 野鸭交鸣;
> 今日此景最后看,
> 再看此景期来生。
> (赵乐甡 译)

短短四句,写出了对生的留恋和对死的从容。

除了上述两类外,其余的皆为杂歌,内容题材十分广泛,狩猎、旅行、游宴、自然风物、人世感怀、民间疾苦、社会变迁等均可入诗。《万叶集》中有不少"防人歌",对当时日本统治者野蛮的兵役制表示了不满和愤怒,类似我国唐朝大诗人杜甫写的《兵车行》。

《万叶集》在日本文学史上占有十分重要的地位。它是宝贵的历史和文学文献,对后世有很大影响。同时,它也是中日文化友好交往和中国文学对日本古代文学影响的明证。它采用汉字作注音符号,收编了部分汉诗,借鉴了中国文学及诗歌的题材、形式和分类法,受到中国儒家及老庄思想的影响,还收入了一些直接反映"遣唐使"来唐朝学习情形的诗歌。

二 "物语"与"幽情"

10世纪,日本出现了一位名叫紫式部(约978—1016)的女作家,她写下了日本最早的长篇小说,也是目前已知的世界上第一部长篇小说《源氏物语》。紫式部生活在日本平安朝中期,出身名门,早年丧母,自幼从父习汉学,通音律,文学修养颇深。25岁丧夫,自此携带幼女,开始了凄婉的孀居生活。后来被召入宫廷,当了侍奉天皇的文学女官。这段宫廷生活使她开阔了眼界,得以更具体了解皇室内部倾轧及社会矛盾,写出了她的著名小说。

"物语"是在日本民间评话、中国六朝文学和隋唐传奇文学基础上形成的一种文学形式。在紫式部写下《源氏物语》之前,日本民间流传两种类型的物语。一种是创作物语,即传奇和虚构物语,以《竹取物语》为代表。另一种叫歌物语,即以和歌为主,散文为辅,以《伊势物语》为代表。

紫式部吸收了上述两种物语的各自优点,将诗文融为一体,写出了《源氏物语》这部感人至深的长篇小说。

《源氏物语》分为两部分,前41帖(回)主要写源氏放浪风流、升沉变迁的一生。从他出生一直写到死后。源氏是桐壶天皇的儿子,世称光君。其母因出身低微,虽受皇帝宠幸并有了儿子,却遭其他嫔妃嫉恨,在皇子三岁时即抑郁而死,皇子亦被贬为臣子,赐姓源氏,又称光源氏。

光源氏成人后,娶葵上为妻,但两人感情不和。源氏与父亲桐壶天皇的爱妃藤壶相恋私通，生下一子，即后来的冷泉天皇。桐壶天皇死后，藤壶悔恨痛苦，即削发为尼遁入空门。源氏在其父亲死后也失势了。两年后，冷泉即位，源氏在政治上又中兴，回京辅佐冷泉天皇，官至太政大臣。不久，葵上去世，源氏所爱的藤壶、紫上也相继死去。源氏的后妻与人私通，生下一子名为熏君，为小说后半部主人公。源氏因受上述种种不测事件打击，又感到老之将至，于是看破红尘，遁世出家，最后抑郁而死。

小说后半部（42帖以后）写熏君的故事，叙述他的少年生活及成人后对女性的追求和失意。熏君的生活在某种意义上可以看作是对源氏生活经历的一种复制，从佛教的角度，也可看作一种现世的"报应"。

《源氏物语》被称为"日本的《红楼梦》"，虽然后者比前者晚出几个世纪，且没有事实上的联系，但两书确有不少可比之处。小说中的光源氏有点类似贾宝玉，他才貌双全，无所不长，一生混在女人堆里，与许多女性发生了悲欢离合的故事。小说对女性心理的描写精细入微，成功地塑造了一系列与光源氏来往的女性形象，包括他的后母藤壶、藤壶的侄女紫上，还有宝蟑、夕颜、末摘花、六条御息所等。作家以体贴入微的感受和笔触写出了这些女性同胞的悲惨遭遇和内心苦闷。

与贾宝玉相似的另一点是，源氏最后也看破红尘，遁入空门。不过，《源氏物语》更加强调的是日本文学中特有的幽情及佛教的宿命论思想。按照日本学者本居宣长在其著作《玉小栉》中的说法，幽情的基本精神是认为"在人的种种感情中，只有苦闷、忧愁、悲哀——也就是一切不如意的事，才是使人感受最深的"。幽情观念对后世作家产生了深远影响，成为日本古典文学的一个传统。以下所引第41帖片断，讲述的是源氏晚年出家前的情形，可略见幽情之一斑：

> 天气渐热起来。源氏寻得一凉爽之地，安设一座，便独坐沉思起来。忽见池中莲花盛开，莲叶上露珠点点，顿想起"悲无尽兮泪如何，人身之泪何其多"的古歌，一时怅然若失，恍若跌入梦中，直至日暮时分。鸣蝉四起，格外热闹。夕阳之下霍麦花鲜美可爱。如此景致，一人独赏终是索然寡味，遂吟诗道：

"夏日孤寂苦,长天悲泣哀。鸣蝉苦知意,放声啼相伴。"此时流萤乱飞,不觉低首又赋诗:

"流萤思长夜,晚间发微明。愁情焚似火,不停燃我身。"

又至七月初七乞巧日。今年迥然往昔,六条院内毫无管弦之声。源氏整日枯坐,痴迷沉沉,也无一侍女去看牛郎织女星相会鹊桥。天幕未启,源氏实难入睡,便独自起身,打开边门,自走廊门中眺望庭院:星空下,朝露繁闪,遂步至廊上,赋诗述怀:

"牵牛织女鹊桥会,何须我去徒操心?惟见闲庭重重露,感至泣下添泪痕。"夏逝秋至,风声变得愈发凄厉起来。法事举办在即,自八月初始,众皆奔忙起来。源氏以忆旧度日,终于挨至紫姬周年忌辰。源氏暗叹:"怕日后惟有如此消磨岁月了。"法事正日,院内人皆吃素斋,那曼陀罗图便于今日供请。源氏照例做夜课。中将君端来一盆水,请他净手。源氏见其扇上题有一首诗,遂取来过目:

"无尽恋慕情,终年泪如雨。谁言忌辰满,悲哀已全消?"看罢,想了想,便在后面添诗一首:

"残身渐无多,悼亡身垂暮。惟余相思泪,如溢万顷波。"至九月暮秋,源氏见园中菊花上覆着棉絮,便吟诗道:

"怀昔共护东篱菊,哀今秋露湿单衣。"

到了十月,阴雨连绵,一片昏蒙,源氏心境劣于旧时。帐望暮色,苍凉无比,不觉独自低吟"十月年年时雨降,何尝如此湿青衫?"这时雁声鸣空,但见群雁振翅,飞渡而去,不禁心下羡慕,久久仰望,吟出诗句:

"幽梦何曾见,虚渺游魂飘。翱翔魔法使,引我觅行道。"此时,源氏感情异常脆弱,事无大小轻重,皆令他触景伤怀,思念亡人,无法慰解,只是在悲痛中度送岁月。

至十一月丰明节,宫中举行五节舞会。满朝文武欢呼雀跃,自不待言。夕雾大将的两公子被选为殿上童子,入宫时先来六条院参谒源氏。两人年龄相若,姿容皆甚俊美。他们由两个母舅头中将与藏人少将陪同而来,皆着白地青色花鸟纹样小忌衣,映衬下风姿更为潇洒清秀。源氏见其天真模样,顿然忆起年少时邂逅的筑紫五节舞

姬。于是赋诗道:

"丰明筵宴今日盛,群臣进殿纷然忙。我身独困孤寂苦,日月空逝浑然忘。"

今年终于隐忍,暂留尘世。但出家之期已经迫近,心绪不免更加忙乱。他思虑遁世前应有所安排,便寻出各种物品,按等级分赠各传文,聊为留念。他虽不明示此举真意,但其贴身侍女,皆瞧出其真正心思来。故岁暮之时,院内格外静寂,笼罩着悲伤之情。源氏整理物件时,积年情书突现眼前。觉得倘若遗留后世,教人看见甚为不妥,而毁弃又觉可惜,踌躇一阵,终究决定取出焚了为是。忽见须磨流放时所收情书中,紫夫人的信,专成一束。此乃他特意整理的。虽事已遥远,但至今笔墨犹新,这实可为"千年遗念"。忽又念及一旦脱离红尘,便不能再见之,遂令两三个亲信侍女,将其即刻毁弃于己前。即使普通信件,凡死者手迹,见了总有无限感慨。何况紫夫人遗墨,源氏一看,便两眼发花,不能视物,字迹也难以辨认,眼泪竟打湿了信纸。他怕侍女们看了笑话,自感羞愧,便将信推向一旁,自己吟诗道:

"旧侣西去登彼岸,不堪慕恋煎我怀。发售伤睹遗世迹,愁心复添怅叹深。"侍女们虽未将信展开来看,但从源氏那痴迷神情便知此乃紫夫人遗墨,因此皆悲伤不已。源氏回想紫夫人在世时,尽管两人近居,但写来的信却是如此凄婉。至今重见,更感悲痛,泪落如雨,竟无法控制。但念悲伤过甚,深恐别人嘲笑他女儿心肠,故不细看。却于一封长信末尾留下一诗:

"人去枉然存遗迹,不若随主同化烟。"遂令侍女将那信拿去俱焚了。

(丰子恺 译)

从小说叙述艺术上看,《源氏物语》结构宏伟而叙述有条不紊,每一帖都是一个相对独立的故事,同时又是全书的有机组成部分,构成一个统一的长篇,类似中国的章回小说。小说采用了散文和诗歌相结合的形式,以散文叙事,诗歌抒情,达到了艺术上的完美和谐,为发展物语文学作出了贡献。

三 能剧与俳句

公元14世纪前后,日本的古典戏剧也得到了发展,出现了能和狂言两种戏剧形式。能又叫能剧,是从农村酬神演剧的基础上发展起来的一种综合艺术,后来成为一种以音乐、歌唱、舞蹈为主的戏剧形式。狂言也是在民间戏剧的基础上发展起来的,不过,它是一种以对白为主的独幕喜剧,有点类似当代中国的小品。狂言最初都是演员的即兴创作,后来逐渐成熟,产生了许多定了型的传统保留剧目,其脚本也由各个流派固定下来。到了室町时期(1338年始),狂言成了演出能剧时的附属物,即幕间狂言。

中古时代,在连歌的基础上发展出一种独特的诗歌形式,这就是俳句。俳句又叫俳偕,因其诙谐而得名。其特点是:形式短小,只有17个音,以5、7、5的形式排列,集中表现刹那间的感受;语言含蓄隽永,富于回味;经常使用象征、暗示等手法。

一般认为,松尾芭蕉(1644—1694)是日本俳句的代表诗人之一。他对俳句做出的主要贡献在于将原先以滑稽为主、带有游戏成分的俳句,提高到严肃的,以追求意境美为主的风格,创造了既机智幽默又高雅本色的"蕉风"。他留下来的最著名的一首俳句是:

悠悠古池畔,寂寞蛙儿跳下岸,水声轻如幻。

(王树藩 译)

一般来说,每首俳句都应该包括四个要素:季题(季语)、景题、情感、意境。这首诗中季题以青蛙为象征。古池,既是景题也是本诗的灵魂所在。古池水流不畅,有一种永恒的宁静。突然青蛙跳入,瞬间激起水声,但即刻又恢复了宁静。这首诗显然受到了中国化的佛教,即禅宗思想的影响。

小林一茶(1763—1827)是日本古典俳句的最后一位大师。他一生流浪,生活坎坷,但始终保持一种东方式的超脱态度。据说他出门总是带着一套茶具,无论多么艰苦的旅途中都要找地方坐下来摆开茶具,慢慢品味他的茶道。他写的俳句既富于人情味,又不失诙谐幽默。他特别喜欢写的题材是小孩子和小动

物,在对这些弱者深深的同情下,透出一丝苦涩的自嘲:

> 不要打哪,苍蝇搓他的手,搓他的脚呢!
> 虱子呵,放在和我的味道一样的石榴上爬着。
> 要转侧了呵,你回避罢,蚱蜢!
> 蜗牛,——破坏了墙壁,给他游嬉。

(周作人 译)

中古时代日本出现的另一类重要的文学形式是"浮世草子"。这是一种以表现市民生活情趣为内容的小说,也可称为市井小说;题材有反映商人阶层爱欲生活的"好色物"和记述武士生活的"武家物"两类。代表作家是井原西鹤。他的市井小说比较真实生动地反映了江户时代的商人生活和心理状态,体察生活细致深入,状物写情引人入胜,语言幽默、诙谐,艺术感染力较强。

与日本一样,朝鲜也是一个受到汉文化影响强烈的国家,公元9世纪,汉文文学兴盛,出现了以崔致远为代表的一批汉文学家。18—19世纪出现了一部反映市民阶级意识的小说《春香传》,讲的是艺妓春香和公子李梦龙之间的爱情故事。

越南在秦汉时代被纳入中国版图,经历了近千年的"北属时期"后,于公元10世纪建立了独立的吴朝,但其制度文物仍受到强大的北方邻国的影响。中古越南文学的代表作家是阮攸。他曾出使中国,受到当时流行的才子佳人小说《金云翘传》的影响,将这部中国章回小说改为具有越南民族特色的六八诗体的同名作品《金云翘传》,又称《断肠新声》。小说描写女主人公翠翘与书生金重的悲欢离合故事。

中古时代东南亚各国的文学处在汉文化、印度文化和阿拉伯—伊斯兰文化的多重影响下。泰国出现了根据古代印度史诗《罗摩衍那》改编的史诗《拉马坚》,其中的神猴形象哈奴曼经过复杂的流传路线,辗转影响了中国沿海一带的哈奴曼—孙行者崇拜,并在中国明代的长篇小说《西游记》中留下了明显痕迹,引起了当代比较文学研究者的浓厚兴趣。其他东南亚各国文学也各有成就。

第三编　近代文学

人的解放、理性与激情

从 14 世纪末开始到 19 世纪末的 500 年，是世界历史也是世界文学史上最重要的一个阶段。在世界各大洲中，欧洲人最早走出了中世纪，摆脱了神话巫术思维和非理性的宗教束缚，以理性为唯一主宰。他们创造的 500 年近代文明，塑造了西方现代社会的面貌，至今仍然在影响着这个世界。

然而，具有讽刺意义的是，西方中世纪的结束和现代性的开端，却是以东方人的胜利为标志的。1453 年，东罗马帝国（拜占庭帝国）首都君士坦丁堡在历经了长久的围困后，落入了土耳其奥斯曼帝国手中。惊恐万状的希腊学者抢救出古希腊手抄本，逃出被焚的城市，渡过亚德里亚海来到意大利。他们可能没有想到，正是他们随身携带的这些手抄本以及他们自身，连同随后在罗马废墟上发掘出来的古代雕像，形成了整个欧洲对古希腊—罗马的崇拜之风，促成了近代西方第一次大规模的思想文化运动——文艺复兴。于是，现代性的大门首先为意大利人缓缓开启。

第一章　文艺复兴与宗教改革时期

从地形上看,意大利半岛犹如插进地中海的一只靴子,靴尖上的一些港口城市——佛罗伦萨、威尼斯、米兰等是东西方交通枢纽。中世纪后期繁荣的东西方贸易促进了这些城市商业和银行业的发展。14—15世纪,从一些富有的城市市民中逐渐形成了最初的资产阶级,他们对政治自治和精神自由提出了更高的要求。商品经济的发展和繁荣往往会引发比以往更多的法律纠纷,这就促使一些商人和律师到古老的罗马法中寻找可靠的答案。通过对罗马法的研究,逐渐引发了对其他一些早已被教会打入冷宫的古典作家的兴趣。这样,从法律的复兴进而扩展到包括哲学、文学、艺术和学术在内的其他领域的复兴。于是,首先在意大利这个古罗马帝国的中心,其后在西欧其他国家掀起了一个学习、研究、搜集、收藏古代文物、手稿的风气。城堡和修道院都被一一搜遍,许多久已散失或遗忘的著作被重新发现。据说,彼特拉克在欧洲游历,从一家修道院中找到西塞罗的一封书信手稿时,简直欣喜若狂。

接下来便是一个模仿的时期。学者们学习用西塞罗的漂亮文体写拉丁文著作;艺术家们雕出了以古希腊罗马神话为题材的雕像;建筑师在设计中恢复了罗马式圆拱顶(米开朗基罗设计的圣彼得大教堂是最典型的一个范例)以取代怪诞的哥特式尖顶。市民们开始模仿罗马人的生活方式和风度,甚至用古希腊罗马神话中诸神的名字给自己的孩子起名——狄安娜、菲帕斯、亚历山大等开始与彼得、约翰、玛丽亚等基督教教名混杂使用,体现生活世界中异教与基督教融合的趋向。这样一种崇拜、模仿古代文化的热情从14世纪末一直持续到17世纪初,几乎波及了整个欧洲。意大利成为当时"欧洲的学校"。外国学者成群结队地穿越阿尔卑斯山,到意大利来学习刚刚兴起的"新学"。热情的意大利也派出学者到国外去传播"新学"。一些附庸风雅的有钱人还专门派人到君士坦丁堡和其他一些希腊城市去收购古代文物和手稿。被中世纪冷落了千年的古典文化仿佛得到了再生或复兴,这一文化运动后来被称为"复兴"或"再生"(Renaissance,中文译为"文艺复兴")。

在意大利新兴的资产阶级打着复兴古典文化的旗号,展开这场轰轰烈烈的思想文化解放运动的同时,欧洲的一些教会人士披着宗教的外衣,进行了另一场反封建、反教会的大斗争——宗教改革。1517年10月31日(万圣节前夕),德国威登堡大学的神学教授马丁·路德首先发难,在威登堡众圣教堂大门上贴出95条论纲,针对教会发放赎罪券一事提出质疑。当时教堂出售赎罪券风行,大众以为买了赎罪券之后,持券人就可以缩短自己或朋友和家人在炼狱中受苦的时间。路德则提出:

赦免决不能赦免罪过;教皇本人无权做此赦免;赦免罪过之权属于上帝。

教会的决定只能影响世上众生,在炼狱中没有作用;教皇为炼狱中的人所能做的只是祈祷。

基督徒只要真心悔改就得到了上帝的赦免,与赎罪券无关,也就不需要赎罪券。

路德当时并无意于革命,只是希望"发掘忏悔圣礼的真理",但令他始料不及的是,他的理论产生了爆炸性影响,引发了他本国的一场宗教战争和席卷整个西欧的宗教改革浪潮。人们纷纷要求摆脱罗马教皇的控制,创立符合新兴资产阶级需要的新教。继德国的路德教派之后,宗教改革家加尔文在日内瓦创立了加尔文教派,英国的亨利八世也与罗马教皇闹翻,创立了以国王而不是以僧侣为最高领袖的英国国教。由是,罗马教会四分五裂;罗马教皇,这个统一中世纪精神的领袖失去了往日的权威。

差不多与宗教改革同时,在拉丁文的《圣经》版本之外,又出现了许多用近代欧洲各民族俗语翻译的《圣经》译本。路德躲藏在群鸦乱噪的瓦特堡首先把拉丁文的《新约》翻译成了德文,试图让大众通过自己的阅读直接得到上帝的福音。继德国的路德本之后,又出现了西班牙的卡西欧多本、英国的钦定本、俄罗斯的尼康本等。俗语文本的出现使得神职人员再也无法垄断对圣经的解释权,而印刷术的发明又给教会的话语权来了一个致命打击。1438年,美因茨人古登堡发明了活字印刷术。从此以后,书籍不再是少数人拥有的奢侈品。人人都可以拥有书籍,就像人人都可以通过自己的阅读来理解上帝的旨意,而无需懂拉丁文的教父在一旁指点一样。于是人们的思想变得更加开放了。到16世纪的第一年,各种著作已经出版了四万多个版本——一百多家印刷厂共印出九百多万册书。在清教徒斗争期间,有些城市有6个以上的印刷厂不分昼夜地开工。每隔几小时,信差们就取走油墨未干的书籍,把它们送到安全的批发点。印刷术的发明或许可以称为人类历史上第一次信息革命,从此开始了一个大众识字的时代,直到今天。

文艺复兴和宗教改革时代既是一个思想大解放的时代,也是一个地理大发现的时代。1492年,意大利航海家哥伦布首次率领他的船队,横渡大西洋,希望找到去印度的航路,结果阴差阳错地发现了美洲新大陆;6年后,葡萄牙航海家达·伽马绕道好望角发现了到真正的印度去的航路。这个伟大事件启发了他的同胞路易斯·德·卡蒙斯(1524—1580)的创作灵感,他以维吉尔的气概写下一部民族史诗《卢济塔尼亚人之歌》,以达·伽马远航印度的事迹为主线,模仿希腊、罗马古典史诗,讴歌了卢济塔尼亚人的聪明才智和开拓精神。1510年,麦哲伦完成了第一次环球大航行。古希腊人提出的"地球是圆的"概念被证实了。东西两半球的概念形成了。

地理的大发现意味着视野的大拓展,而视野的扩展必然带来欲望的扩张。心理的地平线与地理的地平线同时扩展。伟大的地理发现造成商业道路和经济发展中心的北移,资本主义因素由地中海沿岸扩展到大西洋沿岸。15世纪末,在西班牙的一些沿海城市、德国南部、法国北部、尼德兰(荷兰和比利时)、英格兰等地都出现了资本主义发展的生机勃勃的新中心。与此同时,殖民扩张也开始了。虔诚的传教士和香客、贪婪的商人和野心勃勃的冒险家怀着各自的动机,从海路出发,踏上了去遥远的东方和美洲探险的道路。莎士比亚在1601年写的《暴风雨》中首次发明了"美丽新世界"(brave new world)这一词语。

综观15—16世纪的欧洲历史,我们会看到一种十分矛盾的现象。一方面资本主义在蓬蓬勃勃地生长着,新兴的资产阶级在不断扩张、发展着自己的经济实力;另一方面,宗法的自然经济和封建的生产关系,以及严格的关税制度阻碍着商品的自由流通。更为严重的是在思想领域。建立在基督教思想体系基础上的中世纪的价值观,禁欲主义、来世主义和宿命论思想还严重禁锢着人们的头脑。新兴的资产阶级要为自己的存在和发展提供合法化、合理化的依据,必须打造或编造出符合自己愿望和要求的思想体系。

15世纪,出现了一些专门从事古典文化研究的知识分子,这些人被称为人文学(studia humane)学者,以区别于中世纪的神学(studia divina)学者。人文学者在研究人文学的过程中,逐渐形成了一种以人为本位的思想体系——人文主义(humanism)。正是这种新的观念奠定了现代性展开的思想基础。

中世纪教会宣扬神高于一切,主宰一切,把一切赞美词都献给上帝,而将人贬低为神的奴仆。相反,人文主义者则竭力歌颂人的伟大、人的尊严、人的价值和力量,反对神的权威,尤其是反对那些借上帝之名行使自己话语权的神学家、教士和牧师的权威。他们从古希腊罗马著作中发现和引用了许多对人高度肯定的观点,自己也加以创造或编造。他们宣称,他们发现了人。一位意大利人文主义者说,上帝也许创造了这个世界,可是在那以后,就是人来改革和改造世界:

> ……所有围绕着我们的东西都是我们自己的作品;所有房屋、所有堡垒、所有城市,其数量之多、品质之精,使它们似乎是出于天神之手,而非人力所为。绘画和雕刻是我们的;各种贸易、各门科学、各个哲学体系也是我们的。所有的发明,各种语言及文学作品全是我们的;这一切成就实在令人赞叹惊愕。

与这种肯定人的价值和力量、提高人的地位的观点相适应,人体的禁区也被打破了,人渴望着了解自己。意大利帕多瓦大学的一些教师和学生开始大胆地进行人体解剖实验。艺术家们摆脱了中世纪以歌颂上帝和基督为主题的束缚,创造了许多直接描绘现实生活和世俗人物的艺术作品,着力表现人的自然机体的力与美。他们发现,人体是最完美的造型,人体比例符合古希腊人发明的美学上的"黄金分割率"。米开朗基罗在西斯廷教堂天顶上画出了一系列栩栩如生的裸体人像。教皇要他给这些人物穿上衣服,以免信徒看了灵魂受到污染;画家不无讽刺地说道:"请您照顾人的灵魂吧,肉体由我来照顾。"

中世纪教会宣扬来世主义和禁欲主义,要求人们为了来世的幸福而牺牲现世的幸福,结果是"人对上帝奉献得越多,他留给自己的越少"。与此相反,人文主义者提出,"爱情和荣誉是人生的理想"。意大利人文主义诗人和小说家彼特拉克说:"我不想变成上帝,或者居住在永恒中,或者把天地抱在怀里。属于人的那种光荣对我来说就足够了。这是我所祈求的一切。我自己是凡人,我只要求凡人的幸福。"

"矫枉"往往"过正",对禁欲主义的冲击有时也采取了极端的形式。尼德兰的人文主义者爱拉斯谟就是如此。在丢勒为他所作的一幅著名的肖像画中,他的眼帘谦逊地、若有所思地下垂,面部线条柔和,神色安详。但实际上,他是位果敢独立的斗士。在他那著名的《疯狂颂》(一译《愚人颂》)中,他以疯狂象征泛滥的热情、无拘束的行动、直率的言谈和无忧无虑的狂欢。按照他的观点,人越疯狂,就越幸福——"人生的欢乐,首先在于寻欢作乐;为了消除人生的忧患,情欲要远胜过理性"。

对个性的强调和人的全面发展的歌颂是人文主义的另一重要思想。在中世纪,人毫无个性可言。个人不过是族类中的一个分子,失去了族类就失去了自己的价值。家庭、家族、教会、同业公会,再加上宿命论思想,把人的个性紧紧地束缚起来。随着资本主义商品经济的发展,个人的地位和价值凸显出来。在自由竞争的市场上,那些更为灵巧、更有毅力、更富有冒险精神的个体显然更容易成功。人文主义者主张人应当全面发展自己的个性,只有个性得到全面解放和自由发展,人才更有价值。达·芬奇在他的笔记中强调了人的灵魂与肉体不可重复的个性美。他感叹地说:

  大自然是如此缤纷多彩、花样无穷,令人心旷神怡。在同一个品种的树木中,你找不出一株跟另一株完全相似的来,不仅整棵树是这样,就是枝、叶、果,你也找不出一个跟另一个一模一样的来。

(戴专 译)

这位意大利画家本身就是体现了人的个性和多样性发展的完美典范。他不仅是大画家,也是数学家、力学家、工程师和诗人。他遗留下来的用左手反写的长达 1500 多页的笔记手稿,记录了他在许多领域研究的心得,包括桥、人字起重机、飞机的速写、降落伞的设计、蝙蝠翅膀的功能、膀胱炎的治疗、妇女化妆品的调制等等。追求无所不知成为文艺复兴时代人的普遍理想。因此,正如恩格斯所说,文艺复兴成为"……一个需要巨人而且产生了巨人——在思维能力、热情和性格方面,在多才多艺和学识渊博方面的巨人的时代""那时差不多没有一个著名人物不曾作过长途的旅行,不会说四五种语言,不同时在几个专业上放射光芒"。

文艺复兴时代形成的人文主义思想,到 18—19 世纪,发展为以"自由、平等、博爱"为中心的人道主义,成为法国大革命的引导,是现代资本主义制度的核心价值观。

一 意大利:抒情的自我与放纵的性

以人文主义这个现代性的思想体系为中心,我们从南到北依次考察文艺复兴时期欧洲各主要国家的文学。

首先来看意大利。弗兰切斯特·彼特拉克(1304—1374)生于佛罗伦萨,父亲是但丁的好友和同党,与他一同被放逐。年轻的弗兰切斯特起先学法律,后来因家境败落而改行成为教士。他对古典文化的浓厚兴趣源自从父亲那儿继承来的一本西塞罗的手稿,这本书使他充分了解到古代的事件和思想。他在修道院中抄写过古代手稿,后入蒙彼利埃和波隆那大学深造,成为当时欧洲最博学的人。去罗马的一次旅行使他瞻仰了一个活生生的、完整文化的古迹,形成了关于"复兴"的明确的观点。他认为从罗马帝国灭亡到他本人生活的那个时代,是一个"黑暗时代",其标志是既毁灭了古代的文化精华,又败坏了"公共美德"。为了摆脱这个黑暗时代,彼特拉克号召来"一个古代学术——它的语言、文学风格和道德思想——的复兴"。彼特拉克因此而被公认为"文艺复兴之父"。

作为一个文学家,彼特拉克的成就主要体现在诗歌方面。他 30 岁时在罗马被封为"桂冠诗人"。这个事件象征了古罗马光荣的复苏,预示了未来的文化倾向。为了成为不朽的诗人,彼特拉克着手用拉丁文创作一部史诗《阿非利加》,但最终因无法掌握这种文体的韵律而被迫放弃。他最负盛名的作品是用意大利文创作的抒情诗《歌集》。与但丁的《新生》一样,这部诗集也是一次失败的爱情的产物。

1327 年,彼特拉克在法国阿维尼翁的一座教堂内,邂逅了一位美丽的女子劳拉。23 岁的年轻人当即对她产生了爱慕之意。但此时劳拉已是当地一位骑士的妻子。无望的爱促使诗人只能把满腔热情倾注在诗歌创作上。20 年后,劳拉因病去世。彼特拉克对其早年的恋人的热情非但未减半分,反而更加强烈,又为她写下不少诗句,最后将 366 首诗歌合成一本《歌集》。

无疑,《歌集》的主题是爱情。但彼特拉克毕竟已经生活在复兴时代,他笔下的爱情呈现出与前辈诗人截然不同的面貌。我们还记得,但丁把爱情哲理化、象征化了,他甚至不敢直接面对他的情人的眼睛。相反,彼特拉克冲破了禁欲主义的束缚,大胆表现了人间的现世的爱情。在他笔下,劳拉不是但丁笔下的那个圣母般可望而不可即的贝亚特丽齐,而是一个有血有肉的人间女子。诗人一再歌颂恋人的形体美,和这种美给他带来的情感冲击,并公开说"我同时爱她的肉体和灵魂"。不仅如此,彼特拉克开始在爱情诗中挖掘隐秘的感情,细致入微地描写和分析内心的波动,这一点更是超越了他的前辈。

> 我结束了战争,却找不到和平,
> 我发烧又发冷,希望混着恐怖,
> 我乘风飞翔,又离不开泥土,
> 我占有整个世界,却两手空空;
>
> 我并无绳索缠身枷锁套颈,
> 我却仍是个无法逃脱的囚徒,

我既无生之路，也无死之途，
即便我自尽，也仍求死不能；

我不用眼睛看，不用舌头而抱怨，
我愿灭亡，但我仍要求康健，
我爱一个人，却又把自己怨恨；

我在悲哀中食，我在痛苦中笑，
不论生和死都一样叫我苦恼，
我的苦恼啊，正是愁苦的原因。

（飞白 译）

《歌集》的形式也很值得注意。它是用"十四行诗"（sonnet，一译"商籁体"）写成的。这种诗体由13世纪意大利西西里派诗人兰蒂尼创始。每首诗14行，分4、4、3、3四小节，层次分明，长度适中，能比较完整地抒写一个主题或一种情感；押韵方式是抱韵，即abba、abba、cdc、cdc，优美凝练，寓变化于整齐之中。十四行诗后来成为固定的爱情诗格式，被冠以"彼特拉克体"的名字。

彼特拉克还有另一个非常之举。在欧洲游历时，他爬上法国南部的一座高山去观察风景。据说在他之前还没有人这样做过。当时的人们更加关心的是灵魂的得救和来世，对周围的大自然视若无睹。过去虽有人谈论大自然这个主题，但只是泛泛而谈，而并不专谈"这片"风景。此外，值得一提的是他的名字。他原名是 Froncesco Di Petracco，但是，诗人觉得这个名字听起来不够悦耳，于是去掉一个c，加上r来拉长中间的元音，然后又把最后的o改成a，于是他的姓就成了 Petrarca，而拉丁文"诗人"一词是 poeta，结尾也是a。改得如此巧妙，功夫不亚于创作一首好诗。彼特拉克之所以要在名字上如此下功夫，是因为他坚信自己的名字能够彪炳千秋。这种对个人声名的爱好也是受了古人的影响。在大多数人还希望得到上帝恩典的14世纪，这种公开表达自我关注的激情也开了新时代的风气之先，为后来的诗人和作家所仿效。

意大利文艺复兴时代的另一位重要作家是彼特拉克的朋友乔万尼·薄伽丘(1313—1375)。与他的好友一样,他也以自己膜拜的女性作为创作灵感之源。1336 年,在圣罗伦佐的小教堂内,他与一位名叫玛丽亚·阿基诺的女子邂逅,这位女子日后就成了他的贝亚特丽齐或劳拉。薄伽丘叫她"菲娅美达",意为小火焰。但这朵小火焰只燃烧了三年就熄灭了。菲娅美达投入了别的男人的怀抱。痛苦万分的薄伽丘写了许多十四行诗来宣泄自己的感情,这些诗歌日后成为意大利诗歌中最悲怆动人的篇章之一。

不过,薄伽丘最为人所知的作品是短篇小说集《十日谈》(1348—1357)。小说讲的是,1348 年佛罗伦萨黑死病流行,传染非常迅速,从 3 月到 7 月就死了 10 万人。城中十室九空,居民相率外出躲避瘟疫。有 7 名女子和 3 个青年在一个教堂相遇,相约去一个郊区别墅暂住。为了消磨时间,他们散步、唱歌、跳舞、还组织讲故事。除了休息日,每人每天讲一个故事,10 天内共讲了 100 个故事,集在一起取名为《十日谈》。不难看出,小说采用了阿拉伯民间故事集《一千零一夜》的框架结构,即用大故事里套小故事的方式将所有故事串联起来。虽然没有确切的证据证明薄伽丘读过《一千零一夜》,但他生活的 14 世纪已经经过了 7 次十字军东征。现代学者认为,阿拉伯的这部民间故事集很有可能是通过十字军骑士带入欧洲,并被翻译成西方文字,从而影响到薄伽丘小说的总体构思。

《十日谈》中的 100 个故事,有些源于中世纪的传说,有些出自街头巷尾的闲谈,经过作家的加工创造,突出了反禁欲主义的主题。小说批判了天主教会和僧侣的奸诈、伪善(第九天故事二),嘲讽了教会的黑暗和罪恶(第一天故事二);歌颂了现世生活,谴责了禁欲主义(第四天故事五);赞美爱情是高尚情操和聪明才智的源泉(第五天故事一)。第四天故事会的开场白道出了整部小说的主旨:

> 谁要是想阻挡人类的天性,那可得好好儿拿出点本领来呢。如果你非要跟它作对不可,那只怕不但枉费心机,到头来还要弄得头破血流。

(王永年 译)

薄伽丘不光是一个出色的讲故事的能手,还描绘了佛罗伦萨的世风人情,刻画了不同阶层、不同职业的人物的个性,从而使《十日谈》成为欧洲文学史上第一部现实主义作品。不过,《十日谈》在反对禁欲主义的同时,也提倡了享乐主义和利己主义的人生观,里面有一些赤裸裸的性描写,毫无美感可言,与20世纪D. H. 劳伦斯笔下细腻的性爱描写不可同日而语。

二 法国:狂欢、渎神与理性的自我

从意大利向北越过阿尔卑斯山进入法国。首先进入我们视野的是弗兰西斯·拉伯雷(1494—1553)。他是孔德地区一座修道院的修士,后来进医学院学习,获医学硕士和博士学位,36岁后才开始从事文学创作,代表作为《巨人传》(1532—1564)。这部取材于中世纪民间故事的小说用了15种语言,体现了作家渊博的学识。小说故事荒诞不经,语言时涉猥亵,在粗俗的形式、狂欢的气氛下,对中世纪被奉为神圣的一切进行了无情的亵渎和嘲弄。但更为重要的是,他以极度夸张的"巨人主义"赞美了人类,体现了那个"需要巨人并产生了巨人的时代"的精神。

小说主要讲述了两代巨人的故事,第一代巨人卡冈都亚(法文意为"大肚量"),生下一开口就喊"喝呀,喝呀"。他一顿要喝下17913头奶牛产的奶,一件上衣要用上万尺布料,撒一泡尿能冲走一支阿拉伯军队,还把巴黎圣母院的大钟摘下来给自己的马当铃铛。第二代巨人庞大固埃打一个哈欠,就有成群的鸽子飞进他的嘴巴里去;他吃了用大蒜做的菜以后,胃里冒出的臭气,8天之内毒死了自己体内喉头城和咽喉城中的2260016人;他在巴黎当学生的时候,写了9764篇论文。小说中提到的一切数字,包括旅程的距离、新发现的地方的人口数量、交战中的英雄事迹和伤亡人数也都是天文数字。拉伯雷用这种极度夸张的方式来反映生命的本质:生命以各种形式在大地上迸发,它纷乱繁杂,不可避免,不可规范,追求的只是自身的永恒的增殖。巨人形象既是生命本质力量的最极端的象征,也体现了文艺复兴时代的西方人对自身巨大力量的自信。卡冈都亚创办了一个没有围墙的修道院,这个修道院的院规是"随心所欲,各行其是",主张人人按照自己的意愿生活;教育从通过锻炼和游戏来获得健壮的体魄开始,发展到对一切事物的观察;学生要有独立的思想,而不是接受现成的观点。所有这一切都体现了人文主义的教育理想。庞大固埃(法文意为"干渴")长大后与朋友历尽艰险,寻找神瓶,最后听到空中传来一个声音:"喝吧!"20世纪法国小说家法朗士认为,这个声音体现了文艺复兴的时代精神,那就是"畅饮知识,畅饮真理,畅饮爱情"。拉伯雷的影响波及国外。许多作家沿袭他的路子,"坐在拉伯雷的安乐椅里笑得前仰后合"。从斯威夫特的《格列佛游记》、斯特恩的《特里斯丹·项狄传》到巴尔扎克早期的《滑稽故事集》,我们都能听到拉伯雷的大嗓门发出的笑声。

与拉伯雷的粗俗和狂欢的风格相比,七星诗社的格调要高雅得多,但思想也更为保守,具有明显的贵族倾向。七星诗社中的"七星"指的是昴宿星团,顾名思义,这是一个由七位诗人组成的诗歌团体。主将彼埃尔·德·龙萨(1524—1585)被认为是近代法国第一位抒情诗人。其人学识渊博、熟谙古典,以在法语诗歌中重现古典文学光辉和风采为己任;但思想倾向比较保守,具有浓厚的宫廷气息。他的诗讲究形式,喜用典故,流传下来最负盛名的一部诗集是《致爱兰娜十四行诗》。其中一首《但愿我》比较典型地反映了龙萨的风格:

> 啊,但愿我能发黄而变稠,
> 化作一场金雨,点点滴滴
> 落进我的美人卡桑德蕾怀里,
> 趁睡意滑进她眼皮的时候;
>
> 我也愿发白而变一头公牛
> 趁她在四月走过柔嫩的草地,
> 趁她像一朵花儿使群芳入迷,
> 便施展巧计而把她劫走。
>
> 啊,为了把我的痛苦消减,

> 我愿作那喀索斯,她作清泉,
> 让我整夜在泉中沉醉;
> 我还求这一夜化作永恒,
> 我还求晨曦不要再升,
> 不再重新点燃白昼的光辉。

(飞白 译)

短短的一首十四行诗用到了三个典故(宙斯化为金雨与被囚禁在铜塔内的阿耳戈斯公主达娜厄相配;宙斯变形为牡牛引诱少女欧罗巴;美少年那喀索斯爱上自己的倒影,整天守在泉边,最后落水而亡),既高雅又含蓄地传达出诗人的情感渴求。安德烈·纪德写道:"在法国龙萨享有崇高的地位;从他而后,我们直到维克多·雨果的笔下,才见到如此脍炙人口的抒情诗的涌流。"

七星诗社的另一位诗人若阿山·杜·贝莱(1522—1560)同时也是理论家。他写的《保卫和发扬法兰西语言》一文成为七星诗社的宣言,在文中,他提出了法语的文学地位问题。他强调用本民族语言而不是用拉丁文写诗,创造出一种足以与古希腊罗马相媲美的诗歌。七星诗社的创作倾向预示着17世纪法国古典主义的出现。

文艺复兴时期,法国散文也得到了发展。蒙田(1533—1592)的《随感录》是法国近代第一部散文集,结构随意自然,内容广博,富有生活情趣,被认为是最好的睡前读物。但如果从头到尾仔细阅读的话,就会得到一种更大、更美妙的享受,因为全书描述了思想从消极的哲学观发展到积极的哲学观的过程。作为一个地道的人文主义者,蒙田开始的时候认为,"进行理性的思考也就是学会如何死亡";后来他渐渐认识到理性思考意味着学会如何生活。发生这一转变或许是因为他有了日益深刻、鲜明的自我意识。由于他将自我意识表现得如此充分、如此深刻,以至于每一位愿意思考、有能力和有机会思考的读者都可以借蒙田的指点而找到自我,不管这个自我已变得怎样破碎:

> 知道如何正确享受我们的存在,这是绝对的完美和真正的神

圣。由于我们不懂如何利用我们自己的环境,于是只好另寻其他的;由于我们不知我们内心的风景,于是只好到身外去寻找。但是踩高跷毫无用处,因为我们还得用腿走路。即使在人世最高的王位上,我们还得以自己的臀部端坐。

(马振骋 等译)

三 西班牙:骑士道德与人文主义

16世纪的西班牙是当时欧洲最强大的国家。此时,属于阿拉伯人一支的摩尔人已经被逐出伊比利亚半岛;在大西洋彼岸的新大陆,西班牙殖民者征服和杀戮了当地的印第安人,掠夺了大片土地和大量财富;才智卓越的国王斐迪南和女王伊莎贝拉在天主教的名义下统一了西班牙。西班牙的胜利和繁荣一直持续到16世纪末才被英国人取而代之。

国家的强盛和繁荣为文学的发展提供了便利条件。西班牙人把这一时期称为"黄金时期",其文学成就主要体现在小说和戏剧上。流浪汉小说(得名于西班牙语 picaro,意即流浪汉)是西班牙人对欧洲小说叙事艺术发展作出的一大贡献。流浪汉小说的主角都是贫穷的青年人,他们被抛到社会底层,受人欺凌,但也往往能依靠自己的机智逢凶化吉,赢得最后的胜利。从叙事形式上看,这类小说一般采用第一人称,以"出身——教育——漫游"情节模式和"货运列车"式的结构模式,通过主人公的流浪,反映广阔的社会生活。无名氏创作的《小癞子》(全名《托梅斯河上的小拉撒路》)是西班牙最早的优秀流浪汉小说。它已初具小说的两大要素——角色与社会背景,对欧洲近代小说的发展,尤其是长篇小说的人物描写和结构方法,产生了一定影响。近代欧洲小说正是在充分吸收了流浪汉小说和骑士传奇(罗曼司)精华的基础上发展成熟起来的。

塞万提斯(西班牙语全名是米盖尔·台·塞万提斯·萨阿维德拉,1547—1616)是西班牙黄金时期最伟大的小说家,也是文艺复兴时期堪与拉伯雷、莎士比亚媲美的经典作家。

塞万提斯生于西班牙中部城市,一生颠沛流离,大半生都消磨在介于流浪汉和骑士游侠之间的生存状态中。他在意大利当过红衣主教的扈从,在地中海参加过抵抗奥斯曼帝国的勒班多海战(还失去了左臂);在里昂海湾被海盗抓获当过人质,在阿尔及利亚组织过一次不成功的越狱;回国后写过一些不成功的喜剧和小品,也在穷困地区当过收税员,曾因被控玩忽职守而遭监禁,最后在狱中构思了他的不朽之作《堂吉诃德》(1605)。没有一个作家能像塞万提斯那样和他自己创造出来的主人公有着如此紧密的联系,而这个主人公又如此紧密地与人类普遍的生存状态、人生的悲喜剧紧密联系在一起。陀思妥耶夫斯基在评论塞万提斯的《堂吉诃德》时这样说:"到了地球的尽头人们问:'你们可明白了你们在地球上的生活?你们该怎样总结这一生活呢?'那时,人们便可以默默地把《堂吉诃德》递过去,说:'这就是我给生活做的总结。你们难道能因为这个而责备我吗?'"

无疑,小说最突出的成就是塑造了一位疾恶如仇、锄强扶弱、勇猛莽撞、富有自我牺牲精神的游侠骑士堂吉诃德的形象。这是一个集喜剧性与悲剧性、中世纪骑士道德与近代人道主义理想于一体的人物。台拉曼却的小贵族吉哈诺因读骑士小说入了迷,而陷入病态的幻想,丧失了现实的时空感,只凭内心的一时冲动行事,企图在生活中恢复早已不复存在的骑士道德和英雄业绩,因而做出与风车作战、与羊群作战等一系列滑稽可笑的闹剧。

然而,可笑而可怜的"愁容骑士"又决不完全等同于中世纪的那些忠君、护教、行侠的骑士。他身上穿的是中世纪的甲胄,胸中跳动着的却是一颗人文主义的心;他手中执的是古代的长矛,矛头针对的却是西班牙的现实社会。他是人文主义理想的热情传播者,追求的是没有私有财产、没有自私自利之心的黄金时代。不仅如此,堂吉诃德为了实现自己的理想,还具有一种不挠不屈、舍身忘我、不怕牺牲的精神。正是这一点使他不仅严格区别于中世纪的骑士,而且给这一性格打上了悲剧烙印。一位法国评论家曾经这样说:"如果人人都像堂吉诃德,世界也许会垮掉;但如果我们之中没有堂吉诃德,那世界一定完蛋。"

《堂吉诃德》在艺术上给人印象最深的一点是善用对比。瘦长的"愁容骑士"手执长矛,骑一匹病马;矮胖的侍从桑丘持一根短鞭,跨一头毛驴。两人行进在架满风车的西班牙高原上,构成了一幅妙趣横生的风俗画。但造型上的强烈对比背后,更是两人性格、情趣和观念方面的深刻差异。

桑丘·潘沙农民式的冷静务实、小心谨慎,衬托出堂吉诃德骑士式的狂热冲动;前者的狭隘自私也反衬出后者基督式的悲天悯人。这种对比换个角度看,又揭示了人性普遍存在的两面性。正如圣·伯甫所说:"我们每一个人,今天是堂吉诃德,明天是桑丘·潘沙,多少都是把高飞云霄的理想和紧接地面的普通常识不协调地结合在一起。就很多人来说,这实际上是个年龄问题。一个人睡着了是堂吉诃德,醒过来却是桑丘·潘沙了。"

讽刺是这部小说最突出的特点。一般讽刺采用的是言行不一的方法,使人感到可笑;而塞万提斯的方法是尽量使人物的言行一致。人物越是一本正经、庄严稳重,给人的印象就越是滑稽可笑。与同时代的其他几部欧洲小说相比,《十日谈》通过撕破伪装来表达讽刺;《巨人传》通过极度夸张来造成讽刺效果;而《堂吉诃德》则是不动声色地让幽默讽刺随着情节的发展自然流露出来。以下所引是《堂吉诃德》第八章"叙述英勇的堂吉诃德与风车进行了一场骇人听闻的恶战以及其他值得一提的事情"中的片断:

>　　说到这儿,他们在旷野里见到了三四十架风车。堂吉诃德一见,便对他的侍从说:
>　　"我们的运气真不错,命运的安排比我们希望的要好。你瞧,桑丘·潘沙朋友,哪儿有三十多个耀武扬威的巨人,我想与他们打一仗,把他们全都杀死。缴获了胜利品,我们可以发财。这是一场义战,在地球上将这些孬种消灭,也是为上帝立了一大功。"
>　　"什么巨人呀?"桑丘·潘沙问。
>　　"不就在那里吗?"他的主人说,"胳膊长长的,有些巨人的胳膊几乎有两西班牙里长呢。"
>　　"老爷,您好好瞧瞧,"桑丘说,"那不是巨人,是风车,那些像胳膊一样的东西是风车的翅膀。风吹动了这些翅膀,石磨就转动起来。"

"显然,你对历险方面的事儿还得好好学学,"堂吉诃德说,"他们确实是巨人,你如果害怕,就离开这儿,做你的祷告去吧。一会儿我就要和他们进行一场以少胜多的决战。"

说完,他便用踢马刺刺了罗西纳特,朝前冲去。他的侍从桑丘还在大声对他说,他前去进攻的对象明明是风车,不是巨人,但他不予理会。他一味想着这些巨人,其实连桑丘的呼喊声也没有听到。他走到眼前,也没有看清是巨人还是风车,便一个劲儿地嚷道:"别跑,你们这些胆小鬼,无耻之徒!跟你们交手的只是个单枪匹马的骑士啊!"

这时,刮起了一阵风,巨大的风车翼开始转动起来。见到这个情景,堂吉诃德说:

"即使你们舞动的手臂比布利亚瑞欧的胳膊还多,我也得叫你们吃败仗。"

说完,他便虔诚地向他的意中人杜尔西内娅小姐进行祈求,请她在这样生死攸关的时刻保佑他。随后,他拿盾牌护住胸口,举起长矛,纵马飞驰,向第一部风车刺去。矛头刺中了风车翼,一阵风吹得风车翼猛转起来,将长矛折成几截,把堂吉诃德连人带马卷起,又重重摔在地上。堂吉诃德在地上滚了几滚,露出一副狼狈相。桑丘·潘沙立即拍驴赶来救他。到了他身边,发现他已不能动弹,因为他从罗西纳特背上摔下来,摔得太重了。

"天啊,"桑丘说,"我刚才不是对您说了嘛,要当心点,那是风车。除非脑袋里也装着架风车,还有谁会不知道那是风车呢。"

"别说了,桑丘朋友,"堂吉诃德说。"打仗的事比别的事变化大。我想一定是那个摄走我的书房和书籍的弗莱斯通,为了剥夺我胜利的光荣,把巨人变成了这些风车。他恨死我了。不过归根到底他那些歪门邪道总敌不过我这把锋利的宝剑。"

"那就要看上帝怎么说了,"桑丘·潘沙说。

他将堂吉诃德扶起,又帮他骑上跌伤了脊梁骨的罗西纳特。他们一边说着刚才的险遇,一边朝拉比塞隘口去的那条道走去。

(杨绛 译)

从叙事艺术上看,《堂吉诃德》吸收了骑士传奇和流浪汉小说的情节模式,叙事线索单线发展,采用了大故事套故事的框架模式。结构上以主仆游历为线索,插入一些独立的小故事,使作品能更广泛地反映现实。更为奇特的是,小说第二部讲到了主人公堂吉诃德本人在看《堂吉诃德》第一部,并对之评头论足。第二部中的其他主要人物也明确显示出要么读过第一部,要么知道自己曾是其中的角色。这种颇为"后现代"的文本自述,不但将小说的前后两部融为一体,而且在虚构世界与现实世界之间架起了桥梁,促使读者思考两者之间魔幻般的互相转换关系。

西班牙黄金时代的戏剧成就主要体现在洛伯·德·维加的作品中。他写了3000首十四行诗和1600部戏剧,被称为西班牙的"民族戏剧之父",代表作是一部描写村民反抗恶霸的《羊泉村》(1619),表现了一种实实在在的民主精神。

四 英国:宫廷诗歌与市民戏剧

发端于意大利的文艺复兴运动由欧洲大陆进入英伦三岛,首先在诗歌上打下它的印记。杰弗雷·乔叟(1340?—1400)用中古英语写下《坎特伯雷故事集》,为英国文艺复兴文学定下了基调。这部韵文故事集的结构模式类似《一千零一夜》和《十日谈》。集子中的故事,据称均出自一位朝圣香客之口。在四月春意盎然的朝圣季节,作者在伦敦的泰巴客店遇见一队由29人组成的前往坎特伯雷的朝圣香客。大家商定,为了打发长途旅行的时间,每人都要在来回途中讲4个故事(不过后来此计划只完成了五分之一)。这些来自不同阶层、不同行业和生活背景的朝圣者(包括骑士、修女、医生、教士、律师、商人、磨坊主、学者、女修道院院长、寡妇和走私犯等)讲的故事,有的趣味高雅,有的粗鄙不堪,有的平淡无味,有的富于传奇性。其中最有意思的是巴思妇人和赎罪券商讲的故事。巴思妇人令人敬畏的是她旺盛的激情与活力,包括性欲的、语言的和论辩的。在讲故事之前的开场白中,她得意地讲述了一番自己的个人经历:她先后嫁了五个丈夫,但都油干灯尽,先她而去。因此她仍嚷嚷着渴望有第六个丈夫,而且还妒忌睿智的所罗门王能有一千个床上伴侣

(七百位妻子、三百个妃子)。这位妇人大胆地冲破了基督教的禁欲主义,提出了自我中心的享乐主义生活原则:

> 啊,上天,上天!我想我曾经一度年轻快活,我心底都会作痒。直到今天我觉得曾经及时行乐过,想来不免满心快慰。可是,光阴的侵蚀,毒害了一切,把我的精力和美貌都消磨了。算了,再见吧!让魔鬼跟着跑!面粉已飞散了,再也集不拢了;现在我唯有把糠麸卖个好价钱出来;可是虽然如此,我还是要寻欢作乐。
>
> (方重 译)

朝圣旅程对巴思妇人来说,无非是寻求新的爱欲对象的爱之舟的游荡,而对赎罪券商来说,则是兜售赎罪券的最好机会。他神通广大,四处游历,在教会的默许下,贩卖赎罪券和他自己发明的"圣骨遗骸"(装满破布和碎骨的玻璃盒子);不仅如此,这个宗教骗子还对自己的智力和邪恶大肆吹嘘,表现了一种自觉的邪恶意识,这种意识往往出现在社会急剧转型、主流意识形态全面崩溃的时代。我们看到,《坎特伯雷故事集》中每个自称在朝圣的人都非真心在朝圣。男男女女都在借朝圣旅程满足自己的记忆和欲望。诗人以反讽的笔调娓娓道来,让每个人讲述有关自己的故事,各自展现自我意识和自我形象。这些五花八门的故事和形象合在一起,构成了一幅极其生动的中世纪晚期、文艺复兴早期的英国世俗生活画卷。

乔叟不仅具有强烈的现实感,还具有强烈的民族意识。他虽然精通诺曼法语和意大利语,能读会说还会写,但整部《坎特伯雷故事集》却用的是他自幼就使用的本土语言——英语。这个事实表明,英国诗歌使用诺曼法语和拉丁语的历史正在成为过去,一种新的民族语言正在形成之中。乔叟死后被尊称为"英国诗歌之父",遗体被埋葬在威斯特敏斯大教堂著名的"诗人角"。他是第一位享有此殊荣的英国文人。

文艺复兴时期英国的散文写作以《乌托邦》最为著名。作者托马斯·莫尔(1478—1535)位高权重,学问渊博,在1515—1516年间以拉丁文写下此书,构想了一个理想国蓝图。乌托邦处在远离大陆的某个海岛上,是被航海家偶然发现的,此地政治清明,城市划一,人民安居乐业。书名来自作家生造的希腊词 Utopia,透露出这是一个介于"无"(ou)与"好"(eu)之间的"地方"(topia),犹如陶渊明笔下的"桃花源",并非现实所在,只存在于作家想象中。尽管如此,此书后来激发了无数理想主义者的激情,他们试图通过对此书的续写和改写,召唤人类在污浊的现实中实践完美的政治构想。

1558 年,英国女王伊丽莎白登基,开始了长达 45 年的统治。在她统治下,英国内政外交均取得了辉煌的成就,以毛纺织业为龙头的民族工业带动了国内经济的全面繁荣。1588 年英国皇家海军在英吉利海峡歼灭了西班牙的"无敌舰队",一跃而成为海上霸主。英国的王宫成为当时欧洲最辉煌壮丽的宫廷。女王本人具有语言天赋,能说一口流利的拉丁语,又十分热爱戏剧。在她的支持和赞助下,英国文学艺术的繁荣直追罗马帝国的黄金时代。大批诗人拜倒在女王脚下,为她高唱赞歌,将她比作月神狄安娜。宫廷诗人埃德蒙·斯宾塞(1552?—1599)在其创作的《仙后》一诗中,运用非凡的想象力创造了一个瑰丽多彩的世界,把女王比作半人半神的仙岛女王格罗丽亚,而把她的政敌苏格兰女王玛丽比作恶毒的女巫杜埃莎,其情形与维吉尔写作史诗《伊尼阿斯记》为屋大维皇帝接续"神统"颇有异曲同工之妙。在当时的环境下,爱国与忠君往往一致,对本国国王或女王的崇拜通常体现了民族主义意识。不过,斯宾塞在英国诗歌史上的地位并非建立在歌功颂德上,而在于他的诗艺和他发明的独特的诗节。这种诗节共九行,前八行为抑扬格五音步,第九行为抑扬格六音步,韵式为 ababbcbcc,利用音韵的轻重搭配和隔行回环造成连环扣式的效果,后来被称为"斯宾塞音节",被不少诗人所仿效。

伊丽莎白时代英国文学的成就主要体现在戏剧方面。这当然与女王和她手下的一批热爱戏剧的贵族的大力褒奖不无关系。富裕的市民对娱乐的渴求促使伦敦建起一系列剧院。早期曾被作为流民处置的流浪艺人剧团此时也逐渐合法化,找到贵族作为自己的保护人,以后者的名义经营演艺业。当时活跃于伦敦剧坛的一批青年剧作家被统称为"大学才子派"。这些人都受过大学教育,具有人文主义思想,他们的功绩在于将诗歌、激情和学院派对形式美的追求结合起来。主要代表有李利、基德、格林、马洛等,其中以克里斯多夫·马洛(1564—1593)成就最大。这位戏剧天才与莎士比亚同年出生,29岁即死于一场酒店斗殴。他具有丰富的历史想象力,喜欢写扩张型的历史人物(包括从牧童成长为世界霸主的蒙古汗国帖木儿大帝、为求知而将灵魂出卖给魔鬼的浮士德博士等),并首创了无韵的"素体诗"作为戏剧对白的主要形式,其作品风格瑰奇,被称为"马洛的雄伟"。有学者称,大学才子派是"莎士比亚的学校",他们的创作活动为这位戏剧天才的出现做好了准备。

一个名叫威廉·莎士比亚的跑龙套的演员成为世界一流的戏剧大师,这一点无论如何令人难以置信。直到今天,西方的一些"文学侦探"还在伸长鼻子寻找蛛丝马迹,企图否定这个人的存在,或将他的创作归入奥克斯福德勋爵或哲学家弗朗西斯·培根,甚至归入大学才子派剧作家克里斯托夫·马洛名下。然而,沃里克郡斯特拉福镇教堂的出生登记簿上明白无误地记载着,当地市民约翰·莎士比亚的妻子于1564年4月23日产下一名男婴,受洗后起名为威廉·莎士比亚。他在当地的文法学校读书,后来娶了一位比他大8岁的女子安妮·赫舍薇为妻,生下三个孩子。再后来据说因偷猎当地某贵族私家林苑中的鹿而无法在镇上存身,被迫离家出走,可能是随路经该镇的巡回剧团去了伦敦。此后当地人就不知道他的下落了。大约在47或48岁时,这位已在伦敦出名并发了一笔小财的剧作家回到老家,买了一个贵族头衔和一幢大房子,安享他的晚年,直到1616年4月23日,在与两位朋友相聚之后,因"喝得太多"而溘然离世。

一位西方评论家写道:"当我们研究莎士比亚剧作的时候,一定会一眼看出他的分裂人格,即既是有着惊人天才的诗人,又是毫不犹豫地满足观众品味的职业上的机会主义者。"这位精力充沛的年轻人通过在剧场门口替人看管马匹,进而进剧场跑龙套,广泛接触了社会,了解了三教九流、各式人等的生活和艺术喜好;之后慢慢进入演艺圈,结识了一些青年新贵族和大学才子派中的剧作家;再接着就自己动手改编和创作剧本;他在24年中写了38个剧本,最后成为泰晤士河南岸新建的"环球剧院"的股东,将成功的商人和具有杰出想象力的剧作家集于一身。莎士比亚的个人经历正体现了那个生气勃勃的复兴时代的特征。

莎士比亚进入他的早期创作(1590—1600)时,正值伊丽莎白女王统治的盛世。国内经济的繁荣、海上霸权的建立都令英国人骄傲不已。年轻的莎士比亚思想单纯,对女王统治下"快乐的英格兰"充满了幻想和希望,因此他致力于创作历史剧和喜剧。莎士比亚在历史剧中歌颂贤明君主和贵族,谴责那些造成国家分裂和动乱的叛乱贵族;在喜剧中歌颂坚贞的爱情、患难不移的友谊和人类其他高贵的品质、情操,塑造了一系列"可爱而奇怪"的妇女形象,像《威尼斯商人》中的鲍西亚、《皆大欢喜》中的罗瑟琳等。作品风格明朗欢快,渗透着刚刚从中世纪禁欲主义中解放出来的一代新人的思想感情。这一时期仅有的几部悲剧,如《罗密欧与朱丽叶》等,也充满了乐观主义色彩。罗密欧与朱丽叶这对年轻人在一次化装舞会上相遇并相爱了,但他们分别属于两个有着世仇的家族,于是剧情就在中世纪道德与人文主义道德之间展开。前者要求个人感情绝对服从于家族利益和名誉,后者则将个人感情超越于家族之上。虽然悲剧的结局以男女主人公的毁灭告终,但两个世仇家庭因这对年轻人的死亡而幡然悔悟,握手言好,体现了人文主义价值观最终战胜了中世纪封建道德。

伊丽莎白女王于1603年驾崩,詹姆斯一世继位。英国从都铎王朝转到斯图亚特王朝。原本潜伏的国内矛盾在新旧政权交替期间凸显出来,动乱、变故频频发生。《李尔王》第1幕第2场中一位人物的道白可以为这个时代作注脚:"亲爱的人互相疏远,朋友变成陌路,兄弟化为仇雠;城市里有暴动,国家发生内乱,宫廷之内潜藏着阴谋;父不父,子不子,纲常伦纪完全破灭……我们的好日子已经过去;现在只有一些阴谋、欺诈、纷乱追随在我们的背后,把我们赶下坟墓里去……"此时开始步入中年的莎士比亚更为成熟,对人生和世界的理解更为深刻,悲剧成为他表达忧患意识的最好工具。从1601—1607短短的六年中,他连续写出了四大悲剧,这些悲剧虽然都取材于古史旧闻,但无不曲折地反映了那个"脱节"时代的社会问题。

《哈姆雷特》(1601)是四大悲剧中最早、最著名,也是影响最大的一部。全剧的主题是复仇。题材来自12世纪的《丹麦史》,这本用拉丁文写成的著作在16世纪被译成法文,其中讲到丹麦王子为其被谋杀的父亲复仇的故事。大学才子派中的托马斯·基德曾写过一部题材类似的《西班牙悲剧》。此外据说还有一本名为《哈姆雷特》的悲剧，但已失传。一些学者相信莎士比亚主要是根据后面这个剧本改编的。他保留了原来的剧情，但以其天才的创造力将一出简单的血腥复仇剧上升为对于整个时代矛盾和普遍人性作出高度哲学概括的悲剧。

使得《哈姆雷特》成为莎翁四大悲剧之首并吸引历代观众的关键在于主角性格的塑造。在西方世界，哈姆雷特几乎已成为"忧郁""犹豫"的代名词。许多作家评论家对之作出了不同的理解与阐释。西方学者统计，自1877年以来，每12天就有一部论《哈姆雷特》的专著问世。争论的焦点是哈姆雷特在复仇行动上的延宕问题。从剧情来看，哈姆雷特明明有很多机会可以实施他的复仇计划，为何迟迟不肯下手，以至于坐失良机，最后不得不与其复仇对象同归于尽？

歌德在其小说《威廉·麦斯特的学生时代》中曾提出过一个著名观点，认为莎士比亚写作《哈姆雷特》，主要是为了表现"一个伟大的事业放在一个不适宜执行它的人身上的结果"，按照这位德国诗人的观点，复仇计划犹如一棵橡树种在一只只能承受鲜花的精致花瓶里。树根膨胀了，花瓶就破碎了。而这只精致的花瓶的主要特征就在于它有思想。

哈姆雷特原本是一个高贵而娇嫩的王子，一直生活在自己的理想世界里。正如他的情人奥菲莉亚所说，他是"朝臣的眼睛，学者的辩舌，军人的利剑，国家所瞩望的一朵娇花"，又是"时流的明镜，人伦的雅范，举世瞩目的中心"。但是，突然，"命运的暴虐的毒箭"射中了他。一系列的变故使原本生活在理想中的快乐王子变成了忧郁王子。父死母嫁使他感到爱情的短暂，叔父的杀兄娶嫂显示了人伦的颠倒；此外使他惊心的还有，无知的情人被他的敌人利用，前来刺探他的精神恍惚状态之真伪；原先的朋友纷纷投靠新国王，冷落了他这位王位的合法继承人。娇嫩的王子第一次尝到了世态炎凉的况味。他在德国威登堡大学期间学到并信奉的人文主义价值观在残酷的现实面前碰得头破血流。人，原来不是"宇宙的精华，万物的灵长"，只是一团污浊的泥土；大地也不是被太阳的火炬照耀的美丽星球；世界只是一个大监牢，而丹麦是其中最坏的一间。

哈姆雷特是个天生的思想家,善于从个别推出一般,从特殊推出普遍。就像印度的乔达摩王子从养尊处优的宫廷中走出,第一次看到人间生、老、病、死的痛苦,而后幡然顿悟出家成佛;哈姆雷特开始睁开眼睛,从个人不幸看到了人间的不幸;从人间的不幸,进而思考个人的精神出路和归宿,忧郁的王子变成了思索的王子。于是我们听到了这段世界戏剧史上最著名的独白:

> 生存还是毁灭,这是一个值得考虑的问题;默然忍受命运的暴虐的毒箭,或是挺身反抗人世的无涯的苦难,通过斗争把它们扫清,这两种行为,哪一种更高贵?死了;睡着了;什么都完了;要是在这一种睡眠之中,我们心头的创痛,以及其他无数血肉之躯所不能避免的打击,都可以从此消失,那正是我们求之不得的结局。死了;睡着了;睡着了也许还会做梦;嗯,阻碍就在这儿:因为当我们摆脱了这一具朽腐的皮囊以后,在那死的睡眠里,究竟将要做些什么梦,那不能不使我们踌躇顾虑。人们甘心久困于患难之中,也就是为了这个缘故;谁愿意忍受人世的鞭挞和讥嘲、压迫者的凌辱、傲慢者的冷眼、被轻蔑的爱情的惨痛、法律的迁延、官吏的横暴和费尽辛勤所换来的小人的鄙视,要是他只要用一柄小小的刀子,就可以清算他自己的一生?谁愿意负着这样的重担,在烦劳的生命的压迫下呻吟流汗,倘不是因为惧怕不可知的死后,惧怕那从来不曾有一个旅人回来过的神秘之国,是它迷惑了我们的意志,使我们宁愿忍受目前的磨折,不敢向我们所不知道的痛苦飞去?这样,重重的顾虑使我们全变成了懦夫,决心的赤热的光彩,被审慎的思维盖上了一层灰色,伟大的事业在这一种考虑之下,也会逆流而退,失去了行动的意义。
>
> (朱生豪 译)

沉思并未使王子轻松,反而使他更加痛苦,也使他的复仇任务变得更为沉重。首先,复仇愿望与实践之间产生了矛盾。他明确意识到,即使他举剑一击,能把篡位的国王杀死,也拯救不了这个罪恶的世界;尤其是不能恢复他对生活、对人性的信仰。他深深地感叹道:"时代整个脱节了,却偏要倒霉的我来把它修好。"其次,复仇的意志与方式之间产生了矛盾。要复仇,就要用暴力,但暴力本身就是罪恶。以暴易暴,以罪恶反抗罪恶,无论如何不能说是一种正确的选择。于是,不断的拖延、不断的延宕就成了他安慰自己、欺骗自己的一种手段。

痛苦的思考、不断的自责和延宕最后使他成一个虚无主义者,他感到了人生的虚幻——无论多么伟大的事业,多么伟大的人物,最后都将进入坟墓,化为泥土。第5幕第1场开头,哈姆雷特在坟场捡到一个骷髅头,向它发了一通议论:

> 这骷髅本来还有一根舌头,还能唱……也许呢,是一个出入朝廷的大臣……现在倒好去给蛆虫夫人当相好了。下巴也掉了。天灵盖也给掘墓的拿一把铁锹敲来打去。这就是生命的无常轮回呀;也叫我们开了眼界。难道说,这些白骨生前受教养,被供养,就为了到头来给人当木棍儿扔着玩吗?

(朱生豪 译)

这段议论使我们想起,差不多300年前波斯诗人海亚姆与其手中的陶樽也有过类似的对话。如果他地下有知,肯定会感叹东西方诗人之灵犀相通。

厌世的结果使哈姆雷特相信了宿命,变成了盲动的王子,终于落入奸王的圈套,在与宰相之子比剑时误中毒剑而亡。尽管在最后关头他也杀死了奸王,但终究没能完成他为自己设定的"重整乾坤"的使命。学者们认为,哈姆雷特的悲剧的根源一方面是理想与现实的冲突,另一方面又是"历史的必然要求和这个要求的实际上不可能实现之间的悲剧性冲突"。

莎士比亚的戏剧一向以情节生动丰富而为人所称道。他的戏剧中往往有两条或两条以上的情节线索,形成复杂多样的戏剧冲突。在本剧中,有三条复仇线索交织在一起。全剧一开头就渲染出一种悲剧气氛:挪威王子小福丁布拉斯为父复仇准备进攻丹麦,丹麦全国进入紧急状态;恰在此时丹麦国王不明不白死去,守夜的士兵在露台上见到老王鬼魂在半夜出现,似有要言相告。民族矛盾和国内矛盾互相交织,两条复仇线索同时呈现于舞台。随着老哈姆雷特鬼魂的开口,哈姆雷特为父复仇的线索突现出来,成为占据整个戏剧舞台的中心,而福丁布拉斯为父复仇的线索暂时退居二线。随着主线的推进,发生了哈姆雷特安排"戏中戏"和随后误杀宰相波洛涅斯的事件,从而引出了第三条线索,即宰相之子雷欧提斯的复仇。第三条线索的出现逐渐将戏剧情节推向高潮,即哈姆雷特与雷欧提斯比剑。最后出现悲剧性结局,丹麦宫中一片血污,国王、王子和大臣皆死于非命,国家已无人继承王位。这时,开头出现不久即退居幕后的第一条复仇线索——福丁布拉斯为父复仇的线索再次呈现,挪威王子继承了丹麦王位,全剧终。

这三条线索的安排可谓丝丝相连,环环相扣,一气呵成,紧紧抓住了观众的期待心理,体现了莎士比亚驾驭戏剧场面的高超的艺术才能。另一方面,多条线索的安排也起到了一种对比的作用。福丁布拉斯在复仇问题上的轻率,凸显了哈姆雷特的坚定;雷欧提斯的鲁莽和冲动,反衬了哈姆雷特的理性和冷静。

人物形象栩栩如生是莎士比亚戏剧的主要特征。莎士比亚戏剧中的人物性格不是单一的,而是具有多面性和复杂性。在本剧中,除主角哈姆雷特及另两位青年贵族外,其他配角也都刻画得非常生动,而不是单一的某种抽象观念的替代品。犯下杀兄娶嫂罪行的克劳迪斯,虽然凶残,但良知未泯,自觉罪孽深重,一人躲在小教堂里祈祷。哈姆雷特的母亲乔德鲁特,屈服于自己的情欲,与丈夫的弟弟勾搭成奸,但一直受着良心的折磨,徘徊在奸情与亲情之间不能自拔,终于自食其果,饮下了奸王原本用来毒害哈姆雷特的毒酒。

四大悲剧中的其他三部表现出同样的艺术特征,反映了文艺复兴晚期人文主义者面临的困境和剧作家本人的思想危机。《奥瑟罗》(1604)改编自意大利小说家钦齐奥的《故事百篇》。摩尔将军奥瑟罗与罗马元老院元老之女苔丝德梦娜相爱,引起他手下旗官伊阿古的妒忌,于是,后者实施了一系列精心策划的阴谋。正是这些阴谋导致单纯、轻信的摩尔人亲手扼死了自己的爱人,犯下了不可饶恕的罪行。剧本谴责了以伊阿古为代表的市侩、野心家和利己主义者,揭露了资本原始积累时期野心家的罪恶,也批判了当时西方社会普遍存在的种族主义偏见。

《李尔王》(1605)取材于古代不列颠历史,通过国王李尔退位后被其两个女儿抛弃的悲剧,揭示了传统道德观念和伦理关系的崩溃。李尔从一个刚愎自用的国王转变成一个流浪者的经历,既真实地反映了资本原始积累时期大量失地农民流入城市的现实,又寄托了作家对理想君主的渴望。第3幕第2场,被女儿赶出家门的李尔在暴风雨的旷野中奔走呼号,留下一段悲怆动人的独白:

> 天火,喷射吧!大雨,只管倒下来吧!
> 风雨雷电,都不是我的亲生女儿,
> 我不怪你们。天上的精灵,对我
> 作威作福:我没把国土给你们,
> 认你们做孩子,你们没欠我半点情。
> 你们尽情发作吧,我站在这儿,
> 听凭你们的发落——一个不中用了的、
> 没人理睬的,苦命的老头儿。
> ……

(朱生豪 译)

《麦克白》(1606)被公认为是四大悲剧中最阴暗、最压抑的一部。单线发展的快节奏将主人公引向最后的毁灭。苏格兰大将麦克白从一个为国家立下赫赫战功的英雄堕落为一个卑鄙的弑君者,最后众叛亲离的悲剧,既体现了那个原始积累时期黑暗混乱的现实,也揭示了人性的普遍弱点和原罪。这是一部戏剧形式的"犯罪心理学"。全剧的主导意象是黑夜和鲜血。剧本开场女巫在荒原上的舞蹈,蛊惑了主人公潜伏的欲望。第2幕第3场是全剧中的名段。黎明,刚刚犯下弑君罪的麦克白,突然被一阵神秘的敲门声惊醒。一位莎士比亚研究专家认为,敲门声来自天国,它是对野心家良知的最后一次叩问。麦克白感到,他在杀死国王邓肯的同时,也杀死了自己的睡眠。此后,他再也无法摆脱失眠症,直至被正统的王位继承人所杀。而伙同他实施谋杀的麦克白夫人则陷入疯狂之中,她在梦中一次又一次起来,点着蜡烛寻找水源,以便洗去手上的血腥味。但是她感觉到,血腥味无处不在,哪怕"把所有的阿拉伯香料都用上,这只小手也香不起来了"。

进入创作晚期(1608—1612)后,以悲剧观点看待人类的莎士比亚似乎又回到了早年的乐观主义,创作了一系列浪漫剧、传奇剧。这些剧本的一个显著特点是:剧中的矛盾冲突在达到紧张的高峰后,都在"爱征服一切"的理想照耀下,被乌托邦式地解决了。晚年的剧作家似乎企图确立一种信念,即生活中的任何矛盾都可以按照人文主义的理想得以调和。最能体现这一点的是他的最后一部作品《暴风雨》(1611)。它仿佛是莎翁这只"艾汶河上的天鹅"临死前唱的一曲歌,或用诗写的一个遗嘱。主角普洛斯佩罗在告别现实世界以及他用魔法变出的幻想世界时,说出了以下一段既悲怆又达观的台词:

> 我们的狂欢已经中止。我们这些演员
> 我曾告诉过你们,原是一群精灵。
> 他们都已化成淡烟消散,无影无踪。
> 如今这虚无缥缈的幻景,
> 入云的楼阁、瑰伟的宫殿、
> 庄严的庙堂,甚至地球
> 以及地球上的一切,都将消散;
> 也都像这一场幻景,
> 绝不留下半点踪影。我们自己也像梦幻
> 也是虚无缥缈构成,我们短暂的一生,
> 是酣睡中的梦影……

(朱生豪 译)

大学才子派剧作家格林在临死前曾告诫他的同行,要警惕一位"借用我们的羽毛来打扮自己"的剧作家,他指的就是莎士比亚。的确,善于博采众长是莎士比亚天才的表现,他在诗体上借用了马洛的五音步素体诗为他笔下的人物写台词,在风格上则将马洛的雄伟、查普曼的典雅、鲍芒与弗莱契的流畅融为一体。莎士比亚也是一条伟大的变色龙,能将想象力沉入作品之中而自己心如止水,波澜不惊;他能化身为他笔下的任何人物,思其所思,想其所想,以至于到头来我们无法确定,究竟哪些言论是他笔下人物的,哪些言论反映了他自己的想法。当《威尼斯商人》中的夏洛克说"犹太人就没有眼睛吗?犹太人就缺了手、短少了五官四肢,没知觉、没骨肉之情、没血气了吗?……要是一个基督徒侮辱了犹太人,那么按照基督教的榜样,那犹太人应该怎样表现他的'忍耐'呢?嘿,报仇!"我们不知道,这个犹太人的观点是否也代表了莎士比亚本人的意思?

莎士比亚天才的多面性也表现在诗歌上,他给我们留下三部著名的诗集,包括两部以希腊罗马传说为题材的长诗和一部十四行诗集。1609年一个名叫托马斯·索普的人,在未征得作者同意的情况下擅自出版了一本"称作莎士比亚十四行诗的书",共收诗154首。与通常的十四行诗不同的是,这些诗看上去不像是献给同一个人的,因而引发了一场学术争论。大多数学者认为,第1—126首是献给作者的一位男性朋友,很可能是南安普敦勋爵的;第127首以后的诗是献给一位神秘的"黑肤"女郎的。这些诗歌的主题是歌颂友谊和爱情,形式上则在继承了彼特拉克十四行诗的基础上,将意大利的4、4、3、3结构变成了英国的4、4、4、2结构,押韵方式为abab、cdcd、efef、gg,即三组交韵加一组偶韵,具有内在的起承转合,最后一节对前三节起到了概括主题、画龙点睛的合题作用。

> 我怎么能够把你来比作夏天?
> 你不独比它可爱也比它温婉:
> 狂风把五月宠爱的嫩蕊作践,
> 夏天出赁的期限又未免太短:
> 天上的眼睛有时照得太酷烈,
> 它那炳耀的金颜又常遭掩蔽:
> 被机缘或无常的天道所摧折,
> 没有芳艳不终于凋残或销毁。
> 但是你的长夏永远不会凋落,

也不会损失你这皎洁的红芳,
或死神夸口你在他影里漂泊,
当你在不朽的诗里与时同长。
只要一天有人类,或人有眼睛,
这诗将长存,并且赐给你生命。

(梁宗岱 译)

莎士比亚的语言也体现了丰富的多样性。他生活的年代,正是中古英语向近代英语过渡的时代。大量新事物的出现和引进、对外贸易的发展、人们视野的扩展和知识的增长,使传统的英语语法和词汇都起了很大的变化。这一切都被敏感的莎翁吸收并融化于他的创作中。西方学者统计,莎剧中用到的词汇高达17000个。此外,大量口语、土话、俚语、谚语、口头禅的采用,又给他的戏剧语言平添上一层浓厚的民间色彩,在推进剧情、刻画性格、渲染氛围方面发挥了很大作用。莎剧中的不少台词已成为格言、警句,像圣经典故一样被人广泛使用。

莎翁的剧坛对手本·琼生在为莎剧最早的版本("第一对开本")写的序言中说:"他(莎士比亚)不属于一个时代,而属于所有世纪",这是一个同时代人对另一个同时代人所能作出的最大度、最有先见之明的评价。

第二章　巴洛克与古典主义时期

原欲与理性之间的摇摆构成了近代西方文学思潮的起伏。由文艺复兴激发出来的创造激情和能量经过近 300 年的挥霍,开始从粗糙走向精致,寻求明确的形式、结构和风格。

一　巴洛克文学:夸饰与玄学

16、17 世纪,一种新的风格——"巴洛克"风靡欧洲。"巴洛克"(Baroque)一词源于南欧拉丁语,最初用在珠宝商的技术行话中,指形状不规则的或变形的大珍珠,即"玑子",从中引申出夸饰的、令人惊奇的、过分雕琢的等意义。巴洛克风格以其丰富的感情色彩、奇特的装饰以及生气勃勃的感性而著称。建筑中无限上升的螺旋形花叶纹、雕塑中富丽繁复的衣褶、宗教音乐中不断变奏重现的主题、绘画中丰满性感活力四射的人体等(如在荷兰画家鲁本斯笔下)都是巴洛克风格的表现。在诗歌方面,巴洛克风格主要体现在西班牙贡戈拉创作的"贡戈拉体",意大利马里诺创造的"马里诺体",以及英国的"玄学派"诗歌中。

西班牙因其文化的多元和混杂(包括西方的、东方的和部分非洲的)而成为天然的巴洛克王国。路易斯·德·贡戈拉·伊·阿尔戈特(1561—1627)的诗歌以其奇崛的比喻、怪谲的夸饰而著称。在他笔下,山洞是"大地的哈欠",时间是"死亡杀手的邀请",生命是"沙丘滚落的车轮"。他的诗歌经常打破传统韵律,以罕见的韵式创造一种如风如水般流动的音韵;色彩绚烂,有紫、绯、赤、橙、霞光,物象众多,有雪、鹅、百合、泡沫、蚕丝等。他还自创短语,大量运用生僻词、外来词,打破语法规则,使动词变形(形容词),名词变动词,不及物动词变及物动词。贡戈拉的这种风格被同时代人称为"夸饰主义",后来又被称为"贡戈拉主义",在 17 世纪占据统治地位,影响整个西班牙语世界。18 世纪后传播到俄国等其他欧洲地区。

意大利的贾姆巴蒂斯塔·马里诺(1569—1625)诗风绮丽,刻意求工,追求华丽的形式,善于精雕细刻,因而不免失之浮夸,但迎合了当时贵族的趣味。他去世后很长一个时期,"马里诺诗体"盛极一时。

英国的玄学派诗歌因其创作中学究气太重、玄学成分太多而得名。这派诗人喜欢用哲学辩论和说理的方式写抒情诗,"把一些杂七杂八的思想生拉硬套,扭在一起",靠学问创造一些"牵强附会的奇喻"。约翰·多恩(1572—1631)是玄学派中最有代表性的一位诗人。他一贯追求新奇的思想,喜用奇喻巧智,常从各种"新哲学"和日常生活中捕捉稀奇的事例,把两个属性截然不同的事物安置在一个语境中,使事物之间的内在关系彼此阐发,其奇思妙想令人拍案叫绝。比如,以一副圆规比喻一对别离的情人难舍难分之情;以跳蚤肚中的血比喻两人情感的融合;以新发现的大陆比喻女人的身体,等等。多恩早年生活放荡,晚年皈依宗教,在国王詹姆斯二世的劝说下当了英格兰最大的教堂威斯特敏斯大教堂的教长,写下了许多名闻遐迩的布道文。他的布道文气势磅礴、善用比喻,经常被后世作家所引用。

二 英国:清教徒革命与文学

多恩去世不到10年,在"护国主"克伦威尔领导下,英国爆发了一场披着宗教外衣的资产阶级革命,世称"清教徒革命",因其发动者和参与者均为清教徒而得名。清教徒主张纯洁教会,清除英国国教中的天主教影响;简化礼拜仪式,略去礼拜式中的装饰——蜡烛、十字架、法衣等;回到福音的教诲中去,在生活中行为检点,自觉遵守道德。从这个角度看,清教徒可以说是近代最早出现的原教旨主义者(德国的路德也算其中一个)。革命成功后的清教徒关闭了全国所有的剧院。因为在他们眼中,戏剧是与感官享受联系在一起的。然而,他们对于诗歌和文学的态度却是比较容忍的。

约翰·弥尔顿(1608—1674)是英国清教徒革命时代最伟大的诗人。他曾担任过克伦威尔政府的拉丁文秘书,用拉丁文写过气势磅礴的为清教徒革命辩护的宣言。在 1660 年英国王室复辟后,一度被投入监牢。晚年双目失明,通过口述,让他的女儿记录了他的作品。他最负盛名的是取材于《圣经》的三大史诗:《失乐园》《复乐园》和《力士参孙》。其中《失乐园》(1667)被认为是欧洲文学史上文人史诗的典范之一,其风格具有非洲原始雕塑般的粗野之美。在这部约 1 万行的作品中,弥尔顿重新创作了关于上帝创世和人类堕落的故事。史诗取材于《圣经·创世纪》,情节由两条线索互相交叉而成:一条是撒旦率众反叛,大战天军,被贬下界,诱惑人类堕落,最终受到惩罚;另一条是人的产生、堕落和最终失去乐园。诗人作为虔诚的清教徒和坚定的革命家的矛盾在这部长诗中留下明显痕迹。作为前者,他对上帝的律条表示了敬畏,对人类始祖偷食禁果的原罪进行了谴责;作为后者,他满腔热情地塑造了撒旦这个反叛者形象,表现了对专制的抗争和对权威的蔑视。

> 打败了又有什么?
> 并不是一切都完了!不屈的意志,
> 复仇的决心,永恒的仇恨,
> 决不低头认输的骨气,
> 都没被压倒,此外还有什么?
>
> (王佐良 译)

19 世纪浪漫主义先驱诗人威廉·布莱克认为,弥尔顿的基本立场是站在魔鬼撒旦一边的。

约翰·班扬(1628—1688)是个坚定不移信奉清教的补锅匠,一度也被复辟后的英国政府投入监狱。传说他在牢房中构思了《天路历程》(1678)。小说描写了一位名叫"基督徒"的人做的梦,表现了他对自己的灵魂感到的深切焦虑。在梦中,他离开家人和朋友登上了去天国的旅程。他从故乡"毁灭的城市"逃出,一路上历尽艰险;从"绝望的泥潭"中脱身,摆脱了"名利场"的诱惑,爬过"困难山",跨过"安逸平原",来到流着黑水的"死亡河"畔,最后终于到达"天国的城市"。这是个寓言故事,但情节丰富,悬念十足,描述的各式人等也真实可信。此书发表后,立刻得到英国大批不信奉国教的新教徒的喜爱。无论是作为一个宗教寓言,还是作为一部生动的小说,《天路历程》直到20世纪一直享有盛誉。萧伯纳推崇它是对人生最精湛的解释。书中的一些情节或词语成为典故,被后世作家反复引用。19世纪萨克雷创作的长篇小说《名利场》,书名就来自班扬的这部宗教讽喻作品。

对于清教徒来说,真正的"天国的城市"不是在梦中,而是在遥远的美洲。1620年,102名清教徒乘坐"五月花号"横渡大西洋来到马萨诸塞湾,成为第一批登上北美新大陆的说英语的殖民者。11月11日,五月花号靠岸于鳕鱼角时,船上的41名成年男子签署了《五月花号公约》。它开创了一个自我管理的社会结构;在王权与神权统治的时代,体现了许多民主的信念,从而为一个新国家——美利坚合众国——的诞生奠定了核心价值观。

三 法国:绝对君权与古典主义

17世纪中叶,法国国王路易十四平定了国内地方贵族的叛乱,建立起一个高度中央集权的民族国家,也树立起自己的政治权威和声望。雄才大略的国王深知礼仪、荣誉和教养对于一个刚刚摆脱混乱的封建割据状态的国家的重要性,也深知文人在其中所能起到的安定政治、装饰门面的作用。通过一系列笼络加控制的政策,他将文人雅士置于自己股掌中。成百上千的作家和诗人来到巴黎,如同那些被驯服的贵族那样,聚集在凡尔赛宫金碧辉煌的"镜厅",接受国王的召见,沐浴在"太阳王"的光辉下。经国王授命,枢机大臣红衣主教黎塞留于1635年创建了法兰西学士院,遴选全国文艺、学术等领域最杰出的代表四十名,号称四十"不朽者",来研究、讨论并制订一般文化尤其是文学发展方面的决议。通过表决,这些决议就具有法律般的权威,一切文艺工作者都必须遵守无违。从17世纪60年代起,路易十四的宫廷实际上指导着全国文化的发展,凡尔赛的文学趣味成为上流阶级的时尚,并进而影响到整个社会,传播到其他欧洲国家。

与政治文化上的统一化、规范化和秩序化相适应,哲学上出现了唯理主义(理性主义),代表人物是笛卡尔(1596—1650)。他从普遍的怀疑出发,得出"我思故我在"的命题,强调思维着的理性高于一切,并将其视为一切知识的原理,真善美的统一体。从理性出发,他又将"灵"与"肉"绝对对立起来,认为对于与"肉"相关的"情",必须用"理性"和"意志"加以双重控制。这种观点应用到文学上,则是强调用理性来抑止情感的冲动。被称为"巴那斯山立法者"的文艺理论家布瓦洛(1636—1711)在其《诗的艺术》(1637)第1章中告诫作家和艺术家:

要爱理性,让你的一切文章
永远只从理性获得价值和光芒。

不管写什么题材,崇高还是谐谑,
都要永远求良知和音韵密切符合。

(朱光潜 译)

文艺复兴以来的崇古之风仿佛也为理性主义作了注脚。在理性主义者看来,凡是符合理性的东西就必然带有普遍性和永恒性,反过来,凡是得到古往今来一致赞赏的东西就是符合理性的。既然古希腊罗马文学流传至今依然得到人们一致的赞赏,那么它们就是符合理性的、普遍永恒的。因此,作家和艺术家不在于创造新的故事情节,而在于在理性指导下,运用新的艺术手法来处理早就由古人创造出来的故事情节。

政治上的集权需要、哲学上的理性追求与文化上的崇古之风,共同打造了文学上的古典主义。不过,法国古典主义虽然继承了文艺复兴的崇古之风,但它更强调的是理性而非激情,是内心的自控而非个性的张扬,是类型化的典范而非个性化的风格。这种文学思潮既适应了当时法国现实的政治形势,也是对文艺复兴以来过于强调自我而导致个性恶性膨胀趋势的一种反拨。

法国古典主义文学的发展大致可分为两个时期。17世纪三四十年代为兴起时期。弗朗索瓦·马莱伯(1555—1628)最早提倡语言的"纯洁化"和诗歌的格律化,被称为法国古典主义的创始人。其后,法兰西学士院在语法、修辞、诗学等方面进一步发展了语言和文学形式的规范化。拉·封丹(1621—1695)以严格押韵的诗体改写了伊索寓言,写出了别具一格、寓教于乐的《寓言诗》。戏剧方面出现了"古典主义悲剧之父"皮埃尔·高乃依(1606—1699)。他以思想的崇高和感情的美来代替古典悲剧的怜悯和恐怖,创作了一系列以古希腊罗马为题材的英雄悲剧,从而为法国古典主义悲剧奠定了基础。拿破仑曾说过,"假如他(高乃依)还活着,我要封他为王"。

高乃依的代表作是《熙德》(1636),该剧一经演出,即引起轰动,被公认为是古典主义悲剧奠基之作。"美得像《熙德》一样"成为当时流传的口头语。全剧在个人爱情与家族荣誉的冲突中展开。西班牙贵族青年唐·罗狄克爱上了贵族女子唐·施曼娜。因自己的父亲遭到情人父亲的侮辱,他不得已与后者决斗,面临了两难选择:

> 父亲,情人,荣誉,爱情
> 一方面是高尚而严厉的责任,一方面是可爱而专横的爱情!
> ……
> 对爱人对父亲我都欠着同样的恩情;
> 复仇会引起她的饮恨与愤怒,
> 不复仇会引起她的蔑视。
> 复仇会使我失去我最甜蜜的希望,
> 不复仇又使我不配爱她。
>
> (王子野 译)

最后,家族荣誉战胜了个人感情,他在决斗中杀死了情人的父亲。按照贵族道德习俗,他的情人唐·施曼娜同样也有责任报杀父之仇,她怀着矛盾痛苦的心情要求国王处死她内心深深爱着的情人。然而更高的国家义务战胜了一切。当时西班牙面临着比利牛斯山以南摩尔人的入侵。国王奉劝两位年轻人摆脱个人情感纠葛,服从国家利益。唐·罗狄克应命出征与摩尔人作战。班师回朝后在国王的撮合下与唐·施曼娜结婚,有情人终成眷属。本剧中,男女主人公在面临个人感情、家族荣誉、国家义务彼此冲突时表现出来的克制态度和理性选择,迎合了当时专制王权政治的需要,也曲折地照顾了个人感情,微妙地体现了新兴资产阶级和封建王权在政治上的妥协。

高乃依在悲剧中着重表现的是人的理性和克制力量,而出现于古典主义兴盛时期(17世纪六七十年代)的另一位悲剧作家让·拉辛(1639—1699)则着力表现人的激情和弱点。他的代表作《安德洛玛克》(1667)题材来自古希腊欧里庇得斯的悲剧,但加上了自己的阐释。剧本讲的是,特洛伊被攻陷后,特洛伊英雄赫克托尔的寡妻安德洛玛克和儿子落入希腊联军之手。她长得美,引起了联军中的爱比尔国王卑吕斯的疯狂追求。为得到安德洛玛克,他与未婚妻爱妙娜断绝了关系,甚至打算当着全体希腊人的面宣誓,收养安德洛玛克的儿子,帮他重建特洛伊,光复后者的祖国。这使得爱妙娜妒火中烧,于是她唆使前来追求她的奥赖斯特在神庙前杀死了卑吕斯。不料,卑吕斯一死,爱妙娜也伏剑自杀,奥赖斯特因受刺激过大而当场发疯。剧作家将这些人物的悲剧均归于感情战胜理性,个人欲望压倒国家利益和公民义务的结果。全剧中唯一保持高度理性和自我克制的是安德洛玛克,她富于理性,反抗强暴,忠于自己的祖国,既保全了儿子,又保持了自己的贞节。

《安德洛玛克》被认为是一部标准的古典主义悲剧,因为它符合法兰西学院提出的"三一律"原则。所谓"三一律",即规定戏剧的情节、时间、地点三者高度统一。一出戏只能有一条情节线索,故事发生在同一地点,剧情在一天之内完成。这种对艺术规则的强调符合了当时君主集权的需要。虽然它使法国古典悲剧具有了明晰、精练和紧凑的优点,但也极大地束缚了剧作家的创造性,迫使他们戴着镣铐舞蹈。

体裁上严格的等级划分也体现了君主政治的要求。按照古典主义者的观点,悲剧是高雅的,喜剧是粗俗的。前者表现的是王公贵戚的生活,要求对白工整、用字精练、音调铿锵,犹如涂着一层光亮而清一色的油漆;而后者则表现小市民的日常生活,可用散文化的日常语言来写,不排除插科打诨、戏谑笑闹的成分。这种观点一直延续到19世纪中叶,甚至狂放的小说天才巴尔扎克在为他的"风俗史"写作命名时颇费踌躇,最终选择了《人间喜剧》为他全部作品的总称,尽管他也清楚地知道这多少有点名不符实。

然而,一位演员出身的喜剧天才莫里哀却对流行的戏剧分类法提出了挑战,宁可以不登大雅之堂的喜剧为工具来纠正社会恶习。因为他认识到:"一本正经的教训,即使再尖锐,往往不及讽刺有力量;规劝大多数人,没有比描画他们的过失更见效了。恶习变成人人的笑柄,对恶习就是致命的打击。责备两句,人容易受下去的;可是人受不了揶揄。人宁可为恶人,也不要做滑稽人。"

莫里哀(本名让·巴布梯斯特·波克兰,1622—1673)出生于巴黎一位宫廷陈设商家庭,从小喜欢演戏。15岁那年他将父亲花钱买来让他继承的"国王侍从"称号转让给了兄弟,自己却加入流浪艺人的队伍,去做当时被人瞧不起的"戏子"。21岁时和一些戏剧爱好者一起组织了一个"光耀剧团",在市内巡回演出。可是剧团营业惨淡,负债累累。最后,债主的账单变成了法院的传票,未来的喜剧大师被关进监牢,不得不向父亲借钱把自己赎出来。但这个不肖之子还不肯认输,索性加入另一个流浪艺人喜剧团到外省演出,整整12年没有音讯。直到1658年10月率团回到巴黎,在卢浮宫演出《风流医生》才一举成名,得到路易十四赏识,被封为宫廷演出班班长,此后一直在巴黎从事创作。像莎士比亚一样,他也兼任演员、剧作家和剧团经纪人等多重角色,然而他的运气没有他的英国同行来得好,晚年由于贫病交迫,不得不亲自上台演出,结果猝死在舞台上。因在《伪君子》一剧中得罪了教会,他死后未能进教堂墓地安葬。

早期的莫里哀致力于开创古典主义喜剧,按照古典主义的原则写出了《可笑的女才子》《丈夫学堂》《太太学堂》等,其中《太太学堂》被认为是法国近代第一部成熟的古典主义喜剧。在进入艺术的成熟期(1664—1669)之后,莫里哀逐渐摆脱了古典主义的束缚,接连写出了一系列思想性和现实性都很强的剧本,对当时的三大等级都提出了批评。他在《伪君子》中揭露了僧侣阶级的伪善与欺骗;在《唐璜》中抨击了封建贵族的放荡和掠夺;在《吝啬鬼》《贵人迷》等剧中讽刺了新兴资产阶级的贪婪、吝啬和庸俗。他塑造的达尔杜夫、唐璜、阿巴公、汝尔丹等形象,已经成为不朽的艺术典型。晚期的莫里哀写了一些受到民间喜剧影响的作品,歌颂了下等人（男仆、女佣）的智慧。

五幕诗体喜剧《达尔杜夫》（一译《伪君子》，1664—1669）是莫里哀的代表作，也是世界戏剧史上为数不多的名剧，其情节之生动、结构之严谨、讽刺之深刻和上演之成功令后世戏剧评论家叹为观止。全剧以层层揭露的手法，通过主角出场前的两幕铺垫、出场后的一次亮相，以及随后情节的两次跌宕，栩栩如生地刻画出了一个伪君子的形象。

巴黎富商奥尔恭经常在教堂门口遇见一位贫穷而"虔诚"的天主教僧侣。出于赶时髦的目的，他把此人带进了家门，并要全家奉之为"精神导师"，于是全剧就在一家人的争论中闹哄哄开场了。奥尔恭和他的母亲深信此人德行高尚，将来必能将全家人的灵魂带入天堂；他的儿子、女儿、女仆和后妻对此均深表怀疑。女仆还举出一些事实，说明此人是"假虔诚"，比如他胃口惊人，一顿能吃下半条羊腿、两只鹌鹑、四杯葡萄酒，等等。但奥尔恭不仅听不进反对意见，还打算把已有婚约的女儿嫁给此人。慌了神的女儿请父亲的后妻欧米尔帮助，欧米尔命女仆道丽娜将此人请到自己房间里来劝其打消此念头。

全剧进入第三幕，一直没有露面的主角达尔杜夫此时才粉墨登场。一上场亮相就有戏：

> 道丽娜：我要对你说……
> 达尔杜夫：（从衣袋里摸出一块手帕）哎哟，我求求你未说话以前你先把这块手帕接过去。
> 道丽娜：干什么？
> 达尔杜夫：把你的胸部遮起来，我不便看见。因为这种东西，看了灵魂就受伤，能够引起不洁的念头。

（李健吾 译）

达尔杜夫表面虔诚，实际好色，在应约进入女主人的房间后，就趁机勾引起女主人来。此举被隔壁房间中奥尔恭的儿子达米斯撞见，他当着父亲的面揭穿了伪君子的嘴脸。阴险狡诈的达尔杜夫做出一副受诬陷而不辩的可怜状，转败为胜。鬼迷心窍的奥尔恭一怒之下将儿子赶出家门,还剥夺了儿子的财产继承权,将其转给达尔杜夫。于是,喜剧进入高潮的第四幕。为了揭穿伪君子的真面目,欧米尔不得已定下计谋,再次邀达尔杜夫前来,让自己的丈夫躲在桌子底下,亲耳听到了这位伪君子向自己求爱的粗鄙话语。然而,原形毕露的达尔杜夫再次反败为胜,利用已得到的继承权串通官府,带来官方执行吏欲逼走奥尔恭一家,并抓走男主人。喜剧似乎趋向悲剧。但结局柳暗花明,急转直下:英明国王明察秋毫,早就知道伪君子的所作所为,暗中派人跟踪盯梢,趁此机会加以擒获,于是全剧在皆大欢喜中圆满收场。

无疑,达尔杜夫是17世纪法国封建贵族和教会势力的化身,是一个假虔徒、伪君子的典型。贪食、贪睡、贪财、贪色是他的本性,上帝是他的工具,虚伪是他的手腕;他表里不一,言行相悖,狡猾多变,用心险恶;他还利用法律、串通官府,具有极大的社会危害性。莫里哀写作此剧具有明确的针对性,揭露的是当时圣体会分子的嘴脸。圣体会成立于1627年,由皇太后牵头,成员均为高级教士、大主教,其目的在于与各种各样的异教徒、无神论者、自由思想家作斗争。圣体会分子往往以"良心导师"、家庭忏悔师等面目出现,奔走于民间,告状于教会,做着类似秘密警察的刺探工作,以压制自由思想的萌芽。莫里哀一生痛恨虚伪,有意写作此剧予以讽刺,并指出宗教欺骗的危害性。但由于教会势力的不断干扰,该剧的演出一再受阻。1664年《达尔杜夫》首场演出后,教会人士指责此剧"否定宗教",必须禁演。国王迫于教会压力,不得不下令停止公演。莫里哀两次向国王递交陈情表,均未获通过。直到5年后皇太后去世,政教和约签订,莫里哀上第三次陈情表,国王才批准开禁。1669年2月5日,《达尔杜夫》按原剧本正式公演,观众如潮,盛况空前,剧院大门也被挤破,演出海报连续一个月高悬在剧院门口。

达尔杜夫这个伪君子的典型既具有深刻的时代意义,又超越了时空,具有某种普遍的人性意义。自从莫里哀塑造了这个形象之后,"达尔杜夫"一词已经进入西文词典,成为"伪君子"的代名词。俄罗斯表演艺术大师史坦尼斯拉夫斯基说:

莫里哀很广泛地了解人类的情欲和恶习。他描写了他所见过和所知道的一切。而且他是一个天才,一切东西都知道。他所写的达尔杜夫决不只是一个达尔杜夫先生,而是全人类的达尔杜夫的总和。"

《达尔杜夫》在艺术上既遵守了"三一律"原则,又有所创新和突破。剧情单纯集中,结构严整紧凑。剧作家将全部剧情安排在一个封闭的环境(奥尔恭家客厅)中,利用套间和桌子分割空间,造成戏剧性场面,如隔墙偷听、桌下观"戏"等;对反面主角达尔杜夫的形象采用了先间接表现(通过开场人物的议论),再直接表现(通过主角出场亮相)的手法。全剧还将各种戏剧因素有机综合在一起,造成丰富多彩的喜剧效果,包括闹剧中的插科打诨、传奇剧中的双重求婚、风俗喜剧中的婆媳吵嘴、父子相争等。人物语言高度个性化,使观众能根据各人的语言特征判别出各自的身份地位、性格特征。女仆道丽娜说话大胆、直率、锋利、泼辣;奥尔恭的语言庸俗中带点教养,表明这位巴黎富商正力图向贵族看齐;伪君子达尔杜夫则是将赤裸裸的求爱用语混杂在虔诚的宗教用语中,充分反映了这个出身破落贵族的宗教骗子的虚伪和腐朽。

古典主义思潮盛行于17世纪法国,持续了近200年,对整个欧洲的文学艺术趣味都产生了深刻的影响。法语成为受过教育的欧洲人的第二语言,凡尔赛宫廷的礼仪成为欧洲上流阶级的时尚。19世纪法国批评家丹纳在其《艺术哲学》中不无骄傲地写道:"那时,法国仿佛当着欧洲的教师。生活方面的风雅,娱乐,优美的文体,细腻的思想,上流社会的规矩,都是从法国传播出去的。一个野蛮的莫斯科人,一个蠢笨的德国人,一个拘谨的英国人,一个北方的蛮子或半蛮子,等到放下酒杯,烟斗,脱下皮袄,离开他只会打猎和鄙陋的封建生活的时候,就是到我们的客厅和书本中来学一套行礼,微笑,说话的艺术。"

17世纪英国古典主义的倡导者是约翰·屈莱顿(1631—1700),其思想和创作均带有明显模仿法国古典主义的痕迹。他在《论戏剧体诗人》等著作中阐述了古典主义法则,其诗歌创作以泼辣尖刻的讽刺见长,被封为英国诗歌史上的第一个桂冠诗人。亚历山大·蒲伯(1688—1716)是18世纪前期最重要的英国诗人,他崇奉新古典主义,重节制,讲法则,以圆熟的技艺对作品精心雕琢,发展和完善了"英雄双韵体",使之最终定型。他的成名作《批评论》模仿布瓦洛的《诗的艺术》,提出"模仿自然就是模仿古代准则"的观点。

> 文笔流畅绝非偶然,要靠功夫,
> 会跳舞者才跳得轻松自如。
> 诗句不仅要避免刺耳难听,
> 音响应该就像是意义的回声。
> 和风拂煦,旋律是何等轻柔,
> 涟漪柔滑,在柔滑的韵律里流;
> 但当怒涛击岸,势如雷霆,
> 粗犷的诗应当像激流奔腾。

(飞白 译)

俄罗斯在18世纪接受了古典主义文学观念,为彼得大帝推行的西方化改革服务。罗蒙诺索夫为俄语的规范化奠定了基础,并根据古典主义的原则,将文学体裁分为高、中、低三类。

德国的古典主义出现得较晚。文学青年的创造激情在经历了急风暴雨式的"狂飙突进"运动之后,直到18世纪末才渐渐获得了和谐的形式。在歌德和席勒两位大诗人的倡导下,魏玛古典主义把希腊古典艺术"高贵的单纯和静穆的伟大"奉为准则,使德国文学逐渐加入了世界文学的大合唱。

第三章　启蒙运动时期

18世纪是欧洲迈向现代性门槛的关键的一个世纪。正是在这一世纪中，欧洲历史上发生了第二次大规模的思想文化运动——启蒙运动，在此运动中构建起来的现代性启蒙话语铸造了西方社会的现代形态，并影响了整个世界。

"启蒙"一词(Illumination)原意为"照亮"，引申到思想文化领域，即是理性的开启、思想的解放和公民政治意识的觉醒。用康德的话来说，启蒙运动是人类脱离自己所加之于自己的不成熟状态。不成熟状态就是：不经别人的引导，就对运用自己的理智无能为力。"要有勇气运用你自己的理智！这就是启蒙运动的口号！"

17世纪以来，英国一些强调实验的哲学家、科学家和教育家一直在为人类理性的进展而努力工作着。1620年，哲学家弗朗西斯·培根出版了他的《新工具》，为近代实验科学的发展奠定了方法论基础；1687年物理学家伊萨克·牛顿将他的革命性发现"万有引力论"公诸于世，出版了《自然哲学的数学原理》；此后，哲学家和教育家约翰·洛克出版了他的《人类理智论》(1690)和《论教育》(1693)，通过研究人类的智力机制提出心灵"白板说"，论证了对人进行后天启蒙教育的可能性和必要性。经过100年的发展，此时理性已成为新兴资产阶级手中强有力的思想武器。既然星球的运动、物体的降落、光线的射程等等都可以用理性来推理、计算和预测，那么，人的精神、欲望、政治和社会制度，乃至神的观念就都等待着它来解释。于是，正如恩格斯指出的，"思维着的悟性成为衡量一切的唯一尺度""人的头脑，以及通过它的思维发现的原理，要求成为一切人类活动和社会结合的基础……以往的一切社会形式和国家形式，一切传统观念，都被当作不合理的东西扔到垃圾堆里去了"。

但是，思想背后的推动力是亚当·斯密在《国富论》(1776)中提出的"看不见的手"，即市场之手在起作用。18世纪是欧洲新兴资产阶级力量发展和壮大的时代。在法国,资产阶级已成为经济中的主宰力量,它控制着工业、财政和国内外贸易,并拥有全国三分之一的土地。然而,法国中产阶级享有的权利和地位与英国相比简直有天壤之别。1726年,伏尔泰对英国进行了一次意义深远的访问。给他留下深刻印象的不只是英国的财富,还有英国商人们的高贵地位,他们简直可以和欧洲任何一位尊贵的王公媲美。学术和文化的蓬勃发展,使得个人所享有的自由在英国远比在法国多得多。据说从那时起,这位法国启蒙作家就下定决心,要"摧毁所有那些正在奴役他的国家的偏见"。

1755年万圣节前夕,信徒们正在教堂中做礼拜的时候,一场地震摧毁了里斯本。地震引起的火灾和洪水,造成全城覆没,成千上万的人因此丧生。伏尔泰从中得到启示,马上写下一首长诗,提出了一系列的问题:一个全能公正、关怀众生的上帝怎么会下令发生如此的浩劫?他究竟为什么要以如此奇怪而可怕的方式杀死那些正在膜拜他的男女老少?难道这些人的罪孽比巴黎人或伦敦人更为深重吗?正确的答案只有一个,那就是自然的力量是独立于其创造者的。由此事件,伏尔泰讽刺了德国哲学家莱布尼兹提出的"先天和谐说"(即"现存世界是一切可能有的美好世界中最美好的世界"的信念),破开了宗教迷信。

"破"与"立"是启蒙思想的两极。大多数启蒙作家集牛虻和蜜蜂于一身。他们试图一方面以理性为武器破除一切维护封建专制统治的上层建筑和意识形态,指出旧社会和旧制度的不合理,引起人们对这种制度的永恒性的怀疑,另一方面又以理性为尺度,提出建立新社会秩序的理想和方案,为资产阶级夺取政权开辟道路。在政治上,启蒙思想破的是君主专制及其法权理论,提出立法、行政、司法"三权分立"的学说;在宗教上,破的是宗教迷信、偏见和狂热,宣传无神论、泛神论,主张信仰自由、宗教宽容;在财产关系上,破的是贵族的特权,主张私有财产是人的自然权利,神圣不可侵犯;在人与人的关系上,破除封建门第等级观念,提出"自由、平等、博爱"的原则。从这些方面来看,我们可以说,启蒙运动既是文艺复兴的继续,又是法国大革命的思想和舆论准备。

一　法国：启蒙与百科全书

有人把 17 世纪中叶阿拉伯咖啡的输入看作法国文化的开始，这未始没有道理。当伏尔泰用中国进口的茶碗喝着阿拉伯咖啡的时候，他感觉到他的历史视野成倍扩大了。据说伏尔泰每天下午要喝上 20 杯咖啡，他的一系列抨击教会和专制政府的文章大半有赖于咖啡的支持。咖啡输入的另一个结果是到处开起了咖啡馆，到法国大革命爆发前的 1788 年，巴黎的咖啡馆已有 1800 家之多。人们坐在咖啡馆里，一面喝着这种刺激神经的神秘"黑水"，一面议论朝政，抨击时弊。如果说沙龙属于贵族，那么咖啡馆则属于平民（当时被称为"第三等级"）。启蒙哲学家在沙龙中跟开明贵族谈论新哲学，又在烟雾腾腾的小咖啡馆中向平民传播新思想。此外，出版业和报刊的发达也为作家发表自己的独立思想提供了园地。

文学家们积极参与了现代性启蒙话语的建构。启蒙美学的基本原则是要求艺术家和作家走出象牙塔，来到十字街头。艺术家不仅要描写生活、反映生活，更重要的是要评论生活、干预生活。伏尔泰说，"我们是写作共和国的人"。强烈的参与意识与强烈的政论性成为启蒙文学的一大特点。这个特点在法国四大启蒙作家的创作活动中得到了明显的体现。

孟德斯鸠（1689—1755）是法国南部一个地方法院的副院长，也是四大启蒙作家中最早发表作品对现存社会体制进行批判的作家。他在《论法的精神》（旧译《法意》）中提出，法律是理性的体现，一般的法律是人类理性的体现，各国的法律则是人类理性在特殊场合的运用。他提出的"三权分立"学说为现代社会法制体系的建构奠定了基础。在书信体小说《波斯人信札》中，他假托一位在巴黎游历的波斯青年之口，对法国国王的盲目轻信、刚愎自用和喜欢阿谀奉承进行了揭露，并讽刺了教皇及其宣扬的神学观念。

出身于中产阶级家庭的弗朗索瓦-玛丽·阿卢埃（笔名伏尔泰，1694—1778），被奉为法国启蒙运动的领袖，他一生不懈地与宗教狂热和专制政治作斗争,两度被关入巴士底狱,凭借贵族圈中的朋友才得以安全度日,写出一系列有关哲学、政论、历史的著作。"宽容"或容忍是他从英国引入的一个重要观念。他曾大声疾呼,奋起捍卫因信奉新教而遭迫害的卡拉斯一家。主张言论和宗教自由的人们喜欢引用的他的一句名言是——"我完全不赞同你的意见,但我将誓死捍卫你发表你的意见的权利"。这句话的另一种比较俏皮的表述方式是——"英国人只有一种调味酱,但他们有一百种宗教"。伏尔泰同时也从事文学创作,写过史诗、小说、悲剧等,但最为人称道的是两部哲理小说:《老实人》和《天真汉》。哲理小说是当时新出现的一种"牛油加面包"的文体,即在坚硬枯燥的哲学面包上抹上一层文学奶油,以便一般民众也能读懂,体现了启蒙作家的民主精神。哲理小说以逻辑性、启发性和战斗性著称,但文学性似乎稍逊一筹。

最能体现启蒙作家的民主精神的要算百科全书的编写。1745年,法国出版商勒·布列东想到一个主意,把1727年版的不列颠百科全书翻译成法文。在仔细考虑之后,他觉得此书有些地方已经有点落伍,不如编写一部新的百科全书。于是他请了当时著名的作家德尼·狄德罗(1713—1784)和数学家达朗贝两人主持此事。历史的偶然往往含有必然。法国的启蒙作家们借此机会,宣传了自己的思想。他们打出的广告是"你在这套书中可以查到所有的知识,上自铸造大炮的方法,下至制针的技术"。而他们自觉的意识则是要把此书写成一本照亮人们头脑、启发人们理性的"众书之书"。他们把《百科全书》的全称定为《各门科学、艺术和技艺的据理性制定的词典》。这里,"理性"成了全书的主宰和核心。狄德罗说,"一部好词典应有的特点是改变普通人的思想"。他邀请当时全国各学科领域最著名的专家参与编写百科全书,希望通过宣传科学和理性,启发人们的头脑,驱除愚昧和偏见,给人们指出一条通往共同幸福的光明大道。这些作家后来被称为百科全书派。

《百科全书》的编写整整持续了25年(1751—1776)。期间遇到的艰辛不仅仅是经济的窘迫、内部意见的分歧,更有来自教会和专制政府的压力。教会人士把启蒙作家称为蛙鸣,给他们起绰号叫"呱呱呱";称《百科全书》为"魔鬼的巴别塔"和"异教徒以及神和国王与教会敌人的大集合"。在法国出版的各卷《百科全书》均被焚毁,后来只好到美国去出版,再偷运回法国。尽管如此,凭着主编和全体编写人员的共同努力,《百科全书》的出版始终没有中断过。1777年,此书的最终定稿35卷全部出齐。《百科全书》的完成之日,差不多也就是专制政府寿终正寝之时。

除了担任百科全书的主编工作外,狄德罗也写了不少文学作品。他喜欢以论辩的方式来表述自己的思想,常常以真实的或假想的对话来表示怀疑或反驳,而不急于得出结论。在哲理小说《拉摩的侄儿》(1832)中,他假设了一个人与他的自我之间的对话,促使读者思考人性与兽性、文明与野蛮、自我与他人的关系:

> 他:所有的生物,包括人,都是以牺牲他人的利益去夺取自己的利益。如果我对我的小野蛮人不加管教任其发展的话,他自己就会想要发财,想有女人爱他,还会去争夺生活中所有的好东西。
>
> 我自己:如果让你的小野蛮人自由发展的话,他会掐死他的父亲,同他自己的母亲睡觉。

(林华 译)

四大启蒙作家中对后世文学影响最大的是让·雅克·卢梭(1712—1778)。这位日内瓦钟表匠的儿子一生过着放荡不羁的流浪生活,同时寻求着贵夫人的赏识、保护和爱情;凭借天才和勤奋的自学,终于脱颖而出,写出一系列关于哲学、政治、音乐、教育和文学的作品,成为当时的文化名人。

卢梭的思想复杂矛盾,既有与启蒙运动相一致的方面,又崇拜情感和自然,成为18世纪末兴起的浪漫主义运动的先驱人物。在他的成名论文《论科学和艺术》(1750)中,他提出科学、技艺和艺术的发展会使人堕落的惊人观点。在《论人类不平等的起源的基础》(1755)中,他考察了人类社会不平等现象的产生,认为人类只有返回自然,向"高尚的野蛮人"学习,才能过上更道德的生活。在《忏悔录》(1778)中,他毫无顾忌地向世人袒露了他内心深处最隐秘、最阴暗的角落,包括一些不利于他个人形象的隐私。尽管当代解构主义批评家德里达认为卢梭的这种坦露不够真诚，有自我夸耀和掩饰的成分，但在那个时代，这种敢于面对自我的勇气实属难得。

卢梭最出名的文学作品是书信体长篇小说《新爱洛依丝》（1761）。作品得名于中世纪哲学家阿贝拉与其女弟子爱洛依丝的爱情悲剧，写的是新时代的"爱洛依丝"的悲剧。平民出身的圣普尔在一个贵族家中教钢琴，结果与他的女学生朱丽相爱了。但由于两人门第不同而无法结合，最后男主人公不得不离开，女主人公也因病而逝。借圣普尔之口，同样是平民出身的卢梭猛烈地抨击了贵族门第等级观念，提出"真正的爱的结合是一切结合中最神圣的"。当代法国思想家福柯指出，贵族阶级的象征是"血"（血统），平民阶级的象征是"性"。贵族阶级用血来限制性，用门第等级观念来限制两个阶级之间的通婚，以保持其血的纯洁性；而平民阶级则以性为武器，展开对贵族的斗争。《新爱洛依丝》可谓是表现此类主题的最早的一部作品。它一出版，即被视为"爱情圣经"，受到欧洲年轻人的热烈欢迎，对许多欧洲作家产生了很大影响，后来德国的歌德写下了同样主题的书信体小说《少年维特之烦恼》。

二 英国：近代小说的兴起

不过，书信体小说的源头并不在法国，而是在英国。1739年，尚未成为"小说家"，仅以替人代写书信出名的撒缪尔·理查逊（1689—1761）应两位书商朋友之约，写了一本类似中国"尺牍范本"之类的书信手册——《写给好朋友的信和替好朋友写的信》。此书于1741年出版，销路不错。受此鼓舞，理查逊在同一年又写作并出版了另一本书信体小说《帕美拉》，讲述同名女主人公，一个来自农村的姑娘进城在一贵族家中当女仆，受贵族儿子引诱而仍保持贞节，经过一番曲折斗争后，终于被后者明媒正娶的故事。全书故事以女主人公与其在乡下的父母互通书信的方式叙述出来，口气亲切，感情真挚，故事生动，结局符合读者心理期待。此书发行不久即告售罄，不得不再版五次，轰动整个欧洲文坛，掀起一波书信体小说的创作热潮。在欧洲文学史上，书信体小说第一次以亲切的口气、私密化的情感和通俗易懂的文字建立起一个记录个人隐私生活的叙事模式,投合了新兴的有教养的中产阶级的欲望和趣味,在启蒙运动塑造近代西方人格、建构主体性话语的活动中发挥了重要作用。狄德罗在1761年发表的《理查逊传》中,把他的传主与摩西、荷马、索福克勒斯并列,称赞他深刻洞察人的心灵活动,看来并非溢美之词。

18世纪英国小说发展的另一方向与不列颠民族的冒险精神和殖民扩张有关。在1588年打败西班牙"无敌舰队"成为海上霸主后的大约100年间,英国已在海外建立了49个殖民特许公司。已开发的海外殖民地和未开发的蛮荒地具有的神秘而狂野的景观、潜藏的巨大财富激发了征服、占有和书写的欲望。1704年9月,一位名叫赛尔柯克的海员在海上叛变,被船长制服后遗弃在智利附近的胡安·菲尔南德斯岛上。4年多后,他才因被航海家发现而获救,但已完全变成了一个野人。受到这个真实事件的启发,伦敦一个屠夫的儿子丹尼尔·笛福(1660—1731)写下了他的著名小说《鲁滨逊漂流记》(1719)。但在构思鲁滨逊的故事时,他融入了自己的感受和理想,将资产阶级的冒险进取与殖民扩张精神赋予他笔下的主人公,使其具有了鲜明的时代色彩。鲁滨逊被抛入荒岛,成了人类的孤儿,28年远离尘嚣。但他没有消沉、没有绝望,而是用双手在荒岛上打造了一个属于自己的"小王国"。他搭帐篷、树篱笆、开山洞、盖住所、捕鱼猎兽、驯养野生动物、种庄稼、做面包、制家具……不仅如此,他还用火枪和《圣经》征服了一个当地的"野人",将其起名为"星期五",使之成了自己的仆人。鲁滨逊的所作所为充分表现出新兴资产阶级积极向上的精神特征,他既具有冒险家不断追求与探索的勇气,又具有实干家埋头苦干、求真务实的精神。在鲁滨逊身上,劳动者和征服者的气质融为一体,唯利是图的资产阶级本性和殖民主义的占有欲紧密联系在一起。

> ……我不禁觉得自己犹如一个国王。每想到这里,心里有一种说不出的喜悦。首先,整个小岛都是我个人的财产,因此,我对所属的领土拥有一种毫无异议的主权;其次,我的百姓对我都绝对臣服,我是他们的全权统治者和立法者。

(郭建中 译)

《鲁滨逊漂流记》出版的同一年,政论家和讽刺小说家乔纳森·斯威夫特(1667—1745)发表了《格列佛游记》(1719)。这部小说也提到了"东印度群岛""日本"等陌生地名,写到了英国的海外殖民和扩张问题,不过,作家是抱着批评和讽刺的态度来进行描述的。小说故事生动有趣,想象丰富,常常被看做儿童读物,但实际上却是一部极富战斗性的现实主义作品。小说的最大特点是通过主人公观察视角的变化,对当时英国的现实政治和人类的普遍弱点进行讽刺和批评。格列佛足迹所到之处包括作家虚构的小人国、大人国、飞岛和马国。小人国是英国社会的缩影,格列佛在这里成了"巨人"。这种身体上的优势为他提供了一个居高临下的视角。他看到的种种现象都与英国社会极为相似。英国有托利党和辉格党两党之争,小人国里则有高跟党和矮跟党之别;英国有天主教与新教之间关于教会仪式的无稽之争,在小人国里,则根据吃鸡蛋时从大头敲开还是从小头敲开把人们分为大端派和小端派。

在大人国中,视角转换了过来,格列佛成了小人,被当做一个有趣但头脑有毛病的无知的矮子对待。他对大人国国王庄严地宣讲了一番欧洲政府的各种美德和现代战争的美丽与益处。大人国的君王凛然微笑一下就把他打发了:

> ……国王把我捧在掌心里,一边轻柔地抚摸我,一边对我说:"根据刚才你自己的陈述和我从你盘问出的答案,我不能不得出结论说,你的大多数同胞是造物主容忍在地球表面爬行的小害虫中最丑陋、最恶毒的一类。"

(张健 译)

然后,格列佛去了飞岛。飞岛高高在上,脱离大地和人民,盘剥一些岛国和城池。有谁敢犯上作乱,飞岛就停到它上面去剥夺它享受阳光和雨露的权利。通过对飞岛的描写,作家实际上批评了英国奴役爱尔兰和海外殖民地的行为。在第四部分里,格列佛进入一个动物王国,这里住着代表人性恶的耶胡,也住着代表人类理性的慧骃。耶胡遍体粪污,互相嫉妒,经常抱作一团打架;智慧、高贵的慧骃虽然没有自己的文字,却是理性的代表。

尽管斯威夫特在游记中有力抨击了人类的丑恶言行,并警告人们,如果再一意孤行,那将会与耶胡无异,但我们在阅读中不能简单地把格列佛当做斯威夫特本人。事实是,作为人类一分子的格列佛同样是作者讽刺的对象。格列佛(gulliver)的名字来自形容词"gullible",意为轻信和容易上当的。他自大又轻信,天真地相信见到和听到的一切,并为之宣传,没有自己的主见与判断力。小说终结时,他成了极端理性的崇拜者和仿效者,因而也就反讽地丧失了自己最后的一点理智。

自从文艺复兴时代的托马斯·莫尔写下《乌托邦》一书以来,近代英国和欧洲的一些作家都喜欢在他们的作品中续写不同形式的乌托邦,以寄托自己的政治理想,如孟德斯鸠笔下的"穴居人"(《波斯人信札》)、伏尔泰笔下的"黄金国"(《老实人》)等。但《格列佛游记》树立了"反乌托邦小说"的成功范例。在巴尔尼巴比的科学院里,格列佛见到了各式各样的"科学"研究:政治学家从粪便里寻找国民的叛国阴谋;科学家忙于从黄瓜中提取阳光,从冰块里制造出火药;岛上的房子一律从房顶朝屋基建造;他们犁地之前先在地里埋入果子和蔬菜,然后放一群猪去拱土。这些荒诞不经的现象体现了作家对科学和理性的怀疑。"反乌托邦"主题将在20世纪赫胥黎的《美丽新世界》和奥威尔的《1984》中得到进一步发展(见本书第四部分第一章)。

对近代西方小说叙事艺术作出贡献的第四位英国作家是亨利·菲尔丁(1707—1754),他的最伟大的小说《汤姆·琼斯》(1749)与西班牙流浪汉小说有某种继承关系,被他自己称为"散文体的滑稽史诗"。小说写弃儿汤姆被一位好心的乡绅收为养子,后来爱上乡绅之女苏菲亚,但受到乡绅之外甥白力费的诋毁,被赶出家门。他到处流浪,经历了种种冒险事件,最后到了伦敦。苏菲亚钟情于汤姆,不愿意嫁给父亲给她指定的白力费,也离家出走,投奔伦敦的远亲,结果被骗嫁给一贵族。琼斯因与此贵族争斗而被抓进监狱。经过一番周折,真相大白。原来汤姆和白力费是同母异父兄弟。白力费早就知道此事,因企图继承乡绅遗产而一直隐瞒事实。最后,乡绅取消了他的合法继承权,改立琼斯为嗣子。琼斯和苏菲亚终于如愿结合。

一位批评家指出,严格说来,汤姆并不是一个正直诚实的人,他无视道德,又特别放纵多情,宣称"为了自己获得快乐","不愿故意给任何人带来悲惨遭遇"。但作家为自己定下的写作宗旨是:"我们开始写这本传记时,决定不恭维或是讨好任何人,而只是根据真相叙述……不得不把他的一些不甚光彩的情况写出来"。小说从第18卷起,每卷开头第一章中都具体提出有关现实主义小说的理论。正是这种理论和创作使菲尔丁成为他自称的"一个新创作领域的开创者",对19世纪英国现实主义小说,尤其对萨克雷和狄更斯的创作产生了重要影响。

18世纪英国小说家中最不正统的一位是劳伦斯·斯特恩(1713—1768),他一反启蒙的主流传统,对理性提出了自己的怀疑。正是他的一部奇特的小说《感伤旅行》(1768)为"感伤主义"这个新出现的流派定了名。感伤主义者强调人生活中的情感方面,认为人性本善,但人的向善之心并非有意识的活动即理性的产物,而是人天性中固有的、自发的、属于本能方面的东西;正在形成中的社会生活形式,所谓的"文明社会"已经和人的本性发生矛盾;艺术的影响力量在于它首先培养人的情感,使人变得更为敏感、善良而富于同情心。感伤主义开启了以情感反抗理性的浪漫主义传统。在《感伤旅行》中,斯特恩关注和同情的事物有漂亮的售货女郎、死去的驴子,还有被囚禁在笼中的郁郁寡欢的小鸟。在法国一家小客店里,主人公听到一个哀婉动人的声音:"我以为那是一个孩子的声音……我听见那声音重复了两次,我抬头一看,发现那是一只被关在笼中的欧椋鸟。'我出不来!——我出不来!'那小鸟在哀叹。"斯特恩的另一部名著是《项狄传》(全名《绅士特里斯舛·项狄的生平与见解》),小说运用了包括空白、黑页、特殊印刷字体等在内的多种实验手法,体现出一种清醒的"文本自述"意识,成为后现代主义元小说的先驱之一。

感伤主义在诗歌方面的成就,主要体现在以托马斯·格雷(1716—1771)为代表的"墓园诗派"的创作中。格雷的《墓园挽歌》以肃穆的情调描写乡村墓地的黄昏景色,思索生与死、此岸与彼岸、拯救与复活的问题。

> 晚钟响起来一阵阵给白昼报丧,
> 牛群在草原上迂回,吼声起落,
> 耕地人累了,回家走,脚步踉跄,
> 把整个世界留给了黄昏与我。
> ……

(卡之琳 译)

格雷对孤独和死亡主题的描述对下一世纪早期浪漫主义诗歌产生了影响。诗人也醉心于古代北欧神话和史诗,翻译了其中的一些作品,开了英国浪漫派诗人迷恋北欧文学的风气。

18世纪60年代后出现了长篇小说的新形式——哥特体小说,始作俑者是霍勒斯·瓦尔普。他在1764年发表了一部以中世纪为题材背景,充满了暴力、血腥和罪恶的小说《奥特朗托城堡》。该小说的副标题为"一个哥特故事",之后引发一些作家的模仿,形成半个多世纪的哥特体小说创作热潮。作为形容词的"哥特式"(Gothic)由中世纪北欧"蛮族"中的一支——"哥特人"转化而来,原与"野蛮"同义,但到18世纪末具有了新的含义:中世纪、神秘、恐怖、惊奇等。此类小说往往以中世纪的城堡、修道院、废墟或荒野为背景,描写和渲染恐怖、怪诞、神秘、暴力、邪恶、乱伦、凶杀等极端事件,并时常伴以鬼怪或其他超自然现象。

哥特体小说展现的极端事件和神秘体验,强调了人类生活和人性中的非理性方面,在某种意义上可以看作对过于讲求理性和逻辑的18世纪主流倾向的一种反拨,它对欧洲小说主题的拓展和情节的丰富起到了推动作用,影响了19世纪包括法国的雨果、英国的勃朗特姐妹等在内的一批作家的小说创作,后来又跨洋过海,传到了美国,对包括霍桑、爱伦·坡等在内的早期浪漫主义和神秘主义作家均产生了影响。

三 德国:从狂飙突进到魏玛古典主义

18世纪的德国虽然号称"神圣罗马帝国",却是欧洲几个主要国家中最落后的。它在政治上分割成三百多个各自为政的小公国;经济上长期保留了农奴制;宗教上斗争激烈,北方的新教联盟和南部的天主教联盟互不相让。三十年战争(1618—1648)加强了封建势力,政治经济的权力都掌握在"容克"(军阀地主)手中。这种情况决定了德国资产阶级的政治妥协性与思想软弱性,形成一种范围大、影响深的"庸俗市民"风气。因此,激进的法国启蒙运动思潮传播到德国后,就蜕变为一种局限于文艺思想和文学领域的革新运动。

高特舍特·莱辛(1729—1781)是第一个为近代德国文学、绘画和戏剧奠定现实主义美学基础的作家,被称为"新德国文学之父"。在《拉奥孔》(1766)中,他通过分析希腊神话中拉奥孔题材在雕塑和史诗中的不同表现,探讨了诗与画的界限,提出"诗是时间艺术,画是空间艺术"这一影响深远的美学观点。在《汉堡剧评》(1767—1769)中,他又为当时兴起的一种介于悲剧和喜剧之间的戏剧形式辩护,论证其存在的合理性。在他看来,小市民的生活既没有王公贵族的悲壮高雅,也尚未沦入下层百姓的粗俗不堪,因而无法纳入传统的悲剧或喜剧范畴,而应有其属于自己的艺术类型,这就是介于两者之间的正剧或"市民剧"。

18世纪德意志民族的创造激情经过半个多世纪的蓄积,终于在1770—1785年间来了一个总爆发,产生了"狂飙突进"运动。这是"资产阶级内部第一次席卷全德的文学运动",被视为启蒙运动在德国的继续和发展。"狂飙突进"在卢梭等启蒙主义者的影响下,提出"天才、精力、自由、创造"的口号,歌颂人的自然状态,强调文学的民族性,尤其是推崇天才,认为"天才不受规则束缚",对于促进德国民族意识的觉醒和个性的解放起到了积极作用。"狂飙突进"得名于该运动的一个参与者克林格尔写的同名剧本。运动的纲领制订者是海德堡大学的教授约翰·高特夫利特·赫尔德尔(1744—1803),他本人既是诗人,又是哲学家,收集整理民间歌谣并倡议创立德国民族诗歌流派。他的学生歌德和诗人席勒积极参加了这场运动,写出了一系列激进的文学作品。

弗里德里希·席勒(1759—1805)年轻时曾在一所军校待过,始终保持着他的叛逆激情。尽管他的创造天才不及歌德来得全面,但在英国作家卡莱尔眼里,"席勒具有第一流的心灵……[他的]心同时既狂躁又温和,既莽撞又柔情,他用他的热情庄严地拥抱整个宇宙,让他的灵魂去寻求宇宙的奥秘并与它们和谐地合为一体"。歌德认为,席勒的永恒主题是自由。他在他创作的第一部剧本《强盗》(1781)中塑造了一个罗宾汉式的绿林英雄,并在扉页用拉丁文题上"打倒暴君!"表达了对自由的强烈渴望。此剧公演第二天,席勒就被驱逐出他所居住的那个小公国。《阴谋与爱情》(1783)比《强盗》更为成功。它的主题与卢梭的《新爱洛依丝》和歌德的《少年维特之烦恼》一脉相承,涉及"性"与"血"的冲突。不过,在本剧中,男女主人公的社会地位颠倒了过来。宰相之子斐迪南爱上了平民提琴师的女儿露易丝,但父亲要儿子和一位公爵的情妇结婚,以获得更大的政治权势。宰相的秘书设下圈套,使斐迪南误以为露易丝已对自己变心。被妒忌和爱煎熬的斐迪南毒死了情人,自己也服毒自杀,直到临死前才得知真相。

席勒不仅是个戏剧天才,也是一位大诗人。不过,他的哲学思考老是和他的诗性想象力打架,使他深感痛苦。他最有名的诗歌之一《欢乐颂》(1786)后来被贝多芬用在他的《第九交响曲》的合唱中。全诗主题充满了对人类的爱,对上帝的敬畏之心。用贝多芬自己的话来说,表现了"光明与黑暗的搏斗",争取解放的进步力量同反动、黑暗势力的抗衡。

> 欢乐,欢乐女神,圣洁美丽,灿烂光芒照大地!
> 我们心中充满热情来到你的圣殿里!
> 你的力量能使我们消除一切分歧,
> 在你光辉照耀下面,人们团结成兄弟。
> 谁能作个忠实朋友,献出高贵友谊,
> 谁能得到幸福爱情,就和大家来欢聚!
> 真心诚意相敬相爱,才能找到好知己,
> 假如没有这种心意,只好让他去哭泣。
> 在这美丽大地上面,普世众生共欢乐,
> 一切人们不论善恶,都蒙自然赐恩泽,
> 它给我们爱情美酒,同生共死的好朋友;
> 它让众生共享欢乐,天使也高声同歌唱。

亿万人民,团结起来,大家永远都相爱。
朋友们,在那天堂上,仁爱上帝眷顾我们。
亿万人民,虔诚礼拜,敬拜慈爱上帝,
啊,越过星空寻找它,上帝就在那天堂上。

(邓映易 译)

席勒的"忘年之交"约翰·沃尔夫冈·歌德(1749—1832),早年也像席勒一样,充满了叛逆的激情,中年之后渐渐趋于平静,将锤炼个人天赋、追求自我完善及内心和谐视为人生终极目标,终于修炼成卡莱尔所称的"神一样的人"。据说拿破仑占领德国后做的第一件事就是召见歌德,一见到这位大诗人进门,情不自禁地脱口说出:"这才是一个人。"

歌德一生经历跨越了启蒙主义和浪漫主义两个时代。就总的创作倾向而言,他被公认为德国启蒙作家中最杰出的代表;就其对世界文学史的影响而言,他的地位可与但丁、莎士比亚相比。两大"天书"——《神曲》和《浮士德》都是诗性的哥特式教堂,镌刻了其设计者和建造者探索人生道路、追求理想的艰难历程。歌德的一生,正如他的名字(Goethe)所暗示的,具有一颗哥特式的不安分的心,永远向上,向无限和天启渴求。一位歌德传记作者说:"对于歌德,我们必须了解得更多,无论如何,他比所有其他人都有更多的东西应该被知道。"

1749年8月28日,歌德诞生于法兰克福一个富有的市民家庭。他的外祖父当过该市市长。童年时代的歌德受到良好的家庭教育。16岁那年,按照父亲的意愿,进入莱比锡大学学法律。歌德后来在自传《诗与真》中回忆说:"我心爱的莱比锡——它是小巴黎,它造就了它自己的人。"学生时代的歌德兴趣广泛多样,在学法律的同时,选修了有关文学、哲学甚至医学的课程。不过,当时德国大学中实行的还是那种中世纪经院哲学式的教学方法,引起歌德的厌恶和反感。后来他因病休学。

1770年歌德转入斯特拉斯堡大学继续求学,开始了他人生中最重要的一个阶段。正是在这所大学里,他结识了赫尔德尔,参加了由他领导的"狂飙突进"运动。短短的五年中,歌德的创作激情勃发,创作了大量的诗歌、戏剧和小说作品。

歌德的抒情诗被认为是放在他的"金字塔顶端的花束"。他从八岁开始作诗，一生共创作了两千五百多首抒情诗，这些诗感情真挚、自然，富于生活气息，丝毫没有堆砌、雕琢的痕迹。著名的《野玫瑰》《五月之歌》《欢会与离别》等被同时代的德国音乐家舒伯特、贝多芬谱上曲子，广为流传。

像当时处在"狂飙突进"时代的其他年轻人一样，青年时代的歌德充满慷慨激昂的情绪，极端厌恶当时德国那种愚昧、落后、闭塞的环境，但又找不到什么力量把他的祖国从这种状况中拯救出来。通过对古典神话和历史的研究，他在希腊神话中找到了普罗米修斯这个"哲学日历中最高的圣者和殉道者"，写下了哲学诗剧《普罗米修斯》（1773），通过歌颂这个为人类的幸福而受苦受难的神，来表达对于暴政和愚昧的反抗。同年，他又发表了《铁手骑士葛兹》，这是德国文学史上第一部现实主义历史悲剧，也是一首自由的赞歌、反对现存政权的号角。戏剧塑造了16世纪德国宗教改革时代一位由骑士转变为农民起义领袖的英雄形象。歌德通过葛兹之口喊出的口号"自由万岁"与后来席勒在《强盗》扉页上的题词"打倒暴君"遥相呼应，表达了狂飙突进时代一代年轻人的心声。

书信体小说《少年维特之烦恼》（1774），写出身市民的维特爱上了已有婚约的贵族少女夏绿蒂，终因门第不同与传统道德观念的束缚而开枪自杀。但与《新爱洛依丝》相比，《少年维特之烦恼》带有更强烈的个人色彩和时代特点，它是歌德自己一次失败的爱情的升华之作。当时的歌德爱上了朋友凯斯特纳的未婚妻夏绿蒂而不能自拔，痛苦到濒临自杀。无独有偶，邻国不伦克瑞公国传来消息，一位名叫耶路撒冷的青年因苦恋朋友的妻子不得而自杀。偶然的巧合撞击出灵感的火花，歌德将狂飙突进的时代精神注入个人的情感纠葛和邻国青年的爱情悲剧中，升华了自己的痛苦，表达了"感情与理性的矛盾，个人自由愿望与古老的狭隘世界的限制的冲突"。小说一出，风靡欧洲，许多青年读者走上了维特式道路，据说他们自杀时都穿一件米黄色的维特装，口袋里揣一本《少年维特之烦恼》，以至歌德不得不在此书再版时在扉页加上一首诗：

每个少年都向往爱情,
每个少女都渴望爱情。
啊,这出自我们本能的神圣;
为何从中竟涌出惨痛?

你哭他,你爱他,爱他的灵魂,
请从非难中拯救他的记忆;
看呀,他洞中的灵魂正向你示意:
做个堂堂男子,不要步我后尘。

(张德明 译)

晚年歌德曾对他的秘书艾克曼说,这部小说自出版后,他自己只重读过一次,深怕重新感受当初创作这个作品时那种病态心情。"可是,你得向我致敬。拿破仑在行军时携带的书籍中有什么书?有我的《少年维特之烦恼》!"

《少年维特之烦恼》使歌德一举成名。小说发表第二年,歌德应魏玛公国的年青公爵卡尔·奥古斯图之邀访问了这个小公国。不料短暂的访问变成了永久的居留。次年,歌德即被公爵任命为枢密院顾问和部长,继后又担任首相。像当时欧洲的许多启蒙作家一样,歌德沉浸在利用开明君主来实现自己启蒙理想的幻想中。他的主要兴趣因此由文学创作转到实际工作:整理财政,裁减军队,恢复矿山,修筑公路,创建剧院,发展大学,普及教育……但这一系列改革都无法从根本上改变魏玛公国的封建性质,倒是诗人自己在这整整十年(1775—1785)为封建君主的服务中消磨了早年的斗志。狂飙突进的抗暴精神逐渐被克制、宁静、安详、和谐所代替;叛逆的诗人变成了谦谨的廷臣。"诗性人格"和"实践人格"的冲突使诗人内心极为痛苦。他两次登上阿尔卑斯山,远眺山南的意大利,向往着逃出闭塞落后的北方小公国:

你可知道那柠檬花开的地方,
黯绿的密叶中映着橘桔金黄,

骀荡的和风吹自蔚蓝的天上,
还有那长春幽静和月桂轩昂——
你可知道吗?
　　那方啊,就是那方——
我心爱的人儿,我要与你同往!

(梁宗岱 译)

在写作这首著名的《迷娘曲》之后三年,歌德终于如愿以偿,化装成一位画家出走魏玛,来到明媚的意大利,投入对自然科学和古典艺术的研究(1786—1788),在此过程中初步形成进化论思想和古典艺术理想。在考古学家和古代艺术史家温克尔曼的影响下,歌德把后者总结的古典艺术的一般原则——"高贵的单纯和静穆的伟大"悬为自己创作的标准和人格的理想。回国后他正式辞去首相职务,全部精力投入创作。1794年歌德与席勒订交,两位大诗人为共同的理想所吸引,试图通过美的教育把德国人乃至整个人类教化成完整的人。在两人的通力合作下,德国文学发展到魏玛古典主义时期,赶上了英、法等欧洲先进国家,获得了世界性意义。

从19世纪初开始,歌德的视野从欧洲扩展到近东和远东,通过研究阿拉伯和波斯的诗歌,丰富了他的抒情诗风格,写下了著名的《西东合集》(1814—1815);通过法文和英文译本,他又读到了中国的一些文学作品,发现了人类道德理想的普遍性,从而形成并提出了"世界文学"的概念,号召"每个人都应该努力促使它快一点来临"。晚年的歌德一面密切注视着欧洲政治、经济和科学等方面的发展,并及时作出自己的结论,一面勤于创作,完成了包括《威廉·麦斯特》和《浮士德》等在内的一系列重要作品。

歌德逝世于1832年3月22日,享年83岁。他的私人秘书艾克曼在次日见到了主人的遗容:"仰面平卧,像一个睡眠者静静地躺着,他那无比高贵的面庞上的表情深邃、安详,坚毅、强有力的前额仿佛仍在思索。"

五幕诗体悲剧《浮士德》是歌德的代表作,也是世界文学史上罕见的将丰富的个人阅历、厚重的神话及历史文化信息、鲜明的时代感层层沉积、叠加在一起的文学丰碑。歌德从大约23岁时开始写作《浮士德》(1772),直到60年后,在他临终前半年,才完成此书。

浮士德的形象可以追溯到基督教异端的源头,即所谓的首位诺斯替教徒,撒马利亚的魔法师西门,他曾用名浮士德斯,意为"受宠者"。随后这一异教传闻又牵扯上德国民间传说中一位名叫乔治·浮士德或约翰·浮士德的炼金术师和占星术师,传说此人将灵魂出卖给魔鬼,周游世界,享尽人间欢乐,死后灵魂堕入地狱。欧洲最早版本的浮士德故事书出现于1587年,英国大学才子派剧作家马洛利用它写了《浮士德博士的悲剧》(1593);此后又有不少作家写过同类题材作品。歌德是在借鉴、吸收上述种种材料基础上,加上自己一生的体验和思索后,完成了他的这部世俗圣典。

《浮士德》全剧通过一个序幕、两个赌赛、五个悲剧,展示了一个不安分的灵魂的漫游史。《天上序曲》是全剧总纲,预示了全部故事的线索。天帝与魔鬼靡非斯特就世界与人的看法打赌;天帝认为他所创造的人和世界都非常完美,而魔鬼则持相反态度,认为他只要略施小技,就可使人堕落。天帝坚信"善人虽受模糊的冲动驱使,总会意识到正确的道路",同意魔鬼下界去引诱浮士德的灵魂。于是全剧开场。

年近半百的浮士德将自己关在一个哥特式书房里,大半辈子过着禁欲主义的生活,皓首穷经,钻研中世纪的四大学科(神学、哲学、法学和医学),他也曾向魔术献身,向地灵乞求,企图解开自然的奥秘,结果还是一无所获。绝望之下他决定自杀。就在此时,响起了复活节的钟声。天使的合唱使他热泪盈眶,基督的博爱精神鼓舞他恢复了生活的热情。第二天清晨,他走出狭窄的书房,来到广阔的人间,在大自然的怀抱和熙熙攘攘的人群中感到心旷神怡,心中燃烧起强烈的拥抱尘世生命的欲望。就在此时,化身为黑狗的魔鬼乘虚而入,与浮士德打赌,愿意带他周游世界,满足他的一切欲望,遍尝人间欢乐;交换条件是浮士德一旦满足现状便立刻死去,死后灵魂归魔鬼所有。浮士德知道自己的生命欲望永远不会满足,于是大胆与魔鬼打赌,并签下协议:

假如我对某一瞬间说:
请停留一下,你真美呀,
那你尽可以将我枷锁,

> 我甘愿把自己销毁了,
> 我的服务便一笔勾销;
> 时钟停止,指针落掉,
> 我在世的时间便算完了。

(董问樵 译)

魔鬼将浮士德带到魔女的丹房,给他灌下魔汤,使他变成一翩翩少年,又让他在魔镜中看到绝世美人,激起了他的爱欲。然后施展伎俩,让他去诱惑市民少女玛格蕾特(浮士德称她为格蕾辛)。于是,浮士德从灵性的生活转向肉欲的生活,占有了格蕾辛的身体。两人在幽会时,给少女的母亲服用安眠药,因药量过多而导致后者死去。少女之兄瓦伦汀闻讯前来与浮士德决斗,结果也命赴黄泉。一连串的变故刺激令玛格蕾特发了疯,她溺死了自己的私生婴儿,被判入狱。浮士德和魔鬼前去救助,被她拒绝,第一部到此结束。

第一部包括两个悲剧,知识悲剧和爱情悲剧。浮士德从"灵"到"肉"、从"智"到"欲"、从"理"到"情"的转变,实际上反映了西方从中世纪到文艺复兴经历的一次价值观念大变革。玛格蕾特之死宣告了浮士德自我主义的终结。之后,浮士德从个人情欲中解脱出来,开始由执着于个人生活的"小宇宙",进入社会生活的"大宇宙"。

按歌德自己的说法,第一部的情节过程是"从天上下来,通过世界,下到地狱";那么,第二部正好与之相反,可以概括为"走出地狱,通过世界,再回到天上"。

浮士德从爱情失败的痛苦中苏醒过来,感到生命脉搏清新活泼地跳动。在魔鬼的带领下,来到京城谒见皇帝。此时国内纲纪紊乱,民不聊生,经济面临崩溃,皇帝和大臣们正在为此发愁。浮士德在魔鬼帮助下,利用地下宝藏作抵押发行纸币,轻而易举地解决了经济危机。财政困难迎刃而解,国内上下皆大欢喜。皇帝突发奇想,命无所不能的浮士德去找来古希腊美男帕里斯和美女海伦供其消遣。浮士德在魔鬼帮助下,来到荒凉寂寥的"母亲之国",借来宝鼎放置宫中,使美男美女形象双双出现。浮士德一见到海伦就想起魔镜中的美女,失去节制,想从帕里斯怀中抢走海伦,结果引起一场混战,美男美女形象在爆炸中化为烟雾,浮士德也昏倒在地。这段情节被称为政治悲剧,影射了歌德本人在魏玛宫廷从政的经历,似在暗示为封建政权服务不可能有所建树,只能用一些无聊的玩意儿供统治者消遣。

浮士德再次回到自己书斋,发现时代已变,昔日安于书斋的学生瓦格纳已经在玻璃管中造出一个名叫荷蒙古鲁士的小人。浮士德在玻璃管发出的科学和理性之光的照耀下,神游希腊,寻找海伦。最后终于如愿以偿,与她结合,生下一个孩子,起名欧福良(意为"有福之人")。欧福良一出生就往空中狂跳,爆炸着自由冲动的火焰,刹那间坠地毁灭。他毁灭时,天上传来合唱声。之后,悲伤的海伦也消逝了,浮士德手中只留下她的衣衫。歌德自己说,欧福良这个形象是用来纪念在希腊解放战争中牺牲的英国诗人拜伦的。学者们普遍认为,浮士德和海伦的结合象征着近代精神与古典美的统一,也代表了歌德与席勒用美育教化人类的理想。但这个理想也以失败告终,成为一个美的悲剧或艺术悲剧。

浮士德由理想的追求转向现实的追求。他再次回到原来服务过的宫廷,帮助皇帝平定内乱。皇帝封给他一大片海边荒地。浮士德登上高山,远眺海洋,见潮起潮落,胸中起了宏图,计划动员千百万人民围海造田,建设一个理想王国,为人类谋取福祉。这时他已年过百岁,双目失明,魔鬼知浮士德大限已到,暗中派人来给他掘坟墓。浮士德听到掘土声,误以为是他封地内的人民在他带领下正在开辟土地,征服自然。此时此刻,他忽然悟出了生命的真谛,得出了"智慧的最后断案":

> 要每日每时去开拓生活和自由,
> 然后才能得到生活和自由的享受。

浮士德心满意足,觉得自己已经无所追求,情不自禁地喊出了:"你真美呀,请停留一下!"于是"时钟停止,指针落掉",倒地而死。魔鬼如约前来取他的灵魂。这时上帝派下天使驱走了魔鬼,抬着浮士德的灵魂升天,太空中漂浮起他们的歌声:

> 灵界这位高贵者,

> 已经脱离凶恶手，
> 凡是自强不息者，
> 到头我辈皆能救。

（郭沫若 译）

　　浮士德灵魂的漫游史也是一部西方文化精神发展史。可以毫不夸张地说，不了解《浮士德》，也就无法真正理解西方近代文化的真髓。20世纪德国历史学家斯宾格勒在《西方的没落》一书中将西方文化称之为"浮士德型文化"，认为其特征就是主体始终有一强烈的欲望，要介入外在于他的世界，"总想统治一切陌生的东西"，不断追求，不断索取，永无宁息之时。这种追求向着两个层面展开。一方面，"要索取天上最美的星辰"，探索宇宙的奥秘；另一方面，"要求地上极端的放浪"，尽情享受人生。浮士德身上鲜明的两重性体现了这一特征：他一方面受生命本能和情欲的驱使，常常沉迷于名利、地位、权势、女人和感官美等现实欲求；另一方面又一次次地超越自我，节欲精进，向至善至美境界追寻。这种两面性通过浮士德与魔鬼既斗争又合作的复杂关系揭示出来。

　　柏拉图在《斐多篇》中说，人的灵魂是一辆由精神驾驭着的、由骏马和驽马组成的马车。骏马以广阔的天空和遥远的彼岸为目标，驽马却宁可匍匐在混沌的大地上。魔鬼就是浮士德灵魂中的驽马或原欲。它遵循的是"享乐原则"，不愿受任何道德和社会规范的约束。但浮士德身上同时还具有一种理性冲动，即康德式的"绝对命令"或弗洛伊德的"超我"。它遵循的是理性原则，寻求的是一种至善至美的境界。两者之间的争强斗胜形成一部交织着两个旋律的交响乐。一个是浮士德的声音，它响亮、激越，充满积极向上向善的激情；另一个是魔鬼的声音，它阴沉、冷酷，否定一切，嘲讽一切，企图将它的主人拉下万劫不复的地狱。浮士德精神正是在理性与非理性、意识与无意识等相反的合力的拉扯中，不断克服内外矛盾，超越自己，而终于达到一种臻于理想的境界。浮士德身上"灵"与"肉"、"善"与"恶"的矛盾，体现了歌德的辩证法思想，也揭示了人类自身的复杂性和真实性，反映了人类探求真理的艰巨性。

　　浮士德灵魂的漫游史也体现了启蒙时代崇尚理性的特点。启蒙运动的目标之一就是用理性来控制非理性的欲望,使人从他的无意识力量中解放出来。浮士德最后战胜了魔鬼,也战胜了自己内心中卑下的欲望,创造了一个理性王国,为永恒的女性所救。这样,基督教传统中的拯救就被替换为理性的拯救。

全剧最后以"永恒的女性,引我们上升"一语结束,引起不少争论。神秘的女性是谁？是浮士德的情人玛格蕾特还是海伦？抑或是两者的结合体？也许"她"(或"她们")还代表着歌德本人一生中接触过的,激发起他的创作灵感的众多女性,包括歌德的贝亚特丽齐——夏绿蒂？最后一种猜想又使我们把中世纪的但丁和近代的歌德联系在一起。

第四章　浪漫主义时期

　　以理性为主导的、由知识精英发动的启蒙运动经过近一个世纪的力量积聚,终于在18—19世纪之交催生了一场轰轰烈烈的革命。此后数十年间,法兰西经历了大规模的社会动乱,充满战争和血腥:罗伯斯庇尔的红色恐怖;拿破仑的崛起和垮台;波旁王朝的复辟;1820年前后整个欧洲愚昧、黑暗的君主制又卷土重来。启蒙主义者提出的自由、平等、博爱的理想非但没有实现,反而变得更加遥遥无期。尽管如此,这场平民的革命还是震撼了贵族阶级从中世纪以来就建立的等级秩序和社会规范。一些旧贵族感到脚下的大地在动摇,昔日的荣光、高雅的风度和尊贵的地位岌岌可危。出于怀旧和伤感,他们中的一些人投入了文学创作,抒发"往日不再"的情怀,形成浪漫主义文学的第一波。另一方面,狂欢节式的革命又极大地释放了被理性压抑的生命能量和激情。贵族复辟后的一代法兰西青年,转而在文学中寻找他们在现实生活中无法找到的慰藉与刺激。他们中的一些人还将自己的激情传播到法国以外的其他地方,从而掀起了充满理想主义和革命热情的浪漫主义第二波创作高潮。

　　差不多在欧洲大陆经历革命、动乱与战争的同时,英伦三岛上也经历了一场革命。这场革命本身不是政治性的,但它所引起的后果却是政治性的,这就是工业革命。1769年,苏格兰工程师瓦特获得了他"发明"或"改进"的蒸汽机专利。他可能做梦也想不到,正是这个"发明"改变了欧洲的面貌。工业革命由此开始。机械化大生产创造了以前需要几个世纪才能创造出来的巨大生产力,但它也意味着大量工人和手工业者的失业。失去面包的工人将他们贫困的原因归于"邪恶的"机器。1811—1812年间,英国西北部工业重镇曼彻斯特爆发了"路德运动"(又名"捣毁者运动"),愤怒的工人在路德的领导下,一路捣毁纺织机,以抗议工业革命给他们的生存造成的威胁。运动很快波及整个英格兰。英国政府匆匆制定了《制压破坏机器法案》。社会生产力发展后造成的贫富不均,也促使一些欧洲思想家(如圣西门和傅立叶等)产生了空想社会主义思想,并将其应用于"社会主义村社"实验。

法国大革命的消息传到德国时,正在图宾根神学院上学、后来成为著名哲学家的谢林和黑格尔为之欢呼雀跃,并在校园里种下了"自由树"。但德国经济的落后和资产阶级的软弱,使得德国的知识精英们只能将社会革命的目标转化为精神上的革命。用恩格斯的话来说,他们"只是用抽象的思维活动伴随着现代各国的发展,而没有积极参加这种发展的实际斗争"。当时德国哲学家所能想到的,是如何在德国人的头脑中掀起一场"巴士底风暴"。他们把人的心灵提高到客观世界的创造主的地位,强调天才、灵感和主观能动性。他们力图阐明,人不仅是自在的,而且是自为的,只有在自在自为的意义上,人才是绝对自由的。这就为浪漫主义的强烈的主观性和个人主义奠定了哲学基础。

现代学者一致认为,文艺复兴发现了人,浪漫主义发现了自我。由此发现,作家将探索的触角伸到了自己的内心深处。他们所关心的不再是如何再现这个世界,而是如何用自我之光照亮这个世界。英国浪漫主义诗人雪莱认为,诗人不仅应该深切地看到现存事物的真相,而且应该从现在中看到未来,诗人的思想应是后代"花朵的幼芽";诗人是镜子,不过这不是一面客观映照现实的镜子,而是一面反映未来投向现在的影子的魔镜。因此,想象力是浪漫主义者最珍视的一种才能。想象力并不仅仅是幻想,而是利用已知或可知的事物,把表面上不相干的东西联系起来,对人们熟悉的事物重新进行解释,或者揭露出隐藏的现实。通过想象,浪漫主义者试图超越平庸的现实,鄙夷并反抗18世纪以来毫无诗意的理性主义。

浪漫主义者对情感的崇拜和对梦幻世界的爱好也体现了这个特点。在华兹华斯看来,"一切好诗都是强烈感情的自然流露……诗的目的是在真理,这种真理不是以外在证据作依靠,而是凭借热情深入人心"。拜伦说得更为激烈:"难道热情不是诗的粮食、诗的薪火吗?……诗是感情激动的表现。诗本身就是热情。"另一些作家则把梦幻看作解脱平庸的日常经验的束缚、进入被理性压抑的黑暗的幻觉世界的通道。

自然是浪漫主义者崇拜的第二个对象。在这一点上,他们继承了卢梭提出的"返回自然"的口号。我们还记得,卢梭曾断言,人性本善,但后来堕落了;恶德败行是政府、制度、国家、教会、法律的产物;只有返回自然,以"高贵的野蛮人"为榜样,道德才能获得新生。因此,卢梭心中的"自然"含有大自然和人的原始状态两层含义。

浪漫主义者接过了这个口号,用以反对当时正在兴起的工业文明和城市文化。对自然的崇拜也与当时盛行的"泛神论"有关。这种理论认为,神存在于一切自然事物中,日月星辰、草木鸟兽无不是神性的反映。英国神秘主义诗人威廉·布莱克在他的诗《神圣的幻觉》中表述了这一发现:

> 一沙一世界,
> 一花一天堂,
> 无限放掌心,
> 永恒刹那藏。

(张德明 译)

浪漫主义崇拜的第三个对象是中世纪。我们还记得,德国人、英国人、法国人的祖先来自北欧民族中的日耳曼人、盎格鲁-萨克逊人、高卢人,中世纪后才陆续迁徙到欧洲腹地。中世纪有一种文学类型叫骑士传奇,音译为"罗曼司"(Romance)。这个词的核心是"罗马"(Rome)和罗马人(Roman)。罗马帝国消亡几世纪之后,沿地中海一带居住的人们讲的方言不再是俗拉丁语,而是一种叫作罗曼语(roman)的多变的方言,由此派生出法语、西班牙语、意大利语和罗曼语系(romance)中的其他语言。一段时间以后,法国南部所讲的这种方言写就的故事也被称为 roman(韵文故事)。时至今日,法文和德文中的"小说"一词仍然是 roman。由这个名词产生的形容词叫"罗曼蒂克"(Romantic)。在这个词尾加上 ism 就变成"浪漫主义"。因此,起源于中世纪的罗曼语、罗曼司是罗曼语系各民族的文化之根和文学之源。这也难怪不少浪漫主义作家和诗人将相当一部分精力投入了对中世纪民间文学、民歌谣曲和童话故事的搜集、整理、改编和加工中。德国的赫尔德、阿尔尼姆、布伦塔诺,英国的麦克弗森、司各特等人都在这方面做过大量工作。通过对中世纪民间文学的挖掘,浪漫主义者接续了文艺复兴以来被近代欧洲人所忽视的日耳曼文化传统,从而沟通了南方与北方、古典精神与浪漫精神。另一方面,对中世纪文学的喜好,也是当时的欧洲人对过于讲究规范、均衡、高雅的古典主义的一种反拨。中世纪民间文学清新自然、无拘无束、情感真挚、语言通俗,与浪漫主义的理想十分合拍。此外,还有一些作家把封建的中世纪宗法社会理想化了,认为当时的人们生活简朴、信仰坚定,不像生活在工业文明时代中的人那么浮躁不安。

从艺术特征上来看,浪漫主义反对17世纪以来古典主义呆板整一的创作规则,追求强烈的艺术效果。喜欢写异国题材,尤其是没有受到工业文明污染的东方和美洲;追求崇高美,描写非凡的人物形象,体现对工业社会秩序的反抗和对平庸的资产阶级小市民生活的鄙视。在艺术上喜欢运用夸张对比的手法,以哥特式的怪诞风格,对抗古典主义的平衡对称。

一 德国:从浪漫主义到民族主义

浪漫主义作为一种文艺思潮,首先出现在18世纪末的德国魏玛古典主义时期。早期浪漫派(又称"耶拿派",因其所在地而得名)主要有施莱格尔兄弟(弗里德里希和奥古斯特)、诺瓦利斯和蒂克等。1798年施莱格尔兄弟创办了杂志《雅典娜神殿》,宣传浪漫主义的文学理论和纲领。"浪漫主义"这个术语首次被当做与古典主义相对立的一个流派而提出。施莱格尔对它的定义是"凡是用幻想的形式表现情感的内容的就是浪漫主义"。他还提出,浪漫主义是一种前进的综合艺术。古典的艺术和诗要求不同种类的严格区分,浪漫主义则满足于不可分的混合。一切对立的事物,自然和艺术、诗和散文、严肃和嘲笑、回忆和预感、精神和感官、沉思和精神、生和死都可以极密切地融合在一起。这就是说,浪漫主义者试图打破一切文学艺术的界限,主张创作的绝对自由。

在这种理论的指导下,早期浪漫派的创作表现出一种主观幻想的色彩,要么是描写荒诞离奇的神秘景象,要么是赞美黑夜和死亡,作品中神秘主义和宗教色彩比较浓厚,并表现出返回中世纪的倾向。这方面最有代表性的作品是诺瓦利斯(1772—1801)的《夜颂》(1797—1800)。这是诗人为了悼念他的"贝亚特丽齐"——15岁早逝的未婚妻索菲·封·瞿恩而作的。在诗中他歌颂黑夜和死亡,认为夜是无限的,死亡是永恒的,人生不过是走向这无限和永恒的过渡。诺瓦利斯说,他之所以爱夜,是因为夜向"我"隐藏了周围的世界,仿佛把"我"驱赶进了自身。人在黑暗中,由于周围的一切都隐没,便仿佛丧失了自身,从而产生了某种恐惧感;接着在一阵病态的、舒适的战栗中,自我感觉更强烈地浮现出来。因此,自我感觉和夜的感觉是二而一、一而二的。而黑夜又和死亡联系在一起,两者都是永恒的。人生不过是两个黑夜之间的一段短暂的过渡。诺瓦利斯的另一著名作品是小说《亨利希·封·奥弗特丁根》(1802),这部作品表现了德国浪漫主义的理想和憧憬,主人公在梦中预见到他的诗人生涯的隐秘的幸福,并看到他的对象以一朵罕见的蓝花的形象出现,这是一朵任何肉眼都看不见,却散发着浓郁芳香的神秘的花。于是,他开始了寻找蓝花的漫游,经历了丰富多彩的生活画面。在这部作品中,世界变成梦,梦变成世界,现实化为理想,理想化为象征。此后,"蓝花"就成了德国浪漫派追求的神秘境界的著名象征。

海德堡派指的是一批更年青的文学家和诗人。他们集中在海德堡,主要搜集中世纪以来的民歌和民间文化遗产,经过整理、改写、加工后出版,目的是想通过复兴民间文学来复兴德意志民族精神。这与1805年拿破仑占领德国,激发起德国人的民族主义情绪有关。海德堡派的重要作品有阿尔尼姆和布伦塔诺合编的《儿童的魔号》(1806—1808),此书收集了210首德国民歌,被认为是自赫尔德以后最重要的民歌集。它扬起的天然音调,为浪漫派添加了新鲜的气息和响亮的和声。海德堡派中最有创作才能的是约瑟夫·封·艾兴多尔夫(1788—1857),他的抒情诗创作标志着德国浪漫主义的高潮点。他也参与了阿尔尼姆和布伦塔诺合编《儿童的魔号》的工作,深受德国民歌影响,诗风单纯、质朴,情调乐观、平和,没有早期浪漫派那种神秘、晦涩和阴暗。他的一些诗作经著名作曲家门德尔松谱曲,至今仍被人传唱。绵绵不绝的乡愁和美丽的大自然是他诗中反复出现的一个主题。他的《月夜》被誉为德国抒情诗中最神妙的名篇。

> 天空,他一定有一天
> 悄悄地亲吻过地面,
> 引得大地呀繁花缤纷,
> 在梦中把他思恋。
>
> 微风在田野上吹拂,
> 麦穗儿在柔和地摇荡,
> 森林在簌簌絮语,
> 夜色是如此清朗。
>
> 这时分,我的心灵
> 宽广地展开了翅膀,
> 飞过了宁静的大地,
> 恰像是飞向故乡。

(飞白 译)

第三批浪漫主义者崛起于施瓦本地区,代表诗人是路德维希·乌兰德(1787—1862)。他的诗歌才能是叙事性的,擅长写叙事谣曲。他的谣曲多以历史传说为题材,具有民歌风味。在反拿破仑战争时期,他也写了大量爱国主义题材的诗歌。施瓦本浪漫派中的格林兄弟(雅可布·格林和威廉·格林)搜集了大量的德国民间童话故事,编成一本《儿童与家庭童话集》。在重述这些故事的时候,他们表现出丰富的想象力,语言纯朴而又富于诗意。这部童话集在欧洲已成为家喻户晓的作品。

除了上述三派外,还有几位独来独往、不属于任何文学小团体的浪漫主义作家。厄恩斯特·台奥多·阿玛德乌斯·霍夫曼(1776—1822)是一位文学奇才,总是游荡于荒诞与现实之间,他最出名的小说大多收在短篇小说集《谢拉皮翁兄弟》(1818—1821)中。

弗里德里希·荷尔德林(1770—1843)是黑格尔和谢林的同学。法国人民攻占巴士底狱的消息传来时,他们曾一起兴奋地在图宾根神学院的校园里栽下过"自由树"。神学院毕业后他没有去当牧师,而是经人介绍,当了家庭教师。在任教期间他与女主人产生恋情,写作了小说《许佩里翁》和一系列诗歌作品,后因与主人发生纠纷而不得不离去。此后辗转于瑞士和法国,继续当家庭教师。1802年回家后,精神开始失常。以后的岁月基本上是在一边写作与翻译,一边在间歇性的精神病发作中度过的,直到四年后精神全面崩溃,无法创作为止。荷尔德林生前很少得到同时代的理解和赏识,死后又几乎被人遗忘,直到20世纪初,他被德国哲学家海德格尔发现,人们才一致认为,他是可以与歌德并列的最伟大的德国诗人,甚至有人认为他的抒情才能超过了歌德。《许佩里翁的命运之歌》是他的诗歌代表作之一,诗句出自小说《许佩里翁》,作品的主人公是被以宙斯为首的奥林匹亚褚神战败的最后一个提坦族巨人,象征了人的受难,也寄托了诗人自己的忧伤和对命运的预感。级级下坠的"楼梯"式诗句与级级下坠的境界结合得恰到好处,扣人心弦。

……
　　天神们没有命运,
　　　他们呼吸如熟睡之婴,
　　　　谦逊的芽苞
　　　为他们保存着纯洁的精神,
　　　　永远如花开放,
　　　　　而极乐的眼睛
　　　　　　在安静永恒的
　　　　　　　光辉中眺望。
　　而我们却注定
　　　没有休息之处,
　　　　受难的人类
　　　　　不断衰退,
　　　　　　时时刻刻

盲目地下坠，
　　好像水从危岩
　　　　抛向危岩，长年向下
　　　　落入未知的深渊。

（飞白　译）

亨利希·海涅(1797—1856)是德国浪漫主义的最后一位代表。他自己说："德国古老的抒情诗派随我而结束，同时一个新的诗派，即现代德国抒情诗，则从我开始。"早期的海涅追随施莱格尔兄弟，加入浪漫派行列，写下著名的《抒情序曲》和《还乡曲》，抒发对两位美丽的堂妹的恋情。1830年代之后，他看出了早期浪漫派纤弱、做作的弱点，写出了《论浪漫派》一书，提出德国的缪斯应该是一个自由活泼、不矫揉造作、真正的德国姑娘，而不应该是苍白的修女或高贵的骑士小姐。之后，海涅侨居法国，1840年代在巴黎结识了青年马克思，在后者的影响下，他加强了作品中的现实主义倾向。在政治抒情长诗《德国——一个冬天的童话》(1844)中，诗人通过自己在祖国大地上想象的旅行，抒发了对德国封建制度和停滞的社会现实的憎恶和批判。诗人预料这些具有强烈倾向性的诗歌会引起某些人的不满，不无自嘲地说："我不知道我是否值得人们用桂冠来装饰我的棺木……但你们应当在我的棺木上放一把剑。"海涅的诗风以真实与幻想融为一体、温柔的抒情中带清醒的讽刺为特色，被称为"带刺的玫瑰"。以下这首小诗可略见其风格之一斑：

月亮升起在海上，
月光把海浪映照；
我拥抱着我的爱人，
我们的心在涨潮。
海边再没有旁人，
我躺在爱人怀里，——
"你从风声听到什么？
雪白的手为何颤栗？"

"这不是海风呼号,
这是人鱼在唱歌,
她们是我的姐妹,
从前被大海吞没。"

(飞白 译)

二 英国:自然的歌手与激进的流亡诗人

有人认为,英国诗人的浪漫主义理念是施莱格尔兄弟的朋友柯勒律治从德国带到英国的。这话有几分真实,但不完整。实际上,英国浪漫主义的发生有其本土基础。我们还记得,在 18 世纪末的感伤主义、"墓园诗派"和哥特体小说中已经出现了重情感和想象、返回中世纪等具有浪漫主义色彩的倾向。这些倾向在两位前浪漫主义诗人的创作中得到了更进一步的加强。

威廉·布莱克(1757—1827)生于伦敦一个袜商家庭,天性倔强,不愿受正规教育,宁可进一家雕版作坊当学徒。其后自办印刷所,以雕版印刷为业,同时刻苦自学,写诗作画,自己印刷出版,分赠友人。这位神秘主义诗人终生被幻觉萦绕。据说这种幻觉能达到非常强烈的程度,以至于他一时难以分辨想象和现实。但现代批评家指出,正是这种幻觉使他得以穿透日常经验的帷幕,将之与史前时代黑暗而混沌的原始经验合为一体,从而创造出一个具有深邃的历史感和启示力量的象征世界,成为现代工业社会的"先知"。

布莱克的早期诗集《天真与经验之歌》(1789—1894)表现了人类心灵的两种对立状态。以"羔羊"为中心意象的"天真"世界,代表了人类尚未失落的伊甸园;以"老虎"为中心的"经验"世界,则展现出一幅正在生长中的痛苦、邪恶和分裂的现代工业文明图景。与此同时,像歌德和黑格尔一样,他也看到了"恶"——激情、欲望等——所具有的历史合理性和崇高之美。

老虎！老虎！火一样辉煌，
燃烧在那深夜的丛莽。
是什么超凡的手和眼睛
塑造出你这可怖的匀称？

从何处取得你眼中的火焰？
取自深海，还是取自高天？
凭什么翅膀他有此胆量？
凭什么手掌他敢攫取这火花？

(张德明 译)

在晚期的《四天神》等长诗中，布莱克创造了一个庞大的个人神话体系，试图借此对人类历史和个体心理史作一个系统的描述。布莱克的诗歌颇受弥尔顿影响，风格庄严崇高，善于渲染神秘恐怖的气氛，运用奇特新鲜的意象。他的诗的预言虽未引起同时代人的充分注意，却在20世纪响起了遥远的回声。当代西方批评界不但公认布莱克为英国浪漫主义诗人中的佼佼者，而且将他与尼采、弗洛伊德等人相提并论，称为现代社会中的"理性修正者"。

苏格兰诗人罗伯特·彭斯(1759—1796)从另一个方向为英国浪漫主义的诞生作出了自己的贡献。他出生于一个穷苦家庭，从小在田间劳动，一面耕地，一面构思。1786年，他抱着试试看的心情，把自己平时在劳动之余写的诗收集在一起，出版了《主要用苏格兰方言写的诗集》。诗集甫一问世，便以其浓郁的乡土气息和强烈的民主精神轰动了整个苏格兰，"王公和农夫、老年和少年、高贵者和卑贱者、严肃的和轻佻的，一齐读得兴高采烈，如痴如醉"。彭斯一举成名，文化界也不得不对这个庄稼汉诗人刮目相看。彭斯成功的秘诀在他给沉闷刻板的古典主义诗坛带来了一股来自民间的清新质朴之风，又激发起了苏格兰人的民主和民族精神。由于他的创造性的工作，三百多首快要失传的苏格兰民歌得以保存下来并焕发出新的光彩。像脍炙人口的《一朵红红的玫瑰》等一经发表就不胫而走，传遍了整个欧洲。

英国浪漫主义运动的第一波是由湖畔派的三位诗人——华兹华斯、

柯勒律治和骚塞掀起的,其中前两位起了主导作用。被称为"自然的歌手"的威廉·华兹华斯(1770—1850)曾有过壮怀激烈的岁月。他早年就读于剑桥大学,被法国大革命激发起青春的激情,徒步踏上法兰西大地作大陆旅行,一度还参加了法国国民自卫军。用他后来的自传体长诗《序曲》中的诗句来形容:"活在那个黎明是何等幸福,年轻人更是如进天堂!"但革命后的"红色恐怖"和断头台使他的理想迅速破灭,他抛弃了他的法国情人,匆匆逃出动乱中的巴黎,回到了熟悉的英格兰。经过长达五年的迷惘和痛苦后,他终于在大自然中找到了灵魂的避难所,隐居到昆布兰湖区,潜心于诗歌创作。昆布兰湖区风光迷人,更重要的是那儿几乎没有受到法国革命和工业革命所引起的变动的影响,还保存着中世纪以来的宗法制生活方式和淳朴的道德风尚。之后,有着类似思想经历、也移居昆布兰湖区的另一位年轻诗人柯勒律治找到了华兹华斯。两人一拍即合,结为密友,共同创作了《抒情歌谣集》(1798)。同年,两位诗人到德国留学,被康德哲学和耶拿派的诗歌理论所吸引,试图把德国浪漫主义的理念嫁接到英国来。

1800年,在《抒情歌谣集》再版时,华兹华斯为它撰写了一个序言,明确提出了浪漫主义的意见和想法。他主张扩大诗的题材范围,选择普通生活里的事件和情境,同时给它们加上想象力的"色泽",从平常的东西中挖掘出不平常的内涵。与此同时,他也强调感情在诗歌中的地位,将诗歌视为诗人心理的表现或表征,认为一切好诗都是感情的自然流露,预示了一种"表现的"诗学观。在诗歌形式方面,他提出要革新诗歌语言,反对运用古典主义奇倔拗口的"诗语",主张用人们口头用的、自然质朴的、散文化的语言(包括运用自然的语序和句法结构)来写诗。《抒情歌谣集序言》被后来的文学史家称为英国浪漫主义的宣言书。

华兹华斯以诗歌创作实践了自己的理论。在他笔下,无论是山涧小溪、危岩小道、盛开的水仙还是春天的布谷鸟都被赋予了某种具有泛神论色彩的灵性。

> 春天的新宠,欢迎又欢迎,
> 可在我心里,你简直

> 不是鸟,而是隐身的精灵,
> 一声啼鸣,一种神秘。

(张德明 译)

华兹华斯曾说过,他愿一生都贯穿对自然的虔诚。然而,同属湖畔派的塞缪尔·柯勒律治(1772—1834)更感兴趣的却是超自然的题材,为达此目的,他甚至吸食大麻,以刺激自己的想象和幻想,进入神秘的梦幻世界。他在美学论著《文学生涯》中说,人类生活在现实之中,又不满足于现实,时时渴望超越现实;但现实是无法超越的,于是人们就不能不借助想象来实现这种超越;而想象的对象有具体、明晰和朦胧抽象之分,诗人所追求的应该是后者。"想象是人的最高权利,它使人与上帝平等。"

在其代表作《古舟子咏》中,柯勒律治讲述了一个想象中的罪与罚的故事。老水手站在路边,拦住一位去喝喜酒的过路人,一定要他听自己讲故事。故事讲的是老水手出海的奇遇,他和船员遇见风暴、大雪,后来飞来一只信天翁,接连9天,歇宿在桅杆上,老水手张弓搭箭,将它射死,引起一连串灾祸:南风停息,帆篷落下,船静止不动,淡水用光,船员干渴难忍;两百名船员一个不留全都死去,只有老水手活着忍受良心的煎熬。后来船边游来一群水蛇,老水手产生了爱心,为其祈祷,结果奇迹发生了:海员全部复活了,老水手返航回家。不过,这首诗的成功主要不在于其结尾类似现代环保主义者的说教("对人类也爱,对鸟兽也爱"),而在于其诗句的节奏和韵味,其中有关船滞留海上,船员干渴难忍这一段的韵律和节奏被认为是全诗中最出色的,尽管原文的韵味经过翻译大半已失去了。

> 一天又一天,一天又一天,
> 船停着,纹丝不动;
> 就像画师画出的一条船
> 停在画出的海中。
>
> 水呀,水呀,处处都是水,

泡得船板都起皱；
水呀,水呀,处处都是水,
却休想喝它一口。

连海都腐烂了！哦,基督！
这魔境居然显现！
滑的蠕虫爬进爬出,
爬满了滑的海面。
夜间,四处,成群,飞舞,
满眼是鬼火磷光；
海水忽绿、忽蓝、忽白,
像女巫烧沸的油浆。

(杨德豫 译)

英国浪漫主义的第二波由两位思想更为激进的年轻诗人掀起。他们的出现犹如暗夜中突然升起的焰火,瞬间照亮了欧洲大地,给生活在复辟时代的人们重新带去了对自由的渴望,但也因其特立独行的个性和惊世骇俗的行为,被保守的英国上层社会视为"恶魔",得到了"撒旦派"("恶魔派")的恶名。

以拜伦勋爵闻名于世的乔治·戈登·拜伦(1788—1824)是现代世界的最后一位骑士,用他自己的话来说,他是"业余的诗人,职业的海盗"。这位注定要成为本阶级叛徒的诗人出身于伦敦一个古老的贵族世家。祖父是一位海军上将,每次出海都会遇上坏天气,因而被称为"坏天气拜伦"。父亲生活放荡,外号"美男子",在将其第二任妻子(即小拜伦的母亲)的嫁妆挥霍一空后另觅新欢,后来死于法国。从童年和少年时代起,屈辱、孤独、敏感、好动和自尊就伴随着这位继承了祖先"狂暴的血液"的小拜伦一起成长。他13岁进入专为贵族子弟开办的哈罗中学,之后进入剑桥大学。大学期间,这位未来的民主斗士的侠义肝胆已经初露锋芒。一次他遭遇一位低年级同学正被一位高年级同学无情鞭打,明知自己年纪尚小,打不过那个蛮横的大男孩,于是他彬彬有礼地上前问道:

"你打算打他多少鞭?"

"你问这干什么?"

"因为,如果你不反对的话,我愿意为他领受一半。"

这种堂吉诃德式的侠义肝胆,贯穿了拜伦的一生。

在大学毕业前一年,拜伦收集他14岁以来的诗稿,出版了第一部诗集《懒散的时光》(1807)。应当公正地说,这部诗集的风格尚不成熟,其中不少作品有一种"少年不知愁滋味,为赋新诗强说愁"的味道;更为不够谨慎的是,他还在自己的大名后面加上"19岁"字样,以显示自己的少年天才,引起了当时操纵文坛的刊物《爱登堡评论》的讽刺和嘲笑。他们说,光会凑韵写不成诗,奉劝这位少年贵族以后另择他途。愤怒的拜伦模仿屈莱顿和蒲伯的风格,写了一首讽刺长诗《英格兰诗人与苏格兰评论家》(1809),不分青红皂白地攻击他心目中的庸人,几乎嘲笑了当时诗坛上所有的名家(包括湖畔派三诗人),第一次显示出他的讽刺才能。

1809年6月23日,拜伦离开他的祖国,到南欧近东国家去游历。他先到葡萄牙、西班牙,漫游南部,然后渡过直布罗陀海峡,转向东方,经阿尔巴尼亚、土耳其到达希腊雅典。这次游历扩大了他的眼界,加深了他对社会生活的认识。当时的西班牙正在进行一场反对拿破仑占领的斗争,希腊则在土耳其奥斯曼帝国的统治下奄奄一息,酝酿着未来的复国运动。

两年后,拜伦回到英国,不久即发表了他在旅途中构思成熟的长诗《恰尔德·哈罗德游记》的前二章,立刻名噪一时。他得意地在日记中写道,"一觉醒来忽然发现自己已经出了名"。之后,他又发表了一部以东方为题材的、富有浪漫色彩的传奇诗《东方叙事诗》。该诗的发表更为轰动,伦敦掀起了一股"拜伦热",上层社会的女子全都拜倒在这位年仅23岁的青年文学明星脚下。他也因此像他自己笔下的恰尔德那样,走遍了"罪恶的迷宫"。

就在他回国前后,英国爆发了著名的路德运动,曼彻斯特的纺织工人在路德的带领下捣毁许多纺纱厂的机器。运动迅速从英国中部和北部蔓延开来。英国政府为了保护资本家的利益,制订了"严禁纺织机破坏法案",并逮捕了破坏机器的工人,处以酷刑。就在这个法案在下议院草草通过,提交上议院审议的时候,1812年2月27日,年轻的诗人拜伦以世袭贵族的身份出席国会,发表了他的著名的第一次国会演说,替这些被迫害的工人辩护,严厉指斥英国政府的残暴和卑劣。

……且不说这个法案的显然不合正义和无效,难道你们法典上的死刑还不够吗?你们的刑法上已经血迹斑斑,难道还要流更多的血倾注青天,才能为你们的罪恶作证吗?你们怎样能把这个法案付之实行?你们能把全国人民都关到监牢里面去吗?你们是不是要在每一个地方都树起一个绞刑架?……这就是你们救济那些饥饿的,被迫走投无路的人民的法案吗?你们的掷弹兵执行不了的事情将由你们的刽子手来完成吗?……

抗议无效,三天后他写了讽刺长诗《制压破坏机器法案制订者颂》,对法案的制订者极尽讽刺、嘲笑、调侃之能事。四月,他又在国会发言,提出让爱尔兰独立。

可以想见,面对这个本阶级的叛徒,英国上层阶级是何等恨之入骨。他们利用拜伦不检点的私生活和离婚案大做文章,收买黄色小报,对他的人品进行肆意诋毁。四面八方的中伤诽谤使这位诗人无法在国内立足,他只有远走高飞了。

> 本国既没有自由可以争取,
> 为邻国的自由战斗;
> 希腊罗马的荣誉高悬心头,
> 为这番事业断头。

(张德明 译)

毁谤的咆哮跟着他漂洋过海,越过阿尔卑斯山,之后才慢慢平息下去。他的诗歌比以前更加风行了,成千上万没有见过他一面的人流着眼泪,读着他的诗歌。

1816年4月拜伦离开英国,先到比利时,5月间到了瑞士,在这里他第一次见到神交已久的同时代大诗人雪莱。在瑞士期间拜伦写下了诗剧《曼夫莱德》,将他的个人主义和悲观主义发展到"世界悲哀"的高峰。之后,拜伦由瑞士来到意大利,参加了意大利进步人士组成的革命团体"烧炭党人"的秘密活动,计划推翻奥地利的统治。由于叛徒告密,组织被破获,拜伦不得不出逃,在海上漂流了大半年,辗转到他向往已久的希腊,于1824年1月抵达起义者聚集的中心米索吉米港。希腊人民一致推举这位欧洲知名的民主斗士为游击队总司令。诗人变卖国内庄园,将所得款项和历年版税全部捐献给希腊人民,支持希腊人民反抗土耳其奥斯曼帝国的战争。

然而,天不假人年。1824年4月9日,拜伦在风暴中骑马出巡,因感受风寒,一病不起,十天后不幸去世。临死前,这位天才的诗人和伟大的民主斗士感叹道:"不幸的人们,不幸的希腊。为了你,我付出了我的时间,我的资财,我的健康,现在,我将付出我的生命。此外,我还能做什么呢?"

拜伦逝世后,希腊人民为他举行了隆重的国葬。按照诗人的遗愿,他的心脏埋葬在希腊,遗体运回老家,与他的母亲合葬在一起。当时歌德尚健在,正在写他的《浮士德》第二部,听到拜伦逝世的消息非常震惊,就用象征手法将拜伦写入诗中:浮士德和海伦结合生下一个婴儿,起名欧福良,代表古典美和浪漫精神的统一。欧福良一出生就不断向天上跳跃,最后化为一团火焰直冲云霄;他坠落之际,天上传来天使的合唱。通过这个情节,老年的歌德表达了对这位欧洲民主斗士的无比崇敬和怀念。

拜伦所处的是封建势力卷土重来统治欧洲、法国大革命理想失落的时代。正是在这样一个沉闷黑暗的年代里,他挺身而出,重新拾起失落的火炬,用他热情奔放的个性、为自由而战的激情感染了欧洲的一代青年,激发起他们对自由的渴望,掀起一波又一波民族解放运动和个人主义的"拜伦旋风"。在欧洲文学史上,他是为数不多的同时以笔和剑反暴政、争自由的思想领袖。他的诗歌基本上可以看作自我形象的放大和投射。比如在《东方叙事诗》(包括五个诗体的中篇故事)中,他塑造了一系列被后来的文学批评家称为"拜伦式英雄"的形象,这些人物都具有儿童般的天真、英雄的感情,是"哥特型的恶棍,浮士德式的叛逆知识分子,该隐那样的道德流氓,撒旦般的花花公子,以及反社会反上帝的贰臣"。

由于拜伦创作的题材和风格极为丰富多样,涉及抒情的、讽刺的、描写的、叙事的、戏剧的等类型,对于什么是其代表作这一问题,学者们有不同看法。一般认为,他最负盛名的作品是将抒情和叙事结合起来的长篇诗歌《恰尔德·哈罗德游记》。游记的写作与18世纪末兴起的旅游热有关;对于生活在英伦三岛的贵族子弟来说,"大陆旅行"(the grand tour)是其贵族教育之不可或缺的部分。标题(Childe Harold's Pilgrimage)中的人名恰尔德·哈罗德,原文最初写作恰尔德·拜隆(Childe Biroun),显然是拜伦本人名字的转化,暗示了主角与诗人的关系。"恰尔德"一词也使我们联想到孩子或少年,说明这个作品隐含着成长主题,主人公的精神在与现实的接触中成长起来。因此,游历在这里不仅仅是一般的游山玩水,而带有某种"朝圣"(Pilgrimage)或精神探索的意义。

长诗的第一部(第一、二两章)用客观的第三人称叙述。诗人写到了哈罗德的孤独、忧郁和冷漠,这个贵族青年年纪轻轻就"踏遍了罪恶的迷宫",厌倦了贵族的生活方式,认为这个世界上没有人真心爱他,他也不爱任何人;无牵无挂的他打算通过大陆旅行来放松一下自己疲惫的心灵,解脱心头的苦闷:

> 船儿,船儿带我乘风破浪,
> 横渡那波澜起伏的海洋;
> 随你把我送到哪里,
> 只要不是我的故乡。

(杨熙龄 译)

批评家们认为,这个形象概括了拜伦本人以及当时英国和欧洲进步知识分子的某些思想性格特征:他们既厌倦贵族上流社会的生活方式,又蔑视正在兴起的冷酷的资本主义文明,同时也脱离人民,看不清前途,于是陷入孤独、忧郁和悲观绝望之中。

然而在长诗的第二部分(第三、四两章),出现了以第一人称抒情的主人公。与哈罗德不同,抒情主人公是一个热情奔放的、有反抗性的观察家和评论家,一个激进的革命鼓吹者;他在西班牙热情歌颂西班牙人民反抗拿破仑统治的斗争;在希腊哀叹其古老文明的衰落和在外族统治下奄奄一息的屈辱现实;在日内瓦追忆法国大革命,怀念卢梭等启发过人们头脑的启蒙主义者;在意大利歌颂其文艺复兴时期的辉煌、古罗马帝国的强盛。最后以歌颂大海这自由的、不可征服的力量作结,表示了对欧洲前途的乐观希望。

一个冷漠忧郁、孤僻内向,一个热情奔放、开放外向,两个形象都是拜伦的自我投射和放大,那么,它们反映了这位诗人的人格分裂吗?或者,是否可以用现代时髦的心理学术语,把前者看作诗人的"客体自我"(me),后者是"主体自我"(I)呢?诗人是否一面在冷静地观察自我,一面又在热情地张扬自我,将日神精神和酒神精神融于对自我形象的抒写之中呢?上述这些说法都有道理,还是让我们先来看一下写作背景。

《恰尔德·哈罗德游记》是拜伦两次游历欧洲的诗体记录,全诗的两个部分写作时间前后相差了8年之久,反映了诗人思想的成熟和精神的成长。写作第一部分时(1809—1811),拜伦还是一个"愤怒的青年",刚登上诗坛不久,即遭到爱丁堡评论家们的苛评,犹如一头被红布激怒的公牛;他左冲右突,试图通过大陆旅行和写作来证明自己的诗歌天才。他真正走向伟大境界的岁月开始于他第二次欧洲之旅。1816年4月25日他在多佛海滩乘船下海,踏上了永久性的流亡生活之途。从这个时刻起,他走出了狭小封闭的自我,开始完成向希腊神话中的大地之子安泰的转变,据说这个神话人物只要将双脚踏在坚实的大地上,任何敌人就都无法征服他。拜伦也找到了他的大地母亲,那就是正在为自己的自由和命运奋斗的意大利人民和希腊人民。拜伦将笔与剑、诗与生活融为一体,将渺小的个体汇入了集体的事业之中,杀死了自己的忧郁和孤独。于是,流亡再一次成就了一位大诗人。

恶魔派中的第二位诗人是波西·比西·雪莱(1792—1822),他的生活经历与拜伦有诸多相似之处:生于贵族之家而又背叛了这个阶级;大学期间因发表宣扬无神论的论文被逐出校门;发表演说支持爱尔兰独立;因婚变而被毁谤,被迫流亡异国他乡;最后在意大利死于一次海上漂流事故。当时正在意大利游历的拜伦参加了他的好友的葬礼,并及时从正在火化的遗体中抢出了诗人的心脏。这个举动颇具象征意义,也符合雪莱一贯的精神追求。因为"心"正是雪莱诗歌的核心。作为一个新柏拉图主义者,雪莱关注的是精神,是灵魂向天启的无限寻求。就像他诗中歌颂的云雀一样:

>……从地面跃腾而起,
>向上又复向上,
>就像一朵火云
>一直飞进穹苍,
>歌唱中不断飞升,飞升中不断歌唱。
>
>（飞白　译）

勃兰兑斯指出,雪莱的"伟大精神最美好的灵感都来自宏伟的和遥远的事物,来自海洋和大风强劲的运动,来自苍穹深处星群的舞蹈"。这种对遥远的、可望而不可即的神秘事物的企求,正体现了诗人所服膺的新柏拉图主义的精神。按照新柏拉图主义的观点,人的灵魂来自"太一",带有天国的记忆；灵魂最渴望的就是向"太一"回归。雪莱的更进一步的想法是,诗人的灵魂如能和"太一"合为一体,就能听到来自"太一"的声音,成为社会变革和人类命运的预言家。在他的名诗《西风颂》中,雪莱把这个想法发挥得淋漓尽致。在诗歌的第1、2、3小节中,诗人感觉到了西风横扫落叶、激荡流云、搅动海浪和海底生物的力量,并依次向大地、天空和海洋发出呼唤,吁请西风倾听自己的声音。这时诗人尚未进入迷狂之境,还是一个与自然本体分离的凡人。从第4小节起,诗人开始进入自然本体,渴望摆脱"岁月的重负",消除时空、空间和数量的概念,让自我解体化为落叶、流云、波浪,与自然本体,与永恒、无限的"太一"融为一体。最后,诗人在无限亢奋、进入生命高峰体验的一瞬间,发出了神圣的预言:

>如果冬天到了,春天还会远吗?
>
>（飞白　译）

像拜伦一样,雪莱不仅写篇幅短小的抒情诗,也写那种将抒情性与叙事性融为一体的长诗。在长诗中,这位诗人更多地表现了他的浪漫主义的理想主义。在早期的《麦布女王》中,我们看到,雪莱将自己的浪漫理想通过他笔下的女王的梦展示出来:北极的冰山融化了(现代环保主义者可要惊呼了!),沙漠开垦了,蛇怪舔着婴儿的脚,飓风的呼啸声变得和谐悦耳,大地上的水果总是成熟的,花儿总是盛开的,没有牲畜被人吃掉或杀死(环保主义者要欢呼了!),禽鸟不再因为害怕人而飞走,恐惧感已不复存在,西伯利亚变得像安达卢西亚那么暖和;人们将使大海失去盐分,而作为补偿,将使它具有柠檬的味道;连海底的巨兽也会听任我们驾驭,像海马那样拖曳我们的船,幸而蒸汽机的发明使这种牵引成为多余。

恶魔派的诗人们都英年早逝。拜伦只过完他的 37 岁生日;比他晚生四年的雪莱却比他早两年过世。被归入这一派别的第三位诗人约翰·济慈(1795—1821)更年轻,却更加短命,只活了 26 岁。然而他留下的诗歌足以使他跻身于这些大诗人之列而毫不逊色。

与前两位激进的浪漫主义者不同,济慈没有投身社会革命运动,而是潜心献身于纯粹的诗歌艺术。无望的爱和长期的肺结核造成了济慈情感和感觉的敏锐,他的诗歌突出了死亡这个主题。对于他来说,死亡本身并不可怕,可怕的是自己在死亡来临之前,还来不及拾完他的头脑中已经熟透了的沉甸甸的智力麦穗。在著名的三大颂之一《夜莺颂》中,诗人希望能借助夜莺美妙而凄苦的啼鸣,将自己带到一个无比清凉、没有痛苦、没有变化,只有寂静和月光统治的世界。《秋颂》赞美成熟丰收,同时也看到了与收割者结伴而至的死神的大镰刀。相比之下,《希腊古瓮颂》涉及的死亡主题比较乐观,因为诗人在死亡中看到了艺术的永生。出土的希腊古瓮犹如宁静的新娘,依旧保持着她的童贞;历经沉默的岁月后,通过雕刻在她身上的画面,讲述了一个个如花的故事:人们抬着小牛到神庙去祭奠;橄榄树下,青年男女吹着笛子,弹着七弦琴,歌唱着舞蹈着,互相追逐着打闹着……希腊时代的青春和爱情早已消逝,然而通过艺术我们又重新获得了这一切。画面中的美少年的手永远够不着他的追逐对象,但他是幸福的,因为他已经获得了永恒。画中的树木和花

朵也是幸福的,因为它们永远不会凋零。于是,诗人得出了一个"唯美的"真理的启示:

> 美即是真,真即是美,——这就已经包含
> 你们所知道,应知道的一切真谛。

(汪剑钊 译)

不幸的短命诗人因这两句简洁的名言,被后来的唯美主义者追认为他们的鼻祖,从而像他笔下的希腊古瓮一样获得了永恒的艺术生命。

与济慈同时代的约翰·克莱尔(John Clare,1793—1864)是一位出身草根的诗人,出生于英格兰中部北安普敦郡,其生平经历与彭斯非常相似,但运气却没有那位苏格兰同行好。克莱尔七岁就当牧童,牧羊牧马,不到十岁就下田干农活,中间上过一点学,十二岁就辍学务工了。但这位瘦弱的小伙子求知欲很强,在干活之余悄悄地躲在林中读诗写诗,把诗写在旧信封和树皮上,藏在墙洞里。1820年,他的诗集《描写乡村生活和景色的诗》出版,大受欢迎,诗集一年内重印三次,销出三千册之多。诗人被称为"英格兰的彭斯"。他在田间劳动时,都会有上层人士来探访。但人们对这位乡下"老土"诗人的兴趣一阵风就过去了。克莱尔接着出版的几部诗集不再有第一本的效应,销售不佳。在沉重的经济压力下和出版的艰难折腾中,他精神状态出了问题,产生抑郁、失忆、幻觉和妄想等症状。1837年被送进了伦敦东北郊的一家精神病院,之后便不再被人所关注。

对克莱尔的评价在20世纪末出现戏剧性的转折。被遗忘了一个半世纪之后,克莱尔重新被文学史归入了19世纪最重要诗人之列。1989年,他的镌名碑放入伦敦西敏寺的诗人角,和乔叟、莎士比亚、弥尔顿、华兹华斯、拜伦、雪莱、济慈、丁尼生、勃朗宁、哈代等人的墓或镌名碑并列。在当代诗人和批评家眼中,克莱尔的诗歌是"绿色的词语",他用各种体裁汇集了充满活力的田野和村舍的场景。重新编辑出版的克莱尔诗集恢复了诗人创作时的原样:缺少标点,不受标准拼写的约束,充满了通俗气息的波动,拒绝官方打磨出来的优雅,就像诗人后期一首题为《农民诗人》的诗中所说的:

俗世生活里哑默的人
从小就是一位思想者
每天操劳中的农民
他的欢乐里的诗人。

(飞白　译)

除了诗歌以外,英国浪漫主义第二波中还包括历史小说的创作,其开创者是华尔特·司各特(1771—1832)。这位苏格兰人早年也写过一些诗歌,但在拜伦如同巨星一般升上英国诗歌天空后,他就识趣地隐退,转而去研究民间传说和中世纪历史,结果在历史小说方面独辟蹊径,成为一代宗师。历史写作需要的不仅仅是历史知识,更需要诗性的想象力,司各特有这方面的才能。他的三十多部历史小说涉及从法国诺曼底贵族入侵不列颠到莎士比亚时代四百多年间的生活图景,其中最著名的是《艾凡赫》(顺便说一下,它也是最早被译介到中国来的西方小说之一,当时被译为《撒克逊英雄劫后略》)。司各特开创的历史小说写作影响并带动了一些人从事类似的工作。法国的巴尔扎克对他赞赏有加,承认自己受了他的影响。

三　法国:浪漫主义与政治自由

法国浪漫主义运动第一波由几位流亡作家掀起。斯达尔夫人(热尔曼娜·德·斯达尔,1766—1817)最初是拿破仑崇拜者,但在后者实行专制统治后,她认识到这位自封的第一执政是自由的敌人,转而成为他的反对者,掀起了一场"穿裙子的风暴"。拿破仑勒令她离开巴黎,只许她待在远离首都110英里的地方。结果她辗转流亡到了德国。德国之旅使她结识了晚年的歌德、年青的浪漫派施莱格尔兄弟等名人,看到了一种不同于法国古典主义的文学,她决心将这种方法移植到自己的国家,于是写了一本《论德国》(1810)。此书与她前一年出版的另一本文艺论著《论文学》合在一起,构成了斯达尔夫人基本的文学思想,为法国浪漫主义的发展奠定了理论基础。她向欧洲文人灌输了两个新的概念,永远地改变了他们的思想。第一，德国文化源自骑士精神的理想和罗曼司。从这个角度看，中世纪不仅不是野蛮的时代，而且是一种真正的文明。另一个新概念是"古典"和"浪漫"的强烈对比，这种对比不仅反映在诗歌中，也反映在感情和品味上。古典派来自历史上在南欧占主导地位的多神教的古罗马，浪漫派则源于盛行骑士和基督教的北方。"北方文学"和"南方文学"的概念由此而来。斯达尔夫人说，"有两种完全不同的文学存在着，一种来自南方，一种源出北方；前者以荷马为鼻祖，后者以莪相为渊源"。这种区分的主要依据是"气候"即自然环境。南方气候温和，阳光充足，山川景物明丽而富于变化，造成南方诗人感情奔放、兴趣广泛和推理的明晰，但思想的强度稍逊，因此南方诗歌"远不能和沉思相谐和"。相反，北方气候寒冷，大自然长年笼罩在阴霾、暗淡的云层中，造成了北方人独有的阴郁气质和强大的想象力，因此北方文学更为自由、浪漫、无拘无束。她号召法国人推翻布瓦洛以来的古典主义文学标准，学习德国人随心所欲的写作态度。

斯达尔夫人被称为法国浪漫主义的"接生婆"；而浪漫主义的"教父"则是弗朗索瓦·勒内·德·夏多布里昂(1768—1848)。他出身贵族，因反对法国大革命而流亡海外，在波旁皇朝复辟后回国，担任过复辟政府的外交部长。1802年他发表了《基督教真谛》。这标题本身就是一个论点。"真谛"一词表达了基督教既传达天机又掌握天命的双重意思，证明了它作为制度的伟大和作为宗教的精神真理。这部抒情性的著作将所有同宗教感情沾边的题目——日常生活、大自然、内在的自我、社会、政府、历史和艺术都包括进来。小标题"基督教的诗意与道德的美"突出了浪漫主义的文学观，认为只有基督教才能促进真实的诗歌发展，里面有这样的抒情断落：

> 只敲一下钟锤就能立刻在千万人的心中激起同样的情感，这实在太了不起了。钟声和谐动听，它无疑有一种最高级的美，一种艺术家称之为宏伟庄严的美。

(林华 译)

此书出版后十分走俏，被认为是法国浪漫主义者的宣言书。之后，夏多布里昂去美洲游历，回国后写出中篇小说《阿达拉》。小说在充满异国情调的美洲背景下，讲述了一位基督教青年和一位印第安酋长之女的爱情悲剧。此书出版后，一时"洛阳纸贵"，作家也一举成名。不过，现代学者认为，夏多布里昂最好的作品是晚年的长篇自传《墓畔回忆录》（1849—1850），这是法国散文作品中的一块丰碑，也是一幅极为出色的自画像。

除上述两位作家外，出身旧贵族的阿尔丰斯·德·拉马丁于1820年出版了他的怀旧的浪漫主义诗歌《沉思集》（1790—1869），有人认为直到此时"法国诗人才重新歌唱"。

法国浪漫主义的第二波由一些更为年轻的作家掀起。既然政治革命的激情在波旁王朝复辟后无法得以释放，这些年轻人就将自己的精神能量转向文学创新，用雨果的话来说，"文学上的浪漫主义就是政治上的自由主义"，古典主义因此成了文学革命的对象。这派作家中包括：后来成为唯美派诗人的戈蒂耶，刚刚出道的巴尔扎克，喜欢穿男装、佩短剑的女作家乔治·桑以及诗人和小说家阿尔弗雷德·德·缪塞，他后来将自己与乔治·桑短暂的情感纠葛写进《一个世纪儿的忏悔》中。该小说的主角奥克达夫带有作者本人的影子，患上了"世纪病"，即使是恣意放荡也找不到精神解脱。这些作家团结在自己的偶像维克多·雨果（1802—1885）周围，形成反对古典主义的强大阵营。

1827年，一个英国剧团访问巴黎。法国人平生第一次看到了没有受到"三一律"约束但依然成功地传达出人类复杂情感的莎士比亚悲剧。在莎剧的影响下，雨果写出了他的诗体悲剧《克伦威尔》。这个悲剧没有演出，但作家为该剧写的序言《克伦威尔序言》（1827）却成了法国激进浪漫主义的宣言书。在这个长篇序言中，雨果对古典主义发起了猛烈攻击，认为它是对自由创造的束缚，必须推翻其艺术权威，代之以新的艺术标准。这位浪漫主义领袖尤其反对古典主义平衡和谐的美学理念，突出强调了丑在艺术中应有的地位，提出了美丑对照的美学原则：

丑就在美的旁边，畸形靠近优美，丑怪藏在崇高的背后，美与丑共存,光明与黑暗相共。

(柳鸣九　译)

1830年,雨果写出了一部歌颂中世纪绿林好汉欧那尼的同名悲剧《欧那尼》,并组织了首场公演。由于该剧完全打破古典主义要求的"三一律",浪漫主义的文学青年们料到保守的古典主义者肯定会前去捣乱,演出前几天,他们就在巴黎的大街小巷贴满了"雨果万岁"的标语。演出当天(1830年3月25日)晚上,这批留长头发、蓄小胡子的年轻人身穿奇装异服(包括羊毛紧身上衣、路易十四的斗篷、罗伯斯庇尔的背心等),"就是不穿当代服装",浩浩荡荡进入剧场,组成了一支强大的"啦啦队"。保守派也不甘示弱,组织了一帮人在剧场内喝倒彩。于是剧场成为激进的浪漫主义文学青年与保守的古典主义者面对面交锋的战场。结果,演出大获成功,甚至一些被拉来喝倒彩的观众也被剧情感动。《欧那尼》首场演出后,又在国家大剧院连演一百场,场场爆满。它的成功宣告了浪漫主义的全面胜利,自17世纪以来统治法国和欧洲文艺舞台达200年之久的古典主义从此销声匿迹。后来的文学史家把这一事件比之于那场导致拿破仑垮台的"滑铁卢大战",称之为"欧那尼大战"。

维克多·雨果以一个宣言和一场文学大战成为法国浪漫主义运动的领袖,他的诗歌和小说创作也值得大书特书。作为诗人,雨果的与众不同之处在于他具有惊人的驾驭文字的能力和出奇丰富的想象力。他的诗歌既有庄严雄伟的段落,也有优美抒情的章句,风格多样,感人至深。下面是他描写摩押女子路德在别人麦田里拾穗时的一段诗歌,故事见《旧约·路德记》:

> 寥阔的原野何等宁静!
> 群星灿烂,在夜空绽放
> 金花万朵。西方天际
> 一弯新月浮现在她头顶。
> 路德沉思,仰望奇妙的穹苍,
> 是哪个大神,哪个收割人

一夏辛劳,却遗落了镰刀
在繁星的花丛?

(傅惟慈 译)

　　1830 年,可能就在"《欧那尼》大战"前后,一部长篇历史小说在青年雨果的充满创造力的头脑中酝酿成熟。他用半个月的时间闭门写作,完成了这部被批评家们称为"雨果所有作品中最最浪漫主义的作品"——《巴黎圣母院》。

　　巴黎圣母院是一座典型的哥特式教堂,位于法国巴黎市中心塞纳河中的"西岱"岛上。始建于 1163 年,1345 年才最后完成。整个建筑全部由石头砌成,17 和 19 世纪在原有风格的基础上又重新设计修复了两次。雨果选择巴黎圣母院作为他的小说所有情节的交会点,以浓墨重彩描绘了它的历史和美学,并"通过想象和 19 世纪人道主义观点的三棱镜"讲述了一个曲折离奇的中世纪故事。

　　巴黎圣母院副主教浮罗诺,长期过着压抑窒息的修道生活,灵魂畸形,人格分裂,心理变态。在狂欢节之夜他被吉普赛少女爱斯美拉达的歌唱和舞蹈激起情欲,此后三番五次疯狂地追求少女,在遭到拒绝和唾弃后,想方设法迫害少女,最终将其送上了绞刑架,但自己也被其义子加西莫多推下圣母院摔死。浮罗诺既是中世纪教会禁欲主义的牺牲品,又是残酷迫害爱斯美拉达的刽子手,作家写出了其令人同情的命运,又谴责了其令人痛恨的行为。

　　加西莫多是一个被社会遗弃的畸形儿,被浮罗诺收养为义子,成为巴黎圣母院的敲钟人。又聋又哑又丑陋的他受人鄙视,只能将全部感情寄托在圣母院的大钟上。只有在敲钟时他才能感到自己还是一个人,还能创造自己的生命价值。作家用浓墨重彩描绘了加西莫多对钟的深厚感情。每次敲钟前,他都要伸出粗糙的大手抚摸钟壁,口中发出喃喃不清的声音,仿佛一个骑手在长途跋涉前安慰他的马匹,请它默契配合自己的行动;然后他突然一跃扑在大钟上,整个身体随着大钟前后晃荡起来,钟舌敲打钟壁发出洪亮的声音,带动钟楼内其他几十口大大小小的钟发出共鸣,于是整个巴黎沉浸在这个聋哑人创造的强大的交响乐中。

狂欢节之夜,加西莫多受其义父浮罗诺之命,前去抢爱斯美拉达,结果女孩被路过的国王卫队长法比救下。法比以夜间强抢民女之罪逮捕加西莫多,并于次日将他绑在广场上示众,接受磨转鞭打。就在他口渴难忍、遭人人唾骂之际,吉普赛少女在众目睽睽之下,给他送来了水。这水唤醒了他灵魂中沉睡的人性,激发了他作为一个人的全部美好感情,使他成为少女矢忠尽瘁的保护人。最后,在得知事情的全部真相后,他毅然将迫害少女致死的义父浮罗诺推下钟楼,自己也神秘地失踪了。直到一年之后,人们才在爱斯美拉达的坟墓中发现他的尸体。两具尸体紧紧拥抱着,人们想把它们分开,但尸体即刻化为灰尘。美的灵魂终于超脱了丑的肉体,与另一个美的灵魂融为一体,双双飞向永恒的天国。

　　丰富的历史想象力、曲折离奇的情节、浪漫主义的绚烂色彩、过分渲染和夸张的叙事与语言风格,再加上对比强烈的场景和人物,形成了《巴黎圣母院》经久不衰的魅力。巴黎圣母院是精神超越和人性压抑的双重象征,它与巴黎的底层社会——粗犷混乱、骚动不安、充满蛮野活力的"乞丐王国"形成强烈的对比;小说中不同人物的性格和外貌特征(浮罗诺的虚伪与加西莫多的忠诚、加西莫多的丑陋与爱斯美拉达的美丽、加西莫多的心灵之美与外形之丑等)也形成一系列复杂的对照,从而实践了作家自己在《克伦威尔序言》中提出的美学对照原则。

　　《巴黎圣母院》发表以后,法国政治形势发生了很大变化。1852年,拿破仑的侄子路易·波拿巴发动政变,颠覆共和国,建立第二帝国。雨果和其他一些反政变的名人被迫流亡海外。直到1870年普法战争爆发,第二帝国垮台后,作家才回到他的祖国。像我们已经看到的许多例子一样,流亡再次成就了一位大作家。19年之久的流亡生活扩大了雨果的眼界,使他看到了民间的疾苦。正是在流亡期间,他写下了著名的长篇社会小说《悲惨世界》。小说的主题在作者序言中表露无遗:

　　　　只要因法律和习俗所造成的社会压迫还存在一天,在文明鼎盛时期人为地把人间变成地狱并使人类与生俱来的幸运遭受不可避免的灾祸;只要本世纪的三个问题——贫穷使男子潦倒,饥饿使妇女堕落,黑暗使儿童羸弱——还得不到解决;只要在某些地区还可能发生社会的毒害,换句话说,同时也是从更广的意义来说,只要这世界上还有愚昧和困苦,那么,和本书同一性质的作品都不会是无益的。

(李玉民 译)

与《巴黎圣母院》相比,作家的目光从历史扩展到现实,探索的中心从宗教问题发展到社会问题,但其人道主义的思想则一以贯之,这就是对下层人民的深切同情,对"文明社会"法律和习俗的强烈谴责,以及对爱和仁慈的深情呼唤。小说集中表现了主角冉阿让如何因贫穷而潦倒,因法律的压迫而变得凶狠,又是如何在爱和仁慈的感召下,灵魂从沉沦到得救,最后升华的整个过程。整部小说充满了浪漫主义和人道主义的激情,语言风格如同他的诗歌一样优美感人。以下选自《悲惨世界》第二部《沉沦》,讲述的是主角因偷了一个面包被判9年苦役,法律使一个原本富于爱心的青年变成一个潜在的凶险分子。冉阿让的灵魂沉沦了:

一个人落在海里了!……他喊着,救命呀!救命呀!他不停地喊着。水边没有一点东西,天上也没有一点东西。他向空际、波涛、海藻、礁石哀求;它们都充耳不闻。他向暴风央求;坚强的暴风只服从太空的号令。

……

呵,人类社会历久不变的行程!途中多少人和灵魂要丧失!人类社会是所有那些被法律抛弃了的人的海洋!那里最惨的是没有援助!呵,这是精神的死亡!海,就是冷酷无情的法律抛掷它牺牲品的总渊薮。海,就是无边的苦难。漂在那深渊里的心灵可以变成尸体,将来谁使它复活呢?

(李玉民 译)

提欧菲尔·戈蒂耶(1811—1872)是在雨果提携下走上文坛的。然而后来却走了一条与其恩师完全不同的文学道路。《欧那尼》首演那天晚上,他身穿一件大红背心,率领一批观众为雨果摇旗呐喊。在路易·波拿巴上台之后,他隐退于艺术的象牙塔,潜心创作《珐琅与雕玉》(1853)。在法国文学史上,他首先提出"为艺术而艺术"的口号,认为艺术品一旦有了实用价值,也就不再是美的了。这个观点与济慈提出的"美即是真,真即是美"有异曲同工之妙。在《莫班小姐》中,戈蒂耶以讥讽的口气教训那些粗鄙的资产阶级庸人:

> 小说不是一双手工缝制的鞋,十四行诗不是专利注射器,戏剧也不是铁路,因为是小说、诗歌、戏剧这类东西使人类获得了发明,而不是鞋子、注射器和铁路。

这位早年的浪漫派诗人后来被尊为法国唯美主义的鼻祖,也受到象征派的欢迎。波德莱尔把自己的诗集《恶之花》题献给他,称赞他是现代文学界中一位"无瑕的诗人,奇妙的魔术师"。

四 其他欧洲国家:民族主义与民主主义

在法国大革命的推动和席卷欧洲的"拜伦主义"影响下,意大利、俄罗斯和东欧一些国家也掀起了政治自由主义和文学浪漫主义思潮。19世纪初,意大利大部分国土处在法国和奥地利的占领下,但各种形式的秘密社团正在地下酝酿着"民族复兴"运动,其中最著名的是得到拜伦资助的"烧炭党人"。意大利的浪漫主义与民族主义密切相关。早期最著名的浪漫主义诗人是嘉科莫·莱奥帕尔迪(1798—1837)。他从小体弱多病,过度的用功自学让他驼了背。他的诗一方面表现了爱国主义的激情,一方面又流露出强烈的悲观主义情绪。在《致意大利》中,诗人把他的祖国比作遍体鳞伤的绝世美人,被拴着锁链,孤苦伶仃地坐在地上哭泣着;诗人呼吁意大利同胞醒来,发扬祖先的光荣,为祖国的独立而战斗。在《无限》一诗中,他力图通过想象超越有限的空间,进入永恒,让自我沉没于无限的寂静中:

> 多亲切啊,这座孤独的山,
> 还有这道篱笆挡住视线,
> 遮住了大部分终极的地平线。
> 可是,当我在此静坐凝望,

我想象中显现了远方的
无限空间,呈现了超人间的
安宁,和最深的寂静,
几乎使我的心充满惊恐。
当我听得枝叶间簌簌风声,
我把这喧声与那无限静寂
相比;我回忆起了永恒,
已死的时令和当前的
活的时令,以及它的声息……
我的思想啊,在这无限中沉没,——
在这大海中沉船是多么甜蜜!

(飞白 译)

19世纪的俄罗斯是欧洲最后一个专制国家,实行的是野蛮落后的农奴制和沙皇专制制度。在席卷全欧的政治自由风潮影响下,1825年12月14日,一些贵族士官生发动起义,要求新上台的沙皇实行西方式的民主改革。尽管这场起义以起义者被残酷镇压、流放西伯利亚而告终,但十二月党人的起义拉开了反农奴制和反沙皇专制的斗争的序幕。以雷列耶夫为首的十二月党人的诗歌创作,也开创了俄罗斯激进浪漫主义的先声。之后,"俄罗斯文学的太阳"普希金喷薄而出,照亮了沉闷黑暗的俄罗斯原野。

亚历山大·塞尔盖耶维奇·普希金(1799—1837)出身于没落贵族家庭,从小受到乳母和保姆的民间文化熏陶。进入皇村中学后,在民主思想的影响下,参加过十二月党人直接领导的社会团体。早期的普希金以歌唱青春和爱情为主。在拜伦主义的影响下,普希金从"缪斯女神的歌手"转为一个激进的政治诗人,接连写了一系列抨击专制暴政、歌颂自由解放的政治抒情诗,表达了俄国一代先进的青年贵族知识分子渴望自由的心声:

爱情、希望和平静的光荣
并不能长久地把我们骗慰欺诳;
就是青春的欢乐,

也已经像梦,像朝雾一样地消亡;
但我们的内心还燃烧着渴望,
在暴虐的政权的重压之下
我们正怀着焦急的心情
倾听祖国的召唤。
我们忍受着期待的折磨
等候那神圣的自由时光,
正像一个年青的恋人
在等候那真诚的约会一样。
现在我们的内心还燃烧着自由之火
现在我们为了荣誉的心还没有死亡,
我的朋友,我们要把我们心灵的
美好的激情,都献给我们的祖邦!
同志,相信吧:迷人的幸福的星辰
就要上升,射出光芒,
俄罗斯要从睡梦中苏醒,
在专制暴政的废墟上,
将会写上我们姓名的字样!

(戈宝权 译)

这首题为《致恰达耶夫》的诗后来被镌刻在十二月党人的秘密徽章背后。诗人因其自由主义的政治倾向被恼怒的沙皇流放到俄罗斯南部,之后又被召回,软禁在首都。

在这位贵族作家写的叙事类作品中,对社会底层生活的描写占有一定地位。《上尉的女儿》描写17世纪俄罗斯农民起义的领袖人物普加乔夫。《别尔金小说集》中的《驿站长》,叙述驿站长被一位过路的士官生骗走自己唯一的女儿的悲惨故事,开创了19世纪俄罗斯文学描写"小人物"的传统。不过,对本阶级优秀青年的前途和命运的关注,在普希金后期的创作中逐渐占据更重要的位置。

诗体长篇小说《叶甫盖尼·奥涅金》(1823—1831)被认为是普希金

的代表作,从中传达出的是那种恰尔德·哈罗德式的忧郁、孤独和迷惘情绪。贵族青年奥涅金在乡下处理遗产时高傲地拒绝了当地一位女地主的女儿达吉亚娜真诚的求爱,又莫名其妙去勾引她的妹妹,引起后者男友,也是自己的朋友的妒忌和愤怒。本可以通过道歉解决问题的奥涅金出于虚荣心,接受了他的朋友提出的决斗要求,并在决斗中杀死了对手,不得不离开乡下。多年后,在上流社会的舞会上,他见到当年向他求爱的女子已成为一位将军夫人,于是转而向她求爱。在遭到拒绝后,奥涅金离开首都再次流亡……

评论家们认为,奥涅金的这种因看不清前途而产生的玩世不恭和自暴自弃的人生观,反映了处在沙皇专制制度下无法施展才华的一代俄罗斯贵族青年普遍的心态。这类俄罗斯贵族青年形象后来被莱蒙托夫、屠格涅夫、冈察洛夫等作家模仿,形成文学史家称之为"多余人"的形象系列,包括毕巧林、罗亭、拉夫列茨基、奥勃洛摩夫等。按照俄国革命民主主义作家赫尔岑的说法,"多余人"就是那种"既非孔雀,又非乌鸦"的人物。他们出身贵族,又厌倦了贵族的生活方式;对周围现实采取批判的态度,又摆脱不了贵族生活圈子,无力为改善现状而斗争;一方面渴望施展才华,一方面又因远离人民而找不到出路。这些人感到在生活中找不到自己的位置,于是成为孤独的,对自己和对别人都陌生的"多余人"。

38岁的普希金死于一场宫廷阴谋组织的决斗,像他崇拜的偶像拜伦勋爵那样英年早逝。

普希金去世后,24岁的骠骑兵少尉米哈伊尔·莱蒙托夫(1814—1841)成为普希金事业的继承人,他的作品表达了人民反抗专制暴政的心声。他的《诗人之死》一诗,手抄本传遍俄罗斯,引起全国轰动,惹怒了沙皇。不过,这位贵族出身的诗人也同样摆脱不了自己的迷惘和无力感。在一首题为《帆》的抒情诗中,他表达了自己对风暴的渴望:

> 在大海的蒙蒙青雾中
> 一片孤帆闪着白光……
> 它在远方寻求什么!
> 它把什么遗弃在故乡?

风声急急,浪花涌起,
桅杆弯着腰声声喘息……
啊,——它既不是寻求幸福,
也不是在把幸福逃避!

帆下,水流比蓝天清亮,
帆上,一线金色的阳光……
而叛逆的帆呼唤着风暴,
仿佛唯有风暴中才有安详!

(飞白 译)

然后,渴望中的风暴始终没有来。在中篇小说《当代英雄》中,莱蒙托夫塑造了奥涅金式的"多余人"形象毕巧林。与奥涅金一样,毕巧林也因无法施展自己的才能而沉溺于无所事事、自暴自弃的生活中,结果死于一场无谓的决斗。仿佛是一种预言,莱蒙托夫也像他自己笔下的"多余人"一样,27岁即在一场无谓的决斗中虚掷了生命。

浪漫主义思潮也影响了东欧。波兰的密茨凯维支、匈牙利的裴多菲分别创作了以反对异族统治、争取民族独立为主题的浪漫主义诗篇。

五 美国:新大陆的声音

北美新大陆的声音直到19世纪初才逐渐为欧洲的文人雅士所重视。此前,虽然本土的印第安人曾创造过丰富多彩的民间神话和故事传说,但一直要到1783年的独立战争使美国摆脱英国统治后,北美新大陆的人民才开始意识到发展本土文化和文学的重要性。

在欧洲浪漫主义思潮和本国民主主义思想影响下,产生了一批早期的浪漫主义作家。华盛顿·欧文(1783—1859)在他的《见闻杂记》(1819—1820)中率先描绘了早期美国的生活画面,成为"美国文学之父"。詹姆斯·库柏(1789—1851)通过他的系列小说《皮袜子故事集》,

塑造了早期美国人,尤其是开拓西部荒野的美国人的典型形象,被称为"美国的华尔特·司各特"。

远比欧文和库柏重要的是爱德加·爱伦·坡(1809—1849)。这个不得志的文学天才,一生坎坷潦倒,然而在诗歌、评论和短篇小说方面都作出了贡献,给西方文学打下了最深的烙印。在《写作的哲学》中,他主张诗歌以文字性的音乐构成,而不是以思想构成。他的诗歌代表作《乌鸦》,以死亡、爱情和美的消逝为主题,利用词与词之间镜子式的对应、音韵上的双关、头韵、回环等手法形成咒语般的音响效果,具有一种奇特的魔力,不但吸引了波德莱尔、马拉美等象征派诗人,也成为结构主义批评家雅各布森分析的经典对象。他的短篇小说如《莫特街的谋杀案》《金甲虫》和《被窃的信》等重现了哥特体小说的恐怖风格,涉及色情、犯罪、谋杀和推理侦破,为西方侦探小说开辟了道路。《被窃的信》还成为20世纪法国精神分析大师雅克·拉康研究欲望转移的案例。

对美国浪漫主义兴起有着决定性影响的是拉尔夫·华尔多·爱默生(1803—1882),他是美国超验主义运动的领袖。这一文学运动对包括梭罗、霍桑、麦尔维尔、惠特曼等在内的美国作家都有着深刻的影响。

超验主义把精神性的东西放在首位,强调超越物质的经验世界和感官,凭借直觉去认识真理。如同爱默生在《论自然》中所说:

> 每一种自然现象都是某种精神现象的象征物……浸透在自然界里的是一种精神的存在。
>
> 人就是一切,自然界的全部法则就在你自己身上。

(赵一凡 译)

亨利·大卫·梭罗(1817—1862)以他的回归自然的生活方式实践了爱默生的超验主义思想。1845年,28岁的梭罗在距波士顿康科德镇中心二英里之外的瓦尔登湖畔建起一座小木屋,在此度过两年自食其力的生活,完成了他的一部纪实性散文作品《瓦尔登,或林中生活》,这部作品影响了无数美国人的价值观。时至今日,"瓦尔登"这个词仍具有神奇的魔力,它意指逃离日常的平庸,生活在大自然之中,自由地呼吸、冥想,过一种自给自足的生活。但梭罗并不摒弃物质文明,他只是想提醒读者,我们不会利用物质文明。我们在谋生或赶时髦方面浪费了太多的生命,以至于忘了生命的真正价值。他在瓦尔登湖畔把自己的生活简化到最低限度,结果发现他能用20元1角2分5厘来建立一个家,用27美分维持一周的生活。他以6个月的时间,去赚足够用一年的生活费用,而剩余下来的46个星期则都可以去做他喜欢做的事情:写作和研究大自然。

> 人们说他们懂得不少
> 瞧啊,他们生了翅膀,——
> 百艺啊,还有科学,
> 还有千般技巧;
> 其实只有吹拂的风
> 才是他们全部的知觉。
>
> （徐迟 译）

纳撒尼尔·霍桑（1804—1864）的代表作《红字》以殖民地时代的北美为题材,探讨人性恶的主题,体现了清教徒精神。当过五年水手、捕鲸人的赫尔曼·麦尔维尔（1819—1891）以一部描述捕鲸人生活的长篇小说《白鲸》（1851）而进入美国文学史。小说通过捕鲸船船长亚哈与一条咬掉他大腿的白鲸（莫比·迪克）之间惊心动魄的较量和抗争,象征性地探讨了人性恶与命运的主题。有人认为这部散文悲剧史诗或许可以被称为19世纪的《老人与海》。

美国浪漫主义最伟大的代表是诗人沃尔特·惠特曼（1819—1892）。他的生活经历是典型的美国式的。出生于纽约长岛,童年受过五年普通教育,11岁即开始自谋生路,当过印刷工人、职员、记者、编辑等。批评家们认为,1848年的新奥尔良之行对他有很大影响。据说他在那里认识了一位神秘的女人,获得了特殊的"灵视",能超越时空,看到过去和未来,觉察人们内心的奥秘。回来后他开始构思未来创作计划:

> 这是一种感情或野心,想要以文学诗歌的形式,把处在这个时代以及现代美国的重要事实,我自己的肉体、情感、道德、思想以及

美感上的个性忠实地表露出来。

（楚图南、李野光　译）

　　这个伟大的野心在1855年得以初次实现。这一年,惠特曼自费印刷出版了一本名为《草叶集》的诗集,并在扉页上配了一幅自己的画像。画面上,他头上歪戴着一顶巴拿马宽边大草帽,衬衫领子敞开,露出蓬勃的汗毛,一副粗野的劳动者的样子。诗中出现的"性""肉欲""带电的肉体""同志式友谊"等词句令人看了心惊胆战。诗集出版不久即遭到学院派文人的攻击,说它是杂草和不道德的书,诗人则被讥讽为疯子、野人。但在文坛领袖爱默生的鼓励下,惠特曼不为所动,坚持自己的创作,不断扩充着他的诗集。

　　《草叶集》就像它的名字所暗示的,本身就是自发性生长的例子。草叶来自新大陆的泥土和空气,由充满希望的绿色材料生成,它自发生长、繁殖着,不需要人们的照料和培养,象征着旺盛的生命力。《草叶集》始终伴随着美利坚民族的生长、发展而不断丰富、发展着自己。整个诗集是一个独立的有机体。从首版的14首到诗人临终版近400首,每一版的内容都有所变化。诗人不是新写一些诗加进去,就是改写其中的一些诗。因此,《草叶集》既可以看作诗人自我心灵发展的史诗,又是美利坚民族发展、成长的史诗。

　　"自我"是《草叶集》反复渲染、歌咏的一大主题。但诗人笔下的这个自我,不同于欧洲早期浪漫主义传统中那种感伤纤弱、自怨自艾的自我,而是一个强健有力,甚至有些粗鲁的自我。在诗人看来,健康的自我应该是灵魂与肉体、头脑与感官和谐发展的;他呼吸着现实的空气,立足于现实的土壤;是一个自主、自强,自己决定自己的命运,自己开辟自己的道路,自己承担自己的责任的自我：

> 我轻松愉快地走上大路,
> 我健康,我自由,整个世界展开在我面前。
> 漫长的黄土道路可引我到我想去的地方。

——《大路之歌》
（楚图南、李野光　译）

从自我出发,必然会涉及自我与他者,即另一个自我的关系。在诗人看来,每一个自我都息息相通,就像无穷无尽地旋转于苍穹的星球一样。所以,歌颂自我,也就是歌颂他者;发现自我,描写自我,也就是发现美国,描绘美国;越是充分地探索自己的灵魂,也就越充分地了解美国,表达美利坚的灵魂。

> 由于我,许多长久缄默的人发声了;
> 无穷的世代的罪人与奴隶的呼声,
> 疾病和失望者、盗贼和侏儒的呼声,
> 准备和生长循环不已的呼声,
> 连接群星之线、子宫和种子的呼声
>
> 被践踏的人要求权力的呼声,
> 残废人、无价值的人、愚人、呆子、被蔑视的人的呼声,
> 空中的云雾、转着粪丸的甲虫的呼声。
> 通过我而发生的被禁制的呼声,
> 性的和肉欲的呼声,原来隐在幕后现被我所揭露的呼声,
> 被我明朗化和纯洁化了的被淫亵的呼声。
>
> 我并不将我的手指横压在我的嘴上,
> 我对于腹部同对于头部和心胸一样地保持高尚,
> 认为欢媾并不比死更粗恶。
>
> ——《自我之歌》
> （楚图南 译）

这样,小我扩展为大我,自我意识扩展为民族意识和宇宙意识,自我形象与美利坚民族的形象,与宇宙中生长繁殖的一切有生之物就合而为一了。

正是在这种仿佛来自外星球的扩展的视野中,诗人看到了宇宙中生生不息的伟大的创造力,也看到了人在宇宙中所占的位置和应尽的责任,那就是不断以自己的劳作加入宇宙的生命大循环。因此,惠特曼不

但歌颂自然,也歌颂人类创造的二度自然:城市、电报、印刷机、海底电缆、木屋、斧头、十字架、偶像、书籍、钱币、邮局等等。总之,凡是人所创造的一切,在诗人看来都是美的;正是劳动和创造使人成为神圣的。

民主是贯穿《草叶集》的又一主题。诗人出身平民,干过各种杂活,非常清楚普通人的生活方式和价值观。生活在这片由不同肤色、种族、背景的移民共同开发的新大陆上,诗人感到无比的欢欣。他歌颂普通人的生活和价值观,歌颂男子汉之间的爱和友谊,赞美为民主献身的斗士。在美国内战期间,诗人歌颂那些为民主理想而献身的美利坚普通的男男女女。诗人和丧子的母亲一起哭泣,与来自曼哈顿的男子一起荷枪前进,与鼓手、号手一起敲击、吹奏,呼唤农夫从平静的农田走上民主的战场。在民主斗士林肯总统被谋杀后,诗人满怀悲痛写下了《当紫丁香最后在庭园中开放》《呵,船长,我的船长》等诗,为这位带领美国这艘民主的航船渡过难关,抵达港口的"船长"和"父亲"唱出了"咽喉啼血的歌",给他送上了"紫丁香花枝"。

《草叶集》的风格正如新生的美利坚民族一样,具有丰富多样性。有评论家将其整体效果比为一首交响诗:"它需要整整一支交响乐队的演奏以体现其主题的交错与再现,从轻柔的弦乐到喧嚣的铜管",适应了不同场合表达情感的需要。

《草叶集》在艺术形式上所作的革命性贡献是大胆打破诗歌传统格律,创造了自由奔放的自由体诗。诗人认为,民主之声不能受传统的诗歌形式的束缚。拖长的、流畅的、不押韵的诗行本身就体现了贯穿全诗的自由主题。同时,将土话俚语引进艺术殿堂,也就等于为普通百姓争取了艺术创作的权利。《草叶集》的自由之声和自由诗体震惊了当时的读者,惹恼了学院派文人,但20世纪的美国诗人却享受着惠特曼给他们开创的语言自由。芝加哥诗派的代表桑德堡是惠特曼风格的直接继承者;"垮掉的一代"诗人被称为"惠特曼的野孩子",他们的领袖金斯堡的无拘无束的"嚎叫"风格明显受了惠特曼的影响。可以说,20世纪的美国诗人没有一个能够绕过惠特曼的巨大的存在。

第五章 现实主义与自然主义

1830年7月,当雨果笔下"乞丐王国"中的两千乞丐正在攻打巴黎圣母院的时候,现实中的巴黎民众正在自由女神的大旗指引下与政府军展开街垒战。七月革命胜利之后,法国建立了以路易·菲力普为国王、金融资产阶级为主体的七月王朝。差不多与此同时,海峡对岸的大不列颠也进行了一场不流血的革命。1832年英国议会改革,削弱了土地贵族的权力,工业资产阶级成为议会中的主导力量。这两大历史事件标志着欧洲的历史又掀开了新的一页。资本主义作为一种制度在西欧主要的工业发达国家正式确立了。

与工业革命相结合的自然科学也在19世纪30年代后取得了重大进展。1831年,科学家发现了电磁感应;1833年,提出了地质不断变动的学说;1846年,凭借数学计算发现了冥王星;1847年,发现了能量守恒定律;1859年,达尔文登上"小猎犬号"科学考察船的甲板,开始了人类对自身起源历史的考察,这次考察的成果是《物种起源》,提出了"物竞天择、适者生存"的进化论。

仿佛为务实的资本主义制度作注脚,1830年代,法国哲学家奥古斯特·孔德(1798—1837)提出了"实证主义"理论。按照他在其六卷本的《实证哲学教程》中的观点,社会发展分为三个阶段:在神学阶段,以神的意志说明万物;在形而上学阶段,从抽象力中寻求事物的解释;而发展到他所谓的实证阶段或科学阶段,人们开始依靠精确的观察、假设和实验,研究现象之间的关系,得出实证的科学。孔德在其《实证哲学教程》中提出的口号就是:"拒斥形而上学。"

于是,资本主义、科学主义和实证主义三位一体,主宰了整个社会的价值观。原先多样性的价值取向和人生目标单一化了。用马克思的话来说,"宗教的虔诚、骑士的热忱、小市民的伤感等情感的神圣激发,统统被淹没在利己主义的冰水之中"。浪漫主义的激情和理想也渐渐冷却,被冷静的观察、理性的思考和客观的描述取而代之。于是，现实主义文学应运而生，并在小说这种文学形式中得到了最完满的体现。

"现实"一词具有多种含义，在英文中它指"在日常生活中真实、明显的"；在德文中，它有"东西、事物"的含义。这个词用于日常生活是指摒弃不切实际的想法，寻找物质实惠而不是诗意的理想。现实主义的原则应用于文学，则要求作家客观、冷静地按照事物的本来面目来描述，而不以自己的理想或好恶任意拔高或贬低；通过描述人的各种困境，把心理学和社会学融为一体，对自己发明的人物和事件进行分析和解释。与浪漫主义作家相比，现实主义作家的态度似乎更加谦恭。他们不再像自己的前辈（如雪莱）所宣称的那样，立志要成为"人类社会的立法者"或"人生百艺的发明者"，而宁可当一名正在自己身边上演着的人间悲喜剧的观众，并将它忠实地记录下来。用巴尔扎克的话来说："法国社会将要作历史学家，我只能当它的书记，编制恶习和德行的清单，搜集情欲的主要事实，刻画性格，选择社会上主要事件，结合几个性质相同的性格的特点糅成典型人物，这样我也许可以写出许多历史学家忘记写的那部历史，就是说风俗史。"因此，对周围现实的关注，对琐碎的、物质性的细节的重视（从人物的头发颜色、亲属关系到经济收入和门牌号码等）就成为1830年代以后崛起的一代欧洲作家创作的普遍特点；而年轻人的个人奋斗及其命运则成为他们探索的一个中心主题。

小说注定要成为19世纪欧美文学的主要类型，因为它既可为大众提供娱乐，又具有教化功能，可用于推动社会改革。它使各个阶级的读者得以了解他们生活圈子之外发生的事情。身居大城市的人不知小村落中重复单调的生活；小镇的居民也无法想象大都市里多姿多彩的人生。小说的出现正好填补了这个空缺，成为识字的大众每天必看的读物，犹如报纸或圣经。在英国，火车旅行增加了对小说的需求量，站台上都开设了书店。在某种意义上，小说似乎注定是现实主义的。它只有使自己描述的事件像是真的发生过，使它塑造的人物真的就生活在周围一样，才能赢得读者的眼泪和同情，从而获得市场销路。这样，小说在反映资本主义社会现实的同时，自己也成了资本时代的一种特殊商品，积极参与了对这个新的现实的建构。

一 法国:个人奋斗与风俗史写作

1830年司汤达(1783—1842)发表了欧洲文学史上第一部现实主义小说《红与黑》,开风气之先。小说描述了一个名叫于连·索瑞尔的平民青年的个人奋斗史。在这个人物身上,作家多少融进了自己的人生经历和体验。司汤达原名亨利·贝尔,生于格列诺布尔。7岁丧母,由一位神父教养成长。中学时代酷爱数学,崇拜拿破仑。1799年,拿破仑发动雾月政变。年方17岁的亨利从家乡赶到巴黎,想参军入伍。不料此时第一执政已率领部队去了意大利前线。亨利骑上一匹从亲戚那儿借来的刚刚复原的病马,一路奔驰翻越圣贝尔纳山,终于在米兰追上大部队,当了第六骑兵团的一名中士。之后,在马伦哥战役中立下战功,被提升为少尉,当了米肖司令官的参谋。

战争与爱情一直是这位自称为"人性观察家"的作家追求的两极。因为在他看来,这两者都包含某种神秘的、不可预料的因而令人激动兴奋的因素。在一本题为《论爱情》(中译本为《十九世纪的爱情》)的散文作品中,他曾区分过四种不同的爱——肌肤之爱、高雅之爱(18世纪的调情游戏)、虚荣之爱和激情之爱。司汤达说,最后一种爱是最大幸福的源泉。在这方面,想象力起了创作的作用,它将一个人的惊异和爱慕之情"加以结晶"(这是他发明的术语),再将这些感情投射到所爱的人身上。1801年,为了追求一位女子,他离开部队,回到巴黎,并去过马赛,当过一段时间的杂货店店员。在此期间,他研读了一些启蒙主义者的著作,尤其着迷于爱尔维修的关于人的欲望和自爱的思想。5年之后,可能是由于爱情梦的破灭,他又重新回到拿破仑手下当了一名副官。后来在德国占领区当过皇家领地总管,又在巴黎做过法制局审计官,深得拿破仑信任。1812年随军远征俄罗斯,亲眼看到莫斯科的熊熊大火和法国军队的溃败。拿破仑的垮台也结束了司汤达的军人生涯,使他感到政治上的幻灭。他离开巴黎,移居意大利的米兰。从那时起,他开始以写作为自己的事业,并用不同笔名发表各种类型的作品,在发表《罗马、那不勒斯和佛罗伦萨》(1817)时,他第一次用"骑兵军官司汤达"这个笔名。在意大利期间,他也和拜伦勋爵一起热情支持意大利烧炭党人的民族解放斗争,后来被奥地利警察驱逐出境。1830年七月革命后,他仍然郁郁不得志,在教皇辖下的一个意大利滨海小镇当一名外交官,直至1842年中风去世。司汤达安葬在蒙马特高地,墓碑上镌刻着他生前为自己拟就的墓志铭——

阿里果·贝尔 米兰人 写作过 恋爱过 生活过

据说,亨利·贝尔一生共用过171个笔名,"司汤达"是他用得最多也最为人所知的笔名。这位作家为何要把自己的真名实姓掩盖起来,躲在面具背后说话,并且不断变换他的面具?也许,这正是浪漫主义的自我中心开始向客观冷静的写实主义过渡的一种标志?不管怎么说,他笔下的人物既来自他对现实的仔细观察,又带有他个人生活的强烈印记。

在有关司汤达的代表作《红与黑》(1830)的讨论中,小说标题的象征意义是争论的焦点之一,它涉及对主人公于连·索瑞尔的性格和命运的评价。一些学者认为,"红"与"黑"指的是主人公一生想穿或穿过的两种不同颜色的服装:拿破仑龙骑兵的红色军装和天主教会修道士穿的黑色教袍;同时,"红"与"黑"也象征了当时的时代特征及主人公的人生追求和价值取向。于连生活在拿破仑垮台和君主制复辟交替的时代,从其性格本质上看,这个平民出身的年轻人向往的是热血沸腾的拿破仑时代,通过驰骋战场实现自我价值;然而出于现实考虑,他不得不走上一条复辟政府和教会鼓励的道路,即试图通过勤奋自学,从修道士晋升到主教,进入上流社会。于连徘徊在两者之间,摇摆于理想追求与现实诱惑之间,最后堕落为一名杀人犯。

在于连·索瑞尔从19岁到23岁短短五年的个人奋斗过程中,环境对其性格的发展起到了很大的作用。这个木匠之子原本生活在一个闭塞落后的小城,由于勤奋苦读而精通了拉丁文,在当地小有名气,被市长请去当了家庭教师,结果与市长之妻德·瑞那夫人发生了不正当的关系,无法再存身于此。在一位教士的推荐下,进省会城市的神学院当了一名修道士。刻苦攻读和虚与周旋让他获得院长好感,成为神学课程助教，但因神学院内部倾轧而再次无法存身，与院长一起来到首都巴黎，被介绍给一位侯爵当私人秘书。凭借惊人的记忆力和虚伪的手段，他赢得了侯爵的信任，并设法诱惑了他的女儿，致使侯爵不得不同意将女儿嫁给他。环境的变迁和地位的上升，使他的欲望不断扩张，野心不断膨胀。然而正当他踌躇满志，幻想登上更高的社会阶梯，获得更大的现实利益时，侯爵在这个野心勃勃的年轻人身上发现了某种可怕的东西，设法找到后者的第一任情人德·瑞那夫人，了解了他的过去，撕毁了他与自己女儿的婚约。愤怒的于连将其个人奋斗的失败归于德·瑞那夫人的告密，赶回小城开枪将其打伤，结果被判处死刑，上了断头台。这个平民出身的个人奋斗野心家，直到进入牢狱、面临审判的那一刻才明白，像他那样出身贫寒的青年无论怎样拼命奋斗，最终都不可能进入上流社会，与贵族阶层共享利益。

平民意识与出人头地的虚荣心，对拿破仑的崇拜与对权力财富的崇拜，交织在这个青年野心家的内心，成为他挥之不去的心理情结。小说用很多细节揭示了主人公内心"红"与"黑"的冲突。第 18 章写到，皇帝驾临小城瞻仰圣体时，小城组织一支仪仗队，于连想方设法通过市长夫人的关系进了仪仗队，穿上带银质肩章的骑兵服装，骑着马，行进在大街上，这时，他觉得自己是个英雄，是拿破仑手下的传令官，领导着一个炮队在进攻。但仪式结束后，他不得不匆匆用黑色的教袍披裹住军装，甚至来不及脱下马靴，就跟着西朗教父去拜见前来主持弥撒的主教大人。这时，他又被眼前这位年轻主教的风采迷住了，不再想到拿破仑和军队的光荣。他心里想的是："这么年轻，就做了安地主教！可是安地在哪里？这能赚好多钱吗？也许二三十万法郎吧？"

一位西方评论家认为，司汤达在刻画书中人物时，表现出一种临床诊断般的超然态度。无论故事情节多离奇，背景多独特，他都总是能深入人物的内心，写出导致某一场景产生的人物心理活动。《红与黑》对主人公复杂的爱情心理的刻画堪称一绝。作家在一篇评论自己小说的文章中曾说，于连经历了两种不同的爱情。他在小城期间与市长太太德·瑞那夫人的爱情是"心坎里的爱情"，没有或较少功利考虑；他在巴黎期间与侯爵女儿玛特儿小姐的爱情则是"头脑里的爱情"，带有强烈的功利主义色彩。其实,细究起来,他的两次爱情经历中,英雄主义和功利主义因素都是交混在一起的,只不过所占的比重不同而已。以下片段选自小说第9章,写于连向他的第一位情人进攻时的复杂心理。在一次聊天时,他无意中碰到了德·瑞那夫人的手,夫人马上把手缩了回去。因出身低微、地位低下而特别敏感的于连认为这是夫人对他的轻蔑,于是决定在第二天进行报复:

> 夕阳西下,决定性的时刻临近了,于连的心跳得好快。入夜,他看出这一夜将是一个漆黑的夜,不由得心中大喜,压在胸口的一块巨石被掀掉了。天空布满大块的云,在热风中移动,预示着一场暴风雨。两个女友散步去了,很晚才回来。这一天晚上,她们俩做的事,件件都让于连觉得奇怪。她们喜欢这样的天气,对某些感觉细腻的人来说,这似乎增加了爱的欢乐。
>
> 大家终于落座,德·瑞那夫人坐在于连旁边,德尔维夫人挨着她的朋友。于连一心想着他要做的事,竟找不出话说。谈话无精打采,了无生气。
>
> 于连心想:"难道我会像第一次决斗那样发抖和可怜吗?"他看不清自己的精神状态,对自己和对别人都有太多的猜疑。
>
> 这种焦虑真是要命啊,简直无论遭遇什么危险都要好受些。他多少次希望德·瑞那夫人有什么事,不能不回到房里去,离开花园!于连极力克制自己,说话的声音完全变了;很快,德·瑞那夫人的声音也发颤了,然而于连竟浑然不觉。责任向胆怯发起的战斗太令人痛苦了,除了他自己,什么也引不起他的注意。古堡的钟已经敲过九点三刻,他还是不敢有所动作。于连对自己的怯懦感到愤怒,心想:"十点的钟声响过,我就要做我一整天里想在晚上做的事,否则我就回到房间里开枪打碎自己的脑袋。"
>
> 于连太激动了,几乎不能自已。终于,他头顶上的钟敲了十点,这等待和焦灼的时刻总算过去了。钟声,要命的钟声,一记记在他的脑中回荡,使得他心惊肉跳。
>
> 就在最后一记钟声余音未了之际,他伸出手,一把握住德·瑞

那夫人的手,但是她立刻抽了回去。于连此时不知如何是好,重又把那只手握住。虽然他已昏了头,仍不禁吃了一惊,他握住的那只手冰也似的凉;他使劲地握着,手也战战地抖;德·瑞那夫人作了最后一次努力想把手抽回,但那只手还是留下了。

　　于连的心被幸福的洪流淹没了,不是他爱德·瑞那夫人,而是一次可怕的折磨终于到头了。

(郭宏安 译)

　　司汤达生前文名寂寞,他的小说没有得到应有的重视。但他没有自暴自弃,一直坚信自己的创作具有充分的历史价值。他说,他是"为少数幸运者"而写作,为20世纪的读者而写作。他的预言已经被证实。当年出版后无人问津的《红与黑》如今已成为世界上最走红的小说之一,被译成各国文字。根据这部小说改编的电影和电视剧也不断出现。对《红与黑》的研究已成为西方的一门显学。尼采曾赞扬说,司汤达以拿破仑的步伐跨越了整个欧洲,惊醒了几代欧洲年轻人的心灵。有一位美国批评家说得更干脆,"我们与司汤达的关系永远不会完结,我认为没有比这更高的赞美了"。

　　与司汤达玲珑剔透的性格刻画和精细入微的心理描写相比,跟他同时代的另一位小说家奥诺雷·德·巴尔扎克(1799—1850),则显得有些毛手毛脚,过于粗犷。不过,他并不为此感到不安,反而沾沾自喜地对司汤达说:"我画壁画,你塑意大利雕像。"的确,巴尔扎克有充分的理由和自信,无须为自己的大气磅礴的风格感到羞愧。这位作家有着壮实的个子、充沛的精力和不竭的创造力,以至于拉马丁说:"他(巴尔扎克)代表着大自然的威力"。

　　不过,巴尔扎克摸索了差不多十年之久才找到自己创作的道路。这位未来的伟大作家首先要考虑的一件事是,如何养活自己。像他自己笔下那些野心勃勃、独闯天下的年轻人一样,巴尔扎克栖身于穷人聚居的巴黎圣安东尼郊区,在望得见满天星斗的阁楼上想象着光辉灿烂的未来。为了生存,他当过"文学裁缝",将别人的作品东拼西凑,匿名或化名出版;做过出版家,办过印刷厂和铸字厂;甚至还曾鬼迷心窍,投资开发过一处罗马时代废弃的银矿。但这种种尝试,均以失败告终,还让他背上了终生还不清的巨额债务。

直到1820年代末,他在确信自己作为一个企业家已经完全失败之后,才老老实实地坐在书桌旁,开始从事文学创作。像司汤达一样,巴尔扎克也是拿破仑的狂热崇拜者,他在书房里放着一个拿破仑雕像,上面题着自己的誓言:"彼以剑锋创其始,吾以笔锋竟其业。"1829年,他写出了以法国大革命为时代背景的长篇小说《朱安党人》,第一次在封面署上了"奥诺利·德·巴尔扎克"这个名字(他认为"巴尔扎克"是个伟大的姓氏,不能轻易使用,中间这个代表贵族的"德"[de],是他自己加上去的),终于得到文坛首肯,出席了在文坛领袖雨果家举行的作品朗诵会。此后,他以过人的精力和毅力投入了一座庞大的文学金字塔的创作。在短短的20年中,他透支了常人也许要50年才能消耗光的生命能量,接连写出了93部长短篇小说,终因劳累过度而英年早逝。雨果在巴尔扎克追悼会上如此感叹:"他的一生是短促的,然而也是饱满的;作品比岁月还多。"

巴尔扎克的全部作品形成一个完整的系列——《人间喜剧》。自1830年代以后,他的创作出现了越来越明显的分类倾向。1833年,他以《十九世纪风俗研究》为题出版了他此前的全部作品。次年,又更名为《社会研究》。1841年,在中世纪诗人但丁的《神曲》(意大利文原意为"神的喜剧")启发下,他正式决定以《人间喜剧》为名涵盖自己的全部作品,包括已经出版的、正在写作的和将要出版的。他在序言中说,正如动物学家因为研究需要,把动物按纲、目、科分门别类一样,作为小说家的他要研究的是人类这个物种在其原生地的生活状况。因此,他要用科学的方法,将其全部作品按性质划分为三个大类(风俗、哲学和分析)进行"研究",其中第一大类又分为六个场景(私人生活、外省生活、巴黎生活、乡村生活、政治生活、军事生活)。这位小说家企图通过这种"科学"方法,详尽探讨人与环境的相互作用,研究人类"热情的暗红色磨坊"如何在金钱的推动下运转,并影响到人类灵肉的颤动。至此,作为作家的巴尔扎克已经超脱了作为企业家的巴尔扎克,以平静的日神般的目光看待人间的恩恩怨怨,将人类一切卑鄙下流的行为,视为特定时代风俗的缩影。在《人间喜剧》中,他既写到了他心爱的高雅的贵族阶级的没落衰亡,也写到了满身铜臭的资产阶级暴发户的罪恶发迹,更写到了法国一代青年在残酷的生存竞争中个性毁灭和道德沦丧的现实。

《高老头》(1834)被公认为《人间喜剧》的奠基石。因为它是巴尔扎克有了《人间喜剧》的总体构思(当时还叫《十九世纪风俗研究》)之后,精心写作的第一部小说。正是从这部小说开始,作家运用"人物再现法",对他笔下的人物作了精心安排,让过去作品中已经出现过的人物再次出场,未来作品中将要出现的人物也纷纷登场,从而把《人间喜剧》联结成一个整体。

如果仅仅从题目来看,《高老头》的中心人物似乎应是那位被两个女儿榨干血汗后,客死在伏盖公寓里的退休面粉商人高里奥。但巴尔扎克狂放的天才往往使他看不清自己的真正的目标,他的作品中多种主题、多种动机经常互相交织、纠缠在一起。《高老头》就是如此。1834年,他在一封给远在乌克兰、后来成为他妻子的韩斯卡伯爵夫人的信中提到,他正在写一部小说:"我要在这部书里描写一种充满巨大力量的感情。无论是灾难、痛苦和不义,任何东西都不足以破坏这种感情。作品的主人公是一个父亲,他无异于基督教神圣的殉道者。"显然,信中提到的"父性基督"就是高老头。

但是,随着写作的深入,关于年青人成长的主题凸现出来。于是拉斯蒂涅渐渐进入画面,占据了小说的中心位置。拉斯蒂涅出身于外省一个破落贵族家庭,他的风度、举止,都显示出他是大家子弟。为了出人头地,重振门庭,他来到巴黎求学。不久,他就看出了摆在他面前的两条道路,一条是认真读书,通过正常途径进入上流社会;另一条是征服几个可以做后台的贵族夫人,马上跳进上流社会,因为巴黎上流社会的特点就在于——"年轻人依靠女人往上爬,女人则依靠老头往上爬"。显然,前一条道路进展缓慢,无法满足他心中炎炎的欲火,后一条道路进展迅速,但时时刻刻得与自己的良心道德搏斗。拉斯蒂涅在两条道路间徘徊不定,最终选择了第二条。

作为一个过来人,巴尔扎克想告诉他的读者的是,巴黎的环境是如何使成长中的年轻人堕落的。为此,他为他笔下的主人公设置了两个截然不同的环境:公寓和沙龙。公寓是现代文明孕育出来的一个怪胎。三教九流、各色人等有着各自的过去,怀着各自的梦想和欲望,临时聚居在一起。拉斯蒂涅租居的伏盖公寓坐落在巴黎的穷人区(圣拉丁区)和富人区(圣日耳曼区)之间,仿佛人生的十字路口。租居的客人中有退休的面粉商人、贫困的大学生、在逃的苦役犯、守寡的军官太太、退休的小职员、被遗弃的孝女、神秘的老处女,还有势利的房东太太。

巴尔扎克以冗长枯燥的环境描写和细碎繁琐的细节描写著称。这一点可能令喜欢快节奏的现代读者受不了。但如果考虑到作家不仅想通过环境描写为主人公安排性格发展的背景,更有意通过这种考古学家般的精确为后代遗留下一份风俗史档案,那么阅读也许会增添几分乐趣。

> 这间屋子有股说不出的味道,应当叫做公寓味道。那是一种闭塞的,霉烂的,酸腐的气味,叫人发冷,吸在鼻子里潮腻腻的,直望衣服里钻;那是刚吃过饭的饭厅的气味,酒菜和碗盏的气味,救济院的气味。老老少少的房客特有的气味,跟他们伤风的气味合凑成的令人作呕的成分,倘能加以分析,也许这味道还能形容。话得说回来,这间窨室虽然教你恶心,同隔壁的饭厅相比,你还觉得窨室很体面,芬芳,好比女太太们的上房呢。
>
> 饭厅全部装着护壁,漆的颜色已经无从分辨,只有一块块油迹画出奇奇怪怪的形状。几口黏手的食器柜上摆着暗淡无光的破裂的水瓶,刻花的金属垫子,好几堆都奈窑的蓝边厚磁盆。屋角有口小橱,分成许多标着号码的格子,存放寄膳客人满是污迹和酒痕的饭巾。在此有的是消毁不了的家具,没处安插而扔在这儿,跟那些文明的残骸留在痼疾救济院里一样。你可以看到一个晴雨表,下雨的时候有一个教士出现;还有些令人倒胃的版画,配着黑漆描金的框子;一只镶铜的贝壳座钟;一只绿色火炉;几盏灰尘跟油混在一块儿的街灯;一张铺有漆布的长桌,油腻之厚,足够爱淘气的医院实习生用手指在上面刻划姓名;几张断腿折臂的椅子;几块可怜的小脚毯,草辫老在散着而始终没有分离;还有些破烂的脚炉,洞眼碎裂,

铰链零落,木座子像炭一样的焦黑。这些家具的古旧,龟裂,腐烂,摇动,虫蛀,残缺,老弱无能,奄奄一息,倘使详细描写,势必长篇累牍,妨碍读者对本书的兴趣,恐非性急的人所能原谅。红色的地砖,因为擦洗或上色之故,画满了高高低低的沟槽。总之,这儿是一派毫无诗意的贫穷,那种锱铢必较的,浓缩的,百孔千疮的贫穷;即使还没有泥浆,却已有了污迹;即使还没有破洞,还不会褴褛,却快要崩溃腐朽,变成垃圾。

(傅雷 译)

与寒伧、颓败的伏盖公寓形成强烈对比的,是高雅、辉煌的贵族沙龙。拉斯蒂涅的便利条件在于,他在上流社会有个亲戚,能够出入他的表姐鲍赛昂子爵夫人的沙龙。但是这一点与其说使他高兴,不如说更使他痛苦。每当他从表姐的舞会上踏着月光回家,脑海中还满是珠光宝气的人物、高雅风流的谈吐,一进入公寓,扑鼻而来的是伏盖太太厨房里传出来的臭味,房客们像马槽边的牲口那样围坐在长条桌边吃土豆。强烈的场景对比刺激着他的野心无限膨胀。他感到无论如何要跳出这个恶俗的环境,成为上流社会中的一员。

人物也是环境的一部分。我们的生活总会不由自主地受到周围人们的影响。在拉斯蒂涅的成长过程中,有三个人物分别从自己的经历出发,给他上了不同内容的人生课程。第一课由他的表姐鲍赛昂夫人"开讲"。鲍赛昂夫人有着高贵的门第和高雅的风度,但在这个金钱主宰的社会中,门第已经不起作用。与她有着三年恋爱关系的情人,为了能够得到20万法郎的陪嫁,毅然将她抛弃,投入了一个满身铜臭的暴发户女儿的怀中。鲍赛昂夫人以自己的屈辱经历现身说法,要他的表弟"以牙还牙对付这个社会",不择手段地去追逐有钱的女人,但决不要付出真情,只是把她们作为人生驿站、进入上流社会的阶梯,以获取更多的财富和权力。

人生哲学的第二课是同住在公寓中的神秘房客伏脱冷给他上的。伏脱冷真名雅克·高冷,是《人间喜剧》中多次出场,极为重要的一个人物。他扮演的是引诱人堕落的魔鬼撒旦的角色。身处社会底层,长期走南闯北,使他饱经人生沧桑,谙熟社会冷暖。这个在逃的苦役犯说,他是从阴沟里看这个社会的。他宣扬一种市侩哲学,教唆入世未深的年轻人堕落,要拉斯蒂涅去追求公寓中那位被银行家父亲抛弃的姑娘泰伊番小姐,自己则派人去刺杀那个银行家,以便夺得遗产,两人平分。胆小的拉斯蒂涅虽然心有所动,但始终没有行动。

人生哲学的最后一课由高老头"开讲"。拉斯蒂涅住在高老头隔壁房间,并在表姐沙龙上见过高老头的二女儿,银行家夫人纽沁根太太。通过来往于高老头和他的女儿之间,他通悉了高老头"隐秘的痛史"的全过程:两个女儿是如何榨干高老头的血汗,又是如何像吃光了桔子后将桔皮——她们的父亲——扔在大街上的。高老头临死时头痛欲裂,但身边没有一个女儿在。高老头出殡时,也没有一个女儿女婿去送葬,只派了两驾打着爵徽的空车跟在棺枢后面。棺木还是由一个学医的大学生皮安训向医院廉价买来的,送葬费则由拉斯蒂涅卖掉了一块金表支付。整个殡葬冷冷清清。拉斯蒂涅在埋葬高老头的同时,也埋葬了"年轻人的最后一滴眼泪"。小说最后的场景是:

> 拉斯蒂涅一个人在公墓内向高处走了几步,远眺巴黎,只见巴黎蜿蜒曲折地躺在塞纳河两岸,慢慢的亮起灯火。他的欲火炎炎的眼睛停在旺多姆广场和安伐里特宫的弯窿之间。那便是他不胜向往的上流社会的区域。面对这个热闹的蜂房,他射了一眼,好像恨不得把其中的甘蜜一口吸尽。同时他气概非凡地说了句:
> "现在咱们俩来拼一拼吧!"
>
> (傅雷 译)

但是,这声叫喊决非正义的呼声,而是表达了不惜一切代价钻进上流社会的决心。因为,在说出这句话之后,他就下山到高老头的二女儿纽沁根太太家吃饭去了。这部小说到此结束。但在《人间喜剧》的另外几部小说中,我们将会再次遇见这个人物。在《纽沁根银行》中,拉斯蒂涅成了搞银行假倒闭的帮手,肆无忌惮地夺取小额储户的存款。在《交际花盛衰记》中,他已经获得爵位,当上了部长,成为法兰西上议员,一年有30万法郎的进款。

在阅读《红与黑》和《高老头》的过程中,读者会很自然地将司汤达笔下的于连和巴尔扎克笔下的拉斯蒂涅作个对比。的确,这两个形象有诸多相似之处。两个都是精力充沛、野心勃勃的年轻人;都企图凭借个人奋斗,通过勾引贵夫人进入上流社会,但为何前者以失败告终,后者却一举成功了呢?出身的差异无疑是一个重要因素。复辟后的贵族社会特别重视门第身份,唯恐圈外人闯进来打破森严的等级秩序,瓜分他们已经占有的既得利益。正是这种观念使得贵族阶级成为阻碍现代性发展的绊脚石,在七月革命中被平民阶级推翻。

提到19世纪现实主义作家时,法国批评家爱说的一句话是:"司汤达精确,巴尔扎克宏伟,福楼拜完美。"的确,出生于外科医生家庭的居斯塔夫·福楼拜(1821—1880)对小说艺术有着科学家般苛刻的追求。他认为,"伟大的艺术应该是科学的、客观的",主张小说语言要写得"像诗歌一样有节奏,像科学语言一样精确"。显然,巴尔扎克式的粗犷和不修边幅不合他的意。巴尔扎克能够在一个晚上写出一个短篇,而福楼拜要花掉整整六年才完成他的代表作《包法利夫人》(1851—1856)。小说刻画了一个名叫爱玛的外省女人的灵魂。这个乡下姑娘从小被送入修道院,在那里读了一些浪漫主义者的作品,满脑子都是对浪漫爱情的憧憬和幻想。出来后,阴差阳错地嫁给了一个庸俗的医生包法利当续弦夫人。丈夫经常出诊,将她一个人留在家里。春天花开的季节,她只能一个人倚在阳台上,任凭爱的幻想驰骋田野。风流故事不可避免地发生了。她与她的邻居,一位有钱的庄园主,从私情发展到私奔,来到了巴黎。不久,她被情人抛弃,为了生存,找了丈夫的一位实习生。但贫穷的大学生与她同居一段时间后,因无法供养她而离弃了她。爱玛只好选择服毒自杀。她去世的时候,路上传来瞎子的歌声。

上述这一切,福楼拜都是用极其冷静、客观、不动声色的笔调描述出来的,尽管他说,在写到爱玛服毒的时候,他感觉自己的舌头上也有了一股苦味。

小说发表后,巴黎当局起诉作家,说他败坏道德、诽谤宗教,因为小说中提到女主人公是在修道院里产生种种浪漫幻想,导致她以后的爱情悲剧。福楼拜为自己辩护,说他只是写了"外省风俗"而已,小说原型是诺曼底农村发生过的真人真事。他还说,就在他写《包法利夫人》的时候,有20万个爱玛正在法兰西大地上呻吟着。一些作家也纷纷站出来,为作家的写作自由辩护。双方争论的结果是为该书作了难得的广告。结果,巴黎法院判作家无罪,作家和批评家们欢呼雀跃,认为这是"现实主义的胜利"。

差不多与此同时,1850年代法国美术界围绕画家库尔贝的画展进行了一场关于"现实主义"的争论。1855年,库尔贝的两幅作品在沙龙评选中落选。他挑衅地在沙龙展的对面自费开办个人画展,展出了《筛麦的女子》等作品,将筛麦子这种"毫无意义的"日常琐事引入绘画,挑战传统的美学理念。画家说:"我只画我眼睛所看到的东西。像我所见到的那样,如实地表现我这个时代的风俗、思想和它的面貌。"库尔贝的观点与文学界出现的现实主义倾向遥相呼应。1857年,法国小说家尚·弗洛里首次用"现实主义"(realisme)一词来指称当时文学中出现的新倾向。他的朋友杜朗蒂也办了一本同名刊物。从此,现实主义作为自觉的流派出现在法国文坛,福楼拜理所当然被推崇为现实主义的领袖。此前的一些已经去世的、具有类似创作倾向的作家,像司汤达、巴尔扎克等,也被追认为现实主义作家。

居伊·德·莫泊桑(1850—1893)是福楼拜的私淑弟子,经常出入于导师家中,得到他的指导。福楼拜说,"他是我的门徒,我像爱护儿子一样爱他"。福楼拜去世前一个月,1880年4月,莫泊桑发表了短篇小说《羊脂球》,一举成名。之后,他成为与俄国的契诃夫、美国的欧·亨利并列的世界文坛三大"短篇小说之王"。

莫泊桑短篇小说的基本主题可分为两类:一类是写资产阶级风俗习惯,揭露其拜金主义和腐化堕落,如《我的叔叔于勒》《项链》;另一类是与普法战争相关的,如《米隆老爹》《菲菲小姐》《羊脂球》等。《羊脂球》以普法战争为背景写一个爱国的妓女,她不愿意为占领法国的普鲁士人服务,与其他一些"上等市民"坐同一辆公共马车,逃出被占领的卢昂城。故事就在封闭的车厢内发生。起先,大家都不理睬这个下贱的女人。但马车在半路上被普鲁士人扣留,军官提出条件要这个绰号"羊脂球"的妓女陪他睡觉后才能放行。此时,"上等市民"一个个急不可耐地劝说,要她为了大家的利益而献出自己的身体。她在众人的劝说下,不得不同意与普鲁士军官过夜。然而第二天一早,当她重上马车时,没有一个"上等市民"再理睬她。一个三万字的短篇,写出了"上等人"和"下等人"的精神道德价值。像他的导师一样,莫泊桑的叙事风格是冷静客观的;作家的道德评价通过场面和情节描写自然而然地流露出来。语言简洁到位,达到了他的导师给他提出的写作标准,即用唯一的名词描写事物,用唯一的形容词描述状态,用唯一的动词描写动作。

莫泊桑属于一个名叫"梅塘集团"的文学团体。这个团体以爱弥尔·左拉(1840—1902)为核心,包括保尔·阿莱克西、昂利·塞阿、莱昂·埃尼克、于斯曼等。这六位作家气质相近,情趣相投,既有共同的爱国之心,又有相同的哲学倾向,他们以巴黎郊外左拉的梅塘别墅作为主要活动场所。1879年在梅塘别墅的一次聚会时,左拉提议各人写一篇以普法战争为背景的中短篇小说。左拉写了《磨坊之围》,于斯曼写了《背上背包》,莫泊桑写了《羊脂球》,其余三人也各交一篇。这六篇小说于1880年交给沙邦节书店出版,题为《梅塘之夜》。莫泊桑的《羊脂球》被推为六篇之中最好的一篇,受到文学批评家和读者的赞赏。

"梅塘集团"的成员标榜自然主义,《梅塘之夜》被看作这个集团发起的自然主义运动的宣言。尽管他们之中有人开始不赞成自然主义,或者后来否定了自然主义的理论,但他们的一些作品都在不同程度上打着自然主义的烙印。这些作家中最能代表19世纪后期自然主义倾向的,首推左拉。

1869年,左拉在巴尔扎克的《人间喜剧》的宏伟构思、达尔文的生物进化论、克罗德·伯纳德的遗传学思想以及泰纳的"种族、环境和时代"三要素决定文学发展等理论的影响下,产生了写一部大型系列自然主义小说的设想,他将其定名为《卢贡-玛卡尔家族》,副标题为"第二帝国时期一个家族的自然史和社会史"。整个系列共包括20部长篇小说,写了整整23年(1870—1893)。从自然史的角度看,《卢贡-玛卡尔家族》描写了五代人的遗传性疾病,包括歇斯底里、肺结核、酒精中毒、先天性痴呆、神经过敏、脑积水、瘰疬等。这些病例都是从当时一位名医写的书中选取的,但作家用文学性的笔法作了更为详细的描述,力求毫发毕现,栩栩如生,但科学性则大打折扣,似乎没有多大价值。从社会史的角度看,这20部小说以一个家族为线索,通过它的盛衰反映出一个时代的变迁,包括从拿破仑第三发动政变上台,到普法战争中法国军队色当大溃退、第二帝国崩溃为止的那段法国历史。卢贡-玛卡尔家族第一代人是花匠和走私者的结合,第二代逐渐从小人物发展为小资产者,第三代因第二帝国的崛起而一夜暴富,跻身于大资产阶级。之后,这个家族随着第二帝国的崩溃而堕落,第四代的成员分布到社会各阶层,上至国会议员、经纪人,下至矿工、妓女、洗衣妇、屠夫,可谓三教九流,无所不有。整个小说气势磅礴,场面宏大,人物众多,描写精细入微,展现了一部相当完整的第二帝国时代的历史画卷。这20部中,《小酒店》是第一部获得巨大成功的作品,它从生理学角度对人物进行把握,突出描写了工人的生活状况和酗酒的危害;《娜娜》是其续篇,写妓女生活,有明显的遗传和环境决定论色彩,受到批评家的指责。为了替自己的自然主义创作理念辩护,左拉一度停止小说创作,把精力集中在构建自然主义理论体系上,连续出版了包括《实验小说论》(1880)等在内的四部论文集,系统阐述了他的自然主义主张。他反对对生活作典型化描绘,主张写真实,认为真实就是自然的客观存在;强调客观性,认为作家应该消失在情节背后,而不应对描写对象作道德评价;突出科学性,将人理解为生物性存在,认为创作就是探索和印证生物规律,尤其是遗传规律对人的影响。在左拉看来,文学创作过程类似科学实验过程,而作家的创作成果则类似科学家向社会提供的一份实验报告。

在完成《卢贡-玛卡尔家族》之后,左拉又写了另外两个系列小说:《三名城》(1894—1898)和《四福音书》的前三部(1899—1901),成为公认的文学巨匠。左拉不仅具有文学天赋,也具有强烈的社会正义感。1898年,法国发生了著名的"德雷福斯案",一位犹太裔军官被诬告纵火而获判刑。同年1月13日,法国《震旦报》头版刊登了左拉致共和国总统的公开信《我控诉》,抨击了政府纵容的非正义行为:"我的责任是说话,我不愿成为同谋。每夜我都受到那个无辜的人的幽灵的烦扰,它受到最可怕的折磨,要为自己没有犯过的罪行受苦。"左拉因此而受审,被判处3000法郎的罚金和一年监禁,他不得不逃亡到英国去了一段时间。不过,在左拉于1902年在自己寓所因煤气中毒去世四年之后,法国政府还是为他举行了隆重的国葬,将他的骨灰转移到先贤祠。

二 英国:工业革命、小资温情与女性写作

1830年,第一辆火车头开始在利物浦和曼彻斯特之间试运行。之后,火车逐渐取代马车成为穿越英格兰大地的主要交通和运输工具。1837年,年方26岁的维多利亚女王上台执政,开始了长达64年之久的统治(1837—1901)。维多利亚时代被一些历史学家称为堪与伊丽莎白时代媲美的"盛世"。正是在她统治期间,英国完成了从传统的农业国向工业国的转型,成为"世界工厂"和欧洲最强大的殖民帝国。大不列颠的产品远销世界各地,皇家海军的军舰游弋在地球表面80%以上的海面上,从加勒比海到马来群岛,甚至远东的中华帝国都处在"日不落帝国"强权的威慑下。但是这个当时世界上最富有的国家,也酝酿着巨大的危机。贫富之间的巨大鸿沟随时都可能爆发为大规模的社会动乱。英国工人每日工作长达16小时以上而收入难以糊口,霍乱和肺病在工人区猖獗流行。低矮黑暗的煤矿坑道中,童工们用双手双膝爬行,拖曳着沉重的煤车。卡尔·马克思愤怒地写道:"劳动创造了美,但是使工人变成了畸形……劳动创造了智慧,但是给工人生产了愚昧和痴呆。"这就是人的"异化"。

随着资本主义经济的迅猛发展,英国工业资本家的政治力量也大大增强。1832年英国国会在工人和工业资本家的压力下实行改革,扩大了普选权。土地贵族不得不作出让步,让工业资本家参政。然而这次改革没有给工人带来多大好处。由于法案规定选举权的获得要以财产拥有量为标准,广大贫困工人仍未能获得选举权。1837年,工人协会起草"人民宪章",要求工人取得普选权,工作时间缩减为每天10小时,议会每年举行一次。次年,人民议会召开,几百万工人在宪章上签了名,发展为全国规模的宪章运动。宪章运动标志着工人阶级的斗争已经超出当年路德运动捣毁机器的水平,进入独立的政治斗争阶段,成为"第一次广

泛的、真正群众性的、政治上成形的无产阶级革命运动"(列宁语)。宪章运动时期产生了具有鲜明的斗争性、迅速反映工人阶级意愿的宪章派诗歌。这也是世界文学史上第一次出现的无产阶级文学,对现实主义文学产生了深刻影响,其中有代表性的诗人是厄内斯特·琼斯。

之后,以狄更斯为首的一批英国现实主义小说家崛起。他们在这个交织着富裕与贫困、幸福与残酷、光荣与血腥的时代,以"暴露性的雄辩的篇页给世界宣示了比所有职业的政治家、政论家、道德家合在一起还要多的真理",成为"现代英国小说家中最辉煌的一派"(马克思语)。同时,通过自己的作品呼唤温情和人道主义,他们在促使英国政府采取一定措施(如修改《济贫法》等)、避免暴力革命和大规模的社会动乱方面,也起到了一定作用。

查尔斯·狄更斯(1812—1870)是19世纪英国最伟大的现实主义小说家,也是文学史上不多见的、把高度的思想性和广泛的娱乐性结合起来的作家。他既是小说艺术大师,又是通俗小说作家。他的作品既是惊世骇俗的暴露文学,又是情节热闹、引人入胜、可看好读的畅销书。在英国乃至欧洲文学史上,没有哪一位作家比他塑造的人物形象更令人难忘、更生动得让人一眼就认得出来的了。一个半世纪来,他的作品在畅销书中遥遥领先。在那些人手一册的经典中,他仅排在《圣经》和莎士比亚之后。他的作品被译成外文的最多,在世界各地流传得最广。对他的作品进行版本的校勘、批评、解释、重读和研究,业已成为一个学术行业。

如果说巴尔扎克的《人间喜剧》实际上是一部人间悲剧、人间惨剧,那么狄更斯的全部小说则构成了一个真正的人间喜剧,其中的情节、人物和格调都带有鲜明的喜剧色彩。在他的小说中,好人历尽磨难,总会得到好报;坏人一时逞能,难免可悲下场,要不就幡然悔悟,立地成佛。狄更斯带着小资产阶级的温情和幽默为英国社会写下了一曲又一曲交织着眼泪和欢笑的悲喜剧。狄更斯的传记作者之一、法国批评家莫洛亚说,狄更斯不仅是一个民族的人民作家,他还在很大程度上塑造了这个民族。

1812年2月7日,狄更斯诞生在伦敦一个穷困的多子女家庭。他的父亲是个小职员,由于子女众多,又喜欢结交朋友,经常举债度日,弄得债台高筑,最后全家人都进了债务人监狱。作为长子的小查尔斯被送进一家黑皮鞋油作坊做工,只有周日才能去狱中看望一下家人。小时候的贫困和屈辱,在他心灵上留下了永久的伤痕。16岁时,由于父亲接受了一小笔遗产,全家出了债务人监狱,小查尔斯也得以进学校念书,后来进了一家律师事务所当缮写员并学会速记;19岁时,担任报社记者。1836年,当时已以笔名"波兹"闻名的狄更斯应朋友之邀,为一家报纸的连载漫画做配写文字的工作。不料,漫画家中途自杀,而文字还得连载下去。聪明的青年作家趁机提出改变原先的编辑构思,于是长篇连载小说《匹克威克外传》(1836—1837)应运而生,英国文学史上最著名的一个形象——匹克威克先生因此而在读者心目中定了格。

匹克威克先生是一个典型的英国绅士、快乐的单身汉。他有着一张月亮般天真的脸,圆圆的秃脑袋上架着一副月亮般圆圆的眼镜,挺着一个圆圆的大肚子;他的典型动作是将左手插在燕尾服背后,右手得意地在空中挥舞,发表滔滔不绝的演讲。犹如堂吉诃德和桑丘一般,匹克威克先生与他的俱乐部成员们坐在马车上游历全国,积极参与各种社会活动,经常因好心办坏事而闹出很多笑话,或被坏人作弄,甚至有一次匹克威克先生还因被房东太太误以为"毁婚"而进了班房。作家在匹克威克身上集中了英国人的幽默、乐观和绅士风度,但也刻画了他身上堂吉诃德般的疾恶如仇和具有理想色彩的人道主义。通过以匹克威克为首的俱乐部成员在英格兰大地上的游历,作家展现出一幅温情脉脉的英国世俗风情画。

英国批评家福克斯说,狄更斯小说中的人物是"扁形人物",也就是说,这些人物犹如卡通片中的形象,是漫画化的、夸张的、静止的;他们出场时是什么样子,以后就永远是这个样子;他们也没有什么内心活动,但读者可以凭借他们的外形、口风、癖好或动作轻而易举地认出他们。无疑,匹克威克先生是第一个"扁形人物"。在狄更斯1840年代以后写的小说中,我们看到了更多的"扁形人物",比如,《大卫·科波菲尔》(1850)中的乐天派密考伯先生(据说这个形象是以作家的父亲为原型的),尽管负债累累,却永远是一副乐呵呵的样子,任何时候都不会忘记调制他的潘趣酒,说一些正确的废话,比如,他会告诫大卫:"总之,大卫,听我说,赚30英镑50先令,用掉20英镑30先令,幸福;赚20英镑30先令,用掉30英镑,悲惨。"而密考伯太太的典型语言和动作则是当着众人的面,不顾一切地扑到密考伯先生的怀里,大声说:"啊,我决不抛弃密考伯先生。"《艰难时世》(1854)中的葛擂硬先生,出口就是"事实",而他本人的形象也像他强调的"事实"那么方方正正,毫无圆通之处——"四四方方像一堵墙般的额头……四四方方的外衣,四四方方的腿干,四四方方的肩膀"。葛擂硬先生自称他是个讲究实际的人,"为人处事都从这条原则出发:二加二等于四,不等于更多";他口袋里经常装着尺子、天平和乘法表,随时准备秤一秤、量一量"人性的任何部分"。他用"事实的哲学",在焦煤镇办了一所子弟学校,要求教师以"事实"来教育学生。他认为,只有事实才是生活中最重要的;除此之外,什么都不要培植,一切都该连根拔掉;要锻炼有理性的动物的智力就得用"事实"。葛擂硬先生的住宅"石屋",坐落在郊外,是个标准的"事实之家",形状异常整齐。这座很大的四四方方的房子,有一条阴暗的门廊遮住了它正面的窗户,如同房主人的浓眉遮蔽了他的眼睛一样。这是一座经过精确预算、核算、决算而建造成的房子。大门的这边有六个窗户,大门的那边也有六个窗户;这一厢的窗户总数是十二个,那一厢的窗户总数仍然是十二个;加起来恰好是二十四个。一片草地,一个花园和一条林荫小路都是直条条的,好像一本用植物编成了格子的账簿。

然而,葛擂硬先生硬邦邦的"事实哲学"一涉及人类柔软的感情和灵魂的问题就碰壁了。他从"事实"出发,将20岁的女儿嫁给一个50岁的资本家,为的是得到后者丰厚的财产,然而女儿却与别的男人私奔了;他用"事实哲学"教育出来的儿子也成了盗窃犯,不得不躲进马戏团才得以存身,而马戏团恰恰是他最痛恨的、最典型的非事实的所在。最后,他本人在一位马戏团演员的女儿的照料下得以安度晚年。他放弃了与工业革命孪生的冷冰冰的"事实哲学",信奉了基督教温暖的教义——宽容和仁慈。

乔治·奥威尔在1939年写的一篇文章《查尔斯·狄更斯》中,给我们描述了一副狄更斯的形象:"他正在笑,在笑声中有一丝怒意,但是没有得意,没有恶意。这是一个总是在对什么东西进行斗争的人的脸,但是他是在公开斗争的,而且并无惧意,这是一个虽有怒意但生性宽容的人的脸……"

狄更斯的形象并非永远如此。他也有怒目金刚的时候。作为一个有良知的文人,他看到的是转型时代的苦难和不幸。并且,用他生动而富有感情的笔触,描写并放大了这些苦难和不幸。在他笔下,伦敦的贫民窟:"道德狭隘肮脏;店铺住屋破败;人们面貌丑陋,衣不蔽体,潦倒邋遢,酒气熏天。穷街陋巷像许多臭水潭一样发出恶臭,排出垃圾和生命;整个地方都是犯罪、污物、苦难充斥……"纺织工业中心城镇兰开夏"有一条黑色的水沟贯穿其中,还有一条被气味不好闻的颜料染成紫色的河,大批大批的建筑物,窗户成天响着震颤着,蒸汽机的活塞单调地一上一下地工作着,像一头处在悲哀的疯癫状态中的大象的头部一样"。在他晚年的长篇小说《双城记》(1859)中,狄更斯更是把自己对时代的忧虑、对英国前途的担心、对人性的思考等等复杂的思想情感全都融入,使其成为探索时代和社会出路、人性复活的一个作品。与早期作品不同的是,《双城记》是一部历史小说,写的是法国大革命时代发生在伦敦和巴黎两个城市间的故事。作家选择的这两个城市既有情节上的联系,又有象征意义上的联系。小说以法国贵族的荒淫残暴、人民群众的重重苦难和法国大革命的历史威力,来影射当时的英国社会现实,警示英国统治者:假如不加以小心防范和适度改良,那么在法国燃烧过的那场"可怕的大火",也可能会在英国重演。

小说开宗明义,点明了作家对那个动荡时代的忧虑和反思:

> 那是最美好的时代,那是最糟糕的时代;那是智慧的年头,那是愚昧的年头;那是信仰的时期,那是怀疑的时期;那是光明的季节,那是黑暗的季节;那是希望的春天,那是失望的冬天;我们全都在直奔天堂,我们全都在直奔相反的方向——简而言之,那时跟现在非常相像,某些最喧嚣的权威坚持要用形容词的最高级来形容它。说它好,是最高级的;说它不好,也是最高级的。

(宋兆霖 译)

小说情节由冤狱、爱情、复仇三部分组成。英国医生曼纳特在巴黎行医,因揭露一桩贵族暴行而被关进巴士底狱,他在狱中留下血书,誓必报仇。18年后,他被他的法国仆人德伐日设法救出。前来接他回国的女儿露西在途中与一位名叫达尔内的法国青年相遇并相爱。曼纳特医生认出,达尔内正是当年将他送进牢狱的那个贵族的侄儿。但出于宽容和仁慈,他把这个秘密深深埋藏在心底,成全了这对年轻人的爱情。此后,法国大革命爆发,愤怒的民众陷入复仇的狂热中,誓将所有与贵族有关系的人们统统送上断头台。早已放弃贵族头衔、定居英国的达尔内为了救出被革命政府扣押的管家,赶回巴黎,结果被判处死刑。曼纳特医生和女儿赶到巴黎去救达尔内,也无力回天。最后,相貌酷似达尔内、同样爱着露西的律师卡尔顿为心爱的人而放弃自己的生命,采用"掉包计"将已被关入死囚牢的达尔内换出,自己慷慨赴死。曼纳特医生一家乘坐马车,匆忙逃出处在复仇狂热中的巴黎。

这部小说克服了狄更斯早期作品中那种流浪汉小说式的松散结构。整个情节细针密线,环环相扣,层层推进。一些看起来不显眼的人物的出场也都出于作者一种结构上的考虑。有些人物出场以后暂时消失了,读者几乎把他们忘了,但他们后来又出现了,而且在情节发展中起到了关键性作用。如露西的仆人普罗斯太太的那个当密探的弟弟、台尔森银行的罗瑞先生等,都在小说中起到穿针引线的作用。小说的高潮部分是德伐日太太在革命法庭上展示曼纳特医生在狱中写下的血书。血书原本是贵族阶级迫害下层人民的罪证,但在此时却成了以德伐日太太为首的革命者判处贵族后代达尔内死刑的证据。展示血书的过程既说明了革命的必然性,也显示了革命的残暴性。

《双城记》也是一个关于罪与罚、拯救和复活的故事。小说谴责了法国革命带来的,建立在仇恨、复仇和怨恨基础上的惩罚,暗示只有宽容和仁慈,个人和人类才能摆脱冤冤相报的无休无止的痛苦。这个任务只有一个与冤狱和复仇都没有任何关系的人来承当。这个人就是卡尔顿。卡尔顿的死既为别人带来生命的复活,也为自己带来精神的复活。他原先消极厌世,酗酒成性,认识露西后渐渐改变了性格,最后成为一个为爱情献身的人道主义者。卡尔顿像基督一样承担起人类的原罪,在断头台这个现代祭坛上献出了自己的尘世生命,得到了永生。他的死打破了整部小说中罪与罚永无休止的重复循环。小说引用了《圣经》中基督说的一句话,"信我者必得永生"。像基督一样,卡尔顿临死前也出现了幻觉,预言了美好的未来:

> 我看见巴萨、克莱、德伐日、复仇女神、陪审员、法官,一长串新的压迫者从被这个惩罚工具所摧毁的老压迫者们身上升起,又在这个惩罚工具还没有停止使用前被消灭。我看见一座美丽的城市和一个灿烂的民族从这个深渊中升起。在他们争取真正的自由的奋斗中,在他们的胜利与失败之中,在未来的漫长岁月中,我看见这一时代的邪恶和前一时代的邪恶(后者是前者的自然结果)逐渐赎去自己的罪孽,并逐渐消失。
>
> 我看见我为之献出生命的人在英格兰过着平静、有贡献、兴旺、幸福的生活——我是再也见不到英格兰了。我见到露西胸前抱着个以我命名的孩子。我看见露西的父亲衰老了、背驼了,其他方面却复了原,并以他的医术忠实地济世救人,过着平静的生活。我看见他们的好友,那个善良的老人,在十年之后把他的财产赠送给了他们,并平静地逝世,去接受主的报偿。
>
> ……

(宋兆霖 译)

将狄更斯看作唯一对手的威廉·梅克皮斯·萨克雷(1811—1863),其思想和写作风格与前者截然不同。他是一个怀疑主义者,缺乏乐观精神,不相信任何改善现存秩序和习俗的可能性。他的代表作是长篇小说《名利场》(1848),副标题为"没有正面主人公的小说"(按原文也可理解为"没有男主人公的小说")。小说主角是穷画师的女儿蓓基·夏泼,一个心狠手辣、工于心计的个人野心家。她先是追求同学爱米利亚的哥哥,企图通过婚姻改变自己的社会地位。失败后又到乡下一位男爵家当家庭教师,曲意逢迎,骗取其富有的姐姐的欢心,同时与男爵的次子秘密结婚,以获得遗产继承权。事情败露后,利用自己的魅力,进入上流社会,巴结勾引权势人物,又唆使自己的丈夫赌博。最后她身败名裂。小说书名来自17世纪清教徒作家班扬的寓言小说《天路历程》。《天路历程》描写一位基督徒从故乡"毁灭的城市"逃出,朝着"天国的城市"前进的历程。一路上,他历尽艰险,其中要经过一个叫"名利场"的地方——"市场上出卖各种商品;房屋、土地、职业、地位、荣誉、头衔、国土、王国、肉欲、欢乐,还有各种供人娱乐的东西,如妓女、鸨母、妻子、丈夫、儿女、主人、仆役、生命、鲜血、身体、灵魂、金银、珠宝、宝石等等一切"。萨克雷用"名利场"这个地名讽刺当时人欲横流的上流社会,同时也暗示了产生蓓基·夏泼的现实环境。

女性作家的异军突起,是维多利亚时代的显著特征。下面要提到的五位女性作家有四位出身于牧师家庭。显然,她们有着比当时一般女性更多的受教育机会和闲暇时间。简·奥斯汀(1775—1817)是英国19世纪伟大的小说家之一,可以说也是最低调、最不傲慢自负的小说家。她是一个乡村牧师的女儿,深居简出,在写作中自得其乐。1811年出版了她的第一部小说《傲慢与偏见》,署名"一女士著"。她以幽默、嘲讽的笔调真实而细致地刻画英国乡镇的生活,生动地再现了一个由乡村绅士、纨绔子弟、富家淑女、家庭主妇和其他一些乡镇居民组成的小世界,对中产阶层青年男女的恋爱和婚姻的描写是她小说的重要主题。她的每一部小说,无论是早期的《傲慢与偏见》《理智与情感》,还是后期的《曼斯菲尔德庄园》《爱玛》等都是微型的艺术珍品。她自称,她写的是"两英寸宽的小故事",然而正是这些小故事呈现出她对于人性的敏锐洞察和非凡的叙事能力,她能把发生在一个封闭小世界里的一些细微琐事放大并使之戏剧化。同时代的批评家阿诺德在《伟大的传统》中,将简·奥斯汀列在首位,突出了她在英国文学史上的地位。

相对于男性作家,女性作家似乎更加关注婚嫁之类的身边琐事,而不是诸如时代变革之类的宏大叙事。不过,盖斯凯尔夫人(伊丽莎白·克莱格霍恩·斯蒂文森,1810—1865)似乎是个例外。她也出身于牧师家庭,后来又嫁给一个教区牧师,经常奔走于教区,配合丈夫做些慈善事业,如接济穷人、护理病人等,因此比较了解当时工人阶级的生活状况,在代表作《玛丽·巴顿》中,她反映了1830年代宪章运动期间的劳资矛盾。

勃朗特姐妹是英国文学史上的两朵奇葩。她们出生于一个穷牧师家庭,一生贫寒,为病痛折磨,生活圈子封闭在阴郁的约克郡荒原,却把自己的激情和梦想化作了诗歌和小说。

夏洛蒂·勃朗特(1816—1855)以一本《简·爱》(1847)震惊了当时的文坛。小说描写一个孤女个人奋斗的经历,带有女作家自己的影子。简·爱出身贫寒,相貌平平,但性格倔强,意志坚定,勇于追求人格平等与个人幸福。她双亲早亡,由舅舅收养,受尽欺侮;之后被送到一家孤儿院,又受尽肉体和精神的摧残。后来应聘在桑菲尔德庄园当家庭教师,与庄园主罗彻斯特先生相爱。但在踏进婚礼的教堂时,才得知罗彻斯特已有妻子,因此她不得不痛苦地出走他乡。多年后她回到桑菲尔德,发现庄园已被罗彻斯特的疯妻焚毁,罗彻斯特本人也已双目失明,两人终于结合。小说心理描写细腻,带有神秘的哥特体风格。最令人觉得恐怖的情节是简·爱在与罗彻斯特订婚后的当天晚上,朦胧中看见一个披头散发的女子进入她的房间,来试穿她的婚纱。在婚礼仪式上,她才被告知,这个疯女人就是罗彻斯特的妻子,是他从西印度群岛带回来的一个有钱的混血女子。而罗彻斯特则宣称,他是一场家族阴谋的牺牲品,在与这个疯女人结婚之前并不知情。

1961年,一位来自英国前殖民地多米尼加的女作家简·里斯写了《简·爱》的前篇《藻海无边》,从后殖民角度讲述了罗彻斯特妻子伯莎的故事,为在《简·爱》中遭受不公正的"缺席审判"的疯女人辩护。按照她的说法,罗彻斯特明知这位混血女子有精神病史,但为了得到她三万英镑的巨额陪嫁,不惜远渡重洋赶到西印度群岛与其结婚,婚后将其带回伦敦关进阁楼。1979年,美国女性主义批评家吉尔伯特·古芭写了《阁楼上的疯女人》一书,利用这个疯女人的形象阐述了英国小说中的女性主义传统,从而进一步引发了现代读者对《简·爱》的兴趣和讨论。

爱米莉·勃朗特(1818—1848)是夏洛特·勃朗特的妹妹,写过许多优秀的抒情诗。她写的唯一一部小说是《呼啸山庄》(1847),讲述一个激荡在人类心灵最隐秘深处的爱恨情仇的故事。呼啸山庄庄主老恩萧在利物浦捡回一个弃儿,给他起名为希剌克利夫,视如己出,对他宠爱有加。庄主之子辛德雷出于妒忌,对希刺克利夫百般羞辱,并阻挠他与自己的妹妹凯瑟琳相爱。老恩萧一死,辛德雷便对他进行残酷的折磨,剥夺他受教育的机会,把他撵出客厅,贬为仆人。但凯瑟琳却始终同情他,站在他一边,两人在共同反抗辛德雷的暴虐中孕育出根植于生命最深处的爱情。然而这种感情在凯瑟琳见到画眉山庄舒适而体面的生活时起了变化,最后她因一念之差嫁给了画眉山庄的少爷,英俊、富有、温文尔雅的埃德加·林顿。痛苦万分的希刺克利夫在一个暴风雨之夜离家出走,多年后发财回来,对恩萧和林顿一家实施报复,从此,全书蒙上了一层"黑压压的恐怖感"。强烈的爱情与复仇的激情交织在一起,与约克郡荒原上呼啸的大风、闪电和惊雷、颤抖的石楠互相呼应,形成一种令人恐怖的哥特式氛围。全书最粗暴也最感人的一幕,是希刺克利夫与凯瑟琳两人再次相见。面对躺在病床上奄奄一息的凯瑟琳,希刺克利夫显得十分残忍。他没有给她柔情和安慰,而是对她的所作所为进行了血淋淋的剖析:

  你现在才使我明白你曾经多么残酷——残酷又虚伪。你过去为什么瞧不起我呢?你为什么欺骗你自己的心呢,凯蒂?我没有一句安慰的话。这是你应得的。……你爱过我——那么你有什么权利离开我呢?因为悲惨,耻辱和死亡,以及上帝和撒旦所能给的一切打击和痛苦都不能把我你分开,而你,却出于自己的心意,这样做了。我没有弄碎你的心,是你弄碎了的;而在弄碎它的时候,你把我的心也弄碎了。……我还要活吗?那将是什么样的生活,当你——啊,上帝!你愿意带着你的灵魂住在坟墓里吗?!

(杨苡 译)

凯瑟琳死后,希刺克利夫想方设法夺取了辛德雷的财产,并使之酗酒堕落,还把辛德雷的儿子哈里顿贬为奴仆,不让他受教育,如同当年辛德雷对他一样。接着,他引诱林顿的妹妹伊莎贝拉和他结婚,并逼迫林顿和凯瑟琳的女儿小凯瑟琳同自己的儿子结婚,从而成功地将呼啸山庄和画眉山庄的财产都据为己有。希剌克利夫这种灭绝人性的复仇行为在凯瑟琳死后持续了十多年,直到他从年轻一代的行为中看到了自己胜利的虚幻性。最后,希刺克利夫悲惨地死去,死后他的灵魂与凯瑟琳的灵魂一起游荡在荒原上。

1948年,英国当代著名小说家毛姆在应美国《大西洋》杂志之请,向读者介绍世界文学十部最佳小说时,选了四部英国小说,其中之一便是《呼啸山庄》。他在文中这样写道:"我不知道还有哪一部小说曾以如此令人吃惊的方式描述出爱情的痛苦、迷恋、残酷和执著。《呼啸山庄》使我想起埃尔·格里科的那些伟大的绘画中的一幅,画面上乌云密布,雷声隆隆,昏暗荒瘠的土地上,拖长了的憔悴的人影东歪西倒,被一种不是属于尘世间的情绪弄得恍恍惚惚,他们屏息着。铅色的天空掠过一道闪电,给这一情景加上最后一笔,增添了神秘的恐怖之感。"

乔治·艾略特(原名玛丽·安·埃文斯,1819—1880)是沃里克郡一位庄园主代理人的女儿,聪慧好学,自学了数学、文学、音乐、法语、意大利语等。她的文学活动开始于翻译,后来前往伦敦,担任一家杂志编辑,结识了包括哲学家斯宾塞等在内的不少名人。婚后在作家丈夫的鼓励下,开始从事小说创作,1858年出版第一个中篇小说集获得成功,此后写了一系列长篇小说。作为一个现实主义作家,她非常关注她所处时代的状况及劳动阶级的困境。她在把握人物性格方面也颇见功底。在代表作《米德尔马奇》(1871—1872)中,她以工业发展和议会改革为背景,探讨乡土生活,剖析了时代给人们带来的种种矛盾。

维多利亚时代长篇小说的繁荣往往会使人忽略诗歌的存在。其实,这个时代诗歌的成就绝不逊于小说。桂冠诗人阿尔弗莱德·丁尼生(1809—1892)用十几年的时间,陆续写成一部《悼念集》(1833—1850),出版后轰动全国。在这部诗集中,诗人通过对亡友阿瑟·哈勒姆的追悼,抒写了真挚的友谊和对永生的渴望。评论家们认为,丁尼生的《悼念集》和弥尔顿的《黎西达斯》、雪莱的《阿童尼斯》具有同等地位。但更为重要的是,丁尼生通过这部诗集,以"天问"的姿态,反映了工业革命时代科学与宗教信仰的冲突,扣人心弦地表现了当代的怀疑和痛苦思索:

我们总希望有生之物
　　在死后生命也不止熄，
　　这莫非是来自我们心底——
灵魂中最像上帝之处？

上帝和自然是否有冲突？
　　因为自然给予的全是恶梦，
　　她似乎仅仅关心物种，
而对个体的生命毫不在乎，

于是我到处探索、琢磨
　　她行为中的隐秘含义，
　　我发现在五十颗种子里
她通常仅仅养成一颗，

我的稳步已变成了蹒跚，
　　忧虑的重压使我倾跌，
　　登不上大世界祭坛之阶，
无力在昏暗中向上帝登攀，

我伸出伤残的信仰之掌，
　　摸索着搜集灰尘和糠秕，
　　呼唤那我感觉是上帝的东西，
而模糊地相信更大的希望。

（飞白　译）

丁尼生的诗融合了古典主义和浪漫主义之长，既有优雅、哀愁的一面，又有华兹华斯式的宁静和沉思。小他两岁的罗伯特·勃朗宁（1812—1889）则以其对人类心理的多层次分析见长。勃朗宁独创的戏剧独白诗在英国乃至世界诗坛上都占有独特而重要的地位。用现代文论术语来解释,戏剧独白诗也可以说是一种具有"复调性"的抒情诗。诗人仿佛记录了偶然偷听到的一段独白,表现的是独白者与其对话者之间的对话,通过这种对话,富于张力的戏剧性就产生了。对于懒惰的读者来说,戏剧独白诗增加了阅读的难度;但对于富于创造性的读者来说,这正是他挑战自我、发挥智力和想象力的大好机会。不仅如此,通过这种阅读,也能更深切地体会到人类情感、欲望、意志的微妙波动和灵魂的颤音。《致我的前公爵夫人》是勃朗宁戏剧独白诗中公认的代表作。全诗以一个自负、傲慢、妒忌的公爵的独白,展开了文艺复兴时代意大利某一贵族家庭内的故事。

丁尼生和勃朗宁被称为维多利亚时代诗坛上并立的双峰或"双子星座"。他们的作品尽管没有直接描写现实生活和社会矛盾,却从更深层次上触及了人类面临时代转型、信仰危机时的心理变化和灵魂颤动,从而引起面临同样问题的现代读者的关注。

除了这两位大诗人之外,维多利亚时代的诗人中还包括揭示伦敦女裁缝工和其他社会底层人们苦难的批判现实主义诗人托马斯·胡德,为生活在"铁轮之下"、求告无门的童工大声疾呼的女诗人伊丽莎白·巴莱特(即后来的勃朗宁夫人),具有崇高理想主义精神的诗人兼文艺评论家阿诺德等。至于罗塞蒂、莫里斯和斯温本等"先拉斐尔派"诗人,本书将在下一章中与其他欧洲世纪末作家一起介绍。

三 俄罗斯:从"谁之罪"到"怎么办"

1836年,当狄更斯在一份发行量仅400份的报纸上开始连载他的长篇小说《匹克威克外传》时(一年后该报发行量猛增为2万份),在遥远的彼得堡,乌克兰作家果戈理正在为他的长篇小说《死魂灵》(第一部)的出版而到处奔波。修改,送审,再修改,六年后,这本凝结着作家心血的作品终于出版。小说一出版就"震惊了整个俄罗斯",用当时的评论家别林斯基的话说,这部小说"彻底地解决了我们时代的文学问题,取得了新学派的胜利"。这个"新学派",就是以暴露、批判农奴制和沙皇专制制度为特征的俄国现实主义流派,也即被沙皇的御用文人不屑一顾地称为没有多少艺术价值的"自然派"。从此,俄罗斯文学开始了继普希金之后的"果戈理时代"。

尼古拉·华西里耶维奇·果戈理(1809—1852)出身于乌克兰一个没落地主家庭,从小受父母的影响,爱好戏剧、歌谣和民间传说;中学期间接受了民主主义思想。由于家境贫寒,中学毕业后不得不去彼得堡独立谋生,历尽艰辛。他曾先后在国有财产和公共房产局、封地局等单位做小公务员,得以熟悉俄国官僚制度和彼得堡生活内幕。1831—1832年写作并出版了浪漫主义故事集《狄康卡近乡夜话》,富有幽默感和抒情味,以及浓郁的乌克兰民间文学气息,奠定了他在俄国文学史上的地位。之后,他转向现代生活题材,创作出版了《彼得堡故事集》(1835—1842),揭露彼得堡生活的矛盾,批判金钱和权势的罪恶,对小人物的悲惨命运深表同情;其中《外套》《狂人日记》等继承了普希金开创的"小人物"传统。差不多与此同时,他开始从事讽刺喜剧的创作。1836年4月《钦差大臣》的成功演出,表明果戈理的创作进入成熟时期。《钦差大臣》讲彼得堡的花花公子赫列斯达可夫在外省小城游荡,被当地官僚误认为钦差大臣,从而引起一系列喜剧性冲突,揭露了沙俄官场的腐败和罪恶。剧本的题词"脸丑莫怪镜子歪"说明作者遵循的是现实主义创作原则。剧中反面人物市长的台词"你们笑什么,笑你们自己"则表现了这部现实主义喜剧的社会作用。

《死魂灵》(1836—1942)写了一个表面看来荒诞不经的故事。六品文官乞乞科夫在代书抵押农奴事项中得到启发,利用政府每十年搞一次人口调查的时间差,从地主手中购买名册上尚未注销、实际上已经死去的农奴(俄语中"农奴"和"灵魂"发音相同,拼写也相同),向当局申请无主的荒地,从中骗取贷款渔利。小说通过乞乞科夫为购买死农奴而拜访农奴主的过程,刻画了五个农奴主的群像,展示了俄国农奴制的落后、停滞、闭塞。

在《死魂灵》中,五个农奴主之一玛尼洛夫是个严重脱离生活实际、多愁善感的空想家。作家通过几个细节来展示他的空虚无聊、懒惰成性。玛尼洛夫把有关田产、家政之类"俗务"全都交给他的管家去办,自己整天站在窗口作不着边际的幻想。一会儿想到要造桥,一会儿想到要盖房,但这些梦想一个也没有实现过。他的客厅里没有家具,只放着一张没绷上布的沙发。他的书房里总放着一本书,在第14页上夹着一张书签;这本书他还是两年前开始看的,后来再也没有翻过一页。窗台上有一堆堆整齐的烟灰,那是我们的主人因无事可干而精心设计排列出来的。他的生命就消磨在这种沉闷无聊的"几乎无事的悲剧性"中。

科罗潘契加则是善于经营和积财的女地主。作者一语双关,用"小盒子"("科罗潘契加"的俄语原义)对她进行了讽刺性描述,突出其愚蠢守旧、封闭保守的性格。

罗士特莱夫是个粗暴放荡、蛮横无耻的恶棍,整天沉溺于赌博、酗酒、养狗、吹牛、胡闹和耍赖。作者重点写他与他养的狗的关系。罗士特莱夫收罗了各种毛色、各种类型的狗,有长毛的、浅毛的,深灰色的、黑色的,黑斑的和灰斑的,浅色点的、虎斑的、灰色点的,黑耳朵的、白耳朵的,等等,还为这些狗起了听起来像是无上命令似的各种名字,例如,咬去、醒来、骂呀、发火、不要脸、上帝在此、暴徒、刺儿、箭儿、燕子、宝贝、女监督等等。罗士特莱夫在它们中间,犹如大家族的父亲,所有的狗一见到他,全都高高兴兴地翘起尾巴扑上来,把爪子搭在他肩膀上。

梭巴凯维支的名字"米莎"(米哈依尔)在俄语中也是对熊的俗称。作者对他的描述集中突出了熊的特点,他的身材、长相、行为、举止和食量,甚至他的房屋、家具、食物等都像他的名字那样笨拙、沉重,但他在与乞乞科夫谈死魂灵生意时又表现出狡猾、贪婪的特点。

泼留希金是冷酷的利己主义者和病态的守财奴、吝啬鬼。他搜刮财物已经到了病态的疯狂的地步。沿街拾破烂,顺手偷东西对他来说是家常便饭。但是他聚敛财富既不是为了自己挥霍,也不是为了留给子女,他是为聚敛而聚敛。在他身上,人类的感情已经消失殆尽。独生子从他那里得不到半文;小外孙来看他,只能得到一粒旧纽扣作为礼物,那还是因为女儿送了礼的缘故;仆人们出外共用一双靴子,在屋里则只能做跳来跳去的男人。他招待客人的是发霉的饼干和混有灰尘、苍蝇的经年陈酒。但是,另一方面,这个吝啬鬼又表现出惊人的浪费。

他的干草和谷子腐烂了,粮堆和草堆都变成真正的肥堆,只差还没有人在上面种白菜;地窖里的面粉硬得像石头一样,只好用斧头去劈开来;麻布、呢绒,以及手织的布匹,如果要它不化成灰,便千万不要去碰一下……但是,征收还是照先前一样。农奴须交纳照旧的地租,女人须缴纳旧额的胡桃;女织匠还是要照织机数织出一定的布匹,来付给她的主人。这些便都收进仓库去,在那里面霉烂,变灰,而且连他自己也竟变成人的灰堆了。

(鲁迅 译)

泼留希金是五个地主形象中最丑的,他身上集中体现了农奴制的罪恶和瓦解趋势。

果戈理本人出身于乌克兰的一个地主家庭,他是怀着悲哀的心情来描写本阶级的衰落的。在他痛苦的笑声中,饱含着"谁也不知道的不分明的眼泪"。正如别林斯基所说,果戈理的幽默"表现在那总是被深刻的悲哀感所压倒的喜剧性的兴奋里面","是一种平静的、在愤怒中保持平静,在狡猾中保持仁厚的幽默"。他的笑声中伴随着对社会恶习和人性弱点的无比愤慨与痛斥。

果戈理去世后一年,1853 年,爆发了克里米亚战争,沙皇俄国为了争夺黑海的出海口,与英法之间展开了一场持续三年的战争,结果以农奴为军队主体的沙俄帝国被先进的资本主义国家打败。之后,沙皇亚历山大二世迫于上下压力,于 1861 年宣布对农奴制实行自上而下的改革,解放了 2300 万农奴。此外,他还引进陪审团制度,废除新兵征募中的鞭刑制,率先在国内引进了公开化制度。种种西方化措施标志着沙俄帝国在从传统社会走向现代性的道路上迈出了决定性的一步。

农奴制改革前后,沙俄思想界、知识界空前活跃,就俄罗斯的前途问题展开了热烈讨论和激烈争辩。一些人主张完全回归俄罗斯本土传统;另一些人则主张走全盘西化道路。文学家也以自己的方式积极参与这场论争。如果说,农奴制废除前俄罗斯文学的总主题是"谁之罪"(批判农奴制的罪恶),那么农奴制废除后的主题则可以用"怎么办"(揭示俄罗斯的前景)来概括。新的时代究竟需要什么样的人来担当起推动俄罗斯现代性进程的历史重任?此时,贵族知识分子已经无力承担,平民知识分子开始登上历史舞台。表现在文学中,"多余人"系列形象(见本部分第四章)逐渐被"新人"系列形象所取代。伊凡·屠格涅夫(1818—1883)在《前夜》《父与子》中首先塑造了平民出身、具有理想主义和献身精神的"新人"形象,巴扎洛夫和英沙罗夫。1863年,平民革命家车尔尼雪夫斯基(1828—1889)在西伯利亚流放地写下哲理小说《怎么办》,成功地塑造了拉赫美托夫、吉尔沙诺夫、薇拉等一系列新人形象,回应了时代提出的问题和挑战。

1850年代,正当彼得堡文学界就俄罗斯未来出路和如何塑造文学形象问题展开激烈争论的时候,一个名叫列夫·托尔斯泰(1828—1910)的贵族士官生登上文坛,在涅克拉索夫主事的《现代人》上发表小说。在以后几十年中,他将经历漫长的精神和艺术探索,成为"19世纪末了阴霾重重的黄昏里,一颗抚慰人间的巨星"(罗曼·罗兰语)。

1828年9月9日,列夫·托尔斯泰出生于土拉省的一个贵族家庭。两岁丧母,九岁失怙,在两位姑母的监护下长大。童年家庭生活的不幸,使托尔斯泰养成了喜欢沉思默想的个性。幼年时他就开始了对人与上帝之类问题的追问。16岁进入喀山大学攻读东方语文系,次年转到法律系。在大学期间,他通读了20卷的《卢梭全集》,接受了这位平民出身的启蒙主义者的思想,并终生服膺之、实践之。

1847年,出于对大学教育的不满,正在读大学三年级的托尔斯泰退学回到自己的世袭庄园亚斯纳雅·波良纳。他一面制订了庞大的自学计划,打算通过几年自学,系统掌握包括哲学、数学、法学、农学、医学在内的各门学科知识;一面亲理农事,企图通过在自己庄园内的改革缓解农民与地主的关系,但这种改革终因得不到农民的理解而告失败。灰心失望之余,他跑到莫斯科,在上流社会过了一段懒散、荒唐的生活,同时也在心烦意乱、焦虑不安中思索着道德纯洁与完善的问题。1851年,回乡探亲的长兄尼古拉将他带到高加索服军役,托尔斯泰的生活因此发生了转折。他在克里米亚参加了保卫塞瓦斯托波尔要塞的战斗,军务之余在战壕里阅读了大量文学、历史著作,并开始了文学创作。

具有自传色彩的成长三部曲《童年》(1852)、《少年》(1854)和《青年》(1857)是托尔斯泰的早期代表作。小说通过对一个名叫尼古林卡的贵族少年成长过程的描写,展示了作家本人努力寻找自己生活使命的历程。托尔斯泰把主人公逐步发现世界、认识自身的历史作为三部曲内在的结构线索,深刻而细致地展现了主人公感情和心理世界的变化,表现出道德探索和心理分析的创作倾向。《塞瓦斯托波尔故事》(1856)是一部反映作家亲历的克里米亚战争的短篇小说集,它不带一点浪漫主义的虚饰,作家在英雄主义背后看到的是"千万人类和自尊心在这里互相冲撞,或在死亡中寂灭"。小说不仅表现出作者对战争生活的深刻理解,而且初步展露以后《战争与和平》中的那种史诗式的叙事风格。

1856年,托尔斯泰退伍回到庄园从事农事改革,但这场改革再次以失败告终。这次经历被作家纪录在自传性中篇小说《一个地主的早晨》(1856)中。小说主人公聂赫留道夫的形象将在作家晚年的长篇小说《复活》中再次出现。之后,托尔斯泰带着苦闷矛盾的心情两次出国,到德国、法国和瑞士考察。他在巴黎看到了断头台,在瑞士小城琉森看到了流浪乐师遭受的不公正待遇(此事后来被他写进短篇小说《琉森》)。在综合反思的基础上,托尔斯泰得出一个结论,俄罗斯绝对不能走西方化资本主义道路,而应该走建立在宗法制基础上的乡村道路。同时,他也认识到教育在启发民智、改良社会方面的重要作用,开始将精力从文学创作转向平民教育事业,在家乡创办农民子弟学校,并自编教材和创作童话。1863年,托尔斯泰又写了一部带有自传色彩的小说《哥萨克》。主人公奥列宁是一个驻扎在高加索的贵族士官生,他试图放弃自己的贵族生活,融入当地的乡村生活,但结果因无法摆脱贵族偏见和习俗的影响而被赶出乡村。通过这个精神探索者形象,作者表达了对俄国社会问题和贵族出路问题的探索。

同年,托尔斯泰停止办学,潜心研究历史和从事文学创作,企图在历史和道德的研究中找到解决俄国社会问题的答案。经过五年探索,他写出了长篇历史小说《战争与和平》(1863—1869)。小说以包尔康斯基、别祖霍夫、罗斯托夫、库拉金等四个贵族家庭的纪事为情节线索,从战争与和平两个方面来表现俄罗斯民族与以拿破仑为首的法国侵略者、俄国社会制度与人民意愿之间的矛盾,肯定了俄罗斯普通百姓在卫国战争中起到的伟大作用,企图回答贵族的命运与前途问题。小说显示了作家全景式、史诗性的叙事艺术。罗曼·罗兰说:"《战争与和平》是我们时代的最大的史诗,是近代的《伊利亚特》。整个世界的无数的人物与热情在其中跃动。在波涛汹涌的人间,矗立着一颗最高贵的灵魂,宁静地鼓动着并震慑着狂风暴雨。在对着这部作品的时候,我屡次想起荷马与歌德……"

在托尔斯泰完成《战争与和平》前后,俄国社会正处于急剧的变化中,作家的人生哲学也在激烈的精神探索中发生了变化。1869年9月,托尔斯泰因事途经阿尔扎玛斯。深夜,在一家肮脏的旅馆中,他首次体验到了忧虑与死亡的恐怖,此后,这种恐怖频频袭来,打破了他先前宁静的心境。"阿尔扎玛斯的恐怖"预示了托尔斯泰精神危机的来临。

1870年代末1880年代初,在剧烈的社会变革的冲击下,托尔斯泰的内心矛盾更趋尖锐。为了找到出路和答案,他广泛接触、考察现实生活,阅读了大量有关社会、哲学、道德和宗教方面的书籍。经过紧张激烈的思想斗争,他的世界观发生了根本性的转变。他彻底地与贵族阶级决裂,站到了宗法制农民的立场上。在经历了阿尔扎玛斯的恐怖之后,托尔斯泰老是被自杀念头所萦绕。但是,他发现,那些卑微的、匍匐在俄罗斯大地上的农民却乐天知命,安详度日。他自问,他们为何能避免这绝望,他们为何不自杀?最后他发觉他们的生活不是靠理智,而是靠信仰。

> 信仰是生命的力量。人没有信仰,不能生活。宗教思想在太初的人类思想中已经酝酿成熟了。信仰所给予人生之谜的答复含有人类的最深刻的智慧。

(傅雷 译)

于是,一种将基督教义和宗法制农民思想混合在一起的"托尔斯泰主义"渐渐形成。它的主旨即为上帝、为灵魂而活着,爱一切人,"勿以暴力抗恶",通过"道德自我完善"摆脱罪恶,使个人和人类达到"最后的幸福"。

晚年的托尔斯泰思想更加深刻,批判锋芒更加尖锐。他创作了许多小说、戏剧、政论和艺术论文,整理民间故事、传说、寓言等,一方面对社会的种种罪恶作尖锐批判,另一方面更热切地鼓吹建立在悔罪、拯救灵魂、禁欲主义基础上的"托尔斯泰主义",并身体力行,致力于"平民化":在家过简朴生活,禁酒、禁肉,穿妻子织的粗布衣服,农忙季节下地帮农民耕地,并一再宣布要放弃私有财产和贵族特权。但是他的家人无法理解和接受他的思想,家庭矛盾不断激化。在极度的孤独与苦闷中,1910年11月的一个夜晚,82岁高龄的托尔斯泰离家出走,企图彻底摆脱贵族生活,实践自己的思想,但不幸在半途得了肺炎。罗曼·罗兰在《托尔斯泰传》中给我们描述了这位殉道者般的智者和作家临终时的情形:

……在他弥留的床上,他哭泣着,并非为了自己,而是为了不幸的人们;而在嚎啕的哭声中说:

"大地上千百万的生灵在受苦;你们为何大家都在这里只照顾一个列夫·托尔斯泰?"

于是"解脱"来了——这是1910年11月20日,清晨6时余,——"解脱",他所称为"死,该祝福的死……"来了。

(傅雷 译)

那一天,阿斯塔波乡村车站,挤满了政府代表、省长、总理大臣的专员、宪兵军官、新闻记者、摄影师,各大报刊都争相报道他的死讯。在托尔斯泰之前,人类历史上还从来没有一个遁世者在其临终时受到如此广泛的关注,连沙皇、杜马和内阁也一致"为俄罗斯失去其最伟大的作家而表示哀悼",全国娱乐业自动停业,大学生则以违抗法令、走上街头示威游行的方式来纪念他们的导师。托尔斯泰的遗体由专列运载,缓缓而行,农民们在白色亚麻布上写着:

列夫·尼古拉耶维奇,您的好处将永远铭记在我们这些成为孤儿的农民心里。

批评家们将托尔斯泰创作的艺术特征归结为以下几点:主题严肃深沉,多用自传体手法表现作家对道德、宗教、社会、人生归宿问题的探索。善于观察生活并抓住生活现象背后的本质,如实描写现实,揭露现实的矛盾,以"最清醒的现实主义",撕破一切假面具。注重对人物内心世界的挖掘,特别关注心理活动过程本身的形态和规律,通过"心灵的辩证法"反映人的性格思想的变化。最后,全景式的史诗性叙事艺术。他的小说材料广泛,内容丰富多彩,叙述多层次,能真实地展现现实生活中人的内心世界的千变万化。最能体现这些特征的是他晚年的长篇小说《安娜·卡列尼娜》(1877)。

"幸福的家庭都是相似的,不幸的家庭则各有各的不幸。"小说开宗明义,道出主旨,他在这部小说中关心的是家庭题材。但家庭冲突是与时代的矛盾、社会生活的激流密切联系的,主人公的生活历史被纳入到时代的框架之内。小说中的悲剧气氛、死亡意识、焦灼不安的人物心态,正是人物同有损人的尊严的环境发生激烈冲突的产物。这种焦虑不安的气氛既是"一切都翻了个身,一切都刚刚开始安排"的时代的特点,也是经历过"阿尔扎玛斯的恐怖"之后托尔斯泰自身精神状态的艺术外化。

小说原来的开场白——"奥布浪茨基家里一切都混乱了"——可以作为解开全书情节结构的一把钥匙。名门贵族奥布浪茨基和家庭女教师发生不正当关系,造成家庭的混乱;他家的混乱引起了一系列的连锁反应:他把妹妹安娜叫到莫斯科来调解家庭纠纷,安娜在莫斯科车站偶遇青年军官渥伦斯基,两人擦出爱情火花;他的妻妹吉提被渥伦斯基抛弃,之后又拒绝了乡下来的地主列文的追求……于是卡列宁、谢尔巴茨基、列文等家庭全都混乱了。由此出发,两条线索平行展开。奥布浪茨基一家把安娜—渥伦斯基和列文—吉提两组人物紧紧联系在一起,显得十分自然。托尔斯泰本人也为自己这部小说的建筑艺术而自豪——"拱顶镶合得这样好,简直看不出嵌接的地方在哪里"。

安娜·卡列尼娜和渥伦斯基之间的爱情纠葛是小说的核心,也是全书最吸引人的部分。安娜是一个坚定地追求新生活,具有个性解放思想的贵族妇女形象。她真诚、善良,富有激情,生命力强盛。她的丈夫卡列宁伪善自私,是一架"官僚机器",因过于理性化而生命意识匮乏。安娜与卡列宁的婚后生活窒息了她的生命活力。与渥伦斯基邂逅之后,安娜沉睡的爱的激情和生命意识被唤醒了。她在与渥伦斯基的爱中看到了生命的意义,开始义无反顾地去追求属于自己的生活,冲破贵族上流社会舆论的压制,公开与渥伦斯基同居。安娜对爱情的执着追求,展示出了有生命的、生机勃勃的东西对平庸的、死气沉沉的现实环境的顽强反抗。无疑,在这个人物形象身上,托尔斯泰凝聚了自己的生活理想和人道主义精神。

但是,托尔斯泰对安娜的态度是矛盾的。他一方面认为安娜的追求合乎自然人性,是合理的,另一方面,从宗教伦理道德观来看,安娜又是缺乏理性的,她对爱情生活的追求有放纵情欲的成分。所以,作家对安娜既同情又谴责。一方面,他没有让安娜完全服从"灵魂"准则的要求,去屈从卡列宁和那个上流社会,而是同情安娜的遭遇,不无肯定地描写她自我意识和生命意识的觉醒以及对自由爱情的追求;但另一方面又让安娜带着犯罪的痛苦走向死亡。托尔斯泰从宗法制农民的立场出发,认为永恒的神圣的婚姻已经将女人与她的丈夫、孩子及家庭联结在一起,她的天职就是为后者服务。如果有哪个女人不接受这种来自上天的安排,那么就会受到无情的惩罚。这也是小说扉页上引用《圣经》原文的真正意图:"申冤在我,我必报应。"这里的"我"就是作者一贯探索的那个永恒的道德原则,是维护人类生存与发展的善与人道。在托尔斯泰看来,安娜的追求尽管有合乎善与人道的一面,但离善与人道的最高形式——爱他人,为他人而活着——还有相当的距离。从这个意图出发,托尔斯泰安排他笔下的女主人公一方面不顾一切地力图抓住、保卫已得到的爱和幸福,另一方面心底里又时时升腾起"犯罪"的恐惧;随着时间的推移,恐惧感、危机感愈演愈烈。这种内心的矛盾痛苦说明了她爱的追求的脆弱,也是导致她精神分裂、走向毁灭的内在原因。最后,失去一切的安娜绝望地想在渥伦斯基身上找回最初的激情和爱,以安慰自己那颗破碎的心,但渥伦斯基对安娜近乎苛刻的要求越来越反感,这使安娜的心灵受到了致命的打击。安娜无法再在这个虚伪冷酷的环境中继续生存,只能用自己的生命向罪恶的社会提出强烈的抗议和控诉。

引人注意的是,托尔斯泰有意选择了以卧轨自杀的方式来安排安娜的结局。冷冰冰的铁轨匍匐在俄罗斯大地上,象征着一种外来的、强大的、邪恶的力量。它不仅侵入了俄罗斯大地,也侵入了俄罗斯人的心灵,给他们带来新的思想观念和生活方式。安娜勇于追求个人爱情的思想和行动正是西方价值观入侵的反映。因而她的毁灭是必然的。

通过安娜与渥伦斯基的爱情线索,作家展现了彼得堡上流社会、沙皇政府官场的生活,而通过列文的精神探索以及他与吉提的家庭生活,作家则展现了宗法制农村的生活图画。两相对照,泾渭分明。前者是罪恶的、引人毁灭的;后者是良善的、促人高尚的。列文的形象上承作家早年创作的尼古连卡、奥列宁、聂赫留朵夫等形象,是一个带有作家自传色彩的精神探索者。他是俄国农奴制改革后、资本主义迅速发展条件下力图保持宗法制关系的开明地主。他习惯于用批判的眼光评价现实社会和人们的生活原则,探究人的生活中不可动摇的道德基础。他不愿按照周围的人教给他的那种方式去生活,不怕背离人们普遍认可的时髦的东西,不怕违背上流社会认为高雅的道德准则,而是走自己的路,根据自己的信念去行动,追求合乎自己理想的生活。在这点上,他与安娜有精神气质上的相通性与一致性。与作家本人一样,列文也经历了艰苦的精神探索历程,最后,他在宗法农民身上领悟到,生活的意义在于"为上帝、为灵魂而活着";人生在世最重要的是要不断进行"道德自我完善","爱己如人",感到"上帝在我心中"。列文的痛苦探索和最后结局,反映了作家本人的思想状态,体现了"托尔斯泰主义"的进一步发展。与安娜形成对照的另一人物是吉提,她在经历被渥伦斯基抛弃的痛苦后,接受列文的求爱,获得了美满的婚姻,忙碌于家庭、厨房、儿童屋和尿布之间,体现了宗法制农民的人生理想。

小说注重描述人物心理运动、变化的过程,体现出"心灵辩证法"的主要特点。作者对安娜的心理过程的描写,侧重于展示其情感与心理矛盾的多重性和复杂性,她一方面厌恶丈夫,另一方面又时有内疚与负罪感产生;一方面憎恨伪善的上流社会,另一方面又依恋这种生活;一方面不顾一切地追求爱情,另一方面又不断为之感到恐惧不安。作者把她内心的爱与恨、希望与绝望、欢乐与痛苦、信任与猜疑、坚定与软弱等矛盾而复杂的情感与心理流变详尽地描述出来,从而使这一形象富有无穷的艺术感染力。

小说还善于通过描写人物的外部特征来揭示其内心世界,一个笑容,一个眼神、动作,都是传达心灵世界的媒介。托尔斯泰认为,人的情感的非言语的本能流露,往往比通过语言表达的情感更真实。因为语言常常会对各种感受和情绪进行"过滤",而人的面部表情和眼神等揭示的都是直接的、自然发展状态中的情感与心理。安娜因其丰沛的生命意识被压抑,灵魂深处荡漾的激情,时不时地通过面部表情和眼神等外在形态流露出来,从而焕发出超群的风韵与魅力。以下片断描写的是安娜与渥伦斯基初次相遇时的场面:

> 渥伦斯基跟着乘务员向客车走去,在车厢门口他突然停住脚步,给一位正走下车来的夫人让路。凭着社交界中人的眼力,瞥了一瞥这位夫人的风姿,渥伦斯基就辨别出她是属于上流社会的。他道了声歉,就走进车厢去,但是感到他非得再看她一眼不可;这并不是因为她非常美丽,也不是因为她的整个姿态上所显露出来的优美文雅的风度,而是因为在她走过他身边时她那迷人的脸上的表情带着几分特别的柔情蜜意。当他回过头来看的时候,她也掉过头来了。她那双在浓密的睫毛下面显得阴暗了的、闪耀着的灰色眼睛亲切而注意地盯着他的脸,好像在辨认他一样,随后又立刻转向走过的人群,好像是在寻找什么人似的。在那短促的一瞥中,渥伦斯基已经注意到有一股压抑着的生气流露在她的脸上,在她那亮晶晶的眼睛和把她的朱唇弄弯了的隐隐约约的微笑之间掠过。仿佛有一种过剩的生命力洋溢在她整个的身心,违反她的意志,时而在她的眼睛的闪光里,时而在她的微笑中显现出来。她故意地竭力隐藏住她眼睛里的光辉,但它却违反她的意志在隐约可辨的微笑里闪烁着。

(草婴 译)

贵族出身的托尔斯泰基本上是个农民作家,许多作品反映的是宗法制农民的情绪和观念。而与他同时代的陀思妥耶夫斯基则是一个典型的城市作家,热衷于写城市生活的阴暗面,揭露现代文明的弊病。费奥尔多·米哈伊洛维奇·陀思妥耶夫斯基(1821—1881)出生于莫斯科一个平民医生家庭。他从小住在父亲工作的玛丽亚贫民医院的宿舍,看惯了贫病交迫的现实，他自己一辈子也和贫穷、疾病、苦难结上了不解之缘。陀思妥耶夫斯基自幼喜爱文学。1834—1837 在莫斯科一所寄宿学校上学期间，阅读了大量的俄国和西欧当代作家的文学作品。之后他进入公费的彼得堡军事工程学院，因醉心于文学耽误正课而延期毕业。1843 年毕业后到彼得堡工程兵团工程处绘图局工作一年，此后退职从事文学创作。

从第一部小说《穷人》（1845）开始，陀思妥耶夫斯基就走进小人物的灵魂深处，通过展示贫民窟里悲惨的生活，发掘出这些沉沦在底层的灵魂的真和美。《穷人》的出版，使陀思妥耶夫斯基一举成名。之后，他又发表了《双重人格》（1846）、《女房东》（1847）、《白夜》（1848）等中篇小说，成为俄罗斯颇具影响的青年作家。当时陀思妥耶夫斯在社会思想上醉心于空想社会主义，赞成俄国解放农奴，参加进步学生团体彼得拉舍夫斯基小组。然而，厄运来了。1849 年 4 月 23 日他因参加组织，并在会上公开朗读别林斯基给果戈理的公开信而被捕，同年 12 月 22 日被判死刑。在临刑前一刻，被特赦改判为流放西伯利亚十年。这次死亡惊吓对他刺激很大，成为他日后摆脱不了的阴影。奥地利作家茨威格在一首诗中，栩栩如生地描述了陀思妥耶夫斯基当时的心态：

> 刚一感到阴冷的死神
> 和它双唇的亲吻，
> 他那备受折磨的心啊
> 竟把生命眷恋的更深。
> 刹那间他觉得自己就是
> 那个千年前被诅咒，
> 被钉上十字架的伟大的
> 殉难者和被俘的人
> 哪怕面前是一杯苦酒
> 他也要一饮而尽，
> 以求在死神的亲吻中
> 因痛苦而眷恋生命。

（张德明　译）

苦役生活期间(1849—1859),陀思妥耶夫斯基被剥夺了一切称号和权利,陪伴他的只有高高的围墙、冰冷的镣铐、绝望的呻吟和一本被他读得破得不能再破的《圣经》。所有这些,定下了他后半生作品的基调。戏剧性的命运彻底打破他的空想社会主义理想,陀思妥耶夫斯基把目光投向了宗教。他仍旧热爱人民,但却不再相信革命能改变什么,他试图以他的作品唤起人们的宗教良知。

宗教拯救和现实世界的巨大矛盾构成了他后半生最大的精神悲剧。1859年,陀思妥耶夫斯基终于获准离开西伯利亚,重新开始了他的写作生涯。一年后他出版《死屋手记》(1860),揭露暗无天日的监狱生活。此书被公认为世界文学同类作品中最优秀之作。一年后发表的《被侮辱与被损害的》(1861)写的是小人物的遭遇。小说在贫与富相对照的背景下广泛描写了遭受欺凌和压迫的小人物的悲惨生活,表现了被侮辱与被损害者惊心动魄的惨剧,揭示了资本主义发展所引发的深刻社会矛盾,在新的历史条件下接续了普希金、果戈里等开创的描写"小人物"的传统。

陀思妥耶夫斯基的一生都为贫穷、死刑、苦役、充军、恫吓所困。这使得他对人类的苦难有着异常深刻的体验;他的作品构成了整整一个时代人类心灵的苦难史。他笔下的人物大多是穷人、醉鬼、罪犯、小偷、乞丐、妓女、赌徒、白痴,总之,是边缘的人物、病态的性格,作家着重写他们的内心分裂和痛苦。什克洛夫斯基说:"陀思妥耶夫斯基发现了每个人灵魂的地下室,他是每个人同时兼备的利己和犯罪素质的窥密者。他描写的痛苦是全人类性的。他不仅看到大人物的痛苦,也看到小人物们的痛苦。"换个角度,我们也可称陀思妥耶夫斯基为现代世界的但丁。不过,但丁写了《地狱篇》和《净界篇》后,还写了《天堂篇》,展示的是一个神圣的圆满的喜剧。但陀思妥耶夫斯基只写地狱和炼狱,没有写天堂,只是写到了来自天堂的声音,这就是人的良知和忏悔意识。德国作家托马斯·曼说:

> 毫无疑问,在这位伟大的创造者的下意识甚至意识中,无时无刻不有一种沉重的负罪感,一种犯罪的感觉,这种感觉绝不仅仅是

疑心病性的。这与他的病,那种神圣,神秘莫测的病即癫痫有关。他从年轻时就得了这样的病。他是一个癫痫病人,随时会抽搐着陷入痉挛状态的神经质的人,"他是那样的敏感,觉得他好像已经被剥了皮,吹一口气也会给他带来疼痛似的"。

上述特点最典型地反映在《罪与罚》(1865)中。这部小说为作家带来了世界性的声誉,它与《群魔》(1870)、《少年》(1875)、《卡拉马佐夫兄弟》(1880)等并称为陀思妥耶夫斯基的四大长篇小说。

《罪与罚》是一部集犯罪学、侦探故事、心理分析、病理报告、社会批判、思想交锋、道德探索和宗教忏悔于一身的小说。故事围绕大学生拉斯柯尔尼科夫的犯罪行为展开,涉及19世纪俄罗斯在走向现代性过程中面临的诸多社会问题:贫富的对立、信仰的崩溃、道德的滑坡、思想观念的混乱和交锋。作家既分析了主人公犯罪的社会原因,也分析了其精神的、心理的和性格的原因。通过对此案的描写和分析,作者回答了当时俄国面临的问题:面对苦难的现实,是铤而走险,采取暴力改变它,还是默默忍受,用对上帝的信仰战胜一切邪恶,通过自身灵魂的复活换得内心的平静与来世的幸福?

小说主人公拉斯柯尔尼科夫具有一种分裂的性格。从本性上来说,他为人忠厚,心地善良。在贫困交加的情况下,他曾倾其所有,为被马车撞死的马尔美拉陀夫料理丧事。另一方面,他又善于思考,有着敏锐的感受力。现实的生存困境迫使他思考,使他发现了现实社会弱肉强食的生存法则和极端利己主义的人生哲学,他看到只有那些毫无人性的家伙才能靠着卑鄙无耻的手段当上统治者。他根据现实的生存法则形成了自己的思想:所有的人被分成"平凡的"和"不平凡的"两种。平凡的人必须俯首帖耳,唯命是从,没有犯法的权利。而不平凡的人则有权利从事各种犯罪行为,归根结蒂只是因为他们是"不平凡的人"。拉斯柯尔尼科夫屈从了他的理论,杀害了放高利贷的老太婆阿廖娜和她的妹妹丽扎韦塔,但这并没有给他带来喜悦,反而带给他无止境的心理上的折磨,因为他从本质上并没有丧失人性。

拉斯柯尔尼科夫不可磨灭的人性与他理性思维中的现实生存法则

构成了他内心矛盾的主要方面。犯罪前,他把自己跟超人联系在一起;犯罪后,知道自己不是那种材料造成的。他之所以不能成为自己的统治者,并不是因为他太软弱,而是因为他的天性。最后,他之所以决定自首,是因为他不是用理智,而是凭他的整个天性,不再相信他的残忍的思想。人的心灵力量终于突破了残忍的食人理论的重压,获得了胜利。最后,拉斯柯尔尼科夫在西伯利亚流放地获得了灵魂的新生。

拉斯柯尔尼科夫的女友索尼娅是一个理想化的形象,具备陀思妥耶夫斯基认为的一个人必须具有的所有美德:信仰、忍耐、无私奉献等等。这个18岁的女孩子,每天从早上六点到晚上八点都得到街上出卖自己的肉体。对于她来说,连自杀都是一种不可多得的权利。因为她自杀就意味着继母卡杰琳娜的孩子们都得饿死。

索尼娅是人类苦难的象征。她自觉地为人类受苦,对人类怀着基督的爱。正是在索尼娅的感化下,拉斯柯尔尼科夫最终决定去自首。因为他觉得,自己的苦难跟她相比简直太渺小了。他跪倒在索尼娅脚下,对她说:"我不是向你膜拜,我是向人类的一切苦难膜拜。"

按照作者的构思,拉斯柯尔尼科夫和索尼娅这两个形象是理性与心灵、理智与感情的对照。拉斯柯尔尼科夫只靠理性法则活着,理性引导他走上了犯罪道路。索尼娅不是依靠理性,而是依靠心灵生活,她为了爱而犯罪,为了她所爱的人作出自我牺牲。按照陀思妥耶夫斯基的说法,拉斯柯尔尼科夫接近索尼娅就是迁就心灵排斥理性,借此才能得到真正的理性。这是陀思妥耶夫斯基心目中的基督教观念的核心。

深刻的心理分析是《罪与罚》最显著的艺术手段。作家在描写主人公实施犯罪、掩饰罪行和忏悔时,运用了意识流、梦幻与呓语等多种多样的心理手法,使小说成为"一份犯罪的心理报告"。法国作家纪德说:"在陀思妥耶夫斯基的小说中,光从唯一的一个炉灶中发出来,而在其他作家的小说中,光是均匀地漫射出来的。所有的物体都以同样的方式被照亮,它们没有影子。但在陀思妥耶夫斯的小说中,如同在伦勃朗的画中,起重要功能的是阴影。他喜欢的是阴影状态,喜欢描写深渊。"以下这个片断描写的是拉斯柯尔尼科夫在实施了犯罪后,昏睡两天醒来时的心理和行为:

"怎么,已经两点多了!"他坐到沙发上,——这时他想起了一切!突然,霎时间一切都想起来了!

最初一瞬间,他想,他准会发疯。一阵可怕的寒颤传遍他的全身;不过寒颤是由于发烧,他还在睡着的时候,身上早就开始发烧了。现在突然一阵发冷,冷得牙齿捉对儿厮打,浑身猛烈地颤抖起来。他打开房门,听听外面有什么动静:整幢房子里全都完全进入梦乡。他惊奇地打量了一下自己,环顾屋内的一切,他不明白:昨天他进来以后怎么能不扣上门钩,不仅没脱衣服,竟连帽子也戴着,就倒到沙发上了呢?帽子掉了,滚到了枕头旁边的地板上。"如果有人进来过,他会怎么想呢?认为我喝醉了,不过……"他冲到窗前。天已经相当亮了,他赶快从头到脚,上上下下把自己身上的一切全都仔细检查了一遍,还仔细察看了大衣:有没有什么痕迹?不过这样看还不行:他打着寒颤,动手脱下所有衣服,又仔仔细细检查了一遍。他把衣服都翻过来,连一根线、一块布也不放过,但是还不相信自己,反复检查了三遍。可是什么都没发现,看来没留下任何痕迹;只是在裤腿角上磨破了的地方耷拉着的毛边上留有几块很浓的、已经凝结起来的干血。他拿起一把大折刀,把毛边割了下来。好像再没有什么了。突然他想起来了,他从老太婆身上和箱子里拿来的钱袋和那些东西,到现在还都分别装在他的几个口袋里!到现在他还没想到要把它们拿出来,藏起来!就连现在,他察看衣服的时候,竟还没有想到它们!这是怎么搞的?他立刻急急忙忙把它们掏出来,丢在桌子上。他把这些东西全都拿了出来,连口袋都翻过来看了看,看是不是还有什么留在里面,然后把这堆东西都拿到墙角落里。那个角落里,墙脚下有个地方从墙上脱落下来的墙纸给撕掉了,他立刻动手把这一切塞进那儿的一个窟窿里,塞到墙纸下面,"塞进去了!所有东西都看不见了,钱袋也藏起来了!"他高兴地想,欠起身来,神情木然地望着那个角落,望着那个塞得凸起来的窟窿。突然他惊恐地全身颤栗了一下:"我的天哪,"他绝望地喃喃地说:"我怎么啦?难道这就叫藏起来了吗?难道是这样藏的吗?"

不错,他本不打算拿东西;他想只拿钱,因此没有事先准备好藏东西的地方,"不过现在,现在我有什么好高兴的呢?"他想,"难道是这样藏东西?我真是失去理智了!"他疲惫不堪地坐到长沙发上,立刻,一阵让人受不了的寒颤又使他浑身颤抖起来。他无意识地把放在旁边椅子上他上大学时穿的一件冬大衣拉了过来,大衣是暖和的,不过已经差不多全都破了,他把大衣盖在身上,睡梦立刻袭来,他又说起胡话来了。他昏昏沉沉地睡着了。

没过五分钟,他又一跃而起,立刻发狂似地又扑向自己那件夏季大衣。"我怎么能又睡着了,可是还什么都没做呢!真的,真的:腋下的那个环扣到现在还没拆下来呢!忘了,这样的事都忘了!这样一件罪证!"他把环扣扯下来,赶快把它撕碎,塞到枕头底下那堆内衣里。"撕碎的粗麻布片无论如何也不会引起怀疑;好像是这样,好像是这样!"他站在房屋中间一再重复说,并且集中注意力,又开始细心察看四周,察看地板,到处都仔细看看,看是不是还遗漏了什么东西,由于过分紧张,他感到十分痛苦。他深信自己丧失了一切能力,连记忆,连简单的思考能力都已丧失殆尽,这想法在折磨他,使他无法忍受。"怎么,莫非已经开始了,莫非惩罚已经到来了吗?就是的,就是的,就是如此!"真的,他从裤子上割下来的一条条毛边就这样乱扔在房屋中间的地板上,有人一进来就会看见!"咳,我这是怎么了?"他又高声叫嚷,好像六神无主,不知所措。

这时他脑子里出现了一个奇怪的想法:说不定他的所有衣服上都沾满了血,也许有许多血迹,只不过他没看见,没有发觉,因为他的思考力衰退了,思想不能集中……丧失了理智……他突然想起,钱袋上也有血迹。"哎呀!这么说,口袋里面想必也有血迹了,因为钱袋上的血还没干,我就把它塞进了口袋里!"他立刻把口袋翻过来,——果然不错——口袋的里子上血迹斑斑点点!"可见我还没有完全丧失理智,可见我还有思考力和记忆力,既然我自己忽然想了起来,想到了这一点!"他得意洋洋地想,高兴地深深呼了口气,"只不过是因为发烧,身体虚弱,瞬息间处于谵妄状态,"于是他把左面裤袋上的衬里全都撕了下来。这时阳光照到了他左脚的靴子上:从破靴子里露出的袜子上好像也有血迹。他甩掉靴子:"真的是血迹!

袜子尖上全让血浸透了";大概当时他不小心踩到了那摊血上……"不过现在该怎么办?这只袜子,那些毛边,还有口袋衬里,都藏到哪里去呢?"

他把这些东西归拢到一起,抓在手里,站在房屋中间。

"扔到炉子里吗?可是首先就会搜查炉子。烧掉吗?可是用什么来烧呢?连火柴都没有。不,最好是到什么地方去,把这些东西全都扔掉。""对了!最好扔掉!"他反复说,又坐到长沙发上,"而且马上就去,毫不迟延,立刻就走!"可是非但没走,他的头却又倒到了枕头上;一阵难以忍受的寒颤又使他一动也不能动了;他又把那件大衣拉到自己身上。好长时间,一连好几个钟头,他好像一直还在隐隐约约、断断续续地想:"对,马上,毫不迟延,随便去哪里,把这些东西全都扔掉,别再看到它们,快,快点儿!"有好几次他试图挣扎着从沙发上起来,可是已经站不起来了。把他彻底惊醒的是一阵猛烈的敲门声。

……

(岳麟 译)

苏联批评家巴赫金认为,陀思妥耶夫斯基的小说从某种意义上看,都是戏剧,充满了对话性,是多声部小说或"复调"小说,而不是"独白"小说。"独白"小说中作者的意识完全笼罩住主人公的意识,以前者代替了后者,读者所读到的只是作者的思想和观念。而"复调"小说则相反,作者的意识没有完全笼罩主人公的意识,双方处在平等的对话的立场上,展现出其背后各自代表的世界观和意识形态,从而更丰富地反映了时代和生活的真实性。陀思妥耶夫斯基小说中的人物即使在独白时,也是在跟自己对话。这就是"复调"小说的特点。正是这个特点使陀思妥耶夫斯基成为一个更具现代性的作家。

托尔斯泰和陀思妥耶夫斯基都喜欢以长篇巨著来表达自己对时代和人性的探索,而19世纪俄罗斯最后一位有影响的现实主义作家契诃夫则以中短篇小说和戏剧见长。安东·契诃夫(1860—1904)诞生于农奴制废除前一年,在俄国南部亚述海岸的小城塔干洛格的一个平民家庭中长大。从小时候起,"贫困就像牙痛一样"纠缠着他。中学毕业后,他考入莫斯科大学学医,同时开始文学创作。他的早期小说以嘲笑和讽刺当时普遍存在的奴性心理,暴露造成这种奴性心理的警察制度,以及反映下层人民的悲惨生活为主要内容。一个小公务员在看戏时不小心打了一个喷嚏,溅到了坐在他前面的将军,从此他就忐忑不安,最后因恐惧而死(《小公务员之死》)。一个乡下孩子到城里来做学徒,给爷爷写信,诉说自己在城里的遭遇,回忆美好的乡下生活,最后在信封上写了"乡下爷爷收",投寄出去(《万卡》)。一位马车夫死了儿子,不停向他的客人诉说,均遭漠视,只能向他的马倾诉(《苦恼》)……这些小说继承了普希金开创的写"小人物"的传统,又有所创新,突出了日常生活中的悲剧性。

1880—1990年代是俄罗斯社会经历重大变化的时期。各种思潮纷纷出台,各种政治团体、政治派别斗争空前激烈,知识分子阶层也处在变化之中。这种情形让从来不过问政治的契诃夫感到十分苦闷。为了摆脱思想危机,寻求解决社会问题的答案,1890年,有病在身的契诃夫不顾旅途艰辛,前往远东的库页岛旅行。库页岛是当时沙皇政府放逐犯人的地方。作家在那里生活了三个月,访问了近万名囚犯,掌握了大量的第一手生活材料,写出了《第六病室》。小说暴露了这座恐怖的人间地狱的全部阴暗面,成为19世纪俄罗斯文学中最惊心动魄的作品。更为重要的是,作家通过院长拉京的形象,批判了苟且偷生的人生哲学,指出甘愿被压迫者对压迫负有不可推卸的责任。拉京在生活中奉行不抵抗主义,面对恶势力不敢抗争,忍气吞声,但结果还是被当作精神病人关进了第六病室,在非人的虐待中死去。

在晚年的中篇小说《套中人》中,契诃夫更进一步发展了上述主题。中学教员别里科夫是一个患得患失、因循保守的小市民。他爱护自己身边的一切,防止任何万一发生的事情。他在大晴天也经常带雨伞,穿雨鞋,穿暖和的棉大衣;他的脸孔永远藏在竖起的衣领里,眼睛上永远戴着墨镜,耳朵眼里永远塞着棉花,甚至雨伞、小刀、挂表等一切属于他的东西,都统统装上套子。别里科夫从自私自利、无微不至地维护自己身边的一切,发展到落后保守、因循守旧,反对身边出现的任何新思想、新事物,最后无条件地拥护沙皇政府发布的一切禁令、一切文告。"千万别闹出什么乱子来"是他的口头禅。作家以讽刺的笔触,准确地刻画出一个庸俗的小市民典型;又通过作品中其他人物的议论,加深了这一典型的社会意义。可以说,当时的整个俄罗斯就是一个大套子。别里科夫的同事柯瓦连科大声疾呼:"你们这里的空气闷得要死人,不干不净。难道你们能算是导师、教员?不!你们是小官僚。你们这地方算不得学府,只能算是教人安分守己的衙门,而且有警察局里的那股腐臭的气味。"

契诃夫的小说致力于日常生活领域的开掘。他总是在那些不引人注目的角落发现带有社会性和人性的深刻主题。正如高尔基所说,"没有人像安东·契诃夫那样透彻地、敏锐地了解生活的琐碎卑微方面的悲剧性,在他之前就没有一个人能够把人们生活的那幅可耻、可厌的图画,照它在小市民日常生活的毫无生气的混乱中涌现出来的那个样子,极其真实地描绘给他们看。"在表现上,契诃夫追求朴素自然,他的短篇小说没有曲折的情节和出其不意的结局,而是通过散文般平淡的叙述,用富有诗意的潜台词照亮平淡的日常生活场景;语言简洁、准确、生动,常常用一个词勾勒出一个典型,如"变色龙""套中人"等。

四 美国:冒险与野性

1861年,沙皇尼古拉一世宣布废除农奴制;同一年在北美新大陆,林肯总统宣布废除南方的蓄奴制。时间的偶然巧合背后体现的是历史的必然,人类历史走向现代社会的步伐不可阻挡。文学积极参与了现代性话语的建构。

1852年,美国女作家斯托夫人(哈丽特·比彻·斯托,1811—1896)写下了长篇小说《汤姆叔叔的小屋》,描述一个名叫汤姆的老黑奴悲惨的生活命运。小说出版后引起整个美国社会对南方种植园黑奴命运的关注,"汤姆叔叔"从此成为美国黑奴的象征。一本小书引发了一场大战。林肯总统后来开玩笑说,正是这个写《汤姆叔叔的小屋》的"小妇人"引发了内战。历时五年的南北战争(1861—1865)最后以资本主义的北方战胜蓄奴制的南方而告终。一种更加先进、文明、隐蔽的剥削方式取代了17世纪以来主宰南方种植园的野蛮的蓄奴制。南北战争结束后,美国资本主义由北向南、自东向西迅速推进。密西西比河上汽笛长鸣,物流涌动;中西部原野上闪亮的铁轨像章鱼的触角般伸向四面八方。伐木者、淘金者、水手,各色人等,各各怀着自己的发财梦踏上了南下或西进的旅途。伴随着这一现代性进程,现实主义文学也脱颖而出,迅速成为美国文学的主流。

美国现实主义的倡导者和奠基人是威廉·豪威尔斯(1837—1920)。他认为浪漫主义气数已尽,应该采取现实主义的手法,客观地、不多不少地忠实于自然,即日常生活。差不多在豪威尔斯提出这种想法的同时,他的朋友马克·吐温也开始了这方面的尝试。

马克·吐温(1835—1910)原名塞缪尔·朗亨·克莱门斯,出生于密苏里州门罗县佛罗里达镇,父亲是一个不得志的小法官,家庭生活艰难。4岁时,全家迁居到密西西比河西岸的汉尼拔镇。小塞缪尔几乎是在离家不远的叔叔家的农场上度过自己的童年时代的。12岁时,父亲去世,他不得不出外谋生,先后当过报童、排字工人、矿工、水手、领航员。他的笔名就从领航员生涯而来,"马克·吐温"是水手行话"十二英尺",意思是水够深了,船只可以安全通过。

马克·吐温早期的创作已经表现出幽默大师的天才,他以锐利的目光,抓住社会的丑陋面进行辛辣的讽刺和批判,作品虽然充满轻松乐观、幽默诙谐的格调,但主题却是非常严肃的。比如在1870年发表的短篇小说《竞选州长》中,他以第一人称讲述了"我"以独立党候选人身份参加州长竞选的经历。"我"的竞选对手为了击败"我",使出浑身解数,买通当地小报,对"我"造谣中伤、诽谤"我"的人格;在"我"上台发表竞选演讲时,一批不同肤色的儿童上台来抱住"我"的腿,叫"我""爸爸"……最后"我"在选民眼中成了"小偷""伪证者""道德败坏者","我"不得发表声明,宣布退出竞选。

1870—1890年代中期,随着生活阅历的加深,作家对社会有了更清醒的认识,开始在作品中探讨一些深刻的社会问题,笔锋更加犀利,讽刺更加激烈。1873年,马克·吐温与华纳合作,写出了他的第一部长篇小说《镀金时代》。小说围绕兴建城市、铺设铁路等投机发财事件,写出了南北战争后经济大发展的美国现状——发财狂潮席卷了一切,投机像瘟疫一般弥漫,金钱主宰了一切,每个人都抱着一夜暴富的幻想,整个社会贪污成风,到处是诈骗、贿赂、盗窃的恶行。作家给自己生活的时代起了一个深刻隽永、幽默调侃的名字——"镀金时代",形象地反映了这个时代的特征:所谓繁荣的美国,实际只是表面上镀了薄薄的一层金,里面包的却是一堆废铜烂铁。这个名称既为当时人们所认同,又为后来的历史学家所接受。

或许正是出于对当时美国社会的失望,吐温把理想寄托在了美国儿童身上,希望找到美利坚民族诞生之初的那种拓荒精神和自由精神,写下了《汤姆·索耶历险记》(1876)和《哈克贝利·费恩历险记》(1884)。虽然作家自称这两部长篇小说是"姐妹篇",但批评家普遍认为,后者的成就远远超过前者。海明威说,"全部美国小说起源于《哈克贝利·费恩历险记》"。不少国外读者把它看作一部了解真正的美国精神的入门书。

全书一开始就有一个令人困惑的"通令":

> 本书作者奉兵工署长 G.G 指示,特发布命令如下:
>
> 企图从本书的记叙中寻找写作动机的,将被提出公诉;企图从本书中寻找道德寓意的,将被判决流放;企图从本书中寻找情节结构的,就被就地枪决。

(张友松、张振先 译)

这是作家故弄玄虚,还是别有深意,抑或仅仅是"幽"一下"默"?或许,作家想告诉读者的是,这部小说没有动机,没有说教,没有学院派的那一套"写作技法"的束缚,他写作时"率性而为",仅凭情感支配一气呵成,也希望读者抛弃各种约束,享受阅读的乐趣和自由。通过愉快的阅读,主题自然会渐渐显露。

小说的主角是一个小孩、一个黑人和一条大河,三者都有一个"自由"的灵魂。小孩不愿受文明规矩的约束而出走,黑人不愿当奴隶而逃跑,两人在密西西比河中的一个小岛上相遇,想办法弄到了一只木筏,无拘无束地漂流在河上。星星在他们头顶闪耀,河水在身边哗哗流淌,时而飘来路过船只上水手粗犷的歌声。与这种略带浪漫色彩的自然风光描写形成对比的,是大河沿岸小镇的衰败鄙陋、居民的愚昧贫困。这里有械斗,有欺诈,还有江湖骗子。河上世界与岸上世界形成鲜明对比,体现了自然与社会、文明与野蛮、自由与约束等多种两律背反的关系。少年主人公就在这种种复杂多变的环境中追寻着自己的自由,完成着自己的"成长仪式"。

作家给他笔下少年主人公的起名颇具深意。英语中小写的"哈克贝利"指一种野生的浆果,可做啤酒。而"费恩"(Finn)这个姓,据作家自己说,取自他老家小镇上一个流浪汉醉鬼的姓,但人物性格原型来自另一个名叫 Tom Blankenship 的流浪汉,吐温赞他是新区内"唯一一个真正特立独行的人物"。吐温为本书主人公取这个名,是想要赋予主人公以粗犷色彩与野性精神。全书用第一人称,从哈克对旧文化的厌恶、反感写起。哈克是一个流浪汉醉鬼的儿子,一个穷孩子,"道格拉斯寡妇要领养我做她的干儿子","并且说她要教我学那一套文明的规矩"(sivilzeme)。看过原文就知道,这里作家有意用密苏里人土语,将标准英语中的"civilize"这个词,发音为"sivilizeme"的"sivilize",这里含有对文明规矩的反讽。哈克后来走出家庭,流亡河上,甚至不惜假死,虽然也有耍孩子脾气的成分在内,但更多是对旧的一套文明的反感与厌恶。全书最后一句与开头相照应,强调了自由的主题——"我看我得比一些人先走一步,前往那个'地域'去,因为萨莉姨妈要认我做她的干儿子,要教我学那一套文明的规矩,这我受不了。我已经受过一回啦。"从这个意义上看,哈克的童年也就是一种新的文化的童年。整个小说可以视为"一部颠覆性的书"。

反对文明规矩的主旨和反黑奴制的思想融为一体,扩展和丰富了全书的自由主题。据批评家考证,书中黑人杰姆的原型为马克·吐温幼年时认识的叔叔家田庄上的黑奴,名叫丹尼尔。马克·吐温小时候经常听他讲民间故事。在本书中,杰姆被塑造成一个具有自由精神的黑奴。他不像一般黑奴那样逆来顺受,听从命运的摆布,甘愿冒着生命危险从主人家逃出(按当时法律,逃亡黑奴一旦被捉,任何白人都有权任意处置),与白人少年哈克为伴,一起去寻找自由的家园。杰姆的感情世界丰富细腻,曾为自己盛怒之下打过女儿一巴掌后悔不已,逃跑在外还不停地思念亲人。他还有一付"无私的好心肠",一路上像父亲一般照顾小哈克,甚至甘愿冒着失去自由的危险,留下来照顾受伤的汤姆。作家描写杰姆身上具有勇敢坚强、真诚无私、向往自由的优秀品格,有力地驳斥了种族偏见,表达了作者对黑人美好品德的赞美和对种族主义的鞭挞。

小哈克与老杰姆的关系可谓一波三折,非常富有戏剧性。在与杰姆结伴而行的日子里,哈克开始受种族观念的影响,把杰姆当作黑奴看待,经常搞一些恶作剧来戏弄他。后来在河上遇巡逻队盘查逃亡黑奴,哈克本来深悔自己不该帮黑奴逃跑,觉得对不住杰姆的女主人华珍小姐,决心把船划到岸边上岸去告发杰姆。可巡逻队在河上逼近时,哈克却不由自主改变主意,推说自己船上是个生天花的白人,吓得巡逻队落荒而逃。最后,哈克思前想后,下定决心,写好给杰姆的女主人的告发信,还觉得自己解脱了负罪感,没有"走进了地狱"。可是想到杰姆的种种好处,又把刚写好的信拿在手里,全身发抖,终于把信一撕,说"那么,好吧,下地狱就下地狱吧"。从此,"健全的心灵战胜了畸形的意识",哈克成为搭救杰姆挣脱奴隶桎梏的帮手。通过哈克思想的转变,作家张扬了人类淳朴的天性,呼唤人们涤净种族主义留在心灵中的污垢,捍卫资产阶级的民主理想。

幽默讽刺是马克·吐温小说创作的最显著的特征。他的幽默独具特色,往往是叙述者一本正经,而所叙述的故事却荒诞不经,两者形成鲜明的对照,产生令人发笑的喜剧效果。在本书中,一个又一个幽默故事如行云流水般展开,但常伴有犀利的讽刺。如写两个江湖骗子"皇帝"和"公爵"到处招摇撞骗的故事,作家在描写他们荒唐的行骗伎俩时,给予了辛辣的讽刺。从原文欣赏小说的读者,也许可以仔细琢磨一下江湖骗子"国王"口里把另一个江湖骗子勃里奇华特(Bridgewater)公爵念成了毕奇华特(Bilge—water)公爵。三个字母之差,"桥下之水公爵"变成了"舱里之水公爵"。桥下的活水又清又亮,可船舱里的积水又脏又臭。这样的幽默叫人发笑,给人愉悦,作家对骗子的鄙弃之意尽在不言中。

马克·吐温对儿童心理和行为方式非常熟悉,对哈克的心理刻画得非常细腻、逼真。哈克这个十三四岁的穷孩子天真、调皮,进出从不走大门,而是从楼上窗口里爬进爬出,抱着避雷针上上下下;为了摆脱父亲的专制,伪装了一系列令人发笑的假死场面;他勇于开拓,敢于冒险,只身一人,逃上小岛,搭窝棚,生篝火,以钓鱼为生;小小年纪,漂流在大河上,出生入死,永远前进,没有后退过一步。让美国和全世界的读者入迷的正是这种美国式冒险精神、开拓精神和个人首创精神。以下所引片断是小说开头不久讲"汤姆·莎耶帮"晚上活动的情形,相信每位读者读了之后,都会回想起自己小时候也有过的类似经历和体验:

我们踮着脚尖,沿着树丛中小道,朝寡妇园子尽头往回走,一路上弯下身子,免得树桠子擦破脑袋。我们走过厨房时,我给树根绊了一跤,发出了响声。我们伏下不动。华珍小姐那个大个儿的黑奴,名叫杰姆的,正坐在厨房门口。我们把他看得一清二楚,因为他身后有灯光。只见他站起身来,把颈子往前探,仔细听了一会儿。接着,他说,"谁呀?"

他又仔细听了一会儿,然后踮起脚尖走下来,就在我们俩的当中,我们几乎能摸到他的身子了。就这样,几分钟、几分钟过去了,一点儿也没有响动,可我们又都靠得那么拢。这时候我脚脖子上有一处发痒,不过我没有动手抓。接着,我耳朵又痒起来了,然后在我的背上,正在我两肩的中间,又痒起来了。真是再不抓便要死了。是啊,从这以后,我发现有好多回就是如此这般。你要是跟有身份的人在一起,或者参加一处葬仪,或是明明睡不着偏要睡,——不论在哪里,只要那里不容许你抓痒,那你就全身会有一千处发起痒来。不一会儿,杰姆在说:

"喂——你史(是)谁啊?史(是)什么人?我约(要)是没听到什摸(么),才见鬼哩。好吧,我知道该怎么办。我要坐在这里,等到再听到响声才息(歇)。"

这样,他就坐在地上,就在我和汤姆的中间,他背靠着一棵树,两脚往前伸开,一条腿几乎碰到了我的一条腿。我的鼻子开始发痒,痒得我的眼泪都流了出来,不过我没有抓。接着,我鼻孔里也痒了起来,然后是鼻子底下发痒。我真不知道怎样才能这么坐着一动也不动。这么难受的罪啊,一直熬了有六七分钟之久,不过在感觉上觉得不止六七分钟。接着,我身上有十一处在发痒。我估摸着,再熬一分钟以上,我可就要顶不住啦。不过,我还是咬咬牙,准备再顶一顶。就在这个时刻,杰姆呼吸得气粗了。再过一会儿,他打起呼噜来了。——这样,我就马上又舒坦起来了。

(张友松、张振先 译)

马克·吐温的作品散发出浓郁的乡土气息,他是第一个将文学创作"美国化"的作家。著名作家和评论家、马克·吐温的好友豪威尔斯说,"马克·吐温是美国文学史上的林肯。"新批评派大将克林斯·布鲁克斯和罗伯特·沃伦在他们主编的《美国文学创作与作家》中认为,马克·吐温写哈克"用的是哈克自己的口语,仿佛粗俗,实乃神奇",而不是用刻板的叙述人的语言;用哈克的口语写,使"感情与事件融和""形式与效果一致",从而创造了马克·吐温的风格。"我们不妨这样理解,林肯解放了黑奴,马克·吐温解放了作家。"

与本土化的马克·吐温形成鲜明对照的是亨利·詹姆斯(1843—1916)。他是个欧洲人,因生于美国而成了美国人,后来又到英国定居,入了英国籍。他长年来往于欧洲与美洲之间,是当时大西洋两岸最知名的小说家之一。詹姆斯善于写跨国题材小说,新旧大陆之间的分歧是他迷恋的主题之一。他笔下的美国人天真、轻信,欧洲人则诡诈而复杂。重视人物心理分析是他写作的一大特点。他笔下的人物都是悠闲的特权阶层,有足够的时间和才智去培养、锤炼他们的思想和追求。《贵妇人的画像》(1881)是这方面最典型的例子。

弗兰克·诺里斯(1870—1902)师法法国自然主义作家左拉,写下《小麦》三部曲。第一部《章鱼》,叙述农场主和铁路资本家之间的斗争。在他笔下,铁路成了巨大的章鱼,它伸出的无处不在的触角正在扼杀中西部大地上象征生命的小麦。这是土地力量和机械力量之间的斗争,没有道德可言,起作用的是资本主义的供求关系。

以笔名欧·亨利出名的威廉·悉尼·波特(1862—1910),致力于短篇小说创作。其小说构思巧妙,结局出人意料,发人深思。《麦琪的礼物》写一对年青的恋人在圣诞前夜各自瞒着对方,卖掉自己最心爱的东西为心上人买礼物,回家后向对方出示礼物时彼此却哑然失笑:男方卖掉祖传的怀表为女方买了一只发夹,但后者却已将漂亮的金色长发出售,为丈夫买了一支表链。《警察与赞美诗》写一个流浪汉为了在监狱中过冬而有意去饭店吃白食,砸橱窗玻璃……忙活一天没能如愿,正当他走到教堂门口,在月光下忏悔时,却被警察认为有抢劫教堂之嫌而被捕入狱。

杰克·伦敦(1876—1916)是 19 世纪后期美国重要的现实主义作家。20 岁时曾到阿拉斯加淘过金,历尽艰辛,但除得了坏血病外,一无所获。独特的经历、刻苦的自学和广泛的阅读形成了他庞杂的思想。他将马克思的阶级斗争学说、达尔文的进化论和尼采的超人哲学熔为一炉,写进小说中。他公认的代表作之一是属于"北方故事"的短篇小说《荒野的呼唤》(一译《野性的呼唤》)。小说讲述一条名叫布克的狗在淘金热中被主人带到西部,在荒野严酷的生存斗争中,"他"(作家有意用人称"他",而不是指称物的"它"来称呼这条狗)的野性也逐渐滋长。他的狼的本性被一点一点唤醒了。他经常听到狼的嗥叫——自由的呼唤,那对于他是一种几乎不可抗拒的诱惑;仅仅由于对救过他的命的主人的爱,他才没有向那呼唤奔去。后来,他在一次和鹿的追逐后回到营地时,发觉他的主人已经被一群土人杀害。在悲痛和愤怒的疯狂中,他勇猛地扑向那一群正在兴高采烈地跳舞的凶手,将他们一个一个撕成碎片……最后,在人的世界里已无可留恋,他终于走进了狼群,和那些野性的兄弟们并肩在雪原上自由奔驰,口中吼着一只原始的年轻世界的歌,那就是狼群的歌。

小说描写的是狗,但作者对他们的生活、习性是那样熟悉,设身处地地想象、体验着他们的思想感情,刻画出他们各自的性格和内心活动。读者则通过作者的体验而体验着这些狗的思想感情。这本小说不仅以一幅北方淘金的生活风俗画吸引读者的兴趣,而且以布克这条狗的命运吸引读者的关注,搅动着读者的感情,促使他们思考人性与兽性、自然与社会、文明与野蛮等各种复杂的关系。

19 世纪末美国诗歌成就主要体现在女诗人艾米莉·狄金森(1830—1886)的创作中。狄金森出生在古板保守的马萨诸塞州的小镇阿默斯特,其父对孩子们要求很严厉。幼小的狄金森的求知欲望在父亲那里遭到扼杀。她经常终日独守着窗儿沉思默想,有时候一整天都不说一句话,性情孤僻寥落。这为她以后选择长期离群索居,埋下了阴影。传说她是因为暗恋上了一个已婚的男子,明知道不会有任何结果而关闭了自己心灵的大门。

> 灵魂选定她的同伴——
> 随着——把门关严——
> 对她神圣的成熟之年——
> 勿再引荐——
>
> 无动于衷——当她的矮门旁
> 停下车队——
> 无动于衷——
> 君王下跪——
>
> 我知道她——从广阔的国度
> 选一次——
> 从此——把她注意的阀门关住——
> 如岩石——

(飞白 译)

她一生充满迷离与诗意,直到生命的最后一刻。"归"（called back）——这是1886年5月狄金森临终前留给她两个小表妹的一封遗书,短短两个词构成了一首短诗,不仅意味深长,而且蕴含了诗人拥抱死亡的坦然心境——死是生的归宿,死只是被上帝召回。她的生命过程是一个诗化过程,一个完整而又迷人的诗化过程。

五　北欧:童话世界与妇女独立宣言

斯堪的纳维亚半岛上的三个国家丹麦、挪威、瑞典,同属于北欧的"维京"族（意为"海湾人"）,彼此间有着种族和文化上的亲缘关系,经历了数世纪"合久必分、分久必合"的复杂过程,直到19世纪后期才建立起各自独立的民族国家。其中丹麦在欧洲大陆与斯堪的纳维亚国家中起着桥梁作用。由于地理位置的缘故,它更容易接受南部的德国的影响。在世界文学史上,它贡献了童话作家安徒生、批评家勃兰兑斯和无产阶级作家尼克索等一批有世界影响的人。

汉斯·克里斯蒂安·安徒生(1805—1875)是第一位赢得世界声誉的丹麦作家,也是世界上最负盛名的童话作家之一。许多人可能不知道丹麦的政治、经济状况,但决不会不知道丹麦有个安徒生。一百多年来,安徒生和他的168篇美丽、神奇的童话受到世界各地读者的热爱,其中众多著名篇章被许多国家选为孩子们的必读篇目,成为亿万儿童精美的精神食粮。

这位伟大的童话作家本人也经历了从丑小鸭变成天鹅的艰难过程。1805年,安徒生出生在丹麦菲英岛上的欧登塞镇,他的父亲是一个鞋匠,母亲是个洗衣妇,祖母则靠乞讨为生。安徒生从小就表现出很高的艺术天分,然而命运注定他一生中有好多年都不得不在"与狂风恶浪搏斗"中度过。从14岁开始,他先后在哥本哈根做过工,挨过饿,曾幻想进入戏剧界,但不幸因患感冒弄坏了嗓子而未能如愿,尝试过小说、剧本、散文和诗歌创作。直到30岁时才发现,从事童话创作"这才是我的不朽的工作"。

安徒生一生未婚,留下的财产也几无值钱的东西,但却为全世界的孩子们留下一笔珍贵的财富——安徒生童话。正是他,首次将"童话"从幼稚粗糙的民间传说、故事,发展成为优美的,饱含作者内心情感的文学形式,为后世作家的创作留下经典范文。安徒生创作的童话拒绝成人世界的狭隘和麻木,是丧失了黄金世界的现代人对生活的一种逃避,也是一种对失落的童心的憧憬和追寻。安徒生认为他的故事并不仅仅为孩子而讲,也能令成年人有所收获,丰富他们的内心世界,达到"同时适合六岁与六十岁人阅读"的境界。

安徒生的童话故事情节生动,想象力丰富,在梦幻般的世界里给予读者以生活的希望和信心,唤起人们对真善美的期盼。比如,小意达的花儿在国王的宫殿里翩翩起舞(《小意达的花儿》),坚定的锡兵在燃烧融化时还扛着枪坚定地挺立(《坚定的锡兵》),拇指姑娘坐在燕子背上飞过高山大海(《拇指姑娘》),丑小鸭被欢乐的孩子们认定是美丽的新天鹅(《丑小鸭》),卖火柴的小女孩被冻死前,在火柴的光芒中望见了奶奶(《卖火柴的小女孩》)……

安徒生的童话也蕴涵着丰富的社会内涵,他的创作不单是为了丰富孩子们的精神生活,也为了启发成年人,让他们能从中得到教益。根据西班牙一则民间故事改编的《皇帝的新装》,把揭露的锋芒直指社会上层的封建统治阶级,无情地讽刺了贵族、宫廷的丑恶行径。问题不在于这位虚荣的皇帝"什么也没穿",而在于没有人敢于像那个小男孩那样,勇敢地站出来,说出事情的真相。这就深刻地解剖了当时社会的病状和人性的普遍弱点。

选择任何一篇安徒生童话作为分析范文都会有挂一漏万之感。不过,《海的女儿》或许是个例外,这不仅因为故事本身和语言的优美,更为重要的是,竖立在丹麦首都哥本哈根入口处的美人鱼铜像,在世界各国人们心中,已经成了丹麦的象征;善良的美人鱼为了成全别人的爱情,宁可牺牲自己,最后飞向太阳,化为泡沫的故事也早已成为人类追求永恒的真善美理想境界的象征。

> 她看到光明的太阳,同时在她上面飞着无数透明的、美丽的生物。透过它们,她可以看到船上的白帆和天空的彩云。它们的声音是和谐的音乐,可是那么虚无缥缈,人类的耳朵简直没有办法听见,正如地上的眼睛不能看见它们一样。它们没有翅膀,只有凭它们轻飘的形体在空中浮动。小人鱼觉得自己也获得了它们这样的形体,渐渐地从泡沫中升起来。
>
> (叶君健 译)

19世纪的挪威,经济发展,社会稳定,富裕的中产阶级志满意得,反对一切改革,也不鼓励对任何社会问题展开讨论。1880年1月,挪威首都克里斯蒂娜剧院上演了一出名为《玩偶之家》的三幕话剧,震动了整个斯堪的纳维亚半岛,打破了中产阶级的自恋情结。由此,一位具有挑战性的社会问题剧大师登上了世界戏剧舞台。

亨利克·易卜生(1828—1906)出生于挪威东南海岸斯基恩城,父亲是经营木材的富商,喜交游、好挥霍。1836年受到国际市场风潮的影响,家庭破产。童年的易卜生因此而失去了进入本地设有拉丁文课程的好学校的机会。1850年,易卜生为报考大学来到首都奥斯陆,因拉丁文不好而落榜。

他在奥斯陆定居下来,结交了文艺界一些有进步思想倾向的朋友,一度还加入过由社会主义者特兰内领导的工人运动,但不久即退出政治活动转向文学创作。

从1851到1862年,易卜生先后在卑尔根和首都克里斯蒂娜剧院担任编剧、艺术指导和经理,并写了10个取材于挪威历史传说的浪漫主义诗剧,试图通过对民族历史和古代英雄的歌颂,激发人民的爱国主义情感,为当时挪威的民族独立运动服务。

1864年普奥联军进攻丹麦,与丹麦有结盟关系的挪威却不肯出兵相援,致使丹麦战败。易卜生对这种背信弃义的做法极为不满,愤怒之下离开祖国,在意大利和德国住了26年。他在他称之为"伟大的、自由的文化环境"中,获得了广阔的视野和自由发挥的天地。与此同时,他从来没有否认自己鲜明的挪威人特性。正是挪威特性和欧洲自由文化的熏陶两者之间的紧张关系形成了易卜生的个性特点,并使他成为一位具有独特风格的作家。在他生命将终时,他曾对一位德国朋友说:"谁想要了解我,必须了解挪威。那雄伟而严峻的北方环境,那种与世隔绝的孤独生活——农场之间相隔几英里之遥——迫使他们只能局限于自己的小天地里。这就是为什么他们变得内向和严肃,忧虑而怀疑,并且往往丧失信仰的原因。但人们又都是哲学家!在那里一旦漫长黑暗的冬天降临,就会使房屋终日被浓雾笼罩。啊,他们是多么渴望太阳。"

在他旅居国外期间,欧洲发生了意大利统一、普法战争、巴黎公社的诞生等重大历史事件。易卜生密切关注欧洲重大历史进程的发展变化,同时对本国的政治制度及社会现实也作了深入的分析研究。在这个基础上,他创作了十几部见解新颖、思想深刻的社会问题剧,提出了有关法律、教育、道德、家庭和妇女解放等社会问题,其中《社会支柱》(1877)、

《玩偶之家》(1879)、《群鬼》(1881)和《人民公敌》(1882)被并称为四大社会问题剧。

《玩偶之家》的剧情发生在一个中产阶级家庭中。平安夜,女主人娜拉喜气洋洋购物回家。她有足够的理由高兴:几年前她为了替丈夫海尔茂治病,背着丈夫冒名向人借了一笔钱,现在丈夫病愈,且被提升为银行经理,前程似锦,全家准备好好过一个圣诞节。然而喜庆的气氛下,掠过不安的阴影。她的债主柯洛克斯泰上门来了,他正是她丈夫即将担任经理的银行里的职员,听说她丈夫可能要解雇他,前来要娜拉替他说情,否则,他将公开她伪造签名的借据,使她丈夫身败名裂。娜拉内心展开了一场激烈的冲突。她先是想方设法说服丈夫不解雇柯洛克斯泰;劝说无效后,准备独自承担起责任,投河自杀,以使丈夫名誉不受损害。柯洛克斯泰在收到海尔茂的解雇信后,将一封告发信塞进了海尔茂家的信箱。娜拉千方百计拖延时间,找借口不让丈夫开信箱。但丈夫还是开了信箱。他读信后勃然大怒,骂她不道德,说自己的前程将毁在她手里,孩子也将被她带坏。差不多与此同时,邮差又送来一封信。原来,柯洛克斯泰在娜拉的朋友林丹太太劝说下,放弃要挟念头,寄上了娜拉留给他的借据。海尔茂改变态度,对娜拉表示亲热。短短一个晚上经历了情感大起大落的娜拉这才明白,自己在家庭中根本没有地位,不过是丈夫的一个玩偶。她毅然决定离家出走,去寻找自己的新生活。出走之前,她与丈夫展开了一场严肃的谈话,对以男权为中心的资本主义社会的法律、宗教、道德展开了全面的怀疑和否定。随后,她走出家门,"砰"的一声关上了大门。萧伯纳说,娜拉发出的这个关门声比滑铁卢战场上的大炮声还要响亮,因为它宣告了妇女的独立。

全剧开放性的结尾给观众留下一个问题:娜拉走后怎样?德国的莎乐美把娜拉比作一只自由飞翔的野鸭:飞翔的姿态本身就是一切,哪怕就此坠地死亡也是值得,颇带着一种悲壮的色彩,"在模糊颤动的轮廓中,梦幻似地在它面前浮现了现实的图画……饥渴的眼睛正对着太阳搜寻,带着垂落的翅膀孤独地跌落在圣诞枯树中间的怨鬼堆里,谁能说处在这个梦境里的野鸭没有获得真正的解放呢?"中国的鲁迅就此问题也谈了自己的看法,认为在当时妇女经济不独立的情况下,娜拉出走后的结局"不是毁灭,便是堕落"。那么,是否还有别的结局呢?

其实,对这个问题,易卜生在剧中已经作了暗示,这就是"奇迹中的奇迹"的发生。娜拉在出走之前对她丈夫说,八年来,她一直盼望有"奇迹"发生。本来借据事件正是一个机会,她丈夫完全可以承担起责任来,说"这一切都是我干的"。但这个"奇迹"没有发生,所以她选择了离家出走。当海尔茂最后一次问娜拉,事情是否还有挽回余地时,娜拉回答说,那就要等"奇迹中的奇迹"发生了。这个"奇迹中的奇迹"究竟指什么?细心的读者可能会发现,剧中隐含的第二条婚恋线索,对此作了暗示。娜拉的朋友林丹太太(克里斯蒂娜)和海尔茂的同学柯洛克斯泰多年前原是一对情人,因为种种原因无法走到一起,柯洛克斯泰因失恋而自暴自弃,濒临道德崩溃的边缘,直至发展为以借据要挟娜拉。在偶然的情况下,这对往日的情人在娜拉家相遇,有了交流的机会。守寡的林丹太太说明了当年之所以不能与柯洛克斯泰结合的原因,并表示现在她已孤身一人,愿意与他重续旧情。之后,再次感到幸福降临的柯洛克斯泰终于接受前女友的建议,寄出了原本用来要挟娜拉的借据。这条线索的安排既起到了解决全剧矛盾的作用,又暗示男女之间通过真诚的交流发生"奇迹中的奇迹"的可能性。

将易卜生称为现代女性主义运动的先驱无论如何是正确的。但给一个思想复杂的作家贴标签总会遮蔽掉一些东西。事实上,在许多场合,易卜生更强调的是个人的精神独立,不论是男人还是女人。如果说娜拉是家庭中的玩偶,她背后的牵线人小时候是父亲、结婚后是丈夫,那么海尔茂也并不见得比他妻子有更多的独立性,他也被这个强调成就、名利、地位、面子的中产阶级社会牵制着,正是这种种牵制使他成为一个隐性的玩偶,并因此而对娜拉做出许多不应该做的事。看来,男性和女性只有携手并进,以独立之精神和决然之行动,共同向传统社会和陈腐观念发起挑战,才能成为自己命运的主宰,真正建立一个健全的社会。

《玩偶之家》在艺术上达到了炉火纯青的境界。全剧结构严谨,矛盾一环紧扣一环,富有极强的戏剧性。娜拉从幻想破灭到觉醒并最终离家出走,在舞台上只有短短的几分钟,然而,剧作家充分利用这短暂的时间,以丰富的细节、动作表现人物心理的极度紧张和性格的巨大变化,达到了强烈的戏剧效果。第二幕结束前,已经打算为保全丈夫名誉而自杀的娜拉,为了拖延时间不让丈夫去开信箱,借口为明晚圣诞舞会演出,一定要丈夫陪她一起练舞。剧作家通过语言和强烈的动作,表现了女主人公复杂的心理和紧张的内心冲突。

……

　　娜拉　很好,托伐,你帮我温习。你一定得答应我。喔,我心里真打战,明天晚……上当着那么许多人。今天晚上你得把工夫都给我,别的事一件都不许做,连笔都不许动一动。好托伐,你肯不肯答应我?

　　海尔茂　好吧,我答应你就是了。今天晚上你叫我干什么我就干什么,可怜的小东…西!哦,我想起来,我要去——(向通门厅的门走过去。)

　　娜拉　你去干什么?

　　海尔茂　我去看看有信没有。

　　娜拉　你别去,托伐。

　　海尔茂　为什么?

　　娜拉　你别去,那儿没有信。

　　海尔茂　喔,我去看一看。

　　[他正走过去的时候,娜拉在钢琴上弹起特兰特拉舞曲的开头几节。

　　海尔茂　(在门口站住)哈哈!

　　娜拉　今天我要是不跟你先练习一遍,明天我准跳不成。

　　海尔茂　(走近她)娜拉,你真这么紧张吗?

　　娜拉　真的,我紧张得要命!让我马上就练习。晚饭前还来得及练一遍。喔,好托伐,坐下给我弹钢琴,像从前那样,指点我,别让我出错儿。

　　海尔茂　好吧,我都依着你。

　　[他在钢琴前坐下。娜拉从盒子里抓出一面手鼓来,慌忙裹

上一块杂色的披肩,一步跳到屋子当中。

娜拉　快给我弹琴!我要跳舞了!

〔海尔茂弹琴,娜拉跳舞。阮克站在海尔茂后面看跳舞。

海尔茂　(一边弹琴)慢一点!慢一点!

娜拉　我慢不了!

海尔茂　别这么使劲儿,娜拉。

娜拉　一定得使劲儿!

海尔茂　(停止弹琴)不行,不行,娜拉,你这步法完全不对头。

娜拉　(一边摇手鼓一边大笑)刚才我不跟你说过吗!

阮克　让我给她弹钢琴。

海尔茂　(站起来)好吧,你来。这么着我可以腾出手来指点她。

〔阮克坐下弹琴。娜拉跳得越来越疯狂。海尔茂站在火炉旁边随时指点她,她好像没听见。她的头发松开了,披散在肩膀上,她自己不觉得,还接着跳下去。林丹太太走进屋子来,在门洞里呆住了。

林丹太太　啊!

娜拉　(不停地跳)克立斯替纳,真好玩儿!

海尔茂　娜拉,你这种跳法好像是到了生死关头似的。

娜拉　本来是嘛。

……

(潘家洵　译)

《玩偶之家》是一出震撼人心的戏剧,它揭露了中产阶级家庭关系的虚伪,提出了妇女解放的问题,思想深刻,艺术精湛,影响巨大,被认为是易卜生最优秀的剧作。但由于它的内容触犯了中产阶级的传统道德,遭到上流社会及评论界的非难和围攻,剧院不敢上演,要求作家将剧本改成"大团圆"结局,为此,易卜生特地写了另一剧本《群鬼》(1881)作为对此类指责的答复。《群鬼》与《玩偶之家》的区别在于:作品中的女主人公欧文太太对迷恋于花街柳巷的丈夫逆来顺受,苟安于恶劣的家庭生活。形形色色的腐朽思想和信仰就像一群魔鬼，压得她喘不过气来。最后她在绝望的痛苦中呼号："给我阳光！"这部作品从另一个角度回答了"如果娜拉不出走，又会怎样"的问题。

《群鬼》发表之后，易卜生遭到更加猛烈的攻击，在资产阶级上流社会的眼中，他几乎成了"人民公敌"。一年后，易卜生为了反击论敌，就以这个称号写成了《人民公敌》（1882）一剧。该剧刻画了一个正直高尚、维护真理、关心公众利益的科学家斯多克芒医生的形象，他发现当地一家温泉浴室有对健康有害的物质，就勇敢站出来说出真相。浴室老板煽动一些不明真相的人们围攻他，使他无法在该城存身。但斯多芒克医生毫不屈服，坚持真理。通过这个形象，易卜生宣扬了"世界上最强大的人是最孤立的人"的超人哲学。

易卜生的创作晚期正值19世纪末欧洲资本主义社会日益腐朽，向帝国主义过渡的时代。挪威知识界弥漫着悲观颓废的情绪。易卜生厌恶资产阶级的政治、道德和社会现实，又看不到任何改革的可能性，因此思想比较消沉，创作方法也有所变化。从《野鸭》（1884）开始，易卜生戏剧内容的重心逐渐由社会批评转向对内心活动的描写和对精神生活的分析。有批评家认为，易卜生晚年创作的《罗斯默庄》（1886）、《当我们死而复生的时候》（1899）等作品说明，这位剧作家对人性的了解先于20世纪一些心理学家的重大发现。在他最后15年的写作中，易卜生把辩证法发挥得淋漓尽致，使之成为一种独特的戏剧形式——其中现实主义、象征主义和心理上的深层挖掘相互辉映。正是这个时期的作品使他获得了"戏剧领域中的弗洛伊德"这一称号（名实是否相符则又当别论）。总之，弗洛伊德和其他许多心理学家都利用易卜生对人性的描绘作为他们性格分析的依据，甚至用以阐述他们的理论。其中尤以弗洛伊德对《罗斯莫庄》（1886）剧中人丽贝克·惠斯特的心理分析最为出名。

除丹麦和挪威外，19世纪其他北欧国家的文学也取得了各自的成就。瑞典戏剧家奥古斯特·斯特林堡（1849—1912）运用新的心理学方法和一种融合时空的艺术形式，写出了具有现代主义倾向的戏剧《鬼魂奏鸣曲》。芬兰作家阿历克西斯·基维（1834—1872）写出了他欢快的农民小说《七兄弟》。

第六章 世纪末的西方文学

"世纪"和"公元"一样,虽然并非自然的时序而是人为的划分,却对人类心理有着强大的暗示力。18世纪末19世纪初许多欧洲年轻人患上了"世纪病",在文学中孕育出一批纤弱、感伤的"世纪儿"或"多余人"形象。19世纪末,世纪末情绪再次发作。历经500年发展的西方近代文明,开始出现危机和衰退迹象。敏感的诗人和作家首先对现代性作出了审美的批判。

一 法国:世纪末的情绪体验

1860年代,一个强调唯美的诗歌流派在法国诞生。这就是巴那斯派。"巴那斯"一名出于希腊神话,是传说中阿波罗和文艺女神缪斯居住的神山。因此,这个名称含有超脱现实的意味在内。巴那斯派的领袖是勒孔特·德·李勒,主要成员有邦维尔、普吕多姆、埃雷亚斯、孟戴斯等。这派诗人继承了戈蒂耶提出的"为艺术而艺术"的思想,反对资产阶级将艺术理解为道德说教工具的做法,强调以客观的"非情感化"和"非个人化"的态度来写诗。

差不多与此同时,另一个更具影响力的诗歌流派——象征主义开始在法国形成。象征主义反对浪漫主义直抒胸臆,将诗歌变成情感的喷射器,而主张用暗示、联想和隐喻等方式,来表达焦虑、躁动和不安等复杂的现代性情绪体验。

夏尔·波德莱尔(1821—1867)被公认为法国象征主义的先驱。他出生于一个受过法国大革命洗礼的美术教师家庭。六岁丧父,母亲改嫁给一个军官,于是"童稚之爱郁郁葱葱的乐园从此荒芜",这个打击似乎成了波德莱尔日后一切反常行为的最终根源。继父想叫他进入官场,他却专与文人名士结交,一度沉迷于名士派的放荡生活,养成了一些无所顾忌的坏习惯,以至于家庭不得不对他实行经济管制,委托一位监护人定期给他一点点发放父亲留给他的微薄的遗产。于是,未来的天才诗人只能长期生活在贫困线上。也许正是这种贫困的生活,使他看到了社会的真相和人生的痛苦。1857年,36岁的波德莱尔发表了他的代表作《恶之花》。此书一出,舆论大哗。巴黎当局以"有伤风化""亵渎宗教"罪起诉他,查禁《恶之花》并对作者判处罚款。波德莱尔因此而一举成了"恶之名"——"恶魔诗人"。然而,戈蒂耶(波德莱尔的这本诗集就是献给他的)等一批当时文坛知名人士对他的创作赞赏有加。当时还健在的法国文坛泰斗、著名诗人和小说家雨果写信给波德莱尔,赞扬说:"你赋予了艺术的天空以人所未知的致命的闪光,你创造了新的颤栗。"

从西方文学发展史来看,《恶之花》的发表为西方诗歌界开拓出一条新路,表明文学天真时代的结束。《恶之花》法文原文是"Les Fleurs du mal"。其中,mal一词除了"恶"以外,也有"病""痛苦"等意。因此,波德莱尔献给读者的这一束花不仅是恶之花,也可解释为病之花、痛苦之花。但作为"善"的对立面,"恶"字具有最大的哲学概括力,最能表现出波德莱尔的非道德主义,所以汉语将其译成《恶之花》。《恶之花》把城市生活以及它的全部阴暗、邪恶作为艺术美的对象来描写,认为恶不是道德谴责的对象,而是现实的存在形式和审美对象。波德莱尔说:"什么是诗的目的,就是把善与恶区别开来,从丑中发掘出美,给我以粪土,我把它变成黄金。"诗集中的《兽尸》就是一首从丑中发掘美的诗歌。诗人描写了一头溃烂生蛆令人作呕的死牲口。这种东西按艺术的常规是不能进入高雅的文学殿堂的,但波德莱尔却把它写得淋漓尽致,宣称在上天眼中,这具兽尸与怒放的鲜花一样美丽。不仅如此,诗人还进一步向崇尚高雅和惯于粉饰的社会趣味挑战,在诗的末尾,他对情人发表了一段颂词,把全诗推向高潮:

> 爱人啊,你也将像这污物一样,
> 就像这具可怕的兽尸,
> 我眼中的星星,我心中的太阳,
> 你,我的情爱我的天使!

(飞白 译)

这里，兽尸象征着令人难堪的、大家企图回避的而诗人决心面对的现实。

从艺术手法上看，波德莱尔发展了斯威登堡的"契合论"。在他笔下，诗人不再是浪漫主义的歌手，而是宇宙奥秘的密码翻译员，他用洞察一切的目光感受和传达着人与宇宙及宇宙万物之间的契合。他的代表作《契合》强调了三方面的"契合"或"应和"：人的精神世界与物质世界之间的感应契合、人的各种感官之间的契合，以及最后心灵与感官的契合同时发生。

> 自然是座庙宇，那里活的柱石，
> 不时说出模模糊糊的语音。
> 人们穿过象征的森林，
> 森林投以亲切的目光注视着行人。
>
> 远方传来的悠久的回声汇合
> 为一个混沌而深邃的统一体，
> 像茫茫黑夜连着无际的光明，
> 芳香、色彩、声音在互相应和。
>
> 有的清爽芳香如儿童的肌肤，
> 柔声如双簧管，翠绿如草场，
> ——还有的腐败、浓郁，涵养了万物，
>
> 像无极限的东西飘散着飞扬，
> 如琥珀、麝香、安息香和乳香，
> 在歌唱精神与感觉的欢狂。

（梁宗岱 译）

继承波德莱尔的反叛精神和艺术观点并加以发扬光大的，是三位后起的年轻诗人。保尔·魏尔伦(1844—1896)像他的前辈、中世纪晚期市民诗人维庸那样,把自己的大好时光浪费在"妓院和教堂之间"。之后,小他十年的天才诗人兰波以自己的独特魅力把他从妻儿身边带走,两人浪迹天涯,在伦敦的小酒馆和贫民区过了一段波希米亚式的放荡不羁的日子,直到两年后兰波提出分手,魏尔伦开枪将他击伤、被捕入狱为止。在法国诗歌史上,魏尔伦以文学上的音乐家著称,他创作的"无词的浪漫曲"加强了词的音响性,将词义变成了为诗的乐曲提供速度、强弱、表情和节奏的符号,反过来,音乐又给词义增添了魔术般的情感浓度,造成了令人半醉的效果。《泪水洒在我的心上》是他的"无词的浪漫曲"中最著名的一首。全诗运用法语中大量的谐音词,把低徊苦闷、无法排遣的情绪表现得淋漓尽致。

> 泪水流在我的心底,
> 恰似那满城秋雨。
> 一股无名的愁绪
> 浸透到我的心底。
>
> 嘈杂而柔和的雨
> 在地上、在瓦上絮语!
> 啊,为一颗惆怅的心
> 而轻轻吟唱的雨!
>
> 泪水流得不合情理,
> 这颗心啊厌烦自己。
> 怎么,没有人负心?
> 这悲哀说不出情理。
>
> 这是最沉重的痛苦,
> 当你不知道它的缘故。
> 既没有爱,也没有恨,
> 我心中有这么多痛苦!

(飞白 译)

阿瑟·兰波(1854—1891)在法国诗歌史上犹如一颗划过长空的流星,短暂地闪光之后就永远消失于天际间。但他17岁时创作的长诗《醉舟》(1871)所能达到的艺术高度,至今仍无人能够企及。据说写这首诗时,少年诗人还没有见过大海,但是凭借狂放不羁的想象力,他描画出了他心目中的大海,其波澜壮阔的景象和奇幻诡异的意象令人惊叹不已。

> ……
> 我熟悉在电光下开裂的天空,
> 狂浪、激流、龙卷风;我熟悉黄昏
> 和像一群白鸽般振奋的黎明,
> 我还见过人们只能幻想的奇景!
>
> 我见过夕阳,被神秘的恐怖染黑,
> 闪耀着长长的紫色的凝辉,
> 照着海浪向远方滚去的微颤,
> 像照着古代戏剧里的合唱队!
>
> 我梦见绿的夜,在眩目的白雪中,
> 一个吻缓缓地涨上大海的眼睛,
> 闻所未闻的液汁的循环,
> 磷光歌唱家的黄与蓝的觉醒!
> ……

(飞白 译)

兰波也是诗歌方面的无政府主义者,他主张打破感官之间的界限,有意让感觉发生错乱,采用"联觉"或"通感",深入发掘梦和幻觉,从黑暗的无意识区域中召唤出奇异而神秘的境界来。

与上述两位诗人形成鲜明对照的是斯特方·马拉美(1842—1898)。他既不像魏尔伦那样放荡颓废,也不像兰波那样激烈狂放。作为中学教员的他,一直醉心于"纯诗"的创造,主张摒除一切客观的写景、叙事、说理以至感伤的情调,纯粹凭借音乐和色彩产生一种符咒般的暗示力,以唤起读者的感官与想象的感应,将其灵魂超度到一种光明的极乐境界。他的著名长诗《牧神的午后》(1876)描写意大利南方炎炎夏日的一个午后,昏昏欲睡的牧神在朦胧中听到了淙淙流水声,看到了林泽仙女们在戏水,但他弄不清这究竟是梦境还是现实。牧神吹起芦笛,想唤来仙女,结果反而把她们惊走了,他最终得到的只是一个可望而不可即的朦胧的回忆。1894年,著名音乐家德彪西为这首诗谱写了同名交响诗;1912年,著名的俄罗斯芭蕾舞演员尼任斯基将这首诗搬上芭蕾舞台,从而使马拉美声名远扬。

1886年,原籍希腊的诗人让·莫雷亚斯(1856—1910)在《费加罗报》上发表了一篇文学宣言,首次用"象征主义"一词来描述从波德莱尔开始到魏尔伦、兰波、马拉美等三位诗人为代表的文学运动;同年,《象征主义》杂志创刊。于是,一个全新的现代主义文学流派在法国宣告诞生。在20世纪诗歌和戏剧领域中,象征主义将获得更大的发展空间。

二 英国:唯美主义、命运观与帝国作家

19世纪晚期,大英帝国的显赫威权依然不减当年,维多利亚时代的道德准则仍未受到严重挑战,但是,反叛者大有人在。1848年,一个由画家、诗人和作家组成的团体——"先拉斐尔派"宣告成立,从唯美的角度对现代性展开了反叛和批判。他们深感资本主义的发展扼杀了艺术和美,整个社会充满铜臭味和市侩气,严重地腐蚀了人们的情感和思想。为了反叛这个丑恶的现实,他们主张回到拉斐尔之前的年代,像达·芬奇提倡的那样"直接到泉源去汲水,而不是从水罐里汲水"。这种带有理想主义色彩的唯美追求,使得浪漫主义的幻想性、传奇性重新回潮,因而在文学史上也被称为"新浪漫派"。

"先拉斐尔派"起先由三位画家组成,后来发展到七人,主要成员有罗塞蒂、莫里斯和斯温本等。但丁·迦百列·罗塞蒂(1828—1882)是该团体领袖。他既是诗人又是画家,其画风和诗风都体现出他的意大利血统,特别强调声、色、光、影,神秘朦胧,有官能美,富于象征意味。罗塞蒂

的画作和诗歌中反复出现一位纤弱、苍白、大眼大唇的女子形象,那是他的模特儿和恋人西德尔的化身。由于经济困难,罗塞蒂和她相恋十年方才结婚,但结婚一年后西德尔就去世了。痛不欲生的罗塞蒂以全部诗稿为爱人殉葬,直到七年后在朋友的一再劝说下,才掘出诗稿,交付出版。1870年,《罗塞蒂诗集》出版,引起社会强烈反响。诗集以唯美的色彩、神秘的气氛、油画般的细腻风格和诉诸感官的魅力打动了读者,但也引起代表维多利亚正统道德准则的批评家的指责,说罗塞蒂和先拉斐尔派其他诗人把"肉欲作为最高目标来鼓吹"。其实,罗塞蒂尽管被称为"美的崇拜者",但对情欲的描写止于暗示,并无过分暴露之嫌。以下所引的《白日梦》是他自画自题的题画诗,此画和此诗现均已成为世界名作,两者可谓相得益彰。

> 荫凉的槭树啊枝叶扶疏,
> 仲夏时节还在萌发新的叶片;
> 当初知更鸟栖在蔚蓝的背景前,
> 如今画眉却隐没在绿叶深处,
> 从浓荫中发出森林之歌的音符,
> 升向夏日的静寂。新叶还在出现,
> 但再也不像那春芽的嫩尖
> 螺旋式地从淡红的芽鞘中绽出。
>
> 在梦幻之树四面伸展的阴影中,
> 梦直到深秋还会萌生,但没有一个梦
> 能像女性的白日梦那样从心灵升华。
> 看哪!天空的深邃比不上她的眼光,
> 她梦着,梦着,直到在她忘了的书上
> 落下了她手中忘了的一朵小花。

(飞白 译)

奥斯卡·王尔德(1854—1900)是另一种类型的唯美主义者。他不仅以其创作,也以其行为挑战维多利亚时代的道德准则。这位牛津出身的花花公子打扮入时,才华横溢,富于情趣,谈吐机智尖刻,常有惊世骇俗的奇谈怪论。针对传统的模仿论,他说"艺术较人生为贵,并非人生创造艺术,而是艺术创造人生";针对资本主义"为金钱的艺术"和传统的艺术教化论,他主张为艺术而艺术,提出所有的艺术都毫无用处,"艺术家的伦理同情心是一种不能原谅的习气"。他还宣称要"尝遍世上所栽树木的种种奇珍异果",结果一语成谶,真的吞下一枚苦涩的奇珍异果。1895年他被指控搞同性恋而被判入狱,尝到了铁窗滋味。两年之后当他跨出里丁监狱大门时,潦倒落泊,最后死于法国巴黎的一个小客店。

作为一个唯美的作家,王尔德最知名的作品是《道连·格蕾的画像》(1891)。小说主人公道连·格蕾与作家本人有几分相似之处,是个唯美的美男子,视享乐为人生唯一目标。他的画像和他本人之间形成一种奇妙的对照。每当他寻欢作乐一番,画像上的他就会一点点变老变丑,而他本人则永葆着青春和美貌。随着他的享乐生活的展开,他的画像变得越来越老,越来越丑。最后他终于无法忍受自己在画中的丑陋形象,拿起匕首刺向画像。结果奇迹发生了,被刺中的不是画像,而是他自己。当他倒在血泊中死去时,画面上的他恢复了青春和美貌,而躺在地上的他却变得又老又丑。小说强调了人生之美与艺术之美的不可同时并存、艺术美高于生活的唯美主义观点。

19世纪末20世纪初英国最重要的作家是托马斯·哈代(1840—1928)。他出生前后,狄更斯刚刚走红;进入晚年时,欧洲已经历过第一次世界大战,艾略特、乔伊斯等一批现代主义作家也早已登上文坛,相继发表各自的代表性作品,因此,哈代就成为"耸立在维多利亚时代和新时代的交界线上"的作家。哈代早年从事诗歌创作,因屡遭退稿转而写小说,晚年放弃小说创作转向诗歌,两方面都取得了巨大成功。

哈代的诗歌创作与小说创作在思想上有着内在的联系,表现了强烈的命运观念。早期的诗作《偶然》,为以后的小说创作定下了悲观的基调。在诗人看来,命运之神是盲目的、非理性的、神秘的,它从不宣告自己诡谲的计划,只是以一连串的偶然来控制宇宙和人生的进程。结果使人们更为痛苦,因为他们连把自己的罪过推到命运之神头上的这点宽慰都不可得。

哈代的小说按照他本人的划分可分为三类:性格和环境小说、罗曼司和幻想小说、机敏和经验小说。其中最重要的长篇小说属于性格和环境小说。这类小说都是以他的故乡多塞特郡为背景。多塞特郡古名"威塞克斯"(即西撒克逊王国),还保留着很多古迹和宗法制农业生活方式残余,然而在资本主义侵蚀下,古老的贵族世家和小农纷纷破产,古朴的道德风纪渐渐消逝,普通的男男女女的性格和命运发生了深刻的变化。哈代以怀旧的情绪、悲哀的观点来写他的家乡,形成"威塞克斯小说"系列,主要作品有《还乡》《卡斯特桥市长》《无名的裘德》等,其中最著名的是《德伯家的苔丝》(1891)。

苔丝出生于一个古老的世家德伯维尔,这个家族的祖先据说是随"征服者威廉"从法国诺曼底来到英国的贵族。但高贵的姓氏无法挽回家族的破败衰落。为了生活,作为长女的苔丝不得不听从父命,进了一家自称为同姓德伯氏的暴发户庄园主家打工,结果不到三个月,在一次乡村舞会之后,就被庄园主亚雷诱骗到林中奸污。为了摆脱亚雷的纠缠和习俗的谴责,她在埋葬了病死的婴儿后离开家乡,到一个牛奶场做挤奶工。期间与一位名叫安琪儿·克莱尔的青年产生了真挚的爱情。在新婚之夜,她向丈夫坦陈自己的过去,深受传统习俗和道德束缚的丈夫无法接受这个事实,离开她去了巴西。苔丝为生计所迫,辗转各地打短工,期间不断遭到亚雷的纠缠。父亲去世后,为了养活弟妹,苔丝不得已回到老家,做了亚雷的情妇。一年后她的丈夫克莱尔抛弃前嫌回国找到了她。苔丝在痛苦绝望中杀死毁了她一生的亚雷,与克莱尔一起逃亡。在逃到古代异教徒祭祀的"巨石阵"时,她再也跑不动,也不想跑了,躺倒在一块用作祭坛的石板上沉沉睡去。最后,她束手就擒,上了绞刑台。

哈代是个深刻的悲观主义者,他不相信有慈悲公正的上帝,认为主宰这个世界的是盲目的命运和纯粹的偶然,人不过是无法抗拒的冷酷无情的命运的牺牲品。苔丝悲剧的一生,从被陌生男人奸污、被新婚丈夫抛弃,到因不得已杀人而上绞架,尽管可以从不合理的社会制度、个别人的邪恶和社会习俗偏见中找到部分解释,但最根本的根源是命运,是诸神的手在冥冥中"戏弄"着女主人公。小说用很多看似偶然的细节串连起必然的命运之链,试图说明人在命运面前是多么渺小、无助和无辜。一匹老马的意外死亡、一只公鸡的不适时的报鸣、墓地上的一个十字架、老宅中的两幅可怕的女人画像等等,都成为暗示女主人公命运的征兆。按照作家的看法,苔丝遭到亚雷奸污,是对她的身披铠甲的祖先可能有过的强暴农民女儿的行径的一种报应;苔丝父亲死后,全家被房东赶出家门,无处安身,也被说成是对她的祖辈曾经驱逐无房无地的佃户的一种报应——"天下的一切事情,彼此消长,盛衰交替,本来就是这样不断变化的啊";甚至资本主义的侵入也仿佛也成了某种天意的安排。打谷机、收割机等现代机械在哈代笔下也被拟人化了,成为来自地狱的魔鬼,它们闯入这个麦子金黄、土地灰白、空气清朗的地方,只是为了惊扰当地的人们和躲藏在麦田深处的小动物。

或许,比这种带有浓厚悲观情绪的命运观更有价值的是作家对英国乡土风情的生动描写。艾格敦荒原的美丽和荒凉、五朔节乡村舞会的喧闹、奶牛场生活的丰富多彩,一一跃然纸上,处处体现出作家对乡土生活习俗的熟悉和热爱。小说人物形象粗犷质朴,他们的性格变化、内心骚动和情感起伏与四季更替、日月轮换融为一体,成为大自然的有机组成部分。苔丝在牛奶场与克莱尔发生真挚的爱情时,正值春夏之交,"在佛卢姆谷里,土壤肥沃得冒油,气候温暖得发酵,在这种季节里,从万物滋生发育的咝咝声中,几乎连草木汁液的奔流都听得见,因此,那种最富有幻想的爱情就不可能不生出缠绵的情意来。生活在那儿的胸怀激情的两个人,也都受到了周围环境的感染"。写到苔丝被丈夫抛弃,独自一人辗转各地打工谋生时,时序又被安排在冬天——风雨交加、寒鸟悲鸣,寒气刺入肌肤,"整片农田都是一种凄凉的黄色;它仿佛是一张没有五官的人脸,从下巴到额头,只有一张覆盖着的皮肤。天上也同样凄凉,只是颜色不同而已;那是一张五官俱无的空洞洞的白脸。一天到晚,天上地下的两张脸就这样遥遥相对,白色的脸向下看着黄色的脸,黄色的脸向上看着白色的脸,在天地之间什么东西也没有,只有那两个姑娘趴在那儿,就像地面上的两个苍蝇一样"。

引人注意的是,在这部小说中还出现了具有现代主义色彩的心理描写。小说第37章写到,新婚之夜,克莱尔在听了苔丝坦陈自己的过去之后,痛苦异常,梦游症发作了。午夜一点钟,他独自起来,来到苔丝卧室——

  克莱尔走到她的跟前,弯下腰来。"死了!死了!死了!"他嘟哝着说。

  他用同样无限哀伤的目光死死地把她注视了一会儿,然后把腰弯得更低了,把她抱在自己的怀里,用床单把她裹起来,就像是用裹尸布裹的一样。接着他把她从床上举起来,那种尊敬的神情就像是面对死者一样。他抱着她从房间里走出去,嘴里嘟哝着——

  "我可怜的,可怜的苔丝——我最亲爱的宝贝苔丝!这样的甜蜜,这样的善良,这样的真诚!"

(王忠祥 译)

  一位西方批评家认为,这一场景从弗洛伊德主义的观点出发,可理解为克莱尔以一种自己完全意识不到的强度同时爱恋着、憎恨着苔丝。假如他有办法领会这种强度,他也许就会发泄自己的愤怒,恢复被埋藏的爱情。

  随着不列颠帝国进一步对外扩张,19世纪末一些英国作家对异国他乡的描述产生了浓厚的兴趣。他们试图通过构思复杂曲折的故事情节,营造紧张惊险的场面,渲染神秘惊悚的气氛,来呼唤失落的或萎靡的帝国精神,以自己的创作赋予其新的精神能量和活力刺激。文学史上一般称这些作家为"新浪漫派",强调了他们与世纪初产生的浪漫派之间的传承关系。

  赖德·哈格德(1856—1925),本人当过六年南非总督的秘书,有着丰富的海外殖民地生活经历。他作为畅销作家的名声主要建立在他于1885—1892年间出版的一系列以异域(南非、北欧、非洲等)为背景,以探险、寻宝为主题的罗曼司(Romance)上,包括《所罗门国王的宝藏》(1885)、《阿兰·夸德曼》(1887)、《她》(1887)和《阿霞或她的归来》(1905)等。在致力于罗曼司创作的同时,哈格德也提出了自己的罗曼司复兴理论,认为时代再也不能容忍文学现实主义将它再进一步往下拉了,因此他呼吁创作一种新的小说,来重申传统的价值观,如英勇、责任和男子气概等。

苏格兰人罗伯特·路易斯·斯蒂文森(1850—1894)是一个浪迹天涯的诗人和小说家。曾到过南太平洋群岛,希望那里的阳光和海水能治愈他肺结核,但结果还是不治而亡,死在萨摩亚。他的小说成名作是为年轻读者写的《金银岛》(1883),这是一部扣人心弦的惊险小说。更晚一些时候写的《化身博士》(1886)创造了一个双重角色的人物,此人白天行善,晚上作恶,是一个自我分裂的偏执狂。我们将在20世纪德国小说家黑塞的《荒原狼》中看到类似形象。

约瑟夫·康拉德(1857—1924)生于波兰,后来成为卓越的英国小说家。他有着近二十年的海员生活经历,对西方国家在亚、非、拉美各洲的殖民地有着多方面的了解。在把殖民地引入自己的创作视野时,康拉德像几乎所有西方作家一样,是以一个西方人的目光注视殖民地的。海洋与陆地的分际在他笔下往往演绎为原始与文明的冲突。他的几部著名的小说《水仙号上的黑家伙》(1898)、《吉姆爷》(1900)和《黑暗的心》等均以英国殖民地和海上生活为背景。《黑暗的心》(一译《黑暗深处》,1899)以"追寻"为主题,讲述一个名叫库尔茨的殖民者在非洲的经历。小说标题具有双重象征含义,它既指西方人心目中没有被文明化的原始的"黑暗深处"——非洲丛林和生活于其中的原住民("土著"),也指"文明"的欧洲殖民者在殖民和征服过程中,肆无忌惮暴露出来的"黑暗的心",即被文明化的制度和道德压抑的恶本能。库尔兹作为一家贸易公司的代表,负责非洲大陆深处的一个贸易站,常年独自生活在密林中。他具有鲁滨逊式的坚韧性格,不怕吃苦,敢于冒险。然而,在面对社会组织与武器装备都远远落后于西方人的土著居民时,他没有了道德的约束,内心原本深藏的恶本能急剧膨胀。他凭借手中的火枪肆意妄为,杀戮土著,掠夺象牙;陶醉于自己用暴力建立起来的主宰者的权势,甚至不愿再回到西方人中去。可是,在执掌"漫无止境的权力"时,库尔兹也从自身见到了人性的极端堕落,见证了人心中最黑暗的深渊。这深渊是如此黑暗,以至于连他自己都感到了恐怖。库尔兹临终前著名的喊叫:"太可怕了!太可怕了!"可以理解为既是他对自己,也是对西方殖民者内心黑暗的恐惧的反应。尽管作家写作此书的本意可能是在反思西方文明,但小说中一些对非洲黑人带歧视性嫌疑的描写,引起了尼日利亚作家齐努瓦·阿契贝的激烈批评,认为其带有明显的种族主义倾向。

拉迪亚德·吉卜林(1865—1936)是一位引起更多批评的英国作家。他出生于印度,六岁时被送到英国,后来又作为一名记者重返印度,因而对这个神秘的东方古国具有深厚的感情。吉卜林素有"帝国主义诗人"之称。他认为征服和统治世界是"白种人的重任",号召人们远涉重洋去开拓扩张,且多方为英帝国的政策辩护。即使在以描绘自然界和动物心理著称的《丛林故事》(1894)和《丛林故事续篇》(1895)中,他也力图表明生活就是一场掠夺和生存斗争。《老虎,老虎》开头的诗句表明了他的人生态度:

> 打猎顺利吗,大胆的猎手?
> 兄弟,我守候猎物,既寒冷又长久。
> 你捕捉的猎物在哪里?
> 兄弟,他仍然潜伏在丛林里。
> 你引以为傲的威风又在哪儿?
> 兄弟,它已从我的腰胯和肚腹间消逝。
> 你这么匆忙要到哪儿去?
> 兄弟,我回我的窝去——去死在那里!

(贾文渊 译)

尽管由于歌颂帝国主义的扩张在一定程度上损害了他的作家声誉,但吉卜林的一系列儿童作品,像《山精灵普克》《报酬与仙女》以及儿童读本《英国史》等一直受到人们的欢迎。1907年,吉卜林因其"观察的能力、新颖的想象、雄浑的思想和杰出的叙事才能"而被授予诺贝尔文学奖,成为第一位获此殊荣的英国作家。

三 德国和奥地利:非理性哲学和心理学

世纪末情绪也感染了德国的一些哲学家。近代以来从笛卡尔到黑格尔,西方哲学主流是理性思辨,强调人是理性的动物,人的一切活动都是由理性支配的。但这种理性主义哲学在 19 世纪末开始受到人们的质疑,非理性的哲学思潮逐渐抬头。德国哲学家叔本华(1789—1860)是非理性的唯意志论哲学的创始人,他抛弃了德国古典哲学的思辨传统,力图从非理性方面来寻求新的出路,提出了生存意志论。在他眼中,整个世界都是生存意志的表象,充满了竞争与痛苦。人生也是如此。一个人所感受痛苦的程度与他的生存意志的强度成正比。生存意志越强,人就越痛苦。要摆脱痛苦,途径只有一条,就是抛弃欲求,否定生存意志。一个人可以通过艺术创造和欣赏来暂时解脱痛苦,但最根本的解脱办法是进入佛教的空、无境界。

弗里德里希·尼采(1844—1900)进一步发展了叔本华的非理性主义倾向,他用"权力意志"(一译"强力意志")代替了叔本华的生存意志,并试图把后者消极绝望的悲观主义改造为积极乐观的行动主义。尼采哲学的意义主要体现为对西方文化的两大支柱——理性主义和基督教的批判。他喊出的口号"上帝死了!"预言了现代性危机。在他看来,近代以来西方主流的理性主义哲学和基督教,压抑了人的创造力,把人变成了驯服的奴隶。只有返回到古希腊的酒神精神,才能冲破理性主义的束缚,恢复人的活力和创造力。在《悲剧的诞生》(1872)一书中,他认为,希腊的悲剧是酒神精神("醉")和日神精神("梦")两者之间的冲突最后达成的一种和谐统一体。

尼采的文体具有一种电闪雷鸣般的风格,这种风格在《查拉图斯特拉如是说》(1883—1892)中得到了最圆满的体现。在这部散文诗般的作品中,他借助古代波斯拜火教教主之口,全面阐述了自己的超人哲学。

听着,我告诉你们什么是超人。

超人的意义就是大地。让你们的意志说:超人的意义必将是大地!……

向苍天呼喊,这不是你们的罪恶,而是你们的节制,是你们在罪恶上的小心谨慎在向苍天呼喊!

用光舌舐食你们的闪电在哪里?使你们得以净化的疯狂又在

哪里?

听着,我告诉你们什么是超人;他就是这闪电,他就是这疯狂!

(钱春绮 译)

在20世纪,尼采无情的"超人哲学"被法西斯用来论证日耳曼民族征服其他民族的合法性,这恐怕是这位早已死去多年的哲学家所始料不及的。

19世纪末20世纪初心理学领域也出现了非理性的倾向。奥地利心理学家西格蒙德·弗洛伊德(1856—1939)创立了精神分析学说,颠覆了西方有关人的心理的传统观点。在他看来,人的活动大多是由人类自身无法控制的无意识支配的。所谓的意识只不过是无意识的"冰山"露出水面的一小部分。人们真正的动机、欲望潜藏在海面下庞大的冰体中。一切艺术活动都是无意识的表现和象征;艺术创作的原动力是现实中无法满足的欲望。人的欲望通过各种方式释放出来,其中最主要的是梦。艺术创作就是"白日梦"。伟大的艺术家和精神病人的唯一区别就是前者能够把人类无法满足的无意识欲望和冲动转化为文字、图像或音符,从而释放压抑的心理能量,获得精神上的平衡。

弗洛伊德的弟子、瑞士心理学家卡尔·荣格(1875—1961)认为弗氏的无意识理论过分强调了个体的童年精神创伤,无法圆满地解释人类艺术活动的真正动机。他将弗氏的个体无意识理论发展为"集体无意识"理论,认为人类艺术活动的真正动机来自更深的源泉,即整个人类从远古以来积淀下来的"集体无意识",由集体无意识凝聚成的象征性的原型意象或模式,通过梦、神话、童话或其他文学艺术形式表现出来。

上述所有这些哲学和心理学理论为世纪之交出现的现代主义文学思潮提供了思想和理论基础。

第七章　世纪之交的东方文学

到目前为止,本编一直讨论的是发生在大西洋两岸的文学和文化事件,东方已经有五个世纪没有引起关注了。这是因为,从新大陆发现到19世纪末,亚洲和非洲的大部分土地已被西方列强分割完毕,沦为后者的殖民地。政治上的从属地位意味着话语权的失落。东方的声音被西方遮蔽了。要想在世界舞台上发出自己的声音,似乎只有两条路可走——要么自己积极主动地完成传统社会和文学表述模式的现代性转型,要么通过西方语言—文化提供的发言平台,通过西方强势语言说出本土的感觉、情绪和理想。近代亚洲的两个国家,日本和印度,分别走了这两条道路。

一　日本:文学近代化之路

1868年1月3日,这一年正是俄国沙皇宣布废除农奴制、美国总统林肯宣布废除南方蓄奴制之后的第7年,日本天皇发布了一系列政令,宣布将所有土地收归国有;废藩置县,重新任命各省(县)知事;武士放弃俸禄;改正地租;并将原幕府的根据地江户改为东京,首都由京都迁到东京,改年号为明治。这一系列举动,彻底摧毁了幕府的统治基础(此前一年天皇已经下密诏讨伐德川幕府,恢复了从12世纪开始失去了700年之久的皇权),建立了中央集权的现代国家。这就是日本历史上著名的"明治维新"。明治维新后,日本完成了"脱亚入欧",从落后的封建制国家一跃成为资本主义国家。文化知识界产生了一大批启蒙主义思想家,提倡文明开化,吸收西方文化。文学上,西欧的各种思潮流派纷纷涌入日本,促使日本文学迅速走上几乎与西方同步发展的近代化道路。

日本近代文学的奠基者是二叶亭四迷(1864—1909),他以他的代表作《浮云》(1887)开创了日本近代文学的新纪元。小说通过一个名叫内海文三的知识分子的遭遇,表现正直的知识分子在黑暗社会制度下的苦闷、烦躁和动摇。内海文三既不肯与黑暗势力同流合污,又无力抗拒它对知识分子的压迫,成为一个具有东方色彩和特征的"多余人"。

稍后,森鸥外(1862—1922)发表了《舞姬》(1890)。这部小说题材与《浮云》相似,但它所描写的知识分子更加荏弱无力。主人公太田丰太朗是贵族子弟,在德国留学期间,爱上了一个下层女子叶丽丝。但后来在家庭的反对和功名利禄的引诱下,抛弃情人回国。作品以浪漫的情调表现了一个追求个性发展和恋爱自由的日本青年的悲剧,显示了现代观念和传统伦理之间不可调和的矛盾。

上述两位作家分别为日本的现实主义和浪漫主义文学开拓了道路。之后,自然主义占据了近代日本文学的主流地位。自然主义在左拉的影响下,在理论上主张"破理显实",排除理想,不带任何功利目的,按照事物原样去描写真实;在实践上主张遵循绝对客观主义的创作方法;在方式上要求作家自我忏悔和自我暴露。岛崎藤村(1872—1943)的长篇小说《破戒》是日本自然主义的第一部划时代作品。小说描写了一个出身于当时受歧视的特殊阶层(秽多)的小学教员濑川丑松的经历。丑松为了免受社会凌辱,一直遵照父亲遗言,隐瞒着自己的出身。但当他见到同一部落出身的另一个人因公开自己身份并与社会偏见斗争而死去时,倍感痛苦和屈辱,再也无法忍受自欺欺人的虚伪生活,于是破了父亲的戒,公开了自己的身份,并在爱戴他的学生的保护下,不顾校长禁令出走海外。小说深刻地批判了残酷的封建等级身份制度,发出了高亢的要求人权的呼声。作品的基调是"觉醒者的悲哀"。

如果说,岛崎藤村的《破戒》更多表现的是自然主义的积极面,那么,田山花袋的《棉被》则更多反映了其消极面。小说以大胆而细腻的笔触写出了中年作家竹中叶雄对女弟子芳子的爱慕情欲而引起的苦恼、嫉妒,以至最后失败的悲哀。小说虽然是一篇赤裸裸的情欲忏悔录,但也含有向封建伦理挑战的意味。

近代日本文学的主要代表作家是夏目漱石(1867—1916)。他出生于一个武士家庭,明治维新后家道中落,被送到盐田家做养子,饱受世态炎凉。他从小好学,喜读汉文经典,深受汉学熏陶。中学毕业后入大学本科英文专业,专习英国文学。后来又被政府派往英国伦敦深造两年,受到斯威夫特、简·奥斯汀等近代作家影响。回国后在大学教授英语和英国文学。1904年夏梅雨初晴的一天,一只生下不久的小猫因迷路走进夏目漱石的家。翌年一月,夏目漱石以这只小猫为原型,写了他的处女作《我是猫》。没料到这部长篇小说在《杜鹃》杂志上连载之后,受到广泛好评,竟使他一举成名。之后的十年中,他又接连写下"前三部曲"(《三四郎》《其后》《门》)和"后三部曲"(《过了春分时节》《行人》《心》)等,着意从知识分子个人道德和心理状况等方面展示人生,反映了明治时期知识分子的普遍心态,表现他们徘徊在东方思维和西方文明、虚幻理想与残酷现实、迂腐守旧与拜金大潮之间,在艰苦的探索中所经历的精神折磨、孤独悲凉的心境以及对社会的绝望。

《我是猫》(1905)构思独特,没有严格的情节演进过程,既像抒情的"写生文",又像结构松散的小说。作者后来说,它"没有题旨,没有结构,像无头无尾的海参似的"。整篇小说用猫眼看人生与社会,充满离奇的想象、幽默的调侃和愤懑的批判。"在下是猫。还没名没姓。"——以演说姿态开始的这句话,后来成为文坛名句。"我"的原文为"吾辈",后来成为小说的题名。"吾辈""余辈""我辈"在初次发表的正文中是混用的,强调作者是用猫的眼睛观察人类和人类社会,带有嘲讽的意味。这只猫生下来不久就被书生扔掉,冻饿不堪。后为长着两撇胡须的教师苦沙弥收养。通过它的眼睛,一个明治时代知识分子的生活渐渐浮现。苦沙弥靠微薄的薪金生活,十分窘迫,整天在书房里读读写写,有时与同事、学生一起发发牢骚。他没有也不知道如何去改变环境,生活如同一杯清茶,虽然偶尔也会起一些风波,但风波过后,一切照常,清苦而停滞。他的学生和朋友寒月与资本家金田的女儿恋爱,金田夫妇找上门来,要苦沙弥想法让寒月考上博士,否则不准寒月与他们的女儿结婚。苦沙弥对此不以为然,不但不答应帮忙,还把金田妻子奚落了一番,招来金田家的各种迫害。结果,寒月博士未当,婚也没结成,风波平息,生活依旧。

《我是猫》反映的是明治维新以后处于中间状态的日本知识分子阶层的普遍心态。一方面,资本主义思潮兴起,人们学习西方,寻找个性,呼唤自由,自我意识和市场观念日益成为社会主流;另一方面,东方固有的价值观、文化观与风尚习俗,在抗议中沉没,在沉没中挣扎。苦沙弥、寒月、迷亭、独仙等一群穷酸潦倒的知识分子面对新思潮,既顺应,又嘲笑;既贬斥,又无奈;他们时刻在嘲笑和捉弄别人,却又时刻遭受命运与时代的捉弄、嘲笑。在这些知识分子形象背后也隐藏着作家自己的苦闷与悲哀。作家说:"比起嘲笑他们来,更嘲笑我自己,像我这样嬉笑怒骂是带有一种苦艾的余味的。"

小说借鉴了日本古代俳偕文学和西方(主要是英国)近代讽刺小说的传统,运用风趣幽默、辛辣讽刺的漫画式手法来批判社会现实,揭露人性的弱点。猫的形象是整个小说的灵魂。这只没有名字的猫不仅有动物的习性,也有人的思想意识;它既是叙述者,也是评判者,猫的见闻、议论构成了作品的内容。这只猫上知天文、下知地理,不仅识字断文,能看懂主人的书信日记,并评头品足,而且博学多识,引证或褒贬了荷马、毕达哥拉斯、笛卡尔、克莱尔、尼采、贝多芬、巴尔扎克、莎士比亚、孔子、老子、宋玉、韩愈、鲍照、晏殊、陶渊明、白居易以及《诗经》《论语》《淮南子》《左传》《史记》等数不清的中外名人名言。这只圣猫、灵猫、神猫,以讽嘲、幽默的口气,对人性的弱点极尽讽刺挖苦之能事,嬉笑怒骂,皆成文章,令人拍案叫绝。比如,小说第一章写苦沙弥画猫,怎么画也画不像,猫就在一旁讽刺道:

……原来人类有个毛病,动不动就叫喊什么猫呀猫的,平白无故以轻蔑的口吻评论咱家。这很不好。那些教师者流对自己的愚昧无知浑然不觉,却又摆出一副高傲的面孔。他们似乎以为人间的渣滓生了牛马,牛马粪里养出了猫。这在他们来说,也许已经习以为常,然而客观看来,却不是怎么体面的事。就算是猫,也不是那么粗制滥造就能画得像的。冷眼一瞧,似乎千猫一面,没有区别,任何一只猫也毫无独特的个性,然而,请到猫天下去瞧,人世所谓"各有千秋"这句话,在这里也完全适用。不论眼神、鼻型、毛色、步伐,全不相同。从胡须的翘立到耳朵的竖起、乃至尾巴的下垂,方法与姿态无一雷同。美与丑、善与恶、贤与愚,一切的一切,可以说千差万别。然而,尽管存在着那么明显的差异,但据说,人类眼皮只顾往上翻，两眼望苍空。那么，不要说对我们的性格，就连对我们的相貌也始终辨认不清，实在可怜！自古流传这么一句话："物以类聚"，果然不差。卖黏糕的了解卖黏糕的，猫了解猫。猫家的事，毕竟非猫不解。不管人类社会怎样发达，仅就这一点来说，是力不从心的。何况，说实话，人类并不像他们自信的那么了不起，这就更难上加难了。更何况我家主人者流，连同情心都没有，哪里还懂得"彼此深刻了解是爱的前提"这些道理？还能指望他什么？他像个品格低劣的牡蛎似的泡在书房里，从不对外界开口，却又装出一副唯我达观的可憎面孔，真有点滑稽。

（于雷 译）

1911年，夏目漱石在和歌山市发表以《现代日本的开化》为题的演说，认为日本走上资本主义的"开化"，和欧洲是不同的。欧洲的开化是"内发的"，它经由几百年的积累，"如行云流水是自然发展的"；日本的开化却是"外发的"，是"在与外国接触"过程中被迫转化的，文化也是在受外来刺激下急剧转变的。因为外来文化的消化存在问题，土壤和根底均不相同，从而"失去自己本位的能力"，就必然引起"国民的某种空虚感"，也会出现"不满与不安"，发生"神经衰弱"病症。为了不患"神经衰弱"，"只能向内发的方向发展"，这是"苦恼的真实"。从某种意义说，《我是猫》反映的正是这种"苦恼的真实"。

在自然主义运动兴起之后，差不多与夏目漱石、森鸥外的创作活动展开的同时，日本近代文学出现了分化倾向。这种倾向既与当时纷至沓来涌入日本的西方文学流派的影响有关，也与日本国内各流派自身的美学追求和创新意识有关。近现代之交日本出现的主要文学流派有唯美派、白桦派和新现实主义等。

唯美派以描写人的变态心理和变态情欲为目的，试图在官能享乐中寻求精神满足。以永井荷风、谷崎润一郎为代表。

白桦派在1905年日俄战争后兴起，以一些作家创办的同人杂志《白桦》而得名。白桦派作家追求个性解放，提倡人道主义精神，强调人的尊严和意志。主要代表作家有武者小路实笃、有岛武郎、志贺直哉等。

新思潮派以菊池宽和芥川龙之介等人创办的《新思潮》杂志而得名。这派作家主张文学要反映,但又不追求像现实主义那样全面详尽地反映现实,而是强调抓住现实中的一个片断,运用各种现代技巧,从新的角度(理智的、心理的等)出发,对之做出新的解释。芥川龙之介(1892—1927)的《鼻子》和《罗生门》是这方面的典型范例。这两个短篇小说均取材于日本古典文学作品《今昔物语》,但芥川以现代人的眼光和心理对这些历史故事重新作了阐释。《罗生门》写平安朝末年灾荒时期,一个被主人解雇的家将在罗生门下避雨,正在为是当强盗还是饿死的选择而犹豫不决时,忽见黑暗中一老妪竟在拔死人头发。他惊怒之下抓住老妪衣领追问她为何干此缺德事。老妪的回答是打算用它做假发卖了求生。家将从此事悟出生存与道德不能两全之理,于是剥掉老妪衣服而走上强盗之路。《鼻子》写一老和尚鼻子长过下巴,生活极为不便,受到人们同情。后来得了一个偏方,将鼻子缩短为正常,反而被人耻笑。他只得再想方设法将鼻子恢复如初,才如释重负。这两个故事,一个涉及社会的弱肉强食法则,一个涉及人性的普遍弱点——人人都希望看到别人的不幸,而使自己得到满足,一旦这人脱离不幸,就不知不觉对他抱有恶意了。鲁迅说,芥川的小说"……多用旧材料,有时近于故事的翻译……那些古代的故事经他改作之后,都注进新的生命去,便与现代人生成干系来了",可谓的评。

二 印度:东方诗歌的魅力

1757年,印度沦为英国殖民地。19世纪中叶后,随着工业革命的完成,大英帝国更加强了对印度的掠夺和控制。1857—1859年间,印度人民举行了首次反英大起义。这次起义虽然被镇压下去,但它有力地推动了印度人民的民族意识的觉醒。1905—1908年又出现了民族独立运动新高潮。近代印度民族文学在上述两次民族独立运动推动下,吸收了西方文学的影响,把古老传统、宗教色彩和现代性结合在一起,使一度停滞的印度文学进入新的历史时期。

印度是个多民族、多宗教和多语言的民族。北部主要用印地语,东部用孟加拉语,中部用乌尔都语。运用本民族语言写作,是近代印度文学的显著特色。近代印地语文学重要作家有赫里谢金德尔,他的《印度的惨剧》被誉为印地语文学的第一部爱国主义作品。近代印度孟加拉语文学的创始人是般吉拉·钱德拉·查特吉,著有历史小说《将军的女儿》和《毒树》等,其中《毒树》第一次提出寡妇改嫁问题,引起极大社会反响。萨特拉·钱德拉·查特吉在印度文学史上的地位仅次于泰戈尔,他的自传体小说《斯里甘特》被认为是印度现实主义文学中有影响的作品。

近代印度文学最伟大的代表是罗宾德拉纳特·泰戈尔(1861—1941)。他出生于加尔各答的一个望族,属婆罗门种姓。父亲是一位哲学家,热心于宗教和社会改革;兄弟姐妹都是一些爱好艺术的诗人与画家。泰戈尔从小受家庭环境影响,没有接受正规的学校教育,而是在父亲和兄长的培育下成长。1878年前往英国求学,但他没有按照父亲的意愿学习法律,而是选择在伦敦大学攻读英国文学,研究西方音乐。1880年回国,专门从事文学创作。一生共创作了五十多部诗集、十二部中长篇小说、一百余个短篇小说、二十多部剧本,此外还写了大量文学、哲学、政治方面的论著,创作了一千五百余幅画,谱写了许多歌曲。泰戈尔主要还是一位诗人,但他比西方意义上的诗人要伟大得多,"正如甘地要比纯粹的政治家或爱国者伟大得多一样,他是印度传统意义上的诗人、预言家,犹如凡人和神明之间的一座桥梁"。他的早期诗歌主要取材于历史故事、宗教典籍和民间传说,揭露各种形式的封建压迫,歌颂劳动人民的优秀品德和反抗异族侵略的英雄,代表作有《两亩地》等。中期转向具有浓厚的宗教观念和神秘主义色彩的哲理诗创作,有颂神诗集《吉檀伽利》(1912),写儿童心理的《新月集》(1913),写爱情和人生的《园丁集》(1913),以及格言诗集《飞鸟集》(1916)等。晚年写了不少具有鲜明政治倾向性的政治抒情诗。

像许多近代东方知识精英一样,泰戈尔也面临如何看待东方传统文化与西方现代思想融合的问题。他主张向西方文化学习,反对盲目排外复古,认为应该融合印度文化和西方文化的精华,创造出一种更新的文明。在印度传统哲学和宗教中,他找到了泛神论,试图从古老的"梵我合一"思想出发,追求美和善的境界、人与神的融合;在近代西方思想中,他找到了人道主义博爱思想,认为爱是人类的理想、宇宙最根本的原则;从博爱论出发,他大力宣扬"爱"和"互信互助",反对一切形式的暴力。这种思想在《吉檀伽利》中得到了圆满的体现。

英译本散文诗集《吉檀迦利》(1912)是诗人自己从他创作的《祭品集》《怀念集》《儿童集》《献祭集》《渡口集》和《献歌集》等孟加拉语诗集中节选并翻译出来的。"吉檀迦利"在孟加拉语中是"献歌"的意思,英文本把这个词音译为"Gitanjali",并加上一个副题"献诗集",即献给神的歌。诗人歌颂的究竟是怎样的一个神呢?

泰戈尔心目中的神不是一般意义上的神,而是一个融合了印度古老的泛神论和近代人道主义思想的肉体之神、光明之神和诗才之神。这个神存在于万物之中,是宇宙万有同源一体的"梵",它既可求,又缥缈;既实际,又神秘。用《泰戈尔评传》中的话来说,在泰戈尔诗中,神是朋友,兄弟,同志,新郎,鲜花,舵手,但他主要是一种照亮了天空,使得大地上的泥土萌发出无数小草,喷发出鲜花和枝叶的喧嚣浪涛的无所不在的存在;他隐蔽于万物的心灵之中,但是他又滋养着种子使其萌发,滋养着蓓蕾使其开花,还滋养着成熟的花朵使其结出丰硕的成果。诗人模仿孟加拉农民歌手,把天神当作情人和朋友,歌唱"我的心上人",并且"到处寻找他"。诗人在黑暗的雨夜中,在汲水的少女旁,在大朵大朵掠过天空的乌云中,在唱着倦歌的鸟儿和沙沙作响的楝树叶子中,都听到了神的脚步,看到了神的形象。

为了突出颂神的主题,诗人在结构上作了精心的安排,一组诗很自然地导出另一组诗,甚至同一组诗中,每句诗除了在上下文中所表现的意义外,还有它独特的魅力。整个诗集宛如一部生动感人的交响乐,有内在的韵律、节奏与丰富的和声。前七首是全诗的主旋律,诗人描绘了自己和神的关系:强调神的礼物的无限,以及存在于神和诗人之间的亲密的爱。第8—13首仿佛主旋律的呈示部,强调了神在万物中的显现,他"穿着破敝的衣服,在最贫最贱最失所的人群中行走","他是在锄着枯地的农夫那里,在敲石的造路工人那里。太阳下,阴雨里,他和他们同在,衣袍上蒙着尘土"。第14—36首出现了副旋律,描绘了诗人对神的焦急的期待以及阻挡着他的种种障碍。

>他来坐在我的身边,而我没有醒起。多么可恨的睡眠,唉,不幸的我呵!
>
>他在静夜中来到;手里拿着琴,我的梦魂和他的音乐起了共鸣。
>
>唉,为什么每夜就这样地虚度了?呵,他的气息接触了我的睡眠,为什么我总看不见他的面?
>
> (冰心 译)

第37—57首主旋律再度响起,标志着新的开端,显示神的意志在人的身上表现时是无穷无尽的,人与神的统一变成了现实。诗人用少女或新娘对爱人的期盼隐喻人神关系,把这种关系写得情深意切:

>阴晴无定,夏至雨来的时节,在路旁等候了望,是我的快乐。
>
>从不可知的天空带信来的使者们,向我致意又向前赶路。
>
>我衷心欢畅,吹过的风带着清香。
>
>从早到晚我在门前坐地,我知道我一看见你,那快乐的时光便要突然来到。
>
>这时我自歌自笑。这时空气里也充满着应许的芬芳。
>
>我不知道从久远的什么时候,你就一直走近来迎接我。
>
>你的太阳和星辰永不能把你藏起,使我看不见你。
>
>许多清晨和傍晚,我曾听见你的足音,你的使者曾秘密地到我心里来召唤。
>
>我不知道为什么今天我的生活完全激动了,一种狂欢的感觉穿过了我的心。这就像结束工作的时间已到,我感觉到在空气中有你光降的微馨。
>
> (冰心 译)

第58—70首充满了欢乐的基调,诗人正充分享受着人神统一的欣悦:

>让一切欢乐的歌调都融合在我最后的歌中——那使大地草海欢

呼摇动的快乐,那使生和死两个孪生弟兄,在广大的世界上跳舞的快乐,那和暴风雨一同卷来,用笑声震撼惊醒一切的生命的快乐,那含泪默坐在盛开的痛苦的红莲上的快乐,那不知所谓,把一切所有抛掷于尘埃中的快乐。

(冰心 译)

第71—78首主旋律隐退,表现人与神分裂的痛苦,正是在分裂的束缚中人才能达到与神的统一。最后,两大旋律汇合成一体,诗人的灵魂重新回到神的怀抱:

在我向你合十膜拜之中,我的上帝,让我一切的感知都舒展在你的脚下,接触这个世界。

像七月的湿云,带着未落的雨点沉沉下垂,在我向你合十膜拜之中,让我的全副心灵在你的门前俯伏。

让我所有的诗歌,聚集起不同的调子,在我向你合十膜拜之中,成为一股洪流,倾注入静寂的大海。

像一群思乡的鹤鸟,日夜飞向他们的山巢,在我向你合十膜拜之中,让我全部的生命,启程回到它永久的家乡。

(冰心 译)

《吉檀迦利》中始终弥漫着一种极端质朴的单一情调,这种质朴表面看来是极其自然的,实际上却是许多复杂的基调共同作用的结果,是通过各种思想、感情和意象迷宫般的交错才达到的。泰戈尔创作这部诗集的时候,刚刚经历了失去爱妻和两个子女的悲痛。诗人的伟大之处就在于,他将个人的痛苦化为甜美的韵律,在宇宙的大我中,消融了小我的悲痛。在穿越自我、穿过世界的生命的创造和欢乐的洪流中,诗人感悟到,生命不仅仅意味着生。生命是湿婆的舞蹈,是生与死、昼与夜、涨与落、再生与毁灭交替的宇宙的韵律。生命被想象为在彼岸挥手的船工的召唤下沿河而下的旅程;生只有通过死才能得到充分的实现,在没有达到这一终极之前,分离的痛苦将会永远笼罩着天空。死亡可能并不比生命更可怕,它或许只是生命的另一面或另一种存在形式。诗人将自己的生命比作一间房子,当生命行将结束时,他就交出房门钥匙,前往未知世界。

《吉檀迦利》的孟加拉原文充满着微妙的韵律,种种无法翻译的色彩的优美和格律上的创造,但翻译成英文后这一切都不复存在了。但是,正是通过英语这种强势语言,被剥夺了话语权的东方人,被遮蔽了几个世纪的东方声音才被西方,从而被整个世界听到,这是一种矛盾,一个悖论,还是一个历史的宿命?不管怎样,《吉檀迦利》一出版就震惊了整个西方世界,使后者听到了一种具有东方式优雅和神秘的、仿佛来自宇宙本身的韵律。美国意象派诗人庞德感叹说:"我们发现了我们的新希腊,在泰戈尔面前我好像是一个手持石棒、身披兽皮的野蛮人。"爱尔兰诗人叶芝说:"这些诗的感情显示了我毕生梦寐以求的世界。"1913年,泰戈尔因诗集《吉檀迦利》而获得诺贝尔文学奖,成为第一个获此殊荣的东方作家。瑞典皇家科学院给出的得奖理由耐人寻味——"由于他那至为敏锐、清新与优美的诗;这诗出之于高超的技巧,并由于他自己用英文表达出来,使他那充满诗意的思想业已成为西方文学的一部分"。

第四编　现当代文学

中心的危机与边缘的活力

20世纪初,西方工业文明达到了辉煌的顶点。一切似乎都在显示着五百年现代化进程取得的伟大成就。然而,危机正悄悄逼近。在19世纪即将结束的年代,西方世界的工业革命和同步出现的国家主义,共同造就了"列强",每个强国都想称霸世界。很久以来,德国和奥地利一直在设法将日耳曼的势力由小亚细亚向东方扩张。沙俄帝国则阴谋把斯拉夫的优势伸向君士坦丁堡,并经由塞尔维亚伸向亚德里亚海。其他欧洲国家从各自的利益出发,暗中分别支持某一方。野心勃勃的路线彼此交叉,互不相容。终于在1914年,以奥地利大公斐迪南在萨拉热窝的被刺为导火线,第一次世界大战全面爆发。西方人将工业革命时代发明的最先进的杀人武器——飞机、坦克、潜水战和化学战——首次用来对付人类自己。五年之内,一千万生命从大地上永远消失,两千万生命变得残缺不全。在一片饥饿和痛苦的呻吟声中,俄国发生了布尔什维克革命,欧洲分裂为东西两大阵营。

1929年10月29日,"黑色星期二",纽约华尔街股市在被投机者炒得火烫之后一泻到底。谣传有大批炒股者在交易所跳楼自杀,好奇者特地来华尔街躲在门洞里,病态地希望看到哪个倒霉鬼从空中跳下来。纽约股市狂跌引发世界经济大衰退。1930年代,德意法西斯借机上台,发动了第二次世界大战。这次大战涉及的地域更广、人口更多,使用的杀人手段也更加先进;它在给人类带来空前的灾难的同时,深刻地表露了现代性的危机。

两次世界大战不但摧毁了西方五百年来建立的现代文明大厦,而且彻底粉碎了 19 世纪以来关于人类持续进步的信念。地基在动摇，陆地在下沉。一大批有良知的知识分子对个人生存和人类文明的前景进行了痛苦的思考，而现当代文学也在这两场"文化大地震"的瓦砾堆上，如野草般蔓生出来，开放出苦涩而奇异的花朵。

现当代文学是个相当含糊、笼统的概念，泛指第一次世界大战以来迄今具有各种美学倾向、哲学内涵和艺术风格的作家和流派，它既包括以传统的现实主义手法创作的作家作品，也包括一批公开、自觉地违反公认的约定和习俗，从事于花样翻新的艺术形式和风格实验的现代主义流派，同时也包括原先一直处在边缘的失语状态，直到欧洲殖民体系瓦解后才发出自己声音的亚非、拉美文学。这些文学现象相互之间又有着错综复杂的交叉和重叠关系。要从这团历经一个世纪纠结而成的乱麻中理出一点头绪来并非易事。我们在这里只能采用音乐乐谱式的写法，即在同一页面上既展现主旋律发展的历时线索，又展现横断面上各种丰富的和声、复调与低音，希望通过这种方式，尽可能完整地呈现一幅现代文学发展的动态图像。

第一章 现实主义文学的深化

20世纪,现实主义依然有着强大的生命力。但是,在新的时代氛围和语境下,这个有着悠久传统的文学思潮和创作方法自身也经历了深化和分化。它既被用来批判衰落中的资本主义,反对和揭露邪恶的帝国主义战争,也被用来歌颂世界大同的人道主义理想;在新生的苏维埃共和国,现实主义则被用来歌颂共产主义理想,塑造无产阶级英雄形象。

一 德语国家:人性、狼性与战争

第一次世界大战爆发前的德意志帝国经济上迅速强大,但大多数德国作家似乎对此并没有发生浓厚的兴趣。一些作家预感到灾难即将临头,写出了一些带有预言性的作品;另一些作家则对都市文化深感厌恶,躲避到农村乡间去寻找慰藉。

亨利希·曼(1871—1950)在第一次世界大战前写下《垃圾教授》(1905),通过一个不学无术、凶暴卑鄙的中学教师的形象,对德国的教育制度展开了抨击。这部小说后来被改编为电影《蓝天使》,赢得了世界性声誉。第一次世界大战后,他又写下了揭露德国帝国主义的三部曲:《臣仆》《穷人》和《首脑》。

1901年,亨利希的弟弟托马斯·曼(1875—1955)发表了《布登勃洛克一家》,副标题"一个家族的没落"点出了"崩溃"主题。小说以编年史的方式,讲述了在德国商业城市卢卑克一个中产阶级家庭中四代人的命运。布登勃洛克家族的最初几代人把商人的务实精神与虔诚、坚定的新教信仰传统结合起来,兢兢业业,积攒财富,形成庞大的家族产业。从第三代开始,在时代风潮的影响下,这个家族不顾商业道德做起投机的青苗生意来,但就在庆祝公司成立100周年的时候,一场冰雹粉碎了这个家族的发财美梦,庄稼被毁,公司赔进了几万马克,家族开始呈现衰落迹象。随着第四代最后一位男性继承人的夭折,这个显赫一时的大家族终于土崩瓦解。小说以缓慢的节奏与交错的细节,加上疏密有致的布局,展示了作家控制叙述节奏的才华,几个主要人物被描写得活灵活现,个性突出。一个由盛而衰的商业家族,消失在无可挽回的命运中。有人说这部小说是德国资产阶级的"一部灵魂史""德国的《红楼梦》"。

第一次世界大战结束后,托马斯·曼又写下另一部重要作品《魔山》(1924)。小说讲述德国青年汉斯·卡斯托尔普去瑞士探望患肺病的表哥,结果发现自己也感染了肺病,于是便陪表哥在疗养院里住了下来。他在疗养院生活了几年,致力于寻找生命的意义。疗养院的病人中有理性乐观的人道主义者、鼓吹禁欲主义的耶稣会教士,也有享乐主义者和精神分析医生,这些人都试图以自己的思想影响这个年轻人。最后,在经历了许多怀疑,得到了许多指点与人道主义方面的教育后,主人公由一个"令人担忧的孩子",成长为敢于生活、直面现实的务实市民,不再颓废厌世,不再"沉溺于对死亡的同情与向往之中"。第一次世界大战来临,本来以为生活会这么一直继续下去的汉斯背起枪上了战场。结局让人伤感不已,但也让人更坚强。《魔山》继承了德国成长小说的传统,又加上了作家对新时代的思索,被评论家称颂为"本世纪(20世纪)最符合人类尊严的小说"。

1929年,托马斯·曼"由于他那在当代文学中具有日益巩固的经典地位的伟大小说《布登勃洛克一家》",被授予诺贝尔文学奖。法西斯上台后,他的著作被焚毁。1938年他流亡到美国定居,并于5年后加入美国籍。流亡给了他一个远距离观察、客观研究本国国民性和教育理想的机会。在晚年的小说《浮士德博士》中,他以尼采的生平与经历为原型,描写了才华出众的作曲家弗莱金将自己的灵魂出卖给魔鬼以获得艺术灵感的故事,小说最后以作曲家变成痴呆结束,象征了德意志民族与阴险的恶势力合作而不得不受到的惩罚。

海尔曼·黑塞(1877—1962)开始其文学生涯时是个浪漫主义者,写过一些田园自传式作品。第一次世界大战的爆发和个人遭受的种种不幸使他的思想变得阴沉忧郁。他一生有过两次思想危机。为解决精神出路问题曾访问印度,受到佛教和其他东方文化的影响。他的作品着重在精神领域里进行挖掘探索,无畏而诚实地剖析内心,具有心理深度。代表作《荒原狼》(1927)以主人公哈里·哈勒尔自传的方式,描写了他身上人性与狼性的对立,曲折反映了两次世界大战期间普通知识分子的孤独、彷徨和苦闷。小说运用了大故事里套小故事的手法,层层揭示荒原狼的性格。在小说序言中,作家以第一人称写他见到一位被称为"荒原狼"的男子,这位50岁左右、性情怪僻的单身汉前来租房;小说正文部分通过荒原狼自己写的自传,展示了他的内心世界;在他的自传中,我们又读到,荒原狼看到一篇分析荒原狼的文章,并把这篇文章全文抄录在自传中。这样,小说就形成一个"文本自述"迷宫。通过这种多层次多角度的叙述手法,荒原狼内心的孤独、彷徨和深刻的自我分析立体地呈现在读者面前。

> ……在感情上,他和一切混杂生物一样,忽而为狼,忽而为人。但有一点与他人不同,当他是狼的时候,他身上的人总是在那里观察,辨别,决断,伺机进攻;反过来,当他是人的时候,狼也是如此。比如,当作为人的哈里有一个美好的想法,产生高尚纯洁的感情,所谓做了好事时,他身上的狼就露出牙齿,狞笑,带着血腥的嘲弄的口吻告诉他,这场高尚的虚情假意与荒原狼的嘴脸是多么不相称,显得多么可笑,因为狼心里总是清清楚楚,他感到惬意是什么——孤独地在荒原上奔驰,喝血,追逐母狼;从狼的角度看,任何一个人性的行为都是非常滑稽愚蠢和不伦不类的。反之也一样,当哈里狼性大发,在别人面前龇牙咧嘴,对所有的人以及他们虚伪的、变态的举止和习俗深恶痛绝时,他身上的人就潜伏一边,观察狼,称他为野兽、畜生,败坏他的情绪,使他无法享受简单朴素、健康粗野的狼性之乐。

(张睿君 译)

荒原狼身上具有的狼性会让我们想到中世纪德国幽灵骑士的传说,那是一个时隐时现、紧跟在纵马奔驰的骑手身后的影子,与骑士一模一样。它代表的是我们内在的第二个自我,像魔鬼一样邪恶,有作恶本能。

正是这种作恶本能导致了人与人之间的互相残杀。荒原狼身上狼性与人性的对立,也会让我们想起斯蒂文森笔下那个白天行善、晚上作恶的化身博士。1946年,黑塞"由于他的富于灵感的作品具有遒劲的气势和洞察力,也为崇高的人道主义理想和高尚风格提供一个范例",而获得诺贝尔文学奖。

斯蒂芬·茨威格(1881—1942)是奥地利著名的小说家,出身于音乐之都维也纳,从小受到欧洲古典文化的熏陶。他的创作以中短篇小说为主,大多写现代社会中孤独的人的生活,表现其下意识的活动和在情欲驱使下的奇特经验,尤其擅长于妇女心理的分析。著有《一个陌生女人的来信》《一个女人一生中的二十四小时》,以及反法西斯主题小说《象棋的故事》等。

以上这些作家都是间接反映大战前后德国人的思想精神特征和内心痛苦的。直接反映第一次世界大战的则是埃里希·马丽亚·雷马克(1898—1970)。他的代表作《西线无战事》(1929)通过一个班八个普通士兵在战壕中经历的精神和肉体上的痛苦,及其先后死亡,揭露了帝国主义战争的残酷——"我看到了各个民族彼此敌视,而且默默地、无知地、愚蠢地、甘心地、无辜地在互相残杀。我看到了世界上最聪明的头脑还在发明武器和撰写文章,使这种残杀更为巧妙、更为经久"。在后期小说《流亡曲》(1941)中,雷马克成为纳粹暴行的见证人。

对西方文明和资本主义的失望,促使不少作家转而信奉共产主义。贝托尔托·布莱希特(1898—1956)就是其中之一。他于1920年代成为一个共产主义者,他的戏剧有一种政治宣传色彩。他在中国古典戏曲影响下提出的"间离化效果"(一译"陌生化效果")对现代西方戏剧理论的影响更大。按照这种理论,为了防止观众陷入被动接受的催眠状态,保持清醒,掌握批评的权力,避免认同的诱惑,剧作家必须运用间离效果来打破舞台=现实的幻觉,"使日常熟悉的、俯拾皆是的事物成为一种特殊的奇特的意料之外的事物",从而激发起对资产阶级戏剧强调的对象的"永恒性"的怀疑。"间离化效果"用之于表演论,其核心是演员的双重形象问题,即要求演员对角色表演不但要"入于其内",还要"出乎其外"。这个新的戏剧体系被称为"布莱希特体系",它革新了亚里士多德以来的西方戏剧模式,带上了强烈的社会批判色彩。1933年,布莱希特被迫流亡,这次流亡持续了15年,期间他发展了他的史诗剧,试图通过叙述者的帮助使戏剧获得史诗般的规模与力量。这组戏剧中比较著名的有《伽利略传》和《大胆妈妈与他的孩子们》。此外,他还发表了带有东方色彩的作品《四川一好人》(1943)和《高加索灰阑记》(1945)等有影响的戏剧作品。

第二次世界大战后最有名的德国作家是君特·格拉斯(1927—2015)。他出生于但泽(今波兰的格但斯克),父母一方为德国人,一方为波兰人。第二次世界大战期间,17岁的格拉斯被纳粹征兵入伍,1946年从美军战俘营获释,后沦为难民,当过农业工人、矿工和石匠学徒。1950年代中旅居巴黎从事文学创作。出生地、血统、早年经历和从军生涯,都使他日后的写作无法绕开纳粹统治的那段历史。他认为,文学的本质是回忆,未来只有通过回忆才能变得清晰,所以他多次声明,他是针对流逝的时间写作的;他指出,通过叙述抵抗遗忘,自觉承担起历史责任,这既是每一个德国人,也是每一个有良知的作家的权利和义务。这个思想在著名的"但泽三部曲"——《铁皮鼓》(1959)、《猫与鼠》(1961)和《狗年月》(1963)中得到了实现。三部曲写的是但泽,展现的却是20世纪德国那段黑暗、恐怖、荒诞的历史。其中最著名的是《铁皮鼓》。小说以侏儒奥斯卡独白的方式,讲述了他奇特的生活经历,展示了1924—1954年间的德国历史。奥斯卡三岁生日那年,母亲给他买了一只铁皮鼓作为生日礼物。也正是从此时开始,他为了不愿意加入成人世界而"自我伤残",故意从楼梯上摔下,因此他长到96公分便停止发育,成为一个侏儒。奥斯卡因此成了一个局外人,他躲藏在人们注意不到的角落,冷眼旁观人生,讥讽嘲骂,无所不能。但他有成年人的三倍智力,又有用嗓子唱碎玻璃的特异本领,经常制造事端,揭露丑闻,无所不在。通过这个侏儒的目光,作家展示了广阔的生活画面,揭露了法西斯的暴行,讥讽了小市民社会的世态人情。1999年,格拉斯因其"以嬉戏的黑色寓言描绘了历史被遗忘的一面"而获得诺贝尔文学奖。根据这部小说摄制的同名电影获得了1979年的奥斯卡奖。

二　英国：血性意识、原始主义与反乌托邦

相对于其他欧洲国家，20世纪初的英国社会比较安稳。但是，第一次世界大战后，随着工业革命理想的破灭，维多利亚时代的道德标准和价值观也受到了来自各方面的挑战。

约翰·高尔斯华绥（1867—1933）是一位受到法国自然主义影响的作家，出生于一个富裕的资产阶级家庭，毕业于牛津大学法学系。他的代表作是具有史诗规模的两个三部曲——《福尔赛世家》（包括《有产者》《进退两难》《出租》）和《现代喜剧》（包括《白猿》《银匙》和《天鹅之歌》）。《福尔赛世家》（1906—1928）整整花了作家22年时间才完成，跨越了第一次世界大战。无论从规模还是内容上看，它都与托马斯·曼的《布登勃洛克一家》有相似之处，都是描写一个富裕的家庭的演变。这个家庭自负自满，以自我为中心，但处处呈现出衰落迹象。小说围绕财产问题展开，显示了物质对人性的腐蚀。主人公索米斯·福尔赛行事处世处处从财产角度出发，他的身上已经没有多少人的味道，结果导致他的妻子离他而去。

大卫·赫伯特·劳伦斯（1885—1930）是另一位继承了英国现实主义小说传统的优秀作家，在小说、诗歌、散文、戏剧、绘画和文学批评领域都有建树，但主要成就在小说方面，共写有10部长篇、7部中篇和60多个短篇。这位矿工家庭出身的作家对矿工生活特别熟悉，他的小说《虹》中写到，矿工们为了养家糊口，在闷热潮湿的矿井拼命干活，一旦离开矿井，便成了"一堆毫无意义的躯体"或一部"停止工作的机器"。"他们只是煤层里的动物。他们是另一世界的生物，他们是煤的一种元素，好像铁工是铁的一种元素。这是些非人的人。""物"的世界的不断增值和人的"身体"的不断贬值形成强烈反差。劳伦斯作品中的工人，就是卡夫卡笔下的甲壳虫。

在劳伦斯看来，20世纪对机器、知识和金钱的崇拜已经腐蚀了人类最深的根基；只有脱离软弱无力的理性，获得健康的"血性意识"，才能把人类的生命力和创造力拯救出来。他对维多利亚时代的道德标准提出

了大胆挑战,公开宣称:"我的伟大教义是对血性和肉体的信仰,它们比理智要明智。我们在头脑里可能搞错。但是,我们的血所感到,所相信,所说的事情总是真的。"他相信,一个人只有通过他的个人经历——他完全不假思索地进入其中的那些经验——才能达到同他的存在来源的结合;而通向这种经验的途径之一就是女人的身体。性是被血液所领悟的隐藏的神秘力量,身处"极端处境中的雄龟/发出的最后一声/奇异、微弱的相交的叫喊,/从遥远遥远的生命地平线的边缘/发出的微弱的叫喊,/强于我记忆中的一切声音,/弱于我记忆中的一切声音"(《乌龟》)。

《查泰莱夫人的情人》(1928)集中地体现了他的上述思想。这是劳伦斯创作的最后一部长篇小说,1928年7月在佛罗伦萨出版后,立即受到英国文学界的攻击。英国当局以"有伤风化"为名予以查封,直到1958年才解禁。小说通过对性爱的大胆表现探索人性的价值,歌颂人性的复归。女主人公康妮生命力强旺,渴求肉体与灵魂合一的生活。然而她的丈夫却在第一次世界大战中被战争机器阉割了,成为一个半身不遂的残疾人。他头脑敏捷、思路活跃,然而腰部以下毫无知觉,只能坐在轮椅上,依靠机械活动。作家通过主人公上半身(头脑)与下半身的对立象征了现代人灵魂与肉体、机械与生命、思想与行动的分离和对立。由于从丈夫那里得不到性爱的滋润,27岁的康妮渐渐感觉到她的生命在萎缩,肉体在干瘪。终于,她对性爱和肉体的渴求被他丈夫雇用的猎场守猎人梅乐士唤醒。他们的性爱代表了真实的生命追求对虚假的、单向度的、现代文明生活的反叛。郁达夫在1934年写的一篇介绍《查泰莱夫人的情人》的文章中指出:"本来是以极端写实著名的劳伦斯,在这一本书里,更把他的技巧用尽了,描写性交的场面,一层深似一层,一次细过一次,非但动作对话,写得无微不至,而且在极粗的地方,恰恰和极细的心理描写,能够连接得起来。尤其要使人佩服的,是他用字句的巧妙。所有的俗字,所有的男女人身上各部分的名词,他都写了进去,但能使读者不觉得猥亵,不感到他是在故意挑拨劣情。"耐人寻味的是,作家有意将男女主人公的做爱地点安排在充满自然活力的场景中。在林中小木屋里,在萌发新叶的草丛中,在刚刚出生不久的小鸡雏的嗒嗒声伴奏下,在瓢泼大雨的洗礼中,两人的肉体和灵魂融为一体。性爱使梅乐士摆脱了孤独,也使康妮恢复了生命活力,她感觉到自己——

　　……仿佛像个大海,满是些幽暗的波涛,上升着,膨胀着,膨胀成一个巨浪,于是慢慢地,整个的幽暗的她,都在动作起来,她成了一个默默地、蒙昧地、兴波作浪的海洋。在她的里面,在她的底下,慢慢分开,左右荡漾,悠悠地、一波一浪荡到远处去。不住地,在她的最生动的地方,那海底分开,荡漾,中央便是探海者在温柔的深探着,愈探愈深,愈来愈触着她的底下;她愈深愈远地暴露着,她的波涛越荡越汹涌地荡到什么岸边去,使她暴露着。无名者的深探,愈入愈近,她自己的波涛越荡越远地离开她,抛弃她,直至突然地,在一种温柔的、颤战的痉挛中,她的整个生命的最美妙处被触着了,她自己知道被触着了,一切都完成了,她已经没有了,她已经没有了,她也不存在了,她出世了:一个妇人。

(赵苏苏 译)

　　我们还记得,在西方现代性进程中,新兴的资产阶级曾经用"性"作武器,与贵族的"血"展开过斗争。然而,在劳伦斯笔下,同一个"性"又反过来成为一种反对资本主义和现代工业文明的武器。当然,劳伦斯并不想颠覆整个现代文明,他只是渴望新的时代出现一种更好的文明,真正的人。如同小说中一个人物所说,

　　在将来的时代,也许要出现一些真正的人。……真正的,有智慧的,健全的男人,和一些健全的可爱的女人!……我相信今日的男人并不是真正的男人,女人并不是女人。我们只演着权宜之计的把戏,做着机械的智慧和实验罢了。将来也许要来一个真男真女的文明。这些真男真女将代替我们这一小群聪明的小丑——只有七岁孩童的智慧的我们。那一定要比虚无缥缈的人和瓶子里养的孩子更为壮观。

(赵苏苏 译)

　　第一次世界大战极大地动摇了西方人对科学、机械和理性的信念,

也促使了原始主义的回归。威廉·萨默塞特·毛姆(1874—1965)在《月亮与六便士》(1919)中以法国画家高更的生平为原型,描述了一个名叫特里克兰德的艺术家有一天突然出走,抛弃了他昨天还赖以为生的一切,置文明社会的议论纷纷于不顾,孤身来到南太平洋一个叫塔希堤的小岛——把生命的真谛描绘在画布上。作品深刻揭示出个性、天才与现实社会的矛盾,其原始主义倾向与劳伦斯的血性意识遥相呼应。小说在看似幽默随意的叙述中透露一股惊心动魄的力量,并有着一种残忍的意味。英国著名作家弗吉尼亚·伍尔芙评论说:"读《月亮与六便士》就像一头撞在了高耸的冰山上,令平庸的日常生活彻底解体!"

第二次世界大战后,一些英国作家试图从更深的层次上探索科学、理性、战争与人性之间的关系,写出了一些带有预言性和警示性的反乌托邦小说。

乔治·奥威尔(原名埃里克·阿瑟·布莱尔,1903—1950)在预言小说《1984》(1949)中,打开了一个国家控制思想、话语和日常生活的现代人的生存空间,给我们描绘了一幅可怕的反乌托邦画面。1984年4月4日清晨,"大洋国"的居民从宿醉中醒来,看到INGSO(英国式社会主义)的标语贴在墙上,思想警察的直升飞机在上空盘旋,家中的电视机正监视着他们的一举一动。每一个房间都装有无法关闭的电视机,不仅24小时播放,而且呈现每个影像和声音供思想警察记录。电视荧幕还能控制所有的活动,将个人的私生活公诸天下,"它是永远张开的眼睛和嘴巴"。这是一部令人恐怖的书,也是一部勇敢的书。它所创造的一系列经典性词汇,如"老大哥在看着你""两分钟仇恨会""双重思想""思想罪""表情罪""蒸发"和"非人"等,高度概括了极权社会的本质特征。小说出版以后,受到的攻击和赞扬一样多。出版当年,《纽约时报》上一篇名为《新语犹新时》的书评就指出,"在今年及不知道多少年后,《1984》都将是最具当代感的小说"。一位俄国哲学家说,奥威尔比任何人都更了解"我们这个社会的灵魂或无灵魂的特点"。

由《1984》,人们想起了另一部比它早17年出版、涉及同样主题的小说——《美丽新世界》。它的作者是著名的《天演论》的作者老赫胥黎的孙子奥尔德斯·赫胥黎（1894—1963）。《美丽新世界》（1932）以广博的生物学、心理学知识和高度的文学技巧、哲学眼光，为我们描绘了福特纪元 632 年即公元 2532 年的非人性社会。这是一个从出生到死亡都接受着控制的技术极权制社会。在这个"新世界"里，人类为垄断基因工程技术的商业公司和政治人物所统治。这种统治从基因和胎儿阶段就开始了。人类经基因控制孵化，被分为 α、β、γ、δ 和 ε 五个阶级，分别从事劳心、劳力、创造、统治等不同性质的社会活动，处在不同社会地位的人都满足于自己的现状，快乐无比，因为国家采取了保障快乐的措施。国家发放一种叫索麻的精神麻醉药物，能让人忘掉不愉快的事情。国家实行睡眠教学，用催眠术来校正人的思维。国家还从小就鼓励人们之间进行滥交，让每一个人都属于每一个人。这种快乐的实现是有代价的。在这个新世界里，人们拥有安定、无限的"自由"，却丧失了科学、艺术、婚姻、个性甚至喜怒哀乐。偶有对现实现状产生怀疑或是叛逆心理者就被视为不安定因素，被放逐到边远地区。

无疑，作者写作此书的目的是要批判强调科学理性决定论的乌托邦。他担心大企业和大政府联合起来，窒息自由、扼杀人性；担心条件反射、睡眠术等心理学方法被用来操纵人类。小说中的某些情节与当下发生的事件竟有惊人的相似，读来让人毛骨悚然。比如书中描述的人类的机器化大生产，可以由现在的克隆技术实现。书中提到的炭疽弹，也已被恐怖分子所利用。

《美丽新世界》与《1984》被并称为 20 世纪最著名的两部反乌托邦小说。不过，两者的着重点有所差异。正如一位美国学者指出的："奥威尔警告人们将会受到外来压迫的奴役，而赫胥黎则认为，人们失去自由、成功和历史并不是'老大哥'之过。在他看来，人们会渐渐爱上压迫，崇拜那些使他们丧失思考能力的工业技术；奥威尔害怕的是那些强行禁书的人，赫胥黎担心的是失去任何禁书的理由，因为再也没有人愿意读书；奥威尔害怕的是那些剥夺我们信息的人，赫胥黎担心的是人们在汪洋如海的信息中日益变得被动和自私；奥威尔害怕的是真理被隐瞒，赫胥黎担心的是真理被淹没在无聊烦琐的世事中；奥威尔害怕的是我们的文化成为受制文化，赫胥黎担心的是我们的文化成为充满感官刺激、欲望和无规则游戏的庸俗文化……奥威尔担心我们憎恨的东西会毁掉我们,而赫胥黎担心的是,我们将毁于我们热爱的东西。"从目前情形看来,《1984》中的警示似乎较容易引起人们警惕,而赫胥黎预告过的"美丽新世界"却正在成为整个人类趋之若鹜、方兴未艾的后现代景观。

除了上述两部反乌托邦小说之外,威廉·杰拉尔德·戈尔丁(1911—1993)的《蝇王》(1955)也涉及对人类的历史处境和未来的预言。小说写的是未来世界的核战争时代,一架满载撤离儿童的飞机中弹后被迫在荒岛上降落,一群英国孩子在没有大人照料的情况下,不得不自己组织起来谋求生存。拉尔夫在聪明的"猪崽"的协助下,以海螺为权力的象征,把散失的儿童召集在一起,试图用民主的方式在岛上建立秩序;而杰克则唆使不久以前还列队为天使歌唱的儿童成了猎手。在两股势力的斗争中,以杰克为首的代表无政府主义倾向的"猎人帮"占了上风,随着人类内心深处罪恶本能的释放,其他孩子也纷纷加入,不再听从代表秩序的海螺的召唤。他们打死一头野猪,用猪头做供品,载歌载舞,过起了野蛮的部落生活。拉尔夫成了孤家寡人,"猪崽"惨遭杀害。正当杰克带领他的人到处点火,追杀拉尔夫时,一艘过路的军舰发现了这一切,一名海军军官乘坐小汽艇及时赶到,阻止了这场恶斗。

在这部小说中,我们又一次碰到了康拉德在《黑暗的心》中触及过的主题:文明的约束一旦放松,人类的原始本能就会暴露无遗。孩子们供奉的那个象征人类恶本能的野猪头——被一大群嗡嗡叫的苍蝇围着的"蝇王"——就存在于每个人的内心。因此,正如作家在序言中说:"野蛮的核战争把孩子们带到了孤岛上,但这群孩子却重现了使他们落到这种处境的历史全过程,归根结底不是什么外来的怪物,而是人本身把乐园变成了屠场。"小说的另一主题是死亡。对于处在人格形成过程中的青少年来说,面临死亡,面临心灵深处的黑暗,无疑是一种新的、令人紧张、令人惊恐也令人入迷的经验。正因为这样,青少年读者特别欣赏这部小说。《蝇王》曾在1963和1990年两度被搬上银幕。1983年,戈尔丁因"在小说中以清晰的现实主义叙述手法和变化多端、带有普遍性的神话阐明了当今世界人类的状况"而获得诺贝尔文学奖。

20世纪英语戏剧也得到复兴,这主要归功于两位爱尔兰作家。萧伯纳(乔治·伯纳·萧,1856—1950)崇拜易卜生,鄙视莎士比亚,他认为后者"缺乏思想",而前者则是"一个伟大的问号"。在易卜生的影响下,他写了几个论争性的剧本。《鳏夫的房产》(1892)讨论贫民窟与房产主的问题。《华伦夫人的职业》(1893年写成,1902年上演)则对资产阶级金钱的肮脏来源作了揭示。在《人与超人》(1904)的一幕中,他借唐璜与魔鬼的对话,对麻木不仁、志满意得的中产阶级庸人进行了讽刺性的谴责:

> 你的朋友们并不虔诚,只是租用了教堂的座位而已;他们不是遵守道德,只是因循习俗;他们没有美德,只不过是怯懦;他们连邪恶都算不上,只是"意志薄弱";他们没有艺术鉴赏力,只是好色淫乱;他们不能算富裕,只不过是有钱;没有勇气,只是喜欢争吵;没有领导才能,只是专横霸道……

(张梦麟 译)

萧伯纳在社会思想上是个费边社会主义者。费边是一位罗马将军的名字,他不与敌人硬碰硬作战,而是采用小规模战斗和拖延战术来把敌人搞垮。"费边社"的政治策略是以渐进的改变推动社会进步,每一步实行之前,都必须先由经济学家和统计学家对各种条件进行考察,然后对某一具体的社会问题进行改革,慢慢带来社会主义。这种渐进的改革适合英国人的脾性和政府形式。从费边派和其他社会主义团体中产生了工党,它试图采用费边主义的方法最终把英国变成一个福利国家。然而第一次世界大战的爆发阻断了这一进程。惨烈的战争使萧伯纳对人类是否有能力战胜自己的野蛮本能感到绝望。在写于1920年的《伤心之家》中,他描述了一个世界(也许就是我们这个世界)随着一声巨响完结,而不是在哭泣中终了。

威廉·巴特勒·叶芝(1865—1939)早年是一个热情的浪漫主义诗人,迷恋于爱尔兰古代民族凯尔特人的历史和传统;后来投身于爱尔兰民族主义运动,为爱尔兰文艺复兴作出了很大贡献。1904年,在他的关注下,都柏林建立了阿贝剧院,以对抗伦敦的戏院,并演出了他写下的一些重要的爱尔兰戏剧。进入20世纪后,他从浪漫主义的诗歌创作转向个人的象征主义神话体系的构建。

三 法国:反战与人道理想

第一次世界大战的主战场在德国、法国、比利时等一些西欧和中欧国家。第一部根据作家本人的参战经历写出的法国小说是亨利·巴比塞的《火线》(1916),它与德国的雷马克的《西线无战事》、英国的阿尔丁顿的《英雄之死》、捷克的哈谢克的《好兵帅克》构成一系列的欧洲反战小说。

另一位法国作家罗曼·罗兰(1866—1944)以自己独特的方式,提出了反战思想。1914年,就在法德大战期间,罗曼·罗兰发表了《超越混战之上》,认为西方各优秀民族之间没有非打仗不可的理由,主张成立一个国际仲裁机构"最高道德法庭",借其组织舆论力量,遏止战争势力。该文发表后引起法国政府的严厉指责,并致信瑞典政府,建议取消其授予罗曼·罗兰1915年度诺贝尔文学奖的决定。经过几番周折,1916年,瑞典皇家科学院还是把1915年的诺贝尔文学奖补授给了罗曼·罗兰,理由是"文学作品中的高尚理想和他在描绘各种不同类型人物时所具有的同情和对真理的热爱",并在授奖证书上明确记载:这个荣誉是给予一个人道主义作家的。

罗曼·罗兰的代表作《约翰·克利斯朵夫》(1903—1912)正是一部体现了人道主义信念的巨著,小说第一册扉页上写着:"献给各国的受苦、奋斗而必战胜的自由灵魂。"小说以德国音乐家贝多芬为原型,描述了一个艺术家为人道主义理想而奋斗的一生。按照作家的构思,小说不以故事为主线而以感情为脉络,不以逻辑的、外在的因素为先后,而以艺术的、内在的因素为次序,以气氛与调性确立作品。整个作品分为四册,相当于交响曲的四个乐章。从人物性格发展过程来看,小说呈现了主人公内心从平静到骚动、喧嚣,再复归于和谐的三个境界。

克利斯朵夫从小生活在一个十分富于音乐气质的环境中,屋后的莱茵河,以它滔滔的音乐,催眠着这个孩子,渗透着他的思想,浸润着他的幻想；远处圣马丁教堂的钟声，严肃迟缓的音调像一道乳汁在他胸中缓缓流过；母亲的民谣、舅父的民歌使他从小便接触民间音乐的丰富养料。所以，克利斯朵夫的艺术观是合乎自然的、健康质朴的。他主张表达真情实感，反对虚伪作假。但是，庸俗的社会环境及其生活风尚却给当时的德国音乐打上了深深的烙印。出于对这种商业化艺术的深恶痛绝，克利斯朵夫像年轻的西格弗里德一样，天真，专横，过激，横冲直撞地去征讨社会的与艺术的谎言；挥舞着堂吉诃德式的长矛，去攻击骡夫、小吏、磨坊的风轮。对祖国艺术的失望，使克利斯朵夫向往莱茵河对岸的法国，他喊道："噢，巴黎！巴黎！救救我吧！救救我的思想！"

由于一个偶然的机会，他来到了巴黎，然而，巴黎的艺术界使他更为失望和愤慨，他惊呼，"一个民族怎么能在这种为艺术而艺术，为享乐而享乐，死气沉沉的空气中过活？"像在国内一样，克利斯朵夫横冲直撞地进行反抗，抨击法国腐朽的文化和艺术，因此而受到法国上流社会的敌视和非难，致使他的作品被篡改、演奏会连连失败，最后，连生计都成了问题。他唯一的法国朋友奥里维也死于一起街头骚乱。他的痛苦到了极点，内心像风暴一样喧嚣着。正在痛苦万分、前途渺茫的时候，克利斯朵夫在一次狂风暴雨过后受到了上帝的神秘启示：

> 他望回家的路上走。一阵暴雨过了，又是阳光遍地。草原上冒着烟。苹果树上成熟的果子掉在潮湿的草里。张在松树上的蜘蛛网还有雨点闪闪发光，好比古式的车辆。湿漉漉的林边，啄木鸟格格地笑着。成千成万的小黄蜂在阳光中飞舞，连续而深沉的嗡嗡声充塞着古木成荫的穹窿。
>
> 克利斯朵夫站在林中一片空地上：它是土坳中间一片椭圆形的盆地，满照着夕阳；泥的赭红，中间有一小方田，长着晚熟的麦和深黄的灯芯草。周围是一带秋色灿烂的树林：红铜色的榉树，淡黄的栗树，清凉茶树上的果实像珊瑚一般，樱桃树伸着火红的小舌头，叶子橘黄的苔桃，佛手柑，褐色的火绒……整个儿像一堆燃烧的荆棘。在这个如火如荼的树林中，飞出一只吃饱了果实，被阳光熏醉了的云雀。

而克利斯朵夫的心就像云雀一样。它知道等会要掉下来的,而且还要掉下来无数次。但它知道永远能够望火焰中飞升,唱出呖呖流转的歌声,向那些留在地下的同伴描写天国的光明。

(傅雷 译)

　　克里斯朵夫的内心完全恬静了,和谐了,他潜心于音乐的创作,"既不恼怒,也不想再战斗,只顾创造他的梦境"。他从瑞士回到法国,融入了社会;晚年避居意大利,潜心于宗教音乐的创作,进入清明高远的境界。"在那儿,过去,现在,将来,手抱着手围着一个圆圈;平静的心同时看到了悲哀与欢乐的生长,发荣,与枯萎——在那儿,一切都是和谐……"最后,在成全了他的法国朋友的儿子和他的意大利情人的女儿的婚姻后,克里斯朵夫哼着一曲赞颂生命的歌,来到了彼岸世界。"于是,潺潺的河水,汹涌的海洋,和他一齐唱着:'你将来会再生的。现在暂且休息吧!所有的心只是一颗心。日与夜交融为一,堆着微笑。和谐是爱与恨结合起来的庄严的配偶。我将讴歌那个掌管爱与恨的神明。颂赞生命,颂赞死亡!'"

　　小说的另一主题是歌颂超越国界、民族的人道主义理想。小说中三个主要人物分别代表了当时卷入大战的欧洲主要民族。克利斯朵夫象征德国的"力",奥里维象征法国的"理性",而葛拉齐亚则代表意大利的"美"。克利斯朵夫与奥里维的真挚友谊,与葛拉齐亚的充满诗意的爱情,三者的完美结合代表作家的理想;而且,三人之间的友谊与爱情都是以音乐为桥梁沟通的。奥里维是在一次音乐会上听克里斯朵夫弹琴,一见如故,成为挚友的。葛拉齐亚则是在跟克里斯朵夫学琴的过程中,一往情深,结下良缘。三个人民族不同,性格各异,但美妙的音乐使他们的灵魂息息相通,这象征着作家想用艺术感化来达到民族团结、世界和平和文明复兴的人道主义理想。小说中奥里维和葛拉齐亚相继死去,说明实现这种理想的时机还未到来,而两人的孩子均由克利斯朵夫收养,后又由他成全婚姻,表明作家坚信这种理想必将在后一代身上实现。

　　与罗曼·罗兰同时代的作家还有安德烈·马尔罗(1901—1976)。他一贯以其强烈的政治介入而闻名于世。作为一名积极的共产主义者,他曾在 1920 年代到过中国,据说还与周恩来并肩战斗过。西班牙内战爆发后,又参加了反法西斯战斗,支持共和政府。他的《征服者》和《人的命运》是以中国第一次国内革命战争为题材的小说。

安德烈·纪德(1869—1951),一度也参加过共产党,但苏联之行使他看到,人性中的恶如何利用手中的特权将原本非个人所属的利益合法化和程序化,进而使公有制成为谎言。经历了艰难而痛苦的反思后,他改变了原先的政治立场。他的代表作《田园交响曲》、"连环小说"《伪币制造者》为 1950 年代之后兴起的法国新小说派开了先声。

四 美国:自然主义与迷惘的一代

20 世纪初,整个美国经济加速发展,文学沉湎于理想主义,许多作家热衷于描写"生活中笑盈盈的一面",作品中往往充满虚无缥缈的理想或浪漫色彩,对现实生活中的贫富两极分化等种种丑恶现象,则毫无反映。但是,一些自然主义作家率先对各种社会黑幕作了深刻揭露,从而为 20 世纪美国小说创作提供了一个新的起点。

厄普顿·辛克莱(1878—1968)在长篇小说《屠场》(1906)中描写了芝加哥肉类罐头加工工业内部的肮脏状况,从而导致联邦政府对此进行调查,并于同年通过了美国食品、药品卫生法。此后,辛克莱及其同派作家们被一些保守的记者和书刊评论家称为"黑幕揭发者"。

西奥多·德莱塞(1871—1945)是 20 世纪美国文学界第一位来自下层社会、非盎格鲁—撒克逊血统的重要作家。他出生于印第安纳州特雷霍特市郊的一个德国移民家庭,秉性刚烈,桀骜不驯,曾经自嘲为"以实玛利,一个流浪汉",意谓化外之民,备受歧视。16 岁那年被充满兴奋和刺激的大都市生活吸引,初次来到芝加哥独闯天下,先后在餐馆和五金公司干粗活。后来在一位好心的中学老师慷慨资助下进入印第安纳大学念书,无奈次年即辍学,后来在芝加哥某地产公司和家具公司当收账员。整日挨门逐户收钱的生活,使他接触到下层社会各种人物和阴暗面,为日后创作积累了丰富的素材。之后进入报界,成为一名记者,先后在芝加哥《环球报》、圣路易斯《环球—民主报》和《共和报》任职。1895

年，德莱塞寓居纽约，正式从事写作，同时编辑杂志，经常往来于芝加哥、圣路易斯、托莱多、克利夫兰、匹兹堡各大城市之间，亲眼目睹了贫民窟、酗酒、色情、凶杀、拐骗、抢劫……使他更进一步认识到美国的现实是一种"残酷的、不公道的现实"，是一个"毁灭的过程，而幸福只不过是幻想而已"。

德莱塞的成名作《嘉莉妹妹》（1900），是以他姐姐的经历为原型。女主人公带着对新生活的渴望坐火车从乡下移居芝加哥，寻求生活出路，起先在一家鞋厂做工，后来成为一个推销商的情妇。对于那些打拼天下的乡下姑娘来说，生活的富足似乎必然意味着道德的堕落。小说一发表，一位批评家就形容它"像一股强劲的自由的西风，席卷了株守家园、密不通风的美国，自从马克·吐温和惠特曼以来，头一次给我们闷热的千家万户吹进了新鲜的空气"。但由于小说如实揭示了美国社会生活的阴暗面，有悖于当时整个社会的理想主义，受到不少责难和攻击。甚至一度被列为"禁书"，不准在美国出版。尽管如此，德莱塞还是坚持认为："生活就是悲剧……我只想按照生活的本来面目来描写生活。"

1906 年，美国纽约州发生一起谋杀案，一位名叫切斯特·吉莱特的年轻人在荒无人烟的大比腾湖上溺死了自己的女友格雷斯·布朗，案发后被判处死刑。切斯特案情，后来成为德莱塞《美国的悲剧》（1925）的主要故事框架。主人公克莱德，属于德莱塞所说的"欲望强烈，但是资质可怜"的那一类人。在他比大多数人敏感而极易受外界影响的头脑里，似乎觉得人生在世就是追求金钱和美女。他起先在一家大饭店当侍应生，被往来客人富有豪华的生活弄得眼花缭乱。在与富商伯父萨缀尔·格里菲斯邂逅后，克莱德以穷亲戚的身份来到莱柯格斯厂内当工头助手，随后陷入与穷女工洛蓓达、阔小姐桑德拉的三角恋情。为了高攀桑德拉，克莱德甘愿违背自幼接受的基本道德准则，牺牲洛蓓达。他以翻船为手段阴谋干掉了这个被他诱奸而怀孕的年轻女工。事后，落荒出逃，逍遥法外。案发之后，美国两党和司法机构利用克莱德一案大搞政治投机，爆出一连串丑闻。最后经过终审判决，克莱德被送上了电椅。不过，德莱塞的兴趣点，并不在于案件的侦破，而是在于探讨克莱德悲剧的成因。当时美国资产阶级正在大力推销所谓的"美国生活方式"，吹嘘其"文明"和"繁荣"；大肆渲染"美国梦"的文艺作品，充斥当时美国文坛。社会上有许多青年人,特别是那些出身低微、家境贫困的穷小子,无不梦想一夜之间突然发迹,成为百万富翁;或者痴心妄想有朝一日能高攀上有钱有势的富家女,坐享荣华富贵。德莱塞用这么一个关于美国梦的寓言揭穿了这种谎言,正如他在《嘉莉妹妹》中所说:"社会活动的范围毕竟划得泾渭分明,谁要是越出一步,就注定要灭亡。"一些美国评论家认为,德莱塞忠于生活,大胆创新,突破了美国文坛上传统思想的禁锢,解放了美国的小说,给美国文学带来了一场革命,并且把他跟福克纳、海明威并列为第一次世界大战后美国仅有的三大小说家。

第一次世界大战爆发的那一年,摩根银行正忙于贷款,福特公司正在制造每年数以百万辆计的汽车,白宫正在考虑修正中立立场,将几百万美国青年送到欧洲去当"英雄"。海明威、福克纳、派索斯、菲茨杰拉德、肯明斯等一批后来出名的作家,当时都还是不到20岁的大男孩,怀着年轻人特有的热情和寻找刺激的冲动,响应政府的号召走上欧洲战场,亲身经历了残酷的战争。他们在战争中失去了青春年华,也失落了热情和理想,在身心两方面都受到严重创伤;他们觉得上了当,整个经历像一场噩梦,只有在断断续续的梦中才能找到一点真实的东西——真实的爱情和童年的回忆;他们从小接受的一套道德、宗教和伦理标准彻底动摇,眼前又看不到新的道路。一战结束后的一段时间,这些参战青年整天无所事事,过着一种波西米亚式的流浪生活,酗酒、赌博、谈恋爱、寻找刺激。海明威早年写的一首小诗《时代的要求》将这代人的心态表现得淋漓尽致:

> 时代要求我们唱歌,
> 然后割掉我们的舌头。
> 时代要求我们流血,
> 然后锤打我们的伤口。
> 时代要求我们跳舞,
> 然后缚住我们的双手。
> 时代终于亮出了伪装,
> 这就是时代的要求。

(傅正明 译)

1920年代初,这些参战青年怀里揣着坚挺的美元陆续来到巴黎,希望通过文学创作修复受伤的自我,并在文学界出名。他们聚集在旅居此地的美国女作家格特露特·斯坦因(1874—1946)周围,形成一个自由、松散的文学团体。斯坦因夫人是一位杰出的犹太裔美国女性,被许多人誉为"伟大的海外美国散文创新大家",当时在巴黎的艺术家们都以能接近她为荣。她心高气傲且相当自负,经常挂在嘴边的一句话几乎成了巴黎艺术界的名言:"现代文化就是格特鲁德·斯泰因。"就像当年的斯达尔夫人一样,斯坦因夫人的寓所成为这些从美国自我流放到巴黎的"迷途的羔羊"的精神避难所,她是他们的教母和导师,教这些刚刚出道的文学青年如何写作。有一次她对海明威说,"你们都是迷惘的一代"。后来,他把这句话题在《太阳照常升起》的扉页上,"迷惘的一代"作为一个流派,就这样正式定了名。

欧内斯特·海明威(1899—1961)是"迷惘的一代"公认的代表作家,但就像任何大作家一样,一个抽象的标签无法概括他多彩的人生和丰富的创作。海明威是一个酷爱体育和运动的硬汉,一位世事练达的记者,一名浑身伤疤的战士,一位西班牙斗牛的狂热爱好者,一位既擅饮烈酒又讲究生活的美食家。

他出生于美国伊利诺斯州芝加哥郊区橡树园,父亲是外科医生,于1928年自杀身亡。欧内斯特的母亲将丈夫自杀时用过的手枪送给了儿子,不料33年后7月的一个清晨,已经大名鼎鼎的海明威竟以同样的方式结束了自己的生命——用自己心爱的猎枪打掉了自己的天灵盖。评论家们认为,了解海明威的关键隐藏在他在巴黎出版的第一部短篇小说集《在我们的时代》(1924)中。其中第一篇《在印第安人营地》具有自传色彩,预示了海明威父子日后的命运。尼克·亚当斯与其当外科医生的父亲一起去印第安人营地给一难产的妇女接生,9岁的男孩第一次亲眼目睹了死亡和创伤。在海明威日后的小说中,尼克·亚当斯的形象变换名字不断重现,成为一个挥之不去的重要角色。这个形象具有两个主要特征:首先是心理上的创伤,由于过早地看到了流血和死亡,从此再也无法回到童年的天真状态;其次是长期脱离有组织的社会生活,以致无法适应普通人的正常生活。这两个特征既是海明威的,也属于"迷惘的一代"。

1926年,海明威发表了《太阳照常升起》。我们看到,在这部小说中,尼克·亚当斯成了战地记者杰克·巴恩斯。他在参战后受伤,丧失了性能力,像劳伦斯笔下的查泰莱先生一样。战争摧毁了人的生命力及其延续。不过,比查泰莱先生更为残酷的是,巴恩斯除了性能力之外,其他器官都正常,他还能走路、行动。有爱的欲望而无爱的能力,因此不得不与情人分手。为了摆脱痛苦,他试图以各种不同的方式逃避现实——喝酒、钓鱼、看斗牛、赌纸牌,等等。和他一起的还有一批同样被战争逐出生活常规的伤兵和逃兵,与他干着同样的事,在巴黎的公寓里鬼混,打发日子。小说都是讲无聊的吃喝玩乐。什么事都毫无成就,就像太阳上升后,也不过是为了下落,第二天照常升起。《太阳照常升起》的书名出自《圣经·传道书》。"传道者说,虚空的虚空,虚空的虚空。凡事都是虚空。人一切的劳碌就是他在日光之下的劳碌,有什么益处呢?一代过去,一代又来,地却永远长存。日头出来,日头落下,急归所出之地。风往南刮,又向北转,不住的旋转,而且返回行原道……"作家借助宗教隐喻,把一代人的精神苦闷和迷惘的主题表现得淋漓尽致。小说出版后风行一时。

三年后出版的另一部长篇小说《永别了,武器》(1929)继续海明威迷惘的主题。小说标题中的"武器(arms)"一词在英语中还有一个意思是"拥抱"(有一个中译本将此书题目翻译为《战地春梦》,兼顾了这两层意思)。这部小说的主要情节是战争与恋爱。美军中尉亨利·弗里德里克在意大利战场上受伤,在野战医院养伤期间受到英国护士凯瑟琳无微不至的照料。两人从半真半假的调情发展为生死相许的恋情。之后,亨利看清战争的实质,决定不再为政府卖命,带着已经怀孕的凯瑟琳逃离战场,成为军方通缉的"可耻的"逃兵。一路上他们历尽艰险,终于逃到中立国瑞士。不幸,凯瑟琳因难产而去世,孩子也没保住。小说结尾,亨利一人独自徘徊在寒风中的十字路口,不知何去何从。这里,战争(武器)与爱情(拥抱)两个故事平行发展,互相交织,寓意一致:人生不论是私生活还是社会生活,都是一场徒劳的斗争,一无所获,只有一个全盘皆输的结局。

1936年西班牙内战爆发,独裁者佛朗哥颠覆合法政府,建立了专制政权,镇压民主人士和无辜平民。曾经写下优美的《吉普赛谣曲》的西班牙"二七年一代"诗人加西亚·洛尔伽(1898—1936)也惨遭法西斯长枪党的毒手,引起全世界正义人士的抗议。1939年,海明威作为战地记者再次来到欧洲战场,深入被围困的马德里,报道西班牙人民和国际纵队反独裁的英勇斗争。次年,他写了一部以西班牙内战为题材的长篇小说《丧钟为谁而鸣》,塑造了一个为异国正义事业献身的英雄形象——罗伯特·乔丹。这位美国教师参加了西班牙反法西斯游击队,在一次守桥战斗中坚持三天三夜,最后将自己的热血洒在了异国的土地上。小说标题借用了17世纪英国玄学派诗人约翰·多恩的布道辞:

> 每个人都不是与世隔绝的孤岛,每个岛都是大陆的一部分,每个人都是大陆的一角。人和人类是不可分的。所以不必派人打听丧钟为谁而鸣——不论是谁死去,钟声为你而鸣。
>
> (吴劳 译)

在这本书中,海明威改变了对战争的看法:西班牙的丧钟不仅仅为西班牙人民而鸣,为罗伯特·乔丹而鸣,为海明威而鸣,也为全人类而鸣。主人公为民主而战,死得值得,有意义;有些目标是值得为它献出生命的。从此开始,海明威走出迷惘的阴影,致力于"硬汉子"形象的塑造,包括斗牛士、拳击手、猎手、渔夫等,他们远离商业化和体制化的现代社会,到非洲原野、斗牛场或拳击场去寻求生命的高峰体验;他们在死亡的边缘舞蹈,显示自己的男子汉气概,让生命在血腥中爆发出原始蛮野的活力。

1930年代,海明威曾在佛罗里达结识一位名叫富恩特斯的古巴渔民,后者给他讲了自己一次惊心动魄的经历:富恩特斯一个人划着小船去外海打鱼,钓到了一条巨大的马林鱼。没想到这条大鱼将他的渔船从科希马尔一直拖到了几十公里外的瓜纳沃,鱼身也被尾随的鲨鱼吃去大半。被拖上岸时,大鱼基本上只剩下了骨头,无法称出准确的重量,但估计在1000磅左右。1936年,海明威曾以此为题材,写过一篇题为《在蓝色的海上》的通讯。1950年代初,海明威陷入精神危机,事业、家庭、健康等接踵而来的挫折使得他产生了悲观的情绪,富恩特斯与大马林鱼搏斗的经历再次进入他的视野。1950年圣诞节后到次年2月23日,海明威用八周时间完成了《老人与海》的初稿。4月,他带着这个刚完成的小说去古巴给他的友人们传阅,博得了一致的赞美。海明威本人也认为这是他"这一辈子所能写的最好的一部作品"。1952年9月,《生活》周刊登出了《老人与海》全文,48小时售出了531万份,创下了人类出版史上空前绝后的一个纪录。后来的单行本也很快销到10万册。1953年5月,《老人与海》获普利策奖。1954年10月,海明威以"精通现代叙事艺术"获得诺贝尔文学奖。

《老人与海》是一部史诗性的作品,与麦尔维尔的《白鲸》相类,但比后者更精炼,也更富于象征意味。作者将富恩特斯的化身——老人圣地亚哥的捕鱼经历上升为整个人生的寓言:人生是一场竞赛;在这场竞赛中,你可能会输掉,但你在精神上仍可保持一种风度——"压力下的风度"。

"硬汉"海明威一向惜墨如金。一位评论家说,海明威扛着斧头走进语言森林,把一切繁枝败叶都砍掉了,只露出光秃秃的树干。《老人与海》便是最好的例证。这部小说翻译成中文只有3万多字。整部小说叙述简单,新鲜,干净,体现了典型的海明威式"冰山风格"。"每一个字都打击你,好像它们是刚从小河里捞出来的石子。"海明威曾说:"我总是企图按照冰山原则写作。冰山的八分之七在水面下,只有八分之一露出在水面上。你知道的东西可以隐而不露,这样只会加固你的冰山。"小说开头寥寥几笔,就刻画了一个不肯屈服的老人形象:

> 他是个独自在湾流中一条小船上钓鱼的老人,至今已去了八十四天,一条鱼也没逮住。头四十天里,有个男孩子跟他在一起。可是,过了四十天还没捉到一条鱼,孩子的父母对他说,老人如今准是十足地"倒了血霉",这就是说,倒霉到了极点,于是孩子听从了他们的吩咐,上了另外一条船,头一个礼拜就捕到了三条好鱼。孩子看见老人每天回来时船总是空的,感到很难受,他总是走下岸去,帮老人拿卷起的钓索,或者鱼钩和鱼叉,还有绕在桅杆上的帆。帆上用面粉袋片打了些补丁,收拢后看来像是一面标志着永远失败的旗子。

老人消瘦而憔悴,脖颈上有些很深的皱纹。腮帮上有些褐斑,那是太阳在热带海面上反射的光线所引起的良性皮肤癌变。褐斑从他脸的两侧一直蔓延下去,他的双手常用绳索拉大鱼,留下了刻得很深的伤疤。但是这些伤疤中没有一块是新的。它们像无鱼可打的沙漠中被侵蚀的地方一般古老。他身上的一切都显得古老,除了那双眼睛,它们像海水一般蓝,是愉快而不肯认输的。

(吴劳 译)

海明威强调"客观描写",坚持从视觉、触觉、感觉等着手,避免直接抒发个人情感。《老人与海》通篇采用的是几乎不带感情色彩的语言,越是描写惊心动魄的搏斗场面,叙述的语言就越冷峻。这种语言鲜明突出了老人那孤傲自尊、蔑视苦难与死亡的"硬汉性格",使读者的心灵产生强烈的震动,同时解放了读者的想象力,留给他们更多的回味余地。

小说中引用了不少基督教典故,深化了作品的象征意蕴。老人似乎是同外界没有联系的独立存在,他来历不明,身份不清。老人的名字"圣地亚哥"是"圣雅各"在西班牙语中的拼法,在基督教传说中,圣雅各原是一个渔夫,后成为耶稣在加利利海滨最早收的四门徒之一。小说开头时写老人84天没有捕到鱼,接着在海上历尽三天三夜的磨难,最后获得精神上的胜利。按基督教的节期和耶稣事迹看,耶稣受洗后,被圣灵引到旷野中,禁食40个昼夜,加上基督教大斋期的40天和复活节前的"圣周"那7天,刚好是87天,最后3天刚好等于耶稣从受难到复活那3天。这87天的历程,似乎暗示了人生就是如此受难的循环过程,老人圣地亚哥代表着所有人经受了最苦难的历程,表达了海明威将人生视为一场磨难的观点。

五　俄罗斯:从社会主义现实主义到解冻文学

1917年初,俄国崩溃了。蹲在战壕里挨饿受冻、没有炮火支援的俄国普通士兵再也不想为政府卖命,他们的忍耐已经达到了极限。北方前线的军队发生了哗变。1917年11月7日(俄历10月17日),俄罗斯工人、农民和士兵在布尔什维克党的领导下,攻占了冬宫,推翻克伦斯基的临时政府,宣告世界上第一个无产阶级政权的诞生。十月革命摧毁了沙俄帝国的旧秩序,也释放了被压抑的创造能量。一些年青诗人为之欢呼,将革命看作使古老的俄罗斯获得新生的宗教救赎。亚历山大·勃洛克(1880—1921)在长诗《十二个》中,描述了一个风暴席卷的冬夜12名红军士兵行进在彼得堡大街上的场景,走在他们前面的是耶稣基督。然而,为数不少的旧俄时代知识精英感到幻灭,选择了流亡国外;留下来的作家则利用革命前后相对宽松的政治环境,继续从事上世纪末就开始的花样翻新的文学艺术实验。革命前后的俄国文学界空前活跃,派别林立,团体众多,出现众声喧哗的局面。

经历了一切革命都必须经历的内战、饥荒和动乱之后,新生的苏维埃共和国逐渐巩固了自己的政权,并在意识形态领域中建立起主流话语。1920—1930年代,正当欧美的知识精英和文人雅士在巴黎的咖啡馆中消沉、迷惘时,一种官方倡导的理想主义激情却正弥漫在古老的俄罗斯大地上。1928年第一个工业化的五年计划开始实施,一个更加美好幸福的未来似乎正等待着每位苏联公民。少年先锋队员列队行进在莫斯科街道上,高唱着:"我们在使世界变个样!"工厂、乡村、矿场到处传颂着弗拉基米尔·马雅可夫斯基(1893—1930)写的充满激情的诗歌《苏联护照》:

  我手拿的是
    苏联护照,
  上面有
    刺目的镰刀,
      扎眼的铁锤。
  我要撕碎
    官僚主义,
      像狼一样狠。
  对各种证书
    毫无尊敬。
  不论什么文牍,
    叫它见鬼,

　　　　　叫它滚。
唯一的例外是
　　　　这一份……
我从
　　　宽大的口袋里
掏出
　　　无价之宝的
　　　　　文本。
读吧，
　　　羡慕吧，
　　　　　我是一个
苏联
　　　公民。

（飞白 译）

　　这位革命诗人早年追随法国未来派诗人阿波利奈尔，结合俄语音韵特点，创造了阶梯诗（楼梯诗），即把一个句子或词分行排列，以表现跳跃、激荡的强烈感情。他出版的第一个诗集名叫《穿裤子的云》（1915）。革命之后，他把全部高亢的热情献给了共产主义，写下长诗《列宁》《好》等。然而，就在发表《苏联护照》一年之后，他自杀了，据说是由于一次悲惨的爱情。另一位年轻的诗人谢尔盖·叶赛宁（1895—1925）也曾站在十月革命一边，是"最激进的同路人"，但他很快发现新生的共和国只有一个目的，就是摧绞他的"大自然母亲"。这位曾经写下大量描写俄罗斯乡野田园的诗歌，被誉为"大自然的器官"的抒情诗人最后选择了自杀。

　　出身底层、自学成才的马克西姆·高尔基（1869—1936）在十月革命爆发前就写下了一首预言革命的散文诗《海燕》，诗篇以风、云、雷、电象征黑暗的反动势力，以海鸥、海鸭、企鹅象征害怕革命的资产阶级社会阶层，以汹涌的大海象征日益觉醒的革命群众。作者歌颂的中心形象是海燕，它是无产阶级革命者的化身，在暴风雨来临之前的黑暗的大海上展翅翱翔，并且高喊着："让暴风雨来得更猛烈些吧！"高尔基因这首散文诗而被革命领袖列宁称为"革命的预言家"。

之后,高尔基又写出了长篇小说《母亲》(1906),刻画了一个名叫尼洛夫娜的工人母亲的成长过程。她起先是一个胆小怕事、逆来顺受的家庭妇女;在参加地下党的儿子的影响下,出于母爱自发地成为革命的同情者;最后在儿子被捕后去送传单,成长为坚定的革命者。母亲的转变体现了广大人民群众革命意识的觉醒,显示了革命理论和运动在教育人、改造人方面的巨大威力。《母亲》被认为是苏联社会主义现实主义奠基作品,在世界文学史上开辟了无产阶级文学的新纪元。然而在十月革命爆发之后,高尔基写下了散文《不合时宜的思想》,表达对新生的革命政权的不满和不理解,一度受到官方批评。尽管如此,他作为革命文学元老的地位还是不可动摇的。他在革命期间及其后年代写的自传体三部曲《童年》(1913—1914)、《在人间》(1915—1916)和《我的大学》(1923),刻画了一个出身底层的俄国作家的成长历程。他在晚年写的长篇小说《克里姆·萨姆金的一生》中试图探讨俄国资本主义从兴起到衰亡的历史过程。

1928年,一位23岁的顿河哥萨克青年出版了他的《静静的顿河》第一部,于是,"一个非同凡响的、同谁都不相像的、具有自己独特面貌和远大前景的作家,从一个由许多短小的、优美的、'满有希望的'短篇小说所组成的卵中脱壳而出"。米哈伊尔·亚历山大罗维奇·肖洛霍夫(1905—1986)出生于顿河军屯州维约申斯克镇克鲁日伊林村,父亲是一个磨坊主,业余好读书,订阅多种文艺报刊和书籍,培养了幼年的儿子对文学的爱好。1918年国内战争爆发,德国干涉军侵入顿河地区,打破了顿河两岸居民的平静生活,也永远地结束了肖洛霍夫短暂的学生生涯。少年的肖洛霍夫目睹了1919年开始于顿河上游地区的那次规模最大、历时最长的哥萨克暴动。在顿河地区建立革命政权以后,他积极投身于各种社会活动,直接参与红色政权组建工作,担任办事员和扫盲教师,参加武装征粮队等。顿河哥萨克地区多彩的生活,成为肖洛霍夫取之不尽的创作源泉,故乡的古朴风俗也触发了他的创作灵感。1925年,肖洛霍夫返回故乡定居,潜心写作。1926年,他出版了第一部短篇小说集《顿河故事》,并于同年开始了《静静的顿河》的写作。

《静静的顿河》(1928—1940)共4部8卷,生动描写了从第一次世界大战到苏联国内战争结束这个动荡的历史年代中,顿河哥萨克人的生活和斗争,表现了苏维埃政权在哥萨克地区建立和巩固的艰苦过程。在俄罗斯历史上,哥萨克是逃跑、流放到顿河流域定居下来的农民。在帝俄时代,沙皇对哥萨克采取镇压和怀柔两手,顿河流域的哥萨克平日不用交赋税,但在国家有难时,必须服兵役。因此,哥萨克具有双重身份,既是农民又是士兵,既是劳动者又是压迫者。他们具有尚武精神,像苏格兰人一样,以勇敢著称,乐观豪迈,向往自由。正如小说中一首哥萨克古歌所唱的:

> ……而我们静静的顿河,我们的父亲,
> 豪放傲然——
> 它既不向异教徒低头,自己怎么生活
> 也不用莫斯科管。
> 对土耳其人——很久以来总是用锋利的马刀向
> 他们的后脑勺问安……
> 为了纯洁的圣母,为了自己正教的信仰,
> 为了波浪欢腾自由的顿河,
> 我们的母亲,顿河的大草原,
> 年年召唤我们去跟敌人作战……

(力冈 译)

在沙皇血腥镇压1905年革命时,哥萨克的铁蹄是立了大功的。十月革命爆发前后,俄罗斯反战情绪高涨,临时政权中的反动将军指望哥萨克再次扮演1905年的角色,结果落空。在布尔什维克政权及红军的双重打击下,哥萨克分化瓦解,少数反动顽固分子逃往国外,多数归顺革命。顿河哥萨克经过痛苦的历程终于走向社会主义。

长期以来,《静静的顿河》被苏联主流批评家阐释为"一部描写具有重大历史意义的时代的人民生活的史诗"。肖洛霍夫自己也说,他在《静静的顿河》中想展示哥萨克人如何通过战争、痛苦和流血,走向社会主

义。作品把拥护苏维埃、迈向社会主义称为"伟大的人类真理"。但是正统的批评家忽视或视而不见的是,在《静静的顿河》中还有另一个主题,这就是关于"人的命运"和"人的魅力"的主题。这个主题集中体现在主人公葛利高里身上。作家说:"我在葛利高里身上就想表现出这种人的魅力。"作家从社会生活和私生活、战争和爱情两个方面入手,描写了这个卷入强大的历史事件旋涡中的年轻哥萨克的充满矛盾的性格和悲剧命运。

葛利高里出生于一个富裕的中农家庭,从小勤劳、勇敢、正直。在青年时代,他为了争取爱情自由,对哥萨克的传统习俗进行反抗。迫于父亲的压力,他不得不和他所不爱的娜塔莉亚结婚,但他仍然深深爱着不幸的少妇阿克西妮亚。后来,他不顾父亲的不满和舆论的责难,公然向传统观念挑战,抛弃家庭,同心爱的情人一起私奔。1914年第一次世界大战爆发,他怀着哥萨克"忠于上帝、忠于沙皇、忠于祖国"的信条上了前线。但他看不惯军官的飞扬跋扈、兵痞们的奸淫掳掠,尤其对同胞之间的互相残杀感到愤恨。在一位布尔什维克战士的启发下,他逐渐觉醒,认识到帝国主义战争的罪恶实质。然而,当他胸佩十字勋章从前线回到家乡养伤时,被愚昧的哥萨克父老乡亲视为哥萨克英雄。在虚荣心的迷惑下,他把布尔什维克在他心中播下的真理的种子毁灭掉了,再次以"一个出色的哥萨克"的身份重新回到前线,在战场上大显身手,表现出忘我的勇敢,连连立功受奖,并升任少尉排长。与此同时,他也意识到,战争初期曾不断折磨他的那种怜惜别人的心情,已经一去不复返了。他变得冷酷无情,铁石心肠,"就像大旱时的盐沼地一样,也像盐沼地一样不再吸水,葛利高里的心也容不得怜悯了。他怀着冷漠、蔑视的心情拿别人和自己的生命当儿戏;因此以勇敢闻名——荣获四枚乔治十字章和四枚奖章。在难得的几次阅兵大典上,他神气地站在久经战火的团旗下;但是他知道,他再也不能像从前那样欢笑了;他知道,他的眼睛陷了进去,颧骨也瘦削地凸出来;他知道,很难再亲吻孩子,问心无愧地正视孩子那纯洁无邪的眼睛了;葛利高里知道,自己曾为这一大串十字章和晋升付出了多么大的代价"。

十月革命后,在布尔什维克波得捷尔珂夫的影响下,他参加了红军,并在同白军的战斗中表现得非常英勇。但他对革命缺乏认识,因此信念并不坚定。当看到波得捷尔珂夫枪杀白军俘虏时,他十分反感,终于与革命决裂。以后他在红军和白军两个阵营间徘徊,虽两次加入红军,却三次投身反革命叛乱,并且升任叛军师长,双手沾满了红军战士的鲜血。1922年回到家乡,村革命委员会主席宣布要追究他的反革命罪行,他带着情人阿克西妮亚再次远走他乡。半路上遇到苏维埃征粮队的袭击,阿克西妮亚被打死,葛利高里像幽灵一样在森林、村野游荡,最后怀着痛苦、绝望的心情回到了家乡。在小说结尾,葛利高里抛弃了不管是对红军还是对白军的信仰,转而信仰超越一切个人的、最直接、最自然的人的利益:爱情、故园和家庭。

葛利高里性格上集中了许多矛盾:劳动者的美德和私有者的贪欲、哥萨克的偏见和革命的真理、人类的优美天性和野蛮的恶风陋习。正是这种矛盾的性格使他在政治上摇摆不定,企图在白军和红军、革命武装与反革命武装之间寻找一条中间道路。也正是这个既非正面英雄也非反面角色、难以归类的活生生的"人",使这部革命年代的作品超越了以政治意图诠释人的命运的局限,成为俄罗斯文学中堪与《战争与和平》媲美的经典之作。

在《静静的顿河》中,肖洛霍夫把苏维埃早期形式主义作家所实践的华丽的散文风格、俄国现实主义小说(特别是托尔斯泰和高尔基等人的创作手法)伟大传统中的史诗写作手法和顿河地区高度口语化的方言土语结合为一体,形成了自己的独特风格。整个小说既有金戈铁马、大气磅礴的战争场面,又有细腻温柔、儿女情长的抒情描写,中间又不时穿插一些哥萨克古歌,给小说平添了浓郁的诗情。作家用大量篇幅描绘了顿河流域哥萨克人的生活、劳动、婚恋与习俗,以及这一流域的自然风光、历史场面等等。这些带有异国情调的故事和情景也成为这部小说经久不衰的魅力的源泉。

> 时间就像风吹弄马鬃一样,把日子一天一天地吹走。圣诞节前,天气忽然暖和起来;连下了几天雨,山洪从顿河沿岸的溪谷中,奔流而下;积雪融化了的山崖上,去年的小草和长满苔藓的白石板都泛青了;顿河岸边的河水冒着泡沫,河水像腐烂的尸体变成深蓝色,膨胀了。光秃的黑土地散发出一种说不出的甜蜜气息。雪水沿着黑特曼大道,沿着去年轧出的车辙潺潺流去。村外的黏土崖出现了许

多新的滑坡。南风从奇尔河方面吹来令人困乏的烂草气味,晌午时分,地平线上已经像春天一样,升起淡蓝色温柔的阴影。村子里,篱笆边的煤灰渣堆旁边积了一片片荡漾着微波的水洼。场院上,干草垛边的土地也解冻了,腐烂干草的甜甜的气味钻进行人的鼻孔。白天,从结了冰琉璃的茅草屋顶上,顺着房檐滴着松香色的水珠,喜鹊在篱笆顶上凄凉地吱吱喳喳叫唤,冬天寄养在米伦·格里戈里耶奇院里的村社的公牛,被早来的春情折磨得哞哞乱叫。它用犄角顶篱笆,在被蛀蚀过的橡木桩子上蹭痒痒,摔打着皮毛像缎子似的胸部垂肉,在院子里乱踏着松脆的、浸透雪水的积雪。

圣诞节的第二天,顿河解冻了。冰排发出巨大的响声,在河心汹涌奔流。散离的冰块像睡梦中的大鱼,漂向岸边。顿河对岸的白杨被激动起来的南风吹拂着,仿佛在原地跑步似的,起伏、摇曳。

呜呜呜呜呜呜……——从那边传来低沉的轰鸣声。

(力冈 译)

1965年,肖洛霍夫"由于他在描绘顿河的史诗式的作品中,以艺术家的力量和正直,表现了苏联人民生活中的具有历史意义的面貌"而获得诺贝尔文学奖。他的作品迄今已被译成八十多种语言,在全世界各国拥有广泛的读者。2004年,为了纪念这位伟大的俄罗斯作家,联合国教科文组织将2005年命名为"肖洛霍夫年"。

肖洛霍夫写作《静静的顿河》的14年间,正是斯大林加强对文艺的控制的年代。1934年,第一次全苏作家代表大会召开。在日丹诺夫等人的提议下,提出"社会主义现实主义"的创作原则,要求文学成为党的喉舌和宣传工具,作家成为"人类灵魂的工程师";号召作家到集体农庄、工厂、矿山、运河、水电站去体验生活,表现新社会的新气象,宣传革命理想和英雄主义,塑造无产阶级英雄形象。尽管有些作家还是企图以尽可能客观的现实主义手法,突破诠释官方政治意图的限制,写出那个年代的俄罗斯人的欲望、激情和命运,但这一时期出现的一系列作品,包括阿·托尔斯泰《苦难的历程》、奥斯特洛夫斯基《钢铁是怎样炼成的》等,都带有不可避免的宣传官方意图的特征。

第二次世界大战期间,苏联为消灭德国法西斯作出了巨大的民族牺牲。许多著名作家和诗人走上战场,在硝烟弥漫的战场上写出了激动人心的作品。1950年代之后,随着斯大林的去世和随后苏联政府采取的一系列改革措施,经济逐渐复苏,文学也出现了"解冻"迹象。1956年,记者出身的作家伊里亚·爱伦堡(1891—1967)发表了小说《解冻》,通过描写1950年代初春某工厂发生的变化,反映了"关心人""爱护人"的主题。小说结尾"你看,到解冻时节了"被一些西方评论家认为是影射斯大林时代结束的信号。小说发表后产生重大影响,带动了一批类似主题的作品的出版,形成"解冻文学",开启了文学反映现实生活的新途径。

第二次世界大战后苏联文学的另一走向是战争题材小说的繁荣。1957年肖洛霍夫发表短篇小说《一个人的遭遇》,作品将英雄主义品格凡人化,没有拔高人物的行为和涂抹理想主义色彩,而是真实地描写了主人公的家庭悲剧、精神痛苦和心灵创伤,散发着强烈的人道主义气息。小说出版后产生了很大的影响,被称为当代苏联军事文学新浪潮的开篇之作。在它的影响下,1960年代前后崛起的一批年青作家如巴克兰诺夫、邦达列夫等,尽力克服粉饰现实的倾向,突出战壕真实,渲染战争的残酷和普通人在战争中的命运,被称为"战壕真实派"。之后,又出现了将"战壕真实"与"司令部真实"结合起来,反映战争全貌的"全景小说",进一步深化了战争题材小说。最有代表性的作家和作品是西蒙诺夫的三部曲《生者与死者》《军人不是天生的》《最后一个夏天》等。其后,道德探索题材的小说大量涌现,形成当代苏联文学一个引人注目的新走向。

但是,即便是在短暂的解冻时代,苏联政府的文化官员也依然保持着敏锐的政治嗅觉。1957年,鲍里斯·帕斯捷尔纳克(1890—1960)在西方出版了反映十月革命的小说《日瓦戈医生》,受到官方严厉的批评。帕斯捷尔纳克于1958年获得诺贝尔文学奖,理由是表彰他在"当代抒情诗和伟大的俄罗斯叙事文学传统领域所取得的重大成就"。在官方的压力之下,他不得不宣布拒绝领奖。两年后,作家在抑郁中逝世。另外一些坚持不同政见的作家则被宣布为不受欢迎的人,被迫流亡到西方国家,加入了世纪初就开始形成的松散的俄国流亡文学团体。本书将在最后一章中对世界文学史上这一特殊的现象作出评述。

第二章 现代主义文学的兴起

20世纪以来,随着心理学、物理学等现代科学的发展,世界图景也发生了深刻的变化。精神分析学的发展,揭示了一个人类感觉无法触及的深层心理世界。用弗洛伊德的话来说,这个世界中的大部分领域,犹如隐藏在海平面下的巨大冰体,是人类的理性迄今尚未把握的。那么,如何描述或解开这个无意识领域之谜?现代物理学的发展也向传统的物质观念提出了新的挑战:物质是否就是指看得见、摸得着的东西?人类的感官无法触及、只能借助一定仪器窥测到的东西,例如X光、铀、镭、电子、原子等是否是物质?如果回答是肯定的话,那么,用传统的现实主义手法对这个新的世界图景进行表述就显得无能为力了。于是,一小批自觉的艺术家和作家,开始从事"革新"的工作。他们违反大家已公认的约定和礼仪,创造花样翻新的艺术形式和风格,采用迄今一直受到忽视的和常常遭到禁止的题材。这些从既定秩序中异化出来的作家和艺术家被称为"现代派"或"先锋派"。他们的创作挑战了资本主义文化的价值和信仰,震惊了墨守成规的读者和公众。

英文中的"现代主义"(Modernism)一词容易给人造成一种错误印象,以为现代主义像以往的浪漫主义或现实主义那样,是一个统一的文学思潮或运动。其实,所谓的现代主义不过是一个方便、笼统的说法,在这把大伞下掩藏着一大批形形色色的以ism结尾的文学流派,这些流派名目不同,倾向各异,有些甚至还相互攻击,因此,最好在Modernism这个词后再加一个s,即把它变成复数。此外,归入"现代主义"这个名号下的不少流派是超越国家、民族甚至语言的界限的。考虑到这一点,我们在这里要稍稍改变一下叙述方式,主要以文学运动或流派而不是以国家或地区为中心展开讨论。

一　后期象征主义：神话的复活与重构

在20世纪世界文学史上，最早具有自觉的先锋意识，从事革新工作的是象征主义。我们还记得，象征主义是19世纪末从浪漫派中分化出来的，早期象征主义集中在法国，出现了波德莱尔、魏尔伦、兰波、马拉美等著名诗人。大约在1890年前后，象征主义诗歌超出了法语国家范围，开始向其他欧洲国家和地区传播。20世纪初在俄国有过一个短暂的繁荣期，世称"白银时代"，出现了吉皮乌斯、巴尔蒙特、勃洛克、勃留索夫等中期象征主义诗人、小说家。差不多与此同时或稍后，德语国家出现了格奥尔格、里尔克；英语国家出现了叶芝、T. S. 艾略特等诗人，被称为后期象征主义。在此不可能对这些诗人和作家一一评述，只能选择其中最有代表性的几位展开讨论。下面三位诗人的共同特点是继承和发展了早期象征派的先知意识和原始主义倾向，试图通过复活远古神话或构建现代神话，来修复或重建破碎的世界秩序。

莱纳·马利亚·里尔克（1875—1926）出生于布拉格一个退役军官家庭，在天主教贵族小学读书，后被送入一所军事学校，度过"邪恶可怕的五年"。青年时代来到巴黎，给著名雕塑家罗丹当了两年秘书，在后者的影响下，逐渐形成自己硬朗、客观、具有雕塑性的诗歌风格。他的情人和终身密友莎乐美说："上帝本身一直是里尔克诗歌的对象，并且影响他对自己内心最隐秘的存在的态度。"不过，里尔克心目中的这个上帝并不是基督教的神，只是一种不可见的"存在"，它不时通过神秘的方式向诗人传递信息，诗人则通过创作不断向它祈祷，向它走近，从而获得一种先知意识和预言能力。早在第一次世界大战爆发之前十年，这位"祈祷诗人"就在《预感》（1904）一诗中表达了他对未来的某种恐惧：

　　我犹如一面旗，在长空的包围中，
　　我预感到风来了，我必须承受。
　　然而在低处，万物却纹丝不动，
　　门还轻灵地开合，烟囱还暗然无声。

玻璃窗还不曾哆嗦,尘埃还依然凝重。

我知道起了风暴,心如大海翻涌。
我尽情舒卷肢体,
然后猛然跌下,孤独地,
听凭狂风戏弄。

(杨武能 译)

里尔克也是工业社会和机械主义的批判者。他深感现代文明的发展破坏了人与物之间存在的人性,那些活过和活着的事物、分享过祖辈思想感情的事物正处在衰微之中,再也无可替代;他哀叹"我们也许是最后知道这些事物的人",诗人的责任不只是要保持对它们的记忆,而且是要保持它们的人性或"家神"的价值。在晚年的《杜伊诺哀歌》(1911—1922)中,他把各种主题都汇入了自己的内宇宙。诗人的眼睛不再向外看,而是向内审视,就像古希腊神话中的奥尔甫斯那样,在地狱的阴影中也能奏起琴声,传送无穷的赞美,从而使生与死融合转化,此岸与彼岸相互靠拢。

我们记得,卜特勒·叶芝曾在复兴爱尔兰民族戏剧中立下汗马功劳。这位爱尔兰戏剧家同时也是一位象征派诗人。他在古老的凯尔特智慧启示下,试图用诗歌构筑一个完整的个人神话体系,传达出他对人类灵魂历史的看法。在一部托名中世纪波斯神秘主义者哈里发的哲理散文著作《幻象》中,叶芝以二元对立为基础展开了一个人类历史发展的象征主义体系。按照这个体系,历史的每一循环是两千年,每一循环都是由一位处女和一只鸟儿的结合开始的。处女象征的是阴、繁殖力、人性、大地,鸟儿象征的是阳、创造力、野性、天空。两者的结合造成人类历史的开端。按照诗人的观点,纪元前的那一轮循环是由丽达和化身为天鹅的宙斯结合开始的,丽达生下两个蛋,分别为海伦和克吕泰涅斯特拉。海伦的私奔导致了特洛伊战争,克吕泰涅斯特拉与情夫一起谋杀了联军统帅阿伽门农,希腊的历史由此开始。而纪元后两千年的循环则是玛利亚和化身为白鸽的圣灵引出的。写于一次大战后的《基督重临》(1920)

预言了基督的末日审判:

> 在向外扩张的旋体上旋转呀旋转,
> 猎鹰再也听不见主人的呼唤,
> 一切都四散了,再也保不住中心,
> 世界上到处弥漫着一片混乱,
> 血色迷糊的潮流奔腾汹涌,
> 到处把纯真的礼仪淹没其中,
> 优秀的人们信心尽失,
> 坏蛋们则充满了炽烈的狂热。
>
> 无疑神的启示就要显灵,
> 无疑基督就将重临。
> 基督重临!这几个字还未出口,
> 刺眼的是从大记忆来的巨兽:
> 荒漠中,人首猴身的形体,
> 如太阳漠然而无情地相觑,
> 慢慢挪动腿,它的四周一圈圈,
> 沙漠上愤怒的鸟群阴影飞旋。
> 黑暗又下降了,如今我明白
> 二十个世纪的沉沉昏睡,
> 在转动的摇篮里做起了恼人的噩梦,
> 何种狂兽,终于等到了时辰,
> 懒洋洋地倒向圣地来投生?

(袁可嘉 译)

叶芝试图通过构建个人神话来解释世界,而 T. S. 艾略特(1888—1965)则希望通过唤醒神话和宗教传统,来修复或支撑起摇摇欲坠的西方思想大厦。艾略特是第二次世界大战前英语世界最有影响的诗人,一度成为英美诗界的领袖人物;在理论上也多有建树,对英美现代派文学及新批评派评论起了开拓作用,被誉为"现代文学批评大师"。《剑桥英国文学史》甚至将1918—1965年称为"艾略特时代",足见其在文学史上的地位和影响。

不过,艾略特本人并不认为自己是现代派诗人。早在1927年他就脱离美国国籍成为英国公民,并加入英国国教,声称自己是"文学上的古典主义者,政治上的保王派,宗教上的英国国教徒";主张以宗教为政治和文化中心,以"宗教复兴"来挽救西方文明的危机。总的看来,艾略特的文化思想属于新经院主义和僧侣主义的范畴。最能反映艾略特思想和艺术成就的是他的长诗《荒原》。1922年,《荒原》在英国《标准》杂志上发表后,在文化界引起了广泛而强烈的反响。一般读者读了这首长诗后觉得一头雾水,不知所云。《泰晤士报文学副刊》也称这是一部杂乱无章、既无特色也无风格的作品。不过,现在评论家已一致公认这是一首现代主义的奠基之作。不了解这首诗,很难说对西方现代派文学能有较完整的概念。不过,要读懂这首诗,最好先了解一下艾略特的象征主义诗学观和一些相关背景。

艾略特反对19世纪以来浪漫主义者将诗歌作为诗人的"情感喷射器"的诗学观,提出"诗不是放纵情感,而是逃避情感,不是表现个性,而是逃避个性"。这个观点不仅从诗学层面突破了强调个性和情感表现的传统观点,也从文化思想层面对西方近代以来过分强调扩张自我、张扬个性的诗歌传统作了深刻反思。艾略特主张用"非个人化"手法来表现感情,将主观的情感客观化,为情感找到"客观对应物"("客观关联物")。客观对应物在主体和客体之间形成同构关系,起到间接暗示和引发情感的作用。

那么,《荒原》是如何构建客观对应物的呢?首先,诗人在结构上作了精心安排,把来自不同国度、不同时代的神话材料、历史典故、文学典故和现实生活片断精心拼接在一起,试图通过不同文本之间的相互印证和相互阐发,形成诗的张力,来唤醒传统,暗示主题。按照诗人的说法,"传统包含着历史感,历史感首先包含着一种感知,不仅感知过去的过去性,而且感知过去的现在性……"全诗的象征框架,主要来自英国人类学者弗雷泽《金枝》中关于繁殖神的仪式和魏斯登女士《从仪式到传奇》中关于圣杯传奇和渔王传说的描述。

《金枝》是一部研究远古神话仪式和巫术的人类学著作,中心是探讨古罗马一种古老习俗的来源。传说罗马附近内米湖畔丛林中,有一个祭祀森林女神狄安娜的神庙,神庙的祭司又叫"森林之王"。这个职位向来是由逃亡的奴隶担任的。祭司—森林之王的职责是守卫神庙附近的一棵圣树。任何一个逃亡奴隶如果能够截取圣树上的一段树枝——"金枝",就获得了与森林之王决斗的权利。如果他能在决斗中杀死前任祭司,就能取而代之,成为新的森林之王。这个过程往复不已,确保了驻留在森林之王宝座上的始终是最年青有力者。弗雷泽针对这一古老习俗提出两个问题:第一,为什么新祭司必须杀死老祭司才能上任?第二,为什么要截取一段树枝即所谓的"金枝",才能获得与老祭司决斗的权利?这棵树究竟是什么树呢?为此,他搜集了大量人类学资料,研究了近东、中东、地中海一带的神话仪式和习俗,最后对上述两个问题做出了如下解答:森林之王是人格化的繁殖神。古代人从原始思维出发,相信森林之王的健壮(尤其是性能力)可以保证农业丰收和种族繁衍,他的年老体衰则会导致庄稼枯萎、种族不兴。因此,必须在他年老之前先把他杀死,由一更年轻力壮的新祭司取而代之。年轻奴隶在决斗之前必须截取的"金枝",据弗雷泽考证,是一种复活再生能力极强的植物——槲寄生。在万木萧疏的严冬里,唯独它还油然生在树桠之间。原始人认为这是树的灵魂走出体外,寄存在槲寄生上了。据近东、中东、地中海一带的民俗,每年冬天要把槲寄生砍来放在家里,据说能保证来年丰收(圣诞树的习俗恐怕也来源于类似信仰)。这样,上述罗马风俗的含义便清楚了:手持象征复活的槲寄生就等于胜券在握。

魏斯登女士《从仪式到传奇》一书中提到的圣杯传奇,我们已经在中世纪欧洲文学一章中提到过,圣杯据说是盛过耶稣鲜血的杯子,一说是耶稣吃最后的晚餐时用过的杯子,代表真理、道路和生命。骑士们将得到这个杯子视为平生最大的荣耀。但只有最勇武、最忠诚并保持了自己童贞的骑士才能得到。与圣杯传奇相关的是渔王传说。渔王与森林之王一样,也是人格化的繁殖神。渔王传说中讲到渔王受了重伤,丧失了性能力,导致他的国土荒芜。他坐在河边垂钓,等待骑士来解救。骑士经过长途跋涉,历经种种磨难后来到一座城堡,城堡的主人就是渔王。渔王要求骑士做一些不可能做到的事情。一般来说,骑士只能得到部分成功。当他第二天早上醒来时,发现城堡杳无踪影,渔王也不见了,荒芜的大地有一部分得到灌溉而繁荣起来。

《荒原》利用上述象征框架,构建了四个相关的象征性意象。"水",象征以性本能为代表的人类各种欲望,这是一个双重性意象,既是生命之活水又是带来死亡之洪水。"火",也是双重性意象,既象征情欲和性感,又象征地狱中的净火。"渔王"是繁殖神,象征性无能;"骑士"则象征迷失方向、寻求精神归宿的现代人。整首诗歌通过这些象征性意象或客观对应物暗示和引发特定的情感,表现诗人对一次世界大战后西方文明的反思。

全诗共分五个部分。《引子》点出两大动机:死亡与复活。古希腊巫女西比尔祈求宙斯给她永生,得到允诺。但她忘记同时向众神之王祈求青春和美貌,结果变成一个永生的难看的老太婆。她将自己吊在一个笼子里想自杀,因为死可能会带来复活青春的希望,永生而没有青春比死更加痛苦。

以下引文即围绕死亡与复活两大动机展开。

《死者葬仪》一开头令人震惊,使人费解:

> 四月是最残忍的一个月,荒地上
> 长着丁香,把回忆和欲望
> 掺和在一起,又让春雨
> 催促那些迟钝的的根芽。
> 冬天使我们温暖,大地
> 给助人遗忘的雪覆盖着,又叫
> 枯干的球根提供少许生命。

(赵萝蕤 译)

美好的四月为何变成了最残忍的一个月?这里的"我们"又是些什么人?

艾略特以此句开头可谓意味深长。熟悉西方文学传统的读者马上就会想起近代英国诗歌之父乔叟在《坎特伯雷故事集》里对四月的描述："当四月的甘霖淙淙,渗透三月干枯的树根……"两相比较,意趣截然不同。乔叟写的是中世纪后期"快乐的英格兰",人们信仰坚定,精神充实,在春天来临之际前去朝拜圣地;而艾略特在这里用的是反讽手法,以躺在地下的死者的口吻,说出对四月的感觉。"我们",指的是两种人,一种是前奥匈帝国贵族后代,他们在一战后随着奥匈帝国的解体而失去了昔日地位,只能靠回忆度日。另一种是指"眼睛只盯着自己脚下",每天早上九点准时走过伦敦桥去商业区上班的伦敦市民。诗人认为他们虽生犹死,犹如躺在地下的死者,已经丧失了复活的能力,只能靠回忆和欲望度日。诗中引用的几个片断——奥地利女王的侄女玛丽·希拉里伯爵夫人的回忆、现实中伦敦市民的世俗生活、但丁《地狱篇》中的诗句等,表面看来互不相干,内在意义上则互相对应、互为阐发,道出了死的内涵:悠闲的生活、浪漫的爱情和对神的信仰已经随着第一次世界大战而死去了。伦敦犹如但丁笔下的地狱,只是一个没有实体的"虚幻的城市"。

第二部分"弈棋",将有关诱惑和遗弃的文学典故及现实生活片断串联起来,以象征手法揭示了造成现代荒原的原因所在。其中包括:意大利剧作家托马斯·密特尔顿的剧本《弈棋》中贵族勾引女仆的故事;罗马诗人维吉尔《埃涅阿斯记》中埃涅阿斯抛弃狄多,致使后者自杀的爱情悲剧;圣经中撒旦引诱夏娃堕落的故事;奥维德《变形记》中有关斐洛眉拉被其姐夫强奸后割去舌头的典故;莎士比亚《哈姆雷特》中奥菲莉娅发疯的片断,以及艾略特女仆讲述的她的儿媳与别的男人鬼混的现实生活片断。在这些故事片断展开过程中,还不时穿插伦敦酒吧关门前催促客人的习语:"请快一点,时间到了!"暗示现代人出于一种时光短暂、青春不再的感觉,醉生梦死地寻求享乐。酒吧中熙熙攘攘的生活场面,与文学文本中的故事片断交织在一起,形成一种诗的张力,突出反映了现代人道德观的衰落和享乐主义风尚的盛行。

第三和第四部分"火的布道"和"水里的死亡",分别以"火"和"水"这两个象征符号为中心,反映了情欲和性感的毁灭性。诗人先以对比手法描写了发生在泰晤士河边的两种爱情。一种是现代式——女打字员下班后与小店伙计在办公室沙发上做爱。她在露水爱情结束后以机械的手抚平头发,在留声机上放一张唱片。唱片里的音乐"从我身边的水面上漂走",把读者带入古典式爱情——伊丽莎白女王与莱斯特爵士坐在快艇上谈论婚嫁问题,夕阳西下,船尾激起水花,形成一个金色的贝壳。由此,引入东西方两个苦行主义者的教导:佛向弟子布道,要他们认识到情欲的危害:"燃烧,燃烧";圣奥古斯丁向主忏悔:"主,你拔我出来,拔我出来。"

诗歌的最后一个部分是"雷霆所说的",在对荒原景象作了一番描述后,引入骑士寻找圣杯的传奇。诗人希望现代骑士出现,解救已沦为荒原的西方文明。但是骑士没有出现,诗人只得从西方转向东方,希望以东方哲学之雷雨来滋润西方干涸的荒原。恒河上空升起乌云,响起隆隆雷声,雷霆说了三个以 DA 结尾的梵文词:舍予、同情、克制。全诗最后出现了渔王的意象。他是丧失性能力的现代人的象征:

> 我坐在岸上垂钓,背后是那片干旱的平原
> 我应否至少把我的田地收拾好?
>
> 伦敦桥塌下来了塌下来了塌下来了
> 然后,他就隐身在炼他们的火里,
> 我什么时候才能像燕子——啊,燕子,燕子,
> 阿基坦的王子在塔楼里受到废黜
> 这些片断我用来支撑我的断垣残壁
> 那么我就照办吧。希罗尼母又发疯了。
> 舍己为人。同情。克制。
> 平安。平安
> 　　平安。

(赵萝蕤 译)

1948 年,瑞典皇家科学院鉴于艾略特"对当代诗歌作出的卓越贡献和所起的先锋作用",授予他诺贝尔文学奖。

象征主义的一个变种是英美意象派诗歌。这派诗人出于对维多利

亚时代多愁善感诗风的反拨,强调写一种清晰、精确、浓缩、具体的诗歌。在日本俳句和中国古典诗歌的影响下,他们主张通过意象来暗示自己的感觉和情感,不宣泄感情,不宣讲道理。意象派的主要成员有休姆、奥尔丁顿、弗林特、杜利特尔、洛威尔等,诗歌主将是埃兹拉·庞德(1885—1972),他对中国古典诗歌推崇有加,认为西方需要汉语象形文字的思考方式,把抽象的观念变成具体的意象,摆脱西方传统的逻辑思维方式,揭示事物存在的本真状态。庞德的《地铁车站》是一首典型的意象诗,全诗只有两个分句,运用了类似电影蒙太奇般的"意象叠加"手法:

> 这几张脸在人群中幻景般闪现;
> 湿漉漉的黑树枝上花瓣数点。
>
> (飞白 译)

从象征主义分化出来的另一个诗歌流派是俄罗斯(苏联)的"阿克梅派",主要代表有古米廖夫、戈罗杰茨基、曼德尔施塔姆和阿赫玛托娃等。"阿克梅"一词出自希腊语,有尖端、顶点、极致之意,也可引申为花朵、青春、最好的时刻。这个词用于文学艺术,则意味着"艺术真理的极致"。阿克梅派反对象征主义的朦胧神秘,主张以造型艺术般的鲜明清晰,细腻表现事物的肌理和人的情感活动;反对象征派沉醉于音乐和事物内在精神的表现手法,认为诗人不复是浪漫主义的先知或象征主义的"洞察者",而只是一种手艺人。阿克梅派的超政治态度无法适应十月革命后的形势,敏感的女诗人安娜·阿赫玛托娃(1889—1966)已经听到了"历史大溃退"的脚步声:

> 缪斯去了,踏着一条
> 秋天的、陡峭的羊肠小路,
> 一双黝黑的脚
> 沾满了大颗大颗的晨露。
>
> 我久久地向她恳求
> 和我一起等到冬天再走,

> 而她说:"你怎能在这里呼吸?
> 这里可是一座坟墓!"

(汪剑钊 译)

奥西普·艾米列耶维奇·曼德尔施塔姆(1891—1938)是阿克梅派中另一位重要诗人,曾被阿赫玛托娃称为该诗人团体中的"首席小提琴"。这个称号名副其实,因为曼德尔施塔姆的天才最直接的表现就是对诗赖以存在的基本元素——词——的敏感,在他看来,"词,就是音乐和面包",它喂养着饥饿的人们和时间;词又是灵魂,像灵魂选择肉体般选择着自己的表达对象。正是由于词和诗的存在,人类才拥有了自己的历史与文化。作为一名先知式的诗人,曼德尔施塔姆对世纪的灾难有着强烈的预感,他吟唱道:

> 我冻得浑身颤抖,——
> 我多想从此沉默!
> 而黄金在天空舞蹈,——
> 命令我放声高歌。

(汪剑钊 译)

一语成谶。1922年,随着古米廖夫身为"人民的敌人"倒在苏维埃政权行刑队的枪口下,阿克梅派停止了活动。

意大利的奥秘主义是象征主义派生出来的又一个诗歌流派,其诗以内向、奥秘而给人晦涩难解、深奥莫测的印象;用字简约,精心锤炼,其中含有暗示,但又像是神秘的符咒,似乎带有拒绝交流的封闭性。代表诗人是翁加雷蒂(1888—1970)、夸西莫多(1901—1968)和蒙塔莱(1896—1981)。后两位诗人分别于1959年和1975年获诺贝尔文学奖。夸西莫多的《转瞬即是夜晚》是奥秘主义的典型之作,以三行诗象征了人生的三部曲:

> 每个人孤立在大地心上
> 被一线阳光刺穿:
> 转瞬即是夜晚。

二 未来主义:速度与动力之美

1909年2月20日,意大利诗人、文艺理论家马里内蒂(1876—1944)在法国《费加罗报》上发表《未来主义宣言》,颂扬"速力的美""斗争的美",倡导都市化、工业化、高速化的新美学,宣告了一个新流派的诞生。随即以意大利为中心,未来主义迅速传播到俄、法、英、德等国,并席卷了绘画、音乐、戏剧、雕塑、舞蹈、电影、摄影等诸多领域。未来主义的主要代表有意大利的马里内蒂、俄国的马雅可夫斯基和法国的阿波利奈尔等。

未来主义认为,大规模的机器生产、科学、技术、交通和通讯的突飞猛进,使世界图景发生了变化;随着生活节奏的加快,人的感觉获得了更新,传统的时空观变得陈腐。按照未来主义的观点,一切新的都是好的,一切旧的都是坏的;艺术的使命应该是探索未知世界,面向未来,展示人的意识的冲动,反映新的社会现实和新的价值观念,致力于表达在"人变成机器""机器变成人"的时代,寻求一种未来的美,把文学变成现代生活的"动力学";调动一切艺术手段,集中表现运动中的人和物,赞美运动感、力感和立体风格。马里内蒂是机器和技术的歌者,也是强者和超人哲学的鼓吹者。在他眼中,机器的美比女人的美和微笑更富于魅力,战争、暴力和科学技术一样,是摧毁旧的传统,建立新的未来的最有效的手段。

阿波利奈尔(1880—1918)认为,真正的艺术不在于和过去的结合,而在于大胆地追求未来。他礼赞代表现代文明的"神圣的工厂","直冲向天的烟囱叫彩云怀孕"。马雅可夫斯基在诗中写道:"我赞美机器和英吉利。""我们把世界的传送带紧握在自己手里。"

未来主义者在诗歌语言上作了大胆革新。他们不刻意追求韵律,而喜欢用短促、跳跃的节奏来表现动力感,把音响、气味、色彩引入诗歌,着力模仿自然界原始粗俗的状态。此外,他们还推行所谓"印刷革命",用各种大小、颜色、形状的字体来表现自己对世界的感觉。马里内蒂在一首"诗"中如此描绘战斗:

战斗

重量+气味

正午 3/4 笛子 呻吟 暑天 咚咚 警报 咳嗽 破裂
喇叭 前进 叮呤呤 背包 枪支 马蹄 钉子 大炮 马鬃
轮子 辎重 犹太人 煎饺 面包—油 歌谣 小商店 臭气
光辉 脓 恶臭 肉桂 霉 涨潮 退潮 胡椒 格斗 污垢
旋风 桔树—花 印花 贫困 骰子 象棋 牌 茉莉+蔻仁+玫
瑰阿拉伯 花纹 镶嵌 兽尸 螫刺 恶劣 机关枪=石子+浪+。

(吕同六 译)

在这首"诗"中,语法规范被摧毁了,形容词、副词和标点符号被摒弃了,原形动词、谐声词、数学符号得到广泛的应用。与其说它是一首诗,不如说它是一封断码的电报。我们可以从中体会到马里内蒂想要与一切陈旧的文学形式决裂的决心。

阿波利奈尔试图在语言和图像之间建立起原始联系,首创了"图像诗"。在一本叫做《图像与花朵》的诗集中,诗人用诗句排列成各种图案,令阅读者产生"陌生化"的感觉。马雅可夫斯基则发明了一种富有强烈节奏感、适合于表现激情和力量的"楼梯诗"。

第一次世界大战的爆发无情地粉碎了未来主义的美梦,机器变成了杀人武器,人变成机器下的一堆肉,世界变得如此荒诞,一些作家和诗人不得不对现代性危机进行深刻的反思。未来主义流派自身也经历了分化瓦解。马雅可夫斯基积极投身俄国革命,成为歌颂共产主义的先锋诗人。阿波利奈尔参加第一次世界大战,结果头部负伤,做了开颅手术。他后来提出的"超现实主义"概念,激发了他的一些法国同胞的灵感。马里内蒂从1919起投入法西斯怀抱,成为墨索里尼的同伙,并于1942年随军入侵苏联。

在现代主义文学流派中,未来主义是个异数。它不但不反思现代性,反而对大都市、机器、速度等标志着现代性的事物或观念大唱赞歌。与它同时或在它之后出现的其他现代主义流派,则都在不同程度上,从不同角度出发,对现代性进行了反思和审美的批判。从这个意义上,我们似乎可以说,现代主义本身恰恰是"反现代"的。

三 表现主义:"挤压"与变形的艺术

从字源上看,"表现"一词原文为 express,press 意为挤压,前缀 ex 意为"外向的"或"向外的",内在的东西经挤压而外在化,这是一种完全现代的感觉。表现主义的基本理念是反对印象主义和自然主义,主张突破人的外在行为表现灵魂世界;突破事物表象而表现内在实质;突破对短暂现实或感受的抒写而表现永恒真理或理念。表现主义文学喜欢表现没有姓名、没有血肉、不具体的抽象人物,具有将人物符号化(如男人、女人、父亲、儿子、群众、个人等)的倾向;强调写内心活动、直觉和梦幻,采用内心独白、梦境、假面具等手段来表现人物的思想感情;表现主义小说情节突兀,前后缺乏联系,没有逻辑,不合常情;生与死、人与兽之间没有明确的界限。在语言上,把诗的语言和散文的语言交织在一起,创造一种不连贯的、简练的、电报式的语言。

表现主义首先从绘画开始,随后波及音乐、戏剧、诗歌、小说等领域。第一次世界大战以后,德国成为表现主义的中心,掀起一个颇有声势的文艺运动,到 1920 年代,影响遍及奥、俄、美、北欧诸国。就文学领域来说,表现主义成就最大的是戏剧和小说。戏剧方面的代表作家有瑞典的斯特林堡(1849—1912)、德国的恩斯特·托勒(1893—1939)、美国的尤金·奥尼尔(1888—1953)、捷克的恰贝克等;诗歌方面有德国的盖奥尔格(1878—1945)等;小说方面有奥地利的卡夫卡等。

法兰兹·卡夫卡是西方现代派中影响最大的一位作家。西方评论家称他为"本世纪(20 世纪)最优秀的作家之一",认为"他与我们时代的关系,最近似但丁、莎士比亚、歌德与他们时代的关系"。

在 1911 年的一篇日记中,卡夫卡这样写道:"我的名字叫卡夫卡,这是希伯来语,它的意思是穴鸟。"一些评论家认为,穴鸟的形象对于卡夫卡的性格及其生活方式有着一种暗示作用:像一只受惊的小动物,自掘一条蜿蜒的甬道,以遁避世俗的伤害。他的短篇小说《地洞》中的主人公说,"洞穴最可爱的地方在于它的安静"。我们不妨说,文学创作就是卡夫卡为自己挖掘的拯救自我的甬道或洞穴。

卡夫卡生活的时代正值延续了八百年之久的哈布斯堡王朝统治下的奥匈帝国行将崩溃。用恩格斯的话来说,"这个帝国始终是德意志一个最反动、最厌恶现代潮流的邦"。它与沙皇俄国和普鲁士结成反动同盟,对外侵略成性,对内反对民主共和,实行家长式封建统治。卡夫卡的家庭似乎就是奥匈帝国的一个缩影。卡夫卡的父亲是布拉格的一个犹太商人,体格健壮,性情强悍,专制有如暴君。小法兰兹则体弱敏感、性情温和,在父亲的威权下,他的心灵从小就受到摧残,产生"无穷尽的负疚感"。1919年,36岁的卡夫卡曾写下长达25页的《致父亲的信》,对不平等的父子关系给他心理投下的阴影作了淋漓尽致的描述。不过,最终他还是没有胆量或勇气将这封信呈示给他父亲。

国家和家庭双重的暴君压迫,使青年卡夫卡透不过气来。令人窒息的环境促使他的性格内向发展。精神能量的积聚与日俱增,急欲以文学的形式表达出来。卡夫卡说:"我头脑里有个庞大的世界。但是如何解放自己,并且解放它们而又不使它撕裂?与其让它在我身上受压抑或埋葬,还不如让它撕裂一千次。"

父亲的意志和家庭的责任迫使他只能把文学创作作为一种业余生活。他大学毕业后进了一家工伤保险公司当职员,过上一种双重生活:白天从事保险业务,晚上从事文学创作;白天为家庭、国家生存,晚上实现自我价值。他在1911年3月18日的日记中这样写道:"外表上,我在办公室里满意地克尽职责,但并没有克尽内心职责,而每一件没有完成的内心职责都在我心中变成了一种永存的不幸。"

为了从事文学创作,他订婚三次都未成婚,怕结婚后会有更大的家庭义务,更不能完成他心爱的、视之为生命的文学创作。卡夫卡的创作态度极为严肃认真,他从不把创作视为换取名利的手段,也不仅仅把它作为表达思想的工具,而是当做生存的一部分,甚至生存本身。在他生命短暂的41个年头中,卡夫卡留下了不下300万字的著作,包括大量的书信、日记、笔记等。他在生前曾立下遗嘱,要他的朋友马克斯·勃罗德"无一例外"地将他的所有作品烧毁,幸亏后者违背了作家的遗愿,将它们全部保留下来并编辑出版,我们才没有与一个世界一流的作家失之交臂。1940年代后法国哲学家萨特、加缪等在卡夫卡的作品中发现了存在主义色彩而对之大加褒扬。1950年代后,西方文学界形成了"卡夫卡热"。1963年在卡夫卡家乡布拉格召开了首届卡夫卡国际学术讨论会,卡夫卡作为西方经典作家的地位因此确立。

卡夫卡的作品展现了一个独特的世界,一个合乎理性却又反常的世界。在那里,反常的情境往往通过合乎理性的方式表现出来。现实与梦幻、理性与荒诞交织在一起,给人一种扑朔迷离,有时甚至是阴森恐怖的感觉。卡夫卡作品中都是些奇形怪状的人物,他们在精神上十分孤独,又十分渴望加入公众生活,消除孤独感,为此,他们进行了艰苦卓绝的探索和奋斗,但这些探索和奋斗最终都以他们的失败而告终,世界仍在远处显示着它那神秘、冷漠而不可亲近的面孔。一位西方批评家说,卡夫卡作品里"最基本的经验就是孤独。他的人物总是孤立无援地处在一个冷酷无情的社会里;他们的悲惨境地是'人'囚禁在一个无法上诉的世界的象征"。

而上述这一切,卡夫卡又是以极端客观、冷静、不动声色的笔调,用法律般准确、科学般清晰的语言描写出来的。他的叙事手法的基本特点是细节的真实和总体的荒诞。作品中的人物和情节在现实世界与虚构世界之间自由穿行,小说叙述者与主人公时分时合,互相转化。卡夫卡既是自己创造的世界中的一个角色和核心人物,同时又是一个旁观者和边缘人物。他把自己摆进作品,又把自己当做毫不相干的人来加以观察。这样,使读者既产生一种身历其境的幻觉和恐怖感,又庆幸自己不属于这个世界。解读卡夫卡的作品犹如穿越迷宫。错综复杂的甬道、支路、小径常常会使读者迷失方向,每个人从自己的阅历和视角出发可以得出不同的结论,没有一种观点能自诩为唯一标准。可能的正确答案存在于不同视角与观点互相交织的中间地带。

《审判》(1914)写无辜的银行职员K的命运。一天早上,他醒来时忽然发现自己房间里来了两个黑衣人,宣布他为罪犯。他既没有被逮捕,也没有被审问,还像平时一样照常上班、生活,然而内心的罪感却挥之不去,渗透了整个灵魂。渐渐地,他从自感无罪、竭力争辩,到自觉有罪,心安理得地服从审判。这是一个可怕的过程。小说最后,在一个黑夜,两个黑衣人再次出现,将他带到街边墙角,他感觉自己像一只苍蝇粘在苍蝇纸上,无法挣脱,最后"像一条狗般"被处死。

如果仅从社会学意义上来解读,我们可以说,这个小说对奥匈帝国官僚制度的腐败本质和草菅人命的暴行作了深刻的揭露和批判。但西方一些批评家从神学角度出发,认为小说中的审判是上帝对人的审判,而不是人间的审判。上帝的审判在人看来是神秘的、非理性的,因为它遵循的是天国的律令,不是尘世的律令,两者不可通约。前者虽然从人的角度来看是荒谬的,但人只能无条件服从。就像《圣经·旧约》中耶和华要亚伯拉罕献出他的独生子以撒作为祭品一样,亚伯拉罕自觉服从,没有一点反抗。还有一种看法认为,这里的审判指的是主人公的内心历程。正如卡夫卡本人在日记中所说:"不断运动的生活纽带把我们拖向某个地方,至于拖向哪里,我们自己是不得而知的。我们就像物品物件,而不像活人。"现代社会中人的生存状态就是如此。

《城堡》(1922—1926)是一部典型的卡夫卡小说。主人公 K 是一个土地测量员,奉命进入城堡工作。城堡就矗立在前面的小山上,但道路曲折迂回,无法进入。K 为了进入城堡,历经一系列艰难的探索奋斗,最终还是无法如愿。

显然,城堡是一个象征。它究竟象征什么呢? 从社会学角度看,我们可以说,城堡象征庞大的官僚机器。按照英国社会学家帕金森提出的"帕金森定律",官僚制度的一大特点就是它会不断衍生、不断自我复制,就像一个不断上升的金字塔。在这个制度下,堆积如山的公文案牍、自相矛盾的法律条文、互相推诿的办事官员,往往会使 K 那样的平民百姓掌握不了自己的命运,就连起码的生存条件,如获得职业、户口、安居乐业的要求都无法达到。从卡夫卡这个名词衍生出的一个形容词——"卡夫卡斯克"(kafkasque)——成为官僚主义的代名词。任何时候任何情况下,你都有可能碰到"卡夫卡斯克",像 K 那样,明明看到自己想达到的目标(从申报户口到升迁职位)就在眼前,可就是无法接近它。

从哲学角度看,我们也可以把城堡看作一个异化的世界,K 则是现代人的代表。他的生存由居住在城堡中的神秘力量控制。他在一个异化的世界中找不到自己在生活中的位置,进退维谷,类似但丁《地狱篇》

中处在"林勃"状态的幽灵——由于生在基督诞生之前,他们既不能上天堂,也不会进地狱,处在一种永恒的悬置状态。

考虑到卡夫卡的特殊身份,我们还可以从文化学角度进行解读,将《城堡》看作一个寻求家园而不得的"边缘人"或"局外人"的寓言式表达。一位德国批评家这样评述卡夫卡的生存状态:"作为犹太人,他在基督徒中不是自己人。作为不入帮会的犹太人(他最初的确是这样),他在犹太人当中不是自己人。作为说德语的人,他不完全属于奥地利人,作为劳工保险公司的职员,他不完全属于资产者。作为资产者的儿子,他不完全属于劳动者,但他也不是公务员,因为他觉得自己是作家。但就作家来说,他也不是,因为他把精力花在家庭方面,'而在自己的家庭里,我比陌生人还要陌生'。"

也有一些批评家注意到作家与其父亲的特殊关系,试图从心理学角度解读这个小说,将城堡看做父亲形象的投射,看作权威、力量和传统的象征,而 K 则是卡夫卡本人的心理投射。他对父亲始终怀着一种既恐惧又崇拜的心理。在父亲面前,他永远感到自己是渺小的、无力的、无价值的。儿子进不了父亲的世界。两代人永远无法沟通。正如卡夫卡在他那封终于没敢发出的《致父亲的信》中所写:"我写的书都与您有关,我在书里无非是倾诉了我当着您的面无法倾诉的话。"人间的父子关系也可上升为抽象的神—人关系。从这个角度看,小说又可视为一部现代的《天路历程》。城堡如同永恒的上帝,无所不在而又始终不露面,是非理性的存在,以 K 为代表的人的理性则永远无法企及他。

《城堡》是一部没有完成的小说,也许,卡夫卡是有意为之。因为,无论写多少章节,K 都永远无法进入城堡。对于现代读者来说,《城堡》本身也是一个无法进入的城堡。无论读多少遍,都无法穷尽它的意义。

《变形记》(1912)是又一个现代寓言或现代神话。旅行推销员格里高尔一早醒来,发现自己变成了一个其大无比的甲虫(一位学者认定,这是一只屎克朗即粪球虫),他的生活和命运一下子全改变了。卡夫卡以细致入微的笔触描写了主人公由人变形为虫的三个阶段。在第一个阶段,格里高尔的身体虽然变成了虫子,但他仍保持着人的感觉、思维,没有放弃人生责任。他一心想的是要赶早上七点钟的火车出差。之后,随着身体感觉的变化,他开始放弃人生责任,自由自在地爬行于天花板、墙壁和沙发角落,享受"生命中不能承受之轻"(借自昆德拉的小说名),但仍未放弃介入家庭生活和公众生活的愿望。

格里高尔身上隐含着《城堡》主人公 K 的影子。就像 K 试图进入城堡那样,变形为虫子的格里高尔竭力想进入人的空间,为此进行了一次又一次艰苦卓绝的努力。但正如 K 始终只能徘徊于城堡的外围,不能进入城堡一样,格里高尔也永远被放逐于家庭生活的空间之外,只能透过门缝,倾听妹妹的小提琴声,看母亲在灯光下打毛衣,父亲在灯光下读报,打瞌睡……

最后,由于格里高尔不合时宜的出现,惊走了家里的三个房客,恼怒的父亲向他掷了一个苹果,击中了他的身体。深深嵌入他体内的果核,不但使他生理上蒙受痛苦,更使他心理上倍感创伤。这个虫形人彻底放弃了介入家庭和公众生活的愿望,最后干瘪而死。按照纳博科夫的说法,格里高尔的家庭成员都是附在他身上的寄生虫。格里高尔是虫形人,他的家人则是人形虫。起先,全家人的生活都依靠他,喜爱小提琴的妹妹也指望哥哥能供她上音乐学院。但是,随着格里高尔作为人的劳动能力的丧失,全家人对他的态度也起了明显的变化。小说最后,虫形人格里高尔终于死去,人形虫们松了一口气,准备出去郊游,这正是春天,是自然界的虫子结束冬眠、蠢蠢欲动的季节。

《变形记》《审判》和《城堡》这三个典型的卡夫卡小说,其文本之间形成一种互文关系,可以互相对照着来读。《变形记》《审判》写的是同一种生存状况:主人公一觉醒来,发现自己的生活发生了某种灾难性的变化,正常的生活节奏和逻辑被打乱了;他们不得不从人类生活的世界退出,遁入非正常的地下世界,并为重返人类世界而奋斗,结果均以失败告终。《城堡》和《审判》的主题也互补对称。首先,主人公的名字都叫 K(卡夫卡本人姓名的缩写);其次,他们都受到一个神秘当局的迫害或摒弃。《审判》中的主人公受到一个看不见的当局的迫害,《城堡》中的主人公则受到神秘莫测的当局的抛弃。约瑟夫·K 躲藏、逃跑,但无济于事,最后仍被处决;K 强求、进攻,依然无法进入神秘的城堡。这三部小说表现的是同一个主题,即现代社会中人与社会、他人、自我及生存环境脱节的"异化"状况。

四 意识流小说：时间与叙事

在表现主义作家力图突破人的外在行为，"挤压"出人的灵魂中内在的痛苦和渴求的同时，另一些欧美作家展开了对人类深层次心理的探索，试图解开意识/无意识的流动之谜。这在很大程度上要归功于19世纪末以来心理科学的发展。1884年，美国心理学家威廉·詹姆斯在一篇题为《论内省心理学的几个问题》的论文中首先提出了"意识流"这个概念，后来又在《心理学原理》(1890)一书中进一步加以发挥。按照他的说法，人类的思维活动是一股斩不断切不开的"流"。他说："意识并不是片断的衔接，而是不断流动着的。用一条'河'或者一股'流水'的比喻来表达它是最自然的了。此后，我们再说起它的时候，就把它叫作思想流、意识流或主观生活之流吧。"人类的意识既然被比喻为河水或流水，那么必然就会有主流、支流、潜流之分，流速也会有缓急、快慢之别，中间可能还会有变化多端、错综复杂的旋涡或涡流。

不过，威廉·詹姆斯发明的"意识流"这个概念容易给人造成误解，似乎指人的心理活动是有意识的，实际上，现代心理学和语言学的研究表明，人类的思维大致可分为三个阶段：前语言的无意识、介于清醒与昏睡状态的最初意识，以及能够用语言表达的意识。所谓意识流指的是前两个阶段。意识流作家们普遍认为，前语言的无意识或最初意识才真正代表了一个人的心灵的客观真实，至于可以用语言明确表达的意识，则已经经过了理性的提炼和筛选，失去其真实性了。

与意识流相关的另一个重要概念是"心理时间"，这是亨利·柏格森(1859—1941)提出的。这位法国哲学家从他的生命哲学出发，认为生命存在的标志就是意识的绵延。"真实存在于意识不可分割的波动之中"，"时间的延续不是一个瞬间代替另外一个瞬间，而是过去不断地前进，吞噬着未来，并在前进中不断地充实自己"。要弄清"心理时间"这个概念，我们可以将它与"物理时间"作一比较。物理时间是用空间的概念来认识时间，即把时间看作各个时刻依次延伸的、表现宽度的数量概念，我们钟表上的刻度就是物理时间的表征。而心理时间则是各个时刻相互渗透、表示强度的质量概念。我们越是进入意识的深处,心理时间的概念就越适用。有时我们会感到时间特别漫长(比如在等待约会的时候),有时则会感觉时间过得特别快(比如在约会中),所以我们才会发明诸如"快乐""度日如年"之类的词语,以表征生命对时间的主观体验。

19世纪末20世纪初,上述心理学和哲学的观念被一些侧重描写人物内心生活的作家所吸收,他们开始用意识流方法写作,逐渐形成了一个独立的文学流派。1887年法国小说家艾杜阿·杜夏丹(1861—1949)在其小说《月桂树被砍掉了》中,最早使用内心独白的手法,为意识流小说开了先声。此后,出现了一批运用意识流手法写作的作家,他们中有:法国的马赛尔·普鲁斯特、爱尔兰的詹姆斯·乔伊斯、英国的维吉尼亚·伍尔夫、美国的威廉·福克纳等;此外属于"迷惘的一代"的海明威,在他的《乞力马扎罗山的雪》等作品中也运用了意识流手法。1940年代后,由于意识流技巧已为许多不同创作倾向的作家所采用,目前已不存在独立的意识流派别。当代西方许多文学流派如新小说派等,都采用了意识流的手法和技巧。

从叙事学角度来看,意识流小说对传统小说的叙事手法提出了多方面的挑战。首先,"全知型叙述者"退出了小说,取而代之的是小说中人物的内在视角和内心独白。从某种意义上看,意识流作家笔下的内心独白类似弗洛伊德治疗精神病人时发明的"自由谈话法",即让病人躺在安乐椅上,在心理医生的暗示和催眠下进入完全放松的状态,通过喃喃自语说出自己平时不愿说、不能说、不敢说的心里话或梦境,从而释放出被压抑的心理能量。

与此同时,传统小说中有着丰满的血肉和性格的典型人物也退出,取而代之的是无社会背景、性格特征、身世遭际的"主观生活之流"。人物意识的流动一旦成为小说结构的主要依据,就必然打乱以时间的推移为线索的连贯的情节结构,使过去、未来和现在彼此颠倒、互相渗透,叙述手法显得突兀多变,带有很大的随意性和跳跃性。

比如英国意识流小说家维吉尼亚·伍尔夫(1882—1941)的短篇小说《墙上的斑点》,就是用自由联想的手法写成的。作家"力图按照那无数的印象原子坠入人们头脑的本来次序去记录它们","尽量不掺杂外来的异物"。女主人公坐在沙发上,看到墙上有个黑色的斑点。它究竟是什么呢?是凸出的还是凹陷的?是以前的房客挂过画的钉子,还是一个小洞孔?女主人公由此发挥自由联想,从房客想到搬家,从搬家想到人生的无常,进而想到莎士比亚,渐渐进入无意识深层,仿佛漂流在汹涌的大海上的一块木板,随着无意识的波动而波动,浮想联翩,神思飞扬。最后出外买报的女仆回来才发现,墙上的斑点原来是一只蜗牛。如果我们囿于传统观念,认为只有那些反映社会现象、塑造典型性格的作品才是好作品,那么这部小说似乎不符合这个标准,因为它只是记录了意识流动的过程,淡化了社会背景和人物形象。但从人类认识自己的内心世界的角度来看,意识流小说无疑给我们展开了一个新的视野;包括伍尔夫在内的许多现代派作家也试图借助意识流手法探索一些更为严肃、深刻的主题。

马赛尔·普鲁斯特(1871—1922)是意识流小说的奠基者。他的代表作《追忆似水年华》(直译为《追寻失去的时间》,1913—1917)开创了20世纪心理小说的崭新的艺术风格,成为法国小说由传统派向现代派过渡的一座桥梁。法国批评家安德烈·莫洛亚在《追忆似水年华》序言中把普鲁斯特与巴尔扎克相比,认为他的作品像巴尔扎克一样规模宏大;区别在于,《人间喜剧》的作者把外部世界作为自己的领地,相反,普鲁斯特把内心世界作为自己的领地,实行了一场"逆向的哥白尼式革命"——"人的精神重新又被安置在天地的中心;小说的目标变成描写为精神所反映和歪曲的世界"。

普鲁斯特出生于法国巴黎一个富裕的资产阶级家庭,父亲曾任第三共和国卫生总监,母亲是犹太血统,与巴黎犹太商人交往甚密。他从小过着养尊处优的生活,生性敏感,从9岁起就是一个哮喘病人。这个病时时发作,拖累终生。他的一位友人为我们保存了对他的生活环境的回忆——"……房间衬上软木,以免听到外界的喧闹;窗扉总是紧闭,以阻止林荫路上的栗树不易觉察的有害气体进入,防止烟熏散发出令人窒息的气味;毛衣要先在火上烤得滚烫才穿,以至他的毛衣都如被子弹打穿了的古老军旗一般扯成了碎片……"他几乎一直卧病在床,却在封闭的卧室中进入人类神秘的无意识领域,把他的作品写满了20个笔记本。

《追忆似水年华》是一部与传统长篇小说迥然不同的作品,如德国批评家本雅明所说,它来自"一种不可思议的综合,把神秘主义者的凝聚力、散文大师的技巧、讽刺家的锋芒、学者的博闻强记和偏执狂的自我意识熔于一炉"。这部小说既像回忆录,又不完全是回忆;既有对社会世态的描写,又是一份自我探索的记录。全书以"我"这个叙述者为主体,将其所见所闻、所感所想交叉融合为一体。呈现在读者面前的不仅仅是一个多姿多态的外部世界,更是叙述者多姿多态的内部世界,一个自我追求、自我探索、自我认识的漫长过程。

全书包括七部小说:《在斯万家那边》《在少女们身旁》《盖尔芒特家那边》《索多姆和戈摩尔》《女囚》《女逃亡者》《重现的时光》。全书在表层结构下隐藏着深层的内在结构。作家把主人公的自在性意识当做全书建构的基点,使之成为文本宇宙的中心,犹如哥白尼心目中永恒、不变的太阳。整个小说是个生命圈,其中每一部又是一个生命圈。七部小说犹如七大行星围绕着主人公的自在意识这个太阳运动,形成七个不同的圆形轨迹。这样,《追忆似水年华》就建立了一种区别于传统小说或回忆录的线性结构或框形结构,完全是一种以心理时间为思维轨迹的圆周形的环状结构,富有立体感和动态感。

按照莫洛亚的说法,普鲁斯特的独特之处在于回忆过去的方式。一般回忆过去的方式大致有两种。一是在理智中回忆过去,立足于现在,努力重现造成现在的各种状况;二是根据资料(如照片、日记、书信等)使过去重现。这两种方式都按照编年顺序,具有明显的时间连续性特征。然而,普鲁斯特独特的回忆过去的方式则是非线性的跳跃式的,通过"无意的记忆来回忆",即通过现时的感受与某一回忆的巧合而产生无意的记忆,从而找回失去的一段时间。普鲁斯特说:"我的书完全起源于对某种特殊感觉的运用……这种特殊感觉类似于一台望远镜,是以时间为目标的;因为望远镜使肉眼看不清楚的星星变得清晰,而且我还尝试去清楚地认识那些下意识的现象,这些现象完全被遗忘了,有时在时间上已经变得非常遥远了。"第一部第一章开头不久,作家写道:

> 这已经是很多很多年前的事了,除了同我上床睡觉有关的一些情节和环境外,贡布雷的其他往事对我来说早已化为乌有。可是有

一年冬天，我回到家里，母亲见我冷成那样，便劝我喝点茶暖暖身子。而我平时是不喝茶的，所以我先说不喝，后来不知怎么又改变了主意。母亲着人拿来一块点心，是那种又矮又胖名叫"小玛德莱娜"的点心，看来像是用扇贝壳那样的点心模子做的。那天天色阴沉，而且第二天也不见得会晴朗，我的心情很压抑，无意中舀了一勺茶送到嘴边。起先我已掰了一块"小玛德莱娜"放进茶水准备泡软后食用。带着点心渣的那一勺茶碰到我的上腭，顿时使我浑身一震，我注意到我身上发生了非同小可的变化。一种舒坦的快感传遍全身，我感到超尘脱俗，却不知出自何因。我只觉得人生一世，荣辱得失都清淡如水，背时遭劫亦无甚大碍，所谓人生短促，不过是一时幻觉；那情形好比恋爱发生的作用，它以一种可贵的精神充实了我。也许，这感觉并非来自外界，它本来就是我自己。我不再感到平庸、猥琐、凡俗。这股强烈的快感是从哪里涌出来的？我感到它同茶水和点心的滋味有关，但它又远远超出滋味，肯定同味觉的性质不一样。那么，它从何而来？又意味着什么？哪里才能领受到它？

……我放下茶杯，转向我的内心。只有我的心才能发现事实真相。可是如何寻找？我毫无把握，总觉得心力不逮；这颗心既是探索者，又是它应该探索的场地，而它使尽全身解数都将无济于事。探索吗？又不仅仅是探索：还得创造。这颗心灵面临着某些还不存在的东西，只有它才能使这些东西成为现实，并把它们引进光明中来。

（桂裕芳 译）

从"小玛德莱娜"的味道，主人公回忆起童年时在贡布雷老家度过的日子，当时他每天早上都要到姑母房间去请安，而姑母总会给他吃泡在茶水里的"小玛德莱娜"点心。通过"小玛德莱娜"点心这个中介，现在和过去联结起来，一段失去的时间被追回了。随着更多的记忆的复苏，更多的往昔岁月浮出水面，失去的天堂渐渐恢复、重现并趋于完整。在追寻时间的过程中，作家也追寻着"本质的自我"，最终找到了作为一个整体的自我和生命存在的意义。

为什么这种回忆方式有如此强大的力量？普鲁斯特说："记忆中的

形象,由于感受不强烈找不到支撑点时,一般说来,是转瞬即逝的;而在这种时刻,记忆中的形象从现时的感受中找到了支撑点。"现代心理学的研究成果表明,人的视、听、触、味、嗅等五种感觉集中在大脑皮层中的同一区域。所以,人对外界的感知常常是几种感觉同时参与的。人的基本情感也在那里发生。因此,一种感觉被唤醒,就能同时激活其他感觉,从而复活沉淀在大脑皮层深处的相关情感印痕。在《追忆似水年华》中,我们看到,作家的往昔生活画面都是用类似品尝"小玛德莱娜"点心的追忆方式得以复活的。现时的感受引出对往事的回忆,带回一段逝去的时间——斯万家断裂的石阶将他带回到青年时代脚踩在圣马可教堂台阶上的感觉;手摸到某个旅馆粗硬的毛巾,使他回想起海滨浴场上用过的同样的毛巾,勾出一段已逝的爱情;斯万家的门铃声将他带回贡布雷老家花园的铃声,引出一段童年往事……

一个小说家是否伟大的标志是他创造人物的本领和改变我们对生活的看法的能力。普鲁斯特通过他的独特的追忆方式做到了这一点。他似乎想告诉我们,生活,我们所过的生活没有任何重要意义,只不过是逝去的时光而已。只有艺术的形式才能使之固定和永久。唯一真实的乐园是人们失去的乐园,唯一幸福的岁月是失去的岁月。而艺术之所以为艺术,并不在于它所描述对象本身的意义,而在于作家对这事件的感受。因为,现实世界中的人物和事件只有内化为人的主观印象才能说是真实的。同样的人物和事件在每个人心中留下的主观印象,其强度和深度是千差万别的。因而不存在一个对任何人来说都同样的外部世界。能否活生生地把握住过去的往事和形象,是能否在这个机械和分工时代有意义地生存的关键。"哪怕是微不足道的,毫无意义的东西,只要被感受到并得到再创造,就再也不是微不足道了的,就能成为整个生活,成为艺术。"

从这个角度看,我们可以说,普鲁斯特通过他的小说表现出来的是一种"主观真实论"。它是对传统再现论和反映论的一大突破,为文学转向内心世界开拓了一条新的道路。正是在这个意义上,他被称为现代主义文学的大师。

差不多就在普鲁斯特创作《追忆似水年华》的同时,另一部意识流文学的经典作品《尤利西斯》正在爱尔兰作家詹姆斯·乔伊斯(1882—

1941)睿智的头脑中孕育,并逐渐成形。1918年,美国《小评论》杂志开始连载这部小说。1922年,比奇的莎士比亚书局出版了《尤利西斯》。

《尤利西斯》(1922)的书名从荷马史诗《奥德赛》主人公奥德修斯的拉丁名变化而来。小说借助荷马史诗中的英雄远涉重洋,克服种种艰难险阻,最后重返家园的故事框架,叙述了主人公布鲁姆1904年6月16日从早晨8点至午夜2点之间在都柏林街头踯躅的经历,象征性地展示了"现代英雄"归家途中竭力躲避或努力征服的障碍和灾难。全书共18章,每一章描述一个小时内发生的事情,同时又和荷马史诗中的某一章节相对应。三个现代都柏林人的意识流,与荷马史诗中的主要人物一一对应。

布鲁姆(对应奥德修斯)是一个犹太广告经纪人,穷困潦倒,懦弱无能,由于儿子早夭,自身又丧失性功能,妻子莫莉有外遇也不敢过问。他一天的生活平庸琐碎:起床,买猪腰子,做早点,排泄(兼看报),在街上游荡,兜揽广告生意;龟缩在小酒店里喝酒,痛苦地想象妻子与别人偷情的情景;有时也在猥亵庸俗之中寻找一丝快意,如用假名写信与女打字员调情,洗蒸汽澡时在池中自窥自娱,在海边听三位少女在岩石上聊天,与其中一位交换纵情寻欢的目光。不过,猥琐、庸俗的布鲁姆也有正义和仁慈的一面。作为一个从匈牙利来到爱尔兰落户的犹太人后裔,他不屈服于受人欺凌侮辱,情不自禁卷入到一场为犹太人辩护的政治辩论中去,结果受人攻击,差点挨打。午夜时分他在都柏林红灯区尾随喝醉酒的年轻人斯蒂芬,帮助他摆脱了老鸨的敲诈,又避开了两个大兵的纠缠和殴打。从斯蒂芬身上,布鲁姆感受到了重新找到儿子的精神慰藉。

斯蒂芬·达德路斯(对应奥德修斯之子特勒马科斯)大学毕业不久,刚当上中学历史教员。他性格内向敏感,富有艺术天分,因无法实现自己的理想而对现实不满,整天处于懊丧无奈与无聊之中。同时又因自幼有"恋母情结"而对亡父有内疚之感,一直寻找着精神上的父亲。这一天斯蒂芬上完课,无所事事,踯躅街头,思绪飘忽,渴望找到一位可以依托自己精神的父亲。晚上他喝醉酒,来到妓院,被两个士兵殴打,不省人事。后来被布鲁姆救起。从后者身上,他感到了那种他长期向往和追寻的父爱。

布鲁姆之妻莫莉(对应奥德修斯之妻佩涅洛帕)是一名歌唱家,轻佻放荡,充满炽烈的情欲,完全被动物性本能所支配。丈夫的无能和生活的平淡,促使她从婚外情中寻求空虚的精神和灵魂的安慰。终日沉溺于官能享乐之中的莫莉,听丈夫说斯蒂芬将加入他们的生活后,朦胧中感到一种母性的满足和对青年男子的情欲意识。睡意朦胧的脑海中浮现出早年的情人和父亲,以及自己与丈夫当年热恋的情景,想起现在的情人和将要住到家中来的斯蒂芬,充满了情欲的冲动和喜悦。

全书围绕上述三个人物混乱的意识流展开,表现了一个无聊、平庸、病态的都柏林小市民世界。全书有意用荷马史诗《奥德赛》来称呼,形成一种反讽:古希腊坚毅勇敢的部族英雄奥德修斯在海上的种种历险,变成了现代小市民布鲁姆在都柏林街巷中无所事事的漫步。古希腊英气勃勃的少年英雄、奥德修斯之子特勒马科斯,置换为空虚无聊、成天逛荡并在酗酒、嫖妓、打斗中寻找刺激的现代青年斯蒂芬。古希腊坚贞贤良、忠于丈夫的王后佩涅洛帕则让位给了轻佻放荡、耽于肉欲的现代妻子莫莉。布鲁姆把斯蒂芬想象成儿子,斯蒂芬找到了精神上的父亲,莫莉在朦胧中得到了母性和男色的双重满足,构成了庸人主义、虚无主义和享乐主义的三结合。作家以此表明西方现代社会之腐败和人性的堕落,展示了趋于沉沦衰亡中的爱尔兰的整个历史及广阔的现实生活画面。

从文体形式上看,《尤利西斯》是一部具有创造性的经典巨著,它摒弃了以人物、情节和故事为要素的传统小说结构,开创了以内心独白为基本框架的新形式。小说将外部世界丰富多彩的现象反映在人物的意识屏幕上,着重描述瞬息万变的意识流和无意识活动,采用时间交错和跳跃式联想等手法,以突出无意识、潜意识活动之繁复、错杂和紊乱。小说运用怪僻奇特的新词、双关语、外来语、非常用句读,有些地方甚至不用标点符号,用声音表现印象。小说第8章写布鲁姆在饭馆吃午饭,作者对主人公的意识流的描写采用的是模仿胃肠蠕动声音节奏的文体。第14章戏仿英国散文发展史上从古爱尔兰语和拉丁语的混合,到最早的盎格鲁—撒克逊文体,直到近现代的各种文体,语义模糊,句式混乱,以象征婴儿从胚胎到娩出的全过程。第18章写布鲁姆的妻子莫莉睡意朦胧的意识流独白,长达四十多页,没有一个标点符号。瑞士心理学家卡尔·荣格看完该书后写信给乔伊斯,将这一段称为"心理学的精华",并说"我想只有魔鬼的祖母才会把一个女人的心理捉摸得那么透"。这

里节选其中一小段,以见其风格之一斑:

> ……一刻钟了这是什么倒霉的时辰哪我估摸着在中国那边人们正在起床要梳他们的长辫子开始过一天的生活了吧我们这边修女们也快要敲晨祷钟了没人会进去打搅她们的好觉除非个把教士去做夜课鸡叫的时候隔壁的闹钟咔哒咔哒地真闹得慌就像要把它自个儿的脑子闹出来似的一二三四五我试试看能不能眠一会儿他们设计的这些算什么花儿啊就跟星星差不多隆巴德街的那糊墙纸就好了他给我那条围裙上的花样就有点像什么不过我就围了两回最好把这灯弄低点儿再试着睡睡这样可以早点儿起来我要到芬勒特食品店旁边的兰姆花店去一下叫他们给我们送点花来呢不对不对星期五是不吉利的日子首先我得把家里收拾收拾……

(金隄 译)

《尤利西斯》的风格晦涩、艰深,令一般读者望而却步,但一个多世纪来,它始终吸引着全世界那些乐于智力探险的乔伊斯迷们。《尤利西斯》中写到的 6 月 16 日已被命名为"布鲁姆日"。每年的这一天,世界各国的学者都要举行各种学术活动,纪念这位伟大的作家;来自全球各地的乔伊斯迷们也会聚集到作家的故乡都柏林,沿着小说主人公布鲁姆走过的大街小巷漫游狂欢,感受一番小说中写到的那个已经消逝的时代的氛围。

乔伊斯是 20 世纪西方最重要、最有影响也是引发争论最多的小说家之一。他的创作经历了从现实主义(《都柏林人》)、现代主义(《尤利西斯》)到后现代主义(《芬尼根的守灵夜》)三个阶段。一个多世纪以来,围绕他的争论始终没有停息过。《尤利西斯》也多次被当局以"有伤风化"之名查禁。但无论如何,没有一个论者能够否认他对西方现代主义文学的巨大影响。1982 年,在纪念乔伊斯诞辰 100 周年之际,《纽约时报》的一篇书评认为,现代文学如果没有乔伊斯,将会像现代物理学没有爱因斯坦那样不可思议。

1920 年代后,意识流小说在美国也获得了发展,这主要归功于威廉·福克纳(1899—1962)。他既是美国意识流小说的代表作家之一,又是美国南方文学的重要作家。美国南方传统上指梅森—狄克逊线以南、内战时脱离联邦组成同盟的11个州,以及3个边界州。对于福克纳这个出身于密西西比州庄园主家庭的后代来说,南方"是一片蒙上了过去回忆的阴影的福地"。福克纳一生共写了19部长篇小说和75个短篇小说,其中15部长篇和多数短篇都是以他自己的家乡为原型虚构的一个名叫"约克纳帕塔法"的县城为背景。根据作家自己在《押沙龙,押沙龙》中手绘的地图及说明,约克纳帕塔法位于密西西比河北部,县城为杰弗逊镇,面积2400平方英里,人口15611人。县城里有一条大街,开着银行和商店,有必要的行政司法机构,居民都是自由职业者和技术工人,活动地点和主人公为:种植园主和种植园、黑奴和土地、猎手和森林。

约克纳帕塔法及杰弗逊镇构成一个"约克纳帕塔法世系"。通过这个世系中几个家族几代人兴衰荣辱的故事,福克纳的小说反映了二次大战前一百年美国南方社会各阶层各方面的生活图景。世系中的每部作品本身是独立的,但又是整个世系中的一个组成部分,互相联系衔接,主要人物在各书中交替出现,类似巴尔扎克的《人间喜剧》。不过,福克纳更关心的问题是:祖先的罪恶给后代留下的历史负担,机械、金钱文明对人性的摧残,现代西方社会中人的异化,现代西方人与人之间的疏远与难以沟通,以及精神上的得救与净化。他的作品像手术刀,狠狠刺向南方的痼疾——不是政治、经济上的,而是精神、心理状态上的痼疾。1949年,福克纳因为"对当代美国小说作出了强有力的和艺术上无与伦比的贡献"而荣获诺贝尔文学奖。

《喧哗与骚动》(1927)是福克纳的代表作,也是约克纳帕塔法世系中的重要作品。全书以一个南方淑女堕落的故事为中心,写出了杰弗逊镇上望族康普生一家每况愈下、四分五裂的过程,特别是写了这个家庭的成员精神上的病态和危机。康普生世家过去广有田地,黑奴成群,家庭里曾出过将军和议员,但后来逐渐败落。老康普生是个酒鬼,养下一女三子。女儿凯蒂无视南方贵族的道德法则,被人引诱怀孕,不得不与另一男子结婚。婚后被丈夫抛弃,只得把私生女小昆丁寄养在娘家,自己到大城市靠出卖肉体为生。老大昆丁进剑桥大学求学,患有神经质,似乎对妹妹怀有一种乱伦的感情。老三杰生自私卑鄙,经常勒索姐姐,虐待小外甥。老四班吉是个白痴。小昆丁长大后受不了三舅的虐待,在复活节离家出走。

小说故事并不新鲜,其独特之处在于叙事手法。全书共分四个部分,由四个人来叙述。作家选择了对该叙述者来说最为重要的时刻,让他或她出来叙述。所以小说不是按照正常时序来写的,而是前后颠倒。前三部分是典型的意识流,第四部分是传统的第三人称叙述手法。福克纳对意识流小说作出的贡献,是他把一般意识流发展为复合型意识流,增加了作品的立体感和表现力。整部小说表现了从白痴、忧郁症患者、偏执狂到正常人等不同意识层次的活动。叙述角度不断变换;先朦朦胧胧,后层层深化,从无意识到意识,从非理性到理性,从不正常到正常。事件逐渐趋向明朗,人物形象逐渐丰满凸现,主题也由暗到明逐渐显豁。

第一部是老四白痴班吉的呓语。时间是1928年4月7日。班吉这时已经33岁,却只有3岁小孩的智力。他分不清时间的次序,过去、现在都一起涌现在他的脑海里。通过他的混乱的意识流,我们能够模糊地感觉到班吉的想法:他失去了姐姐凯蒂的关怀,感到非常悲哀。

第二部转为昆丁的叙述。时间闪回到18年前,即1910年的6月2日。这一天昆丁打算自杀,因为他接到妹妹结婚的正式请柬。他郁郁寡欢,意志薄弱而又极度敏感。他爱妹妹,在神志恍惚中感到自己对她犯了乱伦罪,向父亲坦白。但父亲说那是你自己想象的。在妹妹出事那天,他悄悄跟踪在妹妹后面。出事后妹妹要嫁给一个银行家。他极力反对,劝说妹妹不要嫁给这个无赖,为此,他与这个名叫达尔顿的男人打了一架。但妹妹为了家庭前途还是和达尔顿结婚了。昆丁受不了这个精神刺激,自杀了。作者以长达114页的意识流讲了他自杀这一天的内心活动,突出了时间主题:

> 窗框的影子显现在窗帘上,时间是七点到八点之间,我又回到时间里来了,听见表在嘀嗒嘀嗒地响。这表是爷爷留下来的,父亲给我的时候,他说,昆丁,这只表是一切希望与欲望的陵墓,我现在把它交给你,你靠了它,很容易掌握证明所有人类经验都是谬误的 reducto absurdum(归谬法),这些人类的所有经验对你祖父或曾祖父不见得有用,对你个人也未必有用。我把表给你,不是要让你记住

时间,而是让你可以偶尔忘掉时间,不把心力全部用在征服时间上面。因为时间反正是征服不了的,他说。甚至根本没有人跟时间较量过。这个战场不过向人显示了他自己的愚蠢与失望,而胜利,也仅仅是哲人与傻子的一种幻想而已。

表是支靠在放硬领的纸盒上的,我躺在床上倾听它的嘀嗒声。实际上应该说是表的声音传进我的耳朵里来。我想不见得有谁有意去听钟表的嘀嗒声的。没有这样做的必要。你可以很久很久都不察觉滴嗒声,随着在下一秒钟里你又听到了那声音,使你感到虽然你方才没有听见,时间却在不间断地、永恒地、越来越有气无力地行进。

我起床,走到梳妆台前,伸手在台面上摸索,摸到了表,把它翻过来面朝下,然后回到床上。可是窗框的影子依然映在窗帘上,我差不多能根据影子移动的情形,说出现在是几点几分,因此我只得转过身让背对着影子,可是我感到自己像最早的动物似的,脑袋后面是长着眼睛的,当影子在我头顶上蠕动使我痒痒的时候,我总有这样的感觉。自己养成的这样一些懒惰的习惯,以后总会使你感到后悔。这是父亲说的。他还说过,基督不是在十字架上被钉死的,他是被那些小齿轮轻轻的喀嚓喀嚓声折磨死的。耶稣也没有妹妹。

(李文俊 译)

第三部是杰生讲的故事。时间再次返回到1928年4月6日。杰生讲了凯蒂事件的前因后果,也暴露了自己卑琐低下、冷酷狠毒的兽性心理。他恨姐姐出事断送了他将得到的银行职位,又把这种恨转嫁到外甥女小昆丁身上。杰生是福克纳笔下最鲜明、突出的形象之一,作为恶人的典型,其性格的鲜明饱满,达到了莎士比亚笔下经典式恶人(如伊阿古、麦克白夫人)的地步。作家对杰生的揭露,是通过杰生的自我表白与自我辩解来完成的。杰生说"我很庆幸自己没有那种脆弱的良心,否则,就得像看护有病的小狗似的老得哄着这良心了",一语道出了一种他自觉的邪恶意识。

第四部是康普生家黑人女仆迪尔西讲的故事,这是小说中唯一一位心智健全的人物,作家用传统的手法补叙了上述三部意识流叙述中遗留的空白和结局。时间是1928年4月8日,复活节。据《新约》,这一天基督的尸体不见了,坟墓里只有丢弃的衣裳。在小说中,这一天,小昆丁不见了,卧室里只有她丢弃的衣物。17岁的她与一个流浪艺人私奔了。

整部小说运用了神话模式。第三、一、四章的标题分别为1928年4月6日至8日,这三天恰好是基督受难日到复活节。而第二章的1910年6月2日在那一年又正好是基督圣体节的第8天。因此,康普生家历史中的这4天都与基督受难的4个主要日子有关。不仅如此,从每一章的内容里,也都可以隐约找到与《圣经·新约》中所记基督的遭遇大致平行之处。正如乔伊斯借尤利西斯的英雄业绩反衬布鲁姆的软弱无能一样,福克纳也运用反讽手法,将基督的庄严和神圣与康普生家的子孙相对照。基督临死时给他的门徒留下诫言:"你们要彼此相爱",康普生一家却自私,得不到爱,受挫折,失败,互相仇视。基督在复活节这一天复活了,爱人者得救了;而康普生一家四分五裂,再也没有复活的希望。批评家们往往把《喧哗与骚动》与T. S. 艾略特的《荒原》相比,认为两者都是为走向衰败的物质文明和传统价值观唱的一曲挽歌。小说标题来自莎士比亚悲剧《麦克白》中主角的一段独白,突出了时间和死亡主题:

明天,明天,又一个明天,直到最后一秒钟的时间;我们所有的昨天,不过替傻子们照亮了去黄泉的道路。熄灭了吧,熄灭了吧,短促的烛光!

人生不过是一个行走的影子,一个在舞台上指手画脚的拙劣的演员,登场片刻,就在无声无息中悄然退下;它是一个愚人讲的故事,充满着喧哗和骚动,却找不到一点意义。

(朱生豪 译)

五 达达主义与超现实主义:心理自动性

在普鲁斯特、乔伊斯、沃尔夫、福克纳等小说家将笔触伸入人类无意识领域的同时,一些诗人也开始了这方面的尝试。1916年,罗马尼亚人德里斯坦·查拉(1896—1963)在苏黎世宣布"达达主义"的诞生。"达达"是法语儿语中木马的意思,用这个词命名一个艺术流派,本身就含有胡闹和执迷的双重意思。如同查拉所说:"达达派产生于所有青少年都有的一种反叛心理。"《达达歌》这样唱道:

> 达达主义者唱着歌
> 心里充满达达
> 歌使他的发动机困倦了
> 心里充满达达
>
> 电梯载着国王
> 笨重虚弱自治
> 他截去了右臂
> 送给罗马教皇
>
> 这就是为什么
> 电梯
> 心里没有达达
>
> 吃点巧克力
> 洗净你的脑子
> 达达
> 达达
> 喝点水

(徐知免　译)

之后,这个诗歌小团体的影响越过国界传播到巴黎,激发起一些热衷于文字实验的法国诗人的热情。

在《达达宣言》的影响下,1919年法国诗人安德烈·布勒东(1896—1966)、阿拉贡、苏波、艾吕雅等创办了《文学》杂志,开始进行超出意识、思想之外的创作实验。不过当时他们还没有想到用"超现实主义"这个字眼命名他们的流派。"超现实主义"这个词是未来主义诗人阿波利奈尔首先使用的。他说"当人模仿行走时,他创造了车轮,这就是超现实主义"。1924年布勒东发表第一个《超现实主义宣言》,系统阐述了该运动的宗旨和理论观点,这个流派才算正式得到定名。宣言以一段字典般的定义开头:

> 超现实主义,阳性名词:纯粹的精神学自发现象,主张通过这种方法,口头地、书面地或以任何其他形式表达思想的实实在在的活动。思想的照实记录,不得由理智进行任何监核,亦无任何美学或伦理学的考虑渗入。
>
> (丁世中 译)

同年10月11日,这些诗人在巴黎格勒内尔街15号聚会,成立"超现实主义研究室",并在报纸上发表公告,"诚邀那些对摆脱一切知识束缚的超现实主义思想感兴趣的人士参加这里组织的活动"。

从某种意义上可以说,超现实主义就是诗歌中的意识流。而且,它比意识流小说家具有更加自觉的反叛意识和语言意识,在探索人类神秘的非理性世界的道路上走得更远。超现实主义诗歌反对逻辑推理的思维活动,推崇潜意识的梦境,主张摒弃有意识的、理性构思的写作方法,而采用"信笔直书"或"自动写作"法——诗人完全不假思索,让无意识自己运作,通过"部分的省略、不完全地类比手法表达刹那间的、梦境中产生的、消逝的事物以及如碎片、粉尘般支离细碎的思想"。超现实主义者认为只有通过这种方式,才能超越理性官能,在大脑中打开一扇通向超现实的门。布勒尔下面的这首小诗《我的妻子》,比较典型地体现了超现实主义的风格。该诗的原名是"自由组合",意为用词语的自由组合形成诗歌,是诗人献给一位名叫苏姗娜的女子的。此诗在法国流传很广。

> 我的妻子有炭火般的头发
> 有热得闪光的思想
> 有沙漏一样的身条
> 我的妻子有叼在虎口中的水獭般的身条
> 我的妻子有徽章和一束小星般的嘴

有洁白大地上小白鼠般的牙齿
讲着琥珀和揩拭过的玻璃般的语言
我的妻子讲着餐刀上的圣餐饼般的语言
有着睁眼和闭眼的布娃娃的语言
有难以置信的石头般的语言
我的妻子有儿童习字时所画的杠杠般的睫毛
有燕窝边缘一样的眉毛
我的妻子有暖房顶上石板一样的额角
玻璃上的水汽般的太阳穴
我的妻子有香槟酒一样
镜子下海豚头的水龙头一样的肩膀
我的妻子有火柴般的手腕
……
我的妻子有垂直逃跑的鸟的脊背
光亮的脊背
琼石的湿粉笔样的脖颈
和人们喝一小口酒杯里液面就下降一点似的脖颈
我的妻子有小舟般的腰肢
有着光洁和尖羽般的腰肢
白孔雀羽枝般的
微微晃动的腰肢
……
我的妻子有泪水盈盈的眼睛
有染色甲胄和磁针般的眼睛
我的妻子有沼泽般的眼睛
我的妻子有着狱中解渴的水汪汪的眼睛
我的妻子有着总是处在斧头下木头般的眼睛
有着水一般、天一般、地一般的眼睛。

（葛雷　译）

第三章 从现代主义到后现代主义

1945年,奥斯威辛集中营大门打开,人类的邪恶本能所能达到的极致在此得到了空前展现。大约600万犹太人在纳粹的焚尸炉中化为灰烬。同一年,曼哈顿计划实施成功,一种空前的大规模杀人武器——原子弹——被发明出来,并被有效地用于结束太平洋战争。但从此以后,蘑菇云的阴影就始终笼罩在人类头上,预示着人类连同他生存的这个星球一起毁灭的可能性前景。这两件互相关联的事情彻底改变了世界图景,空前地凸显了现代性的危机。德国作家阿多诺说,奥斯威辛之后写诗是野蛮的。他的意思是,人类世界已经变得如此恐怖和无法理解,以至沉迷于纯粹的文学创作本身就成了一种野蛮。爱因斯坦则说:"原子弹彻底地改变了我们所知道的世界的性质,其结果是人类发现自己处于一种新的情况中,它不得不使自己的思想适应这种情况。"在世界的性质彻底改变的情况下,二战后相当长的一段时间内,"荒诞"成为一个流行词汇,一种普遍心态。

一 存在主义文学:荒诞与自由选择

从字源上看,荒诞(absurd)一词,由拉丁文"耳聋"一词演变而来,在音乐中用来指不和谐音,在哲学上指个人与其生存环境脱节。当丹麦哲学家和神学家索尔·克尔凯郭尔(1813—1855)首次提出"荒诞"这个概念时,他指的是一种宗教上的焦虑感,认为在上帝与生活于混乱世界中的人之间存在着一条不可逾越的鸿沟。这需要个人对上帝有一种完全归心低首的崇仰。从这个思想发展出一种新的哲学——存在主义,认为哲学应当从"存在者"即"人"出发,应关心作为个人的"人"在危机中的存在。德国哲学家胡塞尔(1859—1938)、雅斯贝尔斯(1883—1969)和海德格尔(1889—1976)都为这种哲学的理论化和系统化做出过贡献。

1940年代后,法国哲学家萨特创立了无神论的存在主义,并有意识地把他的哲学思想贯穿到小说和戏剧创作中,从而使存在主义从哲学领域走入文学领域,成为二战后影响最大的一个现代主义文学流派。属于这个流派的除了萨特外,还有加缪、波伏娃、布朗肖等。1960年代以后,存在主义文学势头逐渐减弱,但其影响渗透到了荒诞派戏剧、黑色幽默等后现代主义文学流派中。

让-保罗·萨特(1905—1980)出身于法国一个资产阶级家庭,幼年丧父,母亲改嫁,这让他很早就有一种"私生子"的感觉。年轻时曾在柏林攻读哲学,接受存在主义观点。二战期间应征入伍,曾被德军俘虏。获释后一面参加地下抵抗运动,一面积极宣扬存在主义。1943年发表哲学专著《存在与虚无》,把存在主义哲学发展到高峰。战后,他成为存在主义文学主要的创导人,在法国文学界享有巨大的声誉。

萨特的存在主义理论基点建立在对世界的荒诞性的认识上。萨特认为,世界是荒诞的,人存在于一个充满敌意、奇怪和不确定的宇宙中;每个人都是孤独的,一出生即被抛到这个陌生而危险的世界上,被某种不可知的、无理性无规律的力量所限制,所逼迫,备受痛苦而又无能为力,唯一的命运是一连串的失败。

虽然世界是混乱的,荒诞的,人生下来是虚无的,荒谬的,但这并不意味着人就无所作为。因为人不同于物,人的存在先于本质。萨特认为,人生下地来他就存在了,但最初并没有本质,人的本质是后来他/她按照自己的意志,进行选择,作出一系列的行为和活动后才获得的。存在先于本质,用萨特的话说,是指"人首先存在,露面,然后才能说明……人,不外是由自己造成的东西,这是存在主义的第一原理"。萨特用这一理论否定上帝的存在,既宣传了"世界并无设定人类本性的上帝",又否定了传统人道主义认为有一般人类本性的观念。他主张"人之初,性本无",以此说明人比物高贵,强调人的尊严和价值。

既然人的本质、本性不是命定的、先天的,而是人存在以后才获得的,因此人可以设想、选择、决定自己的本质、行为,摆脱世界加之于人的荒谬和黑暗;而且这种选择有绝对自由,无需接受任何人的普遍性及社会道德准则之类的束缚。这里所谓的"绝对自由",指的是人在面临各种可能性时进行选择的自主权。萨特说,人的存在就是一系列的选择活动,人的本质不在这些活动之外,而是在这些活动之中,"人就照自己的意志而造成他自身",人每分钟都在创造自身,创造自我的本质。"人是自由的,人就是自由。""懦夫使自己懦弱,英雄把自己变成英雄。"人既然有选择的自由,就应当对他自己所选择的行为和本质完全负责。萨特说:"人……肩负着世界的全部重担,他对世界负责,对自己(作为一定的存在方式)负责。""他一投入世界,就对自己所作的一切都要负责。"

　　从上述观点来看,存在主义既是悲观失望的(它肯定一切价值都被摧毁了),又是向希望敞开的(问题在于重建价值秩序)。在这个意义上,我们可以说,存在主义是文艺复兴以来西方人道主义在20世纪新的历史条件下的重要发展。

　　像18世纪启蒙时代的前辈作家那样,萨特不是一个躲在象牙塔中不问世事的文人,而是一个公共知识分子。在他看来,写作本身就是一种"介入"世界,从而摆脱荒诞和虚无的行为。以文学的形式宣传存在主义哲学,也成为他乐此不疲的事业。1937年萨特发表中篇小说《恶心》,一举成名。这部小说实际上是他按自己的方式写成的一本形而上日记。全书没有故事情节,没有完整结构,许多章节的内容是主人公的呓语。洛根丁是个三十多岁的单身汉,自述为了人生的价值,几乎每天去图书馆,埋头写一本关于18世纪一个冒险家××侯爵的传记。通过图书馆内外的见闻和对现实及人生的思考,他逐渐感到一切存在都是荒谬的。一个活人为一个死人写作,在此过程中,他自己的生命渐渐死去,而已死去的传主的生命渐渐复活,想到这一点,的确不能不令人感到荒谬。不但写作是荒谬的,词语也是荒谬的。洛根丁坐在花园里望着他面前一个盘根错节的树根,觉得任何词语都无法把握这个活的存在物。更为荒谬的是理性。洛根丁在图书馆看到一个绰号"自修者"的中年人。此人整天泡在阅览室里,按照字母顺序一本接一本地看百科全书,骄傲地宣称已从A读到J。然而,理性和知识还是没有控制住潜伏在他内心的欲望。后来他因在阅览室猥亵一名中学生而被赶出图书馆。洛根丁因此感到,"一切都令人恶心"。在这部小说中,荒谬既是形式,也是内容,既是题材,也是主题。他对生命和存在的反思既属于文学的范畴,又属于哲学的范畴。小说通过一系列荒谬的描写,反映了荒谬的现实,对现实作了相当彻底的否定,带有浓重的悲观和虚无主义色彩。

除了小说之外,戏剧也成为萨特宣传存在主义思想的工具。萨特创作的存在主义戏剧不是按照传统戏剧的原则处理人物和环境的关系,而是让环境支配人物,或给人物提供一定的环境,让人物在特定的环境中选择自己的行动,体现自己的本质,表现自己的性格和命运。也就是,要在戏剧舞台上展现人物的境遇,让剧中人在特定的境遇中进行"自由选择"。因此,萨特把自己的戏剧称为"境遇剧"。其中著名的有《苍蝇》《毕恭毕敬的妓女》《死无葬身之地》等。

哲理剧《禁闭》是萨特创作的一部引起轰动的作品,被西方戏剧界誉为当代戏剧的经典。他最初拟定的题目为《他人》,后来才改用现名。剧名原意为审判时禁止旁听,只限当事人在场,又可译为《间隔》。故事场景被规定在地狱中"一间第二帝国时代的客厅里"。主要人物是三个鬼魂——一男二女——加尔森、伊内丝和艾丝黛尔。三人在生前都有一段不光彩的经历,在地狱里也不安生,继续为非作歹,争风吃醋,勾心斗角,尔虞我诈,彼此猜疑嫉恨,相互妨碍牵制,谁也不能如愿。他们在一起时,每个人都能置对方于痛苦境地,每个人都成了对方的地狱。作家借剧中人物之口,说出了一个存在主义的重要命题:"他人就是地狱。"这句话不是从一般意义上说人与人之间的尔虞我诈,而是指他人的目光就是我们的地狱。萨特认为,人的注视能够改变其所注视的对象,或者毁灭它,或者雕琢它,或者把对象变成它自身。"注视是意识的搏斗,是进攻,是评判,是敌意,是企图占有,是自欺的遮盖。"注视有一种奇妙的作用,既造成人与人之间的距离,又促使人与人相互接近。在这个剧本中,三个人物就处在这种奇特的、不即不离的关系中。每个人的灵魂都被对方赤裸裸地揭露和呈现出来,每个人都在他者的注视下成为他者手中的抵押品。这正是现代社会中人存在的状态的真实写照。

1964年瑞典皇家科学院鉴于萨特"……他那具有丰富的思想、自由的气息以及对真理充满探索精神的著作,已对我们的时代产生了深远的影响"而授予他诺贝尔文学奖,但却被萨特拒绝,他的理由是"谢绝一切来自官方的荣誉"。

阿贝特·加缪(1913—1960)是另一位著名的存在主义文学家。他出生于阿尔及利亚,父亲在欧战中阵亡,母亲不久也去世。在孤儿院长大后,他以半工半读方式考入阿尔及利亚大学攻读哲学,此后参加了反法西斯运动。二次大战后与萨特齐名,同为存在主义文学的主要代表。后因哲学观点不一,两人友谊破裂。

加缪不承认自己是存在主义者,但实际上他的理论和创作都在宣扬存在主义思想。1942年,加缪发表中篇小说《局外人》,一举成名。作品通过一个名叫莫尔索的小职员的命运,强调存在主义的观念:世界的存在和人的存在的荒谬。小说以第一人称从主人公的母亲之死写起:

> 母亲今天死了。也许是昨天死的,我不清楚。我收到养老院一封电报,电文是:"母死。明日葬。专此通知。"从电报上看不出什么来。很可能昨天已经死了。
>
> (孟安 译)

莫尔索对母亲之死很是冷淡,对爱情和婚姻也抱无所谓的态度。他为了朋友糊里糊涂地卷入一场斗殴,糊里糊涂地杀了人,最后又糊里糊涂地被判了死刑。对于这个三十多岁的单身汉来说,生活中发生的一切似乎全是偶然的,荒谬的,与自己无关的,甚至生命本身也是可有可无的东西。他像一个旁观者那样坐在被告席上,听检察官对自己提出公诉,听别人谈论自己,觉得也是开心的。整个小说为加缪关于存在的荒诞性的思想作了注脚,被称为存在主义文学的经典。加缪说:

> 一个哪怕可以用极不像样的理由解释的世界也是人们熟悉的世界。然而,一旦世界失去幻想与光明,人就会觉得自己是陌路人。他就成为无所依托的流放者。因为他被剥夺了对失去的家乡的记忆,而且丧失了对未来世界的希望。这种人与他的生活之间的分离,演员与舞台的分离,构成真正的荒诞感。
>
> (孟安 译)

加缪同一年发表的哲学随笔《西西弗斯的神话》,通过希腊神话中西西弗斯不断推石上山,石头又不断滚下的永恒劳作,提出一种形而上的悲观论。在加缪眼中,西西弗斯是一个存在主义的英雄。他是意识到存在的荒诞,并力图克服这种荒诞的人类的象征。西西弗斯被罚做徒然的劳役,他不断把巨石推到山上,巨石滚下来后又推回去,这样他便主宰了自己的命运。加缪说:"必须想象到,西西弗斯是幸福的,因为向峰巅前进这样一种斗争本身就使人的心灵充实了。"在加缪看来,荒诞的人、存在主义的英雄是以积极的方式接受自己的生存条件,在毫无意义的世界里重新创造自己的价值的人。1957年,加缪由于"……以明察而热切的眼光照亮了我们这时代人类良心的种种问题"而获得诺贝尔文学奖。

二 荒诞派戏剧:异化与等待

存在主义在大西洋两岸产下一对孪生子,这就是法国的荒诞派戏剧和美国的黑色幽默小说。荒诞与反理性是它们用以解释社会和个人生活的一种观念,也是一种表现方式。

1950年,法国剧作家尤金·尤奈斯库(1912—1994)的剧本《秃头歌女》在巴黎首演,标志着荒诞派戏剧的诞生。当时剧场里只有三名观众。1953年,另一法国剧作家萨缪尔·贝克特的剧本《等待戈多》上演,获巨大成功。据说,该剧在美国一所监狱演出时,一千多名囚犯看得泪流满面。此后不断有此类戏剧在欧美舞台上演。1960年英国戏剧评论家马丁·艾斯林写了《荒诞派戏剧》一书,对之作了专门的研究,全面分析了此类戏剧的思想特征和艺术特征,并正式把它们命名为荒诞派戏剧。此后,荒诞派戏剧就在西方的舞台和文学评论界传播开来。

荒诞派戏剧又称"反戏剧"或"反传统戏剧派"。其先导是马戏场和民间集市的大众戏剧,如杂技、魔术、笑剧、闹剧等,并明显受到超现实主义、象征主义和卡夫卡小说的影响。但对它影响最大的是存在主义哲学关于人生荒诞的思想。

尤奈斯库说:"人生是荒诞的,认真严肃地对待它则显得荒谬可笑。"因此主张以荒诞的形式来表现荒诞的内容,反映荒诞的世界和人生。为此,荒诞派剧作家采用了一套与传统戏剧截然不同的荒诞手法。荒诞派戏剧一般没有故事情节,更谈不上戏剧结构和戏剧冲突。舞台叙事稀奇古怪,支离破碎,没有活生生的人物形象。戏中人物大多是干瘪、枯萎的木偶式角色。在荒诞派剧作家看来,既然世界的存在和人的存在都是荒诞的,那么作为交往工具的语言本身也就失去了意义。因此这类戏没有连贯的语言,更无发人沉思的隽语和机智的对话。它的对白常常是枯燥无味的陈词滥调,不断重复的唠叨絮语,思维混乱、语无伦次、不合语法的句子。不少剧中出现盲人、哑巴、聋子的形象,象征人与世界、人与人的无法沟通。

尤金·尤奈斯库生于罗马尼亚,父亲是罗马尼亚人,母亲是法国人,在他出生第二年移居巴黎。13岁时父母离婚,他与父亲一起回罗马尼亚。中学毕业后入布加勒斯特大学。二战爆发后于1938年离家定居巴黎。1949年开始戏剧创作,发表了三十多部剧本,作品被翻译成27种文字,在许多国家上演。1970年被评为法兰西院士。

《秃头歌女》是尤奈斯库写的第一个荒诞派戏剧。剧本于1950年首次在法国公演。全剧没有完整的剧情,没有明确的戏剧冲突,也没有有个性的、血肉丰满的人物。全剧讲的是两对英国夫妇之间的一场莫名其妙、东拉西扯的对话。西方评论家认为这出戏的意义在于"明白无误地反现实主义,同时还含有反现实本身的意向",以及"勇于宣布字句是没有意义的,人与人之间的一切沟通都是不可能的"。

《未来在鸡蛋中》(1951)写一对年轻夫妇在其父母催逼下不断生产。但女的产下的不是孩子,而是各种各样的商品,包括鸡蛋、猪、联邦主义者等等,男的则趴在地上孵蛋。这个剧本揭示了后现代消费社会盲目生产,物质涌流压迫人,人异化为生产者(消费者)的现实。《新房客》(1953)继续同一主题,写某先生搬进新居,带来无数家具,直到整个舞台被家具挤满,人的形象完全被家具遮蔽,至此幕落。《犀牛》写外省某小城出现一头由人变的犀牛,开始大家议论纷纷,后来渐渐许多人都染上犀牛病而变为犀牛,犀牛势力越来越大,人们纷纷随波逐流,争相以变成犀牛为时髦。最后只剩下一男一女发誓要当"亚当和夏娃",但最终女主角苔丝还是弃男友而去变了犀牛,舞台上只剩下男主角贝兰吉一个人。

尽管尤奈斯库一再声称,自己讨厌任何形式的政治性和宣传性创作,但上述剧本说明,他对后现代消费社会中人的异化问题(包括人与人、与物、与自身的异化)还是非常关注的。

萨缪尔·贝克特(1906—1989)生于爱尔兰,学生时代到巴黎游历,结识乔伊斯,并一度当过他的秘书,在创作思想上受其影响。1930年回都柏林,在三一学院教法文。1932年漫游欧洲大陆,之后定居巴黎。1946—1950年间写了不少剧本和小说,描绘了第二次世界大战后西方社会的人类生存状况。他笔下的人物大多是无家可归的流浪汉、坐以待毙的残废者、浑浑噩噩的糊涂虫。他们生活在凄惨冷寂的环境中,在孤独、绝望的折磨下走向死亡。

《等待戈多》是贝克特的代表作,也是荒诞派戏剧中影响最大的作品。1953年在巴黎演出时,曾引起轰动。从传统观点来看,这是一出非常枯燥乏味的两幕剧。背景非常简单。乡间一条路,路旁一棵树。主角是两个流浪汉。一位名叫弗拉基米尔,另一位名叫爱斯特拉冈。他们正在语无伦次地聊天,等待一位名叫戈多的人。一会儿,走来两个过路的,与流浪汉瞎聊天。随后,又上来一个小孩,告诉他们"戈多今天不来了,明天来"。于是幕布落下。第二幕景同前,只不过树上多了几片叶子,表明时间的流逝。两个流浪汉还是在聊天,等待着戈多。第一幕中出现过的两个行人又上场了。这次,一个已成了瞎子,另一个成了哑巴。一会儿,小孩又上场了,告诉流浪汉,"戈多今天不来了,明天来"。两位流浪汉感到绝望:

爱:咱们干吗不上吊呢?
弗:用什么?
爱:你身上没带绳子?
弗:没有。
爱:那么咱们没法上吊了。
弗:咱们走吧。
爱:等一等,我这儿有裤带。
弗:太短啦。

爱：你可以拉住我的腿。

弗：可是谁来拉住我的腿呢？

爱：不错。

弗：拿出来我看看。（爱斯特拉冈解下那根系住他裤子的绳索，可是那条裤子过于肥大，一下子掉到了齐膝盖的地方。他们望着那根绳索）拿它应急倒也可以。可是它够不够结实？

爱：咱们马上就会知道了。攥住。

〔他们每人攥住绳子的一头使劲拉。绳子断了。他们差点儿摔了一跤。〕

弗：连个屁都不值。

〔沉默。〕

爱：你说咱们明天还得回到这儿来？

弗：不错。

爱：那么咱们可以带一条好一点的绳子来。

弗：不错。

〔沉默。〕

爱：狄狄。

弗：嗯。

爱：我不能再这样下去啦。

弗：这是你的想法。

爱：咱俩要是分手呢？也许对咱俩都要好一些。

弗：咱们明天上吊吧。（略停）除非戈多来了。

爱：他要是来了呢？

弗：咱们就得救啦。

（施咸荣 译）

全剧的关键是，戈多是谁？"戈多"原文为goddott，系由英语和德语中意指"上帝"的两个单词（god 和 Gott）拼合而成。维特根斯坦曾说过："生活的意义，亦即世界的意义，我们可以称之为上帝，作为一位父的上帝之符号与此意义相联"，而"相信上帝即意味着看到，对世界的事实还不能漠然置之,相信上帝意味着,生活有意义"。剧中人等待戈多,意为等待"神"——生活的意义出现,但是"希望迟迟不来,苦死了等的人"。

这出戏不是一个单纯的悲剧,也不是一个单纯的喜剧,而是一个悲喜剧。一方面,这是一个很悲壮的等待,虽然"那个东西"总也不来,但剧中人还是要坚持等下去。另一方面,这又是一种很滑稽可笑的等待,因为他们要等的东西明明是等不来的。于此可见,作者在理解现实和解释现实方面,达到了一种非常深的境界,看到了生活中的悲喜剧。

从处理时空关系方面看,这部作品可称为"反戏剧",与传统戏剧要求的"三一律"相反。时间的整一,被时间的无聊和无穷尽所代替;空间的整一被空间/地点的不可知所代替;动作/情节的整一被动作/情节的荒谬和不连贯所代替。

1969年,贝克特"因为他那具有新奇形式的小说和戏剧作品,使现代人从困境中得到振奋"而荣获当年的诺贝尔文学奖。瑞典皇家科学院在授奖讲话中把他的戏剧与希腊悲剧相比,认为他的戏剧"具有希腊悲剧的净化作用"。

除了上述两位法国剧作家外,美国的阿尔比(1928—2016)、英国的哈罗德·品特(1930—2008)也被归入荒诞派戏剧之列。品特于2005年获得诺贝尔文学奖,成为第二位获得该奖项的荒诞派剧作家。瑞典皇家科学院在颁奖公告中说,授予哈罗德·品特诺贝尔文学奖的理由是他"发现了在日常闲聊下的深刻之处并强行打开了压抑者关闭的房间"。

三 黑色幽默:变态的喜剧

"黑色幽默"这个词并非黑色幽默小说家发明,也并非二次大战后才被人运用。1939年法国超现实主义作家布勒东率先发表名为《黑色幽默文选》的作品,但当时并没有得到广泛重视。1965年,美国作家弗里德曼编辑了名为《黑色的幽默》的短篇小说集,收入12位作家的作品,该派名称由此流传开来。

"黑色幽默"又被称为"绞刑架下的幽默",也可意译为"大难临头的幽默"。此外,它还被称为"病态幽默""黑色喜剧""绝望喜剧"等。这里,"黑色"指可怕而又滑稽的客观现实,"幽默"指有自由意志的个性对这种现实所采取的嘲讽态度。按照一位美国学者的说法,"黑色幽默"是一种把痛苦和欢笑、荒谬的事实与平静得不相称的反应、残忍和柔情并列在一起的喜剧。

作为一种美学形式,黑色幽默属于喜剧范畴,但又是一种带有悲剧色彩的变态的喜剧。黑色幽默与正常的幽默有不少相似之处:两者都对生活保持一种距离感,置身度外地看待自己和环境以及他人的关系;但更有一种本质上的区别:正常的幽默的思想基础是乐观主义的,人们相信善最终能战胜恶,引发轻松、欢快、明朗的笑;黑色幽默的思想基础却是悲观主义的,它深受存在主义哲学的影响,主要表现世界的荒谬。不过,与存在主义相比,黑色幽默作家似乎更加消极悲观,他们否定个人选择积极行动的可能性。在他们看来,面对荒诞的现实,唯一可做的是玩世不恭地发出无可奈何的苦笑,以便暂时舒缓一下痛苦不堪的心情。他们以幽默的人生态度与惨淡的现实拉开距离,一改现代主义作家面对现实的惊愕、困惑、愤激的心态,把荒诞当作一种合理的存在,从容地加以描绘,在绝境中保持心理平衡,不以为然地拿痛苦开玩笑,以喜剧的方式去表现悲剧的内涵,从而酿就苦涩阴郁的笑。比如,托马斯·品钦的小说《伊色谋到了一个鼻子的差事》对越战中受伤的士兵是这样描写的:

> 他们蹒跚的跛行可能意味着在一只腿上布满了伤疤的结缔组织构成的锦缎和浮雕——有多少女人曾经看见了锦缎和浮雕,然而又躲开了?——他们很想把咽喉上的疤痕像华丽而俗气的战争勋章一样谦逊地隐藏起来,他们的舌头从面颊上的一个洞里伸了出来,由于这张额外的嘴巴,他们将永远不能再讲什么秘密的悄悄话。
>
> (陈 慧 译)

作为一种文学形式,黑色幽默小说抛弃了传统小说的叙事原则,打破一般语法规则,采用夸张、悖论、反讽的手法和克制冷漠的叙述;常常把叙述现实生活与幻想、回忆混合起来,把严肃的哲理和插科打诨混成一团;场景奇异超常,情节散乱怪诞,人物滑稽可笑,语言睿智尖刻。黑色幽默小说突出描写人物周围世界的荒谬和社会对个人的压迫,以一种无可奈何的嘲讽态度表现环境和个人(即自我)之间的互不协调,并把这种互不协调的现象加以放大、扭曲,变成畸形,使它们显得更加荒诞不经,滑稽可笑,同时又令人感到沉重和苦闷。

黑色幽默的主要代表作家和作品有:约瑟夫·海勒的《第二十二条军规》(1961)、《出了毛病》(1974)、《像高尔基一样好》(1979)等,库尔特·冯尼古特的《猫的摇篮》(1963)、《第五号屠场》(1969)、《顶呱呱的早餐》(1973),托马斯·品钦的《V》(1963)、《万有引力之虹》(1973);约翰·巴思的《烟草经纪人》(1960)、《牧羊童贾尔斯》(1966),唐纳德·巴塞尔姆的《白雪公主》(1967)、《亡父》(1975)等;后两位小说家也被归入元小说派(见本章第5节)。

约瑟夫·海勒(1923—1997)出生于纽约布鲁克林区一个犹太移民家庭。第二次世界大战期间曾任美国空军中尉。二战结束后,在纽约大学取得艺术学学士学位。1949年,又在哥伦比亚大学获硕士学位并得到牛津大学的奖学金。毕业后,入宾夕法尼亚大学教英语。曾担任《时代》等杂志的编辑。1961年,海勒根据自己的军旅体验写出了被誉为黑色幽默奠基之作的《第二十二条军规》。1963年获美国文学艺术学院奖学金,1977年被选为艺术学院院士。

《第二十二条军规》(1961)是美国黑色幽默小说的经典之作,出版后引起了文学界巨大的震动,其影响在此后数十年经久不衰,成为欧美各大学文科学生的必读书。

这部小说反映的是二战期间驻守在地中海"皮亚诺扎岛"(此地名为作家虚构)上的美国空军大队的生活。作家的本意并不在描写战争,而是以此为隐喻展示现代人荒诞的生存状态。小说在写法上摒弃了现实主义传统,没有首尾相接的情节结构,没有细致入微的环境描写和人物塑造。全书共42章,每一章主要讲述一个人物的故事,再由贯穿全书的人物尤索林的经历把这些大大小小的故事串联起来。尤索林是一个上尉投弹手,他厌恶战争,以求生为生活的最高目的;为了逃避战斗,多次装病住院;为了保全生命,偷偷往飞行员食物中掺入肥皂水,造成集体腹泄,迫使上司取消飞行。他深夜溜进作战室偷改轰炸线,从而飞临没有防空系统的安全区;升空后又说飞机出故障,要求返航;飞临目标后,他根本不管命中与否,在俯冲投弹的一瞬间,已经做好了向上飞逃的准备。他在军服沾染了负伤同伴的鲜血后,便发誓不再穿衣服,每天只穿着大头皮鞋、一丝不挂地"像白色的幽灵"般在军营中游荡,甚至在列队集合时也是如此。有一次,他因歪打正着地击中了一个目标,上司授予他奖章时竟无处戴挂。

在荒诞的世界里,善恶颠倒,美丑易位,英雄就是小人,精英就是渣滓。以卡思卡特上校为代表的上层官僚,打着为祖国而战的旗号,为了自己的升迁,根本不顾部下的死活,一再提高飞行架次,增加了飞行危险。尤索林清醒地看穿了这一切,以一连串看似懦夫的行为表现了他的勇敢。对一个非理性世界的最理智的反应也许恰恰是疯狂。与丧失了求生本能、麻木不仁的同伴们相比,尤索林更像一名正常人。难怪大队军医说:现在神志正常的人可能就只剩下尤索林那个狗娘养的疯子了。小说最后,尤索林拒绝回国做战争宣传,开小差逃到了中立国瑞士,他说:"我不是要逃避责任,而是要承担责任。"可见,尤索林的求生有其合理性,他是反英雄意义上的英雄。

小说以逻辑悖论来结构情节。常常故意将相互矛盾或褒贬义相对的词汇与句子搭配使用。德里德尔将军夸口:"我唯一的缺点就是没有缺点。"随队军医丹尼尔医生说:"救命可不是我的事。"某上校"发觉自己仍然无能,而感到十分自豪",中队伙食管理员迈洛说:"我这人从不说谎,只是在需要时才说谎。"下面这段尤索林与随军医生丹尼尔的对话更典型地反映了黑色幽默的逻辑悖论。

> 奥尔疯了吗?
> 他肯定是疯了。
> 你能停止他飞行吗?
> 当然可以,但首先必然由他来向我提出要求。这是一条规定。
> 那么,为什么他不向你提出要求呢?
> 因为他疯了……在经过这么多次侥幸脱险之后,仍坚持执行飞行任务,他没法不疯。但是首先得向我提出要求。

然后你就可以停止他飞行了?

不,那样我就不能停止他飞行。

你是说有一条军规。

当然有一条军规。第二十二条军规。任何想要摆脱战斗责任的人都不是真疯。

(程爱民、邹惠玲 等译)

"第二十二条军规"中的"军规"一词,英语为 catch,作动词意为"捕捉"或"陷入",作名词意为"圈套"或"陷阱"。小说通过一片喧闹、粗野、疯狂、杂乱的氛围,以不露神色的冷峻、幽默和漫画式的嘲讽,揭示出一个严肃的主题:在美国的现实世界里,到处都有"第二十二条军规",到处都存在着让人啼笑皆非的专横和残暴,以及捉弄人、折磨人,使人无法摆脱的荒谬。"第二十二条军规"作为无法逃避的恶毒逻辑规则的代名词,已进入美国人的日常用语,被人们广泛应用。哪里存在着蛮不讲理的残暴和专横,哪里存在着捉弄人、摧残人的官僚化网络,它就有一个恰当的名字——"第二十二条军规"。

四 美国诗歌:垮掉派、放射诗与自白派

尽管阿多诺认为奥斯威辛之后再写诗是野蛮的,但这并不意味着诗人从此就放弃了创作。关键是看他/她以什么样的方式来写诗。1955年十月的一个夜晚,艾伦·金斯堡(1926—1997)在旧金山六画廊举行的诗歌朗诵会上脱光衬衫,赤膊上阵,朗诵了一首题为《嚎叫》的诗,宣告了"垮掉的一代"的诞生。《嚎叫》以典型的地下文学风格,赤裸、直率、激烈地向物质主义的美国展开了美学攻击,对美国社会传统价值观和传统文学观提出了大胆挑战,引起了当时还很保守的美国人,尤其是美国中产阶级读者的恐慌、震惊和愤怒。

我看见这一代最杰出的头脑毁于疯狂,挨着饿歇斯底里浑身赤裸,

拖着自己走过黎明时分的黑人街巷寻找狠命的一剂,

天使般圣洁的西卜斯特渴望与黑夜机械中那星光闪烁的发电机沟通古朴的美妙关系,

他们贫穷衣衫破旧双眼深陷昏昏然在冷水公寓那超越自然的黑暗中吸着烟飘浮过城市上空冥思爵士乐章彻夜不眠,

他们在高架铁轨下对上苍袒露真情,发现穆罕默德的天使们灯火通明的住宅屋顶上摇摇欲坠,

他们睁着闪亮的冷眼进出大学,在研究战争的学者群中幻遇阿肯色和布莱克启示的悲剧,

他们被逐出学校因为疯狂因为在骷髅般的窗玻璃上发表猥亵的颂诗,

他们套着短裤蜷缩在没有剃须的房间,焚烧纸币于废纸篓中隔墙倾听恐怖之声,

他们返回纽约带着成捆的大麻穿越拉雷多裸着耻毛被逮住,

他们在涂抹香粉的旅馆吞火要么去"乐园幽径"饮松油,或死,或夜复一夜地作践自己的躯体,

用梦幻,用毒品,用清醒的噩梦,用酒精和阳具和数不清的睾丸,

颤抖的乌云筑起无与伦比的死巷而脑海中的闪电冲往加拿大和培特森,照亮这两极之间死寂的时光世界,

摩根一般可信的大厅,后院绿树墓地上的黎明,屋顶上的醉态,

兜风驶过市镇上嗜茶的小店时那霓虹一般耀眼的车灯,太阳和月亮和布鲁克林呼啸黄昏里树木的摇撼,

垃圾箱的怒吼和最温和的思维之光,

他们将自己拴在地铁就着安非他命从巴特里到布隆克斯基地作没有穷尽的旅行直到车轮和孩子的响声唤醒他们,

浑身发抖嘴唇破裂,在灯光凄惨的动物园磨去了光辉的大脑憔悴而凄凉,

他们整夜沉浸于比克福德自助餐馆海底的灯光,漂游而出然后坐在寥落的福加基酒吧喝一下午马尿啤酒,倾听命运在氢气点唱机

上吱呀作响,

　　他们一连交谈七十个小时从公园到床上到酒吧到贝尔维医院到博物馆到布鲁克林大桥,

　　一群迷惘的柏拉图式空谈家就着月光跳下防火梯跳下窗台跳下帝国大厦,

　　絮絮叨叨着尖叫着呕吐着窃窃私语着事实和回想和轶闻趣事和怒目而视的对抗和医院的休克和牢房和战争,

　　一代睿智之士两眼发光沉入七天七夜深沉的回忆,祭祀会堂的羔羊肉扔在砖石路上,

　　……

(惠明 译)

围攻的浪潮滚滚而来,很快,《嚎叫》被指控为淫秽读物,遭到查禁。然而,许多作家、评论家和学者涌向旧金山法院出庭作证,以25年前《尤利西斯》案为根据,为《嚎叫》辩护。这场引起全美关注的官司反而为离经叛道的诗人金斯堡作了难得的广告。《嚎叫》胜诉后一跃成为美国1950年代最畅销的诗歌,一下子印了36万册。

作为一个文学流派,"垮掉的一代"发源于加利福尼亚,成员包括小说家杰克·凯鲁亚克、诗人格里戈瑞·考索、威廉·柏洛兹和批评家肯尼斯·雷克斯罗斯。这些人的共同特征是,对美国社会完全失望,尤其是不满于中产阶级的生活方式,反对那些受过正规教育、有固定职业和收入、过正常家庭生活的"凡夫俗子";以否定一切伦理道德、反对一切理性原则的态度、惊世骇俗的生活方式和行为反抗美国物质主义价值观。在英语中,"垮掉"(beat)一词有"节奏"和"疲倦"等多种意思。凯鲁亚克说,beat 是指"爵士乐的节拍和宗教境界",用来形容那些"彻底垮掉而又满怀信心的流浪汉和无业游民"。因此,"在路上"(这也是凯鲁亚克写的一部小说的标题)成为垮掉派的座右铭。他们不停地旅行,从东部奔向西部,从美国奔向世界各地,沉溺于"原始的幸福"——酗酒、纵欲、吸毒、迷恋禅宗——试图以此类极端的方式惊醒沉迷于物质主义的美国人,冲破传统的伦理、价值观。到1950年代末,"垮掉"成为一种时髦,大

批青年纷纷仿效垮掉派的生活方式。吸毒、杂居、爵士乐、摇摆舞、长头发、奇装异服风行一时,此风还传到欧洲,引发一场反文化运动——嬉皮士运动。

从诗学角度考察,"垮掉的一代"的最大功绩是重新发扬了惠特曼的传统,把诗歌从大学讲堂和教科书拉回街头,将文学与生活合为一体。他们在流浪中写作,在流浪中生活。威廉·柏洛兹写的《真实的三明治》中的诗句表明了他们的诗学观和生活观:

> 写法必须是纯粹的肉
> 别用象征主义的调味品,
> ……
> 赤裸的午餐我们感到很自然
> 我们吃的现实的三明治,
> 但比喻却是过多的凉拌菜
> 别把疯狂给掩盖起来。

(赵毅衡 译)

差不多在"垮掉的一代"形成的同时,在北卡罗来纳州,一批诗人和艺术家聚集在黑山学院和《黑山评论》周围,形成了一个具有后现代特征的诗歌流派——黑山派或放射派。其成员主要包括黑山学院的教师罗伯特·邓肯和罗伯特·克利,以及他们的一些学生,领袖则是《黑山评论》的创办者、时任黑山学院院长的查尔斯·奥尔森(1910—1970)。在发表于1950年的论文《放射诗》(1950)中,奥尔森旗帜鲜明地反对以艾略特为代表的学院派诗歌,认为那只是植根于迂腐的学究式头脑的诗歌,"1950年代的诗歌,如果要向前进,具有实质性价值……(就)必须牢牢把握某些呼吸和规则和可能性,即把一个人的呼吸及自我听到的某些呼吸规则和可能性放进诗里"。为此,奥尔森提出"放射诗"(投射诗)的概念,认为诗不是一个自足的体系,而是一种能量发射器。一首诗就是诗人将自己得到的能量,通过诗歌文本传递给读者的释放过程。诗的形式是其内容的扩展和延伸。这样,放射性造成的结果,就既是内省性的,又是通俗化、大众化的。在这一诗歌原则指导下,奥尔森发表了一系列以《麦克西莫斯诗抄》为名的诗集。这些诗以即兴、自然见长,强调自我与非个性的统一,具有明显的返回原始文化的倾向,诗人从美洲印第安、西亚苏美尔、古代赫梯文化和神话中发掘神圣性,从玛雅和埃及象形文字中寻找灵感,打破西方的逻各斯中心主义。

1950年代末,继垮掉派和放射派之后兴起了自白派诗歌,从另一方向开掘诗歌表现的新维度。在西文中,"自白"一词也含有忏悔之意,使人联想到从中世纪的圣·奥古斯丁到近代的卢梭书写自我和忏悔的传统。自白派诗人反对艾略特和新批评派提出的"非个人化"创作原则,提倡深入挖掘自己的潜意识、本能和冲动,将个人隐私(包括性欲、死欲、创伤、恶行、精神失常、变态心理等)赤裸裸地呈现于诗歌中,作品具有明显的自传性和即兴性。这派诗人包括罗伯特·罗威尔(他于1959年出版的诗文集《生活研究》被认为是自白派诗歌诞生的标志)、约翰·贝里曼、W. D. 斯诺德格拉斯、安妮·塞克斯顿和西尔维亚·普拉斯等。

西尔维亚·普拉斯(1932—1963)出生于马萨诸塞州一个中产阶级家庭,早熟、聪慧、敏感、好强,8岁就开始发表诗歌。1955年来到剑桥大学读书,邂逅诗人特德·休斯,陷入疯狂热恋。据说俩人在一次晚会上一见钟情,一小时后他们就难以自持地热吻,特德摘走了普拉斯的耳环,而她则咬破了特德的面颊。然而,婚后不久,丈夫就移情别恋,给普拉斯心灵留下了永久的伤痛。尚未出名的女诗人游走于清醒和疯狂边缘,将自己的内心创痛、犯罪心理、自杀情结和性冲动,一股脑儿地倾泻在诗歌中。她以简约的口语和怪诞的象征坦率抒写个人隐私,成为女性自我表达的典范,富有魔力的诗句成为她内心孤独忧虑与恐惧噩梦的表征。

  我恐惧,沉睡于我体内
  的黑暗之物;
  整天,我感觉到它柔软、轻缓的扑腾,它的怨恨

(张德明 译)

普拉斯在低落无助的黑洞里越陷越深。1963年2月17日,在带着两个孩子与丈夫分居一年后,她在伦敦的寓所中开煤气自杀,以短暂而充满戏剧性的一生完成了她自己诗中的预言:"死/是一门艺术,所有的东西都如此,/我要使之分外精彩。"继普拉斯之后,1970年代自白派中又有两位诗人——贝里曼和塞克斯顿——走上了自杀道路,他/她们的自杀都未必有具体的物质或生存原因,主要还是由于价值观的崩溃和信仰的失落。

自白派在肆意表现个人隐私的同时,也凸现了自我中心主义的表述危机。20世纪中叶德语国家出现的具体诗,以及1970年代后美国的语言诗派,在结构主义和后结构主义影响下,淡化、消解了人在诗歌中的主体地位,无限制地突出了语言本身的重要性,认为语言不是解释或传达体验的载体,而是生活体验的源泉,甚至是感性认识和思想本身。这两派诗人出于自觉的语言意识,热衷于花样翻新的诗歌语言实验。

五 新小说与元小说:写物主义与文本自述

第二次世界大战后,叙事散文领域也面临着表述危机。1950年代中期,法国一些小说家对传统的现实主义小说模式提出质疑,开始运用新主题和新形式进行小说创作实验。在这些小说中,既没有环境描写,也没有情节发展,更没有心理分析和象征寓意,展现在读者面前的,只是一系列生动而又互不相关的形象和物体,与他们在现实生活中肉眼所见的一样,毫无潜在含义和言外之意,或者说,同样充满了潜在含义或言外之意。困惑的批评家无法为这股新出现的文学倾向定名,起先把它称为"子夜派"(因其作品基本上由子夜出版社出版),后来,又根据各个作家本身的创作特点称之为"视觉派""写物派""摄影派""窥视派"等。及至1960年代,以《原样》杂志为活动据点的一批作家也赞同这些小说家的创作原则,使这个流派的队伍进一步扩大。1971年,在巴黎召开了第一次有关此类小说的学术讨论会。在这次会议上,这些作家的创作活动被正式定名为"新小说派",并成立了一个相应的俱乐部式的文学团体。1985年,瑞典皇家科学院把该年度的诺贝尔文学奖授予了新小说派作家克洛德·西蒙,新小说派的名气骤然上升,在世界范围内出现了一股研究新小说的热潮。一般认为,新小说派是一个介于现代主义与后现代主义之间的小说流派。

新小说派与存在主义文学差不多同时出现。但存在主义文学是一种"介入文学",新小说则是"非介入文学",两者正好代表了二战后在法国形成的两股不同的文学潮流。

新小说派主要有四位作家:阿兰·罗伯-格里耶、娜塔莉·萨罗特(1902—2000)、米歇尔·布托(1926—2016)和克洛德·西蒙(1913—2005),此外,罗贝尔·潘热(1919—)和玛格丽特·杜拉斯(1914—1996)的一些作品也被归入新小说派范畴。这派作家早在1950年代之前就已经开始写作,但一直默默无闻。直到1950年代中期他们的作品才开始受到批评界的重视。这也说明,新小说派起先并不是一个创作团体或流派,只是一种创作倾向。那么,新小说究竟"新"在何处?

新小说派又称"反小说派",即要彻底摒弃以巴尔扎克为代表的现实主义文学传统,以物而不是人作为小说的中心。在新小说派作品中,人物丧失了一切权利,他们要么只是一个以不同方式把许多组生活画面和事物彼此勾联起来的组织者,要么只是一个"视觉",借以呈现他眼前的种种事物和事件。在新小说家笔下,人物往往只剩下一个影子,既没有典型的性格也没有清晰的特征,有时连姓名也没有,仅用第一人称或第二人称来称谓,甚至使读者处于小说主人公的地位。

提倡"写物主义",这是新小说派主要的理论主张。新小说理论家罗伯-格里耶从非人类中心主义的立场出发,认为现实生活只是一个"物的世界",要使作品具有真实性,就必须把对物的描写提到极其重要的位置。在他眼中,物我关系是一种距离关系,两者之间的性质不同,也无相辅相成的内在联系。因此,他反对巴尔扎克以人化的方式写物,主张"毅然决然地站在物之外,站在它的对面"去描写物,不带任何主观色彩,不含有任何描写目的。作家的主要任务是描写事物的平面,摈弃人化的语言,引入几何学的描写,记录物我距离而非物我分离,只要表现出"物在那里"就算完成了艺术的使命。新小说力图使小说(文学)成为凝视科学,因此也有"视觉派""摄影派""窥视派"等名称。罗伯-格里耶说:

"新小说不是一种理论,而是一种探索。"娜塔莉·萨罗特教导她的现代读者"应当像外科医生一样,眼睛盯住自己注意力最需要集中的一点上,并且把它与麻醉沉睡中的病人身体区分开来,这样,他的注意力和好奇心就被引向集中在某种新的心理状态上,因而忘掉那个偶然起支撑作用的僵化的人物"。在新小说中,丰富多彩的世界和同样丰富多彩的五官感知全被单一的视觉线条所取代、占领。窥视的目光统治了一切时空范畴。这种窥视/被窥视、观看/被观看、主体/客体的二元分裂正体现了图像时代的特征。

在小说结构上,新小说派作家有意颠倒时间、混淆空间,把过去、将来、现在、现实、幻觉和回忆杂糅在一起,构成一系列杂乱无章的场面,把小说当作"叙述的实验室"。作者只能看见眼前的东西,不可能像巴尔扎克的作品那样,由作者事先决定小说的过去、现在和将来。米歇尔·比托的著名小说《变》就是如此。小说写意大利某打字公司法国分公司经理厌倦了自己的职业和家庭生活,决定和妻子分居。他坐火车去罗马,准备将情妇接回巴黎共同生活。小说开始,主人公跨进车厢,小说结束时,主人公跨出车厢。主人公的思绪在狭小的空间中上下飞跃,回忆了八次罗马—巴黎或巴黎—罗马之行,并遐想了下一次的旅程。小说最后,主人公决定回到巴黎,重新和妻子生活在一起。

深度感的消失是新小说派的最后一个但并非最不重要的特征。传统小说具有一种深度模式,多层层挖掘自然和社会,从人们习见的现象背后挖掘出潜在含义(社会的、心理的、哲学的或宗教的)。在新小说家看来,这种观念起到的是一种"毒药作用",使人们的意识的反射更加僵化,更难觉醒。长此以往,读者会养成一种被动、懒惰的习性,阻碍了他们的参与意识和创造力的发挥。娜塔莉·萨罗特说,新小说不是读者"轻松的娱乐",读者必须改变阅读传统小说时养成的舒服、被动的习惯,要积极参与到小说的创作过程中,与作者一起探索那"深层的真实"——在她看来,这就是潜意识底下的心理活动。她要求读者运用自己的想象力,从新小说所提供的不断变化的形象中,从类似文献、笔录、自白、实验报告或是记载事物的清单中,抓住事物的真实面目,观察人物内心的奥秘。从这个角度看,新小说属于法国文论家罗兰·巴特所说的"可写的"文本。

在新小说派作家中,虽然得诺贝尔奖的是克劳德·西蒙,走红的是玛格丽特·杜拉斯,但真正的主帅却是阿兰·罗伯-格里耶。

罗伯-格里耶出生于法国的布列斯特。青年时代在巴黎农艺学院求学。二战结束时毕业,获农艺师职称。随后在法国国家统计部工作。1949年进入生物学研究机构。1950年代初在法属殖民地果品柑橘学院担任农艺师,先后在摩洛哥、几内亚和拉丁美洲等地从事热带果木种植栽培研究工作。1951年在非洲得病,归国途中萌发创作念头,在船上构思了小说《橡皮》(1953)。1955年后在巴黎子夜出版社担任文学顾问,专心致志于文学创作,成为新小说派的领袖。主要作品还有《窥视者》(1955)、《嫉妒》(1957)、《在迷宫中》(1959)、《纽约革命计划》(1970)等。此外,他还写了一系列理论文章,其中论文集《未来小说之路》(1956)、《自然、人道主义、悲剧》(1958)影响较大,被认为是新小说派纲领。罗伯-格里耶声称:"世界既非有意义的,也非荒诞的;它只是存在而已。"他的主要作品都体现了这个特点。

短篇小说《咖啡壶》就像一幅静物画,完全没有人的存在。读者随着作者的描述逐渐进入物的世界,理解物与物之间(餐桌、咖啡壶、穿衣镜和玻璃窗等)互相映射的关系。在《嫉妒》中,嫉妒的丈夫转化为一道无主体的目光,它透过百叶窗的缝隙凝视着一切:花园、小径、阳台、凉椅……而被凝视者(他的妻子及其情人)则对此一无所知,一无遮拦地展示着自己的身体、笑容、言谈,继续着他/她们的爱情游戏。嫉妒者/窥视者处在主动的地位,运用临床医学般的目光,从各个不同的角度任意地打量,选择,定位,记录着这个异己的世界。

以侦探小说式的题材,展现新小说的写作手法和艺术技巧,是格里耶创作的主要特征之一。这方面最有代表性的是《橡皮》和《窥视》。《橡皮》初版于1953年,问世时读者寥寥无几,可是到了1960年代,发行量已超过100万册,欧美各国以及波兰、罗马尼亚、捷克等国都有译本。1968年《橡皮》被改编为电影,片名是《谎言者》。

《橡皮》写一个名叫丹尼尔·杜邦的政治经济学教授遭到暗杀的那一天所发生的事。杜邦教授是一个对全国经济、政治都有重大影响的集团的成员。一个恐怖组织计划把这个集团的重要人物一一杀死,以打击最高统治阶层的势力。在杜邦被刺之前,暗杀者已接连干掉这个集团中的八个人,都是在晚上七点半钟下手的。杜邦与内政部长关系密切,手头又保存着关系重大的文件,因此,内政部长暗中得悉杜邦被刺未死的消息后,立即派出青年侦探瓦拉斯从首都到这个外省的小城市来进行调查。瓦拉斯不知杜邦未死,为了弄清真相,当天晚上七点半埋伏在杜邦书房里,等候恐怖分子来刺杀受杜邦委托前来取走重要文件的大商人马尔萨。不料,传说已被杀死的杜邦在第一次被刺后仅受了轻伤,而受托的马尔萨由于害怕,临时变卦,逃之夭夭,杜邦只得亲自前来取文件,然后再前往首都内政部长家避难,结果被瓦拉斯误杀。但不久,瓦拉斯又接到警察局的电话,告诉他"杜邦没有死"。

《橡皮》典型地反映了新小说的艺术特征。小说以一连串情节的错位(杜邦已死——杜邦未死;枪杀罪犯——错杀杜邦;杜邦真死——杜邦未死)造成一种扑朔迷离的效果。更为重要的是,传统侦探小说的深度模式消失了。小说虽然以侦破案情为主,却用了大量篇幅描写瓦拉斯在城内迷宫般的街道上下意识地到处闲逛,但总是走到杜邦前妻开设的文具店前,以买橡皮为由进入文具店。每次都要描述一番他所需要的橡皮的特点和样式。至于案件的处理结果如何、案件背后隐藏什么样的社会问题等传统侦探小说要考虑的因素,在这部小说中似乎都被橡皮"抹擦"掉了。事件和人物自己呈现着自己,作者无权也无能力挖掘其隐秘的含义。每个读者都可以凭借自己的体验和想象力来填补被"橡皮"擦掉的空白。

在《橡皮》中,对物件的静态描写和复现描述占有非常重要的地位。作者把现实世界看作一个物的世界,把对物件的描写提高到一个最为重要的位置。小说对楼梯、番茄、橡皮、街道作了一次又一次、不厌其烦的复现描述。这种对物件的描写与传统小说不同,它是"非人格化的",物件既不是人的所有物,也不是人的情感投射的对象,更与主人公要侦破的案件毫无关系,它们只是存在着而已。不仅如此,罗伯-格里耶笔下的这个物品世界最大的特性还在于其可测量性,无论是文具、街道、室内装饰,还是像物体一样静止不动的人,都以毫厘不爽的精度写出。在他的小说世界中,对世界的精确测量不仅是可能的,而且是至关重要的。有人认为,罗伯-格里耶可能是一切作家中最好的静物画家。

> 这一片番茄真是完美无缺。它是用机器从一个组织结构对称完美的果实上切下来的。它四周的果肉紧密匀称,具有化学剂中那种鲜艳的红色,夹在发亮的果皮和子房之间,既肥厚又匀称。子房里的黄澄澄的种子,按大小排列,层次分明;一层绿色透明的凝固物使种子黏附在果心鼓起部分的边沿。那浅粉红色的、表面微呈颗粒状的果心,从底部凹陷处伸出一束白色的条纹,其中的一条伸至种子附近——但它延伸的方式有点难以明确。在这片番茄的上面顶端,发生了一种几乎无法察觉的意外情况:有一小块离开果肉约一两毫米,现在微微地翘起。

(余中先 译)

新小说的写物主义实验从某种意义上表征了现代叙事艺术的危机,1960年代中期兴起的元小说则以更极端的方式强化了这一危机意识。"元小说"这个术语,最早出现于美国小说家兼批评家威廉·H.伽斯的论著《小说与生活中的形象》。作为前缀的"元"(meta)既表示"始源",又有"后""变化""转移"等多重意思。元小说的突出特点是以小说的形式反思小说的创作,游走于创作与批评之间,表现了一种清醒的自反意识。我们还记得,在古印度史诗《罗摩衍那》、阿拉伯民间故事《一千零一夜》和近代一些小说(如《堂吉诃德》《项狄传》等)中已经出现"文本自述"的意识和技巧。叙述者在讲述故事时,有时会中断叙述进程提醒我们,你是在读一个用语言建构起来的文本。在传统的小说家那里,文本自述是有限的、局部的,它在小说整体叙述中只是一个不起眼的部分。而在元小说中,文本自述成为小说叙事结构的主要原则,并且上升到对虚构与现实的关系提出疑问这样的形而上高度。小说家关注的不是讲述什么,而是讲述本身。小说在讲述故事的过程中,会不断打断叙述进程,有意识地显示自身的虚构特质,甚至明确告诉读者,自己是在编故事。此外,有些从事元小说实验的作家还将以往时代的文本套入自己的作品中,让过去的故事承担起结构小说的功能,以说明虚构的故事本身具有不依赖于现实世界的独立性。元小说的出现推翻了传统文类之间的规则和界线，打破了读者的期待视野，促使他们思考生活与叙述、现实与虚构之间的关系。进行元小说叙述实验的主要有美国的约翰·巴思和唐纳德·巴塞尔姆、英国的约翰·福尔斯以及阿根廷的博尔赫斯等。

在上文中，我们曾将约翰·巴思（1930— ）列入美国的黑色幽默派，这是因为他的作品常以揶揄的态度刻画人的困境，突出人的存在的荒诞性。但他同时也积极从事元小说的叙述实验。他自称"枯竭的文学派"，认为现代小说的"某些形式已经枯竭，某些可能性已经试尽"。在其创作的一系列小说中，他把传统现实主义小说对自我本质的关心，转化为纯粹的叙述实验和娱乐。《迷失在开心馆里》（1968）是这方面最典型的一个例子。小说写一个名叫安罗布斯的少年随全家去海滨度假，在露天游乐场的开心馆中漫游的经历。开心馆的构造犹如迷宫，曲折蜿蜒的过道、转角、走廊将不同大小、结构的房间连在一起，有意制造令人困惑、震惊的效果，有的房间地板上装有旋转圆盘，有的房间里挂满了哈哈镜，初次进去的人很容易迷路。作家把这个13岁的少年在开心馆中摸索前进、试图找到出口的经过，以及他在肉体和精神上不断经历的冒险刺激，比拟为自己在创作道路上的探索过程。两者互相交织，互相阐发。小说在故事展开的同时，不时中断叙述，大量插入作者对于小说叙述的评论（包括印刷字体和标点符号的使用、叙述结构的安排、人物性格的刻画、创作构思和手法等）。插入的片断（或句子、短语）犹如戏剧中的旁白或电影中的画外音，表现了对于小说叙事艺术的清醒的自反意识。小说结尾，安布罗斯在归途中幻想自己能亲自设计一个"真正惊人的开心馆，复杂得令人难以置信"，而他本人则将成为中央交换台的操纵者，控制迷宫的所有开关和按钮，进而控制前来游乐的人们的路径和情绪。这或许反映了小说家本人的愿望和雄心。当代美国后现代主义批评家哈桑对此书的评论是："虚构之又虚构，层出不穷，词儿不绝如流，有如银河亿万星尘，《迷失在开心馆里》这集中只有一点儿依稀可辨的幽默，掩盖着不知所云。"

第四章　拉美文学的爆炸

二战后,在西方社会经历现代性危机、西方文学面临表述危机的同时,长期处在边缘、被剥夺了话语权的南美和亚非各国逐渐恢复创造活力,打破了500年以来一直以欧洲(后来加上美国)为中心的文学/文化格局。20世纪世界文学交响乐队演奏出来的声音更为雄浑、丰富和多样化了。

早在西班牙人和葡萄牙人来到神奇的南美大陆之前,印第安原住民就已经创造了辉煌的印加文化、阿兹特克文化和玛雅文化。然而,在西方殖民者野蛮的劫掠和屠杀,以及来自欧洲旧大陆的疾病(天花、麻疹、流行性感冒、瘟疫)的双重袭击下,本土的印第安人几乎灭绝,大量珍贵的原始文化文本也在殖民战争中化为灰烬。西葡殖民者反客为主,竭力抹去本土的集体文化记忆,将拉丁文化强加给南美大陆,形成了一个以拉丁文化为主体的杂交文化体系。1790年,海地革命爆发,揭开了拉丁美洲独立战争的序幕。一批新生的拉丁美洲诗人脱颖而出,热情讴歌独立革命,展示了拉丁美洲文化和文学的新生。19世纪末20世纪初,在早期法国象征主义的影响下,拉丁美洲西班牙语世界产生了历时二十余年的"现代主义"运动。在莫雷亚斯发表《象征主义宣言》之后两年,尼加拉瓜诗人鲁文·达里奥(1867—1916)出版了他的《天蓝集》(1888),并在同一年发表于智利的《艺术与文学评论》的一篇文章中,对现代主义作了定义,认为它是"一小群成功而骄傲的西班牙语美洲作家与诗人"所代表的运动。达里奥从此成为现代主义的领袖。属于该流派的重要诗人有墨西哥的内尔沃、阿根廷的卢贡内斯、乌拉圭的赫雷拉等。西班牙语世界的文学史家几乎一致认为,拉丁美洲现代主义运动诞生的一大意义就是它宣告了南美在文化上的独立。它以其世界主义的开放性,融合了欧、亚、美三大洲文化和诗歌的成分,形成了一种新颖的诗歌语言和风格。有意思的是,这个受到法国影响的美洲西班牙语文学运动,于1990年代又回流到欧洲,影响了包括西班牙的马查多兄弟、希梅内斯等在内的一批欧洲现代主义诗人。

第二次世界大战后,随着欧洲殖民体系的垮台,拉丁美洲各国民族民主意识空前高涨,焕发出勃勃生机和创造力,涌现出一大批杰出的小说家和诗人,他们中有:古巴小说家阿来赫·卡彭铁尔(1904—1980)、墨西哥作家卡洛斯·富恩特斯(1929—2012)、秘鲁作家马里奥·巴尔加斯·略萨(1936—)、巴西超现实主义诗人若热·亚马多(1912—2001)、危地马拉小说家米格尔·安海尔·阿斯图里亚(1879—1974)。1945年,瑞典皇家科学院首次将目光投向拉美地区,将诺贝尔文学奖授予智利女诗人米斯特拉尔。1960年代,以魔幻现实主义为核心的拉丁美洲文学的"爆炸",更是震动了世界文坛。随着聂鲁达、帕斯、马尔克斯等作家相继获得诺贝尔文学奖,一个成功地将拉美大陆的史前文化和现代西方文化融为一体的多元文学发展格局,业已在拉丁美洲形成。

一 智利:南美大陆的理想与史诗

伽·米斯特拉尔(原名路西娅·戈多伊·阿尔卡亚加,1889—1957)出生于一个农村小学教师的家庭,虽然没有受过正规系统的教育,但广泛的阅读使她最终当上了小学助理教师。由于失恋,她终身未嫁,将自己的痛苦化为优美深沉的抒情诗。1914年,她以悼念爱人的三首《死的十四行诗》在首都举行的"花节诗歌比赛"中荣获第一名,从此,女诗人米斯特拉尔的名字渐渐流传开来。之后,她将全部精力投入教育事业和诗歌创作。因为没有儿女,她将深沉的母爱奉献给了更多的孩子。她为儿童写的大量儿歌、摇篮曲和系列散文《母亲的诗》使人们领略到诗人圣洁、崇高的母爱,为她博得了"母爱诗人"的美名。1920年代后她被智利政府派往许多国家担任外交使节。第二次世界大战爆发后,她为保卫和促进世界和平做了许多有益的工作,诗作也超越了情爱和母爱的主题,达到深刻的人道主义高度。她在诗中谴责纳粹暴行,呼吁全世界的和平。1945年,"由于她那富于强烈感情的抒情诗歌,使她的名字成了整个拉丁美洲的理想的象征",米斯特拉尔获得诺贝尔文学,成为第一位获得该奖的女诗人,也成为拉美地区第一位诺奖得主。

米斯特拉尔的诗歌形式比较传统,但其情感炽热程度可与古希腊的萨福媲美,正如一位西班牙评论家所说:"她有火山爆发般的激情和高度的概括力;火热的诗句来自那长期经受锤炼、激情迸发的熔炉——心田,同时也是从经久不息的思想烈焰中陶冶出来的。"以下《死的十四行诗》第一首可略见其诗风之一斑。

> 人们将你放在冰冷的壁龛里,
> 我将你挪回纯朴明亮的大地,
> 他们不知道我也要在那里安息,
> 我们要共枕同眠梦在一起。
>
> 我让你躺在阳光明媚的大地,
> 像母亲照料酣睡的婴儿那样甜蜜。
> 大地会变成柔软的摇篮,
> 将你这个痛苦的婴儿抱在怀里。
>
> 然后我将撒下泥土和玫瑰花瓣,
> 在月光缥缈的蓝色的薄雾里,
> 把你轻盈的遗体禁闭。
> 赞赏这奇妙的报复我扬长而去,
> 因为谁也不会下到这隐蔽的深穴里
> 来和我争夺你的尸骨遗体!

(赵振江 译)

巴勃罗·聂鲁达(原名内夫塔利·里卡多·雷耶斯·巴索阿尔托,1904—1973)是智利一位铁路工人的儿子。1924 年,他出版了第一部诗集《二十首情诗和一首绝望的歌》,令智利文学界瞩目。之后,他在外交部供职,担任多个亚洲和欧洲国家领事。1930 年代在巴塞罗那出版了一种超现实主义的刊物。1939 年西班牙内战爆发,打破了诗人平静的生活,也彻底改变了他的诗风。正如海明威感到丧钟为他敲响,为全人类

敲响一样,聂鲁达如是说:

> 当第一颗子弹射中西班牙的六弦琴,流出的不是音乐而是血,人类苦难的街道涌出恨和血,我的诗像幽灵一样顿然停步。从此,我的道路跟众人的道路会合了。忽然之间,我看见自己从孤独的南方走向北方——老百姓,我要让自己谦卑的诗成为他们的剑和手帕,去抹干他们悲痛的汗水,让他们得到争取面包的武器。

(赵振江 译)

之后,他成为一个坚定的共产主义者,认识到诗歌是使普通人达成人类团结的一种象征,积极投身于反战和世界和平运动。1950年出版的诗集《漫歌集》(又译《诗歌总集》或《大众之歌》),显示了诗人广阔的视野、博大的胸怀和卓越的才能,成为他创作生涯的里程碑。全诗15章,气势磅礴,绚丽多彩,既有对南美风光的描述和历史的追忆,也有对解放者的赞扬和对压迫者、独裁者的谴责。诗集被认为是献给整个拉丁美洲的史诗,聂鲁达本人也因此而成为智利民族的象征和人类的预言家。《漫歌集》中最好的部分是由12首系列咏唱诗组成的《马丘比丘高地》。距古老印加帝国首都库斯科城外八十余英里的安第斯山中,有一座山顶废城,坐落在马丘比丘高地上。1943年,聂鲁达在卸去担任了三年的智利驻墨西哥城总领事返国时,路过秘鲁并登上了这个高地。两年之后,诗作《马丘比丘高地》问世。这首诗被认为是不熟悉西班牙语诗歌的读者了解聂鲁达和南美诗歌的最佳入门之作。诗作融合了巴洛克风格和魔幻现实主义或超现实主义,以丰富的多声部合唱反映了南美大陆绚丽多姿的自然风光、悠久的历史文化传统,以及本土原住民的创造力,其目的是为了唤醒被殖民者抹杀和遮蔽的民族记忆。

> 在礼服和假发来到这里之前,
> 只有大河,滔滔滚滚的大河;
> 只有山岭,其突兀的起伏之中
> 飞鹰或秋雪仿佛一动不动;
> 只有湿气和密林,尚未有名字的

雷鸣,以及星空下的邦巴斯草原。
人就是大地,就是颤动的泥浆的
容器的眼皮,黏土的形体;
就是加勒比的歌,奇布却的石头,
帝国的杯子,或者阿劳加的硅土。
他柔软而多血,然而
在他那潮润的水晶的
武器的柄上,却铭刻着
大地的缩影。
后来
谁也不记得它们了:
风把它们遗忘,水的说话
被埋葬,密言暗语已经消失
或者沉没在寂静和血泊之中……

我,泥土的印加的后裔,
敲着石头说:
是谁
在期待着我?我把手握紧
一柄透明的水晶的匕首,
可是在萨波特卡的花丛里,
亮光却甜蜜得像小鹿,
阴影仿佛墨绿的眼睑。

我的没有名字的不叫亚美利加的大地,
划分昼夜的经线,紫贝的长矛,
你的香气渗入我的根子,
直到我喝的杯子;直至
我嘴里尚未诞生的最精美的语言。

(王央乐 译)

1970 年,聂鲁达被授予诺贝尔文学奖,成为第二位获此殊荣的智利诗人。瑞典皇家科学院给出的理由是:"他的诗歌具有自然力般的作用,复苏了一个大陆的命运和梦想。"

二 阿根廷:镜子、迷宫与花园

阿根廷著名的诗人、作家和评论家豪尔斯·路易斯·博尔赫斯(1900—1986)从小就在文学方面表现出惊人的天赋,他精通英、法、德等多种欧洲语言,7 岁时就翻译了奥斯卡·王尔德的《快乐王子》。青年时期赴英国剑桥大学求学,之后南下至西班牙,与当时欧洲或旅欧的先锋派诗人和作家过从甚密。1920 年代初,他将西班牙的"极端主义"改造后引入拉丁美洲。在《极端主义宣言》中,他主张诗歌回归本源,尽可能取消可有可无的枝叶,避免任何说教和阐释,把形容词的使用缩小到最低限度,把抽象事物具体化,具体事物抽象化。1923 年出版的《布宜诺斯艾利斯的激情》是他的代表作之一。诗集运用大量奇谲的比喻和抽象的概念,运用了迷宫、轮回、街角、镜子等富于象征意义的形象,此后这些形象不断复现在他的散文和短篇小说中。1941 年出版的《小径分叉的花园》,确立了他作为小说家在阿根廷文坛上的地位;1962 年,他的两本文集《迷宫》和《小说集》在美国出版,立即受到英美文学评论界的关注。

博尔赫斯没有创作过长篇小说,被称为"只写小文章的大作家"。这些小文章以其锋利的睿智、丰富的想象、数学般简洁的文笔吸引了许多现代作家,也使博尔赫斯成为"作家的作家"。

博尔赫斯一生读书撰文,工作甚勤,晚年双目失明,仍笔耕不辍,以口授方式继续文学创作,表现出惊人的顽强毅力。他早年担任过图书管理员,后来又被任命为国家图书馆馆长,这让他可以随心所欲地翻阅来自各种文化源头的书籍,从荷马史诗到中世纪的炼金术、骨相学、记忆术和中国古代神话故事等无所不包,并将其中大量的丰富的细节融入他的作品。他说,他心中一直都在暗暗设想,"天堂应该是图书馆的模样"。

博尔赫斯将理性与非理性、玄学与逻辑学、深奥神秘的概念与具体单纯的事物融为一体，突出了时间、梦幻、死亡和轮回等主题。他的全部作品构成了一个图书馆般的迷宫，里面的文本互相交叠、互相缠绕，形成一个自成一体的文本世界。这个世界如同他笔下的"通天塔图书馆"般包罗万象、深邃无比，又像"小径分叉的花园"般结构精巧、引人入胜，或者说像一个名叫"阿莱夫"的水晶球那样玲珑剔透、自我映射，每个人都可以从中看到世界万物和自我形象。

  阿莱夫的直径大约为两三公分，但宇宙空间都包罗其中，体积没有按比例缩小。每一件事物（比如说镜子玻璃）都是无穷的事物，因为我从宇宙的任何角度都清楚地看到。我看到浩瀚的海洋、黎明和黄昏，看到美洲的人群、一座黑金字塔中心一张银光闪闪的蜘蛛网，看到一个残破的迷宫（那是伦敦），看到无数眼睛像照镜子似的近看着我，看到世界上所有的镜子，但没有一面能反映出我，我在索莱尔街一幢房子的后院看到三十年前在弗赖本顿街一幢房子的前厅看到的一模一样的细砖地，我看到一串串的葡萄、白雪、烟叶、金属矿脉、蒸汽，看到隆起的赤道沙漠和每一颗沙粒，我在因弗内斯看到一个永远忘不了的女人，看到一头秀发、颀长的身体、乳癌，看到行人道上以前有株可以为博尔赫斯笔下的魔幻世界作注的树的地方现在是一圈干土，我看到阿德罗格的一个庄园，看到菲莱蒙荷兰公司印行的普林尼《自然史》初版的英译本，同时看到每一页的每一个字母（我小时候常常纳闷，一本书合上后字母怎么不会混淆，过一宿后为什么不消失），我看到克雷塔罗的夕阳仿佛反映出孟加拉一朵玫瑰花的颜色，我看到我的空无一人的卧室，我看到阿尔克马尔一个房间里两面镜子之间的一个地球仪，互相反映，直至无穷，我看到鬃毛飞扬的马匹黎明时在里海海滩上奔驰，我看到一只手的纤巧的骨骼，看到一场战役的幸存者在寄明信片，我在米尔扎普尔的商店橱窗里看到一副西班牙纸牌，我看到温室的地上羊齿类植物的斜影，看到老虎、活塞、美洲野牛、浪潮和军队，看到世界上所有的蚂蚁，看到一个古波斯的星盘，看到书桌抽屉里的贝亚特丽丝写给卡洛斯·阿亨蒂诺的猥亵的、难以置信但又千真万确的信（信上的字迹使我颤抖),我看到查卡里塔一座受到膜拜的纪念碑,我看到曾是美好的贝亚特丽丝的怵目的遗骸,看到我自己暗红的血的循环,我看到爱的关联和死的变化,我看到阿莱夫,从各个角度在阿莱夫之中看到世界,在世界中再一次看到阿莱夫,在阿莱夫中看到世界,我看到我的脸和脏腑,看到你的脸,我觉得眩晕,我哭了,因为我亲眼看到了那个名字屡屡被人们盗用、但无人正视的秘密的、假设的东西:难以理解的宇宙。

(王永年 译)

三 哥伦比亚:魔幻现实主义

1960年代被称为拉美文学爆炸的年代。这个年代出现的一系列作品被称为魔幻现实主义。不过,魔幻现实主义这个概念本身并不是拉美作家发明的。早在1924年,弗朗茨·罗在描述德国"新现实派"绘画时就创造了"魔幻现实主义"(magical realism)这个词。1940年代后期,古巴作家阿莱霍·卡彭铁尔借用这个词,称之为"奇异的现实"(marvelous reality)。他用这个词形容一些拉丁美洲作家创作的奇特的作品。1955年墨西哥作家胡安·鲁尔福创作的《佩德罗·巴拉莫》(1955)被看做魔幻现实主义创作风格的先驱。1960年代拉丁美洲小说创作中魔幻现实主义逐渐形成热潮。1960年博尔赫斯的短篇小说集《迷宫》在欧洲引起轰动。1967年,加西亚·马尔克斯的长篇小说《百年孤独》出版,标志着魔幻现实主义达到更加完美的程度,有了自己的经典作家和作品。

从文化角度考察,魔幻现实主义的产生与1960年代拉美作家的本土意识觉醒有很大关系。他们认为,要表现瑰丽多姿的拉美大自然与充满矛盾的社会现实,就必须认真发掘本大陆、本民族的传统意识,将神话、民间故事、宗教习俗等一切可以表现本土民族意识的材料熔于一炉,创立全新的、不同于欧洲文学传统的叙事艺术作品。

从美学角度审视,魔幻现实主义是将一种现实与超现实置于同一平面上,将日常生活转化为令人惊叹的非现实加以表现的文体。在魔幻现实主义的小说中,作者的根本目的就是试图借助魔幻来表现现实,而不是把魔幻当成现实来表现。小说中的人物、事物和事件本来就是可以认识的,是合理的,但是作者为了使读者产生一种怪诞的感觉,故意把它们写得不可认识,不合情理,拒绝给以合理的解释,像魔术师那样变幻或改变了它们的本来面目。于是,现实在作者的虚构想象中消失了。试比较以下两例:

> 她升天了。
>
> 她包裹在一团丝绸般颤抖的火焰中升天了。

第一例只是描述了一个不可思议的景象,而第二例则由于与现实产生了某种关联,而在某种程度上变得令人可信。正如智利作家因培特所说:

> 在现实消失和表现现实(即现实主义)之间,魔幻现实主义所产生的效果就像观看一出新式的节目那样令人惊叹,也像在一个新的早晨的阳光下用新眼光观察世界:其景象即使不是神奇的,至少也是光怪陆离的。作者的意图是要制造一种既超自然又不脱离自然的气氛,其手法是把现实改变成像精神病患者产生的那种幻境。

魔幻现实主义当之无愧的代表作家是加西亚·马尔克斯(1927—2014)。他出生在哥伦比亚马格达雷纳省的一个小城。父亲是电报报务员兼顺势疗法医生,兼营药店。他的父母亲的结合颇有传奇色彩,后来被他写进小说《霍乱时期的爱情》。外祖父是受人尊敬的退役上校,哥伦比亚两次内战的幸存者。他的回忆成为马尔克斯日后小说的基本素材和主题。外祖母博古通今,善于讲述神话和鬼怪故事。马尔克斯中学毕业后考入波哥大大学学法律。1948年哥伦比亚内战爆发迫使他中途辍学,后来转到卡塔纳大学读新闻,同时开始记者生涯。1954年出版第一部短篇小说集《周末的第一天》。1967年出版《百年孤独》,奠定了他在世界文学史上的地位。

《百年孤独》(1967)是一部再现拉美社会历史图景的鸿篇巨制,被誉为"当代的《堂吉诃德》",此书出版后立即被誉为20世纪伟大的小说,赢得多种文学奖,并很快被翻译成几十种语言。马尔克斯在这部小说中运用魔幻现实主义手法,将本土意识、神话传统、民间故事和宗教习俗融为一体,展示了一个多姿多彩、充满想象和幻景、具有多元文化杂交特色的文学世界。

作为魔幻现实主义的经典作品,《百年孤独》遵循"变现实为幻想而又不失其真"的创作原则,把现实和幻想结合起来,造成一种"似真非真,似假非假"的艺术效果。小说反映和评价了西班牙征服哥伦比亚和拉丁美洲以来的社会历史事件:如19世纪自由党人与保守党人之间的战争、20世纪不断重演的暴力事件、外国香蕉公司的发展和剥削导致的破坏与骚乱(有1928年果品联合公司的罢工为依据)。小说中的马孔多具有多重象征意义。作为一种树,它源于非洲东部及中部,在班图语中意为"大香蕉"或"小香蕉",非洲黑奴把该词带到了哥伦比亚。作为一种赌博,它是一种原始的博彩游戏。作为香蕉种植园,它拥有336公顷土地,是联合果品公司面积最大的种植园之一。作为一个小镇的名字,马孔多则是拉丁美洲的缩影。

小说运用非线性的时间模式,不断地在过去、现在和将来闪回,造成一种似真似幻、扑朔迷离的魔幻的时间感觉。小说开头的一段是这种魔幻时间观的典型例子:

> 许多年以后,面对行刑队,奥雷良诺·布恩狄亚上校将会回想起他父亲带他去见识冰的那个遥远的下午。那时的马孔多是一个有二十户人家的村落,用泥巴和芦苇盖的房屋就排列在一条河边。清澈的河水急急地流过,河心那些光滑、洁白的巨石,宛若史前动物留下的巨大的蛋。这块天地如此之新,许多东西尚未命名,提起它们时还须用手指指点点。
>
> (黄锦炎 等译)

叙述者从现在出发,推测将来要发生的事件,而这个事件的主体又在将来的现在回想过去,随后,叙事时间由较近的过去滑向更远的过去,直至史前时代。由此,小说展开了一个人、鬼、物交感的世界,体现了具有拉美本土文化特色的、建立在古老的"万物有灵论"基础上的魔幻和巫术世界观。

  每年到了三月光景,有一家衣衫褴褛的吉卜赛人家到村子附近来搭帐篷。他们吹笛击鼓,吵吵嚷嚷地向人们介绍最新的发明创造。最初他们带来了磁铁。一个胖乎乎的、留着拉碴胡子、长着一双雀爪般的手的吉卜赛人,自称叫墨尔基阿德斯,他把那玩意儿说成是马其顿的炼金术士们创造的第八奇迹,并当众作了一次惊人的表演。他拽着两块铁锭挨家串户地走着,大伙儿惊异地看到铁锅、铁盆、铁钳、小铁炉纷纷从原地落下,木板因铁钉和螺钉没命地挣脱出来而嘎嘎作响,甚至连那些遗失很久的东西,居然也从人们寻找多遍的地方钻了出来,成群结队地跟在墨尔基阿德斯那两块魔铁后面乱滚。"任何东西都有生命,"吉卜赛人声音嘶哑地喊道,"一切在于如何唤起它们的灵性。"

(黄锦炎 等译)

  小说中类似上述片断的交感场景和魔幻情节比比皆是:被布恩狄亚杀死的村民普鲁登肖的鬼魂每晚出没于前者的家中;霍·阿卡迪奥在自己家中被谋杀后,血流过客厅,流到街上,爬上街沿,一直流向布恩狄亚家的厨房,通报死讯;政府军枪杀了3000罢工工人后,雨下了整整4年零12个月零2天,鱼可以游进门,游进窗子;奥雷连诺第二与情妇的情欲刺激得禽畜繁殖兴旺;俏姑娘雷梅苔丝裹在床单上升了天;等等。

  孤独是小说中的一个重要主题,并且与性相关。小说塑造了与之相关的两组人物。第一组是造成孤独的人物,布恩狄亚家族中名叫奥雷连诺的男性。他们离群索居、头脑出众、工于心计,具有从事宏大事业的天赋、持久的毅力、技能和安排计划、履行重大职责的谋略;其代表是奥雷连诺·布恩狄亚上校。他发动过32次武装起义,遭遇过14次暗杀、73次埋伏和1次枪决。晚年回到家乡关在自己的实验室里炼他的小金鱼,切断了与家人及外部世界的联系。上校虽然与17个女人生了17个孩子,却一个也不认识,他的无情造成了自己的孤独。第二组是反抗孤独的人物,其代表人物是何塞·阿卡迪奥·布恩狄亚的妻子乌苏拉。乌苏拉是作家心目中的理想女人,集中了拉美妇女的优秀品德。她勤劳朴实、干练聪慧、极有魄力,为布恩狄亚家族的兴旺发达和马孔多的繁荣昌盛作出了极大的贡献,成为将所有家庭成员团结在一起的纽带。她一去世,布恩狄亚家族就急剧衰败了。另一个反抗孤独的人物是算命者特内拉。她通过与布恩狄亚家族的男人们睡觉并生下孩子来反抗孤独,代表着旺盛的生命力。

性是《百年孤独》涉猎最多的主题。马孔多的创建者何塞·阿卡迪奥·布恩狄亚与其妻乌苏拉的近亲结婚为整个小说的展开奠定了基础。布恩狄亚家族中的许多成员都有不正常的性关系。名叫何塞·阿卡迪奥的一组男性,感情冲动而缺乏想象力,完全凭本能行动,追求物质享受,屈从于肉欲诱惑,沉湎于酒色之中,并且不同程度地被女人控制;其代表是何塞·阿卡迪奥,他感情冲动,富有闯荡精神,少年时跟随吉普赛人出走,回马孔多后沉溺于肉欲之中。

小说通过布恩狄亚家族七代人充满神奇色彩的生活经历,以及马孔多小镇由开拓、发展到毁灭的历程,写出了哥伦比亚及拉丁美洲愚昧落后、与世隔绝和被殖民入侵的屈辱历史,启发人们思考造成百年孤独的原因,以及摆脱孤独的出路。小说开始于一场乱伦,终结于这个乱伦家族的最后一代人的退化与消失。小说结局是对人类的一个警示——布恩狄亚家族最后一代生下一个带猪尾巴的孩子,马孔多小镇被一阵大风刮得无影无踪。

小说大量运用了从古希腊、希伯来到美洲的神话原型,暗示着历史的延续性和循环性。马孔多的建造者布恩狄亚上校与其妻子的乱伦关系,以及其后他俩离开家乡、自谋生路的经历令人想到《圣经·创世纪》中亚当与夏娃被放逐的故事。布恩狄亚上校率领马孔多的人去寻找通向外部世界出路的故事,显然与《圣经·出埃及记》中摩西带领希伯来民族寻找迦南地的故事具有某种对应关系。小说中那场下了整整4年零11个月零2天,冲刷了被政府军屠杀的罢工工人的血迹的大雨,也明显与《圣经·创世纪》中的大洪水有相似之处。布恩狄亚家族的大女儿阿玛兰塔终身未嫁,把自己关在家中,不断为自己缝殓衣的情节,令人想起荷马史诗《奥德赛》中奥德修斯的妻子帕涅罗帕为躲避求婚者而不断织布的故事。与此同时,小说还反复运用重复的手法。同样的事件、人物、行为不断重复,布恩狄亚家族中人物的名字、性格特征、行为等不断重复,令人感到时间在原地打转,历史在不断地循环往复。

1982年,瑞典皇家科学院将当年的诺贝尔文学奖授予加西亚·马尔克斯,理由是:"他的长篇和短篇小说把幻想和现实融为一体,勾画出一个丰富多彩的想象中的世界,反映了拉丁美洲大陆的生活和斗争。"

四 墨西哥:史前文化、西班牙传统与现代主义

墨西哥具有丰富的原始文化传统,是古老的阿兹特克文化的发源地。1790年,考古学家在墨西哥中心广场发掘出一块重24吨,直径3.58米的太阳石,又称阿兹特克石历,显示了墨西哥辉煌的过去。在新的时代将史前文化、西班牙殖民者带来的拉丁文化融汇一体,创造出一种新的文化,成为许多墨西哥当代作家的自觉追求和不懈努力。

奥克塔维奥·帕斯(1914—1998)可谓这方面的典型代表。他生于知识分子家庭,度过了一个"被文字驯服的童年"。19岁时出版了第一本诗集。1940年代进入墨西哥外交界,同时汇入当时已呈扩散趋势的超现实主义诗歌运动。西班牙内战爆发后,帕斯加入反法西斯斗士行列,经受了血与火的洗礼。1960年代出任墨西哥驻印度大使。1968年因抗议墨西哥军政府镇压学生运动愤而辞去大使一职,之后在英美一些大学从事诗歌研究工作。1971年回国后继续写诗作文,并编辑一份刊物,直到去世。他的主要诗作有《太阳石》《假释的自由》《向下生长的树》,散文作品有《孤独的迷宫》《人在他的世纪中》《印度纪行》等。帕斯的诗歌融合了拉美本土文化及西班牙语系的文学传统,继承了欧洲现代主义的形而上追索,以及用语言创造自由境界的信念,将强烈的瞬间经验和复杂的历史意识、个人的生命直觉和东西方的文化传统熔于一炉。

1951年发表的《太阳石》是帕斯的主要代表作。诗篇以阿兹特克太阳石为中心,赞美墨西哥辉煌的过去,将世界万物的运动和人类命运的

变化融合在一起,抒发了诗人对生活和大自然的热爱,对爱情和理想的追求。全诗共584行,首尾呼应,采用环形的、开放的结构,内涵丰富。

>……请张开手臂,
>种子即岁月的女主人,
>岁月是不朽的,生长,向上,
>刚刚诞生,不会终止,
>每天都是新生,每次诞生
>都是一个黎明,而我就在黎明诞生,
>我们都在黎明诞生,
>太阳带着他的脸庞在黎明升起,
>胡安带着他的也就是大家的脸庞诞生,
>生灵的门,唤醒我吧,天已发亮,
>让我看看今天的脸庞,
>让我看看今夜的脸庞,
>一切都互相关联并在变化,
>血液的拱门,脉搏的桥梁,
>将我带往今夜的另外一方,
>在那里我即是你,我们是你们,
>那是人称交错的地方,
>
>生灵的门:打开你的生灵,
>请你唤醒并学作生灵,请将面部加工,
>请修饰你的面孔,请有一张面孔,
>为了你我互相观察。
>也为了观察生命直到临终,
>大海、面包、岩石和泉水的面孔,
>将我们的面孔溶进那没有姓名的面孔,
>溶进那没有面孔的生灵
>和无法形容的面貌中……

>我想继续前进,去到远方,但却不能:
>这瞬间已一再向其他瞬间滑行,
>我曾作过不会做梦的石头的梦,
>到头来却像石头一样
>听见自己被囚禁的血液的歌声,
>大海用光的声音歌唱,
>一座座城墙互相退让,
>所有的门都已毁坏,
>太阳从我的前额开始掠抢,
>翻开我紧闭的眼睑,
>剥去我生命的包装,
>使我脱离了我,脱离了自己
>千年昏睡的石头的梦乡
>而他那明镜的幻术却重放光芒。
>一棵晶莹的垂柳,一棵水灵的黑杨
>一股高高的喷泉随风飘荡,
>一棵笔直的树木翩翩起舞,
>一条弯弯曲曲的河流
>前进、后退、迂回,总能到达
>要去的地方。
>
>(赵振江 译)

1990年,帕斯因其作品"充满激情、有着多方面、多层次的广阔视野,渗透着可感知的智慧和完美真诚的人道主义,将拉美史前文化、西班牙文化和现代西方文化融为一体"而获得诺贝尔文学奖。

第五章 亚非文学的复兴

两次世界大战列强之间的内耗,削弱了帝国主义势力对殖民地的控制。二战结束后,东方民族纷纷摆脱西方殖民者的统治,获得了政治上的独立。1955年,亚非各国为反对殖民主义、争取和保障民族独立、反对侵略战争,首次在没有西方殖民国家参加的情况下召开了万隆会议,会议一致通过了《亚非会议最后公报》,宣布"殖民主义在其一切表现中都是一种必须迅速予以根除的祸害"。从1960年代以来到1980年代,世界上大部分前殖民地几乎都获得了解放。一位美国历史学家说:"正如欧洲在19世纪最后的20年中迅速地获得其大部分殖民地那样,欧洲在第二次世界大战后同样短的时间内又失去了大部分殖民地。1944至1970年间,总共有63个国家赢得了独立。……欧洲人在海外取得那么多非凡的胜利和成就之后,到20世纪中叶似乎又退回500年前他们曾从那里向外扩张的小小的欧亚半岛上去了。"随着世界政治格局的重组和文化的重新整合,亚非文学也获得了新生。前殖民地作家努力恢复被殖民主义中断的本土传统,收回本土文化资源的自我阐释权。

一 印度:民族主义文学与农村生活史诗

1936年,印度"进步作家协会"成立,标志着印度现代文学的确立,民族主义文学成为主流。印度各语种文学(印地语、孟加拉语、乌尔都语)和英语文学都取得了很大成就。

普列姆昌德(原名滕纳伯德·拉耶,1880—1936)是印度现代文学史上继泰戈尔之后公认的大作家。不过,婆罗门出身的泰戈尔主要表现的是印度中上层人们的思想与愿望,而农民出身的普列姆昌德则更多关注印度农村下层人民的生活与情感。他同时用乌尔都语和印地语创作,写了12部长篇小说和三百多个短篇小说,著名的有短篇小说集《热爱祖国》《进军》《圣湖》,长篇小说《服务院》《仁爱道院》等。

普列姆昌德的代表作是《戈丹》(意译为"献牛"或"牺牲",1936)。小说主人公何利是一个印度贫苦农民,他身上既有善良、勤劳、宽容等优秀品质,又有农民的贪心和自私;同时还有懦弱、愚昧、不觉醒等特点。正是这种性格特征决定了他的悲惨命运。他一生的梦想就是积点钱买一头母牛。在印度教信仰中,母牛是圣牛,它不但可以产奶,也是吉祥的象征和膜拜的对象。但他三次买牛,美梦都一一破裂。第一次因儿子爱上一个寡妇,并将她收留在家中,何利被长老会开除教籍,并处以罚款。为交罚款,他只得把一年劳动的收入连同破屋全部抵押出去。第二次他准备用卖甘蔗的钱来买牛,结果在高利贷者和糖厂老板的盘剥下变得一无所有。为还清欠款,他不得不把二女儿变相卖给一个老头为妻。第三次他好不容易又凑够了钱,却因劳累过度而死在采石场。临死前,家人按照印度教习俗为他举行"戈丹"仪式,他积攒的最后一点钱也被祭司搜刮殆尽。结果他自己成了一头牛,被供奉在印度教祭坛上。小说通过农民何利的悲剧,反映了1930年代的印度农村生活,揭示了地主老爷、村中头人、高利贷者、警官法院、宗教习俗等对下层农民的层层盘剥,造成农民的苦难:

> 村里没有一个人不是愁眉苦脸的,仿佛他们的躯体里没有灵魂,只有痛苦,他们好像木偶似的跳来跳去;只知道干活、受苦,因为干活受苦是他们命中注定的。他们的一生没有任何希冀,没有任何志向,仿佛他们的生命的源泉已经枯竭,靠着这源泉滋养的一片青青的草木也同时萎谢了。

(严绍端 译)

小说因对印度农村生活的真实描绘和对社会问题的深刻理解,被誉为"30年代印度农村生活的史诗"。

杰南德尔·古马尔被誉为继普列姆昌德后第二位重要的印度小说家。他采用现实主义手法进行创作,擅长心理描写,堪称印地语心理小说创始人,著有长篇小说《苏克达》等。阿基兰是泰米尔语作家,著有《万卡之子》等。

二 日本:从无产阶级文学到新感觉派

在亚洲诸国,日本是个特例,它成功地通过"明治维新"完成了从传统社会向现代社会的转型,避免了沦为西方殖民地的命运。20世纪初,日本为争霸远东重要战略经济区和重新瓜分远东势力范围,与沙俄帝国进行了一场战争(1904—1905)。获胜后,日本进一步扩张了野心,企图独霸整个亚洲和远东。三四十年代连续发动对外侵略战争。战败后又经历了一个混乱时期。

1920年代日本文学经历了由无产阶级倾向向资产阶级流派的过渡。1921年,小牧近江、金子洋文等主持的《播种人》创刊,标志着无产阶级文学的形成。叶山嘉树的《生活在海洋的人们》是日本无产阶级文学建立时期的纪念碑式作品。德永直的《没有太阳的街》和小林多喜二的《蟹工船》被称为日本无产阶级文学的双璧。

1924年,以《文艺时代》为中心,青年作家横光利一、川端康成开创了新感觉派,标志着西方现代派文学开始在日本生根发芽。新感觉派的特点是:对传统文学表示怀疑甚至否定,力图在表现形式上标新立异;依靠直觉、直观去表现客观事物,大量使用感性的表达方式、新奇的文体和辞藻来刺激人们的感觉;宣传神秘主义、虚无主义和悲观主义思想。横光利一的小说《头和腹》被认为是新感觉派诞生的标志。小说开头一句"特别快车满载旅客全速奔驰,沿线的小站像石头一般被弃置不顾",一度引发争论,贬者认为是炫耀新奇,褒者则赞扬它"以十几个字生动地、有力地描写出快车、小站与作者自我感觉的关系"。

川端康成(1899—1972)生于大阪,自幼即失去双亲和良好的教育环境,由居住在郊外、体弱多病、双目失明的祖父收养。对于历来重视血缘关系的日本人来说,双亲的不幸亡故,无疑具有双重意义。它影响了川端康成的整个人生观,也成为他日后研究佛教哲理的缘由之一。1924年,他与横光利一一起开创了新感觉派。1926年发表成名作《伊豆的舞女》,奠定了他的作家地位。此后《雪国》的问世,标志着他的文学创作开始进入鼎盛时期。战后,他除了续成《雪国》的后两章外,还写了短篇

《重逢》以及中长篇《古都》《千只鹤》《名人》《舞姬》《睡美人》等。川端康成虽然是反传统的新感觉派的创始人之一，但不久即开始回归传统，致力于探索一条将东西方文化融为一体的途径。1968年，川端康成以《雪国》《古都》《千只鹤》三部代表作，获得诺贝尔文学奖。瑞典科学院常务理事安德斯·奥斯特林在颁奖辞中说明了授奖理由："其一，川端康成以卓越的艺术手法，表现了具有道德伦理价值的文化思想；其二，川端康成在架设东方与西方之间精神桥梁上，作出了贡献。"1972年，川端康成在工作间开煤气自杀，安静地离开了这个世界。

中篇小说《雪国》是最能代表川端康成创作风格的重要作品之一。写作此书时，正是战火纷飞、硝烟弥漫的年代，但作家却流连忘情于北国雪野，写成了这部文字空灵、主题幽远超脱、看不出一丝战争气息的小说。主人公岛村是一个有妻室儿女的中年男子。他精神空虚，总想追求一种瞬间闪烁的美、纯洁的美，一个偶然的机会，他在雪国某个旅馆里结识了年方十九的驹子，不禁为充满生命活力的少女的美而魂牵梦萦。驹子也赏识岛村的大度和学识。二人一见钟情。岛村在城里一事无成，为了和驹子幽会，几度来到雪国。

一次，岛村又去雪国与驹子相会，在火车上被一位正体贴入微地照顾一个男病人的漂亮姑娘所吸引。当时，已是黄昏时分，车窗外夜幕降临在皑皑雪原上。在这个富有诗情的背景中，姑娘的明眸不时闪映，望去十分美丽动人。后来岛村得知姑娘名叫叶子，青年名叫行男。叶子原来是驹子三弦师傅家的人，行男则是三弦师傅之子。岛村风闻三弦师傅活着的时候，曾有意叫驹子和行男订婚，驹子也是为给行男治病才当了艺妓。但驹子对此表示否认。

翌年秋天，岛村又来到雪国。现在行男早已病故，叶子常常去上坟。岛村又一次为叶子的心灵美所倾倒，但又舍不得断绝和驹子的肉体关系。最后，叶子在一场大火中从楼上跌落摔死了，岛村紧紧地搂抱着失声惊叫的驹子，虚无的目光凝视着星空。

《雪国》通过岛村三次从东京到雪国和驹子交往的故事，以敏锐的感受及高超的叙事技巧，表现了日本人的内心。在虚幻、哀愁和颓废的基调上，以病态、诗意、孤独、衰老、死亡来反映空虚的心理、细腻的感情和忧郁的生活,追求一种颓废的至美,达到一种空灵虚无的艺术至境。小说继承了日本古典文学纤细、含蓄、感伤、清淡而纯真的格调,非常注意捕捉最感人心灵的悲哀情绪。川端还充分调动日本文学传统中的"四季感"的艺术手段,以景托情,创造出一种特殊的气氛,将人物的感情突现出来。《雪国》对雪夜景物和银河下雪中火灾现场的记述,对雪国初夏、晚秋、初冬的季节转换、景物变化的描绘,以及对镜中人物的虚幻感觉的着笔,都对应了人物的感情世界,以衬托出岛村的哀愁、驹子和叶子的纯洁。

小说还成功地借鉴了西方"意识流"的创作手法。作品开头不久即以两面镜子作为跳板,把岛村诱入回想世界,他从夕阳映照下的火车玻璃窗中偶然窥见叶子的脸庞,引出对驹子的回忆,故事的序幕由此揭开。

> 黄昏的景色在镜后移动着。也就是说,镜面映现的虚像与镜后的实物好像电影里的叠影一样在晃动。出场人物和背景没有任何联系。而且人物是一种透明的幻像,景物则是在夜霭中的朦胧暗流,两者消融在一起,描绘出一个超脱人世的象征的世界。特别是当山野里的灯火映照在姑娘的脸上时,那种无法形容的美,使岛村的心都几乎为之颤动。
>
> 在遥远的山巅上空,还淡淡地残留着晚霞的余晖。透过车窗玻璃看见的景物轮廓,退到远方,却没有消逝,但已经黯然失色了。尽管火车继续往前奔驰,在他看来,山野那平凡的姿态越是显得更加平凡了。由于什么东西都不十分惹他注目,他内心反而好像隐隐地存在着一股巨大的感情激流。这自然是由于镜中浮现出姑娘的脸的缘故。只有身影映在窗玻璃上的部分,遮住了窗外的暮景,然而,景色却在姑娘的轮廓周围不断地移动,使人觉得姑娘的脸也像是透明的。是不是真的透明呢?这是一种错觉。因为从姑娘面影后面不停地掠过的暮景,仿佛是从她脸的前面流过。定睛一看,却又扑朔迷离。车厢里也不太明亮。窗玻璃上的映像不像真的镜子那样清晰了。反光没有了。这使岛村看入了神,他渐渐地忘却了镜子的存在,只觉得姑娘好像漂浮在流逝的暮景之中。

(叶渭渠 译)

到了雪国,岛村从白昼化妆镜照出的皑皑白雪里,看见驹子通红的脸,又勾起对映在火车玻璃窗上的叶子的脸的回想。岛村同驹子的关系无法维持,快要离开雪国,故事本可结束,但突然加进一个雪中火灾现场,利用火的破坏力,把现实又带回梦幻世界,这时再次出现镜中人物与景物的流动,增加了意识流动的新鲜感。这种跳跃式联想使故事的发展在现实世界与梦幻之间不断闪回,给人一种朦胧虚幻的感觉。而这正是信奉佛教的作家所追求的境界。三岛由纪夫说:"川端氏的《雪国》里,纤细连接着强韧,优雅与人性深渊的意识互挽着手。在其明晰之中,隐含着不见底里的悲哀,尽管属于现代,中世纪日本修道僧的孤独哲学却呼吸于其间。他对用语的选择,显示出现代日语极致的精妙,以及微妙的震颤和战栗的感受性。"

第二次世界大战之后,日本出现了"战后派"。该派作家以1946年创刊的《近代文学》为中心,以尊重个性、艺术至上为基本精神,提倡文学独立于政治之外,主张作家不受政治党派和理论束缚。野间宏的《阴暗的图画》被公认为"战后派"的先声。三岛由纪夫《金阁寺》被誉为战后文学的杰作。此外还有梅崎春生、椎名麟三等的创作。

1950年代后出现了"第三批新人"。该派作家以纤细的感觉和小市民的意识取代了战后派的雄心勃勃的风格,与日本私小说传统一脉相承。创作常以朝鲜战争和日本军需经济为背景,也被称为"相对安定期的作家""军需文学"。代表作家有安冈章太郎、吉行淳之介、阿川弘之等。

除了上述流派外,代表当代日本文学成就的作家还有石原慎太郎(1932—),他的小说《太阳的季节》以性为主题,反映了战后一代年轻人的情感和新的伦理价值观;小说出版后轰动一时,于1956年获芥川奖。井上靖(1907—1991)的创作被称为"中间小说",即处于纯文学与大众文学之间的一种文学,有现代题材的《斗士》以及与中国有关的历史题材小说《天平之甍》等。

大江健三郎(1935—)是1994年诺贝尔文学奖获得者。其代表作《万延元年的足球队》通过主人公密三郎与其弟弟鹰四回故乡寻根的经历,探索个人与社会、思考与行动、过去与现在等严肃课题。鹰四反对日美安全条约受挫后到了美国,之后又回到自己的家乡,在覆盖着茂密森林的山谷里离群索居,效仿一百年前曾祖父领导农民暴动的办法,组织了一支足球队,利用村民对操纵村庄经济命脉的超市老板的不满,鼓动"现代的暴动"。暴动成功后,鹰四强奸少女未遂而将其杀害。之后他向哥哥坦白了自己曾强奸白痴妹妹并使其怀孕的秘密,开枪自杀。密三郎由弟弟的死,意识到人应顽强地超越心灵的地狱,于是开始了新的生活。小说巧妙地融合了现实与虚构、现在与过去、城市与山村、东方文化与西方文化,并将这一切与畸形儿、暴动、通奸、乱伦和自杀交织在一起,描绘出一幅幅离奇多彩的画面,以探索人类如何走出那片象征恐怖和不安的"森林"。诺贝尔文学奖评委会认为它"集知识、热情、野心、态度于一炉,深刻地发掘了乱世之中人与人的关系"。

三 阿拉伯地区:旅美派与现代派

1920—1930年代,一批旅居美洲的阿拉伯作家组成了"叙美派"(又称"旅美派")。黎巴嫩诗人纪伯伦(1883—1931)为此派重要作家。他出生于黎巴嫩北部的一个山村。12岁时随父母经埃及、法国移民美国,定居于波士顿。两年后又只身返回祖国学习民族语言文化,中学毕业后回到美国。1908—1910年间在巴黎学习绘画,游历欧洲历史文化名城,广泛吸收西方文化艺术营养,并将其与本民族传统文化融会贯通。他是一个能用阿拉伯文和英文写作的双语作家,而且每种语言都运用得清丽流畅。他的作品既有理性思考的严肃与冷峻,又有咏叹调式的浪漫与抒情,善于在平易中发掘隽永,在美妙的比喻中揭示深刻的哲理。其作品征服了一代又一代的东西方读者。一位美国评论家曾称誉纪伯伦"像从东方吹来横扫西方的风暴",他带有强烈东方意识的作品则被视为"东方赠给西方的最好礼物"。

纪伯伦的代表作《泪与笑》《先知》等散文诗集使我们想起泰戈尔的风格。但实际上,纪伯伦的画风和诗风一样,主要受英国诗人、画家威廉·布莱克和德国哲学家尼采的影响。在《先知》一书中,他模仿尼采《查拉图斯特拉如是说》,塑造了一个名叫穆斯塔法的先知形象。穆斯塔法在一个名叫奥法里斯的城市中住了12年,等他故乡的船来把他接回他出生的岛上。这个城里的居民深深地爱着他,自发聚集起来挽留他。但是圣殿里的女先知深知他必须归去,要求他在别离之前,对众人讲说真理。于是,先知根据人们的提问,分别讲述了爱与友谊、欢乐与悲哀、时间与死等主题。

  一个青年说,请为我们讲讲友谊。

  他回答道:

  你的朋友是对你需求的回答。

  他是你的土地,你带着爱播种,带着感激的心情收获。

  他是你的餐桌,你的炉灶,你饥饿时来到他身边,向他寻求安宁。

  当你的朋友倾诉他的心曲,你不会害怕自己心中的"不",也不会掩抑你心中的"是"。

  当他默默无言时,你的心也不会停止倾听他的心;

  因为在友谊的不言中,所有的思想、所有的欲望、所有的期盼带着无声的欢乐同生共享。

  在与朋友分别时,你也不会悲伤;

  因为当他不在身边时,他身上最为你所珍爱的东西会显得更加醒目,就像山峰对于平原上的登山者显得格外清晰。

  不要对你们的友谊别有他图,除了对深化精神境界的希冀。

  因为只寻求显露自身秘密的爱并非真爱,而是撒出的网:网住的只是些无益的东西。

  奉献你最好的,给你的朋友。

  如果他定要知道你的落潮,那么也让他知道你的涨潮。

  只在你想消磨时光时才去寻找的朋友,难道还是朋友?

(冰心 译)

  第一次世界大战后,埃及形成了"埃及现代派",以埃及作家塔哈·侯赛因为代表。其自传体小说《日子》被誉为阿拉伯地区现代文学的典范。之后这个流派的影响扩大到叙利亚、黎巴嫩和伊拉克等国。

当代阿拉伯文学的一代宗师是纳吉布·马哈福兹(1911—2006)。马哈福兹出生于开罗最古老的杰马利亚区的一个中产阶级家庭,在大学期间就开始了文学创作活动。1930年代和1940年代中期,他以古埃及历史为题材,写下《命运的嘲弄》《拉杜比丝》和《底比斯之战》等三部历史小说,通过描写埃及民族史上反抗异族侵略的光辉业绩,表达了埃及人民对英国殖民统治的不满,激发民族解放斗争的热情,曲折地反映了当时埃及人民反对土耳其和英国统治的迫切愿望。1950年代后,马哈福兹又写下三部曲《宫间街》《思宫街》《甘露街》,通过一个中产阶级家庭三代人对理想的追求,反映了埃及从1917到1944年间各种社会力量的对比、埃及人民反对帝国主义的斗争,以及受新思想影响的新一代反对封建传统和保守势力的斗争。小说在基本忠实于传统的现实主义创作手法的基础上,注重环境烘托和心理描写,运用比较对照等手法,同时也借鉴了意识流、自然主义等写作手法,把阿拉伯现实主义小说提高到空前的水平。这是埃及第一部反映一个时代伟大风貌的现实主义作品,出版后获得埃及国家文学荣誉奖。1988年,马哈福兹因"通过大量刻画入微的作品——洞察一切的现实主义,唤起人们树立雄心——形成了全人类所欣赏的阿拉伯语言艺术",而成为第一位获得诺贝尔文学奖的阿拉伯作家。

四 非洲各国:"黑人性"文学

撒哈拉以南的广大地区,包括东非、西非、赤道非洲和南部非洲大陆及周围岛屿,被统称为"黑非洲"。因这一地区居民主要属于黑皮肤的尼格罗人种而得名。黑非洲有着古老而丰富的口头文化文学传统,包括各种神话、传说、寓言、诗歌和叙事故事等。然而,由于西方帝国主义的入侵和殖民,黑非洲一直处在失语状态。20世纪以来,随着第一次世界大战为盛极一时的王朝制时代画下句号,以及1930年代世界性经济危机的爆发,西方帝国主义在世界各地的殖民统治呈现出衰落迹象,黑人上层阶层中文化本土化倾向开始抬头。1920年代,美国纽约黑人聚居区哈莱姆的一些黑人作家和诗人发动了"哈莱姆文艺复兴",开始在文学艺术中塑造一种不同于逆来顺受的汤姆叔叔型的、有独立人格和叛逆精神的

"新黑人"形象,对促进黑人文化事业的发展、提高黑人的民族自尊心产生了深远的影响。1920年代后期以及三四十年代,一些流亡欧洲的黑人作家兴起了"尼格罗士德运动"(黑人文化传统认同运动)。

塞内加尔著名诗人、文艺理论家和政治活动家利奥波德·塞达尔·桑戈尔(1906—2001),是非洲现代诗歌的奠基人之一,也是"黑人性"文学的主要倡导者。1930年代,他在巴黎和来自圭亚那的莱昂·达马、来自西印度群岛的艾梅·塞泽尔创办《黑人大学生》杂志,提倡"黑人性"文艺。桑戈尔对"黑人性"的定义是:"黑人世界的文化价值的总和,正如这些价值在黑人的作品、制度、生活中表现的那样。"1945年,他在巴黎出版了第一部诗集《阴影之歌》,以史诗般的长句、非洲鼓手的节奏感,歌颂非洲的历史,抨击殖民统治,肯定非洲诗歌传统和现代黑人作家创作间的继承关系。《黑女人》是其中的佳作,诗篇把阳光灿烂的非洲大地与非洲女人融为一体,刻画出一个生气勃勃的新非洲形象。

> 赤裸的女人,黑肤色的女人
> 你的穿着,是你的肤色,它是生命;是你的体态,它是美!
> 我在你的保护下长大成人;你温柔的双手蒙过我的眼睛。
> 现在,在这仲夏时节,在这正午时分,我从高高的灼热的
> 山口上发现了你,我的希望之乡
> 你的美犹如雄鹰的闪光,击中了我的心窝。
>
> 赤裸的女人,黝黑的女人
> 肉质厚实的熟果,醉人心田的黑色美酒,使我出口成章的嘴
> 地平线上明净的草原,东风劲吹下颤动的草原
> 精雕细刻的达姆鼓,战胜者擂响的紧绷绷的达姆鼓
> 你那深沉的女中音就是恋人的心灵之歌。
>
> 赤裸的女人,黝黑的女人
> 微风吹不皱的油,涂在竞技者两肋、马里君王们两肋上的安静的油

矫健行空的羚羊,像明星一样缀在你黑夜般的皮肤上的珍珠,智力游戏的乐趣,

在你那发出云纹般光泽的皮肤上的赤金之光

在你头发的庇护下,在你那像比邻的太阳一样的眼睛的照耀下,我苦闷的脸上露出了微笑。

赤裸的女人;黑肤色的女人

我歌唱你的消逝的美,你的被我揉成上帝的体态

赶在妒嫉的命运把你化为灰烬,滋养生命之树以前。

(齐修远 译)

桑戈尔的诗歌主题主要源于他的一种信念,即力图在殖民者面前证明非洲文化的合法存在。1948年,他编选出版了《黑人和马尔加什法语新诗选》。法国存在主义哲学家萨特为这部选集写了题为《黑肤的奥尔甫斯》的长序。这部诗选集的出版,标志着黑人性文化运动高潮的到来,在现代非洲法语诗歌史上占有重要地位。

乌斯曼(1923—2007)是塞内加尔著名小说家。他的成名作《祖国,我可爱的人民》塑造了一个有觉悟的非洲青年知识分子乌马尔·法伊的形象。他的代表作《神的儿女》反映铁路工人的罢工斗争,成功塑造了工人领袖尤戈的形象。

几内亚作家吉布里尔·塔姆希尔·尼亚奈(1932—)整理出版的长篇英雄史诗《松迪亚塔》,塑造了不畏强暴、敢于斗争的民族英雄松迪亚塔的形象,描述了黑非洲人民光荣的历史传统。

喀麦隆小说家奥约诺(1929—)主要创作有三部长篇小说《家僮的一生》《老黑人和奖章》《欧洲的道路》,都是表现黑人对殖民者的认识过程,揭露殖民主义的罪恶。

上述作家均来自前法国殖民地,用法语写作。20世纪非洲英语文学文学也取得了丰硕成果。

渥雷·索因卡(1934—)是尼日利亚诗人和剧作家。他的全部作品贯穿着"关注尼日利亚和全世界人的命运"的人道主义精神。长诗

《奥贡·阿比比曼》成功地把古代非洲神话和当代现实生活融为一体,塑造了一个非洲的普罗米修斯形象。索因卡的戏剧作品既有高雅的喜剧和笑剧,又有预兆不祥的悲剧、辛辣讽刺的讽刺剧,以及贝克特式的荒诞剧。代表作有《狮子与钻石》《路》等。1986年,索因卡因其"以广博的文化视野创作了富有诗意的关于人生的戏剧"获得诺贝尔文学奖,成为非洲地区第一位获此殊荣的黑人作家。作家在得奖后回答记者提问时说:"这不是对我个人的奖赏,而是对非洲大陆集体的嘉奖,是对非洲文化和传统的承认。"

齐努瓦·阿契贝(1930—2013)是另一位著名的尼日利亚作家,创作了被称为"尼日利亚四部曲"的长篇小说《崩溃》《动荡》《神箭》《人民公仆》,为黑非洲文学作出了重要贡献,其中《崩溃》获得1958年的布克奖。阿契贝曾被列为诺贝尔文学奖候选人。

二战后,南非两位欧裔白人作家的创作令人瞩目。女作家纳丁·戈迪默(1923—2014)从人道主义立场出发,谴责了南非的种族隔离和压迫,强烈表达了南非人民要求自由、幸福与和平的愿望。戈迪默对南非社会的认识经历了一个逐渐深入的过程。在1950年代的代表作《陌生人的世界》中,她以一个英国人的眼光观察南非社会。在1960年代代表作《已故的资产阶级世界》中,她开始描写南非种族制度对人性的摧残;1980年代的代表作《大自然的运动》表明作家的笔触深入到对南非未来前途的关注与思考。1991年瑞典皇家科学院鉴于戈迪默"以强烈而直接的笔触,描写周围复杂的人际与社会关系,其史诗般壮丽的作品,对人类大有裨益……"而授予她诺贝尔文学奖。

约翰·马克斯韦尔·库切(1940—)是目前在西方被研究评论最多的当代作家之一。他起先在南非工作,后移民澳洲,一直在大学里教书,迄今为止已有15部小说问世。其创作喜用后现代的挪用、拼贴等手法,作品具有"精致的结构,意义深长的对话,以及精彩绝伦的分析"。库切不断变换的文化身份和创作风格,引发了涉及后殖民与后现代各种理论的广泛解读与研究。代表作《福》(1986)比较集中地体现了他的创作特色。小说讲述一位名叫苏珊·巴顿的女性在寻找失散女儿的途中遇到海难,被海流冲上一荒岛后获救,没想到荒岛的主人就是笛福小说《鲁滨逊漂流记》中的主人公鲁滨逊·克鲁索,救她上岸的黑人就是小说中鲁滨逊的仆人星期五。之后,小说在文本中的文本、故事中的故事中展开。库切通过苏珊之口重新讲述了笛福的故事,颠覆了西方读者熟悉的形象。笛福故事中那个勇于开拓、不畏艰险、自信自强的中年英国男子克鲁索(Crusoe),在这部小说中,成了一个不思进取、不思救赎、安于现状、固执专横的老头儿克鲁叟(Cruso);星期五也被割断了舌头,成为一个只有沉默,没有言语,只有所指,没有能指,只有故事,没有表述的"他者",被放逐到深不见底的黑洞中。作者通过改写和重述这个西方文学经典故事,突出了经验与表述、回忆与自传、历史与真相之间存在的巨大差异、裂缝、缺隙和矛盾,揭示了后现代、后殖民时代面临的表述困境。2003年,库切因"在探索软弱与失败之中,捕捉到人性的神圣火花"而获得诺贝尔文学奖。

第六章　流亡作家与移民文学

　　流亡与文学有着不解之缘。我们还记得,荷马流浪于希腊群岛之间,吟唱特洛伊战争史诗;奥维德因得罪屋大维皇帝,被流放到黑海边;但丁被政治对手放逐出佛罗伦萨,在流亡中完成了他的传世之作《神曲》。18、19世纪之交,欧洲流亡文学达到顶峰:德国流放了海涅,英国流放了拜伦和雪莱,法国则把自己最伟大的诗人雨果流放出境。勃兰兑斯在《19世纪文学主流》中指出:"我们仿佛看到流亡文学的作家和作品出现在一道颤动的亮光之中。这些人站在新世纪的曙光中;19世纪的晨曦照在他们身上,慢慢驱散笼罩着他们的奥西安式的雾气和维特式的忧郁。我们感到他们经历了一个恐怖的流血之夜,他们脸色苍白而严肃。但他们的悲痛带有诗意,他们的忧郁引人同情;他们不能不继续前一天的工作,而又不得不怀着疑虑看待那一天打下的基础;而且得费力地把一夜的浩劫留下的碎片收拾起来。"这些具有悲剧气质的话语完全适用于20世纪。

　　20世纪是人类迄今为止经历的最为动荡不安、复杂多变的时代。两次世界大战、东西方之间长达半个世纪之久的冷战,以及后冷战时代的全球化进程,使流亡和移民成为国际性的社会文化现象,也使流亡与文学的亲密关系得到空前的凸现和发展。一大批文人、作家、学者出于政治、宗教、个人的原因,或自愿或被迫地离开自己的祖国,漂泊于世界各地,在异国他乡发出自己独特的声音。他们的创作构成了人类迄今为止创造的最复杂、最迷人的文化景观之一。流亡作家和移民作家穿越了国家、民族、语言和文化的界线,获得了来自多元文化背景的文学资源和传统,因而具有比单一民族作家更为宽广的全球视野和人类意识。他们既是"后帝国主义秩序"的创造者,本身又是这种秩序的创造物。他们的创作具有某种普世性价值,代表了多元文化整合的趋势,预示了世界文学发展的新的可能性前景。

一 苏联与东欧流亡作家：无根的写作

十月革命后被迫或自愿流放的俄罗斯作家可以列出一张长长的名单来——思想家别尔嘉耶夫、舍斯托夫、布尔加科夫；诗人曼德尔施塔姆、茨维塔耶娃、布罗茨基；小说家蒲宁、纳博科夫、索尔仁尼琴……面对悲剧命运，俄罗斯流亡作家坚持三种主要的伦理和美学原则：追求极限、纯净和绝对境界的高贵激情，对祖国和时代的忠诚，对人类苦难、尊严、自由和未来的道义责任感。俄罗斯流亡作家在西方的活动，主要是从源头上沉痛反思俄国的历史和文化根源，试图保留和延续俄国19世纪的人道主义传统，复兴并支撑俄国一千多年的东正教神学和俄罗斯基督教哲学，探寻俄国与西方世界的未来关系。

对俄罗斯流亡作家或诗人的研究本身可以写成一本超过本书篇幅的专著。这里只介绍其中最著名的四位。

十月革命后流亡国外的白俄作家中较早的一位是伊凡·蒲宁（1870—1953）。他出身于贵族世家，属于"那些在黑暗的时代渐行消失的世系"。1918年，蒲宁怀着恐慌、愤懑和悲戚，从莫斯科逃亡到白俄控制的南方，之后流亡国外33年，大部分时间住在法国。但作家直到临终都为眷恋俄罗斯而日夕忧伤。在他用整整七年写出的自传体中篇小说《阿尔谢尼耶夫的一生》（1927—1933）中，这位流亡作家对昔日的荣华不胜怀念：

> 在我毕竟已活了这么久的一生中，随着对生活的思考、读书、漂泊、幻想，我已经习惯认为：我仿佛已熟悉了广阔的空间和时间，已在想象中长久地过着别人的和遥远的生活，这使我觉得，我似乎已经历了许多世纪，游历了天涯海角。可是，我的实际与我的想象（要知道想象也是实际，是一种无疑存在的东西）之间的界线在哪里呢？
>
> 此刻，在普罗旺斯炎热的白天眺望窗外的棕榈树、橄榄树、树林后面蔚蓝色的辽阔的山谷、地中海以及在阳光的烟雾中闪烁着的埃斯狄尔山脉时，回忆这个起源，岂不非常荒诞！

半个世纪以前……

唐波夫的田野,圆木建造的、因时间久远而成了灰蓝色的旧草顶房,荒芜了的香橡园,杂草丛生的、中间有一个洗衣石槽的庭院,厨房,马厩,庄稼一直栽到后墙的住房……

从那时以来,不仅我的摇篮旷野的农民的俄罗斯,而且整个大地的面貌都改变了。对我来说,自那时以来已经过去了一千年。

出世。生活和死亡在同一间故居……可是我一生中变换过多少处住所?

难道这个已经取代了我的故乡的异域,就是我最后的避难所?

(章其 译)

蒲宁是写作中短篇小说的高手。他的小说创作继承了俄国古典文学的现实主义传统,不注重情节与结构的安排,而专注于人物性格的刻画和环境气氛的渲染,语言生动和谐,富于节奏感,被高尔基誉为"当代优秀的文体家"。1933年,蒲宁"由于他严谨的艺术才能使俄国古典传统在散文中得到了继承"而获得诺贝尔文学奖。

符拉迪米尔·符拉迪米洛维奇·纳博科夫(1899—1977)出生于俄罗斯圣彼得堡,十月革命后随家人流亡欧洲,毕业于剑桥大学,四五十年代起任教于美国康奈尔等大学,讲授托尔斯泰、普希金、契诃夫、卡夫卡、福楼拜、普鲁斯特等欧洲文学大师的作品,上课讲义后来编为《文学讲稿》一书。他业余爱好是收集蝴蝶等鳞翅目昆虫,曾担任过哈佛大学比较动物博物馆研究员,并发表过数篇相关的学术论文。1959年他辞去了大学教职,移居瑞士,直至1977年去世。

纳博科夫早年用俄语写作,出版过多部俄语小说和诗集。后来改用英语写了8部小说、7部短篇作品及诗文。纳博科夫流传最广、引起争议最多的作品是《洛丽塔》(1955)。整个小说基本上以男主人公自白的口吻,描述了一位中年男子对一位12岁少女的畸恋。流亡欧洲的俄国学者亨伯特是一位恋少女癖者。他应聘到美国教书。为了接近房东太太12岁的女儿多拉,而与房东太太结婚。之后,房东太太遭遇车祸身亡。亨伯特为了掩人耳目,不敢久居一地,带着少女从东部向西部游荡躲藏,最后得到了她。多拉是个任性多变、反复无常、物质欲极强的姑娘,最后想法逃离了亨伯特。三年后,亨伯特费尽周折,终于找到已经结婚怀孕的多拉,但发现这个18岁的姑娘已失去往日光彩,成为一个平庸的女子。亨伯特在惋惜之余开枪打死了她的丈夫,被判死刑。

小说开创了现代两性文学新视角,淡化了社会伦理与道德是非。一些评论者认为这部小说写的是一个"年少的美国诱惑衰老的欧洲"的寓言。多拉的青春活力、任性多变和强烈的物质欲望代表着1950年代刚刚步入经济高速增长期的美国。中年的亨伯特则代表着历经500年发展和两次世界大战创伤、衰弱不堪的古老的欧洲。他对后者的疯狂追逐,似乎象征着古老的欧洲想嫁接在年轻的美国身上以焕发活力的欲望。还有一些作家认为,亨伯特的悲剧具有传统的莎士比亚式悲剧的特征。亨伯特是个受情欲驱使的普通人。他对洛丽塔的觊觎到了不把她当做人的地步,只把她看作梦想虚造的肉体——这种狂情达到了宇宙性的、历史永恒的极致。不过,综观整个小说,我们似乎可以说,造成亨伯特悲剧的不仅仅是他的情欲;时间才是真正的杀手。随着岁月的流逝,他注定会渐渐老去,而她则注定会发育成长。在永恒的时间面前,亨伯特注定成为一个失败者。然而,对于洛丽塔来说,情况也完全一样。她虽然能够逃脱亨伯特的手掌,但无法逃脱时间的巨掌。无情的时间注定要把纯真的少女变成一个庸俗的成年妇女。亨伯特无法理解和接受的正是这一点。把早年恋人的变化归咎于最初的诱拐者奎迪,但他不知道,当他追杀了奎迪的同时,他实际上也向时间扣动了扳机。

上述两位作家由于较早自愿离开了动乱中的俄罗斯,没有成为时代的牺牲品。比他们晚出生的另外两位作家就没有那么幸运了。

亚历山大·索尔仁尼琴(1918—2008)生于高加索基斯洛沃茨克的一个教师家庭。曾为莫斯科哲学文学语言学院文学系函授生。1941年从罗斯托夫大学数理系毕业,同年应征入伍。二战时曾任苏联某炮兵连连长,因作战勇敢而获得两枚勋章。后因在与友人通信中指责斯大林而被捕,被判8年监禁。刑满获释后,又被流放到哈萨克斯坦的荒凉地区,担任了3年乡村教师。对于人类尊严在严酷生存条件下的消失,索尔仁尼琴有着刻骨铭心的体验:为了争夺一碗汤或一支烟,人可以像野兽一般互相厮打。在苏联文学短暂的解冻时期,他出版了《伊凡·杰尼索维奇的一天》(1962),真实地记录了一个普通的冬日在斯大林劳改农场发生的事件。作品受到赫鲁晓夫的推崇,他从此而出名。1970年索尔仁尼琴"因他在追求俄罗斯文学不可缺少的传统时所具有的道德力量"而被授予诺贝尔文学奖。但作家因不想冒永远与家人分离的危险而未去瑞典领奖。尽管如此,四年后,他还是因为创作了另一部揭露斯大林时代劳改营生活的写实性巨著《古拉格群岛》(1974),并同意在西方出版而被剥夺了苏联国籍,流亡国外。定居美国后,索尔仁尼琴继续激烈批评苏联政权,同时对西方社会的道德堕落和实利主义也毫不留情地加以抨击。在题为《为人类而艺术》的诺贝尔文学奖受奖词中,索尔仁尼琴曾阐释过自己一生的创作意图:他试图通过文学艺术,"把人生的经验,把整个民族数十年间备尝艰苦、历经辛酸所得来的宝贵教训,交付给另外一个民族。从最好的方面来看,这种经验可能拯救一个国家,使之不至于步及危险、错误与毁灭之途,并从而减短人类历史之曲折与重复"。苏联解体五年后,76岁高龄的索尔仁尼琴于从美国佛蒙特返回物是人非的俄罗斯。他在远东登岸,坐火车向西横穿全俄,沿途发表激烈抨击腐败和贫穷的演说。但祖国悲剧般的现状,令他的政治雄心折损大半。后来他逐渐处于隐居状态。

约瑟夫·布罗茨基(1940—1996)是苏联流亡作家中最年轻的一位。他出生于圣彼得堡一个犹太人家庭,在15岁那年就开始了"流亡"生活,只不过他那时尚未足够清醒地意识到这一点。据作家本人回忆,那时他还是个八年级的学生,一个冬日的上午,课才上了一半,他突然站起身大摇大摆地走出校门,自动退学了,原因是由于"年幼,不得不受他人和环境的操纵而对自己产生的厌恶",以及被"自由"和"那被太阳晒得暖洋洋的无尽头的大街所产生的隐秘的快感"所吸引。此后他浪迹社会,做过烧炉工、运尸工、地质勘探员等十余种工作,曾屡遭拘讯,多次入狱。1964年,布罗茨基被指控为"社会寄生虫"被判五年强制劳动,在苏联北部阿尔汉格尔地区一个仅有14人的小村里服刑,具体的罪状是写诗和流浪。是阿赫玛托娃等一批诗人作家的四处奔走,才使他在服刑20个月后提前获释,恢复了自由。1972年,据布罗茨基自己说,他在没有得到合理解释的情况下被告知,当局"欢迎"他离开苏联,并且不由分说,将他塞进一架不知飞向何方的飞机(苏联政府为他指定的去向是犹太人祖先居住的地方——以色列,被他断然拒绝),从此开始了流亡国外的生活。最后定居美国,在大学执教、写作。

《小于一》(1986)是一部为布罗茨基带来巨大文学声誉的散文集,出版之后立即获得全美图书评论奖。这本散文集除了向西方读者展示俄罗斯现代诗界的重要人物阿赫玛托娃、茨维塔耶娃和曼德尔施塔姆等的成就,还对20世纪世界诗坛重要人物如英国诗人奥登、希腊诗人卡瓦菲斯、意大利诗人蒙塔莱和加勒比诗人沃尔科特等进行了眼光独到的评论。与此同时,作家也以冷峻的笔调记录了自己在集权时代留下的一些刻骨铭心的记忆片断。

作为一个现代诗人,布罗茨基既继承了普希金以来的俄罗斯古典诗歌传统,又融入了西方现代主义手法和观念,他的诗歌以诗体形式和风格的多样而著称。几乎所有大师尝试过并取得成绩的形式和体裁都被他一一试过,包括哀歌、牧歌、十四行诗、十二行诗节、八行诗、三行诗节、圣坛形图案诗等等。他的诗风既有深沉广阔的一面,又有轻松讽刺的一面;既有弗洛斯特般日常化的诗句,又有多恩式的玄思冥想。在诗行的安排方面,或工整严格,或长短不一;在意象的采集上,从鸡毛蒜皮到海阔天空,从天文地理到机械设备,几乎无所不包,又都运用自如。因此,选出任何一首诗歌作为代表作来分析都会有挂一漏万之感。发表于1972年的《蝶》或许能让我们稍稍认识一下布罗茨基的人生观和美学观。这首总共16节的诗歌写一只偶然落入诗人手中的蝴蝶,通过它短暂的"小于一天"的生命,诗人深入挖掘了时间、空间、美与艺术等永恒主题。以下引的是该诗的第一节和最后一节。

I

我该说你死了吗?
你触摸到的一段时间
如此短暂。上帝开的这个玩笑中
有那么多悲哀。

我难以理解

"你活过"这样的字眼；

你的出生与你凋零

在我手中的日子

是同一个,而不是两个

因此算起来

你的期限,简单地说

少于一天

XIV

你比虚无好。

这就是说,你更近,

更可触摸,更清晰。

可你近于

虚无——

像它一样,你整个是虚空。

而且假如,在你生命的冒险中,

虚无获得了形体,

这形体就会死去。

而你活着的时候,你提供了

一个脆弱和不断变化的缓冲器

将它从我这里分离出去。

(张德明　译)

"我在寒冷中长大,把手指缠上/钢笔的四周,以温暖手掌",这是布罗茨基对自己创作的概括,包含了诗人的辛酸和自信。这份自信终于在他 47 岁时得到了证明。1987 年,布罗茨基以其"出神入化""韵律优美""如交响乐一般丰富"的诗篇和"为艺术英勇献身的精神"荣获诺贝尔文学奖,成为 20 世纪第五名俄裔诺贝尔文学奖获得者。诗人在奖坛上感叹道:从彼得堡到斯德哥尔摩是一段漫长曲折的路程。

1996年1月28日,布罗茨基在纽约于睡梦中猝然去世。俄罗斯笔会中心的悼词说:"20世纪俄罗斯文学痛苦的历史,同布罗茨基一起,同他的诗歌和散文一起结束了。随着他的去世,我们时代俄罗斯诗人们的殉难史结束了。"

东欧各国自19世纪以来一直没能摆脱被大国集团宰割的命运。从奥匈帝国、沙俄帝国,到德意法西斯和苏联,都想把东欧纳入自己的势力范围。东欧地区不断变动的国界线,折射出处在大国政治博弈下小国人民的屈辱和苦难。二次大战后苏联接管了东欧地区,并强行推广它的政治制度和意识形态,压制具有独立思想的文化和文学的发展。尽管如此,还是有一些作家发出了自己的声音。20世纪,浪漫主义诗人密茨凯维奇的故乡波兰出现了大诗人切西瓦夫·米沃什(1911—2004)。米沃什生于当时在波兰版图内的立陶宛首府维尔诺,19岁开始写诗。在大学学法律,毕业后进入波兰电台文学部工作。1939年纳粹占领波兰后,米沃什参加地下抵抗组织,同时从事秘密写作,编辑出版反法西斯诗集。二战结束后,他目睹了一系列触目惊心的变化,并为之深深触动。早年的信念破灭了,许多熟悉的人和城市消失了,德国法西斯的覆亡没有使和平真正到来,取而代之的却是新的集权和冷战。1951年,身为波兰驻法国大使馆文化官员的米沃什申请政治避难,居留法国。两年后,他出版了《被禁锢的头脑》,表明自己的立场,也对他的选择做出了说明。他既对当局推行的"社会主义现实主义"创作方法表示出强烈的不满,也对本国知识分子表现出的软弱和麻木感到失望和痛惜。

由于不能适应在巴黎的波兰民族主义流亡者圈子,米沃什于1960年移民美国,次年在加利福尼亚大学担任斯拉夫文学教授。流亡使诗人脱离了自己的祖国,但没有割断他在精神气质上与它的联系。他虽自称是西方文化的追慕者,但内心怀有深刻的波兰情结。在强势语言笼罩下的美国,他坚持用波兰语写诗,自称是"波兰语的忠实仆人"。正如后来诺贝尔文学奖授奖辞所说,在外在和内在的意义上,米沃什都成为了"一个真正的被流放的作家"。但也正是这种双重流放使他坚守住了自己的精神家园,获得了超越民族、国界的全球视野和特立独行的批判意识。在流亡岁月中,米沃什对欧洲(不仅仅是波兰)的历史和文化做了进一步的反思,同时思考着诗歌的功用和诗人的角色,写下了《白昼之光》《诗的论文》《波别尔王和其他的诗》《中了魔的古乔》《没有名字的城市》《太阳从何处升起,在何处下沉》《诗歌集》等多部诗集。他的诗歌厚重、有力,处处闪耀着人性的光辉,体现出诗人对道义的自觉承担和灵魂深处对人性、人类命运的关注。贯穿他诗中的一个重要主题是对往事的追忆和对时间的思索,其目的是为了反抗遗忘,拯救人类的良知。与此同时,他也不断对自己进行反思、自责甚至忏悔。在《使命》一诗中,他如此写道:

> 在畏惧和颤栗中,我想我会完成我的生命,
> 只当我促使自己提出公开的自白书,
> 揭示我自己和我这时代的羞耻:
> 我们被允许以侏儒和恶魔的口舌尖叫,
> 而真纯和宽宏的话却被禁止;
> ……

(杜国清 译)

1980年,米沃什由于"不妥协的敏锐洞察力,描述了人在激烈冲突的世界中的暴露状态"而被授予当年的诺贝尔文学奖。

米兰·昆德拉(1929—)是另一位来自东欧的流亡作家,生于捷克的布尔诺市。在他看来,生长于一个小国实在是一种优势,因为身处小国,"要么做一个可怜的、眼光狭窄的人",要么成为一个广闻博识的"世界性的人"。青年时代,昆德拉曾在艺术领域里四处摸索,试图找到自己的方向,写过诗和剧本,画过画,搞过音乐,从事过电影教学。1967年,他出版了第一部长篇小说《玩笑》,获得巨大成功;小说连出三版,印数惊人,从而确定了他在捷克当代文坛上的重要地位。但好景不长。1968年,苏联入侵捷克,《玩笑》被列为禁书。昆德拉失去了在电影学院的职位。他的文学创作难以进行。在此情形下,他携妻子于1975年离开捷克,移居法国。在写下《笑忘录》(1978)、《生命中不能承受之轻》(1984)、《不朽》(1990)等一系列小说后,他成为法国读者最喜爱的外

国作家之一,并引起世界文坛的瞩目。他曾多次获得国际文学奖,并多次被提名为诺贝尔文学奖的候选人。除小说外,昆德拉还对欧洲小说叙事艺术进行探讨,出版了《小说的艺术》(1936)、《被叛卖的遗嘱》(1993)等。他的作品在世界各地流传甚广,许多国家一次又一次地掀起了"昆德拉热"。

《生命中不能承受之轻》(一译《不能承受的存在之轻》)是全世界公认最受欢迎的畅销书之一,成为美国《纽约时报》《华盛顿邮报》、法国《世界报》等盛赞的当代经典。这是一部从性爱角度切入,阐发人生哲理、思考存在意义的小说。小说主人公托马斯是个离过婚的中年男子,职业是医生。他渴望女人而又害怕女人。他需要在渴望与害怕之间找到一种调和,便发明出一种所谓"性友谊"。他告诉情人们:唯一能使双方快乐的关系与多愁善感无缘,双方都不要对对方的生活和自由有什么要求。一次偶然机会,他在捷克的一个小镇上与一位名叫特丽莎的姑娘相识,两人待在一起还不到一个钟头,她就陪他去了车站,一直等到他上火车;十天后她去看他。不料夜里她发起烧来,是流感,她在他的公寓里待了十个星期。于是托马斯不得不打破自己为自己定下的与女人幽会不超过三次的原则。他慢慢感到了一种莫名其妙的爱,却很不习惯。对他来说,特丽莎像个孩子,犹如被人放在树脂涂覆的草筐里顺水漂来的弃儿,而他在床榻之岸顺手捞起了她。与此同时,他与以前的女友萨宾娜继续保持着性伙伴关系。这样,他就陷入了轻与重、自由与责任、享乐与道德的矛盾之中:

> 最沉重的负担压迫着我们,让我们屈服于它,把我们压到地上。但在历代的爱情诗中,女人总渴望承受一个男性身体的重量。于是,最沉重的负担同时也成了最强盛的生命力的影像。负担越重,我们的生命越贴近大地,它就越真切实在。相反,当负担完全缺失,人就会变得比空气还轻,就会飘起来,就会远离大地和地上的生命,人也就只是一个半真的存在,其运动也会变得自由而没有意义。那么,到底选择什么?是重还是轻?

(韩少功 译)

小说从性爱角度进入存在主义的"自由选择"观,以反讽手法和幽默的语调描绘人类境况,表面轻松,实质沉重;随意的笔法下深埋着精致的优雅;通俗的文字中处处透露深邃而又机智的思索。小说提出的一些概念,如"媚俗""永劫回归"等已经进入日常生活,成为人们思考人生境况的重要概念。

上述来自苏联和东欧的小说家和诗人代表了20世纪那些出于政治原因而不得不流亡的作家。他们后来的创作大都超越了政治,进入对人类生存和命运的深层思考。

二 犹太移民作家:民族融合与精神独立

犹太民族几乎从其诞生的第一天起,就处在集体性的迁徙和流亡中。对于犹太人来说,"流亡"或"流散"(diaspora)一词早就超越了地理意义,而上升到宗教的、哲学的层面,具有某种末世学的含义。由于历史的原因,欧洲的犹太人一直与居住在同一块土地上的其他民族格格不入。1880年代,欧洲出现了第一次大规模的犹太移民浪潮,到1920年代已有400万犹太人通过各种途径移居美国。1935年10月,德国纳粹党大会批准了以反犹著名的《纽伦堡法令》,宣布犹太人为外来民族,不承认德国犹太人为德国公民,并禁止犹太人与德国人通婚。法令判给德国犹太人的唯一选择就是移民国外。由此,欧洲出现了第二次大规模的犹太移民浪潮。一部分犹太人响应"锡安主义"组织的号召,返回到巴勒斯坦地区建立以色列国;更多的犹太人则选择美国作为他们新的"福地"。凭借坚定的宗教信念、精明的头脑和勤奋的工作,犹太移民精英逐渐成为美国社会的中坚力量,犹太移民作家的创作也逐渐融入美国文学,成为后者不可忽视的一个重要组成部分。

从总体上看,美国犹太移民作家特别关注在民族融合过程中,各种生活方式和思想意识对犹太人价值观的影响,担心在同化中遭遇人性的异化。他们的理想是建立既能保持犹太特性又能享受美国文明的乌托邦。但犹太历史传统和宗教情感与美国的物质至上主义是矛盾的。对这种矛盾的描述和反映,成为许多犹太移民作家创作的动机和探索的主题。受篇幅之限,这里不可能涉及所有美国犹太裔移民作家,只能选择其中最有代表性的三位。

艾萨克·巴什维斯·辛格(1904—1991)出生于沙俄统治下的波兰,祖父与父亲都是犹太教的拉比(长老)。他从小接受正统的犹太教教育,学习希伯来文和意第绪文,熟悉犹太教的经典、宗教仪式以及犹太民族的风俗习惯等,这一切为他以后的创作奠定了基础。1935年纳粹上台后移民到美国纽约。15岁开始文学创作,共创作三十余部作品,全都用意第绪文写成,大部分已译成英文。意第绪语在第二次世界大战之前有1100万犹太人使用;眼下大约只有400万人在使用,而且使用的人数一年比一年少。但辛格偏偏用这种似乎将要死亡的语言写作。个中原因不仅仅是作家自己所说,因为他"喜欢写鬼故事,而任何语言都比不上一种将要死亡的语言对鬼更适合了。语言越是接近死亡,鬼就越显得生动"。从深层文化心理来看,它实际上反映了作家企图在一种完全异质的强势文化笼罩下,保存自己民族文化身份的无意识欲望。对犹太人来说,希伯来语是虔诚的语言;意第绪语是街头语言,词汇丰富,生活气息浓厚。只有运用意第绪语,辛格才能够得心应手地创造出他的独特的风格。正如一位批评家指出的:"任何译文……都不能表达出辛格的意第绪语原著中丰富的成语和活泼的句法。辛格舍弃了意第绪语文学中好用格言警句的倾向,撇开了意第绪语文学中所谓'犹太小镇节奏'的从容不迫的流畅笔调,发展了一种既迅疾又凝炼、既简洁又雄浑的文体。他的句法简短而突兀;他的节奏曲折、紧张、急促。"

辛格的长篇小说大致可分为两类。一类篇幅巨大,如《莫斯卡特一家》《庄园》《农庄》(后两部属于他未完成的三部曲《庄园》),描写波兰犹太社会在现代科学日益发达和排犹主义日益猖獗的情况下分崩离析的过程。另一类篇幅较短,如《撒旦在戈雷》《奴隶》《冤家,一个爱情故事》《肖夏》等,大都写纠缠在爱情和宗教信仰漩涡中的犹太人。辛格认为,"在爱情和性爱中比在任何其他关系中,人的本性显露得更充分"。但他不耽于色情描写,而重在探索和揭示激情对个人命运的影响。他的作品中反复出现的形象是:拉比和罪人、知识分子和傻瓜、理性主义者和神秘主义者、企图拯救世界的人和宿命论者、虔诚的犹太教徒和渎神者;

另外还有不属于现实世界的鬼怪幽灵等。《卢布林的魔术师》(1960)被认为是辛格最佳的长篇小说。作品通过魔术师雅夏·梅休尔曲折的生活经历，反映了善与恶、理智与情欲、科学与宗教之间的冲突。1978年，辛格由于"他的充满激情的叙事艺术，这种艺术既扎根于波兰犹太人的文化传统，又反映了人类的普遍处境"而获得诺贝尔文学奖。

索尔·贝娄(1915—2005)被菲力普·罗斯称为与福克纳并列的20世纪两位最伟大的美国小说家，曾三次获美国全国图书奖，一次普利策文学奖；1968年被法国政府授予"文学艺术骑士勋章"。

贝娄的父母原是俄国犹太人，1913年，为了摆脱沙俄政府对犹太人的迫害，从俄国圣彼得堡移居到了加拿大的蒙特利尔。1924年，年仅9岁的贝娄与家人一起迁至美国芝加哥。但父亲的"美国梦"很快就破灭了。由于当时美国的经济尚未从一战中完全复苏，加之社会上对犹太移民存有歧视和偏见，全家人只能在贫民区找到栖息之地，还不时要靠亲朋好友的接济才能勉强度日。这个在贫民区长大的孩子，从童年时代起便对犹太人、特别是犹太移民所遭遇的种种苦难有着深刻体验。

作为一个移民作家，贝娄一直遭受着文化身份的困扰。从4岁开始，他便在家庭的影响下开始学习希伯来语和犹太经典，对本民族文化传统有着深刻的认同感。但是犹太移民如果想在美国社会中生存，就必须信奉与本民族传统相悖的所谓"美国生活方式"。正如他在《晃来晃去的人》一书中所表达的：犹太人既不愿放弃自己的传统宗教，又无法抵御美国生活方式的诱惑。在两者间"晃来晃去"，最终使自己变成一个惶惶不可终日的丧失文化身份的人。1953年，贝娄出版《奥吉·玛琪历险记》，一举成名，奠定了他的文学地位。由于他把"丰富多彩的流浪汉小说与当代文化的精妙分析结合在一起"，这部小说成为当代美国文学中描写自我意识和个人自由的典型之作。其后，他又陆续出版了《雨王汉德逊》(1959)、《赫索格》(1964)、《赛姆勒先生的行星》(1970)、《洪堡的礼物》(1975)等长篇小说。其中《赫索格》成为美国轰动一时的畅销书。这些作品袒露了中产阶级知识分子的精神苦闷，他们总是在寻求自我，一开始与环境格格不入，奋斗无出路，又被迫回到现实，经历了从异化到归化的痛苦过程。

作为一个出身于犹太移民家庭的知识分子，贝娄并不赞成别人把他归入犹太作家一类。他认为自己表现的是美国社会的主题，关心的是全人类的命运。面对战后社会问题迭出、精神危机不断的美国社会，贝娄对人类的前途和命运进行了哲学上的思考。他认为，当代世界的荒诞不能用悲剧表现，只能用带有黑色幽默意味的喜剧才能表现。1976 年，瑞典皇家科学院鉴于贝娄"对当代文化富于人性的理解和分析"而授予他诺贝尔文学奖。

菲利普·罗斯（1933—2018）是当代美国最有实力的犹太裔作家。近年来在美国文坛独领风骚，两次获得美国国家图书奖，两次获得福克纳奖。2000 年，他的《人性的污点》又获得了普利策文学奖。他的创作既秉承现实主义传统，又吸纳现代主义和后现代主义实验小说的某些技巧，逼真地再现了几代犹太移民"美国梦"幻灭的过程，表现出明显的新现实主义倾向。罗斯曾说，"在我看来，犹太小说家的使命不是到他的灵魂铁匠铺里铸造这一民族尚未产生的意识，而是在本世纪早就不断产生又不断泯灭的意识中发现灵感"。1972 年，罗斯发表荒诞小说《乳房》，以极度夸张的手法表现内心压抑的情欲，揭示了现代社会中人的异化。主人公从半夜到凌晨 4 点钟，突然变成一只巨大的重达 155 磅的乳房，而人们一定会以为只有"在梦中或达利的画里才能看到此般情形"。小说在手法上与卡夫卡的《变形记》有异曲同工之妙，在主题上更突出了身份危机，由人到物的变化说明生存的艰辛。20 世纪末，罗斯写下他的生命三部曲《美国牧歌》（1997）、《我娶了一个共产党人》（1998）以及《人性的污点》（2000），从政治、文化以及个人的心理层面对美国社会进行了全面解剖。

三　澳洲与加拿大：文学的创世与招魂术

作为英国罪犯流放地和殖民地的澳洲（澳大利亚和新西兰）一直沉默无语。19 世纪出现了一些有关丛林土匪生活的小说和惊险作品，为建立在澳洲本土而非欧洲经验上的文学铺平了道路。尽管如此，这个传统要在第二次世界大战后，在帕特里克·怀特等作家的创作中才达到成熟,为世界所注目。

帕特里克·怀特(1912—1990)生于伦敦,系英国移民的后裔,在悉尼度过童年并接受小学教育。1925年,怀特被送往英国接受中等教育,四年后回到悉尼,在父亲的农场过了几年手执羊鞭、夜宿营帐的游牧生活。乡土生活既练就了他坚强的意志,也为后来的创作积累了素材。1932年,怀特考入剑桥大学攻读现代英语。毕业后,先在伦敦工作了一段时间,后又到欧美许多国家旅游。二战爆发后,怀特在英国皇家空军任情报官,曾到过非洲、中东和希腊等地,目睹了这场空前的浩劫。1948年,复员回到澳大利亚,定居悉尼,潜心创作。1940—1960年,他相继完成了长篇小说《姨妈的故事》(1948)、《人树》(1955)和《沃斯》(1957)。其中最出色的是《人树》。小说叙述了斯坦·帕克一家从拓荒创业,生儿育女到最后斯坦去世的故事。斯坦和他的狗刚到达时,这里是被森林覆盖的一片荒地,但是,随着移民的不断增加和辛勤的开垦,荒芜之地变成了悉尼的郊区。斯坦和他的妻子艾米经历了水、火、旱灾的侵袭,度过他们的蜜月,也尝过貌合神离、同床异梦的滋味。他们子女各自走了或犯罪或升迁的道路。小说出版后受到英、美、澳评论界的普遍肯定,被称为"澳大利亚的创世纪",确立了怀特在澳洲文学界的地位。1973年,怀特"由于他史诗与心理叙述艺术,并将一个崭新的大陆带进文学中"而获得诺贝尔文学奖。

加拿大这片广袤而空旷的北方大地一直远离欧美中心,1867年才正式成为英联邦国家成员,完全的独立权直到1982年才取得。历史的短暂,导致其民族性的建立缺乏一种时间与文化上的积淀。对于加拿大历史,著名的加拿大文学批评家诺斯洛普·弗莱曾做过这样的断言:"从文化和历史上说,加拿大必须成为一个国家,其命运才能得到维系,而民族性是自我属性的根本。可是反过来说,我似乎又觉得,我们现在正朝着一个后民族国家的世界迈进,而加拿大在这一方面已经比大多数的小国家走得远得多。"

尽管如此,加拿大英语文学还是发出了自己独特的声音。这在很大程度上要归功于艾丽丝·门罗、玛格丽特·阿特伍德、迈克尔·翁达杰、玛格丽特·劳伦斯、诺斯洛普·弗莱等一批作家和批评家的努力。加拿大英语文学不同于英美文学几个显著特征是:常常表现人在自然面前的无力;自然景观描写特别多;民族性建构贯穿于其文学发展过程;还有一些反复出现的北方意象,如风雪、北方、雪怪等。

爱丽丝·门罗(1931—)出生于安大略省温格姆镇,少女时代即开始写小说;婚后在孩子呼噜声的陪伴下,或等待烤炉的间歇中笔耕不辍。这种生活和写作方式在很大程度上决定了她的文体。她主要用短篇而不是长篇来表达她对生活的感悟。她的小说大多取材于小镇平民家庭中的日常生活和爱情,涉及的却都是和生老病死相关的严肃主题。其代表作有《好荫凉之舞》《爱的进程》《逃离》等。门罗的小说并不特别重视情节,更多是利用时空转换,将记忆和现实生活打碎重新组合,从新的角度帮助人们重新认识世界。她曾经在一篇散文中介绍读小说的方式:"小说不像一条道路,它更像一座房子。你走进里面,待一小会儿,这边走走,那边转转,观察房间和走廊间的关联,然后再望向窗外,看看从这个角度看,外面的世界发生了什么变化。"很多人把她和写美国南方生活的福克纳和奥康纳相比,而美国犹太作家辛西娅·奥齐克甚至将门罗称为"当代契诃夫",很多欧美媒体都毫不吝啬地给了她"当代最伟大小说家"的称号。2013年门罗以其"精致的讲故事方式""清晰与心理现实主义"的写作特色获当年的诺贝尔文学奖。

玛格丽特·阿特伍德(1939—)是当代加拿大另一位有代表性的作家,被称为"加拿大文学女王"。她的创作历程折射了加拿大1960年以来的民族文学的发展。半个多世纪以来,这位女作家一直孜孜不倦地致力于构建加拿大民族身份意识与加拿大本土文学,迄今已发表小说、诗歌、文学评论三十余部,在35个国家出版。曾经获得过加拿大总督文学奖、英联邦文学奖、意大利普雷米欧·蒙德罗奖、哈佛大学百年奖章、《悉尼时报》文学杰出奖、法国政府文学艺术勋章。四次获布克奖提名,2000年终于以小说《盲刺客》摘得这一桂冠。

加拿大文学因缺乏历史与文化积淀,一直被诟病"缺少鬼魂"。玛格丽特·阿特伍德作为加拿大文学的代言人致力于在创作中构建一个"阴魂不散"的文学世界。她的作品从不同的空间与维度分别"向下""向北"与"向过去"挖掘与搜寻鬼魂,分别为读者呈现一个"群魔乱舞"的地下世界、一个幽灵飘荡的加拿大"北方"以及一段"闹鬼"的加拿大历史,实现了用文学书写的方式来重塑加拿大民族性的目的。

对包括荷马史诗、莎士比亚、丁尼生和格林童话等一系列文学经典进行后现代主义的改写,是阿特伍德构建加拿大民族身份的另一主要路径。她的短篇小说《蓝胡子的蛋》就是对同名童话的现代改编,长篇小说《神谕女士》(Lady Oracle)也是哥特小说版的《蓝胡子的蛋》。《珀涅罗珀记》(The Penelopiad)的女主人公珀涅罗珀由《奥德修纪》中沉默的被表述者变为故事的讲述者;该小说在表现阿特伍德女性主义立场的同时,更表现了加拿大"百衲被"式的多元平民主义色彩。

四 后殖民作家群:后帝国秩序的创造物/创造者

20世纪中后期,一批来自前欧洲殖民地、后来移居西方的作家渐渐崭露头角,以他/她们的作品,重述或回写(writes back)帝国与殖民地的关系,标志着世界文学中后殖民时代的来临。英籍印度移民作家萨尔曼·鲁西迪(1947—)是这些作家中最有代表性的一位,被称为后殖民文学的"教父"。

鲁西迪出生于印度孟买一个富有的穆斯林商人家庭,在孟买一个英国教会学校读小学,在乌尔都语和英语两种语言环境中长大。印巴分治后,1964年举家移居巴基斯坦,他被送到英国上中学,但学校中的种族主义、排外主义使他深恶痛绝,以致他一度中断学习返回巴基斯坦。后在父亲坚持下,他进入剑桥大学国王学院攻读历史,并热衷于戏剧艺术和西方现代文学。毕业后当过演员和广告作家。鲁西迪在创作和评论中坚持文化多元主义,反对民族纯粹概念,谴责古老陈旧的种族意识,赞颂和弘扬"混血杂交、不纯粹、混合形式,以及由于人类、文化、观念、政治、音乐歌曲意外的重新组合而衍发的演变",鼓吹全球性的多民族文化互相融合、和平共处。因其在《撒旦诗篇》中有对伊斯兰教义的不敬之词,曾被前伊朗精神领袖霍梅尼缺席判处死刑,不得不隐居写作。

鲁西迪的成名作是长篇小说《午夜之子》(1981)。小说将印度古老的神话与西方现代主义手法融为一体,整体构思是一个不可思议的奇思妙想:1947年8月15日零时,当印度全国欢庆独立时,同一时刻在印度降生了1001个孩子,这些午夜的孩子们,有的能随意改变自己的大小,有的能在时间的长河中任意旅行,有的能随意出入镜面,有的能随意改变自己的性别,有的能比鸟飞得高,有的能比风跑得快……但神力最大的是两个男孩,一个就是叙述者萨里姆,另一个名叫湿婆(这也是印度教的神名)。萨里姆的灵魂能钻入任何人的大脑,知人心事,而湿婆有一双威力无比的神膝。萨里姆从9岁起开始具备心灵感应能力,进而发展成为每天午夜与分布在全国的午夜孩子们通话,并使他们所有人的灵魂都集中到他的内心中来开会。出身于不同种姓、宗教、阶级、社会集团的孩子们,在这个会议上谈自己的生活、理想,发表自己对各种问题的看法,这个会议因此成了现代印度社会的缩影。

小说中魔幻的场面和情节比比皆是,令人应接不暇——"罗波那"匪帮烧穆斯林企业的冲天大火,在天空中汇成一团,向一个方向飞驰而去,变成一个高空中的手指,指向大事即将发生的地方;纳尔里卡尔大夫被愤怒的群众连同巨大的填海水泥构件一起推入大海,他的尸体却从海底像火焰一样发着光……火葬后,他的骨灰被抛入恒河竟不下沉,漂在水上,发着磷光,使夜海上的船长们心惊胆战;印度教圣人普鲁施培姆为了等待天命所归者,在一个花园水龙头下一动不动坐了10年,最后死时还保持体坐莲花的姿势……所有这些古老的印度文化所独有的素材,经过与西方现代主义手法的融合,变成鲁西迪匠心独运的创造。

"现代主义形式实验的冲动之一……是通过个人解释世界来构建集体神话。"鲁西迪正是这样做的。作家有意将午夜的孩子萨里姆的出生年份安排在1947年,作家自己正是在这一年出生的,他的祖国印度也正是在这一年摆脱英国殖民统治,宣布独立的。这样,个人与历史、现实与虚构就如阿拉伯地毯般交织在了一起。萨里姆出生前,在母亲子宫里倾听着历史时钟的滴答声,通过脐带吸收来自父母的、家族的、神话的、魔术的、历史的营养;他与祖国同时出生,响亮的啼哭声伴随着尼赫鲁宣布印度独立的广播;他亲眼目睹并亲身经历了殖民时代和后殖民时代印度次大陆种种错综复杂的历史事件:印度独立前的宗教冲突、印巴分治、中印边界冲突、巴基斯坦政变、孟加拉战争、英迪拉·甘地的铁腕统治等等。萨里姆说："在我的一生中,我一直是一个活生生的见证",这句话证实了印度这个新神话的传奇性质。小说中虚构的尼赫鲁在萨里姆出生时写给后者的贺信中这样说："你是印度那个既古老又年轻的面貌的最新体现。你的生活在某种意义上就是我们自己生活的镜子。"有意思的是,在《午夜之子》中,萨里姆既是小说的叙述者,又开着一家腌菜作坊。一位评论家指出,这双重职业象征着作家对历史、记忆和时代的"腌制",腌制的过程也就是对有关原材料进行混合、杂交、变形、加调料的个人化过程。在此过程中,个人经历与民族历史、个人记忆与民族记忆合为一体。

《午夜之子》因其丰富的想象和独特风格在英国文坛引起轰动,并在印巴次大陆和欧美受到一致赞扬,相继获得布克奖、布莱克纪念奖和英语国家文学奖等三项重要文学奖。此书在短时间内被译成12种文字出版。英国当代文学史界公认这部作品是魔幻现实主义在英语世界的扛鼎之作。

石黑一雄(1954—)是与鲁西迪齐名的后殖民作家。他生于日本长崎,5岁随父母迁居英国,先后在英国肯特大学和东英吉利大学深造,1980年获硕士学位,之后开始走上英国文坛。从创作数量上看,他算不上多产作家,二十多年间共写了五部长篇小说,然而他的作品部部走红。1982年,他发表处女作《远山淡影》,荣获英国皇家学会颁发的温尼弗雷德·霍尔比奖。1986年他的《浮世画家》又获英国及爱尔兰图书协会颁发的惠特布雷德年度最佳小说奖和英国及英联邦地区最高文学奖布克奖提名。1989年《黄昏时分》的出版为其捧回布克奖。1995年《无可慰藉》又赢得切尔特纳姆文学艺术奖。2000年其新作《上海孤儿》再获布克奖提名。他自嘲为"一个不知家在何处的作家",而实际上处处有家,其作品被翻译成27种文字,为许多国家读者所熟悉。2017年获诺贝尔文学奖。

石黑一雄穿梭于英日两种文化间,对这两种语言文化的路数驾轻就熟,是个典型的国际化作家。他自己也这样说："我是一位希望写作国际化小说的作家。什么是国际化小说?简而言之,我相信国际化小说是这样一种作品:它包含了对于世界上各种不同文化背景的人们都具有重要意义的生活景象。它可以涉及乘坐喷气式飞机穿梭往来于世界各大洲之间的人物,然而他们又可以同样从容自如地稳固立足于一个小小的地区。"他在1995年出版的小说《无可慰藉》有五百多页,表现了向国际化小说转向的态势。小说中,著名钢琴家莱德应邀去欧洲大陆参加一场音乐会。在一个陌生的城市中,主人公的所见所闻、所作所为宛如梦中一般,其心灵与自我陷入现实的困境,身份和意义显得模糊而不确定。叙事风格颇似卡夫卡。

2000年,沉默数年的石黑一雄出版了新作《上海孤儿》(直译为《当我们是孤儿时》)。小说以"侦探小说+成长小说"的混合结构将双重身份和"国际写作"完全结合在一起。主人公克里斯托弗·班克斯童年时随父母生活在上海外滩的国际租界中,后来父母双双失踪,沦为孤儿的班克斯被叔叔送回英国,接受英式教育,过着舒适体面的生活。他后来成了著名的私人侦探,于1937年日本侵华时来到上海故地,试图凭借模糊的童年记忆和支离破碎的线索查明父母失踪的真相。经过一番曲折的侦查,他最终得知:他父亲为之工作的公司与怡和商行一样,都是靠贩卖鸦片发达的。他母亲曾积极参加禁止鸦片贸易的活动,并劝说他父亲一起加入,但父亲不敢违逆公司的意志,索性与情人远走高飞,病死南洋。他母亲则被一个从鸦片贸易中渔利的湖南土匪头目抢去为妾,正是这个人承担了小班克斯在英国生活求学的一切费用。一直自以为生活得清白体面的班克斯这才明白,原来自己也从不义之财中受惠。童年记忆所带来的浪漫想象,甚至成人后所拥有的成就感,因此统统被击得粉碎。精神上的孤立和被遗弃感,压倒了班克斯"孤儿"经历本身。

在这部小说中,传统的成长主题与后殖民时代的身份主题互相交织,互相映衬。故事场景在带有异域色彩的上海与颇具绅士风度的伦敦之间不断切换。石黑一雄以一个日裔英籍作家的身份处理鸦片贸易这个尚未有人涉足的国际题材,其创作勇气令人敬佩。上海虽是他父亲出生的地方,但他本人从未到过,对这个东方都市的描写全凭借丰富的想象和对历史资料的爬剔梳理。尽管他对租界以外的上海的描写不大可信(如灯笼和普通话),但总体上看,小说仍然不失为一部杰作。

如果说鲁西迪以其狂放不羁的想象力和绚丽驳杂的风格令人眼花

缭乱,那么石黑一雄则以其细腻入微、简朴淡雅的风格引人入胜。他的风格融合了西方现代主义的诡秘和玄妙,又具有日本传统浮世绘、书法、茶道和园艺的内在气质。他在挽歌与反讽、日本与英国、东方与西方之间走钢丝,维持着巧妙的平衡。因此,他在日本和英国均获佳评。然而,他对两者都怀有一种疏离感。他笔下不少主人公都抱着怀旧的心情,犹如普鲁斯特笔下的马赛尔追忆着逝去的年华,又始终被身份错位而造成的孤独情绪所萦绕。

后殖民时代另一批引人注目的移民作家来自加勒比地区。从地理上描述,加勒比地区指北到巴哈马群岛,南至大、小安德列斯群岛和加勒比海边缘,包括圭亚那、苏里南、法属圭亚那等岛国在内的地区。中世纪的欧洲人曾经把这个地方称为"世界的尽头"。近代以来,随着新大陆的发现,加勒比成为西方殖民者的种植园,大量非洲黑奴被输入此地,形成欧洲文化、非洲文化与本土文化多元杂交的格局。由于西方殖民者的长期统治,本土文化事业的发展举步维艰,本土的声音一直处在被遮蔽状态,直到20世纪中后期,随着西方殖民统治体系的瓦解,加勒比人民才发出自己的声音,从被西方人表述的"他者"发展为自我表述的主体。

当代加勒比作家具有双重的流亡品格。他们的祖先是随着全球性的民族大流散进入加勒比地区的,经过数个世纪的碰撞、磨合后逐渐与当地融汇在一起。他们本人则大多是在20世纪五六十年代之后移居西方,展开自己的创作活动的。因此,表述自己的身份意识,确认自己的文化身份,成为他们创作的主导动机。

在当代加勒比英语文学中,以自传体书写是不少作家喜用的叙事策略。在这类具有半自传性或伪自传性的作品中,主人公的成长往往与民族的成长融为一体,他对个人身份的寻求往往与对文化身份的寻求同时并进,从而使个人叙事上升为民族寓言。巴巴多斯作家乔治·兰明(1927—)无疑是这类小说的开创者之一。1953年,他在移居英国后不久出版了半自传性长篇小说《在我皮肤的城堡内》。小说通过一个名叫G的小男孩从9岁到18岁的成长过程,广泛描写了西印度群岛政治、经济和文化现状,提出了殖民地社会一代青少年的身份问题。评论家普遍认为,《城堡》是由一个西印度人写的从艺术家的角度提出本土身份问题的第一批作品之一。

巴巴多斯诗人、作家和批评家爱德华·卡莫·布莱斯维特(1930—)是非洲移民后代。在哈里森学院完成学业后,他离开西印度群岛到英国剑桥读博士学位。在完成了关于牙买加克里奥尔社会发展研究的博士论文后,又离开英国去了加纳,他确信非洲才是他真正的生存之根,身份之源。他在那儿待了整整10年,甚至将自己的名字"爱德华"改成一个更富非洲味道的名字——"卡莫"(Kamau),以表明他对非洲身份的认同。之后他又回到加勒比,成为西印度大学社会文化史专业的一名教授,同时又在纽约一所大学任教,奔走于西印度和西方都市之间。布莱斯维特的流亡经历印证了他自己对"流亡"下的定义:

> 在加勒比,不管是非洲人还是美洲印第安人,对一种与民间的或本土的文化有关的古老的关系的承认涉及艺术家和参与者进入过去和腹地的旅行,这种旅行同时也是拥有现在和未来的运动。通过这种拥有的运动,我们才成为我们自己,真正成为我们自己的创造者,为对象找到词语,为词语找到意象。

正是在流亡中,他完成了自传性三部曲《归来者》(《通道的权力》,1967;《面具》,1968;《群岛》,1969)。这部史诗性作品将非洲民族大流散的主题纳入自《出埃及记》以来更深广的流亡原型模式中,诗人关注的重点是移民、流亡、旅行和追寻逐渐向再生和开放的循环。通过对加勒比舞蹈和仪式的再现,诗人之"我"汇入集体的合唱声中。

对西方经典的改写或重写是加勒比后殖民作家运用的另一种叙事策略。1966年,长期旅居欧洲的多米尼加女作家简·里斯(1894—1979)在伦敦出版了长篇小说《藻海无边》,为自己赢得了在英语文学史和加勒比文学史上的地位。作品以夏洛蒂·勃朗特的长篇小说《简·爱》为故事蓝本,续写了或者说是"逆写"了罗切斯特先生的前妻、疯女人伯莎的故事。小说以双重乃至多重声音交替叙述的方式打破了《简·爱》中勃朗特设定的那种单一声音,避免了某一方声音绝对地压倒另一方声音的做法,从而使得《藻海无边》成为巴赫金意义上的对话型小说。

另一方面,双重或多重的叙事视角也反映了殖民中心与边缘之间复杂的交互关系,凸现了女主人公的文化身份认同危机。

文化身份认同危机几乎是所有加勒比作家必须面对的问题。在这方面,圣卢西亚诗人德里克·沃尔科特(1930—2017)的感受或许比简·里斯更加深刻。他出生并于其中度过青少年时代的圣卢西亚是一个没有废墟、没有纪念碑、没有纪年、没有历史的国家。他的身上流动着来自荷兰的、英国的和非洲的血液。他的家庭"由于肤色和被统治者连在一起,又因文化和统治者连在一起",因此,他感觉自己是一个"被分成两半的孩子",或者如他在《晚霞如是说》中所称,他患有文化精神分裂症。加勒比海的生活、非洲的根源和英语三者同时成为他创作中杂交的文化背景。在他那里,流亡小说家笔下的"越界"主题以独特的抒情方式,转化为"空缺"主题和"海难"主题。在沃尔科特诗中,"空缺"不是空无一物,而是一种撤走了重量后的"精确的空缺"。文化上的无根状态既是一种空无,也提供了巨大的创造空间。它召唤人去探寻、去创造、去填补那个空缺的所在。诗人说:"我没有民族,只有想象。"因此,他为自己设定的任务不是去发现,而是去创造一个历史。"海难"在沃尔科特诗中是现代社会的意象,诗人用它来考察西方文明和非洲文明的结合对于个人和文化认同的必要性。海难余生是一种无根的自由漂流状态。作家可以"抛弃已死的隐喻",像珊瑚虫一样营建出一个静默的世界。

沃尔科特的代表作是长篇史诗《奥梅罗斯》(1991)。"奥梅罗斯"一词是希腊语"荷马"的译音,这暗示了诗人的文学雄心,他要利用来自地中海和加勒比海的文化资源,做一个加勒比的荷马,创造一个诗性的世界。在《奥梅罗斯》中,来自不同历史时空的文化元素犹如宇宙大爆炸后的碎片被抛入诗人的精神视野,通过诗人的想象力融为一体,传达出一种历史的暗示力量。诗篇大胆挪用荷马史诗、《圣经》《神曲》等西方经典文本中的形象、情节和原型,通过细针密线的互文性手法,将有着不同起源的文化碎片精心编织在一起,织出了一部具有丰富内涵和多元文化色彩的加勒比后殖民史诗。这正是诗人所说的,打碎一个花瓶,再把它整合起来的艺术。

《奥梅罗斯》全诗的主导叙事来自《伊利亚特》。古希腊史诗中的两位英雄在加勒比史诗中被转化为两个圣卢西亚渔民,说法语的赫克托尔和说英语的阿基琉斯为争夺海伦而发生争执,双方分别用英语、法语克里奥尔语咒骂对方(这里诗人也借机展示了圣卢西亚/加勒比多元杂交文化社会的双语特征)。海伦本是阿基琉斯的妻子,后来被赫克托尔勾引走。这个情节既影射荷马史诗中的特洛伊战争,又象征着近代以来英法两国为争夺圣卢西亚而展开的战争。在历史上,圣卢西亚曾被称为"西印度的海伦"。这个美丽的火山岛正好坐落在加勒比海中间三角地区,具有重要的战略地位。1650—1814年间英法两国为争夺此地而开战,该地在两国间易手不下13次。沃尔科特在史诗中运用双重化手法,让古希腊的殖民战争和近代的殖民战争平行出现,产生一种互相影射、互相暗示的效果,同时也在荷马史诗与安德列斯史诗之间建立起某种互文性,从而促使人们思考其中的同构关系。

随着史诗的展开,我们看到,沃尔科特通过这场现代的特洛伊战争,还想表达另一层意思。阿基琉斯与赫克托尔的冲突,也是圣卢西亚传统生活方式和现代生活方式的冲突。海伦本来是一个渔村姑娘,自从跟赫克托尔生活以后,受到西方旅游文化的影响,想方设法在旅游度假区当了一名女招待,穿着一件从一位爱尔兰旅游者那里偷来的黄裙子,蝴蝶般翻飞于躺在海滩上晒太阳的西方旅游者之间。她怀孕了,却不知道孩子是谁的。赫克托尔也拥抱新的生活方式,崇尚西方化的速度。他把他的独木舟卖了,转而去开出租车。圣卢西亚传统的生活方式在西方新殖民主义的"文化杀手"——旅游者——的冲击下,正面临解体。从这个意义上,阿基琉斯和赫克托尔之间作为渔民和战士的冲突,也是过去和现在、传统和现代、非洲和欧洲的冲突。赫克托尔最后在开车去机场到海滨旅馆的途中因车祸而死,暗示着欧洲生活方式给圣卢西亚/加勒比带来的灾难。阿基琉斯依然按照古老的、自然的节奏——风、海滩、浪花和星星——生活着,在一艘名为"我们相信上帝"的独木舟上漂流。

1992年,瑞典皇家科学院鉴于沃尔科特的诗作"大量散发着光与热,并深具历史眼光,是多元文化作用下的产物"而授予他诺贝尔文学奖。沃尔科特是加勒比地区第一位获此殊荣的作家。

V. S. 奈保尔(1932—)是另一位具有多元文化身份的加勒比作

家。他出身于特立尼达一个印度移民家庭,然而他的文学疆界却"远远超越特立尼达这个西印度的小岛……他将印度、非洲、南北美洲、亚洲的伊斯兰国家以及英国尽揽怀中",体现了全球化时代多元文化杂交融合的新趋势。奈保尔写的一系列旅行作品,如《中途》《幽暗国度》《印度:受伤的文明》《在信仰者中间》《印度:百万叛变的今天》以及《回归南方》等,已经被广泛讨论。

奈保尔最出名的作品是长篇小说《毕司沃斯先生的房子》(1961)。小说出版当年即获得好评,被认为足以与陀思妥耶夫斯基、狄更斯及其他文学大师的佳作相媲美,并被列入 20 世纪百部英语经典小说,成为后殖民文学的典型和代表作,从而奠定了作家在英语文学世界中的地位。小说之所以获得如此巨大的成功,是因为它通过一部个人化的历史,写出了后殖民文学普遍的"移位"或"误置"主题。所谓"移位"或"误置"指的是个体一出生就已失去自己的本土文化之根,进入一个陌生的异己世界,不得不经历一个复杂而痛苦的"文化移入"过程,这就使得他们既与原生地的同胞有别,又与移居地的原住民相异,成为一个"异类",就像被抛入地狱边缘"林勃"中的幽灵一样。

小说以自己的移民父亲的经历为原型,通过主人公一生对房子的寻求揭示了后殖民社会人群普遍的生存状态。毕司沃斯先生为获得自己独立的房子而展开的人生追求,一方面固然如一些评论家所说,是"对失去的父亲的寻求和对失去的孩童时代的安全的追求",另一方面,更是对"移位"后的自我身份和价值的重新定位。正如一位印度评论家所说,毕司沃斯先生对房子的寻求实际上是他寻求自己的地位/面子的一个隐喻。对于他来说,房子不仅仅是一个遮风避雨之所,更是一个安身立命之地,是他的身份、地位、尊严和人格独立的物质象征。他对房子问题之所以如此在乎,如此敏感,就是因为他是一个无根的漂泊者。能否拥有自己的房子,成为他却之不去、难以摆脱的心理情结。已有评论家精辟地指出,从小说情节结构上看,在这部小说中"毕司沃斯先生作为一个人的发展与房子的发展是平行展开的"。

从后殖民批评角度看,毕司沃斯先生对房子的寻求实际上涉及作家本人的文化身份认同危机和焦虑。奈保尔本人有着复杂的文化身份。

与其笔下的主人公一样,他也是出身于印度婆罗门。但他父亲这一代却为生活所迫,以劳工身份移民到特立尼达。奈保尔的少年时代基本上是在这个英国殖民地度过的,直到18岁那年考取政府奖学金去牛津大学读书为止。1970年代,《纽约时报》刊登的一篇题为《无根的作家》的评论文章指出,奈保尔"血统上是个印度人,出生地在特立尼达,身份是个英国公民"。然而,他在这三处地方都找不到文化认同感:"印度太脏,特立尼达没文化,英国在智力和文化上已经破产。"因此,就像当年生活在奥匈帝国统治下的捷克—犹太作家卡夫卡一样,奈保尔也成了一个边缘人,一个局外人,一个不是印度人的印度人,不是婆罗门的婆罗门,一个被第三世界评论家讽刺地称为"比英国人更像英国人"的文化上的"杂种"。他失去了自己的文化身份,有一种深深的异化感和流放感。

从更广泛的意义上考察,我们可以说,奈保尔笔下的毕司沃斯不仅仅是特立尼达后殖民社会中人的典型,也是广大的第三世界人们的代表。在经济全球化的冲击下,世界性的移民浪潮已成为引人注目的全球性问题,第三世界国家中的人们正在经历一系列的移位、误置、脱域、集体记忆丧失和文化移入的痛苦过程。从这个意义上说,毕司沃斯先生一生所处的无根的"林勃状态"、他对房子的执著寻求,也就有了更广泛而深刻的象征意义。

2001年,瑞典皇家科学院将诺贝尔文学奖颁给了V. S. 奈保尔,这是继1992年圣卢西亚诗人德里克·沃尔科特获奖以来,10年内第二个具有文化杂交身份的加勒比作家获奖。他获奖的理由是:"以逼真的叙事艺术和严正的观察能力结合于作品之中,使我们去认识那被压抑的历史的存在。"